Früher wäre ich nackt durch den Regen gelaufen

Die Deutsche Nationalbibliothek – CIP-Einheitsaufnahme.
Die Deutsche Nationalbibliothek verzeichnet dieses Buch in der Deutschen Nationalbibliografie; detaillierte bibliografische Daten sind im Internet über http://dnb.d-nb.de abrufbar.

Erste Auflage 2015

www.groessenwahn-verlag.de

ISBN: 978-3-95771-071-0
eISBN: 978-3-95771-072-7

Dietrich Rauch

Früher wäre ich nackt durch den Regen gelaufen

Roman

IMPRESSUM

Früher wäre ich nackt durch den Regen gelaufen

Autor
Dietrich Rauch

Seitengestaltung
Größenwahn Verlag Frankfurt am Main

Schriften
Constantia, *Lucida Calligraphy*

Covergestaltung
Marti O'Sigma

Coverbild
© Tiago Phelipe
www.tiagophelipe.com

Lektorat
Edit Engelmann

Druck und Bindung
Print Group Sp. z. o. o. Szczecin (Stettin)

Größenwahn Verlag Frankfurt am Main
Oktober 2015

ISBN: 978-3-95771-071-0
eISBN: 978-3-95771-072-7

Für
Andrej,
Michy
und
Oscar

Sommer

Das Haus liegt verloren. Sein Bewohner ist eingeschlafen. Die Sonne ist heiß. Wolken ziehen vorüber. Die Bewegungen sind langsam. Verzögert in der Zeit. Weit entferntes Lachen. Leise Rutschgeräusche dringen in seine überempfindliche Haut. Der Kopf ist nach vornübergebeugt. Er hält sich standhaft am Hals fest. Der Tisch, darauf die Arme, sie liegen schwer. Ein Auge öffnet sich, es blinzelt vergeblich in die Dunkelheit. Die Gardinen sind geschlossen. Durch einen Windspalt dringt Licht ins Zimmer. Es ist für einen Moment. Das zweite Auge nimmt Anteil. Die Trittgeräusche an der Tür werden aufgesaugt. Sie dringen spärlich durch die Ritzen ins Zimmer. Sie erschüttern die aufgestaute Stille. Sie durchschlagen das drückende Schweigen. Es geschieht nichts. Die langsame Wahrnehmung von etwas setzt sich fort. Der Körper kommt in eine leichte Bewegung. Ein Mann richtet sich auf. Gedanken stehen im Raum. Sie verirren sich in den Gegenständen. Sie treffen auf Erinnerungen aus durchsichtigem Stoff.

Ein Mann steht auf. Er durchquert das Zimmer. Auf seiner Stirn perlt Nachmittagsschweiß. Die Hitze ist unerträglich. Der Mann zieht sich das Hemd über den Kopf. Er atmet hörbar. Die Luft bewegt die Gardinen. Kommt jemand? Geht jemand? Alles um ihn herum verschwimmt. Er verordnet den Augen Halt zu suchen. Der Mann richtet seinen Blick auf.

Da öffnet sich die Tür zum Garten. Eine fröhliche Gestalt ist mittendrin. Sie durchdringt den schweren Geruch. Sie schlägt auf die schwitzende Haut auf. Sie kühlt das Zimmer. Selbstverständlich.

Die Haut des Mannes spürt das erkennbare Lächeln der Augen im Raum. Johannes ist wach.

»Hallo Vater, was machst du hier? Die Sonne scheint. Ich komme gerade von Georg. Kommst du mit ins Café?«

Die Freude seiner Tochter berührt ihn. Sie kühlt seine Stirn. Er hat ihr Leben auf der Zunge. Sie zieht die Vorhänge auf. Sie öffnet das Fenster. Das Licht ist ein kurzer Schock. Die Augen schmerzen. Der Kopf dreht sich nach oben. Es ist ein gleißendes Licht. Er braucht eine Zeitlang, um seine Sinne zu ordnen. Seine Tochter lässt ihm Zeit.

Johannes findet seine Sprache.

»Du überraschst mich. Warum meldest du dich nicht? Ich habe nichts im Haus. Ich freue mich, dass du da bist. Ich werde mich anziehen. Dann gehen wir raus.«

Sanfte Nachmittagskühle füllt den Raum. Sie hat es schwer den Raum zu erobern. Die Sonne steht hoch. Der Sommer ist üppig. Während Leilas Kleid die Dinge im Raum verweht und zudeckt, sich ausbreitet und ihre Standhaftigkeit vereitelt, ist Johannes im Bad.

Geräusche von spärlich fließendem Wasser wehren sich gegen die drückende Luft. Die kurze Kühle war Illusion. Das Bad entlässt Johannes nicht neu geboren, aber geordnet. Er schaut überrascht auf die Gestalt in seinem Sessel.

Etwas ist anders als vorher. Erneuter Rückzug verbietet sich. Er muss vorwärts.

Er sagt: »Ich war in Gedanken. Vielleicht habe ich im Sitzen geschlafen. Manchmal passiert das.«

Sie sagt: »Schon gut. Wie fühlst du dich?«

Johannes lacht ertappt und leugnet: »Ich bin okay.«

Er weiß selbst nicht, wie er sich fühlt. Er wird es herausbekommen. Früher oder später. Er hatte keinen erwartet.

»Was für ein schönes Wesen sie ist«, denkt er.

Er fühlt seine Nähe zu ihr als angenehm. Leila ist aufgestanden, sie steht mitten im Raum. Johannes steht ihr direkt gegenüber. Sie ist zwei Köpfe kleiner als er. Johannes liebt kleine Menschen.

»Gehen wir«, sagt sie.

»Schließ die Fenster«, sagt er.

Sie treten ins Freie. Die Luft flimmert vor ihren Augen. Er fasst sie unter dem Arm. Sie schmiegt sich an ihn. Sie weiß, wo es langgeht. Das

Straßenpflaster strahlt Hitze ab. Ungewöhnlich ist sie. Die Menschen sind nicht daran gewöhnt. Sie zeigen die Beschwerlichkeit auf unterschiedliche Weise. Hier ist keiner gewöhnt, sich vor der Sonne zu schützen. Vielleicht die Menschen, die aus dem Süden kommen. Sie sind weniger freizügig gekleidet. Sie schützen sich. Man hört in den Gesprächen ›der Klimawandel‹. Einzelne freuen sich darüber. Anderen fällt die Angst aus den Augen. Die Kinder haben sich schnell daran gewöhnt. Sie tollen spärlich bekleidet durch den Springbrunnen, mitten zwischen missmutigen, älteren Damen. Ihre herausgekramten ältlichen Sommerkleider kleben, sie sind ramponiert. Ihre Gesichter sind verloren. Sie sind ohne Orientierung.

Ein junger Mann kreuzt. Es ist ein junger Banker, ohne Jackett, im offenen Hemd. Es ist ungewöhnlich, fremd. Er fühlt sich wohl.

Johannes mag Hitze. Heute nicht. Der Druck an den Schläfen stört. Er ist froh, dass Leila gekommen ist. Wie lange ist sie nicht hier gewesen? Er hat nicht gewusst, dass sie noch einen eigenen Schlüssel hat. Es überrascht ihn nicht, aber es ist ungewohnt. Die Kirchenglocken schlagen dumpf in die Zeit. Die Bewegungen vieler Fußgänger gleichen Wespen, die getötet haben. Die Hitze staut die Geschäftigkeit und Hektik zurück. Johannes fühlt sich beim Gehen besser.

Leila lacht ihm ins Gesicht. »Gehen wir ins Domino.«

Johannes nickt. »Da waren wir zusammen lange nicht.«

Sie sind sich einig. Das ist nicht immer der Fall. Das andere ist vergessen. Wie lange weiß Johannes nicht. Es gefällt ihm. Er ist nicht nachtragend. Er war es nie. Leila ist heute anders. Sie atmet Lust und Lebensfreude. Sie könnte Bäume ausreißen. Der Lärm um sie herum ist gedämpft. Ist es Johannes Befindlichkeit, die ihn das so spüren lässt? Es gibt keine Sicherheit; wer könnte von Gewissheit sprechen?

Während eine schrille Sirene die Hitze schneidet sind sie angekommen. Die Tische an der Straße sind besetzt. Eine gemischte Gesellschaft, viele junge Leute. Warum fällt Johannes das auf? Johannes kennt die, die grüßen. Locker und freundschaftlich. Leila umarmt einen Freund. Herzlich, nennt Johannes das.

Er sagt: »Hallo.«

Johannes holt Stühle von drinnen. Sie setzen sich zu Manuela an den Tisch.

»Ihr habt doch nichts dagegen!«

Johannes passt das nicht. Ob es den anderen recht ist, weiß er nicht. Er hätte gern mit Leila alleine gesessen.

Er denkt: »Vielleicht gehen sie bald.«

Leila verwickelt sich in ein Gespräch. Johannes macht Einwürfe, er übt sich in Geduld. Er will mit Leila reden. Worüber, weiß er nicht. Einfach so. Es ist ein Gefühl. Es wird sich entwickeln. Das Produzieren der Gedanken beim Reden, fällt ihm ein. Die Kunst des Profiredners. Ist er das? Kann er das noch?

In seinem Kopf sind viele Gedanken. Früher hat er sie ausgesprochen. Heute ertappt er sich dabei, sie zurück zu halten, sie zu verschweigen. Hält er sie nicht für mitteilbar? Fällt er aus der Zeit? Fällt die Zeit aus ihm? Er nimmt sich als Beobachter wahr. Er hat das Gefühl, nach innen zu schauen. Wenn er sich einmischt, entgleist er. Er ist ehrlich, direkt. Ist das nur ein Vorwand? Ist er bequem geworden? Er war sein Leben lang der Macher. Und jetzt.

»Wir bleiben in Kontakt. Am Wochenende im Keller?«, sagt Manuela

»Na, mal sehen, hab noch zu arbeiten«, sagt Leila.

»Seit wann bist du fleißig geworden?«

»Die Dinge verändern sich.«

»Ciao Johannes, war schön dich wieder zu sehen.«

»Danke. Es hat mir auch gefallen«, lügt Johannes.

Hat er das nötig? Warum tut er das? Gehört er nicht mehr dazu? Ist er alt geworden?

Leila ist froh, dass sie mit Johannes allein reden kann. Sie hat ihn lange nicht besucht, sie brauchte Abstand. Sie hatte seine ständigen Ermahnungen und Vorhaltungen satt. Sie war in Löcher gefallen. Solange sie zu Hause wohnte, hatte ihr Vater sie aufgefangen. Er hatte sie gestützt, ihr geholfen. Er war unkompliziert. Sie mochte das. Er hatte ihre Liebhaber akzeptiert. Dann musste sie ausziehen. Er wollte das. Sie war zu alt. Erzieherisch gesehen war dies die einzige Lösung gewesen. Sie hatte sehr darunter gelitten. Sie hatte ihre Sicherheit verloren. Sie hatte sich das nicht eingestanden.

Sie studiert im zweiten Semester Medizin. Niemand hätte das erwartet. Sie hatte Freunde gefunden. Johannes hatte sie losgelassen. Sie hatte losgelassen.

Leila trinkt ihren Espresso. Sie hat die Zigarette in der Hand. Sie macht Lungenzüge. Johannes blickt besorgt, er sagt nichts. Leila will reden. Sie weiß nicht, wie sie anfangen soll. Die Situation ist harmlos.

Sie kennen sich lange Jahre. Es fällt ihr schwer.

Leila sagt: »Ich möchte dich öfter sehen. Ich möchte mit dir etwas unternehmen. Ich vermisse dich.« Leila sagt es zärtlich. Johannes empfängt es. Es sackt in ihn hinein. Er weiß in diesem Moment nicht, ob er es will. Er hat sich eingerichtet. Es geht ihm gut.

Wo ist die schnelle Stimme? Wo ist die selbstverständliche, schlüssige Antwort? Wo ist der Vater?

Johannes sagt: »Ja. Schön.«

Die Sprache ist emotionslos. Leila ist enttäuscht. Sie nimmt die Zwischentöne wahr. Das hat sie von ihm. Sie sagt: »Ich habe das nicht anders erwartet.«

Johannes ist getroffen. Er fühlt sich ertappt. Seine Worte sind nicht seine Gedanken. Seine Gedanken sind nicht seine Gefühle. Er ist nicht glücklich. Er ist nicht unglücklich. Etwas dazwischen könnte es sein.

Er könnte glücklich sein. Es hat sich zum Guten gewendet. Leila steht auf eigenen Füßen. Sie hat ihr Leben in die eigenen Hände genommen. Sie hat festen Boden. Sie hat Freunde, sie studiert, sie lebt.

Johannes rennt all diesen Gedanken hinterher. Sie füllen den Raum mit Übermacht.

Er bekommt Platzangst.

Johannes sagt: »Ich bin stolz auf dich.«

Leila weiß nicht, was sie davon halten soll. Sie lacht unbeteiligt. Sie ist weiter, sie will mehr. Er weiß das.

Johannes sagt: »Schauen wir mal.«

Leila ist das zu wenig. Sie will eine klare Antwort.

Sie sagt: »Was soll das?«

Johannes ist unwohl. »Ich weiß nicht, du überrumpelst mich.«

Um sie herum hat das Leben Geschwindigkeit aufgenommen. Die Leute kommen, gehen, essen und trinken. Die leichte Dämmerung fällt über sie her. Die Konturen verschwimmen. Das Licht hat Erbarmen, es ist geschmeidig. Es ist kein Hartzeichner mehr. Der Feierabend ist da.

Hier leben und flanieren die Menschen, begegnen sich. Nicht immer ist Tiefgang, nicht immer Hochzeit, obwohl hier so viel Wissen und Weisheit, Spontanität, Kreativität und Pioniergeist zusammen sitzen. Wissbegier, Lerneifer, Aufbruchsstimmung und gesicherte Werte geben sich die Hand.

Die Unterhaltungen sind banal. Diese Menschen leben und fühlen sich im Recht.

Sie haben begriffen. Sie gehören dazu, sie sind die tragende Mitte dieser Gesellschaft. Wer sollte ihnen verbieten, selbstgerecht und stolz zu sein? Kritisch sind sie sowieso.

Aus der Wohlstandsgesellschaft ist eine Wohlfühlgesellschaft geworden. Das Geld hat man. Nicht im Überfluss. Genug, um so zu leben, wie die Zeit es vorschreibt. Johannes weiß, dass er in der Falle sitzt.

Er muss ehrlich oder falsch sein, seiner Vernunft, seinen Gefühlen oder seiner Stimmung folgen.

Er tut nichts von alledem.

Er sagt: »Ich liebe dich und deshalb werden wir tun, was alle Liebenden tun. Wir werden es immer wieder versuchen. Wir werden glücklich und unglücklich sein. Wir dürfen uns nicht verlieren. Dafür sorgt unsere Liebe. Ist es nicht so?«

Leila lacht ein befreites, lautes Lachen. Laut, nicht unecht.

»Du hast Recht, wir haben keine Wahl. Ich habe mich entschieden, für dich.«

Johannes schiebt nach: »Sonst würden wir hier nicht sitzen, als wären wir immer schon hier gewesen. Dieser Ort kennt uns.«

Leila ist zufrieden. Sie schauen sich bis in die Eingeweide. Vater, Tochter, ohne Mutter.

»Was macht deine Kunst?«, fragt Leila. Sie ist nicht unbefangen. »Malst du wieder? Oder hast du dich ganz der Kritik deiner Kollegen verschrieben?«

»Ich habe mich an einer Kohlezeichnung versucht. Fingerübungen. Lass mir Zeit.«

»Hab nur gefragt. Zeigst du sie mir?«

»Beim nächsten Treffen.«

Sie sitzen lange. Leila bestellt Pizza. Johannes nimmt Lasagne. Es schmeckt. Das abendliche Leben ist in Ordnung. Aus dem Nichts ist ein Wärmegewitter heraufgezogen. Alles gerät durcheinander. Die Gespräche verstummen. Einzelne Blicke werden noch kurz zum Himmel gerichtet. Es wird laut. Sturzbäche ergießen sich in einer nicht erwarteten Schnelligkeit. Die Menschen suchen Schutz. Die Bürgersteige sind leer gefegt. Das Lokal quillt über. Auf den Außentischen stehen Speise- und Getränkereste. Johannes und Leila haben einen kleinen Tisch im hinteren Eck des Cafés gefunden. Johannes betrachtet das Geschehen. Was macht das Wetter mit uns?

Er sagt: »Gewaltig. Früher wäre ich nackt durch den Regen gelaufen.«

Die Konventionen haben ihn erreicht und verändert. Ein intellektueller Künstler, ohne die Gefährdung der freien Kunst.

Das Gewitter verzieht sich so schnell wie es gekommen ist. Es hinterlässt abgerissene Äste, geknickte Blumen in Zierbeeten. Schnell sind die Studentinnen am Positionieren der Tische. Es wird gewischt, geräumt, geordnet. Stühle werden gerückt. Es hat sich angenehm abgekühlt. Von der Markise fallen dicke Tropfen.

Als Johannes und Leila nach draußen kommen, ist der vorherige Zustand hergestellt. Wer ließe sich von den Launen der Natur abschrecken und vertreiben. Der Bürgersteig ist zurück erobert. Alte und neue Besetzungen geben Bestellungen auf. Das Geschäft blüht. Wie angenehm es sich leben lässt, in der Krise. Johannes denkt: »Von Krise keine Spur.«

Gleichzeitig schlägt im Hinterkopf das Wissen, dass sie hier nicht sichtbar ist. Verdrängt, verdeckt, diese Menschen betreffen sie nicht.

Er sagt: »Es geht alles seinen Gang.« Er fügt nach einer kleinen Pause süffisant hinzu: »Aufrechter Gang statt Kriechgang. Es ist wunderbar.«

Leila denkt: »Ist Vater ein Zyniker geworden? Das war er nie.«

Sie sagt: »Der Kopf sitzt immer noch auf den Schultern. Wir sind Vernunft begabte Wesen. Warum sollte es anders sein?«

Johannes ist überzeugt, Leila hat gelernt. Er ist stolz auf sie und sich.

Er sagt: »Mit der Vernunft bin ich mir nicht sicher. Du hast Recht, ich nörgele viel.«

Ist das Selbsterkenntnis oder Koketterie?

Sie machen sich auf den Rückweg. Es ist 22 Uhr. Der Weg ist vertraut.

Es heißt, dass die Menschen in Großstädten einsam sind. Hier keine Spur. Es türmen sich Wortkaskaden übereinander, Autolärm, Musik. Das Ganze liegt unentwirrbar als Klangteppich schwer auf der Straße. Die Stille ist abwesend. Keiner vermisst sie.

Johannes hat einen kurzen Gedanken. Wer wohnte hier? Wer wohnt jetzt hier? Wer hier wohnt, weiß, wo er wohnen will. Sind noch welche übrig geblieben, die morgens früh arbeiten müssen?

Die moralisch unangebrachte Distanzierung von etwas, das du selbst lebst, hätte Leila dazu gesagt. Johannes hat diesen Gedanken verlassen. Er hängt irgendwo in der Luft. Er kann sich nicht entscheiden. Er versucht den Rest des Gewitterregens auf der Zunge zu schmecken. Er verliert sich in Erinnerungen an ein Gewitter im Süden Frankreichs. Leila stört ihn dabei.

Sie sagt: »Wie läuft es mit Felix?«

Das kommt unvermittelt und heftig, es ist glatt formuliert und sanft gesprochen.

»Was steckt dahinter?«, fragt sich Johannes.

Johannes schiebt die Erinnerung an Frankreich beiseite. Er hat im selben Moment einen Dialog im Kopf, wo Leila Felix geohrfeigt hat, bösartig und gemein. Es ist lange her. Für Johannes ist es präsent. Es steht noch immer zwischen ihr und ihm. Er drängt es heraus. Er sieht Bilder von Frankreich.

Er sagt; »Felix ist gerade in Frankreich, bei seiner Familie.«

Das war gekonnt. Alles im Lot. Zu harmlos gekontert. Da ist die alte Streitlust in Johannes. Er drückt sie unter die Oberfläche. Es kostet Kraft, sie unter Wasser zu halten.

Leila geht einen Schritt weiter. »Ich wollte wissen, ob ihr noch zusammen seid?«

Es ist lange her, dass sie sich jeden Tag begegneten, dass Leila Anteil an ihrer beider Leben hatte, gezwungenermaßen. Weiß sie nichts mehr über sein Leben? Verstellt sie sich?

Er sagt: »Ja, sind wir.«

Leila möchte verbindlich sein. Sie möchte Vergangenes ungeschehen sein lassen. Sie hat nachgedacht.

Sie war eifersüchtig, und wie. Auf ihren Vater, auf Felix.

Sie sagt: »Da hast du Glück, in deinem Alter.«

Da ist es wieder. So ist sie. So kann sie sein.

»Sie hat es noch nicht verarbeitet«, denkt Johannes.

Er will keine Auseinandersetzung, dafür ist er zu müde. Er wiegelt ab. Es ist noch heiß genug draußen.

Er sagt: »Ja, darüber bin ich sehr froh.«

Wie soll das Gespräch jetzt weiterlaufen? Leila wäre am Zug.

Sie ist verblüfft von der klaren, nicht verletzenden Antwort. Sie weiß, er kann auch anders. Sie hat Interesse an ihm. Sie nimmt ihre alten Verletzungen in sich hinein. Sie will nicht kaputt machen, was sie gerade begonnen hat herzustellen. Felix gehört dazu. Natürlich wusste sie, dass die Beiden noch zusammen sind. Sie hat es in Kauf genommen, sonst wäre sie nicht aufgekreuzt, so plötzlich.

Sie sagt: »Das musst du wissen. Es ist deine Sache. Ich jedenfalls fand den Abend schön mit dir. Ein Anfang ist ein Anfang.«

»Das könnte von mir selbst sein«, denkt Johannes.

Inzwischen sind sie vor dem Haus angekommen. Hier hat Leila lange gewohnt. Es ist nicht einfach für sie, daran vorbeizugehen. Sie hat einen ersten Schritt gemacht. Johannes hatte Anstrengungen unternommen, vorher, ohne Erfolg. Der Schritt musste von ihr kommen. Beide stehen vor ihrem Haus und umarmen sich. Johannes hätte früher geweint. Er bleibt ohne Tränen. Das ist er sich schuldig.

Er sagt: »Ich freue mich, dass wir wieder reden können. Ich war traurig, lange Zeit. Vielleicht war es notwendig. Du hattest Not und hast die Wende eingeleitet. Es gefällt mir, wie du das gemacht hast.«

Leila küsst ihren Vater auf den Mund und geht. Johannes schließt die Tür auf. Er findet sich in der Dunkelheit nicht zurecht. Er beschließt Felix anzurufen. Felix geht nicht ans Telefon. Johannes kennt das. Es beunruhigt ihn schon lange nicht mehr. Langsam tastet er sich durch das Haus. Er macht Licht. Die Dinge im Wohnzimmer sind lebendig.

Eine Spielszene aus der Wirklichkeit. Sein visuelles Gedächtnis hilft ihm bei der Aufstellung der Figuren. Wie im Psychodrama. Da ist die alles entscheidende Situation. Damals war Felix ins Haus gezogen. Johannes hatte ihn kennen gelernt, auf einem der langweiligen Künstlerseminare in

München. Er hatte plötzlich vor ihm gestanden, auf der Straße. Ein junger Mann aus Frankreich.

Leila war von Anfang an nicht begeistert gewesen. Als er einzog noch weniger. Felix war hübsch und zurückhaltend. Leila war scharf auf ihn, vom ersten Moment an. Sie hatte kein Geheimnis daraus gemacht. Sie wollte ihn. Der Vater und Felix, das ging gar nicht. Leila war ein exotisches, junges Mädchen. Hätte ihr jemand widerstehen können? Es hatte ihr einen zusätzlichen Kick gegeben, dass Felix der Freund ihres Vaters war. Die Spannungen erfüllten jeden Raum des Hauses.

Leila hatte ihre eigene Wohnung im Haus. Es gab eine gemeinsame Treppe. Hier hatte sich das Drama abgespielt, das Johannes rekonstruierte. Johannes hatte damals erst ein Klatschen, dann einen dumpfen Aufprall vernommen. Er hatte in seinem Arbeitszimmer gesessen. Felix war genau vor seiner Tür gelandet. Leila hatte ihn mit einer Ohrfeige zu Fall gebracht und die Treppe hinunter gestürzt. Die Nase hatte geblutet. Leila hatte ihrem Vater ins Gesicht gegrinst, als dieser plötzlich in der Tür seines Arbeitszimmers stand. Felix rappelte sich auf und war wortlos in sein Zimmer zurückgegangen.

Johannes hatte geschrien: »Leila, du bist ein Arschloch und völlig übergeschnappt. Was hat dir Felix getan?«

Er wusste selbst, dass solche Situationen nicht vernünftig ablaufen und ganz anderen Regeln folgen. Er hatte es kommen sehen. Er war entsetzt gewesen. In seinem Gedächtnis saßen sie wieder auf dem Sofa im Wohnzimmer und redeten. Leila und Johannes. Felix war später dazugekommen. Leila war tief verletzt gewesen. So hatte sie ihre Situation im Gespräch dargestellt. Ihr Vater lebte mit einem jungen Mann zusammen. Sie hatte sich außen vor gefühlt, ungeachtet, dass ihre Liebhaber das Haus ungehindert betraten. Johannes hatte nach einer langen, schwierigen Diskussion klar und deutlich gesagt, dass sie sich eine eigene Wohnung suchen sollte. Er hatte diese Situation nicht fortsetzen wollen. Leila war kurzzeitig regelrecht ausgerastet. Sie hatte getobt, mit Worten und Gesten. Gegen ihn, gegen die Wände. Sie hatte die Tür ins Schloss geschlagen und war erst spät nachts nach Hause gekommen. Johannes und Felix hielten den Atem an. Johannes hatte Angst gehabt, unbestimmte Angst.

Felix war betroffen gewesen, Johannes war wütend, letztlich verständnisvoll, das alte Problem.

Johannes schiebt die Erinnerung weg. Er denkt an das Gewitter am Abend und empfindet Freude, dass Bewegung in sein Verhältnis zu Leila gekommen ist. Er hatte sich lange Monate Vorwürfe gemacht, dass er Leila überfordert hätte.

Er beharrt auf seinem persönlichen Glück. Er ist rücksichtsvoll. Gleichzeitig will er nicht verzichten. Er nimmt seine Vaterrolle ernst. Für ihn geht das zusammen, mit seiner Liebe zu Felix. Hätte er beiden gerecht werden können? Diese Frage stellte sich heute anders. Leila lebt ihr Leben. Nicht weit entfernt, aber weit genug entfernt. Jetzt schlägt sie eine Brücke. Er weiß, dass er sie gern betreten will. Würde sie halten?

Ein erneuter Anruf bei Felix bleibt ergebnislos. Es ist Mitternacht. Er ist durch die Ereignisse der letzten Stunden aus seiner selbst gewählten Gedrücktheit aufgetaucht. Er streckt den Kopf aus dem Wasser. Er schläft ein. Der Schlaf schenkt ihm Träume:

Das Gewitter in Frankreich. Jetzt zieht es herauf. Er sitzt mit Anne und Leila im Käfig. Ein alter, leerer VW-Bus mit Matratzen. Eine kleine Teeküche gibt es auch. Auf einer Anhöhe, mitten in hügeliger Landschaft, Weinberge, Felder ringsum. Vereinzelt kleine Gehöfte. Der Himmel ist eine einzige schwarze Wolkendecke, undurchdringlich. In wenigen Minuten ist es passiert. Der Himmel ist weg. Es entladen sich kraftvolle, grell-helle Blitze, Energien, von denen Johannes nur weiß, dass es sie gibt. Das Wasser stürzt in Kübeln auf den Bus herab. Er wankt bedrohlich. Es dröhnt sehr laut. Es schlägt und peitscht gegen das Glas der Frontscheibe. Es hebt den Bus vom Boden ab. Reißendes Wasser von allen Seiten, immer wieder Blitze. Es leuchtet und kracht. Leila und Anne halten sich aneinander fest, sie sind dreizehn. Johannes hält sie und sich fest im schaukelnden Blechgehäuse. Keine Sicht nach draußen, nur Erschütterung. Johannes beruhigt die Kinder. Er selbst ist in Aufruhr. Er hat Angst. Die letzten Jahre ziehen ihm durch sein Gehirn. Ist das das Ende? Was passiert?

Ihm fällt der Faraday'sche Käfig ein, aus dem Physikunterricht der zehnten Klasse. Er verstrickt sich in die Erinnerung. Er atmet durch. Die Erkenntnis stellt sich ein.

Laut sagt er: »Uns kann nichts passieren.«

Leila guckt verstört. Anne weint. »Warum bist du dir so sicher?«

Johannes erklärt mit fester Stimme das physikalische Prinzip. So stolz war er selten, wenn es um Naturwissenschaften ging. Dass seine Stimme beruhigt, weiß er.

Als Johannes sehr früh aufwacht, steckt ihm der Rest des Traumes noch im Mund.

Er sagt es vor sich hin, das Zauberwort: Faraday'scher Käfig.

Es zergeht auf der Zunge. Er möchte es nicht zerbeißen. Er muss lachen.

»Lernen ist nicht umsonst«, denkt er. »Nicht immer", schiebt der Skeptiker nach.

Er hat den Physikunterricht gehasst. Er hat Karikaturen der Lehrer und Mitschüler gezeichnet.

Dann hat er sie wie zufällig liegen gelassen.

Johannes steht auf. Es ist fast noch dunkel. Er ordnet die letzten Ereignisse des Abends und der Nacht. Eine gewisse Zufriedenheit hat ihn erfasst. Wenden sich die Dinge zum Guten?

»Ich bin gespannt, was Felix dazu sagen wird«, murmelt er vor sich hin.

Als er im Bad das Licht anknipst, verabschiedet sich die Glühbirne. Der Gedanke, den er hatte fortsetzen wollen, wird nicht zu Ende gedacht. Er widmet sich banalen Dingen. Er sollte mehr auf sich achten.

Das Haar ist zu lang. Die Wäsche muss auch gewechselt werden. Er ist nachlässig. Es interessiert ihn nicht übermäßig. Er ist eitel auf seine Weise. Er muss um 10 Uhr im Institut sein. Er hat Zeit.

Er wendet sich dem Teeritual zu. Grüner Tee in einer alten, bauchigen Kanne. Er frühstückt nicht gern allein. Er kennt es. Mit Leila war es schön, mit Felix ist es schön.

Von dem Fenster schaut er der kleinen Straße zu. Was hat sie an diesem frühen Morgen schon alles gezeigt? Die Zeitung kann warten. Schulkinder sind unterwegs, kleine, mit viel zu großen Ranzen. Nicht auf dem Rücken, in der Hand trägt man sie. Sie wuseln über die Straße, sie brabbeln vor sich hin. Ob sie gern in die Schule gehen? Johannes sieht es ihren Gesichtern nicht an. Eine alte Frau hat sich ihr Kissen schon früh in den

Fensterrahmen gelegt. Johannes schaut zu ihr auf. Er kennt sie. Sie liegt oft da. Sie schaut in den Morgen. Sie grüßt Johannes. Es ist warm draußen. Das schöne Wetter der vorherigen Tage setzt sich fort. Am Morgen ist es angenehm mild. Vom Garten weht frische Luft ins Zimmer. Morgen müsste Felix zurück sein.

Johannes denkt an Leila. Wie lange hat sie gebraucht, wie viel muss sie gelitten haben? Er findet das übertrieben. Er weiß, dass die Gefühle der Menschen unterschiedlich reagieren. Er beschließt sie heute noch anzurufen. Er will ihr mitteilen, dass er ihren Schritt auf ihn zu schön findet. Er muss aufpassen, nicht väterlich zu wirken. Er kann nicht leugnen, dass er es ist. Überrascht war er. Diese Selbstverständlichkeit als wäre nie etwas passiert.

Margarethe fällt ihm ein: »Du musst die Menschen nehmen wie sie sind. Du kannst sie dir nicht backen, wie du sie gern hättest.«

Er weiß das. Das Telefon klingelt.

»Hallo Petra, so früh?«, sagt Johannes.

»Es ist schon acht. Max ist längst in der Schule. Ich bin schon zwei Stunden auf.«

»Na klar, aber dass du so früh anrufst, ist ungewöhnlich.«

»Ich habe ein Anliegen und dachte, dass ich dich später nicht mehr erreiche.«

»Raus damit.«

»Max macht mir Sorgen. Er ist total desinteressiert und hängt einfach ab. Er nervt nur. Hast du Zeit darüber zu reden?«

»Klar doch. Ich kann es mir schon denken. Das Alter ist schwierig. Lass mich schauen. Wie ist es am Mittwoch? Hast du Lust am Nachmittag zu mir zu kommen, in den Garten? Das Wetter soll schön bleiben.«

»Nicht so früh. Um fünf könnte ich es schaffen.«

»Okay. Dann sehen wir uns Mittwoch.«

Petra ist erleichtert. Johannes mag Max. Er räumt das Geschirr in die Küche. Mit schnellen geübten Handgriffen macht er Ordnung. Er zieht sich vollständig an. Er kontrolliert die Aktenberge auf seinem Schreibtisch.

Er stöhnt: »Ich muss Ordnung schaffen.«

Er sucht die Dinge zusammen, die er braucht. In den kleinen, schwarzen Rucksack geht viel rein.

Im Kopf ist Felix, von dem er nichts gehört hat. Er mag ihn. Nein, viel mehr. Er will jetzt mit ihm zusammen sein und weiß doch, dass es nicht geht.

Wie ihn eine Beziehung verändert. Wie wichtig ihm Felix ist. Er freut sich, dass er bald wieder bei ihm ist. Johannes findet das Leben aufregend. Wenn es zu vorwärts treibend ist, bekommt er Angst. Er will viel. Man könnte auch sagen, alles. Er ist in Gedanken.

Er verlässt das Haus. Er schwingt sich aufs Rad. In diesem Moment erreicht ihn eine kurze Nachricht von Felix. Er steigt ab. Er liest ›*Mein Schatzmann, komme Mittwoch um 19.00 Uhr. Holst du mich ab?*‹ So ist Felix. Kurz und klar.

Vertrauen und Verlässlichkeit, das schätzen sie aneinander. Wenn es gestört ist, hat Johannes Angst.

Er rast die große Allee hinunter. Er nimmt die Bordsteine geschickt manövrierend. Das Radfahren ist seine alltägliche Leidenschaft.

Johannes mag diese Stadt. Er kennt und begegnet hier Menschen, die eine Bedeutung für ihn haben. Prominent ist er nicht. Man kennt ihn. Die Eckpunkte seines Lebens sind klar definiert. Dazwischen ist viel Chaos und Fantasie. Johannes arbeitet an der Akademie. Er lehrt dort Malerei. Früher wollte er einmal Maler sein. Jetzt bringt er anderen das Malen bei. Er beschäftigt sich in seiner knappen Freizeit mit unterschiedlichen Techniken des Zeichnens. Manchmal malt er.

Er ist im Institut angekommen. Seine Klasse präsentiert heute eigene Arbeiten. Die - so ist die Verabredung - kritisch von den anderen beurteilt werden sollen. Er hat sich vorgenommen, sich selbst zurück zu halten. Es ist seine Meisterklasse.

Als er ins Atelier kommt, stehen sieben Studenten schon vor den ausgestellten Arbeiten und betrachten sie. Es wird gelacht, gefrotzelt oder geschaut. Die Begrüßung ist informell und herzlich. Es ist eine wichtige Besprechung. Es ist stickig.

»Kann ich das Fenster öffnen?«, fragt Johannes.

Sieglinde hat es schon getan. Sie beginnen. Es ist eine schwierige Prozedur. Die Gruppenzusammensetzung bedeutet viel. Jeder arbeitet für sich, trotzdem zählen die anderen. Sich ihrer Kritik zu stellen, fällt schwer. Johannes kennt seine Schüler. Er hat sie bei der Arbeit dieser Bilder über Wochen beobachtet, mit Hinweisen war er sparsam. Es ist eine fortgeschrittene Arbeit. Der eigene Zugang zum Thema, die individuelle Ausführung und die Anwendung bestimmter Techniken sind Voraussetzungen für das Gelingen. Einige Künstlerkollegen, die selbst Maler sind, gehen anders an die Dinge heran. Johannes sieht sich selbst als Künstler und Pädagoge.

Oft wird Pädagogik als Schimpfwort in seinen Kreisen verwendet. Er hat sich nie gescheut dazu zu stehen. Es fällt auf ihn wie ein Stein, dann duckt er sich. Das fällt ihm schwer. Keiner will den Stein geworfen haben. Der Lehrkörper muss solidarisch handeln. Als ob das bei bildenden Künstlern denkbar wäre. Johannes ist direkt, er kritisiert seine Kollegen. Sein Verhältnis zu den Studenten ist anders. Klar, dass man ihm Kumpanei vorwirft. Er erträgt das stolz und gelassen. Wenn er zufrieden ist in seinem Leben, kann er viel ertragen. Er hat die Vorstellung, Leben und Arbeit in Einklang zu bringen. Er trennt nicht. Das will er nicht. ›Was ist mit der Distanz, Herr Kollege?‹ Er kennt diesen Satz, er weiß um die Distanz, er hält sie für wichtig. Wie sieht Distanz aus, wo brauche er sie? Er ist nicht ängstlich. Er handelt impulsiv und emphatisch. Er mag seine Leute, die wissen das.

Er betrachtet das Bild von Michael. Sein Lieblingsschüler, heißt es auf den Gängen. Er findet das albern. Er mag ihn.

Michaels Bild rennt gegen die Zeit und ist die Zeit. Johannes findet es anrührend, nicht wirklich gelungen.

»Fangen wir mit diesem Bild an«, sagt Johannes laut.

Alle sieben Meisterklasseschüler stehen um ihn herum. Drei Frauen und vier Männer. Sie sind zwischen zwanzig und dreißig. Eine bunte Mischung aus Farben, Formen, Gerüchen, hell und dunkel, Sopranstimmen bis hin zum Bass. Laut- und Leisetreter, Groß- und Kleinfühler, Kalt- und Warmduscher.

Das ist der Spruch von Felix, wenn sie beim Frühstück über seine Schüler reden.

Einer liebt Männer, nicht Michael. Paula ist winzig klein, nur einen Meter fünfzig. Sie malt als wäre sie fünfzig.

Johannes schießen die Biographien durch den Kopf. Er hat sich eingehend damit beschäftigt. Er weiß, dass das hilft und im Weg ist. Er macht es trotzdem. Es gefällt ihm zu wissen, wer mit ihm arbeitet. Er möchte gern hinter die Fassade schauen. Er versteht ihre Bilder besser, wenn er das weiß.

Mara sagt: »Ich sehe eine Häuserfront am frühen Morgen. Davor Mutter mit Kinderwagen. Die Kinder sehe ich nicht. Du verwendest viele Brauntöne für die Häuser. Grau ist der Himmel. Ein einziges abgestuftes Grau. Hinter einem Haus ist es heller. Es sieht nach Sonne aus. Kontrastreich. Sehr harte Farben, finde ich.«

Hans mischt sich ein. »Während die Häuser perspektivisch sind, sind die Kinderwagen flach. Ich finde das einen merkwürdigen Bruch, nicht unbedingt negativ gemeint.«

»Die Gesichter der etwas drallen Wohlstandsmütter sind für mich hässlich und missmutig«, sagt Mareile.

»Die sehen aus, als hätten sie die Kinder unter Gewalt gezeugt«, sagt Ferdinand.

Alle lachen. Michael grinst. Johannes ist beeindruckt. Das hat er so nicht wahrgenommen.

Er sagt: »Du hast recht, Ferdinand. Es fällt mir jetzt auch auf.«

Solche Verstärker durch sein Votum sind umstritten. Sie könnten die freie unbefangene Assoziation der anderen ausbremsen, in eine Richtung lenken. Johannes sieht sich als Teil der Gruppe. Er will seine durch andere gewonnenen Einsichten zur Kenntnis geben.

Max sagt: »Die Technik ist konventionell, sehr absichtsvoll. Die angesprochenen Inhalte finde ich sozialkritisch. Michael teilt uns etwas Realistisches, manchmal ironisierend mit. Es zieht mich rein. Es knallt mir diese vergewaltigten Mütter vor den Latz. Vielleicht ein bisschen viel Tristesse.«

Max redet oft Klartext, provokativ. Er ist engagiert und empathisch.

Johannes gefällt das. Paula ist einen Schritt vorgetreten, näher an das Bild. Sie setzt sich gern in Szene. Viele denken, dass das mit ihrer Kleinwüchsigkeit zu tun hat.

Paula doziert: »Michaels Stil ist neorealistisch. Er benutzt Zeichensysteme und Farbsymbole in einer an sich realistischen Szenerie. Ich erkenne immer das ironisch bösartige Augenzwinkern. Die moralische Keule ist mir zu massiv. Seine Bilder machen Sinn.«

Die Studenten reagieren unterschiedlich auf Paula. Sie ist beliebt wegen ihrer süßen Kleinheit. Sie nervt durch ihre lehrerhafte Attitüde. Beides passt nicht zusammen. So ist sie, eine Laune der Natur. Es gibt ironischen Applaus. Michael kann jetzt selbst etwas zu seinem Bild sagen. Er winkt ab. Die Karawane zieht weiter.

Draußen ist Mittagshitze. Sie dringt langsam ins Innere des Gebäudes. Johannes' Gedanken suchen sich einen Weg in den südlichen Westen. Wo ist Felix jetzt? Denkt er an ihn? Ist er noch verärgert wegen des kleinen Streits am letzten Tag? Johannes weiß es genau. ›Du musst ihr mehr Zeit lassen. Sei nicht so gekränkt wegen Leilas Funkstille. Sie braucht das. Du warst zu hart bei ihrem Auszug. Ich verstehe das, schließlich ging es um mich, du bist ihr Vater.‹

Leila war aufgetaucht, aus dem Nichts. So kommt es Johannes jedenfalls vor. Felix ist nicht da. Ist das Zufall oder geplant? Weiß sie, dass Felix verreist ist? Natürlich hat sie ihre Kanäle. Die Stadt ist eine Nachrichtenbörse. Es gibt immer einen, der etwas über den anderen weiß.

Der Vormittag vergeht mit Bildern, Bildern, Bildern.

»Sie sind begabt«, denkt Johannes. »Sie haben nicht nur Intuition und Fantasie. Sie können auch mit Farben und Formen umgehen.«

In manchen Bildern vermisst er das wirklich Neue, die Genialität. Er sucht ihn immer noch, den genialen Wurf, ins Zentrum der Welt katapultiert. Das wäre es gewesen. Es ist verdammt schwer. Kann es den überhaupt geben? Alles ist stark nivelliert und funktioniert nach genauen Gesetzen auf dem Kunstmarkt. Alles ist relativ geworden. Es gibt zu viele. Es ist eine Welt voller Reize, Anreize, Events, Shows, Vernissagen und Finissagen. Dabei geht es um zwei Dinge, will einer Erfolg haben. Erstens, Anpassung an den Markt, und zweitens, darin die besondere Nische zu finden, um sich persönlich verkaufen zu können.

Künstler und Kunst rücken immer mehr zusammen. Der Künstler betreibt keine Vergegenständlichung seiner selbst in der Kunst. Die Kunst ist eine Symbiose zwischen ihm und seinem Kunstwerk als doppeltem, repräsentativem Objekt. Sich dahinter verstecken ist nicht mehr angesagt.

Diese Gedanken hat Johannes bis zum Überdruss. Es hat auch sein Gutes. Der Künstler kann sich selbstbewusst in seinem eigenen ›Ich‹ in der Welt darstellen und seine Kunst kommunizieren. Das ist ihnen allen heute Morgen gelungen. Um Geschmacksfragen ging es nicht. Da lagen manche sehr weit auseinander. Die Frage, was Kunst nun wirklich ausmacht, stellt sich Johannes ergebnisoffen und wertfrei. Das Handwerk zählt, die eigene Ausdruckskraft feiert Triumphe. Es gibt Meister und Schulen. Meisterschüler. Die Gefolgschaft verspricht kommerziellen Erfolg.

Johannes hatte seine letzten Bilder vor einem Jahrzehnt gemalt. Die Stile der Schüler sind abweichend voneinander. Sie folgen den einen oder anderen Modernismen. Viele Künstlerdozenten sind nur wenige Stunden im Monat selbst anwesend. Sie arbeiten in ihren eigenen Ateliers. Sie betreiben ihr privates Geschäft. Die Kunststudenten sind sich weitestgehend selbst überlassen. Einige Kolleginnen und Kollegen wie Johannes halten aus vor Ort. Das hindert ihre Schaffenskraft. Ihr pädagogischer Eifer hält die Akademie am Laufen.

Johannes tritt auf die Straße. Er fährt am Fluss entlang über die Brücke. Entweicht geschickt, halsbrecherisch den Autos auf der Straße, den Fußgängern auf dem Bürgersteig.

»Sie sind wirklich zu blöd«, denkt Johannes.

Als Radfahrer ist er überall nur geduldet, gehasst. Was er heute Morgen nicht herausschreien konnte, wenn ihm etwas nicht gefiel, holt er nach. In der Anonymität des Straßenverkehrs riskiert er eine große Lippe. Es ist befreiend. Auch wenn er sich in der letzten Zeit dafür schämt. Er kennt seine Regeln. Er ist sich bewusst, dass seine Rollen wechseln. Er ist Autofahrer, Fußgänger zuweilen. Auf dem Rad fühlt er sich heimisch, Angreifer und Opfer zugleich. Seine Form der Selbstdarstellung. Er gerät mit sich und anderen in Auseinandersetzungen.

Er sollte sich besser kontrollieren. Er weiß das. Er hatte schon Anzeigen wegen Beleidigungen. Passiert ist bisher nichts. Gewaltbereit ist er verbal, nie körperlich. Er kennt körperliche Gewalt, er hat Angst davor. Er hat Glück gehabt. Die Situationen sind banal gewesen. So sieht er es.

Felix ist darüber wütend, er ist ruhig. Er hilft Johannes, wenn dessen Temperament mit ihm durchgeht. In seiner Klasse passiert das nie. In extremen Ausnahmesituationen hat er geschrien. Auf der Straße ist es schön. »Der Mensch braucht seine Freiheiten«, rechtfertigt sich Johannes.

Es gefällt Johannes mittags durch die Stadt zu radeln. Er beobachtet. Er stellt Vermutungen an, er denkt sich Geschichten zu den Menschen aus. Schätzt ihr Alter, ihren Beruf, ihre sexuelle Orientierung, ihr Leben. Ob er richtig liegt oder irrt, erfährt er nie.

Felix ist da vorsichtig. Er beobachtet leidenschaftlich. Er lästert mit Eifer, er legt nicht fest, er relativiert. Wenn Johannes etwas vorschnell behauptet, wird Felix ärgerlich.

Johannes ist in seinem Viertel angekommen, er macht Einkäufe. Fanatischer Öko ist er nicht, er wählt grün. Das hat etwas mit seiner Vergangenheit zu tun. In der Gegenwart sieht er die Dinge nicht mit der grünen Brille. Da ist ihm Überzeugung abhanden gekommen. Erfasst hat es viele, die Bequemlichkeit und der Wohlstand. Johannes steht an der Kasse bei Edeka.

Frank grüßt von weitem. Er ist jetzt freier Graphiker hier im Viertel. Er hat sein eigenes Büro. Die Geschäfte laufen erklecklich. Nicht alle können das von sich sagen. Er war als hoffnungsvoller junger Maler angetreten. Johannes fand seine Bilder sehr zärtlich. Er hat eins gekauft, zum Vorzugspreis. Der Markt war anderer Meinung. Frank ist nicht mehr unglücklich, am Anfang schon. Jetzt macht er Gebrauchsgrafik. Er arbeitet viel im Internet. Er hat sich gerade einen neuen Mercedes gekauft. Er lebt mit seiner Freundin um die Ecke. Sie besuchen sich, sie mögen sich.

Frank kommt jetzt auf ihn zu. Johannes hat die Kasse hinter sich. Er schaut Frank ins Gesicht. Der sieht liebenswert aus. Frank berührt ihn an der Schulter. Johannes mag diesen Körperkontakt.

Frank sagt: »Wie war es in der Akademie?«

»Ja, ein bisschen wie immer, und auch wieder nicht. Heute war Präsentation.«

»Ich erinnere mich, es ist lange her. Wie geht es Felix?«

»Er kommt morgen zurück, aus Frankreich. Ich freu mich auf ihn.«

»Wir sollten uns treffen, etwas zusammen essen.«

»Das ist eine gute Idee. Weißt du, gestern hat mich Leila besucht. Es war schön.«

»Mensch, Johannes, das freut mich für dich. Grüß sie von mir.«

»Mich hat es überrascht. Es gab keine Vorwarnung.«

»Die Hitze lässt die Leute rausgehen.«

»Manche verkriechen sich auch. Sie verrammeln Türen und Fenster. Die Hitze schlägt aufs Gemüt. Wer sie nicht verträgt.«

Johannes umarmt Frank. Er zeigt ihm, dass er gerührt ist über Leilas Kontaktaufnahme. Frank ist nicht erstaunt, er kennt Johannes. Er drückt ihn fest an sich. Die Körper sind warm und atmen.

»Toll«, sagt Frank.

Johannes lässt ihn los, seine Augen sind nass. Er wischt kurz mit der Hand darüber.

»Ich muss los, wir sehen uns. Ciao.«

Johannes steht da, ein paar Meter hinter der Kasse. Er denkt nach über seinen Gefühlsausbruch, peinlich ist es ihm nicht. Das Einzige, was ihm nicht gefällt, ist, dass er in letzter Zeit zu schnell Tränen produziert.

Am Blumenstand kauft er Rosen für Felix. Die Blumenfrau kennt ihn. Sie empfiehlt die schönen rosafarbenen.

»Die Hitze. Halten sie?«

»Ein paar Tage schon. Mehr Garantie kann ich im Moment nicht geben.«

Johannes nimmt die Rosen auf den Lenker. Sie duften, es sind Freilandrosen. Er hat es nicht weit.

Im Haus ist keiner. Er will sich in den Garten setzen. Er will in einem neuen Band über moderne Kunst lesen. Es könnte mal wieder ein Roman sein. Er füllt den leeren Kühlschrank. Morgen kommt Felix. Allein hat er nicht gekocht, nur morgens gefrühstückt. Morgen will er kochen, oder sie gehen essen. Er kennt Felix' Geschmack. Er ist in Erwartung. Er vermisst Felix. Wie sehr er sich an ihn gewöhnt hat. Johannes kann sich nicht vorstellen, ohne ihn zu sein.

Es gibt eine Vertrautheit, die bei der Berührung der Zehenspitzen beginnt. Sie setzt sich fort auf der zärtlich gestreichelten Körperhaut und dringt bis zum geöffneten Mund vor, der knallroten, angenehm schmeckenden Zunge von Felix. Er riecht Felix gern, Felix hat wenig Körpergeruch. Er riecht nach frischer Wäsche, manchmal nach Obst. Johannes sucht nach einer Bezeichnung für das, was er liebt. Felix riecht und schmeckt nach Felix. Kein anderer riecht so. Johannes hat immer weniger Lust, Fremdes zu kosten. Er sitzt jetzt im Garten. Er hat Ordnung im Haus gemacht. Wenn er allein ist, liegen die Dinge verstreut.

Felix mag das nicht. Felix hält eine selbstverständliche Ordnung. Sein Zimmer ist immer aufgeräumt. Er heftet ab. Er findet wieder. Bei Johannes kann das dauern, bis er etwas Verlegtes wieder gefunden hat.

Es gehört zu ihm, dass er sucht. Seit er eine Brille zum Lesen braucht, sucht er seine Brille. Er trägt die Lesebrille seit zwei Jahren. Er hat sie auf der Nase. Er sitzt im Schatten hinter dem Haus, unter dem Pflaumenbaum. Die Pflaumen sind nicht reif. Bald sind Semesterferien, noch zwei Wochen.

Johannes muss sich mit den Beurteilungen ran halten. Klausuren stehen aus. Er schlägt das Buch auf. Aufsätze zu Daniel Richter mit vielen Abbildungen. Er hat ihn in Berlin kennengelernt. Ein interessanter Maler und Mann. Nach einer Stunde Lektüre schläft er ein. Die Hitze packt ihn im Genick. Sie trägt ihn fort:

Er liegt zwischen Bahngleisen. Er blinzelt in den Himmel. Ausrangierte Züge stehen um ihn herum, aus einer anderen Zeit. Schrottreif, in einem anderen Land. Am Horizont taucht eine Gestalt auf. Er geht gezielt auf sie zu. Noch kennt er die Gestalt nicht.

Sam steht vor ihm. Er kennt ihn gut. Sie waren zusammen, vor Jahren. Er kommt aus dem Süden. Er drückt ihm die Hand. Eine warme, liebliche Empfindung. Sam zeigt auf ein Bild, das er gemalt hat. Er trägt es auf dem Rücken. Auf dem Bild ist ein Zug verunglückt. Er ragt in die Ebene. Menschen liegen herum. Sie sind tot, verwundet. Ihre Gesichter sind auseinander gebrochen. Sam schenkt Johannes das Bild. Wortlos gibt er es ihm in die Hände. Johannes weiß nicht, was er tun soll. Er will es nicht. Es ist brutal und erschreckend.

Sam geht. Johannes bleibt verloren zurück mit dem Bild in der Hand.

Ein Klingelton mischt sich in den Traum. Johannes wacht auf. Er erschrickt. Er wankt benommen zur Tür. Draußen steht Anselm. Johannes erkennt ihn nicht. Er sucht nach dem Namen, es ist Jahre her.

Anselm war sein Schüler.

»Anselm, wo kommst du her? Was machst du?«

Johannes will vertuschen, dass er geschlafen, geträumt hat. Er will vortäuschen, dass er gearbeitet hat.

Anselm durchschaut ihn. »Habe ich dich geweckt?«

Johannes ist entwaffnet. Er kapituliert. »Ich bin im Garten eingenickt, die Hitze.«

Anselm sagt: »Entschuldige, ich kam gerade vorbei und wollte Hallo sagen.«

So war das immer, sie kamen und gingen, angemeldet oder unangemeldet. Was tat das zur Sache? Er war selbst schuld daran, wenn er seine Studenten animierte. ›Wer ein Problem, oder auch nur Lust dazu hat, kann zu mir kommen. Wir haben ein offenes Haus.‹ Das ist Johannes' Credo und sein Selbstverständnis.

Er hat kein Recht, sich jetzt darüber zu beschweren. Arbeit und Leben definiert er als eine Einheit.

»Komm mit in den Garten, ich mache Kaffee.«

»Hast du überhaupt Zeit?«

»Das macht nichts. Du bist da und ich freue mich. Zeit ist ein relativer Begriff. Ich nehme sie mir, du kennst das. Wo kämen wir hin, wenn wir uns zum Sklaven der Zeit machten? Wir sind doch freie Menschen, die über ihre Zeit zu jeder Zeit selbst entscheiden können.«

Johannes ist in seinem Element, etwas naiv, etwas großsprecherisch. Das weiß er selbst.

Er hat einen großen Zeitumfang erhalten. Er darf und kann ihn nutzen. Das tut er.

Anselm folgt ihm selbstverständlich. Er kennt sich aus. Er hat viele Stunden und Tage hier verbracht, in Gesprächen, bei Festen, bei Seminaren im Haus.

»Es hat sich verändert. Ich lebe in Paris.«

Johannes ist erstaunt. »Das ist großartig. Was machst du da? Bist du freier Maler geworden und schläfst unter der Brücke?« frotzelt er.

Anselm muss lachen. »Ich war immer ein Luxusmensch.«

Johannes hat die Milch aufgesetzt. Das Wasser läuft bereits durch die Maschine. Johannes nickt.

Anselm setzt seine Erklärung fort: »Ich bin Kunstmaler. Ich arbeite im Atelier auf dem Montmartre. Es geht mir gut. Ich bekomme recht interessante Aufträge. Vom Portrait bis zum Schattenriss, manchmal auch Landschaften oder Stadtansichten. Ich weiß, dass es dir nicht gefallen würde. Mit der kritischen Kunst wäre ich jetzt bettelarm. Ich will leben und natürlich auch malen. Da macht man Kompromisse.«

Johannes ist vor den Kopf gestoßen. Der begabte Anselm. Er zeigt es nicht, er fängt sich ab.

Er sagt: »Erstaunt bin ich.«

Anselm spürt die Enttäuschung. Er ist dabei die Kaffeetassen aus dem Schrank zu nehmen. Er trägt sie in den Garten. Er platziert sie behände auf dem kleinen Gartentisch.

»Es ging nicht anders. Ich hab mich daran gewöhnt. Die Amerikaner sind meine besten Kunden. Danach kommen die Deutschen.«

Johannes ist über den Schock hinweg. Er hat schon viel erlebt, in den Jahren.

»Die Kunst ist eine Hure, die sich verdingen muss, um zu überleben«, denkt er.

Er sagt: »Wenn es dir dabei gut geht, freut es mich. Ich habe Ideale, um sie über Bord zu werfen.«

Sie trinken Milchkaffee und plaudern.

Alte Zeiten werden aus den Abgründen ihrer Gedächtnisse hervorgeholt. Das Leben ist weiter gegangen, es hat sie beide so lange nicht mehr zusammengeführt. Es ist schön, dass es jetzt wieder passiert. Sie sind sich nicht fremd geworden. Da ist eine enge Verbindung aus Körper und Geist.

Anselm hatte viel mit der kleinen Leila unternommen. Ein Bild hatte er von ihr gemalt. Es müsste noch bei Leila hängen. Sie hatten sich gegen ihn verbündet. Er hatte das nie übel genommen. Es war hilfreich gewesen, für alle.

Anselm ist fünfunddreißig, er lebt allein. Einer Frau hat er ein Kind gemacht. Der Kontakt ist abgebrochen. Er darf das Kind nicht sehen. Er leidet darunter.

Er erzählt Johannes Teile seines Lebens. Johannes hört zu, er konzentriert sich. Er sucht immer wieder Parallelen zu dem Anselm, den er gekannt, unterrichtet hat. Er findet sie, fast spielerisch in den Augen, der Art zu sprechen und der Umständlichkeit, mit der Anselm Erklärungen für selbstverständliche Begebenheiten sucht. So war es damals, so ist es heute.

Johannes taucht kopfüber in die Erinnerung. Eines Abends, nachdem Anselm Leila im Bett vorgelesen hatte, war er zu ihm in den Garten gekommen. Ein sanfter, gemütlicher, farbenreicher Herbstabend, warme Haut. Johannes war jung gewesen. Er hatte sich bei Anselm für seine Zuwendung für Leila bedankt. Er hatte seinen Kopf eine Sekunde zu lang berührt. Dann hatten sie sich geküsst, einfach so, kurz und heftig. Es war schön gewesen. Sie hatten lange vertraut geredet, herzlich. Ihr Verhältnis hatte sich nicht geändert.

Es blieb ihr Geheimnis. Keiner musste es kennen. Anselm blieb sein Schüler und Johannes der Lehrer.

Ob sich Anselm noch daran erinnern kann? Johannes will es nicht herausbekommen.

Anselm lebt im Marais-Viertel. Johannes ärgert sich, dass er es nicht vorher gewusst hat. Oft hätte er ihn besuchen können, wenn er in Paris gewesen ist.

Es ist gut so. Die Zeit hat sich weiter bewegt. Anselm ist erwachsen geworden. Er hat sich ein eigenes Leben aufgebaut, er hat viele Freunde in Paris. Er genießt seine Freiheit und seine Unabhängigkeit. Er hat sich erinnert. Johannes ist froh darüber. Sie sitzen da, sie schauen sich an, sie tauschen Erfahrungen, Erlebnisse aus.

Johannes erzählt von Felix. Anselm lächelt leise. Es springt hinüber auf Johannes' Gesicht. Es bleibt auf seiner Haut, eine geraume Weile.

Anselm sagt: »Ich freue mich für dich. Ich hoffe, ich lerne ihn kennen.«

Es ist Abend geworden. Die Hitze spiegelt sich in den Fensterscheiben. Zerfaserte rosa Wolken ziehen vorüber. Die langsam untergehende Sonne wirft letzte Strahlen auf die oberen Dachfenster. Im Garten ist die Luft würzig. Die Kräuter, die Leila gepflanzt hat, verströmen einen intensiven Geruch.

Anselm war durchs Haus gegangen. Er hat nach vergangenen Spuren gesucht. Es gibt sie. Vieles hat sich verändert. Anselm weiß nicht, ob er es bedauern oder ob er sich darüber freuen soll. Leila wohnt nicht mehr im Haus.

»Wie er sie in all ihrer Sprödigkeit geliebt hat«, denkt er

Felix ist eingezogen, ihm unbekannt. Er hat deutliche Duft- und Sichtmarken gesetzt. Jeder kann und soll es sehen: ›Hier lebe ich‹.

Anselm sieht es sofort. Es beunruhigt ihn. Anselm nimmt das in jedem Winkel des Hauses wahr. Er spürt, dass Johannes jemanden gefunden hat, der sein Leben offensichtlich stärker bestimmt als es früher der Fall gewesen ist. Eine leichte Unsicherheit zeigt er beim Betrachten des veränderten Möbel- und Einrichtungsbestandes. Er kennt Johannes gut, besonders in Geschmacksfragen. Er kann sich nicht verändert haben. Da ist eine andere Hand am Werk.

Anselm überlegt ober es ansprechen soll. Er unterlässt es.

Johannes weiß die Blicke ohne Sprache zu deuten. Er schweigt dazu. Anselm ist neugierig auf Felix geworden. Johannes gehörte so lange allen, selten sich selbst. Sollte sich das geändert haben?

»Wenn es ihm gut geht«, denkt Anselm, »bin ich zufrieden.«

Er sagt: »Schön habt ihr es hier. Anders als früher.«

»Ja, das stimmt. Es gefällt mir. Wir sind ein Männerhaushalt.«

Sie lachen einvernehmlich.

Eine ironische Melancholie auf Zehenspitzen trippelt durch die offenen Poren des Hauses.

»Wo wohnst du, wenn du hier bist?«

»Ich bin bei Felicitas. Du müsstest sie noch kennen.«

»Die mit der Stupsnase?«

»Die im letzten Semester schwanger wurde.«

Anselm grinste. Felicitas hatte ihre Schwangerschaft lange verheimlicht. Niemand weiß, wer der Vater des Kindes ist.

»Wie alt ist ihr Kind?«

»Ihr Junge ist zehn.«

Johannes denkt an Leila. Wann würde sie ihr erstes Kind zur Welt bringen? Er stellt sich selbst als Großvater vor. Eine schöne, grauenhafte Zukunft. Er hat das Alter immer verleugnet und weg geschoben. Er ist Mitte Fünfzig. Langsam will er darüber nachdenken, dass auch er nicht mit ewiger Jugend gesegnet ist. ›For ever young‹ schwirrt ihm als Melodie durch den Kopf. Er weiß, dass es schwierig werden würde, alt zu werden. Das zumindest ist Johannes bewusst. Im Angesicht der Kunst kennt er das

Alter. Der nahende Tod war auf vielfältige Weise dargestellt worden. Er hat seine eigene ruhige Schönheit.

Johannes bewundert die perfekte Darstellung bei den Künstlern der Antike und des Mittelalters.

Dachte er an Bacon und Kokoschka, entstand eher Furcht vor dem Altwerden.

Johannes liebt das Schöne, die einfache, wohlgestaltete Form, ohne Übertreibung, ohne Verzerrung, ohne Schnörkel. Die unverstellten jungen Körper und Gesichter.

Die Hässlichkeit im Leben und in der Kunst sind Alltag und Auseinandersetzung für ihn. Nacktheit löst bei ihm, wenn sie proportional ist, helle Freude aus.

Er steht jeden Tag vor den Felsbrocken eines problembewussten Zeitalters. Er weiß darum, er lebt damit. Seine Sehnsucht ist auf Griechenland gerichtet. Im modernen Sinn kitschig.

Anselm ist im Gehen begriffen. Der Abschied verläuft zärtlich mit fester Umarmung. Schnell lösen sich ihre Körper voneinander. Johannes hätte ihn länger gedrückt. Es ist ein Weg in seine Vergangenheit.

Anselm kann solche Momente von Nähe genießen. Es gibt keinen Erklärungsbedarf, nur eine Bewegung gegenseitigen Einverständnisses aufeinander zu. Eine gesicherte Zuneigung.

Anselm ist weg. Johannes geht ziellos in der Küche herum. Es ist verwirrend, wenn man sich so plötzlich mit der eigenen Vergangenheit konfrontiert sieht. Sie ist verdeckt gewesen. Sie liegt in Regalen alter Schülerarbeiten. Sie stauben vor sich hin.

In einem überfallartigen Angriff steht sie mitten im Raum. Sie macht sich breit und erfüllt das Haus, ihn, seinen dauerhaften Bewohner.

Johannes drängt die Lemuren aus seinem Kopf. Er konzentriert sich auf das Hier und Jetzt. Er hat eine Aufgabe zu erfüllen. Morgen steht er wieder vor seinen Studenten. Er setzt sich an den Schreibtisch, er arbeitet. Als er auf die Uhr schaut, ist es tiefe Nacht.

Das Telefon klingelt. Felix Stimme klingt weit weg, etwas belegt. Hat er getrunken?

»Ich wollte unbedingt mit dir reden.«

Er erzählt von seinem großen Familienfest mit Vettern und Cousinen, Onkeln und Tanten. Dann wechselt er den Ton.

»Ich freue mich, dich morgen wieder in meine Arme zu nehmen, dich an mich zu drücken, mich fest in dich hineinzuwühlen. Ich hoffe, du hast Zeit für mich? Diese Aufenthalte in Frankreich sind schön, aber sehr anstrengend.«

Johannes ist gerührt. Gerade hatte er noch über einigen Beurteilungen gesessen, hatte Bewertungen begründen müssen, sich gefragt, ob er wirklich gerecht war und alle gleich behandelte. Er hat so verschiedene Menschen in seiner Meisterklasse. Sie haben ein so unterschiedliches Wirklichkeitsverständnis. Ihr Kunstsinn und ihre Fähigkeit zur Auseinandersetzung mit dieser von ihnen gelebten und betrachteten Wirklichkeit sind oft weit voneinander entfernt. Ihre Biografien sind vielfältig. Ihre genetischen Voraussetzungen bis in die Physiognomien vielgestaltig geprägt. Wie hätte er sie alle über einen Kamm scheren können? Er kann und will das nicht.

Johannes hört Felix zu. Er ordnet die Gedanken. Er schiebt seine gegenwärtige Beschäftigung hinter das Ohr, er lässt los.

Er sagt: »Es tut gut das zu hören. Meine Haut ist seit Tagen einsam. Sie wartet auf deine Berührung. Deine Stimme legt sich sanft auf mein Gemüt. Ich möchte dich riechen und schmecken. Ich werde damit einschlafen.«

Ihr Gespräch hat eine nachhaltige Wirkung. Johannes verlässt das Arbeitszimmer. Er schaut in den Himmel, der sehr klar ist. Wind ist aufgekommen. Er wird die Tür zum Garten weit offen stehen lassen. Vom Bett aus kann er den Mond sehen. In den letzten Jahren hat er wenig geträumt. Er kann sich nur bruchstückhaft daran erinnern. In diesem Sommer haben seine Träume zugenommen, üppige Bilder. Ein Teil ist konkret, nicht realistisch. Er kann Zusammenhänge mit seinen Fantasien und Wünschen herstellen, seine Gegenwart wieder erkennen. Er versucht zu deuten. Er hat sich angewöhnt, sie in einem Heft neben dem Bett zu notieren. Anvertrauen ist das bessere Wort. Er muss das nach dem Aufwachen tun, sonst sind sie für immer verloren. Er schläft ein:

Er schreit: »Wir fahren durch die Wüste.« Eine trockene Hitze steckt in allen Gliedern. Die Haut ist spröde, aufgesprungen an den Rändern. Ein junger Mann sitzt am Steuer. Ich habe ihn gesehen. Alles an ihm ist geheimnisvolle, durchsichtige Zerbrechlichkeit. Er sitzt da. Er lenkt den Wagen. Es ist ein offener, sehr alter amerikanischer Straßenkreuzer. Ich bin jung. Ich sehe mich an und erkenne mich. Es ist lange her. Wie alt war ich? Sehr jung. Das Cabrio rast mit überhöhter Geschwindigkeit über die Schotterstraße. Sand wirbelt auf. Wir sind das einzige Auto. Wir sind die einzigen Gestalten. Der Fahrer hört Musik. Ich höre Fetzen aus den Kopfhörern des Anderen. Janis Joplin singt kraftvoll und fordernd. Jetzt weiß ich den Namen des Fahrers. Es ist Chris. Ich kenne ihn von meiner ersten Amerikareise. Ich erkenne ihn an seinen lockigen Haaren. Er hat eine viel zu kurze Jeans an mit abgeschnittenen Hosenbeinen. Wir fahren weiter. Immer wieder werde ich aus dem Sitz gehoben. Chris hat Freude daran. Er lässt das Lenkrad los. Er ist völlig verrückt. Ich denke, er ist bekifft. Ich schreie. Es ist kein Schreckensschrei, er ist lustvoll, übermütig. Das Auto hält die Spur. Erstaunlich bei diesem Tempo, den Unebenheiten. Kakteen. Wir sind sehr schnell. Ich liege mit meinem Kopf auf dem Schoß von Chris. Er lacht ein lautes Lachen. Es dröhnt. Das Auto hält plötzlich. Da ist Wasser. Da ist das Meer. Wie sind wir dahin gekommen? Der Strand ist vermüllt. Wir sitzen im Wasser. Ich drücke meinen Kopf fest an Chris Gesicht. Es ist ein Bilderbuch-Sonnenuntergang. Rot, alles rot. Wir schwimmen im Wasser. Ich schmecke das Meer, die Wellen. Es ist weich, schön. Wir treiben ins offene Meer. Ich schaue zurück auf den Strand.

An diesem neuen Morgen reißt ihn der Wecker aus einer abgründigen Tiefe. Gerade noch lag er im Meerwasser. Davor ein dreckiger Strand. Er ist weit zurückgereist in seine Vergangenheit.

Anselm ist der Auslöser gewesen.

»Der Traum hatte nichts mit Anselm zu tun«, denkt er.

Er sucht nach Realitätsgesten im Durcheinander der Nacht.

Der Weg ist bekannt. Die Konferenz ist lang. Das Gespräch mit Ferdinand beeindruckt ihn. Sein Bild ist orientiert an den Apokalyptischen Reitern. Merkwürdig schwülstig, interessant. Die Gruppe atmet schwer. Ist Bodenhaftung immer wirklich notwendig? Was bedeutet das Gestern im Heute? Wohin treibt die belastete Fantasie ihre Schöpfer?

Das Herz ist ein einsamer Jäger. Ein schöner Buchtitel. Bei Paula liegt es auf dem Tisch.

Er soll klar sein. Er darf sich nicht verstellen. Das Licht von draußen ist heute besonders schön.

Johannes ist auf dem Rückweg vom Flughafen. Im Auto sitzt Felix. Das Wiedersehen ist herzlich gewesen. Eine lange Umarmung, ein zärtliches Streicheln des Kopfes. Die Augen schauten sich an. Eine Mischung aus Hundeblick und Hochzeitsgeläut.

»Runterkommen kann er später«, denkt Johannes. »Jetzt darf er abheben, bis über die Wolken.«

Dabei gibt es heute nicht ein einziges Wölkchen am Himmel.

Er singt beim Fahren den Ohrwurm von gestern. ›*For ever young*‹.

Felix ist belustigt »Alterskrise?«, fragt er lapidar.

Beide lachen einvernehmlich vertraut.

»Wie war es? Erzähl!«

»Wie immer. Da gibt's nicht viel, oder vielleicht zu viel zu erzählen. Sie machen sich Sorgen, dass ich noch keine Frau gefunden habe. Ich könnte das Heulen kriegen. Ich schweige beharrlich. Ich bin nett. Ich spiele mit den Kindern, den Nichten, Neffen. Heimliche Blicke. Ich bin verschwiegen. Sie kennen das schon. «

Johannes lächelt. Er hat Vorwürfe auf den Lippen. Er spricht sie nicht aus.

Er sagt: »Frankreich ist ein schönes Land. Den Süden mag ich besonders.«

Felix versucht Johannes zu verstehen, nicht immer gelingt es ihm auf Anhieb.

»Soll ich kochen, oder gehen wir essen?«

Felix mag deutsches Essen. Es schmecke so deutsch, sagt er immer.

Felix überlegt: »Gehen wir in den Rosengarten. Da kann man schön draußen sitzen, wenn es nicht voll ist. Es ist Anfang der Woche.«

Johannes ist sich nicht sicher. »Das Wetter ist schön. Versuchen wir es.«

Der Rosengarten ist umrahmt von Rosenbüschen schönster Rot-Töne. Es gibt Nouvelle Cuisine auf Deutsch. Kleine Portionen, lecker angerichtet, gesund gekocht. Die Gäste sitzen im Duft der Rosen.

Er übersteigt den Geschmack der Gerichte.

Johannes hat das kritisiert. Felix nennt das ›moppern‹, was immer das heißen mag, wo immer er das her hat.

Am Eingang des kleinen Gartens steht Luise.

»Schönen Abend, wir sind schon spät. Sorry.«

See you later, alligator. Er bügelt sie ab, als wäre sie nie seine enge, vertraute Schulfreundin gewesen.

Das kann warten, sie wird es ihm nicht übel nehmen. Oder er bügelt es wieder glatt, um im Bild zu bleiben.

Luise ist weg. Johannes ist weiter.

Sie streben zu einem kleinen Ecktisch, er ist gerade frei geworden. Ein Glückstreffer. Felix und er haben das verdient. An diesem Wiedersehensabend, ein richtiger Wiedersehenstisch, bei Wiedersehenswetter.

Jetzt fehlt nur noch Wiedersehensessen. Johannes ist glücklich. So wenig bedarf es dazu.

Das Glück war Gegenstand eines Seminars gewesen, das Felix besucht hatte, vor einigen Monaten.

Er hatte einfach Lust dazu gehabt, aus seinem Berufsalltag auszubrechen. Er war zurückgekommen mit glücklichen Augen, mit einem offenen Mund voller Staunen. Er hatte Wissen und Weisheit geschlürft.

Schon immer ist er ein Büchernarr gewesen, er kann sie in sich hineinfressen.

Er arbeitet als junger Lektor, in einem Verlag für deutsch- und französischsprachige Literatur. Der Verlag bietet solche Fortbildungsmaßnahmen. Felix war damals sehr beunruhigt und erregt nach Hause gekommen. Er hatte Johannes von seinem Plan erzählt. Eine Woche raus aus dem Verlagsalltag.

Das Thema Glück, welche Dimensionen hat das in sich?

Johannes denkt an die von Felix erzählte Kontroverse. Ist Glück, im Einklang mit sich selbst zu sein, eine Zufriedenheit in sich zu finden, oder ist Glück das Glück des Anderen? Das Glück, das sich steigert, je mehr man hat und besitzt? Konkurrenz, Habgier, Machtgelüste, das alte Problem zwischen ›Haben‹ und ›Sein‹? Johannes hat viele Glücksmomente genossen, er ist auch abgestürzt.

Glück ist nicht dauerhaft. Er hat es festhalten wollen.

Das Glück ist auf dem Weg zuweilen spröde. Er ist nicht uneins mit sich. Dass er in sich ruhte, dass er eine dauerhafte innere Zufriedenheit hätte, davon ist er weit entfernt. Das Leben verhindert das, sein wechselvolles Leben. Da seine junge Umgebung sich immer wieder neu erfindet, kann auch er nicht innehalten. Er täte es, dann, wenn er spürt, dass er rundum glücklich ist.

Wie diesen Moment mit Felix, an dem kleinen Tisch im Rosengarten.

Felix bestellt ein Glas Merlot. Deutsche Weine mag er nicht. Johannes einen Cidre, als Reminiszenz an Felix' französisches Blut. Felix ist zufrieden. Wenigstens keinen Saft. Mit Cidre kann man immerhin anstoßen. Er ist ein Genießer. Das Essen ist deutsch.

Felix nimmt Lendchen in Sahnesauce mit Kartoffelpüree. Johannes zieht den Fisch vor. Kabeljau in Dillsauce, mit Schwenkkartoffeln. Es gefällt Felix, wenn sie beide verschiedene Speisen ausprobieren. Hier ist alles selbst gemacht und frisch. Es verspricht ein köstliches Abendessen zu werden.

Felix sagt: »Stößchen.« Er hat sein französisches ›*a la santé*‹ eingetauscht. Um sie herum liegt Rosenduft, Johannes liebt Rosen. Es gefällt ihm, Rosen zu schenken. Für Felix stehen sie zu Hause, in seinem Zimmer und warten auf ihn. Werden sie ihm gefallen, oder ist das zu übertrieben?

›C' ést trop‹, könnte Felix sagen.

Felix berührt Johannes' Hand. Sie liegen übereinander auf dem Tisch, leicht und schwer. Sie wollen sich nicht trennen. Sie berühren sich. Sie greifen ineinander. Sie liebkosen gegenseitig ihre einzelnen Finger, besonders den Daumen. Er ist sinnlich. Johannes hätte Felix' Daumen gern in den Mund genommen. Er unterlässt es. Er weiß, dass Felix das in der Öffentlichkeit peinlich ist. Beim Anstoßen muss man sich in die Augen schauen. Felix hat das eingefordert. Johannes schaut einfach in die Luft. Er glotze Löcher in die Luft, meint Felix. So schaut er in Felix Augen, schöne, blaue, schlitzartig nach innen zulaufende Augen.

Johannes ist in diesen Augen ertrunken. Er kann schwimmen. Die Augen von Felix ziehen ihn in eine abgründige Tiefe. Johannes will nicht aus diesem tiefen Wasser. Er muss, um Luft zu holen. Wenn er sie zu lange intensiv betrachtet, tränen seine Augen. Warum, weiß er nicht.

»Stößchen«, sagt Felix. Johannes lacht in seinen hellen, wachen Blick hinein.

Nicht lange her hat er Felix das Gedicht von den Wolken und dem Kranich von Brecht vorgelesen.: ›*Dass also keiner länger hier verweile und keiner andres sehe als das Wiegen des andern in der Luft, die beide teilen. So schweben sie dahin, einander ganz verfallen. Wohin Ihr? Nirgends hin. Von wem davon? Von allen. Wann werden sie sich trennen? Bald.*‹

Für Johannes eines der schönsten Liebesgedichte. Den ersten Teil mag Johannes lieber als den Schluss, der macht ihn traurig. Felix war beeindruckt. Er hatte lange auf Johannes Schoß gelegen und sich der Art hingegeben, mit der Johannes ihm den Kopf massierte.

Es ist ein schönes Leben zu zweit. Sie reden nicht viel. Sie genießen die Gegenwart des Anderen. Sie atmen ihre Gedanken und Wünsche ein und aus. Sie begehren sich ohne Worte. Johannes kann sich hingeben. Fallen lassen, in das weiche, warme Gefühl. Er ertappt sich. Bei klarem Verstand weiß er, dass er dem Kitsch verfallen ist. Er kann sentimental werden. Die Empfindungen stehen in klarem Gegensatz zu seiner kritischen Persönlichkeit. Sie leugnen Einsicht und Vernunft, sie überhöhen ein Gefühl. Sie verzerren Wahrnehmung und Wirklichkeit.

Es ist ein Teil seiner Identität. Er gestattet sich auszusteigen aus der Zeit. Er kann alles um sich herum vergessen. Er kann schwelgen in amorphen Versponnenheiten. Seiner eigenen Kritik hält dieser Zustand nicht stand.

Felix zerschneidet genüsslich sein Lendchen. Er lässt es auf der Zunge zergehen.

»Butterzart«, sagt er.

Sein Deutsch ist hervorragend. Er liebt es, sich gewählt auszudrücken. Er will seiner Aussage Nachdruck verleihen. Er pointiert, er ironisiert im selben Moment. Hingabe an die deutsche Sprache. Heimliche Kritik an ihrer Blumigkeit, zum Ausdruck von Banalitäten wie einem Stück Fleisch vom Schwein.

Johannes ist ihm ebenbürtig, auch wenn seine Profession die bildende Kunst ist. Er liebt und schätzt das geschriebene, mehr noch, das gesprochene Wort in seiner ganzen Komplexität und Facettenhaftigkeit, von Bedeutung, Stimme und Klang der Sprache.

Johannes spricht zunächst den Schwenkkartoffeln zu. Er sagt ›Köstlich‹ mit gespreizter, gespaltener Zunge.

Sie übertreffen sich gegenseitig. Es ist ein Spiel. Es gefällt ihnen, mit Worten über sich herzufallen. Sie steigern den Genuss auf ihren Zungen, indem sie ihm sprachlichen Ausdruck verleihen. Das Glück ist anwesend. Der Genuss liegt auf dem Tisch. Die Anziehungskraft der Worte und der Speisen setzt sich nach innen fort. Die Haut und das Herz sind beteiligt. Der Wein beschleunigt die Verschmelzung.

Es kommt der Moment. Sie müssen aufstehen. Sie fahren nach Hause. Sie fallen übereinander her. Die Rosen stehen auf dem Tisch. Der Mond scheint. Es ist helle Nacht. Es ist schön. Der nackte Fuß von Felix streift die Fußsohle von Johannes. Der fühlt das ganze Leben darin. Sein Leben mit Felix.

War er jemals so glücklich?

Der Morgen ist aufgehoben in den Gedanken der Nacht. Er fordert sein Recht.

Während Felix im Bad hantiert, deckt Johannes den Tisch. Morgengeräusche von der Straße. Felix hat Gleitzeit. Er will in Ruhe frühstücken.

Johannes hat Zeit. Er muss heute nicht in die Akademie.

Das Aufwachen war eingebettet in Körperwärme und zärtliche Berührungen. Johannes mochte nicht aufstehen, er liebt das. Felix ist nüchtern. Er findet den Absprung leicht. Er ist ein Tagmensch, er ist diszipliniert. Bei Felix ist das sein natürlicher Umgang mit sich und der Welt.

Johannes muss es zwangsläufig sein.

Der Kaffee ist durchgelaufen, der Tee ist in die Kanne gefüllt. Sie sitzen im Garten unter dem Pflaumenbaum. Die Vögel zwitschern. Eine Idylle mitten in der Stadt. Wären da nicht die Anlasser der Autos. Der Mauerfall jährt sich zum zwanzigsten Mal. Johannes überlegt, wie sie das künstlerisch bearbeiten könnten. Es steht ein Gemeinschaftsprojekt der Akademie an. Man sollte aktuell sein. Nach den Feiern und Reden, sozusagen als Nachschlag, als Faustschlag in das Gesicht der Selbstzufriedenen.

Johannes erwischt sich bei ausufernden Gedanken. Sie haben etwas Subversives an sich.

Staatstragend war er nie.

Felix, der eine Buchrezension über Herta Müller liest, weiß noch nicht, was er davon halten soll. Er findet sie überbewertet. Er sollte das neue Buch lesen. Noch war keine Zeit dazu. Heute ist Redaktionssitzung im Verlag, über ein Manuskript, das er vor einer Woche auf den Tisch bekommen hat. Ein Franzose aus Marseille hat es geschrieben. Es hat Felix gefallen. Er will dem Verlag vorschlagen, sich damit zu befassen. Vielleicht bekommt er das Lektorat. Viele Einsendungen, fast täglich. Manchmal eine Stecknadel im Heuhaufen. Das Buch sticht heraus, provokant, lesbar, spannend, geheimnisvoll. Eine späte Begegnung eineiiger Zwillinge, die sich nach Jahrzehnten der Trennung wiedersehen und ihre Lebensentwürfe miteinander in Beziehung setzen. Sehr aufregend, findet Felix.

Felix ist nicht gesprächig. Er spricht das eine oder andere Wort laut aus. Als wolle er ihm dadurch Nachdruck verleihen, als Lesebestätigung. Er liebt den Klang der Worte und vertraut seiner Stimme.

Johannes stört das nicht. Johannes liest Zeitung. Verschiedene Zeitungen machen ihm Spaß.

Das vertraute morgendliche Beieinandersitzen gefällt beiden. Sie haben sich daran gewöhnt zusammen aufzustehen. Ihre Arbeitszeiten sind unterschiedlich. Felix braucht morgens Zeit. Er steht lieber früher auf, als dass er hetzen muss. Bei Johannes war das anders.

Seit er Felix kennt, hat er seinen Rhythmus angepasst. Ein Ritual stellen diese Morgende dar.

Johannes genießt die Nähe von Felix.

Felix muss los. Er will nach den Urlaubstagen pünktlich im Verlag sein. Er küsst Johannes auf den Mund. Johannes schmeckt Felix Zunge. Er begeistert sich für diese kleine Schmackhaftigkeit.

Felix ist weg. Johannes blättert geräuschvoll die großen Zeitungsseiten weiter. Zeit hat er nicht.

Felix ist Radfahrer, seit er mit Johannes lebt. Er kennt die Stadt gut. Anfangs war er ein vorsichtiger, bedächtiger Radler. Er hielt sogar die Vorschriften und Verkehrsregeln ein. Das ist vorbei.

Jetzt hat Johannes manchmal Angst um Felix, der radelt wild drauf los.

Im Temperament ist er ängstlich und verhalten. Er kommt an sein Ziel, mit Bedacht und Überlegung.

Er will den kurzen und schnellen Weg. Johannes hat Gewohnheiten. Felix denkt nach, zumindest im Straßenverkehr. Er hat ein tragbares I-Phone mit Internet. Er benutzt es.

Johannes verirrt sich. Er fragt, wo es langgeht. Felix schaut ins Internet.

Der Verlag ist auf der anderen Seite des Flusses. Felix überquert die Brücke. Die Morgensonne glänzt auf dem Wasser.

»Eine Stadt mit Fluss ist schön«, denkt Felix.

Er lebt mit Johannes.

Das Wiedersehen war gelungen. Er ist pragmatisch. Er nimmt die Dinge wie sie sind.

Was wird im Verlag los sein? In wenigen Tagen passiert viel.

Felix will gut informiert sein. Er ist ehrgeizig. Er genießt es, wenn er geschätzt und geachtet wird.

»Hallo, Frau Schulz, wie geht's? Gibt's etwas, das ich wissen muss?«

Die gut informierte Sekretärin lacht freundlich. Sie mag den neuen, jungen Lektor. Er ist ehrlich und direkt zu ihr. Sie ist diskret, verschwiegen. Sie kann böse werden. Sie macht ihre Arbeit. Sie mag keine Hinterhältigkeit. Auch das kommt vor. Sie ist lange dabei.

Sie sagt: »Schön, dass Sie wieder da sind. Es ist nicht viel passiert. Ach ja, der Chef möchte Sie sprechen.«

Felix ist nicht aufgeregt. Er kennt und akzeptiert diese Regie.

Respektvoll fragt er: »Jetzt? Hat er Zeit?«

»Es ist nicht eilig. Gehen Sie erstmal in Ihr Zimmer. Ich rufe Sie an.«

Felix bedankt sich mit einer leichten, herzlichen Bewegung der Schultern. Er streckt den Daumen nach oben. Mit wenigen Schritten ist er aus dem Zimmer. Er läuft den Gang entlang. Er geht die Treppe hinauf. Er grüßt in die offenen Türen der Kollegen. Er kommt an. Er schließt sein kleines Zimmer auf. Er geht an die Arbeit. Es ist heiß. Er öffnet das Fenster. Es geht zum Hof. Er sieht hinunter.

Ein kleiner Junge versucht ein Fahrrad zu besteigen. Er scheitert. Die Mutter hilft ihm. Wieder scheitert das Kind. Ein neuer Versuch wird gemacht.

›Trial and error‹: Das ist seine Philosophie. Er weiß, dass Johannes das zu vereinfacht findet. Der sagt ›positivistisch‹. Johannes versteht sich als Dialektiker. Felix kennt die Literatur. Dialektik ist ihm nicht geheuer.

Felix öffnet seinen Laptop und liest seine geschäftlichen Mails. Der Franzose aus Marseille hat geschrieben. Er antwortet auf ein Gesprächsangebot von Felix. Er schreibt sehr offen, höflich, bescheiden. Es könnte Anfang nächster Woche klappen. Der Franzose schreibt, dass noch ein anderer Verlag zurück geschrieben hätte.

Felix überlegt. Will er sich interessant machen? Ändert das die Situation? Ist Eile geboten? Kann da ein Geschäft durch die Lappen gehen? Er ist noch unerfahren, unsicher. Felix glaubt nicht, dass der Franzose lügt. Er will am Abend mit Johannes darüber reden. Das Telefon klingelt.

»Sie können jetzt runter kommen.«

»Danke.«

Felix wartet noch einen Moment. Er nimmt seinen Notizblock und einen Stift. Er geht die Treppe hinunter.

Dr. Kaiser sitzt im Parterre zum kleinen Innengarten mit großer Flügeltür nach draußen. Er schaut, wenn er am Schreibtisch sitzt, auf eine schöne, gerade gewachsene Eberesche.

Felix klopft. Ein knappes, liebenswert weiches ›Kommen Sie herein‹. Felix drückt die schwere Klinke herunter. Er steht im Zimmer.

Er ist klein, er misst nur einen Meter sechzig. Johannes kann sich nichts Schöneres vorstellen.

Dr. Kaiser ist einen Meter neunzig. Er ist aufgestanden. Er schaut auf Felix herab. Im Umgang mit seinen Mitarbeitern pflegt Dr. Kaiser den Ton auf Augenhöhe. Bei Felix ist das auch so, im Prinzip. Ihre unterschiedliche Größe behindert das. Er ist von Felix‘ Fähigkeiten überzeugt. Er selbst hat ihn eingestellt. Felix hat hervorragende Zeugnisse, nimmt Menschen für sich ein. Es geschieht einfach. Er steht im Raum und strahlt aus. Hinzu kommt sein unübersehbares Lächeln, aus der Tiefe seiner Augen.

Er bezaubert die Menschen. Das sagt Johannes, der redet gern über Felix.

Dr. Kaiser und Felix nehmen an einem kleinen Tisch Platz. Das steigert die Verbindlichkeit, trotz unterschiedlicher Augenhöhe auch im Sitzen.

Dr. Kaiser sagt: »Ich wollte vor der Konferenz mit Ihnen unter vier Augen über das neue Marseille-Manuskript sprechen. Sie halten viel davon. Ich bin nicht so fit im Französischen wie Sie wissen. Ich habe rein gelesen. Interessant. Ja, eine nicht alltägliche Geschichte. Kommen Sie, erzählen Sie mir.«

Felix hat die Konkurrenz im Hinterkopf. Soll er darüber sprechen? Soll er warten?

Er erzählt: »Die zwei Männer treffen sich mit fünfundfünfzig Jahren wieder. Sie wurden getrennt, als sie fünf waren. Fünfzig Jahre gab es keinerlei Kontakt. François ist in Paris aufgewachsen. Pierre in einem kleinen Dorf in den Pyrenäen. Saint Jean Pied du Port. Er ist nach Marseille gezogen. Dort lebt er seit vielen Jahren. Sie treffen sich in einer Schwulenkneipe, zufällig. François beginnt mit Pierre zu flirten. Sie sind gleich und doch verschieden. An dieser Stelle steigt das Buch ein, bewegt sich rückwärts und vorwärts.

Es ist französisch leicht. Es hat eine witzig ironische Sprache. Mit Redewendungen aus unterschiedlichen Regionen bis zum Pariser Dialekt. Die erste Szene des Buches ist die gemeinsame Nacht der Zwillinge. Sie wissen nicht, wer sie sind. Sie entdecken, während sie sich ausziehen, seltsame Ähnlichkeiten. Körperlinien und Physiognomie stimmen überein. Eine seltene Anziehungskraft besteht zwischen ihnen. Es bleibt offen, was sie bei ihrer ersten Begegnung wirklich denken und fühlen. Es ist eine sehr witzige Verliebten-Szene.« Felix benutzt bewusst nicht das Wort ›Liebe‹. Es scheint ihm unangebracht.

»Sie wissen nichts voneinander. Ich könnte so weiter erzählen. Verzeihen Sie, Dr. Kaiser, das Buch liest sich faszinierend.«

Dr. Kaiser hat aufmerksam zugehört. Diese Fähigkeit ist ihm eigen.

»Ist es ein Buch für Homosexuelle?«

Felix schaut irritiert. »Nein, es geht um zwei Brüder, Zwillinge, natürlich auch um ihre sexuelle Orientierung, ihre gegenseitige Anziehungskraft.«

»Ist schon gut. Das war nicht diskriminierend gemeint. Ich frage mich, wie es ins Verlagsprogramm passt.«

»Es passt!«, wendet Felix unerschrocken ein.

Er ist überzeugt. Er muss das nicht hinterm Berg halten. Es muss von dem Verlag gemacht werden, in dem Felix arbeitet. Es kann kein anderer machen außer ihm. Es muss ein Erfolg werden. Felix ist sich sicher. Er ist Optimist.

Felix sagt: »Ich bin überzeugt von der literarischen Qualität. Ich leugne nicht, dass ich auch ein persönliches Verhältnis dazu habe.«

Mehr sagt Felix nicht. Dr. Kaiser weiß, dass Felix mit Johannes zusammen lebt.

»Ich kann es mir denken. Ich schätze diese Fügung durchaus. Jetzt bin ich besser im Bilde. Überzeugen Sie die Anderen. In zwei Stunden treffen wir uns im Großen Sitzungssaal.«

Dr. Kaiser beendet das Gespräch. Er reicht Felix die Hand.

Felix verlässt das Chefzimmer. Er ist aufgeregt. Seine erste große Chance, etwas Eigenes zu schaffen. Es ist sein Autor, seine Entdeckung. Felix braucht sich nicht vorzubereiten, er ist alles mehrfach durchgegangen, im Flieger nach Hause, gestern Nacht. Klar ist, dass er die Struktur der wichtigen Leute im Verlag nicht durchschaut. Dafür ist die Zeit zu kurz gewesen. Er kennt die Skeptiker. Er weiß, wer immer zu ›moppern‹ hat. Seine Position ist nicht gefestigt. Wie sollte das gehen? Ob er schon Feinde hat, weiß er nicht, vielleicht Frank Hebel. Er könnte schwul sein, nicht offen. Er schaut ihn oft an, auf eine eigenartige Weise. Felix ist der Jüngste im Team. Vielleicht von Vorteil, vielleicht nicht. Sein Trumpf ist die wirklich außergewöhnliche Story, der brillante Erzählstil.

Die meisten Lektoren beherrschen französisch und deutsch. Felix hat die Strategie parat. Er wollte sie mit Johannes besprechen. Er hat sich dagegen entschieden. Er will nicht mit Zweifeln belastet sein. Oft hat er in der Vergangenheit Johannes um Rat gefragt. Nicht, dass er damit unzufrieden gewesen wäre. Immer geht das nicht. Er muss selbst entscheiden.

Als er in seinem Zimmer ist, öffnet er das Fenster, weit. Am Mittag ist die Luft heiß. Im Verlag herrschen keine Kleidervorschriften. Jeder kommt und geht, wie er will. Heute hat Felix seine Kleidung mit Bedacht gewählt. Verbindliche helle Sommerfarben. Das Hemd extravagant, die Hose sportlich. Er wirkt nicht steif und förmlich. Felix weiß intuitiv die Form zu wahren, ohne penetrant zu sein. Für Johannes einen Tick zu bieder. Er hat einen anderen Geschmack. Da Johannes ihn liebt, ist das belanglos. Im Verlag hat es vor zwei bis drei Jahren einen Generationswechsel gegeben. Ältere Lektoren waren in Rente gegangen, eine neue Generation war nachgerückt. Bedauerlicherweise sind die Jungen nicht immer risikofreudig oder innovativ. Sie haben in ihren Studiengängen mehr Anpassung gelernt als die Alten.

Das ist ein Gesprächsthema zwischen ihm und Johannes. Felix kennt die Gründe. Er geht pragmatisch damit um. Johannes hält er für idealistisch. Der Verlag hat die Aufgabe Bücher zu verkaufen. Das ist entscheidend. Das heißt im Klartext, zu analysieren, für welche Leser welcher Stoff wie vermarktet werden kann. Kunstbetrieb – Literaturbetrieb. Das muss nicht unmoralisch sein. Felix hat schnell gelernt, worauf es ankommt.

Arbeit liegt auf seinem Tisch. Es ist besser, er geht an die Arbeit. Er will sich nicht verrückt machen wegen der Konferenz.

Ein Anruf von Johannes. Dieser macht gerade Mittagspause im Freien. Mit dem Café Latte in der Hand ruft er an.

»Alles gut bei dir?«

»Ich hab gleich Konferenz. Ich war gerade bei Kaiser. Ich glaube, er ist für den Zwilling.«

»Sehr gut, ich wünsch dir viel Kraft. Du machst das schon. Wann kommst du nach Hause?«

In seiner Stimme liegt freudige Erwartung.

»Ich kann es noch nicht sagen, wie sich alles entwickelt. Ich sag dir dann Bescheid.«

»Okay. Ich hab nachher das Treffen mit Petra, wegen Max. Hab ich dir gar nicht erzählt, dass sie angerufen hat. Wir reden später. Ich drück dich fest.«

Felix sagt: »Knutscher. Bis heute Abend.«

Johannes weiß, dass Felix ein kluger Kerl ist. Wäre er sonst mit ihm zusammen? Er liebt seine Gestalt und seine direkte, liebenswerte Art mehr als seine Klugheit. Die gehört dazu.

Johannes trinkt den Latte zu Ende. Er schaut auf die Uhr. Er kann einkaufen, Telefonate erledigen. Welch‘ schwergewichtiges Wort. Bei einer Galerie sollte er vorbeischauen. Er muss sich um Max kümmern. Nein, er muss nicht, er will es.

Johannes steigt aufs Fahrrad. Er radelt durch den Park. Er hat das T-Shirt ausgezogen. Nachbräunen ist gut. Er ist allein. Mit Felix ist das nicht möglich. Der findet das unpassend in der Stadt. Johannes denkt an einen Satz von Felix: ›Das geht gar nicht.‹ Er mag diesen Satz nur von ihm gesprochen. Bei jedem anderen würde er Wutausbrüche bekommen. Sie leben einen Alltag. Sie richten sich nacheinander. Johannes mehr als Felix. Was könnte es Schöneres geben? Es ist Johannes‘ freier Wille. Er lacht laut in die Landschaft, die mitten in der Stadt liegt.

Der Kontakt zu Galerien in der Stadt ist wichtig. Johannes macht das für seine Studenten. Es ist nicht das große Geschäft. Bei dem einen oder anderen, vielleicht. Es ist ein erster Weg in den ungeschützten Raum.

Die Freiheit aus der Akademie auszubrechen. Angebot und Nachfrage. Die Bewährungsprobe auf dem Markt. Sehr zweifelhaft und zwiespältig ist das für Johannes. Er begreift die Notwendigkeit. So macht er seine Besuche. Er drückt Hände. Er plaudert. Er zeigt sich aufgeschlossen. Er ist interessiert, er findet etwas interessant, er gibt Urteile ab, er antichambriert. Er kann das.

Manchmal kommt er ins Grübeln. Warum tut er nichts für sich auf dem Markt der Eitelkeiten? Ist es seine Eitelkeit, etwas für die Anderen zu tun? Ist er selbst nicht gut genug? Er verfolgt diese Debatte nicht weiter, sie ist fruchtlos. Die Situation ist wie sie ist. Er geht hausieren, für seine Meisterklasse, auf die kommt es an. Er möchte stolz sein, dass sie seine Schüler waren. So hat er auch Anteil am Ruhm. Er erinnert sich an seine Studienzeit, an seine politische Zeit. Er hatte lieber in der zweiten Reihe gestanden. Er hatte beeinflusst, er hatte debattiert, er hatte Prozesse in Gang gesetzt, er war meinungsgebend gewesen.

Macht in der ersten Reihe will er nicht. Er liebe seine Privatheit. Er will, dass man ihn kennt, achtet und schätzt, liebt. Er will nicht überall erkannt werden, will nicht auf den Titelseiten stehen. Dazu ist sein Leben zu unangepasst, persönlich, chaotisch eruptiv, privat, angreifbar. Es gibt Situationen, in denen er seine prominenten Freunde beneidet. Er mischt sich bisweilen unter sie. Der Preis, das selbst zu sein, ist ihm zu hoch. Es hätte viel an Kompromissen bedeutet. Das hat er immer für sich abgelehnt. Natürlich hat er sich im Lauf seines Lebens auf Kompromisse einlassen müssen. Es gibt Grenzen. Er liebt seine Freiheit, das zu tun, was er will, zu jeder Zeit. Wenn er verzichtet, hat das immer persönliche und private Gründe. Er versteht sich als politischer Mensch, große Politik hatte ihn nie gereizt.

In der kleinen Galerie am Torgraben wird er freundlich empfangen. Ein Glas Sekt, ein Gespräch über einen ehemaligen Akademiekünstler, der gerade seine erste Ausstellung hier zeigt. Johannes gibt sich interessiert, kenntnisreich, verbindlich:

»Ja, ich komme zur Finissage.«

Noch immer fragt er sich, warum es Finissagen geben muss.

»Da freue ich mich. Der Künstler ist anwesend.«

Johannes denkt: »Schaden kann das nicht«.

Er notierte sich den Termin. Die Zeit ist fortgeschritten. Er muss den direkten Weg nach Hause nehmen. Um fünf kommt Petra. Es gefällt ihm, den Kaffee schon vorbereitet zu haben. Er tritt in die Pedale, er überfährt rote Ampeln, er schrappt scharf an Fußgängern und Autos vorbei, er holpert über Pflastersteine, er benutzt Gehwege.

Verschwitzt kommt er an. Es ist ein paar Minuten vor Fünf. Raus aus den Klamotten. Eine Dusche ist notwendig. In der Zwischenzeit kann der Kaffee durchlaufen. Für Max-Gespräche brauchen sie Kaffee. Tee wäre nicht angemessen.

Unter der Dusche denkt Johannes an Leila. Er will sie heute anrufen. Sie hat einen ersten Schritt getan. Er will Interesse zeigen. Die Zeit geht schnell vorbei. Er darf nicht säumig sein. Hatte er nicht mit Leila ähnliche Zeiten durchgemacht wie Petra mit Max? Ihre Pubertät war über ihn wie ein Vulkan hereingebrochen. Er hatte die Waffen gestreckt, die er anfangs noch geglaubt hatte zur Verfügung zu haben. Er war ihren Attacken in manchen Momenten regelrecht ausgeliefert gewesen. Sie hatte ihm Gemeinheiten und Beschuldigungen um die Ohren gehauen, dass er kapituliert hatte, bevor ein ordentliches Friedensangebot hatte ausgehandelt werden können. Diese Zeiten waren hart gewesen und hatten unerbittlich seine Aufmerksamkeit in Anspruch genommen. Sein Beruf hatte ihm diese Zeit nicht gelassen. Was hätte er tun können? Er hatte sich damals von Situation zu Situation gehangelt, er hatte Freunde um Rat gefragt. Eine klare, durchschlagend dauerhafte und Erfolg versprechende Strategie hatte er nie gefunden. Das war ein Grund, warum Leila später zurückgeschlagen hatte.

Als Johannes beim Abtrocknen ist, steht Petra vor der Tür. Sie klopft. Johannes schlingt sich das Handtuch um die Hüften. Er öffnet die Eingangstür, triefnass.

»Entschuldige, bin ich zu früh?«

»Nein, ist schon okay. Setz‘ dich in den Garten. Ich bin gleich bei dir. Ich habe mich in der Galerie verquatscht. Du weißt, wie das ist.«

Petra lächelt, sie kennt Johannes sehr lange. Sie weiß, wie gern und wie viel er reden kann. Sie weiß, dass er zuhört, deshalb ist sie hier. Sie will keine Familientherapie. Alle haben ihr dazu geraten. Max will das nicht. Max hat ein gutes Verhältnis zu Johannes. Sie hat Max erzählt, dass sie mit Johannes über ihn reden will.

Max hat sie ermuntert. Sie hat es skeptisch gemacht. Ihre Entscheidung hat das nicht beeinflusst.

Johannes hat die Kaffeekanne in der Hand. Sie holt die Tassen aus dem Küchenregal.

»Milch?«

Sie nehmen beide viel Milch.

»Kuchen habe ich nicht mehr besorgt. Ich habe Plätzchen.«

Johannes holt sie aus seinem Arbeitszimmer. Er nascht. Petra schenkt ein. Sie holt spürbar Luft. Sie neigt zur Kurzatmigkeit. Sie ist eine moderne, chic gekleidete Vierzigerin, verheiratet mit einem Frauenarzt, ihr verhängnisvollster Irrtum. Das ist Johannes‘ Meinung.

Johannes und Petra kennen sich von einem Urlaub in Italien. Das ist lange her. Da war Petra noch nicht mit Albert zusammen. Den hat sie vor vierzehn Jahren kennen gelernt. Max kam zur Welt. Albert hat kein Verhältnis zu Max. Albert hat zu niemandem ein Verhältnis, er behandelt

Frauen. Johannes ist Ersatzvater. Will er? Hat er die Kraft? Max mag ihn. Das ist allen bekannt. Albert nimmt es hin.

Leila war manchmal auf den Kleinen eifersüchtig. Max saß auf dem Schoß von Johannes.

Petra nimmt einen Schluck Milchkaffee. Sie schaut Johannes ins Gesicht. Sie macht ein tragikomisches Gesicht. Es ist ernst gemeint. Johannes nimmt es nicht ernst. Es geschieht. Er kann sich nicht dagegen wehren.

Petra sagt: »Max ist unerträglich. Er hält sich nicht an die einfachsten Spielregeln. Er schmeißt seine Sachen in der Wohnung herum. Er kommt morgens nicht aus dem Bett. Ich zerre ihn heraus. Er geht spät zur Schule. Er schreibt Fünfen. Er ist aggressiv und gereizt, wenn ihn jemand anspricht. Die Lehrer haben angekündigt, eine Konferenz über sein Verhalten abzuhalten. Er hat jetzt das Rauchen angefangen. Nicht mal heimlich. Sein Zimmer ist verqualmt. Albert schreit mit ihm, wenn er da ist. Ich könnte fortfahren.

Ehrlich, ich gehe kaputt. Ich halte das nicht mehr aus. Er macht uns fertig. Er macht unser Leben kaputt. Albert möchte, dass er auf ein Internat kommt. Ich kann mir das nicht vorstellen. Vielleicht wäre es besser. Max ist ignorant.«

Petra hat sich hineingesteigert in ihren Zorn. Sie hat Wut in sich. Sie ist mit den Nerven am Ende. Sie ringt nach Luft. Sie kann nicht mehr. Ihr gutes Aussehen hält sie notdürftig zusammen. Innerlich ist sie verzweifelt. Sie schaut Johannes an. Kann er helfen? Wird er helfen?

Johannes ist nicht überfordert. Er schaut von außen. Er lässt sich auf den Stuhl zurückgleiten.

Ein Moment der Müdigkeit überkommt ihn. Er setzt sich gerade. Er richtet sich auf.

Er sagt: »Ich finde, Max ist ein toller Kerl.«

Petra atmet schwer, sie schaut irgendwo hin, nicht auf Johannes. Sie Überlegt: »Was soll das? Was denkt der sich? Nimmt der mich nicht ernst? Hält der mich für eine hysterische Kuh?«

Petra ist für einen kurzen Moment sprachlos. Sie schnaubt.

Sie sagt: »Hallo! Bin ich im falschen Film? Max ist ein Arschloch.«

Johannes weiß, dass er Petra provoziert hat. Der Satz lag ihm auf der Zunge. Er hat ihn mit Bedacht herausgelassen. Er will sich nicht auf diesen ganzen Pubertätsquatsch einlassen. Er kennt das. Er weiß wie er gejammert hat. Er will eine andere Position beziehen, nicht taktisch. Er steht inhaltlich voll dahinter, was er sagt. Jetzt muss er vermitteln. Er muss Max retten. Den ignoranten Max, vor seiner ignoranten Umgebung.

So sieht es Johannes. Eine groteske Situation. Er war in derselben Situation wie Petra. Er war in derselben Position wie Max. Er kennt diese persönlichen Niederlagen und Demütigungen sehr genau.

Er sagt: »Ich meine das ernst.«

Johannes ist gelassen. Er weiß, wie er an Petra herankommt. Er will ihre Wut knacken. Er will ihren Zorn gegen, in Enthusiasmus für Max verwandeln. Ist er völlig übergeschnappt?

Johannes lässt den Film seiner Kindheit ablaufen. Er beamt sich zurück in den schreienden, tobenden Zwölfjährigen in der Besenkammer. Die Großmutter hatte ihn eingesperrt.

Er sieht sich unverstanden von allen. Er sieht sich im Recht.

Er sagt: »Du musst Max ernst nehmen. In dem, was er tut und sagt. Er braucht deine Unterstützung. Er braucht dein positives Feedback. Seine aktuelle Existenz ist anders als deine und meine. Er ist selbstverliebt. Sein Körper, seine Gefühle wachsen in unsere Normalität hinein. Er will sich unterscheiden. Er will er selbst sein, ein anderer als du und ich sein. Er muss um sich schlagen. Er muss seinen Platz erobern.

Gleichzeitig bist du eine Person. Du musst ihm zeigen, dass du deinen Raum brauchst, ihm seinen Raum lässt. Der einzige Punkt, wo ihr euch treffen könnt, ist eure gegenseitige Liebe füreinander. Ich bin sicher, sie ist auch bei Max da. Du bist erwachsen, du durchschaust das. Er braucht deine Abgrenzung, dein Verständnis. Er braucht deine Identität gegen seine. Er erfindet sich gerade neu. Er fängt an sich zu definieren.«

Johannes redet. Es passiert. Er will das gar nicht. Er weiß, er hat gesagt, was er denkt. Er muss zuhören, dasitzen und Petra auffangen, in ihrem Leid und ihrem notwendigen Irrtum.

»Wir leiden an unseren Irrtümern«, denkt Johannes.

Petra ist erstaunt. Petra ist erleichtert. Es gibt keine Lösung, in der Max sich ändert. Das weiß sie. Er wird das nicht tun. Warum sollte er? Es wäre gegen seine Natur. Das wollte sie nicht wahrhaben und wirklich begreifen. Mit der Sinnlichkeit ihrer Hände begreift sie es. Sie ist seine Mutter. Es fühlt sich gut an. Max wird so sein wie er ist, eine geraume Zeit. Das ist sein Recht. Es erscheint einfach, es ist schwer auszuhalten. Es hat eine einfache Logik. Eine Logik, die der Situation Rechnung trägt.

Petra ist nicht dumm. Wie kann sie das schaffen? Wie geht sie nicht selbst dabei vor die Hunde? Sie muss Gelassenheit lernen und sich in Gleichmut messen, mit dem Freiheitswillen von Max. Das ist ihr Drama. Es geht um Augenhöhe. Dabei ist Max schon einen Kopf größer als Petra.

Petra sagt: »Wenn ich das fertig bringe, was du vorschlägst, dann komme ich dem Zustand der Weisheit einen gewaltigen Schritt näher. Ich weiß nur nicht, ob ich in meinem Alter schon weise sein kann und will.«

Johannes sagt: »Du hast es erfasst. Ich habe nicht gesagt, dass ich so handeln kann. Nur, wie es Erfolg versprechen könnte, aus Selbstschutz und Überlebenswillen. Wir haben keine andere Wahl. Können wir es nicht, zerbrechen wir daran. Wir richten Unheil an.«

Johannes denkt: »Wie gut kann ich anderen Wahrheiten sagen. Mir selbst schlägt die Angst ins Gesicht. Es gibt immer nur Verlust. Verlust der Liebe, Verlust der Autorität, Verlust der Abhängigkeit. Wir projizieren uns selbst. Dabei merken wir gar nicht, dass wir uns selbst längst zu verlieren im Begriff sind.«

Es ist Abend. Die Dämmerung legt sich auf den Gartentisch. Eine versöhnlich weiche Hülle.

Petra scharrt mit den Füßen. Zum Zeichen ›Ich muss gehen‹. Sie steht auf.

Sie sagt: »Danke.«

Sie geht erhobenen Hauptes durch die Eingangstür. Sieht das nur Johannes?

Johannes denkt: »Ich muss Max anrufen. Wo bleibt Felix?«

Auf Johannes‘ Schreibtisch herrscht Unordnung. Als er in sein Arbeitszimmer kommt, erschrickt er. Er nimmt sich vor, disziplinierter zu sein. Während er liest und schreibt, hört er den Schlüssel im Schloss. Es ist schon zehn. Felix kommt spät. Johannes ist neugierig. Wie ist es im Verlag gelaufen? Er würde jetzt gern an die Tür springen, Felix umarmen, küssen, ihn ins Bett zerren und ihm dann zuhören wollen, nackt und eng an seinem Körper.

Er bleibt im Arbeitszimmer sitzen. Er weiß, Felix muss ankommen. Er wird kommen, wenn es ihm gefällt. Johannes hat gelernt zu warten. Es dauert seine Zeit.

Felix schaut in das Zimmer von Johannes:

»Guten Abend mein Schatzmann. Hast du schon gegessen?«

Johannes streckt ihm die Hand hin. Felix nimmt sie, er berührt sie, er liebkost sie.

Johannes sagt: »Nein, ich mache uns was.«

»Lass dir Zeit. Was für ein Tag im Verlag. Ich kann reimen.«

Felix lacht leise. Er wendet sich ab. Er geht in sein Zimmer im ersten Stock.

»Es dauert eine halbe Stunde«, ruft Johannes ihm nach. »Ich mache Bratkartoffeln mit Gemüse.«

Felix hat sich aufs Bett fallen lassen.

Er ruft: »Ja, mach nur.«

Er hat gekämpft für sein Buch. Er hätte nicht gedacht, dass es so anstrengend werden würde. So viele Einwände, so viele Bedenken, so viele ›Wenn‹ und ›Aber‹. Ist die implizit schwule Thematik immer noch heikel? Es ist ein Knüller.

Er hat das Lektorat. Er übernimmt den Autor. Um Viertel nach Neun war es heraus.

Dr. Kaiser war aufgestanden:

»Bei Abwägung aller vorgetragenen Meinungen, von Befürwortern und Gegnern, wir machen das Buch. Deutsch und französisch. Herr Boulanger, suchen Sie einen Übersetzer. Schaffen Sie den Autor her. An die Arbeit. Ich danke Ihnen allen für Ihren langen Atem. Einen schönen Abend, oder besser, was noch davon übrig geblieben ist.«

Felix war geradelt wie der Teufel. Diese Neuigkeit hatte er mit Johannes teilen wollen. Sie würden eine Flasche Rotwein öffnen, sie würden beisammen sitzen. Felix würde erzählen, Johannes würde zuhören. Johannes würde Felix streicheln, küssen. Sie würden in ihre andere Welt tauchen.

Das sind die Momente, in denen sich Felix nicht vorstellen kann, ohne Johannes zu sein. Es gibt Situationen, wo das anders ist, wo sein Drang nach draußen ihn in Bedrängnis bringt. Es geht vorüber. Felix weiß, was er an Johannes hat.

Johannes weiß, was er an Felix hat. Rotwein ist immer da. Dafür sorgt Felix. Der Tisch im Garten ist schnell gedeckt. Das schöne Wetter muss man ausnutzen. Es war lange nicht so anhaltend warm und mild an den Abenden und in den Nächten. Die Kerzen sind schon angezündet, zwei Rotweingläser stehen auf dem Tisch. Johannes will Felix im Trinken unterstützen. Es wird Felix Freude bereiten. Betrinken wird sich Johannes nicht, Felix vielleicht.

Er ruft: »Das Essen ist fertig.«

Felix kommt die Treppe herunter. Sein Gesicht wirkt glücklich. Er ist am Anfang. Er braucht den Erfolg im Beruf. Es war sein Sieg. Johannes wird ihn gebührend feiern. Er weiß, was das bedeutet.

Felix erzählt. Jede kleinste Einzelheit ist ihm wichtig. Es gelingt ihm, die Stimmung rüberzubringen. Er ist belustigt, empört, lobt sich, teilt aus, lässt sich die erinnerten Argumente auf der Zunge zergehen. Er ist eitel, bescheiden, angriffslustig. Er sucht die passenden Begriffe für die Charakterisierung seiner Kollegen. Johannes sieht konkrete Bilder vor sich. Er könnte die Gesichter zeichnen. Die Körperhaltungen für Aktstudien verwenden. Es ist spürbar. Felix ist in der Sprache zu Hause. Er wirkt, trotz der Erschöpfung, hoch konzentriert. Er ist ein Fisch im gischtenden Wasser. Er genießt die Volten. Er zeigt Geschmeidigkeit, er ist glitschig.

Er sagt :»Du musst es lesen. Ob du überzeugt bist wie ich? Es ist kein einfaches Französisch. Du kannst mich fragen. Ich muss heute Abend noch eine Mail nach Marseille schicken, sonst schnappen uns die Anderen das Manuskript vor der Nase weg.«

Felix mag bestimmte deutsche Redewendungen, er ist darin zu Hause. Seine Muttersprache ist Französisch. Johannes bewundert ihn dafür. Ist Felix ein Karrierist? Würde er über Leichen gehen? Johannes ist sich nicht sicher. Felix Haltung ist kämpferisch. Das Feuer in seinen Augen könnte Brände legen, um das Ziel zu erreichen.

Johannes sagt :»Er muss erst mal kommen. Du kennst ihn nicht persönlich. Weißt du, ob er dir gefällt wie der Text? Oft ist die Person ganz anders. Freu dich. Behalte die Augen offen. Betrink dich nicht daran. Das sollten wir zusammen tun.«

Felix sagt: »Stößchen.«

Wieder ist da Felix' unbekümmerte Sicherheit. Er ist der Mittelpunkt der Welt. Johannes mag diese Form des Selbstbewusstseins. Er kann nicht umhin, sich Gedanken zu machen. Er sieht die Fallstricke. Er kann nicht aus seiner pädagogischen Haut, obwohl er Künstler ist. Er wollte nie Pädagoge sein. Er muss damit leben.

Sie sitzen bis in die Nacht. Langsam kehrt Ruhe ein, in ihre Gedanken. Ihre Gefühle gleiten hinüber. Berührungen ersetzen die Worte. Zärtliche, heftige Küsse, die präzisen Formulierungskünste. Bis sie sich endlich verzweigen, verwirren in verschlungenen Umarmungen, die ihre Körper leicht werden lassen. Sie verlieren an Schwerkraft. Leicht greift der Schlaf nach ihnen. Er schleicht sich an und beruhigt die Erregung. Es war ein langer Tag.

Leila sitzt in der Anatomie Vorlesung. Sie ist interessiert, sie will lernen, sie will begreifen. Sie hat ein klares Ziel vor Augen. Sie will Ärztin werden. Vielleicht wird sie in der Dritten Welt arbeiten. Den Idealismus hat sie von Johannes. Sie weiß selbst, dass das noch ein langer Weg ist. Sie hat verstanden, warum sie das tut. Früher hat ihr Lernen nie Spaß gemacht, sie hatte sich dazu zwingen müssen. Sie hatte Druck von allen Seiten gespürt. Der hatte auf ihr gelastet wie Pflastersteine. Sie hatte das Gefühl gehabt, sich befreien zu müssen, sich heraus wühlen zu müssen, aus dem Steinhaufen. Ans Licht zu kommen. Sie hatte Freiheit vermutet. Jetzt ist das anders. Nach vielen gescheiterten Versuchen hatte sie den Mut aufgebracht, sich für Medizin zu bewerben trotz ihres miserablen Notenschnittes. An einem reformierten Studiengang wollte sie teilnehmen. Da zählten eine Zugangsprüfung und ein Aufnahmegespräch.

Sie hatte sich selbst kühn, mutig gefunden. Erzählt hatte sie nur ihren engsten Freunden davon. Sie hatte es geschafft. Der Erfolg ihres unerbittlichen Willens. Diese Erfahrung war ihr bis dahin fremd gewesen. Nicht, dass ihr das Studieren leicht fiel, sie musste richtig ackern. Sie hatte ihre eigene Lernmethode entwickelt. Sie hatte sich viel Stoff merken müssen. Die enge Verknüpfung des Lernstoffs mit der praktischen Anwendung hatte ihr gut getan. Darüber hinaus war es der Eifer dessen gewesen, der etwas wirklich unbezweifelbar will. Das hat sie den Kommilitonen voraus, die direkt nach dem Abitur mit ›1.0‹ selbstverständlich Medizin belegten.

Leila schreibt mit. Sie ist heute nicht konzentriert. Ihr Vater geht ihr durch den Kopf. Sie hatte den Vorsatz lange mit sich herumgetragen. Sie hat sich ganz plötzlich auf den Weg gemacht. Sie hatte nicht gewusst, ob sie ihn antreffen würde. Sie hatte nicht gewusst, wie er reagieren würde. Sie hatte auf dem Weg darüber nachgedacht, ob sie umkehren sollte. Jetzt weiß sie, es war geglückt. Sie hat das Eis betreten. Das Eis ist gebrochen, oder soll man sagen, es hat gehalten. Sie hat festen Boden unter den Füßen. Sie ist die letzten Meter durch den vertrauten Garten gegangen. Es war ein schöner Abend geworden. Sicher war sie sich vorher nicht gewesen, vor allem, wie sie reagieren würde. Was würde Johannes nach dieser langen Zeit sagen? Wie würde er ihr plötzliches Auftauchen deuten? Die Heimkehr des verlorenen Sohnes? Damit hat sich Leila nicht identifizieren wollen. Sie fühlt sich weder verloren, noch will sie heimkehren. Ein Sohn ist sie auch nicht. Sie ist zufrieden mit sich, mit Johannes' Verhalten kommt sie zurecht. Sie denkt darüber nach, wie es weitergehen wird. Wer macht den nächsten Schritt? Die Überraschung ist ihr gelungen. Es geht um Normalität.

Die Grafiken fordern ihre Aufmerksamkeit. Sie bewahrt die Erinnerung tief in sich. Sie betrachtet die Bilder. Welch' komplexes Wesen ist der Mensch. Allein vom Körperbau.

Als Kind hatte sie Johannes zugesehen, wenn er Akte zeichnete. Seine männlichen und weiblichen Modelle hatte sie mit großen Augen betrachtet, wie seine tätige Hand, die sie anschaulich auf Papier zu bringen verstand. Leila bewundert ihren Vater. Er hatte ihre ersten Zeichnungen mit so viel Sachverstand und Interesse studiert. Es ist ein starker Eindruck geblieben.

In der Pubertät hatte sie aufgehört zu zeichnen. Sie hatte die Jungen entdeckt und sie gefielen ihr. Da sie selbst ein ansprechendes Geschöpf war, hatte es nicht lange gedauert, bis sie verwöhnt worden war. Das hatte sie genossen und ausgenutzt. Nicht immer zur Freude ihres Vaters. Nicht aus moralischen Gründen, sie war minderjährig. Er hatte das Sorgerecht. Er hatte Angst, es zu verlieren.

Leila findet den Weg von der Anatomie zu ihrer Jugend zurück. Im Haus war sie die Prinzessin gewesen. Später hatte sie schockiert, hatte provoziert, sie war frech, unverschämt, vor allem zu Johannes. Er hatte es als Erster abbekommen. Er hatte darunter gelitten. Er hatte keine Chance gehabt. Ihr ungebändigtes Aufbegehren hatte ihn in manch heikle Situation gebracht. Selbst vor seinen Kunststudenten hatte sie nicht Halt gemacht.

Sie lacht, als sie daran denkt, wie sie von einem seiner Meisterschüler schwanger geworden war. Es hatte ihr Freude bereitet, ein paar Wochen in anderen Umständen durch die Gegend zu laufen. Dann hatte sie einer Abtreibung zugestimmt. Sie war jung gewesen, sie hatte mehr als Mutter sein wollen. Das hatte sie begriffen. Johannes war ungehalten. Er hatte Druck ausgeübt. Das hatte er sonst kaum getan. Sie hatte sich gebeugt. Es war keine schöne Erfahrung gewesen. Sie hatte zu verhüten angefangen. Johannes hatte es gefordert. Das war lange her.

Sie behauptet sich selbst als erwachsene Medizinstudentin mit konkreten Vorsätzen.

Die Präsentation ist zu Ende.

Mara spricht sie an: »Was ging dir vorhin durch den Kopf?«

»Warum?«

»Ich hatte das Gefühl, dass du abwesend warst. Das bist du nie. Ist mir aufgefallen.«

»Du hast Recht. Ich habe nach langer Zeit meinen Vater wieder gesehen, mit dem ich im Streit auseinander gegangen bin, vor mehr als einem Jahr.«

»Das ist ja irre. Kann ich mir gar nicht vorstellen, so lange Funkstille zum eigenen Vater. Wie war es?«

»Es hat funktioniert. Er war cool. Er hat sich gefreut.«

Leila will nicht weiter darüber reden. Sie zeigt das deutlich. Mara ist eine Mitstudentin, mit der sie manchmal zusammen lernt. Eine Freundin nennt sie Mara nicht. Leila geht in den fortgeschrittenen Tag.

Der Wecker klingelt um acht. Johannes muss um zehn in der Akademie sein. Johannes findet es sehr erotisch und schön morgens, Felix' Körper eng an seinem zu spüren. Er drückt seinen Bauch fest in Felix' Rücken hinein. Sie wechseln mehrfach die Position. Es ist vertraut. Es ist erregend. Felix ist morgens schläfrig und passiv. Er grunzt wohlig vor sich hin. Johannes streichelt seine Haut. Er umfasst Felix' empfindsamen Schwanz. Der springt hoch, schmiegt sich an. Er ist warm. Er pocht gegen die Innenfläche von Johannes Hand.

»Wir müssen aufstehen«, sagt Felix.

Johannes ist nicht dieser Meinung.

»Es wird Zeit.«

Felix dreht sich zu Johannes.

Er küsst ihn liebevoll auf den Mund. Felix ist aus dem Bett, er streckt sich. Johannes berührt ihn noch leicht, er verzichtet auf mehr. Er dreht sich zur Seite. Ein kleiner Abschied von Felix' Nachtgeruch.

Er will Leila schreiben, dass sie diese Woche zum Essen kommen soll. Er will ihr vorschlagen, dass Felix dabei ist. Er ist sich nicht sicher, ob das eine gute Idee ist. Er hofft, dass sie versteht. Er will ihr sagen, dass es ihm wichtig ist. Sie wird es verstehen.

Das Frühstück ist abgeräumt. Sie wechseln sich ab, spontan. Johannes war dran. Felix ist aus dem Haus. Johannes schreibt die Nachricht an Leila, der Zusatz mit Felix ist enthalten.

Werden alte Wunden wieder geöffnet? War die Zeit lang genug? Ist die Eifersucht weg? Hat Leila gelernt, sein Leben zu akzeptieren, sein Leben mit Felix? All das will er herausfinden, diese Woche, an einem Abend zu Dritt.

Er denkt: »Ich habe Felix noch gar nicht gefragt, ob er einverstanden ist. Der reagiert empfindlich, wenn er nicht gefragt wird.«

Er wird es nachholen.

Die Stadt ist an diesem späten Morgen laut. In den Hauptstraßen lärmt und hupt es. Die Abgase fangen sich in den engen Häuserschluchten der Innenstadt. Es ist kühler. Es hat nicht geregnet. Die Menschen atmen die Trockenheit. Der Staub liegt dick überall, wo man hinschaut. Die Kleiderordnung ist noch immer durcheinander. Die Springbrunnen sind abgestellt. Es herrscht kein Wassermangel, noch nicht. Der Fluss ist auf seinem tiefsten Stand. Kähne dümpeln vor sich hin, in der Trägheit des heraufkommenden Mittags. Selbst die Tauben sind träge. Wenn man die geschlossenen Fensterläden betrachtet, erinnert es an den Süden. Kein wirklicher Wind kommt auf. Auf der Einkaufsstraße im Viertel nebenan ist wieder ein Laden geschlossen worden. Handys verkaufen sich nicht so viele. Es gibt schon vier andere Läden damit. Es ist nicht schade, dass er verschwindet. Bei anderen Geschäften hat es wehgetan, nicht nur wegen der Besitzer, nicht nur wegen der Leute, die bekannt waren, die man täglich gegrüßt hat. Es verliert sich allmählich die Bequemlichkeit im Viertel, in dem man alles kaufen konnte, direkt nebenan. Cafés gibt es genug. Die Leute haben genügend Geld für den Latte oder den Espresso. Ist das eine Italisierung? Ist es die Aufgabe der Familie? Ist es der Beweis für die Singlestadt?

Untersuchungen dazu gibt es im Zeitalter der Umfragestatistik und der vorausberechneten Aussagen. Der Blickpunkt bestimmt das Ergebnis, der Auftraggeber die vermutete Wahrheit.

Leila sitzt in ihrem Viertel. In anderer Himmelsrichtung als Johannes. Sie hat eine kleine Einzimmerwohnung um die Ecke, nicht luxuriös, annehmbar. Sie hat sich gemütlich eingerichtet, Arbeit und Leben verbunden. Der Schreibtisch und das Bett stehen in unmittelbarer Nachbarschaft. Das ist Johannes in ihrem Wohlfühlgedächtnis, nur eine Nummer kleiner.

Sie hatte sich getrennt. Sie war gezwungen worden dazu. Später hatte sie es angenommen, als Richtungsentscheidung. Sie hätte es von sich aus nicht geschafft. Die häusliche Bequemlichkeit war verführerisch gewesen.

Sie schaut sich die Leute an. Es ist Mittag. Sie ist früh in die Uni gefahren. Sie hatte sich mit praktischen Übungen auseinandergesetzt. Die Praxis zieht sie stärker an. Mittags ist Schluss. Die Arbeit am Schreibtisch fängt erst an.

Sie macht Mittagspause. Sie liest die Nachricht von Johannes. Felix sollte auch dabei sein. Klar, das hätte sie sich denken können. Johannes liebt ihn. Damals hatte sie gedacht mehr als sie. Das war vorbei. Sie weiß, dass es verschiedene Formen der Liebe gibt. Sie hat das akzeptiert. Sie wusste es damals. Was sie nicht gekonnt hat, war ›Wissen‹ und ›Handeln‹ zu verbinden. Sie war Amok gelaufen, sie war ausgerastet, sie hat Felix regelrecht gehasst und beschimpft. Sie schämt sich dafür. Es ist geschehen, sie kann es nicht rückgängig machen. Einsichten brauchen Zeit.

Eine alte Dame mit Strohhütchen. Leila beobachtet sie. Sie trägt den Hut selbstsicher gegen die Hitze. Es sieht putzig aus. Leila schätzt, siebzig. Rüstig und lebendig schreitet die Frau einher. Sie wirkt nicht fehl am Platz. Sie behauptet sich gegen die Eile der Anderen. Sie betrachtet aufmerksam das Geschehen. Sie hat Zeit, das zu tun, was sie will.

»Alt werden ist schön«, denkt Leila.

Ein Fahrradfahrer hätte der alten Dame fast das Hütchen vom Kopf gerissen. Schnell ist er heran, über den Bürgersteig, an ihr vorbei.

»Unverschämt«, denkt Leila.

Sie erinnert sich an die Fahrradfahrten mit Johannes. Ob er das immer noch so macht? Schön war es. Wenn sie das sieht, es ist gefährlich gewesen. Sie hatte nie darüber nachgedacht.

Leila wendet sich ab. Sie verliert sich in Gedanken: Sie klettert über die Gedankenmauer. Sie begegnet ihrer Mutter im Kinderzimmer. Es war nicht in diesem Land. Heiß war es, tropische Hitze. Leila hatte ein weißes Tüllkleidchen an. Sie hatte es dreckig gemacht. Sie hatten weggehen wollen zu einer Taufe. Leila war fünf Jahre alt. Die Mutter hatte mit ihr geschimpft, heftig und laut. Sogar die Nachbarn hatten es hören können, im angrenzenden Häuschen. Die Mutter hatte ihr Kleid gesäubert, mit einem Taschentuch und Spucke. Sie sind zum Bus gelaufen. Die Taufe war weit entfernt. Der Bus ist über die Landstraße geholpert.

Plötzlich reißt die Erinnerung ab. Sie weiß nur, dass, als sie aufgewacht ist, ihre Mutter nicht mehr da gewesen ist. Der Bus hatte einen Unfall gehabt. Er war umgestürzt, die Böschung hinuntergefallen. Das hatten ihr Andere erzählt, später. Sie war im Krankenhaus aufgewacht, mit weißem Verbandszeug. Ein Mann hatte sich zu ihr hinab gebeugt. Er hatte die Augen von Johannes. Das war ihre erste Begegnung gewesen. Wenige Monate später schlief sie in einem geräumigen Zimmer in Deutschland.

Die Zeit ist vergangen. Sie hat viel erlebt in dieser Zeit, ihrer und Johannes‘ Zeit. Die Erinnerungen an die Kindheit sind spärlich. Manchmal sickern sie durch ihre Haut. Oder wie jetzt überspringen die Gedanken verbotene Mauern. Dahinter Fetzen geheimnisvoller Lebendigkeit, aus den ersten verschütteten Jahren. Sie weiß nichts Genaues. Sie hat kein Bild von ihrer Mutter. Sie kennt Abziehbilder aus Papier. Die Wirklichkeit war verloren gegangen. Sie war aus ihrem Gedächtnis verschwunden, sie war nie zurück gekommen.

Das Eis steht vor ihr. Sie mag Eis essen, vor allem hellbuntes, kitschiges Eis. Der Farbstoff springt sie geradezu an. Sie haut rein, mit dem Löffel. Sie lutscht nicht, sie kaut das Eis. Sie kann das, sie hat weiße, feste, gerade Zähne. Als Kind hatte es keine Süßigkeiten gegeben.

Max sitzt in der letzten Unterrichtsstunde. Sein Platz ist die hinterste Ecke. Da, wo er nicht auffällt. Da, wo die Lehrer ihn in Ruhe lassen, ihn vielleicht sogar übersehen. Das wünscht er sich. Er will nicht hier sein. Damit es nicht noch mehr Ärger gibt, zu Hause, deshalb sitzt er hier. Er träumt vor sich hin. Die Freunde in der Schule sind wichtig. Er hat viele, mehr Mädchen. Petra hat ihm von ihrem Gespräch mit Johannes erzählt. Sie ist ehrlich gewesen.

Er denkt: »Dieser Johannes. Schwul ist er. Er ist kein Moralapostel. Das gefällt mir.«

Petra hat davon gesprochen, dass Johannes ihn anrufen wolle. Max wartet darauf. Er findet das eigenartig, dass er auf den Anruf wartet. Warum findet er Johannes cool? Er kennt ihn, lange. Es hat eine schwierige Zeit gegeben. Leila ist Jahre älter als er. Wenn sie in ihrer Kindheit zusammen waren, war Max eifersüchtig gewesen. Er erinnert sich, er hatte bei Johannes auf dem Schoß gesessen. Johannes hat ihn über etwas hinweggetröstet. Johannes war zärtlich zu ihm, nie zudringlich.

Das behaupten Klassenkameraden von den Schwulen. Petra hatte ihm früh erzählt, dass Johannes Männer liebt. Für Max ist das völlig normal.

Erst im Verlauf der Schule änderte sich das. Die Phase dauerte nicht lange.

Ein Mitschüler hat sich vor kurzem in der Klasse geoutet. Max fand das cool, mutig. Es hat viel Getuschel gegeben, vorher und nachher.

Max hat gesagt: »Frederick, das ist okay.«

Es war okay. Max ist beliebt bei seiner Klasse. Er ist ein schräger Vogel. Für die Lehrer ist er ein Problemfall. Ein Produkt antiautoritärer Erziehung, das ist lange ›out‹.

Seine Mutter ist anderer Meinung, sie bereut es.

Wenige Minuten bis zur Pause. Studienrat Diefenbach ruft Max auf. Er reißt ihn aus der Vergangenheit. Max war gerade beim Drachensteigen, mit Johannes, da war er acht gewesen. Der Wind hatte den Drachen erfasst. Eine starke Böe. Die Leine war gerissen. Dann war er himmelwärts entschwunden. Er war einfach davongeflogen. Weit hinauf, der Sonne entgegen. Schön anzusehen. Ein Bild für einen Film. Max hatte geweint. Es war ein selbstgebauter Drachen gewesen, mit Hingabe. Johannes hatte ihn in den Arm genommen. Sie hatten zusammen in zwei Tagen einen neuen Drachen gebastelt, leuchtend schön, er war bemalt von Johannes und ihm, auf zwei Seiten. Am Ufer des Flusses hatte er ihn zum ersten Mal steigen lassen. Er war bewundert worden. Der Drachen war einsame Spitze. Max war stolz. Das ist sein Verhältnis zu Johannes.

Johannes ist ein enger politischer, persönlicher Freund seiner Mutter. Andere Politfreunde kann er nicht ausstehen. Sie reden. Sie nehmen sich wichtig.

»Max, wie beurteilst du Wilhelm Tells Bogenschuss?«

»Er hat den Apfel getroffen. Das war cool.«

Ein Max-Satz. Die Klasse lacht. Schlecht war das nicht, wenn man bedenkt, wo sich Max gerade befunden hat.

Herr Diefenbach versucht zu schmunzeln. Er will sich keine Blöße geben.

»Und weiter. Er hat doch das Leben seines Sohnes aufs Spiel gesetzt!«

»Ich glaube, er wusste, dass er trifft«, sagt Max.

»Wer ist anderer Meinung?«, fragt Diefenbach.

Die Beteiligung ist schwach. Es gibt noch ein kurzes Statement. Der Gong reißt alles an sich. Er hat die Aufmerksamkeit, sofort. Befreiender Lärm folgt.

Wie schafft man es in diesem Alter, anderthalb Stunden konzentriert und still zu sitzen? Das ist unmöglich. Waldemar Diefenbach weiß das. Er hat gelernt zu motivieren. Dafür hat er studiert. Kann er motivieren, wenn die Hormone verrückt spielen?

Waldemar möchte Max interessieren, er findet ihn interessant, seine Mutter noch mehr. Er würde sie gern kennenlernen. Er weiß nicht, wie er das anstellen soll.

Er ist vierzig, er ist allein, er ist einsam. Eine Promenadenmischung. Ein streunender Hund. Er sieht witzig aus. Treue Augen, schlurfender Gang, nicht wirklich alternativ. Er ist gut drauf. Das bekommt jeder mit. Er kann sich gut verstellen.

Er hat Petra auf dem letzten Elternabend kennengelernt. Es ging um das allgemeine Verhalten der Klasse, im Besonderen um Max. Ist Max ein Problemjugendlicher? Ist das Verhalten normal für das Alter? Die Elternschaft war geteilter Meinung. Forderungen wurden vorgebracht. Einwände gab es. Anspruch und Wirklichkeit. Man könnte, sollte, es wäre angebracht, Verständnis müsse man zeigen, nicht zu ergebnisoffen dürfe man sein, Selbstläufer, gegen die Wand reden, Nägel mit Köpfen machen, nicht gleich kapitulieren.

Es tanzen die Hormone die merkwürdigsten Reigen. Wer kann die stoppen? Mädchen wären da besser dran, hatte ein Vater gesagt, der nie zu Hause ist.

Diefenbach denkt: »Ich bin anderer Meinung.«

Blicke waren durch den Raum gewandert. Waldemars Blick hatte Petras getroffen, im richtigen Moment. Sie sah entschlossen aus. Sie ist eine schöne Frau. Sie verteidigt ihren Sohn tapfer.

Max läuft aus dem Schulgelände. Er darf das nicht. Er raucht, auch das darf er nicht. Andere tun es ihm gleich. Man tut das. Man muss das tun. Nicht alle müssen. Die Freunde von Max schon. Die Eltern machen sich Gedanken. Alle Söhne und Töchter wissen das. Es hilft nicht, sich Gedanken zu machen. Es hilft nicht, etwas zu wissen. Es gongt von Ferne. Beim Rauchen wechseln Belanglosigkeiten mit Nachrede, übler. Keine Hektik ist zu beobachten. Gemach, gemach, der Weg ist das Ziel.

»Ich will nicht in den Physikunterricht«, denkt Max.

Wer will das schon? Es ist erstaunlich, dass alle vollständig da sind. In Physik zu schwänzen ist riskant. Das weiß man. Also hilft Strenge doch. Anwesend sein heißt nicht lernen. Der Unterricht ist langweilig. Lange Weile bedeutet, es zieht sich hin.

Hingezogen fühlen sich Susi und Christoph. Sie knutschen offen im Physikunterricht.

Kempelmann ist mit dem Versuchsaufbau beschäftigt. Er gibt sich Mühe.

Max hat längst wieder abgeschaltet, wenn er überhaupt jemals auf Empfang gewesen ist.

Wie das wohl ist, einen Mann zu küssen? Max küsst die Mädchen. Eine feste Freundin hat er nicht.

Er beobachtet Susi. Sie hat schöne, pralle Titten. Petra fände das jetzt frauenfeindlich.

Max macht es Spaß, so zu denken. Er redet, er passt auf. Zu Hause bekäme er Ärger. Johannes mag es, der redet genauso. Das gefällt Max. Petra ist darüber empört, wenn sie es mitkriegt.

»Solche Worte, nicht im Beisein von Max«, würde sie sagen.

»Max ist kein Kind mehr«, würde Johannes denken. »Er ist in der Pubertät, voll auf der Rolle.«

Max fragt sich: »Was reden die alle von Pubertät? Ich mach das, was mir Spaß macht. Ist das verkehrt?«

Petra würde sagen: »Das Leben ist nicht nur Fun.«

Max würde antworten: »Aber sollte es sein.«

Johannes geht ins kleine Café am Museum. Es liegt idyllisch. Ein verwunschener Garten. Dicht bewachsen und überall grün. Es riecht immer feucht hier, trotz der Hitze. Erfrischend für die hier sitzenden Menschen. Fünf Tische sind es, alle besetzt. Johannes setzt sich zu einer lesenden Dame. Sie hat kein Hündchen und kein Hütchen auf. Eine große Sonnenbrille verdeckt ihren Blick. Sie hebt leicht den Kopf. Sie nickt auf Johannes gesäuselte Frage. Er will nicht stören. Er nimmt sich zurück. Am Tisch gegenüber sitzt ein Kollege. Johannes mag ihn nicht. Er hat tote Augen, die schauen durch Johannes hindurch. Er grüßt förmlich. Er lupft seinen Hintern vom Stuhl, altmodisch gekünstelt. Johannes ist der ältere.

»Unehrlich und übertrieben«, denkt Johannes.

Warum hat er solche Vorurteile? Des lieben Friedens willen lächelt Johannes, teilnahmslos.

»Woher kommt nur diese geballte Bosheit der Menschen«, fragt er sich.

Die schönste Umgebung löst das nicht auf. Vielleicht tut er ihm Unrecht. Vielleicht kann der nicht anders. Neulich erst hat Johannes über frühkindliche Prägung gelesen. Es gibt kein Entkommen. Soll er deshalb unmögliches Verhalten entschuldigen? Johannes regt sich auf. Weil er sich aufregt, wird die Sache noch schlimmer. Er verheddert sich in seiner Argumentation im Kopf. Er führt einen Diskurs mit sich selbst. Es läuft schweigend ab. Er schweigt beim Reden. Er redet beim Schweigen. Es ist ein sichtbar komplexer Vorgang. Man sieht es. Es sieht komisch aus. Was er sagt, hört nur er selbst. Warum sollte er es sagen?

Alle anderen sollen es hören. Was macht es sonst für einen Sinn?

Johannes blättert in seinem Terminkalender, er ist voll mit Terminen. Klar, sonst wäre er kein wichtiger, unentbehrlicher Mensch. Er will das nicht. Es passiert. Er wehrt sich dagegen. Selten hilft es. Max muss er anrufen. Das Versprechen liegt ihm im Herzen. Er weiß nicht, was er sich davon verspricht.

Johannes ist spontan. Es wird sich ergeben. Es muss sich entwickeln. Gespräche haben ihre eigenen Gesetze, das weiß er. Wichtig ist, wie man anfängt. Worauf soll es hinauslaufen? Das ist Johannes nicht klar. Er wird es sich überlegen müssen. Max ist ein harter Brocken. Er will ihn nicht schulmeistern. Er ist nicht sein Vater.

Was ist sein Verhältnis zu Max? Muss es ein definiertes Verhältnis geben, um zu reden? Johannes will darüber nachdenken. Jetzt will er einen Termin finden. Das dauert, das wird dauern. Es brennt. Er wird auf einen Abend mit Felix verzichten müssen. Ob Felix das verstehen wird? Johannes weiß, dass Felix seine Vaterrolle angreift.

Johannes merkt den Sonntag vor.

Max sollte schon aus der Schule sein. Er ruft Max auf dem Handy an.

»Max, hier Johannes. Wir sollten uns treffen. Hätten wir schon längst machen sollen. Manchmal braucht man einen Anlass.«

Max sagt: »Hallo Johannes, wie geht's dir? War mal wieder ätzend in Physik. Bin gerade draußen. Cool, dass du anrufst.«

Johannes denkt: »Petra hat es ihm erzählt.«

Da ist er sich sicher.

»Hast du am Sonntag Zeit? Du könntest zum Essen kommen.«

Johannes lässt offen, ob mit oder ohne Felix. Er weiß, dass Felix nicht vereinnahmt werden will. Sie wollten zu zweit Essen gehen. Es ist eine neue Situation. Max ist die Hauptperson. Felix muss nicht dabei sein.

»Ich hab nichts geplant. Wann denn?«, sagt Max.

»Um acht.«

»Was kochst du?«

Max weiß, dass Johannes gut kochen kann. Er hat oft dort gegessen.

»Das muss ich mir erst überlegen. Hast du einen Wunsch?«

»Asiatisch wäre cool. Mama macht das nicht oft.«

Interessant, dass er jetzt Mama sagt. Petra ist keine Mama. Sie will keine sein. Sie ist die Mutter von Max, so sieht sie sich. Sie nimmt es ernst.

Johannes sagt: »Okay, ich überleg's mir. Danke für den Tipp. Geht's dir gut?«

»Klar, Mann.«

Johannes hört Hintergrundgeräusche der Mitschüler.

»Gut, dann machen wir es. Sonntag um acht, asiatisch.«

Johannes denkt nach. Wie war er in diesem Alter? Siebziger Jahre. Mit neun hatte er seine erste große Kinderrolle am Stadttheater, Brechts ›Galileo Galilei‹. Er hatte den Andrea gespielt. Das war cool gewesen.

Er war stolz wie Oskar. Er hatte Erfolg. Zu Hause war das nicht einfach. Die Schule hatte gelitten. Morgens Proben. Er hatte den Sprung aufs Gymnasium geschafft. Alles andere wäre eine Katastrophe gewesen, für seine Mutter. Der Vater hatte sich nach Spanien abgesetzt. Er hatte sich im Urlaub verliebt. Er war ein Schwein, so hatte es Eva gesehen, seine Mutter. Er hatte sie sitzen gelassen, da war Johannes gerade vier. Seine Erinnerung an den Vater ist spärlich. Der Kontakt war abgebrochen. Seine Mutter hatte sehr darunter gelitten, sie hatte es lange getan. Vor ein paar Jahren war sie plötzlich gestorben, sie hatte nicht gelitten.

Johannes denkt an die ersten Kussspiele auf dem Landschulheim, weit außerhalb der Stadt. Er hatte mit elf seine Lippen auf die von Mädchen gepresst. Ein anderer hatte mit der Uhr daneben gesessen, umringt von der Gruppe, fünfzehn Minuten lang. Es war witzig, spannend, aufregend. Spielatmosphäre. Erotisch war es nicht. Mit dreizehn war er mit Karina gegangen. Sie war seine erste Freundin gewesen. Sie war weit entwickelt. Sie hatte blonde, lange Haare. Sie war kess. Sie hatte ihn im Schrank versteckt. Der Vater war überraschend ins Zimmer gekommen. Er war ein alternder Industrieller. Sie war ein Nachkömmling. Ihr Vater hatte von der Existenz Johannes' nichts gewusst.

Das war bei ihm zu Hause anders gewesen. Seine Mutter war offen, sie hatte Verständnis gehabt. Ihre Freunde hatten kritisiert, sie wäre nachgiebig, sie wäre großzügig. Er hatte es genossen, in vollen Zügen. Er hatte gut gelebt, ohne Vater. Seine Pubertät war anderer Art. Mit achtzehn hatte er alle durch. Die Mädchen hatten ihn gewollt. Mit zwanzig wollte er sie nicht mehr. Er hatte sich auf die Kunsthochschule beworben, weit entfernt von seiner Stadt.

Johannes denkt: »Die Zeiten verändern sich, damit die Menschen. Damit das gesellschaftliche Leben, die Politik.«

Oder war es anders herum? Spielte die Reihenfolge eine Rolle? Was könnte er Max erzählen? Im besten Falle entwickelte sich ein Gespräch. Er kann einfühlsam sein und gefühlvoll. Er weiß nicht, wohin mit seinen Gefühlen. »Du hast ein großes Herz«, hatte eine Freundin angemerkt. Johannes ist sich nicht sicher, ob das gut ist. Er ist nicht beständig. Er sucht danach. Es gelingt ihm nicht. Sein Leben bewegt sich schlingernd durch die Orte, Zeiten. Er will bewegen, er wird bewegt. Wird er jemals ankommen? Und wo? Und mit wem? Er spürt kleinste Berührungen auf der Haut, bis ins Herz. Seine Augen erfassen die zarte Schönheit von Menschen. Sie lassen ihn Wochen nicht los. Er will besitzen, was er liebt. Loslassen ist das Zauberwort. Er kennt es. Es fällt ihm schwer, es zu tun. Es gibt tausend Gründe festzuhalten. Dann kann er moralisch sein, sonst nie. Er lebt diesen Widerspruch, auf wundersame Weise, nicht einsichtig, mit Folgen. Er läuft dann ins Leiden hinein. Er kommt nicht heraus. Er hat gelernt, Konflikte zu bewältigen. Er sehnt sich nach Harmonie im Kleinen. Ein Spießer im Revolutionshabitus.

Johannes verlässt das Café, später sitzt er am Schreibtisch. Er arbeitet Stunden. Seit fünf Jahren trägt er eine Brille, er mag sie nicht.

Felix sitzt im kleinen Zimmer, im großen Verlag. Hat Marseille geschrieben? Er benutzt diese Bezeichnung. Bald wird der Name um die Welt gehen. Felix ist sich sicher. Neben seinem Realitätssinn hat er Mut. Er wagt sich ins Offene. Ungeschützt, erfolgreich. Der zukünftige Autor heißt Pierre. Felix verbindet viel damit, deshalb wird der Name größer. Er klebt bereits mit großen Buchstaben über dem Verlagsportal.

Felix könnte abheben. Er hat seine Widersprüche. Er nimmt Termine wahr. Er betreut Hausautoren. Sie sind nicht einfach. Es gibt Geldsorgen. Es gibt Existenzprobleme. Das Schlimmste sind Schaffenskrisen. Ein Verlag muss laufen, es geht nicht um den Inhalt. Der Vertrag muss aufgesetzt werden, mit Hilfe der Rechtsabteilung. Dem Lektor obliegt es, seine Wünsche zu äußern, der Autor kann das auch. Der Spielraum ist eng, das wissen alle. Je bekannter die Autoren, umso mehr gibt es Rücksichtnahme und Sonderabsprachen. Der Verlag muss verdienen, es ist ein großes Unternehmen. Viele Menschen sind beteiligt. Eine flache Hierarchie, Hierarchie bleibt es.

Marseille hat nicht zurückgeschrieben. Felix überlegt. Der Termin nächste Woche steht. Ist es so? Kann sich das ändern? Eine Unsicherheit gibt es. Verlage konkurrieren miteinander. Bei dieser Geschichte ist es nicht entscheidend, dass der Autor unbekannt ist. So sieht es Felix. Kollegen von ihm hatten anders argumentiert.

Felix telefoniert, das ist ein Teil seiner Tätigkeit. Auf dem Tisch liegen noch Stapel von Manuskripten.

Er will heimlich das Manuskript kopieren. Johannes soll es lesen, üblich und statthaft ist das nicht.

Ist er glücklich mit Johannes? Felix ist zufrieden. Weiß Felix, was Liebe ist? Er ist am Beginn seiner Karriere. Auch er schreibt. Im Moment hat er dazu wenig Zeit. Er will es nachholen. Keine Nachricht aus Marseille. Felix will warten. Die Ungeduld könnte die Vertragsverhandlungen negativ beeinflussen. Die Lässigkeit und Souveränität erfahrener Lektoren fehlen ihm. Es ist seine erste Stelle. Er hat zunächst eine Buchhändlerlehre gemacht, dann studiert. Er verfügt über Erfahrung.

Er war leidenschaftlich an das Studium der Literatur heran gegangen. Erst in Frankreich mit dem Schwerpunkt ›Romanische Sprachen‹, später in Deutschland mit Germanistik. Er liest und spricht gut spanisch. Sein Italienisch ist zufriedenstellend. Durch seinen langen Deutschlandaufenthalt ist er perfekt in der deutschen Sprache. Der Umgang mit Johannes hat in den letzten zwei Jahren sein Deutsch noch erheblich verbessert.

Johannes hatte er auf der Straße kennen gelernt, an einem Bücherstand in der Innenstadt. Sie hatten sich gegenüber gestanden, damals, in München. Sie hatten intensive Blicke getauscht. Er hatte gespürt, dass der Mann gegenüber regelrecht in ihn eindrang. So intensiv hatte er die wachen, hellen Augen von Johannes empfunden, auf seiner Haut. Er war schüchtern gewesen, er hatte kapituliert. Er hatte sich nicht von der Stelle rühren können. Johannes hatte ihn angesprochen mit ›Trinken wir einen Kaffee?‹

Was anderes sollte Felix sagen als ›Ja‹. Es hatte fast gebrochen geklungen. Es hatte auch ein ›Nein‹ in seinem Hals gesteckt. Es war nicht an die Oberfläche gekommen.

Johannes konnte überrumpeln. Es war nicht seine Absicht gewesen, es ist seine Art.

Felix hatte die Dominanz bei den ersten Worten gespürt. Es hatte ihm gefallen, dass Johannes direkt war. Eine sprachliche Aneignung der Macht war für ihn etwas Neues. Sie kam ihm entgegen. Später hatte er ihn heftig dafür kritisiert.

Felix passt sich leicht an. Es gefällt ihm, Gespräche zu führen. Er hat den Hang zur Harmonie.

Während Johannes leidenschaftlich diskutiert, hat Felix einen Kammerton. Die wissenschaftliche Redlichkeit liegt ihm am Herzen. Je mehr er sich in Dialogen mit Johannes übt, umso mehr entsteht seine sprachliche Kompetenz. Sie wird gewürdigt.

Er hatte die Stelle bekommen, unter vielen Bewerbern. Johannes hat Kontakte, das verstand sich von selbst. Felix hatte sie nicht in Anspruch genommen, diesbezüglich ist er autonom.

Das Telefon klingelt. Frau Schäfer von der Vermittlung sagt kurz:

»Ich verbinde.«

Überraschend für den Moment, obwohl mehr als erwartet, ist Marseille am Apparat.

»Pierre du Boulet. Bonjour, Monsieur Boulanger.«

Felix hat die Fähigkeit sich augenblicklich auf Situationen einzustellen. Er dachte in Deutsch. Jetzt ist Französisch am Zug.

»Bonjour, Pierre du Boulet.«

Sie sprechen eine Zeitlang. Felix legt auf. Er atmet durch. Der tagelange Druck löst sich. Er bemüht sich, die Atemzüge seinem Herzrhythmus anzupassen. Er spürt Verspannungen im Genick. Mit der rechten Hand greift er sich in den Nacken. Eine Massage wäre jetzt schön. Johannes massiert ihn liebevoll. Felix streckt seine Arme, er dehnt seinen Oberkörper, er sucht eine Balance zwischen den Schulterblättern. Seine Augen sind konzentriert. Sie bewegen sich wenig. Er denkt nach. Die Arbeit kann beginnen. Am Montag kommt Pierre nach Deutschland. Felix weiß, dass er das Wochenende arbeiten muss. Er will den Chef informieren. Das Manuskript steht im Mittelpunk. Er braucht Sachverstand. Er braucht Einfühlungsvermögen.

Autoren sind oft Mimosen. Er muss um Klarheit bemüht sein. Er beurteilt als Verlag, der verkaufen will, muss. Er fühlt als Leser, der kauft, genießt. Felix hatte einmal gedacht, dass all diese Interessen von Beginn an in Einklang stehen müssen, um ein Buch als gut zu betrachten. Er hat gelernt, dass es nicht stimmt. Einen solchen Glücksfall gibt es selten.

Diese Übereinstimmung wird hergestellt, mühsam erarbeitet. Dieser Ausgleich ist das Ergebnis von kontinuierlicher Arbeit. Selbst Johannes gegenüber ist es ihm schwer gefallen, diesen komplizierten Vorgang wirklich transparent zu machen.

Pierre du Boulet steht am Fenster und blickt auf den Hafen. Tausend Kilometer entfernt. Er hat gerade den Hörer aufgelegt. Dieser Felix Boulanger ist ein sympathischer junger Mann, seine klare Stimme hat er im Ohr. Wie ein Ohrwurm steckt sie tief drinnen, sie klingt nach. Er weiß wenig über ihn. Seine Stimme ist sanft, fest. Pierre hat ein Gespür für Stimmen. Er hatte es in früheren Jahren als angenehm empfunden, wenn ihn Menschen anriefen, die er begehrte.

Stimmen lösen bei ihm starke Gefühle aus. Er fühlt sich zu Stimmen hingezogen. Lange war ihm das nicht schnell und überraschend passiert, er hatte es vergessen. Die Stimme des Lektors. Eine Verbindung ist hergestellt. Sie hat etwas Ungewöhnliches. Felix scheint seine Geschichte zu mögen, nicht nur sie verkaufen zu wollen. Es war ein Arbeitsgespräch gewesen. Der Beginn einer Arbeit, die sich über Monate hinziehen konnte.

Pierre spürt eine besondere Ansprache. Benennen kann er dieses Gefühl nicht. Es macht neugierig. Er freut sich.

Felix ist damit beschäftigt, die Eckpunkte zu sortieren. Er muss gleich zu Dr. Kaiser. Die Sache hat Priorität. Vielleicht schafft er es vor der Mittagspause. Beim Formulieren fällt Felix ein, dass Marseille sehr herzlich gesprochen hat. Er ist es gewöhnt, dass Autoren sehr gehemmt und kompliziert sind. Marseille machte nicht diesen Eindruck. Er hatte sich offen gezeigt, er war zugänglich. Er ist sehr französisch, südfranzösisch leicht. Felix hatte die Wärme der Gegend gespürt, die Sonne.

Er denkt: »Ich habe das Meer gerochen.«

Felix lacht. Ein Grinsen wird daraus. Was ist das für ein spannender Mann! Was ist das für eine aufregende Geschichte! Felix denkt, dass das Leben interessanter sei als die Fantasie. Felix ist sich im Klaren darüber: Der Roman von Pierre ist keine Nacherzählung. Im Kopf schleicht sich der Vorname ein. Der Gedanke fasziniert ihn. Wenn das Ganze nicht biografisch, sondern reine Fiktion wäre? Er muss vorsichtig sein. Diesen Gedanken darf er nicht äußern. Es könnte das Projekt behindern, sein Projekt zum Platzen bringen. Felix denkt an die Reality Shows auf allen Privatsendern. Er hat den Kitzel vor Augen, wenn etwas explodiert. Er sieht die Bilder einer im Fernsehen gezeigten echten Entführung. Die Bilder von 9/11 stellen sich ein. Entgleiste Züge, Tsunamis, fliehende Menschen, sich überstürzende Wellen. Alle Schrecklichkeiten dieser Welt sind spannend. Sie passieren den Menschen. Sie lassen Leiden zu. Sie lassen Freude zu. Wir stehen im Leben. Wir stehen uns gegenüber. Es passiert nicht uns. Welche tiefe Beruhigung. Es kann uns passieren. Welch angenehmer Spannungszustand. Felix muss aufpassen. Er darf sich nicht verlieren. In seinem Kopf arbeitet es. Er muss zu Dr. Kaiser. Er wartet. Es ist sein Projekt. Er wird es gut machen. Er will Erfolg haben. Seine Gedanken schiebt er zur Seite.

Auf dem Gang begegnet ihm Hendrik.

»Hast du deinen Fisch am Haken?«

Er ist nicht missgünstig.

»Neidisch«, denkt Felix plötzlich.

Dieser Gedanke ist neu für ihn, auch in Bezug auf Hendrik.

»Ich wünsche es mir«, sagt Felix, bewusst bescheiden.

Er ist es nicht. Er tut so. Er weiß, Feinde kann er nicht gebrauchen, im Verlag. Er ist freundlich, er überhört die Ironie. Er setzt seinen Weg fort. Er klopft bei Dr. Kaiser.

Das übliche Empfangsritual. Diesmal gehen sie durch die Flügeltür, in den Garten.

»Wir setzen uns raus«, sagt Dr. Kaiser.

Felix weiß die Geste zu deuten. Er hat an Einfluss gewonnen. Es ist ein bedeutendes Projekt. Felix folgt unauffällig, er versteckt sich nicht. Er weiß, dass er gut ist.

»Wir sollten genau überlegen, wie wir vorgehen. Es ist ein biografisches Buch. Der Autor ist alt. Es ist sein einziges Werk. Es wird sein einziges bleiben. Höchstwahrscheinlich. Dieser ... wie heißt er noch ...?«

Felix wirft ›Boulet‹ ein ... »Boulet hat einen Zwilling. Sie leben zusammen.«

»Spielt er auch eine Rolle? Kommt der mit?«

»Nein, Pierre du Boulet kommt allein.«

»Interessant. Finden Sie heraus, was es mit dem Bruder auf sich hat. Ob wir mit ihm rechnen müssen? Mit ihm zusammen arbeiten können? Wollen Sie das Gespräch allein führen? Ich komme dann später dazu. Wie haben Sie sich das gedacht?«

In Felix' Kopf arbeitet es fieberhaft. Er wägt ab. Natürlich möchte er mit ihm allein sprechen. Er weiß, dass Kaiser gern hofiert wird und eitel ist. Er geht einen schwierigen Grad.

»Ich möchte selbstverständlich Ihre Erfahrung in Anspruch nehmen.«

Das war der Kotau.

»Zu Beginn fände ich es besser, mit ihm allein zu reden. Er fühlt sich sonst unter Druck. Es ist seine erste Begegnung mit dem Literaturbetrieb. Er klang nicht schüchtern, trotzdem sollten wir behutsam vorgehen.« Felix ist richtig ins Reden gekommen. Er könnte viele Gründe nachschieben. Er lässt es besser.

Kaiser zieht seine Stirn kraus, es ist eine Marotte von ihm. Alle kennen es. Es sieht nicht sehr appetitlich aus. Kaiser weiß das selbst. Er setzt es ein. Er ritualisiert sich und den jeweiligen Vorgang.

»Da haben Sie ja zum ersten Mal die volle Verantwortung, Monsieur Boulanger. Ihnen ist das bewusst, ich weiß es. Denken Sie daran, wir müssen verkaufen. Wir brauchen die große Leserschaft, bei so einem Buch. Es hat schon Sensationscharakter, es ist nicht alltäglich. Wir müssen die Werbekampagne im Kopf haben. Das Buch lässt sich gut vermarkten, über das Belletristische hinaus. Daran sollten Sie frühzeitig denken. Es wird spannend. Finden Sie heraus, inwieweit wir die Biografie der Beiden mit einbinden können.«

Felix will dazwischen gehen. Er spürt, es ist nicht angebracht. Er schweigt. Dr. Kaiser hat hörbar und sichtbar geendet. Er wendet sich dem Kaffee zu. Felix ergreift das Wort. Es hat etwas Ergreifendes an sich. Er präsentiert seine Kompetenz. Er muss Pierre schützen.

»Sie haben prinzipiell Recht. Ich möchte Monsieur Boulets Meinung einholen.«

Kaiser lacht.

»Ihre Sensibilität in Ehren. Wir müssen Klartext reden. Wir investieren. Es muss ein Geschäft werden.« Felix ist nicht ernüchtert, er ist klug. Er weiß, worauf er sich eingelassen hat. Er ist kein Greenhorn.

Sie trinken Kaffee, Smalltalk. Das Wetter hält, was es verspricht. So könnte es bleiben. Ein ungewöhnlich warmer Sommer, so beständig.

Kaiser ist charmant, er ist aufgeklärt, weltläufig.

»Wie geht es Ihrem Freund Johannes, dem Kunstprofessor?«

Felix redet nicht gern über Johannes, nicht hier, nicht mit seinem Chef.

Er sagt: »Er ist sehr beschäftigt. Das Semesterende rückt heran.«

»Dann kann er Sie nicht ablenken. Gut so. Das gefällt mir, wenn einer seinen Job macht.«

Für Felix‘ Geschmack ist das der Unternehmer, das ist Kaiser auch. Er, Felix, lebt davon. Felix hatte davon geträumt, einen eigenen Verlag zu eröffnen. Er hat an Johannes gedacht. Das hat Zeit. Er könnte das. Ob Johannes sich das zutraut? Felix ist skeptisch. Johannes ist kein Geschäftsmann. Er hat kein Verhältnis zum Geld. Er verdrängt das systematisch. Wenn Felix nicht ab und zu Hinweise gäbe, Johannes wäre verloren. Johannes braucht Felix. Felix braucht Johannes. Johannes lebt mit seinen Studenten, die würden ihm fehlen.

Felix steigt die Treppe hinauf. Er ist zufrieden. Eine Eigenschaft, die Johannes sehr schätzt. Felix ist ein Glückspilz. Er lässt die Dinge auf sich zukommen. Die Gefahr, oberflächlich zu sein, sieht er nicht. Er diskutiert mit Johannes. Wenn die Probleme komplex sind, ermüdet er schnell. Er will keine Probleme. Man könnte ihn harmoniesüchtig nennen. In diesem Punkt ist Johannes das genaue Gegenteil von ihm. Er hat früh gelernt, zu diskutieren, zu argumentieren. Er wälzt Probleme. Wenn sie aussichtslos erscheinen, redet er darüber. Er findet Lösungen. Er ist ein politischer Mensch und ein Künstler.

Er begreift die Kunst als Auseinandersetzung mit der Welt um ihn herum.

Felix sitzt am Schreibtisch. Er öffnet seinen Laptop. Er liest die Biografie von Pierre. Sie ist in Ich-Form geschrieben und sehr ausführlich. Felix liest sie diesmal kritischer als beim ersten Mal. Beim Lesen des französischen Textes setzt er es spielerisch ins Deutsche um:

> *Ich bin mitten in den Pyrenäen geboren. In der Nähe des Ortes, der vielen als Ausgangspunkt für den Jakobsweg dient. Von meinen ersten Lebensjahren weiß ich wenig. Wir hatten einen kleinen Hof, mit Schweinen, Kühen und Milchwirtschaft. Ich habe ein paar Bilder im Kopf, wo ich mit meinem Bruder - damals wusste ich nicht, dass wir Zwillinge waren - im Schweinestall spiele und wo wir der Mutter beim Melken der Kühe zuschauten. Einmal, als ich selbst melken wollte, hat es nicht funktioniert. Ich glaube, ich war vier Jahre alt. Die Kuh hat mir mitten ins Gesicht gepisst. Sie hat mich mit ihrem Schwanz geschlagen. Ich habe geweint. Mein Bruder kam und hat mich getröstet. Ich habe keine Erinnerung daran, dass er aussah wie ich. Dann ist etwas Schreckliches passiert. Plötzlich waren unsere Eltern nicht mehr da. Verwandte und Nachbarn sagten uns, sie kämen nicht wieder, sie seien tot, bei einem Autounfall von einem Zug zerquetscht worden. Der Zug muss auf sie zugefahren sein. Ein unbeschrankter Bahnübergang, nicht weit von unserem Dorf entfernt. Die Erzählungen der Erwachsenen wichen voneinander*

ab. Alle waren sehr verständnisvoll zu uns. Wir versuchten uns zu trösten. Ich erinnere mich, dass ich mit meinem Bruder in einem Bett schlief. Wir drückten uns eng aneinander. Wir hatten schreckliche Angst, was nun geschehen würde. Ein paar Wochen lang, denke ich, kamen verschiedene Leute, um uns zu versorgen. Sie kümmerten sich darum, dass wir zu essen hatten, uns wuschen, nicht zu spät einschliefen. Wir lagen lange wach. Wir hatten uns. Ich erinnere mich, dass wir viel miteinander redeten. Wir teilten uns Geheimnisse mit. Wir überlegten, was jetzt geschehen würde. Die Leute, die sich um uns kümmerten, wollten wir nicht haben. Wir dachten, dass die Eltern wieder kommen. Den Tod konnten wir uns nicht vorstellen. Wir trauerten wenig. Wir spielten draußen. Wir halfen den Hof zu versorgen, den Verwandte übernommen hatten. Es verging Zeit. Aus eigener Erinnerung habe ich kein Zeitgefühl dafür. Durch die Unterlagen aus der Zeit weiß ich, dass es ein halbes Jahr in dieser Weise weiter ging. Das Verhältnis zwischen mir und meinem Bruder war sehr eng und vertraut. Wir berührten uns. Wir hatten uns lieb. Wir streichelten uns. Die Leute machten ihre Bemerkungen.

Eine Tante sagte: »Wir dürfen sie nicht mehr zusammen schlafen lassen, sie sind zu alt.«

Wir hatten noch keinen fünften Geburtstag. Dann passierte alles schnell. Wir wurden gerufen. Wir fuhren mit dem Auto weg. Ein Mann mit schwarzer Robe saß in einem öffentlichen Raum. Es sah alles fremd aus. Verschiedene Leute waren da. Die einen kannten wir gut, sie waren aus unserem oder dem Nachbardorf, andere sahen sehr fremd aus. Wir hörten, dass sie aus der Hauptstadt gekommen waren. Paris kannten wir aus Erzählungen. Es war eine ferne Stadt. Eine Vorstellung davon hatten wir nicht. Ich erinnere mich, dass ich mal den Eifelturm auf einer Postkarte gesehen hatte. Ich war begeistert davon. Ich habe sie meinem Bruder gezeigt. Er sagte, dass er hinauf wolle. Wir nahmen uns vor, das zu tun.

Was wir mitbekamen war, dass die Leute aus Paris meinen Bruder mitnehmen sollten. Ich sollte bei Verwandten im Dorf bleiben. Ich protestierte. Ich sagte, ich wolle mit meinem Bruder nach Paris. Die Leute sagten, dass es nicht ginge. Sie wollten uns trennen. Warum genau, war uns damals nicht klar.

Bis heute rätseln wir, ob es rein ökonomische Gründe waren, oder ob sie uns bewusst trennen wollten, weil wir so zärtlich miteinander waren. Die letzte Nacht in unserem Dorf haben wir uns fest aneinandergeklammert. Wir haben geweint. Wir sagten uns, wir werden uns nicht trennen lassen. Wir machten Pläne. Wir wollten gemeinsam abhauen.

Als ich am Morgen aufgewacht bin, war mein Bruder nicht mehr da. Ich war erschreckt. Ich glaube, ich habe laut geschrien. Dann bin ich auf dem Hof herumgelaufen und habe nach meinem Bruder gesucht. Wo war er? Warum war er verschwunden, ohne dass ich es gemerkt hatte. Die Verwandten versuchten mich zu beruhigen. Ich ließ mich nicht beruhigen. Ein Arzt kam und hat mir eine Spritze gegeben. Es hat wehgetan. Ich muss eingeschlafen sein. Als ich aufwachte, war ich nicht mehr auf unserem Hof. Die Umgebung war mir fremd. Es war ein Nachbardorf. Eine Schwester meiner Mutter, die kinderlos war, hatte mich aufgenommen. Alle Fragen nach meinem Bruder wurden abschlägig beantwortet. Er sei bei einer Familie gut untergebracht. Es sei für uns besser und notwendig, dass wir nicht mehr voneinander erführen oder wüssten.

Mein Bruder war und blieb verschwunden. Ich habe nie mehr etwas von ihm gehört. Ich half dann bei der Tante und dem Onkel auf dem Hof mit. Sie hatten Pferde. Das gefiel mir gut. Ich pflegte die Pferde. Ich bürstete sie und striegelte sie. Später habe ich sie geritten. Das waren die schönsten Tage, wenn ich auf dem Pferd saß und ausritt. Sie vermieteten Reitpferde an Touristen. Es kamen Touristen aus Paris. Ich versuchte sie auszufragen. Ich hatte die Idee, meinen Bruder in

Paris zu suchen, wenn es die Gelegenheit dazu geben sollte. Ich war klein. Ich war bewacht. Sonst führte ich ein normales Leben. Eine Kindheit auf dem Land. Ich kam zur Schule, ich hatte meine Freunde. Die Lehrer waren zufrieden mit mir. Meine Freude war das Ausführen und das Ausreiten mit den Pferden.

Ich vergaß meinen Bruder nicht. Er trat in den Hintergrund. Es gab Neues zu entdecken, im Leben. Mit zwölf, als die anderen Freunde Witze über Mädchen machten und anfingen nach ihnen zu schauen, merkte ich, dass ich mich zu einem Jungen in der Klasse hingezogen fühlte. Er war dreizehn. Er war größer als ich. Ich wollte keine Mädchen küssen, wie die anderen. Ich wollte ihn küssen. Ich merkte schnell, dass das nicht ging. Ich weiß bis heute nicht, ob er es gewollt hätte. Ich habe es ihm nie gezeigt oder ihn gefragt. Ich fühlte mich unwohl. Ich versteckte meine Wünsche. Nachts dachte ich häufiger an meinen Bruder. Wo der wohl sein würde? In der Familie wurde er totgeschwiegen. Wenn ich fragte, wurde mir gesagt, man wisse nicht, wo er sei. Es gehe ihm sicher gut. In dieser Zeit glaubte ich, er sei tot.

Ich war gut in der Schule. Ein Lycée gab es nicht. Meine Tante war gut zu mir. Sie unterstützte mich in dem Wunsch, mein Abitur zu machen. Die anderen waren dagegen.

»Wir brauchen den Jungen auf dem Hof. Er macht das gut mit den Pferden und den Touristen.« So hieß es. Meine Tante setzte sich durch. Mit fünfzehn kam ich auf ein Internat, in der Nähe von Marseille. Dort gab es ein Stipendium für begabte Schüler. Meine Lehrer hatten mich dorthin empfohlen. Ich habe die Aufnahmeprüfungen bestanden.

Die Zeit im Internat war am Anfang schwierig für mich. Die meisten Jungen kamen aus der Stadt. Sie waren aus anständigen Familien, verwöhnt. Der Unterricht fiel mir leicht. Meine Lehrer waren nicht immer so, wie ich sie mir vorgestellt habe. Ich hatte einen jungen Mann als Deutschlehrer. Er war kurz am Internat. Er hieß Stefan Kreuz. Er wurde wichtig für mich. Als ich mein Abitur gemacht hatte, war Frankreich zu eng für mich. Gegen den Willen meiner Zieheltern ging ich weg. Ich verhielt mich undankbar. Ich habe sie nie wieder besucht.

Ich fuhr mit einem Frachter nach Südamerika. Dort lebte ich in Kolumbien, für zwei Jahre. Ich lernte Spanisch, ich arbeitete an einem kleinen Theater, im Zentrum von Bogotá, als Mädchen für alles. In der Zeit fing ich zu schreiben an, mehr für mich selbst. Ein paar Stücke schrieb ich für's Theater. Sie wurden aufgeführt. Das ist lange her.

Ich habe in Nordamerika gelebt, in San Francisco. Dort habe ich alles gemacht. Es war eine schöne und eine schlimme Zeit. Viele Menschen starben, auch mein damaliger Freund.

Zweitausend bin ich nach Frankreich zurückgegangen, nach Marseille. Ich besuchte meine Tante und meinen Onkel nicht. Ich wollte das nicht. Sie hatten mich von meinem Bruder getrennt.

Ich war selbst überrascht über meine Entscheidung. Nach einem Jahr war Marseille meine Stadt geworden. Ich liebte die Promenaden am Meer. Ich verbrachte viel Zeit auf dem Meer. Ich arbeitete in einer kleinen Buchhandlung. Ich fing wieder an zu schreiben. Ich hatte keinen Erfolg damit. Ich beendete das Schreiben. Ich hatte Zweifel an mir. Ich lebte mit und für die Bücher. Sie umgaben mich tagsüber im Laden und nachts in meiner Wohnung. Ich las viel. Nach meinem fünfzigsten Geburtstag zog ich mich mehr und mehr in mich selbst zurück. Ich war enttäuscht, dass ich nicht mehr zustande gebracht hatte. Ich hatte Freunde in Marseille. Ich war heimisch in meinem Viertel. Durch die Buchhandlung kannten mich viele Menschen. Auf der Straße wurde ich gegrüßt. Das gefiel mir. Wenn ich in meine Wohnung zurückkehrte, war ich allein. Ich fühlte mich einsam. Meine Bücher trösteten mich.

Lebendige Gesichter von lebendigen Menschen fehlten mir. Sie waren und blieben Papier. Das wirkliche Leben war draußen. Ich hatte immer mehr Angst davor. Vor allem abends und nachts. An meinem fünfundfünfzigsten Geburtstag fühlte ich mich alt und verbraucht. Ich hatte keinen Lebensmut mehr. Ich hatte es abgelehnt zu feiern. Ich vergrub mich in einen Roman. Ich hatte ein Gefühl der inneren Verlassenheit. Ich übte mich in Selbsthass. Ich musste raus. Ich ging in eine der Schwulenbars am Hafen. Ich suchte nach Ablenkung. Ich atmete schwer und hielt es in der stickigen Luft kaum aus.

In einer Ecke der Bar stand ein älterer Mann. Er schaute mich die ganze Zeit an. Es irritierte mich. Ich musste immer wieder hinschauen. Er hatte ein Lächeln, das mir bekannt vorkam. Er kam auf mich zu. Seine Statur war mir ähnlich. Ein bisschen mehr Bauch hatte er. Er schaute mich lange an.

Er sprach mich an. »Bist du von hier?«

Ich bejahte das, mehr nicht.

»Ich komme aus Paris. Ich bin hier in der Nähe aufgewachsen.«

Ich schaute ihm in die Augen. Er gefiel mir. Wir unterhielten uns. Die Wahrheit dauerte noch, bis sie ans Licht kam.

Es war nach Mitternacht, als er mir sagte: »Du bist mein Bruder.«

Ich wusste sofort, dass es wahr ist. Ich konnte es nicht fassen. Er kam mit mir nach Hause. Wir liebten uns, wie in unseren Kindertagen.

Hier beginnt mein Roman, deshalb ende ich hier.

Felix sucht nach Ungereimtheiten. Er ist fasziniert von dieser Biografie, wenn es eine ist. Er findet sie auch kitschig, merkwürdig. Das Buch selbst hat eine andere Qualität, sonst hätte Felix sich nicht dafür stark gemacht. Felix wird die Zweifel nicht los. Stimmt die Biografie? Wenn nicht, ist auch das Buch eine Fiktion. Soweit will er nicht gehen. Er verbietet sich diesen Gedanken. Es ist schlecht für das Verlagskalkül. Noch schlechter wäre es allerdings, wenn es später Enthüllungen geben würde, die Pierres Glaubwürdigkeit in Frage stellen. Das würde auf ihn zurückfallen. Felix muss vorsichtig sein. Er muss alles genau abwägen. Worauf lässt er sich ein? Zunächst gilt es, das Treffen abzuwarten.

Johannes ruft Leila an. Es ist spät am Abend. Felix ist noch nicht nach Hause gekommen.

»Leila?«

»Wer sonst«, antwortet sie.

Johannes hat diese merkwürdige Angewohnheit. Leila kennt das. Es ist eine Vergewisserung seiner selbst dem Telefon gegenüber. Als traue er der Präzision ihrer Technik nicht. Im Grunde ist es absurd. Er kennt ihre Stimme. Es ist ihre Nummer.

»Wir wollen für dich kochen. Besser, ich, für uns drei. Könntest du am Wochenende?«

Johannes Stimme ist unsicher. Hat er noch immer Schuldgefühle?

»Es ist richtig«, denkt er.

Leila hat damit gerechnet. Sie ist nicht überrascht. Sie überlegt, ob sie Felix und Johannes erträgt, geballt in ihrem Haus, aus dem sie sich ausgeschlossen fühlte. Aus dem Johannes sie ausgeschlossen hat

»Ich habe Angst. Ich komme. Samstag hätte ich Zeit.«

»Gut, dann komm am Samstag um acht zu uns. Ich hoffe, Felix passt es auch. Er ist noch nicht zu Hause. Also – vorbehaltlich seiner Zustimmung«

Leila ist irritiert. Johannes weiß, dass Felix unangenehm reagieren kann. Niemand soll über ihn verfügen, auch nicht Johannes, oder gerade Johannes nicht. Der Machtkampf des Jüngeren mit dem Älteren. Das gibt Zündstoff. Leila mag Johannes' Unterwürfigkeit nicht. Sie interpretiert es. Bei keinem ist Johannes so rücksichtsvoll und vorsichtig. Keiner hatte diese Macht über ihren Vater. Sie ärgert sich. Sie weiß es. Sie versteht es.

»Johannes hat Angst, Felix zu verlieren«, denkt sie.

Ist das der richtige Umgang damit? Warum ist er so wenig selbstbewusst in dieser Beziehung? Zwanzig Jahre Altersunterschied sind viel.

Leila sagt: »Gut, wenn ich nichts mehr von dir höre, ist es okay. Ich notiere es mir. Freitag muss ich arbeiten. Es geht nur Samstag.«

»Es wird schon klar gehen«, sagt Johannes.

»Ich freu mich.«

»Hast du einen Wunsch?«

Leila überlegt. Sie liebt Fisch. Sie weiß, dass Johannes das kann.

»Machst du frischen Thunfisch? Das kannst du gut.«

»Eine gute Idee. Ich werd' ihn schon kriegen.«

Das Gespräch ist beendet. Johannes hat Bauchschmerzen. Viele Dinge kommen zusammen, am Ende des Semesters. Er will Stress abbauen. Es würde entspannt werden. Es kommt auf Felix an.

Er korrigiert sich innerlich. Leila hat es in der Hand. Felix ist friedlich, außerdem ist er beschäftigt mit seinem Franzosen. Er ist nicht angriffslustig, er will den Ausgleich, er ist für Versöhnung.

Die Tür wird geschlossen. Es kann nur Felix sein. Es ist halb elf.

Johannes kommt aus seinem Arbeitszimmer. Er küsst Felix begehrlich. Felix ist geschafft, er will Ruhe. Johannes merkt, er sollte sich zurücknehmen. Wieso fällt ihm das gegenüber Felix so schwer? Warum will er alles und gleich? Er muss seine Sehnsucht zügeln. Er ist übergriffig. Er kann vereinnahmend sein. Er weiß, dass es falsch ist. Sein Gefühl ist stärker als sein Verstand.

Felix geht in sein Zimmer. Johannes steht verloren in der Küche. Was soll er tun? Er entschließt sich, in sein Arbeitszimmer zurück zu gehen. Er will warten. Zu arbeiten hat er genug; kann er das jetzt? Felix ist angespannt. Johannes ist nervös, wegen Felix. Solche Situationen gibt es nicht häufig. Sie sind unausweichlich. Ihre Bedürfnisse sind verschieden.

Johannes hat nach zwei Jahren noch ein ungestilltes Liebesbedürfnis, zu jeder Zeit. Felix ist da viel gelassener. Er ist so beschäftigt mit vielen Dingen in seinem Leben. Auch Johannes war das gewesen. Er geht anders damit um.

Eine Form der Abhängigkeit ist das. Er wollte das nie. Es war geschehen. Zeit, sich damit auseinanderzusetzen. Johannes kann nachdenken darüber, loslassen ist nicht seine Stärke.

Felix weiß, dass Johannes alles stehen und liegen lässt, wenn es um ihn geht. Das ist schön, es ist auch eine Belastung.

Nähe und Distanz, ein großes Kapitel in Johannes' Berufsleben. Es hat sich eingespielt. Er hat es in den Griff bekommen, in der Akademie. Lange hat er dazu gebraucht. In seinem Privatleben mit Felix ist er weit davon entfernt. Er ist unzufrieden mit sich, es fällt ihm schwer zu warten. Er ist arbeitsgehemmt in so einer Situation. Es tut ihm weh, physisch und psychisch.

Felix kommt nach zehn Minuten aus seinem Arbeitszimmer.

»Wollen wir noch eine Kleinigkeit essen? Ich habe Hunger. Ich hatte im Verlag keine Zeit.«

Johannes hört es von der Treppe. Er ist aufgeschreckt, als Felix aus seinem Zimmer kam. Er verlässt das Zimmer. Er geht den Weg an den Herd. Er öffnet den Kühlschrank, er entnimmt Karotten.

»Magst du Reis, Kartoffeln oder Nudeln dazu?«

Felix sagt: »Nein, nicht so viel, Karotten reicht, Brot dazu.«

Johannes hat die Karotten schon unter dem Wasser. Er nimmt das Messer, er schneidet die Strünke ab. Er schnippelt sie geübt und geschickt in kleine Scheiben. Der Wok steht auf dem Herd. Etwas Öl. Die Karotten werden hinein geschmissen. Felix deckt den Tisch. Sie sitzen dort zusammen. Sie sind sich nah. Gemeinsames Essen gehört dazu. Die Karotten sind angedünstet. Sie mögen sie nicht weich. Johannes schneidet Brot. Felix holt die Butter aus dem Kühlschrank. Er füllt die Karotten auf die großen Teller.

»Für mich nicht so viel«, sagt Johannes.

Das Rotweinglas steht auf dem Tisch. Johannes trinkt Wasser. Felix sucht eine Flasche aus. Das braucht er. Johannes stellt die Teller auf den Tisch, es sieht appetitlich aus. Sie sitzen sich gegenüber, sie schauen sich an. Felix lächelt verschmitzt. Er hatte einen anstrengenden Tag, gedanklich.

Er liebt die Nähe von Johannes am Abend, manchmal ist er ihm zu nah.

»Willst du keinen Wein?«

Johannes sagt: »Ich muss weiter arbeiten.«

Er weiß, dass das nicht der Grund ist. Es gibt bestimmte Dinge, die Johannes nicht mit Felix teilt. Zum Beispiel das Trinken. Felix gefällt das nicht. Johannes hält das nicht für wichtig. Es ist eine Fehleinschätzung.

»Ich war heute den Tag über mit dem neuen Buch von Pierre beschäftigt.«

»Pierre? Marseille?«, fragt Johannes.

Das kurze Nicken entgeht Johannes nicht.

»Ihr seid schon beim ›Du‹?«

»Sei nicht albern. Ich habe heute lange über seiner Biografie gesessen, da rutscht man so rein.«

Johannes muss grinsen. Felix versteht. Johannes weiß, wie begeisterungsfähig Felix für Menschen und Dinge ist. Es kann in Sekunden passieren. Er ist verloren, an die Sache oder den Menschen. Er übertreibt. Johannes ist eifersüchtig. Wo kommt nur diese Eifersucht her?

Felix teilt Johannes seine Zweifel mit.

»Es klingt alles wie im Märchen. Die reinste Story für die Reality Show.«

Johannes ist irritiert. »Aber, das wolltest du doch. Das ist doch der Hype. Bekommst du Angst davor? Die Story ist sicherlich bald Filmstoff.«

Felix sagt: »Genau das macht mir Angst. Wenn es jetzt keine Familiengeschichte von eineiigen Zwillingen ist, sondern die Kopfgeburt eines raffinierten Schreibers, der Gespür für Verkaufszahlen hat und trotzdem auch schreiben kann, aber seine Lebensgeschichte gefälscht hat. Das kann sein.«

»Es klingt schon fantastisch«, sagt Johannes.

Johannes versteht Felix' Dilemma gut. Das Essen ist einfach. Es schmeckt. Felix ist müde zum Umfallen.

»Ich geh jetzt ins Bett.«

Johannes wollte arbeiten, er lässt es. Die Aussicht mit Felix zusammen einzuschlafen, ist zu verführerisch. Er genießt jede Minute. Felix ist im Bad. Johannes hört die feinen Geräusche der Zahnseide zwischen den Zähnen von Felix. Diese Konsequenz, selbst wenn Felix getrunken hat. Johannes ist beeindruckt. Johannes wärmt schon das Bett. Er wartet, dass Felix sich zu ihm legt. Felix nimmt ein Buch. Er liest ein paar Seiten. Johannes legt sich in seine Achselhöhle. Heute ist Felix zu müde für Sex. Johannes streichelt ihn liebevoll. Johannes versteht das. Felix klappt das Buch zu. Sie umschlingen sich zärtlich und fest. Der eine atmet in den Rücken des Anderen. Sie schlafen ein, unter einer Decke. Sie ist klein. Es gefällt ihnen.

Das Wochenende schaut um die Ecke. Der Freitag ist ein anstrengender Tag. Johannes kennt kein wirkliches Wochenende. Er arbeitet viel zu Hause. Das ist das Schöne daran. Ihm gefällt das Arbeiten, ohne äußeren Zwang. Die innere Motivation hat er. Es gibt schönere Dinge. Dinge, an denen sein Herz hängt. Es sind Menschen, keine Dinge, die ihn vom Arbeiten abhalten können. Er verliert sich in seinen Gefühlen. Er fühlt intensiv. Er ist voller Sehnsucht nach Nähe. Jeden Moment am Tag möchte er sie herstellen, mit Worten, mit Taten. Er scheitert. Er bescheidet sich. Es gibt eine eigene Dynamik der Wochenenden.

Eine Variante ist das Frühstücken gehen. Im Sommer das Sitzen im Freien, zu zweit, mit Freunden. Das Lesen, das Gespräch. Im Wechsel beides. Einfach schauen, um sich herum.

Wenn keine Leute da sind, ist für Felix das schönste Café langweilig. Er liebt die Geselligkeit, die Anwesenheit anderer. Er fühlt sich wohler. Sie haben ein offenes Haus. Für Einsamkeit bleibt keine Zeit. Alleinsein fällt schwer. Für Felix im Verlag gibt es viel Recherche. Johannes sitzt über Prüfungsarbeiten. Er unterrichtet freitags nicht. Am Abend will Felix sich entspannen. Sie wollen später tanzen gehen. Vorher kochen sie. Felix spricht dem Wein zu. Sie schauen einen Harry Potter Film. Felix ist Harry Potter Fan. Er hat alle Bücher verschlungen. Mit dem neu erstandenen Beamer wäre es wie Heimkino, findet Felix. Er ist die treibende Kraft in dieser Art der Zerstreuung. Johannes gefällt es, wegen Felix. Allein würde er ins Kino gehen. Mit Felix macht es Spaß.

Es ist spät, Mitternacht, früh für die Disco. Beide tanzen gern. Felix trinkt dabei. Johannes tanzt nur. Es ist laut im Club, in der Innenstadt. Gemischtes Publikum. Mehr Junge als Alte. Blicke wechseln hin und her. Es wird ausgelassen getanzt. Heute spielt Achtziger-Jahre Musik. Johannes und Felix lieben das mehr als Techno. Johannes gefällt die Ausgelassenheit beim Tanzen. Der freie Rhythmus, die zeitweilige Ekstase. Er schaut zu. Nach einer Weile tanzt er. Mit Felix zusammen ist es schön. Felix ist übermütig, wenn er tanzt und trinkt. Er steigert sich, er sprengt seine selbst gesetzten Grenzen. Es ist eine Gratwanderung, wenn Felix kein Ende findet.

Johannes denkt: »Es reicht jetzt.«

Heute Nacht genießt Johannes Felix' Erfolg. Er freut sich über sein Projekt im Verlag. Er nimmt Anteil an all seiner Freude. Felix merkt das. Er ist Johannes nah. Sie gehen um Fünf. Auf den Rädern fahren sie nach Hause. Zuweilen schwankt Felix. Johannes hält ihn auf Spur.

Johannes ist früh wach. Er liebt es, sich an Felix zu drücken, mit ihm einfach dazuliegen und Wachträume zuzulassen. Eine tiefe Zärtlichkeit breitet sich aus. Sie dringt als Empfindung bis ins Herz. Es hat Auswirkungen auf sein Gehirn. Es belebt sein Dasein in außergewöhnlicher Weise. Ein sinnliches Denken. Ob Felix das weiß? Wie ist es für ihn? Felix ist sparsam im Reden darüber.

Er sagt: »Du siehst, wie ich mich fühle.«

Johannes zieht durch sein Leben. Er hat viel geliebt, er hat intensiv gelebt. Manchmal hat es nicht lange gedauert, das Glück. Es richtig lange festzuhalten, war ihm nie gelungen. Er hätte es gern getan, es klappte nicht. Ist das der Preis für seine äußerste Intensität? Ist das der Tatsache geschuldet, dass er junge Männer begehrt und liebt?

Jetzt lässt er sich fallen, in den Geruch und die Wärme von Felix. Der liegt neben ihm, öffnet kurz die Augen, dreht sich, verschlingt sich mit Johannes' Beinen. Johannes steht an den Klippen. Er ruft ins Meer. Er versteht seine eigene Stimme nicht. Was sagt er? Er stürzt hinunter. Er bekommt Flügel, sie wachsen aus ihm heraus. Er fliegt über das Wasser. Er hält den Liebsten im Arm.

Als er aufwacht, ist es Elf. Beide beginnen die Aufwachphase genüsslich in die Länge zu ziehen. Ihre körperliche Verständigung ist eine langsame, fließende Bewegung im Wechsel der Stellungen und der Gebärden, im Einklang mit dem Rhythmus ihrer Zuneigung. Bis Felix als Erster den fortgeschrittenen Tag anmahnt.

Er hat all die Dinge im Kopf, die er tun muss. Johannes vergisst seine Arbeit in Felix' Gegenwart. Er findet das problematisch. Er genießt es trotzdem. Es ist Samstag. Heute kommt Leila zum Essen. Johannes will, dass es ein schöner Abend wird. Felix ist als Erster raus aus dem Bett. Johannes berührt seinen warmen, nackten Po mit ausgestrecktem Arm. Felix verlässt das Zimmer. Jetzt muss auch Johannes den Absprung finden. Er war immer ein Frühaufsteher. Mit Felix zusammen hat sich viel verändert. Beim Frühstück besprechen sie den Plan für den Tag. Johannes muss arbeiten. Felix will auf den Markt mit Johannes. Sie einigen sich auf zwei Uhr. Johannes hat Zeit für seine Beurteilungen. Felix hat frei. Er will am Fluss joggen. Er zieht sich das rote Berlin-T-Shirt an. Er schlüpft in die blaue Hose mit weißen Streifen. Laufschuhe haben sie neulich zusammen gekauft, bequeme neue. Felix liebt es, schön angezogen zu sein. Er hat Johannes dazu verführt, es ihm gleich zu tun. Nicht immer, aber immer öfter.

Felix läuft los. Er beginnt langsam, er steigert sich, am Ende schwitzt er. Seine Sachen sind nass. Er öffnet sich die Welt beim Laufen. Er braucht das zum Denken. So wunderbare Dinge hat er entdeckt, in den letzten Jahren. Die Bilder laufen ab wie im Film. Lange Sequenzen von Straßen und Plätzen, Häusern und Parks, immer wieder fremde Menschen. Felix ist neugierig. Er ist ein Entdecker. Es gefällt ihm, die Welt in sich zu spüren. Die Eindrücke trägt er mit Stolz und Freude. Er hat eine innere Wachheit, die auf jeden Reiz reagiert. Die Bilder in seinem Kopf sind konkret und fassbar. Er teilt sie Johannes mit, auch seine Träume.

Johannes nimmt all das auf und genießt Felix' junge Offenheit. Felix will alles. Johannes will Felix.

Während Felix joggt, denkt er an Pierre, eigenartig nah ist er ihm. Die Stimme steckt sehr lebendig in seinem Kopf. Was ist das für ein Mensch? Das will er wissen. Er versucht sich das Treffen vorzustellen. Er spielt unterschiedliche Modelle durch. Wie soll er sich verhalten? Gibt er den coolen Lektor, der Macht hat? Felix weiß, dass es verlockend ist. Er könnte es. Wird er es tun? Ist er jovial und vertraulich, fasziniert? Was fühlt er? Was soll er zeigen, von dem, was er fühlt? Es ist ein Geschäft. Er kauft Ware ein, um sie zu verkaufen. Ist das so einfach? Felix, der wenig dem Zufall überlässt, will abwarten. Er hat einen starken Willen. Was will er?

Am Fluss gefällt es Felix. Er mag die Lebendigkeit, das Fließen. Er setzt sich auf eine Bank und schaut auf das Wasser. Die Hitze hat es faul werden lassen. Felix spürt es in der Nase. Lange kann er nicht bleiben. Der Fluss ist träge. Schwimmen im Fluss, das mag Felix nicht. Er liebt nur klare, durchsichtige Gewässer. Bis auf den Grund muss er schauen können, sonst ist es ihm unheimlich.

Seine Gedanken kreisen noch immer um Pierre. In zwei Tagen wird er da sein. Ob er dann entzaubert ist? Ein älterer, berechenbarer Schriftsteller? Ein schreibender Teil eines eineiigen Zwillings? Die Spannung hat etwas Vorwärtstreibendes, Erwartungsvolles. Felix klappt eine Seite weiter in seinem Gehirn. Er muss zurück.

Der Abend könnte schwierig werden, explosiv. Felix weiß um die sensible, verletzliche Beziehung von Johannes zu Leila. Er kennt nicht die Abgründe solcher Geschichten. Er stellt sie sich vor. Er hatte Anteil. Er hat Anteil. Er ist direkt vor Ort. Er wünscht sich einen harmonischen Abend. Er verabscheut Streit. Streitkultur – wie Johannes – kennt er nicht. Sie ermüdet ihn. Er will nicht streiten, nicht mit Menschen, die er liebt. Es stört seine Sucht nach Ausgeglichenheit.

Felix hat Neigung zur Sucht. Er ist familiär vorbelastet. Er weiß das. Er ignoriert das. Johannes ist wachsam. Das stört Felix. Als Felix nach Hause zurückkommt, ist es fast eins. Johannes sitzt über Zeichnungen. Sie liegen im Zimmer am Boden ausgebreitet. Felix weiß, dass er nicht stören sollte. Er tut es. Johannes liebt ihn. Er erträgt alles von ihm. Richtig ist das nicht.

Um zwei schaut Felix um die Ecke von Johannes' Arbeitszimmer.

»Lass uns zum Markt gehen. Sonst wird es hektisch.«

Johannes erbittet sich fünf Minuten.

Sie sind draußen. Sie halten sich an der Hand. Ein Zeichen der Verbundenheit für Johannes und Felix.

Da ist noch immer das Vorurteil, dass sie zwei Männer sind. Noch immer gibt es Blicke, Reaktionen, die irritieren. Sie sind emanzipiert. Felix lässt Johannes' Hand los, wenn türkische Männer passieren. Er hat Angst.

»Wir müssen nicht provozieren«, sagt Felix.

Es ist ein warmer Samstagnachmittag. Felix trägt ein kariertes Hemd. Die kurzen Ärmel spannen über seinen trainierten Oberarmen. Er stellt sie zur Schau. Es passt nicht zu seinem Intellekt. Er ist jung, er darf das. Johannes lächelt darüber. Stolz ist er.

Der Markt ist bunt, er ist voll schlendernder Menschen. Sie laufen, sie stehen, sie kennen sich. Die Händler schreien. Hände werden geschüttelt. Schultern werden berührt. Sie essen, sie trinken. Es gibt alles, das Tabulé, arabisch kredenzt, Bratwurst, das feine italienische Tiramisu, Säfte, frisch gepresst. Sie schauen, kaufen. Menschen aus dem Viertel und der Stadt drumherum. Man begegnet sich, man flirtet, Grüße wandern hin und her. Johannes kennt viele. Es gefällt ihm, gegrüßt zu werden. Wenn er allein ist, flirtet er. Mit Felix nie, er würde ihn nicht verletzen wollen. Sie kaufen Gemüse, Obst, Käse, Brot, zum Schluss frische Blumen, einen Riesenstrauß weißer Lilien. Beide sind dick bepackt. Ihre Rucksäcke sind prall gefüllt. An vier Händen baumeln die Einkaufstüten. Wie oft schon hat sich Johannes vorgenommen, Stofftaschen mitzunehmen. Er vergisst es. Sein Umweltbewusstsein ist da. Im Alltag verliert es sich oft. Konsequenz war nie seine Stärke, er arbeitet seit Jahren daran.

Ein großer Cafe Latte ist Pflicht. Die Stühle draußen stehen dicht an dicht. Felix und Johannes begrüßen gemeinsame Freunde. An einem Tisch in der Sonne sitzt Benjamin.

»Können wir hier noch zwei Stühle anstellen?«, fragt Felix.

»Hallo, wie geht es euch? Klar, ich freu' mich.«

Johannes hat schon zwei freie Stühle zusammen gesucht. Während Felix nach drinnen geht, fällt Johannes in den Stuhl. Die Sachen sind schwer.

»Hab' dich lange nicht gesehen.«

Johannes fasst Benjamin am Arm. Benjamin hat viel zu erzählen. Johannes erkennt es an seinem Gesicht.

»Ich komme gerade von einer Tournee durch die Schweiz. Wir haben jeden Abend gespielt. Von Winterthur bis Zürich.«

Benjamin spielt gern. Johannes und Felix kennen ihn über gemeinsame Freunde. Er ist ein sehr begabter Schauspieler, er ist nicht unter Vertrag. Johannes hat ihn gezeichnet, vor Jahren, da war er androgyn. Immer, wenn ihm kalt geworden war, welch Paradox, hatte sich sein Glied versteift. Johannes geht dieses Bild durch den Kopf. Er hält es nicht fest. Er lächelt unverfänglich.

Er sagt: »Schön, dass du neue Erfahrungen machen konntest. Was habt ihr gespielt?«

»Ich den Hamlet.«

Johannes ist überrascht. Was diese Tourneebühnen sich zutrauen!

»Du warst Hamlet?«

»Ja«, sagt Benjamin, uneitel. »Das Konzept hat mir nicht gefallen, zu alltäglich, normal. Die wuchtige Dramatik bleibt auf der Strecke. Dafür innerlich. Ich musste mich mit der Psychologie der Person auseinandersetzen. Hamlets Situation habe ich zum ersten Mal anders gesehen.«

Johannes ist neugierig. Felix steht in der Schlange.

»Wie denn?«

»Na ja, so wie der Sucher nach der Wahrheit. Sehr existenziell.«

Johannes begreift, teilweise.

»Das ist nicht der richtige Ort«, denkt er. »Das klingt interessant«, sagt er.

Er fühlt sich nicht wohl dabei. Benjamin ist mit der Sonne in seinem Gesicht beschäftigt.

Es muss kein Tiefgang sein, Floskeln sind wir gewohnt, intellektuelle Gespräche fordern. Das Wetter ist schön.

Felix bringt die zwei großen ›Latte‹. Er hat aufgepasst, genügend Milch. Er geht hinein, zwei Gläser Wasser. Ein drittes Mal kommt er mit Kuchen. Felix mag besonders die fetten Brownies, Johannes die Cantuccini. Ein zufriedener Nachmittag liegt über allem.

Fast könnte man vergessen, dass Krise ist. Globale Wirtschaftskrise ist angesagt. Die Straßenzeitung wird angeboten. Ärmlich gekleidete Leute gibt es. Sie fallen nicht auf. Sie sind eingebettet in die Wohlständigkeit. Sie macht sich breit, sie genießt, sie schwelgt. Johannes und Felix gehören dazu. Da läuft Marianne.

»Hallo, Marianne!«, ruft Johannes.

Sie schaut sich um. Sie liegen sich in den Armen. Sie drücken sich. Felix tut es ihm gleich, reserviert. Er kennt sie durch Johannes.

»Wie geht's? Was machst du?«

Marianne ist fünfzig. Sie lebt seit Jahren wieder hier. Eine alte Freundin aus Studentenzeiten. Sie ist Lehrerin an einem Gymnasium.

»Ich war gerade shoppen«, sagt sie.

Wie sich die grausamen Begriffe in den Alltag schleichen, bei bewussten Menschen.

»Hab' mir mal was gegönnt, bei der Korrigiererei am Ende des Schuljahrs.«

»Setz' dich zu uns«, sagt Johannes.

Felix mahnt: »Wir müssen los. Ich muss arbeiten. Montag kommt Pierre.«

Johannes versteht: »Das hatte ich vergessen. Heute Abend ist Leila zum Essen, ich muss kochen. Sei nicht böse, wir sehen uns bald.«

Johannes kann sich verquatschen. Seine Arbeit hat er oft nachts bewältigt. In letzter Zeit ist das schwierig, er möchte an Felix' Seite einschlafen. Felix geht früh ins Bett, er braucht Schlaf. Er ist ein Tagmensch.

Johannes ist schon auf den Beinen. Das übliche Ritual. Sie sind weg.

Felix sitzt seit Stunden am Schreibtisch. Johannes wirkt in der Küche. Er ist aufgeregt. Heute Abend wird es eine Wiederbegegnung zwischen Leila und Felix geben. Felix ist der Grund gewesen, dass Leila ausgezogen ist, ausziehen sollte, musste. Johannes hat sich dafür entschieden, nach vorne zu schauen. Felix gehört zu ihm, er ist seine Familie. Leila gehört zu ihm, sie ist seine Familie. Es geht nicht ohne beide. Johannes weiß, dass er auf keinen verzichten kann und will. Er liebt Leila, er hat sie allein großgezogen. Er ist stolz darauf. Er liebt sie mehr, als wäre sie seine leibliche Tochter. Sie haben sich gefunden, vor zwanzig Jahren. Sie haben sich verloren, vor mehr als einem Jahr. Felix ist seine große Liebe, sie kennen sich kurz. Das, was sie zusammen erlebt haben, ist mehr als in zwei Jahre hineinpasst.

Sie hatten Fisch auf dem Markt gekauft, frischen Thunfisch. Die Schwierigkeit ist, dass er nicht zu trocken wird, dann schmeckt er nicht mehr. Johannes kennt ein aufgeschnapptes Rezept. Im Regal stehen Kochbücher. Benutzt hat er sie nie. So ist Johannes, in manchen Dingen borniert und dilettantisch. Er pflegt es, er hasst sich dafür. Der Thunfisch wird in Folie gepackt, mit Dill, Orangensoße und Butter darauf. Johannes mag beim Kochen die schnellen, einfachen Handgriffe. Zeit nimmt er sich nicht. Er bewundert Freunde, die stundenlang kochen. Es ist sicher eine Kunst, die Kochkunst. Er akzeptiert das. Er ist ein Feinschmecker. Zu Hause zählt die gesunde, natürliche Küche, nichts aus der Packung. Alles muss frisch sein. Wenn sie Gäste haben, gibt er sich Mühe. Zwei Stunden Vorbereitung sind das Maximum. Heute soll es Rosmarinkartoffeln geben, die er in der Mitte durchgeschnitten im Ofen überbacken will. Als Gemüse gibt es buntes Ratatouille. Etwas Französisches muss es sein. Als Vorspeise hatten sie Melone gekauft. Mit Schinken soll sie garniert werden.

Felix ruft: »Soll ich dir helfen?«

»Noch nicht. Du kannst später den Tisch decken.«

Felix hat ein Händchen für Dekoration, er liebt schöne, alte Dinge, die Gemütlichkeit. Johannes ist es zu viel. Er hat sich daran gewöhnt. Felix eine Freude zu machen, ist für ihn selbst die größte Freude. Von Felix ignoriert zu werden, ist die schlimmste Bedrohung. Er denkt über die Parallelen zwischen seinem Verhältnis zu Leila und zu Felix nach. Sie sind ihm die liebsten Menschen. Sie sind der wichtigste Teil seines Lebens. Mit Felix lebt er in einer Beziehung, mit Begehren, Begierde. Sein Körper ist für ihn erotisch erregend. Gleichzeitig fühlt er Verantwortung. Er beschützt ihn auf seine Weise. Manchmal bemerkt Felix das. Er würde zu ihm stehen, alles für ihn tun. Das weiß Felix. Das weiß Johannes.

Leila war hilflos gewesen, als er sie gefunden hatte. Sie ist eine junge Frau geworden, mit ihm. Er ist gewachsen, mit ihr. Er hat die Vaterrolle akzeptiert und angenommen. Nicht immer fühlt er sich stark genug. Sie sind zusammen gewachsen. Die Trennung ist normal, sie musste sein. Sie ist bedrohlich. Er hat schlaflose Nächte verbracht. Er hat in Vorwürfen, im Schlamm gewühlt. Felix hat ihm geholfen. Die Rollen haben sich verwischt. Johannes hat das nicht gewollt. Es ist passiert. Er hatte versucht, wachsam zu sein.

Die Zeit schreitet fort. Johannes ertappt sich, wenn er schöne Momente festhalten will. In seinem Kopf gibt es viele. Die Zeit hat sie verschluckt. Zurück geblieben sind schöne Bilder, tiefe Gefühle, betrauerte Verluste. Es hatte Situationen gegeben, er hatte gedroht sich selbst zu verlieren. Er war aufgefangen worden. Er hatte sich nach oben gewühlt, durch Trauer. Er hatte Gedanken an das Aufgeben gehabt, den Schlussstrich, den er hatte ziehen wollen. Sein Überlebenswille hatte das niedergekämpft. Er hatte die Extreme zugelassen, nach allen Seiten. Er ist vernunftbegabt. Sein Gefühl treibt ihn vor sich her, als Gefangenen. Er kennt das höchste Glücksgefühl, die erfüllte Sehnsucht. Er war tief gestürzt, wenn ihm das Unglück um die Ohren geflogen ist. Erschütterungen und Konflikte hält er aus. Sie sind Ansporn für ihn. Er hatte leben wollen, er hatte sich weiter entwickeln wollen. Wenn es keinen Ausweg gibt, weil die Gefühle sich verändert haben, das ist eine Katastrophe für ihn. Seine Gefühle verändern sich. Seine Liebe ist eine Verbindung von Seele, Körper, Herz und Gehirn, wobei er nicht weiß, woher er diese Seele hat, wo sie sitzt, wie sie funktioniert. Er weiß, es gibt sie. Er kennt seelisches Leiden, es ist tiefer und härter, als wenn der Körper leidet. Religiös ist er nicht. Er hatte sich früh von der Kirche verabschiedet. Der Glaube macht das Leben nicht leichter. Er ist ein ins Leben Geschleuderter, ein an den Felsen geschmiedeter Prometheus. Einer, der den Stein immer wieder nach oben wälzt, wie Sisyphus. Das Leben hat eine grausame Absurdität. Er ist Optimist. Er greift nach den Sternen.

Der Wok steht auf dem Herd. Das geschnittene Gemüse steht in einer Schale daneben. Die Kartoffeln sind gekocht, geschnitten, liegen halbiert im Ofen. Es ist kurz vor acht.

»Deckst du den Tisch, mein Liebster?«

Felix hört die Stimme seines Freundes. Er hat Pierres Manuskript vor sich auf dem Bildschirm. Er liest darin, er macht Anmerkungen, er stellt Fragen, er macht Vorschläge. Er ist seit Stunden eingetaucht in das tiefe Wasser eines fremden Lebens. Seine Neugier hat ihn bis auf den Grund getrieben. Er hatte alles um sich herum vergessen. Die Lebensgeschichte der Zwillinge, ihre Sehnsüchte, ihre Trennung, ihre Begegnung und ihre Geschwisterliebe liest sich wie ein Tatsachenroman. Nach der Devise, dass das Leben die besten und spannendsten Geschichten schreibt, authentisch, nicht erfunden. Kann ein aufgeklärter Mensch das glauben? Es gibt Zufälle. Sicher. Es gibt Fügungen. Vom wem? Wieso? Es wird darüber gesprochen. Selbst Wunder sind unserer Zeit nicht fremd.

Glaubt Felix an Wunder? Glaubt er an Fügungen? Hält er Zufälle für möglich oder für unwahrscheinlich?

»Ich komme gleich.«

Felix muss sich in seine eigene Welt zurückholen. Leila kommt, es ist wichtig. Er will Johannes nicht im Stich lassen. Er steht auf, er macht den PC aus. Dieser Abend gehört Leila. Er hat ein eigenartiges Gefühl. Sein Kopf hängt noch in der Luft. Wenn er jetzt die Treppe hinunter geht, muss er einen Wechsel vollziehen. Er will in der Gegenwart ankommen.

Als er in der Küche steht und Johannes beschäftigt sieht, fühlt er sich zu Hause. Er geht an den Schrank, er nimmt die Tischdecke heraus, er sucht die Teller, die Gläser. Er deckt den Tisch mit Interesse für seine Benutzer. Er ist zurück. Sie warten beide auf Leila.

»Warst du in Marseille?«

Ein Hauch von Eifersucht liegt in der Stimme von Johannes.

Felix spürt das.

»Ich muss wohl, ich mache das Buch. Es ist meine Arbeit. Was willst Du?«

Johannes spürt, dass er einen falschen Tonfall hat.

Er sagt: »Sorry, es war nicht so gemeint. Ich brauche dich bei mir.«

»Ich bin hier, ich bin bei dir. Ich habe nicht die Absicht, heute Abend in Marseille zu dinieren.«

Felix kann witzig sein, er hat Humor.

Es klingelt. Der beginnende Dialog wird unterbrochen. Johannes ist angespannt. Felix erstaunlich entspannt. Wie wird Leila ankommen? Johannes entscheidet sich die Tür zu öffnen. Heute benutzt sie nicht ihre Schlüssel. Hat das etwas zu bedeuten.? Bevor Johannes weiter nachdenken kann, ist die Tür offen.

Leila steht da in ihrem etwas zu weiten Sweatshirt und einem bunten Rock. Ein Tuch aus Seide um den Hals. Felix nennt das Gammellook, es ist nicht sein Geschmack. Er belächelt es. In der Hand hat sie eine Lotosblüte. Sie gibt sie Johannes. Der gibt sie Felix. Ein Reflex. War das verkehrt? Johannes umarmt Leila. Felix lächelt ihr zu. Es ist ehrlich gemeint.

Felix denkt: »Sie ist anders.«

Er weiß nicht wie.

»Hallo, schön hier zu sein. Ich habe Hunger. Hab' heute nur gefrühstückt. Essen wir im Wohnzimmer?«

Johannes ist eifrig.

»Ja, Felix hat den Tisch gedeckt.«

Felix macht die Kerzen an. Johannes hatte noch überlegt, ob sie im Garten essen sollten. Felix war für drin, es sollte feierlich sein. Es könnte Gewitter geben. Der Tisch sieht einladend aus. Felix kann das. Leila fühlt sich wohl. Will Johannes das, oder ist es so?

»Wo soll ich sitzen?«

»Zwischen uns«, sagt Johannes. »Wenn es dir recht ist.«

»Es ist okay. Wir haben lange nicht mehr zusammen gesessen.«

Wehmut liegt in der Stimme von Leila. Die legt sich breit auf den Tisch. Sie schiebt sich zwischen die Teller, Gläser und Speisen. Es ist ein Wiedersehen, ein Wehmutswiedersehen, bei einem Wehmutsessen, Wehmutsgesichtern. Johannes atmet hinein in diese Beklemmung. Er hält die Spannung nicht aus. Es schnürt ihm die Kehle zu. Erinnerungen erfüllen jede Ecke des Raums. Wer denkt an wen und was?

Felix beobachtet Johannes. Der möchte über die Mauer springen. Leila dachte, sie sei schon hinüber. Alles kehrt an den Ort zurück. Die Wut, die Trauer, die Verletzungen der Seelen. Drei Menschen auf engem Raum, verschieden, anders, verbunden, allein. Das dauert Sekunden, lange, unerbittliche Sekunden. Es tut weh. Die Schmerzen fließen durch Johannes' Körper, vom Bauch in alle Richtungen, hinauf, hinunter. Hätte der Schmerz eine Stimme, würde er schreien, laut vernehmlich. Er schreit nicht. Der Schrei geht verloren.

»Was macht dein Studium?« fragt Felix in das Schweigen.

Er ist ein Meister lächelnder Verbindlichkeit. Augenblicklich hört man die Geräusche des Abendmahles, normale Tischgeräusche, normale Gesten. Freundlich offene Gesichter füllen den Raum. Es gibt Weißwein zum Fisch. Der Rotwein muss warten. Sie alle wissen, was Esskultur heißt. Sie haben gelernt sich zu benehmen. Es ist keine Verstellung, es ist eingespielt. Es ist auszuhalten, förmlich war man nie. Die Atmosphäre ist locker. Das Licht ist gedämpft, die Konturen verschwimmen. Der Raum saugt die Spannung auf.

»Ich bin im dritten Semester. Es ist viel Stoff. Ich muss viel auswendig lernen. Denken ist nicht so gefragt.« Sie lacht. »Die Praxis ist interessant. Ich lerne. Ich bin wenig unterwegs, ich meine, auf Achse, draußen, tanzen. Sonst schaffe ich es nicht.«

Johannes denkt: »Das hätte ich ihr nie zugetraut. Wie sie das macht ist gut«

»Du hast gut gekocht, es schmeckt mir.«

Felix ist höflich und überzeugt.

Leila bejaht. Felix schaut Johannes an. Sie heben die Gläser.

»Stößchen!«,

Felix lächelt. Leila reiht sich ein, sie findet den Ausdruck lächerlich. Sie stört sich nicht an Äußerlichkeiten, schon lange nicht mehr. Sie lassen die Gläser klingen. Sie schauen sich fest in die Augen, wie es sich gehört. Johannes ist dicht am Wasser gebaut. Er kann nicht verhindern, dass Tränen fließen. Felix überspielt es mit einem offenen, liebkosenden Lachen. Er ist so. Leila gibt ihrem Vater ein Taschentuch. Worte, Sätze, längere Ausführungen wechseln die Seiten. Es geht um aller drei Leben. Ihre Arbeit, ihre Erinnerungen, nicht um die Angst und den Schmerz dahinter. Die Flüssigkeit des Gesprächsflusses bleibt gewahrt. Trivial ist es nicht, angeregt ja, aufgeregt nein, es bleibt im Rahmen. Eine Wiederbegegnung bekannter Gesichter, bekennender Partner des Lebens, die abbrach vor geraumer Zeit. Selbstverständlich ist es nicht, es hat Charakter. Ihre Beziehungen sind auf dem Weg zueinander. Das ist die Absicht. Der Wille steht deutlich im Raum. Alle wollen Normalität. Ihre Verletzungen sind nicht vergessen. Sie werden überspielt. Das ist gut. Ist es richtig? Sprachlosigkeit bei Johannes. Die jungen Menschen beherrschen das Gespräch. Wo ist die Gewalt? Wo ist der Hass, der sich Raum schafft? Wo die Demütigung und Enttäuschung, die erfahren wurde? Ist alles zugedeckt? Sind sie vergangen? Sind sie bearbeitet? Sind sie geklärt? Werden sie ausgespart?

Die Anwesenden stellen diese Fragen nicht, nicht offen, nicht öffentlich. Muss man sie stellen? Warum kann man sie nicht auf sich beruhen lassen?

»Muss man wiederholen, was alle schon wissen?«, denkt Felix.

Das Essen ist heiter geworden, mit dem Wein redet es sich leichter. Johannes, der wenig trinkt, sorgt für den Rhythmus der Speisen. Er kümmert sich um die Abfolge. Er holt Nachschub. Er räumt weg. Daran hält er sich fest. Er möchte glücklich sein.

Wieder zieht ein Gewitter herauf, wie beim ersten Treffen zwischen Leila und Johannes. Eine Woche ist es her. Zufall oder Fügung? Diesmal sind sie geschützt. Es stürmt, wütet, draußen. Es rüttelt an der Gartentür, es trommelt gegen die Fenster. Felix hatte Recht. Es ist windig, es stürmt, es regnet. Es stürzt in Bächen herab, es prasselt auf's Dach. Sie reden lauter, sie verstehen einander besser. Leila ist zurück, es geht doch. Warum hat es so lange gedauert? Hat sie gewartet, bewusst oder unbewusst? Dachte sie, die Dinge erledigen sich? Die Dinge brauchen Zeit, Distanz.

Johannes hat ein Distanzproblem. Warum ist er verrückt nach Nähe? Warum braucht er so viel davon? Warum ist es nie nah genug?

Wenn er das wüsste, er wäre weise. Dazu fehlt Zeit. Wird es anders sein? Johannes hat ein schönes Leben, er sollte sich nicht beklagen. Felix und Leila haben ihren Streit hinter sich gelassen. Was liegt vor ihnen? Sie sitzen zusammen am Tisch, sie beherrschen den Ton des Gesprächs über Bäume. Felix erzählt von seiner Arbeit im Verlag. Beide sind erfolgreich, auf unterschiedliche Weise.

Der Abend schreitet fort. Johannes verspürt das Bedürfnis Felix zu küssen. Er hat es, er tut es nicht. Ist das Konfliktvermeidungsstrategie, oder wäre das dumm und provokativ? Früher war es das Credo von Johannes , es so zu tun. Er hat gelernt, Gefühle muss man nicht verletzten. Sie zeigen, wenn es angebracht ist. Herausforderungen liegen tiefer. Gesten können zerstören, was sich gerade entwickelt. Gefühle sind sensibel. Leila wohnt nicht mehr hier. Es war ihre Heimat und ihre feste Verbindung. Kann sie sie wiedergewinnen? Durch Annäherung an ihren Vater? Durch Gespräche mit Felix? Liebt sie Felix? War das nur Konkurrenzverhalten? Ist Felix der Platzhirsch? Gibt ihm Johannes dieses Gefühl, und Leila? Die Arroganz der Jungen? Warum tut sich Johannes das an? Freiwillig? Er würde sagen, er brauche das. Er bezeichnet es als erfülltes Leben.

Was treibt Johannes weg von denen, die so alt sind wie er? Warum liebt er einen so viel jüngeren Mann?

Sie sind beim Dessert. Johannes hat Waldfrüchte an Eis drapiert. Er weiß, dass Leila Eis verschlingt. Felix ist nicht abgeneigt. Wenn Johannes drei Bällchen verzehrt, genießt Felix eines. Es ist keine Bescheidenheit. Seine Angst vor'm dick werden. Eine grundsätzlich andere Einstellung zum Genuss steckt nicht dahinter. Beim Trinken kann Felix Rekorde brechen. Johannes hat der Wein schwer gemacht. Felix sprüht vor Mitteilungsdrang. Jetzt kann er die Welt umarmen. Leila sitzt zwischen beiden. Sie ist betrunken. Die Augen suchen Vergessenes. Keiner weiß, wie der Abend enden wird.

Felix erzählt: »Ich glaube, ich habe eine Entdeckung gemacht. Das Buch, das ich mache, wird ein Knüller auf dem Markt. Ich wittere das. Ich bin mir sicher, dass es Preise bekommt, vom Feinsten. Diese Geschichte ist so irre, so abgefahren.« Er wiederholt sich. »Kannst du dir das vorstellen, Leila, dass sich eineiige Zwillinge nach fünfzig Jahren in einer Schwulenbar wieder treffen, ohne dass sie wissen, wer sie sind?«

Leila, die mehr beiläufig hingehört hatte, reagiert mit aufgerissenen Augen. Sie schauen direkt auf Felix. Der ist irritiert. Warum schaut sie ihn an, so intensiv und eindringlich? Ist das die alte Geschichte? Hat sie noch immer nicht begriffen, dass Felix mit Johannes schläft? Felix hat genug getrunken, um sich zu irren. Leila zu wenig, als dass sie nicht erinnert wird. Johannes merkt nicht, was geschieht. Er ist beschäftigt mit seiner Abendregie. Felix taucht unter dem Blick von Leila hindurch. Er trinkt einen Schluck. Sie sind jetzt beim Rotwein.

»Leila, was ist? Am Montag kommt dieser Mann. Ich lerne ihn kennen. Das ist meine Chance.«

Leila ist abwesend. Sie sucht nach Bildern für ihre Erinnerungen. Sie kehrt zurück in das heiße Land. Sie denkt an ihre Mutter, die sie nicht mehr kennt. Hat sie sie je gekannt? Das Gesicht ist verloren, es ist aus Papier. Davor schiebt sich Johannes' Gesicht. Davor das von Felix. Der schaut sie an. Sie findet ihn immer noch sexy. Draußen donnert es. Dicke schwarze Wolken hängen tief.

Johannes sagt: »Setzen wir uns doch 'rüber.«

Es ist spät geworden. Leila weiß nicht, was sie tun soll. Sie ist gewohnt, dass die jungen Männer sie küssen, um diese Zeit. Felix tut das nicht, Johannes ist kein junger Mann mehr.

Sie sagt: »Ich bin müde. Ich muss morgen arbeiten. Ich gehe bald.«

Felix findet die Nacht jung. Er würde ausgehen wollen. Er weiß, dass Johannes keine Lust hat. Er weiß, dass Johannes mitgeht, wenn er das will. Will er das? Allein geht er nicht. Er hat Zeit zum Überlegen. Johannes kümmert sich um Leila.

»Soll ich dich mit dem Auto fahren? Das Wetter ist schlecht.«

Leila lehnt ab.

«Ich bin nicht aus Zucker. Ich schaffe das allein.«

Johannes ist nicht böse darüber. Um diese Zeit ist er bequem. Er wünscht sich lange mit Felix zu kuscheln.

Felix hat viel getrunken. Er möchte bleiben, mit Johannes zu Hause. Sie reden, sie streicheln sich, sie halten sich fest, sie berühren die Eingeweide des Anderen. Die Körper lösen sich auf, ineinander. Die Küsse schmecken nach Lust. Johannes dringt langsam in Felix ein. Er begreift sein Glück im Rhythmus seiner Bewegungen. Felix genießt mit offenem Herzen, müden Augen. Seine Haut vibriert. Es öffnet sich eine Tür. Sie haben alle Mauern hinter sich. Sie sind eins, weich, warm. Verschwiegen ist die Nacht, sie ist eine liebende Schwester. Felix und Johannes liegen fest aneinander gedrückt. Johannes kann sich hingeben.

Der Morgen ist bewölkt. Der Regen hat sich verzogen. Es ist nicht kalt. Felix ist angezogen und sitzt am Tisch. Johannes kommt im Bademantel dazu.

»Ich hab dir vergessen zu sagen, dass Max heute Abend kommt. Es tut mir leid, aber es ging nicht anders. Petra kommt nicht zurecht. Willst du dabei sein?«

Felix ist überrascht: »So dringend ist das? Gut, ich verstehe. Ich denke, ich geh dann draußen was essen. Am Montag treffe ich Pierre, wenn er noch bleibt. Sei bitte nicht pädagogisch verständnisvoll mit Max. Das tut ihm nicht gut.«

Johannes lächelt, er ist eifersüchtig auf Pierre. Warum, weiß er nicht. Es ist ein Gefühl.

»Gut, dann hast du ja Montag was Schönes vor. Schade, dass er nicht heute da ist.«

»Was ist mit Kino heute Abend?«, Felix fragt nach.

»Wir könnten in die Spätvorstellung«, sagt Johannes.

Felix steht hinter Johannes, er fasst ihm in die Schultern und in den Nacken. Er macht das oft. Johannes genießt es. Er fühlt sich wohl. Es ist Sonntag. Ein Arbeitstag für Johannes und Felix. Sie kennen das. Es stört sie nicht. Sie fühlen sich verbunden.

Leila ist in ihre Wohnung gelaufen, gestern Nacht. Sie hat seit langem wieder einen Joint gedreht, geraucht. Sie braucht das, ab und an, nicht regelmäßig, wie früher. Heute Nacht ist es so. Sie denkt nach. Sie erinnert sich an den Ablauf des Abends, in allen Einzelheiten.

»Was für ein merkwürdiges Paar sind die beiden«, denkt sie.

Sie liebt sie beide. Das hat sich nicht geändert. Dass die beiden sich lieben, ist ein Problem für sie.

Sie hatte versucht, darüber hinweg zu kommen. Sie hatte ihr Leben vollständig verändert. Sie hat neue Freunde. Sie hat eine Aufgabe, sie studiert, sie steht mitten im Leben. Spätestens seit heute Nacht weiß sie, dass sie richtig gehandelt hat. Sie braucht den Kontakt. Die Trennung war schwer zu tragen gewesen. Gleichzeitig leugnet sie nicht, dass sie Felix begehrt. Sie hat Johannes verziehen. Sie beherrscht ihre Eifersucht, weg ist sie nicht. Für sie bleibt Felix der heimlich Geliebte, aussichtslos. Das weiß sie.

Schon einmal hat sie einen jungen Mann getroffen, der sie um den Verstand gebracht hat. Er war sich kurz nach ihrer Freundschaft bewusst geworden, dass er sie mochte, aber Männer begehrte, liebte. Was haben diese Männer Anziehendes für sie? Ist es nur Zufall? Sie hält es für eine Affinität. Sie hat einen Vater, der Männer liebt. Ihr Männerbild ist durch ihre Kindheit bei Johannes geprägt. Nicht, dass sie viele schwule Freunde von ihm kennen gelernt hätte. Johannes hatte sein erotisches Leben aus ihrer Kindheit herausgehalten. Durch Felix ist das ins Zentrum getreten. Da war Leila erwachsen.

Leila ist einsam. Die Männer, die ihr am meisten bedeuten, haben sie ausgeschlossen. Das Bedrückende ist: Sie selbst ist schuld daran. Ihr eigenes Verhalten hat dazu geführt. Sie hasst sich dafür. Sie kann es nicht rückgängig machen. Die Dinge sind wie sie sind. Sie denkt daran, etwas zu verändern, in ihrem Leben. Sie braucht endlich einen Freund, den sie liebt. Bisher waren das Eroberungen. Sie hatte es immer vorgezogen, begehrt zu sein. Was sie sucht, ist etwas anderes.

Als sie wach liegt, fasst sie einen Entschluss.

Sie fällt hinunter in ein fremdes Land. Ihr Atem geht tief. Sie hat die Grenze der bewussten Welt überschritten. Sie seilt sich ab in die Welt der Gnome und Elfen. Sie ist Alice im Wunderland. Sie begegnet all den skurrilen Gestalten. Sie begegnet Felix. Er hat einen Pferdeleib. Sie wundert sich nicht darüber. Wie unbekümmert ist sie, wie Alice. Sie steigt auf seinen Rücken. Sie hält sich fest in seinen Haaren. Der Zentaur galoppiert in die weite Ebene hinaus. Leila als Alice ist angeschmiegt. Sie spürt die zarte Haut an der ihren. Das wünscht sie sich, auf und davon. Sie verlassen die Welt.

Leila wacht mittags auf. Ein Anruf von Georg. Sie muss ihre Gedanken ordnen. Der Traum war schön. Sie hat ihn verloren. Sie möchte ihn festhalten. Er entzieht sich ihr. Georg überrascht sie. Er reißt sie heraus aus ihren verlängerten Wachträumen. Er fordert Aufmerksamkeit.

»Wir wollten uns heute zum Kaffee treffen«, sagt er.

»Wie spät ist es?«

Leila hat kein Zeitgefühl.

»Es ist vier. Ich dachte mir, dass du lange schläfst. Wie war es bei deinem Vater?«

Georg weiß nichts von Leilas Traum. Er wundert sich über ihre momentane Verwirrung.

Leila findet sich. Sie schiebt den Traum beiseite. Was für eine verrückte Geschichte.

»Ich bin gerade aufgewacht. Ich bin noch nicht ganz bei mir, sorry.«

»Soll ich später anrufen?«

»Nein, es ist schon okay.«

Georg ist verliebt in Leila. Leila mag ihn. Sie unternimmt viel mit ihm. Er ist sehr angenehm, er ist aufmerksam, er ist nicht schwul.

Leila sagt: »Ich brauche etwas Zeit. Treffen wir uns um Fünf im Bellevue. Ist es dir Recht?«

Georg ist höflich. »Ja, ich freue mich.«

Leila denkt: »Warum liebe ich ihn nicht? Warum ist das Leben so ungerecht?«

Leila ist wie benommen. Wie direkt der Traum gewesen war. Das hatte sie nicht erwartet. Kommt jetzt alles wieder hoch? Das hatte sie nicht gewollt. Sie will den Kontakt, sie braucht die Verbindung zu ihrem Vater. Sie ist erschreckt über ihre Wünsche Felix gegenüber. Es ist eine absurde Situation. Was denkt sie sich dabei? Sie dachte, dass sie es steuern könnte. Im Moment ist sie nicht mehr davon überzeugt. Was ist so begehrenswert an Felix? Warum liebt ihn Johannes fast abgöttisch? Sie findet das abartig. Jetzt spürt sie ihre eigenen Gefühle. Sie will nicht darüber nachdenken. Setzt sie ihre gerade gefundene Ruhe auf's Spiel? Gibt es einen Ausweg aus dieser Lage?

Sie nimmt eine heiße Dusche, dann kalt, sehr kalt, so, dass sie zittert und friert. Welche Projektionen leiten sie? Sie hat davon gehört. Sie kennt Felix nicht. Sie kennt ihn als Freund ihres Vaters. Sie hat ihn geschlagen. Warum hat sie das getan? Die Bilder sind in ihrem Kopf, jedes einzelne. Der minutiöse Ablauf, aufgezeichnet in einem Gedächtnis, das sich wünscht zu vergessen. Warum kann sie nicht vergessen? Es sollte einen neuen Anfang geben. Eine Freundschaft zwischen drei Menschen. Warum geht das nicht?

Sie zieht sich an. Es ist Sommer. Sie liebt Hosen. Sie zieht ein Seidenkleid an. Johannes hat es ihr vor Jahren aus Thailand mitgebracht. Sie mag es. Es ist richtig für diesen warmen Sonntag, aufreizend für Georg. Soll sie darauf Rücksicht nehmen?

Georg ist auf dem Weg. Er wohnt nur zehn Minuten von Leila entfernt. Das Café liegt zwischen ihnen. Sie treffen sich oft dort. Georg hat Wünsche. Er möchte Leila erobern. Er möchte mit Leila schlafen. Geküsst hat er sie. Es war schön. Als er mehr wollte, hat sie eine Grenze gesetzt, nicht brüsk, aber klar, eindeutig.

»Leila weiß, was sie will«, denkt Georg.

Warum will sie ihn nicht? Alle Mädchen wollen ihn. Er will Leila.

Es ist kurz vor Fünf. Leila rennt die Treppe hinunter. Sie hat Flipflops an den Füßen. Fast wäre sie gestürzt. Sie will pünktlich sein. Sie weiß, Georg ist überpünktlich. Sie läuft um die Ecke, sie überquert die Straße. Von weitem sieht sie Georg. Er sitzt da, unter einem Schirm. Die Sonne ist stark, selbst am Nachmittag. Leila umarmt Georg. Georg drückt Leila an sein Herz. Merkt sie das? Sie weiß es. Sie lässt sich nichts anmerken. Sie will Georg nicht verletzten.

Ein tiefes Gefühl, an das sich Leila erinnern kann, hatte es auf einem langen Flug gegeben. Sie war sehr müde gewesen. Ihr Kopf hatte auf dem Schoss von Johannes gelegen Er hatte sie sanft gestreichelt. Seine Augen hatten liebevoll auf ihr geruht. Er wäre jetzt ihr Vater, hatte er ihr gesagt. Sie hatte seine weichen, zärtlichen Hände gespürt. Sie sind groß. Sie hatten ihr Gesicht umfasst. Sie hat Angst gehabt, nicht vor den Händen von Johannes. Sie wusste nichts von dem Land, in das sie flog. Erst war sie neugierig gewesen. Sie hatte Bilder gesehen. Sie hatte Johannes gekannt. Er war Monate in ihrem Land gewesen. Sie hatten sich kennengelernt. Er hatte ihre Sprache gesprochen. Er war freundlich. Sie hatte gemerkt, dass er gut war. Die Onkel und Tanten hatten ihm vertraut. Er war ihr angenehm. Sie hatte Gefühle für ihn entwickelt, auf einem gemeinsamen Ausflug. Sie hatten in einer Hängematte gemeinsam geschlafen. Sie war aus ihrer herausgeklettert. Sie hatte Angst vor Schlangen. Sie war zu Johannes in die Hängematte gekrochen. Der war aufgewacht und hatte sie wie selbstverständlich in seine Arme genommen. Sie war fest an ihn gedrückt eingeschlafen. Sie hatte sich wohl gefühlt.

Diese Erinnerung ist fester Bestandteil ihrer Sicherheit. Sie weiß, Johannes würde sie nicht verlassen.

Als dann vor zwei Jahren Felix ins Haus gekommen ist, hat sie gedacht, sie hätte sich geirrt.

Sie weiß, dass er sie nicht verlassen hat. Er bleibt ihr Vater, der sie liebt. Johannes ist ihre Familie.

Felix auch? Sie ist sich nicht sicher. Sie hätte ihn gern als ihren Bruder betrachtet. Ist das eine Lösung? Verirrte, verwirrte Gefühle suchen nach Wegen, ihren Platz zu finden.

Georg strahlt sie an. Er ist froh in ihrer Gegenwart.

»Hallo, schön, dass wir uns sehen. Ich hatte einen wichtigen, schwierigen Abend, in meinem alten Zuhause. Ich war zum Essen bei meinem Vater und seinem Freund.«

Georg weiß, dass Leila vor einer Woche zu ihm wollte, ihn überraschen.

»Du hattest das vor. Wie ist es gelaufen für dich?«

»Ich weiß nicht, wie es weiter geht. Ich will es, das weiß ich. Ich liebe sie alle beide.«

Georg erinnert sich, dass das nicht immer so war. Er kennt Johannes nicht. Sie haben sich nach Leilas Auszug getroffen.

»Das ist cool. Gut, dass du was riskiert hast. Ich fände es schlimm meinen Vater zu hassen.«

Leila sagt: »Hass und Liebe liegen eng. Meine Herzsteine sind weg. Ich dachte, ich verliere sie nie. Die sind schwerer als Nieren- und Gallensteine. Du bist schon im höheren Semester, du weißt das.«

Georg lacht. »Bei einem Praktikum hatte ich eine Gallensteinoperation. Der Mann hat geschrien. Als sie raus waren, hatte er fast ein verklärtes Gesicht.«

Leila ist aufgedreht. »Mensch, dann stehen mir rosige Zeiten ins Haus.«

Georg schaut Leila in die Augen. Leila schaut weg. Sie weicht aus.

Sie denkt: »Ich habe ihm nichts vorgemacht.«

Der Kaffee kommt. Sie nehmen einen Schluck. Es ist eine ruhige Ecke im Viertel. Der frühe Abend ist einladend mild.

Leila ist jung. Sie hat viele junge Männer genossen. Sie hat sich eingelassen, für kurze Zeit. Will sie Liebe? Wenn sie ehrlich ist: Sie weiß nicht, was das ist. Sie war verliebt. Ein schönes Gefühl, es ging vorüber, kürzer, länger. Könnte sie Georg lieben? Er ist verliebt in sie, das sieht sie. Sie müsste sich öffnen. Sie müsste bereit sein. Das letzte Jahr war sie das nicht. Sie war zu sehr mit ihrem Verlust beschäftigt.

Sie ist weniger oberflächlich als alle denken.

»Ich war beim Yoga heute Morgen, es ist sehr entspannend. Ich krieg dann den Kopf frei vom Lernen. Ich kann mich fallen lassen, in die Bewegung. Der Kopf ist richtig leer. Ich brauche das, sonst würde ich durchdrehen, bei dem Stress.«

Leila ist verständnisvoll.

»Das ist richtig gut, was du sagst. Ich wünschte mir das. Ich habe Angst vor dem leeren Kopf. Irgendwas mache ich falsch.«

»Nein, das geht nicht von heute auf morgen. Das braucht Zeit. Ich habe mich eingelassen. Ich bin geblieben. Es geht nicht mehr ohne. Es ist ein tolles Gefühl.«

Leila überlegt: »Einlassen, das ist es! Wenn man das tut, hat man gewonnen. Man lernt sich erst kennen, wenn man sich einlässt, auf Dinge, auf Menschen.«

Leila fällt eine zweite Entscheidung. Es dämmert bereits.

Johannes ist sehr beschäftigt. Felix liest und liest. So viele Manuskripte. Das ist seine Arbeit. Er mag sie. Er schaut auf die Uhr. Hat Johannes die Zeit vergessen? Es ist schon sieben. Felix geht zu Johannes. Er umarmt ihn von hinten, auf seinem Stuhl. Jetzt würde er noch kurz mit ihm schlafen, bevor Max kommt und er zum Essen geht. Johannes spürt das sofort. Felix hat verschmitzte, hell leuchtende Augen.

»Hast du Lust?«

»Was für eine Frage. Ich will dich, das weißt du.«

Sie ziehen sich gegenseitig aus. Sie fallen übereinander her, im Arbeitszimmer von Johannes. Sie lieben sich aus dem Stand, in der Hocke, im Liegen, über und untereinander, von vorne und von hinten, zärtlich und leidenschaftlich. Es gibt kein Halten. Sie gehören sich in diesen Momenten. Sie geben sich alles. Sie verlassen das Haus, die Welt, sie sind anderswo, auf einem Stern, der die Vernunft nicht kennt.

Als sie zurückkehren, ist es acht.

»Hoffentlich kommt Max nicht pünktlich.«

Sie suchen ihre Kleider zusammen. Ein Kuss. Eine Berührung. Felix ist schon im Bad. Johannes folgt ihm. Max muss es nicht mitkriegen, dass sie sich geliebt haben. Johannes wäre das egal. Felix möchte sich das nicht vorstellen. Felix will mit Peter Essen gehen. Ein Freund seit Jahren. Wie weit die Freundschaft geht, weiß Johannes nicht. Felix sagt, da wäre nichts. Johannes vertraut Felix. Während Felix unter der Dusche steht, wäscht sich Johannes am Becken. Er küsst ihn auf den Bauch vor'm hinausgehen.

Felix ist schön. Welch' Glück hat Johannes. Dieser Mann lebt mit ihm zusammen.

Max ist unpünktlich. Wie froh ist Johannes. So sieht er noch, wie Felix aus dem Bad kommt. Felix zieht sich schön an. Er wählt aus. Er vergleicht. Er wechselt. Passt das zusammen? Es ist eine kleine Modenschau. Johannes liebt es. Er sagt nicht, wie er sich freut Felix zuzuschauen. Felix hat das Passende gefunden. Wenn er 'raus geht, muss alles stimmen, egal wohin. Johannes räumt auf.

Es klingelt kurz, laut. Felix macht auf. Er ist skeptisch als er Max sieht. Der Gammel Look gefällt ihm nicht. Hat er vergessen, wie er war? War er nie so? Es gibt Bilder, die ihn mit sehr langen Haaren zeigen. Das ist lange her. Felix redet nicht viel über seine Kindheit. Johannes erfährt Bruchstücke. Er wüsste gern mehr.

»Ciao Felix. Ich wollte zu Johannes.«

Felix lacht. »Zu wem sonst? Wir leben zu zweit. Leila war gestern da, sie wohnt nicht mehr hier.«

»Das weiß ich«, sagt Max. »Irgendwas muss ich doch sagen.«

»Ist schon okay. Johannes ist im Arbeitszimmer. Er kommt gleich.«

Max muss man nicht führen, Max kennt sich aus. Max war früher hier als Felix.

Felix denkt: »Max ist kein Kind mehr.«

Johannes kommt aus dem Zimmer.

»Wollen wir uns 'raus setzen? Das Wetter ist angenehm.«

»Klar. Es ist geil draußen. Darf ich rauchen?«

»Ich verbiete es dir nicht, es gefällt mir nicht«, sagt Johannes.

»Das weiß ich«, kontert Max beiläufig.

Er steckt sich eine Zigarette an. Lässig, sehr gekonnt.

Felix beobachtet ihn durch die Küchentür.

»Ich muss los.«

Felix küsst Johannes auf den Mund, mit geschlossenen Lippen. Johannes möchte hinein in den Mund. Felix lässt es nicht zu. Max sieht sie. Johannes kennt das. Er versucht es wieder. Er will nicht verzichten.

Felix ist weg. Max sitzt da. Er ist mit null Erwartung gekommen. Er will sich überraschen lassen. Was hat Johannes vor? Johannes ist bei Felix, in Gedanken, in seinem Mund. Warum kann er nie genug kriegen von diesem Gefühl?

Johannes denkt: »Wann werde ich selbst erwachsen? Wenn ich ehrlich zu Max wäre, was würde er von mir denken?«

Er sagt: »So, jetzt muss ich schnell kochen, damit wir nicht verhungern. Ich hab es nicht vorher geschafft.«

Johannes schiebt die Arbeitsüberlastung vor. Warum belügt er Max? Wäre Ehrlichkeit nicht der bessere Einstieg. Er möchte. Er traut sich nicht. Wenn Max das Petra erzählt, nicht auszudenken!

Man braucht seine kleinen Geheimnisse. Sex am Nachmittag gehört dazu.

»Ich kann dir helfen«, sagt Max. »Wenn du das willst.«

»Klar.«

»Es gibt so ein frei erfundenes Thaicurry. Ich habe Bambus, Sojasprossen, Ananas und noch chinesische Pilze. Wir machen das alles klein, im Wok. Hühnerfleisch hab ich auch.«

Sie hantieren zusammen. Johannes gibt Anweisungen. Max sucht nach Gewürzen im Regal. Curry, Ingwer, Lemongras ...

»Sojasoße?«

»Nein.«

Soll er beim Kochen schon anfangen? Mit was? Johannes hat keine Strategie. Er hätte sich etwas überlegen sollen. Max ist entspannt. Das gemeinsame Kochen entspannt Johannes. Es geht schnell.

Sie sitzen draußen. Der Tisch ist gedeckt. Es schmeckt. Alkohol hält Johannes nicht für angebracht. Er weiß, dass Max schon Bier trinkt. Es gibt Saft.

Max ist neugierig. »Wie ist das mit Felix?«

Johannes ist nicht überrascht.

Er sagt: »Es ist schön. Bevor du kamst, haben wir uns geliebt. Das hat länger gedauert, deshalb war ich nicht mit dem Essen fertig.«

Johannes lacht zufrieden. Es ist 'raus.

»Ein guter Einstieg«, denkt er.

Max ist verlegen. »Ich finde es cool. Ich kann es mir nicht vorstellen, für mich. In meiner Klasse ist ein Schwuler. Ich finde es super, dass er es allen gesagt hat.«

Johannes merkt, dass Max aus dem Haus von Petra kommt. Selbst wenn die Kinder es am wenigsten wollen, sind sie geprägt durch die vermeintlich Erwachsenen. Die wissen nicht, wie sie sich verhalten sollen. Kinder prägen sie, mit all dem, was sie tun. Mit dem unbewussten Tun mehr, als mit dem kontrollierten Verhalten.

Johannes sagt: »Schwule sind nicht so oder so. Sie sind wie alle, das heißt, verschieden. Der einzige Unterschied ist, dass sie Männer begehren und lieben. Das gibt Komplikationen im sozialen System. Das irritiert eine

Mehrheit derjenigen, die ihre eigene Wahl des Geschlechts für normal und natürlich halten. Das ist der Irrtum.«

Max ist nicht dumm, er begreift. Er kennt nicht viele. Die er kennt, sind verschieden. Petra hat ihm über die Geschichte der Schwulenverfolgung im Dritten Reich erzählt. Er hat sich ein Bild gemacht.

Mit Johannes redet er gern. Wenn er das Bild überprüft, stimmt es nicht. Es verändert sich ständig.

Max sagt: »Was ich komisch finde, ist, dass sie sich auf den öffentlichen Klos treffen.«

Johannes greift ein. »Das ist nur ein Teil. Sie haben es getan, weil sie eine verachtete Minderheit waren. Das war ein geheimer Treffpunkt. Alle Eingeweihten wussten das. Das hat sich geändert, nicht total, aber deutlich. Sie haben ihre Clubs, ihre Discos, wie die Heteros.«

Johannes fällt auf, dass er nicht von ›Wir‹ spricht. Welche Distanzierung schleicht sich ein? Gewollt ist sie nicht. Er lebt offen schwul. Zufällig ist es nicht passiert. Er nimmt sich vor, darüber nachzudenken.

Es wäre der Moment, Max' Situation anzusprechen.

»Max, wie fühlst du dich? Warst du schon verliebt?«

Sie können sich treffen, begegnen in ihrer Gefühlswelt. Sie sind verschieden. Johannes möchte wissen, was Max fühlt. Wird Max es ihm verraten? Max verzieht das Gesicht. War das zu schnell, war das zu direkt? Max Gesicht entspannt sich. Die Maske wird nicht gehalten. Das Unbehagen ist weg.

»Ich hab' noch mit keiner geschlafen. Ich würde es. Ich weiß nicht wie. Wir knutschen, fummeln. Mit Olga find' ich es richtig geil. Sie ist nicht zickig und kichert, wie die anderen. Ob sie es tun würde, kann ich nicht sagen. Sie hat einen schönen Busen, geil. Ich hab sie noch nicht gefragt.«

Er stockt und macht weiter.

»Ich bin schon mit einer gegangen. Passiert ist nichts. Ich hatte keine Lust mehr. Sie hat es gleich allen Freundinnen erzählt. Sie war beleidigt. Verliebt war ich, glaub ich, nicht. Nicht voll. Henry ist verliebt, er geht richtig ab.«

Johannes denkt nach. Er blickt zurück in seine Vergangenheit. Er erkennt Situationen. Er beobachtet sich auf der Klassenfahrt. Es war aufregend gewesen mit Helga. Liebe war es nicht gewesen. Das sieht er heute.

Hat er schon damals seine engsten Freunde geliebt? Hat er mit den Mädels nur rumgemacht, weil es eben so war, weil man es tun musste? Heute denkt er manchmal, dass es so war. Er weiß es nicht. Seine Gefühle gehen sehr tief. Er ist verletzlich, das weiß er. Diese Erfahrung fehlt ihm nicht.

»Du weißt, ich habe mich mit Petra unterhalten, keine Woche her. Sie ist unglücklich. Sie hat das Gefühl, dass du sie nicht achtest. Dass du dich einfach schlecht benimmst. Sie tut viel für dich. Sie fühlt sich verarscht.«

Den letzten Satz würde Johannes streichen. Gesagt ist gesagt.

Da hakt Max ein. »Das ist es. Ich will nicht, dass sie was tut für mich. Ich bin das Gelaber satt. Petra ist nicht so schlimm wie Vater.«

Johannes sagt: »Du wohnst mit ihnen zusammen. Du willst, aber du führst kein eigenes Leben.«

»Würde ich gern.«

»Gut, das hätte Konsequenzen. Du könntest die Schule nicht weiter machen. Du müsstest Arbeit suchen. Du weißt, dass unsere Gesellschaft nicht so eingerichtet ist, zumindest nicht auf der Sonnenseite, auf der du lebst. Es gibt sicher schon viel Jüngere, die auf sich allein gestellt sind. Die hätten es gern umgekehrt.«

Max überlegt. »Klar, ich will Abitur machen, ich will studieren. Der Kram ist jetzt so verdammt langweilig. Alles nervt. Alle nerven.«

»Ich weiß das. Subjektiv hast du Recht. Könnt Ihr nicht zu Hause ein paar Regeln aushandeln? Für dich und für sie annehmbar? Sie sind deine Eltern. So ist das.«

»Ich hab' mein Zimmer. Das sollen sie respektieren. Da drin soll es aussehen, wie ich es will. Auch das Chaos, der volle Aschenbecher, die rumliegenden Klamotten. Ich will das so. Ich fühl' mich gut. Das kann ihnen doch egal sein. Ist es aber nicht. Sie mischen sich ein, sie nerven.«

»Das mit deinem Zimmer verstehe ich. Ich denke, das können und werden sie akzeptieren. In den übrigen Zimmern wohnt ihr alle zusammen. Das musst du im Kopf haben. Ihr braucht Verhaltensregeln, was geht und was nicht geht.«

»Wenn du meinst.«

Max ist Johannes zugänglich, zögerlich. Es ist eine Chance.

»Was ist mit der Schule?«

Johannes macht Druck. Forderungen und Gegenforderungen, geschenkt wird nichts. Verhandeln kann man alles.

Max merkt, dass Johannes dran bleibt. Er weiß, dass er abhängig ist von Petra. Es passt ihm nicht, es ist so. Er ist kein Punk, er will nicht auf die Straße. Diese Konsequenz ginge ihm zu weit, dazu ist er zu bequem. Verwöhnt wurde er. Er hat es lange genossen. Es ist ihm zuviel.

»Ich bemühe mich, ehrlich. Das Gekreische von Vater, das Gejammer von Petra gehen mir so auf die Eier.«

Max ist erschüttert. Die Spannung entlädt sich. Er sitzt da, es schüttelt ihn. Er weiß, dass etwas passieren muss. Er weiß nicht wie. Er ist überfordert, weil er unterfordert ist. Dieser Gedanke drängt sich Johannes auf. Er hält Max für intelligent, sensibel. Er kennt ihn, seit seiner Kindheit, sie sind sich nah.

»Max, was hältst du von einem festen Plan, den wir gemeinsam überlegen?«

Johannes ist am Ball, er möchte jetzt Ergebnisse sehen. Er entwickelt Strategien. Er ist der Macher, er wird gebraucht.

»Wie meinst du das?«

Max ist unsicher.

»Du brauchst ein Ordnungssystem in deinem inneren Chaos, eine Struktur für die Dinge, die du zu erledigen hast. Keine große Planung, eine Minimalplanung. Wann tue ich was, außerhalb der Dinge, die ich tun muss? Nenne es gezwungenermaßen, oder gesellschaftlich verpflichtend. Du bist der Sohn von Intellektuellen, da hast du Pech, oder Glück. Wie man es nimmt.«

Johannes lacht. Er nimmt sich selbst auf den Arm. Er mutet sich Weisheiten zu, die wahr, aber auch falsch sein können. Verletzt hat er schon zur Genüge. Es ist ein Spiel, eine Herausforderung seiner Spontaneität. Seine Pädagogenrolle steht auf dem Prüfstand.

Max ist misstrauisch. Das riecht nach Einschränkung. Das schmeckt nach Zwang. Es klingt wie Arbeit.

Er will etwas verändern, er kommt nicht klar. Es ist ein Angebot. Johannes nimmt ihn ernst. Er ist verhandlungsfähig, er will den Deal.

Max sagt: »Wie soll das gehen? Was schlägst du vor?«

Johannes hat gewonnen, das weiß er. Jetzt muss er mit ihm zusammen einen Anforderungsplan entwerfen. Nicht wenig, keine Überforderung. Er muss zu schaffen sein, Anstrengung muss er kosten. Es muss Puffer geben, Raum zum Chillen, Raum für Max. Die Quadratur des Kreises. Einfach in der Handhabung muss er sein. Es wäre falsch, den Plan aus dem Hut zu zaubern. Max soll überlegen. Johannes verspricht, darüber nachzudenken. Heute muss dieser Plan nicht fertig sein. Vielleicht Mitte der Woche? Das sollte Max anpeilen, denkt Johannes.

»Mach dir Gedanken. Ich mache mir Gedanken. Am Mittwoch treffen wir uns zum Mittagessen, in der Nähe deiner Schule. Dann werden wir den Plan verabschieden, feierlich, mit unser beider Unterschriften.« Johannes denkt, dass die Form nicht uninteressant ist.

Max muss jetzt rauchen. Johannes versteht das. Sie sitzen da, sie schauen sich an. Johannes drückt Max spontan an sein Herz. Max lässt es geschehen. Er fühlt sich besser. Max raucht hektisch, ungewohnte Lungenzüge. Er beruhigt seine aufsteigende Seele. Er ist auf dem Weg.

»Er geht weiter nach vorne«, denkt Johannes.

Warum ist dieser Schritt so schwer Was machen Eltern falsch, dass es nie reibungslos gelingt? Kann es gelingen? Es ist ein Abschied. Es ist ein langer Prozess. Keiner der Beteiligten weiß, wie er sich gestaltet. Keiner kennt das Ergebnis. Jeder hat eigene Muster, jeder verfügt über Erfahrungen, jeder macht es falsch.

Max kommt ’runter ›back to earth‹. Er isst das Dessert. Er mag Eis, wie Leila. Johannes sitzt da, er wirkt zufrieden. Eine geschlagene Schlacht. Es ist spät. Max muss nach Hause, morgen ist Schule. Johannes wundert sich, dass Petra nicht angerufen hat.

Er denkt: »Das hat sie gut gemacht. Sie lernt dazu.«

»Ich geh dann mal heim.«

Max ist sensibel. Johannes nickt.

»Ich denke, es ist Zeit. Wir sehen uns Mittwochmittag. Ich hole dich ab.«

»Okay.«

Worte hat Max nicht mehr im Mund. Seine Seele ist in Aufruhr. Er verlässt das Haus. Hier war er geliebtes Kind, hier ist er gern, Hilfe ist annehmbar. Er hat Johannes gern. Warum kann nicht Johannes sein Vater sein? Johannes hatte diesen Gedanken lange gespürt. Er hatte sich zurückgehalten, schon Leilas wegen. Felix wäre empört, mit Recht.

Johannes bleibt draußen. Es ist Mitternacht. Er wartet auf Felix. Der hat nicht angerufen. Er verliert sich in Fantasien. Er blickt in sich hinein. Zurück in seine frühe Zeit. Da ist sein liebster Freund, sein bester nannte sich ein anderer.

Er war sechzehn. Sie waren verliebt gewesen, in dasselbe Mädchen, so schön, so gut riechend. Er hatte später diesen Geruch gesucht und zu finden gehofft. Sie hieß Monique. Er hatte Erfolg gehabt. Er war stolz gewesen. Sie hatten am See geknutscht. Er war der Sieger. Tief drinnen hatte er etwas anderes gespürt. Er hatte an Franz gedacht. Er hatte mit ihm am Strand gelegen. Er hatte mit ihm über Monique gesprochen. Franz und Monique waren eins geworden. Er hatte gewusst, er hatte Franz gemeint. Gesagt hatte er es nicht, getan hatte er nichts. Er war mit Monique gegangen, die Ferien. Franz war dabei gewesen.

Felix hat sich in den Garten geschlichen. Er ist betrunken. Johannes riecht das. Er umarmt Johannes von hinten. Er küsst ihn auf die Stirn. Wie Johannes das gut tut! Felix sitzt auf seinem Schoß. Sie umfangen sich. Sie erzählen, Felix von seinem Treffen, Johannes von Max. Felix nimmt Johannes an die Hand. Sie liegen auf dem Boden. Sie wälzen sich übereinander. Sie lieben sich unter einem milden Mond. Der Schlaf überfällt sie. Sie wanken ins Haus.

»Was für ein Leben«, denkt Johannes.

Petra weckt Max. Es ist sieben. Max ist müde. Petra auch. Petra war im Bett, als Max kam. Sie hat ihn gehört. Würde er pünktlich aufstehen? Sie ruft das dritte Mal. Es wird knapp. Max schält sich aus dem Bett. Er gibt sich einen Ruck. Er ist in der aufrechten Position, nicht zurückfallen, nicht aufgeben. Petra hat sich vorgenommen, mehr als drei Mal will sie nicht rufen.

Um sieben Uhr dreißig steht Max in der Küche. Ein Fortschritt. Es ist schon später gewesen. Petra will heute Morgen kein Gespräch, die Zeit ist knapp. Max ist morgens wortleer. Er kostet das Müsli. Es steht auf dem Tisch. Petra ist eine gute Mutter. Sagen muss sie was.

»Wie war es bei Johannes?«

»War okay ... ich muss los.«

Max ist aus dem Haus.

Petra gibt sich zufrieden. Sie möchte Johannes anrufen. Ist das blöd? Es ist früh, blöd ist es. Sie tut es nicht. Sie muss erst mittags zur Arbeit. Sie ist bei der Gewerkschaft, studiert hat sie Geschichte. Sie ist in ihre Beziehung geflüchtet, mit Albert. Sie hatte eine Familie gewollt. Mit dem Arzt schien das möglich. Sie war sehr verliebt gewesen. Er war ihr Frauenarzt. Als Max kam war es vorbei. Sie weiß nicht warum. Sie hatte eine andere Vorstellung von der Liebe, von der Ehe. Sie hatte wenig überlegt. Der Alltag hat ihren Mann aufgefressen. Albert ist ein Karrierist, ein Frauenheld. Er war lieblos gewesen. Er liebt sie nicht mehr.

Seinen Sohn liebt er nicht. Das sieht man. Nicht, wie sich Petra das vorgestellt hatte. Er ist nie zu Hause. Sie sind sechzehn Jahre zusammen, eine lange Zeit. Die Liebe ist ihnen abhanden gekommen. Ist sie je da gewesen? Petra denkt, wie anderen Stock oder Hut. Das ist aus einem Gedicht, das Petra mag. Wieso lebt sie so weiter? Wieso trennt sie sich nicht? Sie ist jung, sie kann von vorn anfangen. Ist es Angst? Ist es Max?

Max leidet unter seinem Vater. Warum bricht sie nicht aus? Was hält sie bei Albert? Sie verdient ihr eigenes Geld, sie hat Freunde. Will sie die Familie gegen ihre Gefühle verteidigen? Es gibt keine Familie, nicht, wie sie es immer gewollt hat. Warum lebt sie mit dieser Lüge? Der Sex mit ihm ist flüchtig, unter Stress, nie locker, nie wirklich orgiastisch, und selten. Sie erinnert sich nicht, seit langem einen Orgasmus gehabt zu haben. Das macht sie traurig. Ihre Sorge gilt Max. An ihm hält sie sich fest. Zum Schaden von Max. Warum macht sie sich keine Sorgen um sich selbst? Sind Max' Probleme hausgemacht? Petra versorgt den Haushalt, neben der Arbeit.

Sie läuft in der Wohnung herum. Sie fasst einen Entschluss. Sie weiß, so geht es nicht weiter.

Montagmorgen, der große Tag für Felix. Er hat Johannes lange geküsst. Er braucht diese Versicherung seiner Nähe, seine unbedingte Zugehörigkeit. Johannes ist ihm sicher. Alles könnte zerbrechen, Johannes ist da. Er würde es bleiben. Selbst, wenn Felix auf und davon ginge. Die Träume hatten ihn diese Nacht nicht in Ruhe gelassen. Johannes hatte ihn festgehalten, sanft, wenn er sich unruhig hin und her wälzte. Johannes hatte unverständliche Wortfetzen von Felix in sich aufgenommen, er hatte ihn zärtlich gestreichelt, als Felix zu schwitzen begonnen hatte.

Felix steht erleichtert auf. Seine Augen treffen Johannes' Augen. Felix lächelt. Er ist manchmal ein kleiner Junge. Johannes mag das. Felix will es nicht sein. Dazu fehlt ihm die Selbstsicherheit, die er nach außen zeigt. Er ist jung, erfolgreich, dazu passt das nicht. Er hat solche hochfahrenden Pläne. Er ist lange nicht angekommen. Das macht Johannes Angst. Er weiß, dass es wichtig für Felix ist, weiterzugehen. Er hat das Zeug dazu. Was das für Johannes bedeutet, ist offen, seine Situation ist anders, er ist angekommen, er hat sich eingerichtet. Für ihn gehört Felix selbstverständlich zu ihm.

Johannes kocht Tee und Kaffee. Felix will heute nur Müsli. Er kommt in die Küche, er strahlt, er hat ein frisch gebügeltes Hemd an, mit kleinen Ornamenten. Er sieht schick und modisch aus, wie aus dem Ei gepellt. Für Johannes zu viel.

»Gefalle ich dir?«

Johannes kann sich Felix' Charme nicht entziehen.

»Du, sehr, dein Aufzug bedingt.«

»Sag, wirklich?«

Johannes lächelt versöhnlich.

»Du weißt, ich bin da komisch. Es ist schon okay. Du wirst deinen Pierre bezaubern.«

Johannes ist eifersüchtig, er will es nicht.

Felix sagt: »Sei nicht blöd. Es ist meine Arbeit.«

Johannes nickt. Er weiß, dass es Felix' Passion ist, Menschen zu gefallen. Er will, dass alle ihn bewundern. Natürlich nur die Schönen, Interessanten, die er für würdig hält. Die anderen sind ihm egal. Felix kann arrogant sein, er kann mit wenigen Worten verletzen. Was ihn nicht interessiert, kommt nicht an ihn heran. Er lässt unangenehme Dinge an sich abperlen. Er lächelt dabei. Er ist kalt und gemein. Johannes hat das erlebt. Er ist dann hilflos. Er kann das nicht. Dass Felix selbstherrlich sein kann, weiß er. Johannes sieht es ihm nach. Felix ist immer auf der Gewinnerseite, verloren hat er nie. Diese Erfahrung fehlt Felix. Johannes wünscht ihm, dass er sie nie machen muss. Im selben Moment denkt er, es sei wichtig, dass er sie mache, nicht zu hart. Eines Tages, dann wird er ein erwachsener Mann.

Felix schaut in seinen Laptop. Keine neuen Nachrichten. Er muss los. In seinem Kopf geht es rund. Er denkt alles durch. Er muss das Durcheinander ordnen. Er braucht einen klaren Kopf.

»Ciao Johannes, ich ruf' dich später an. Ich sag dir Bescheid, wegen heute Abend. Ich weiß nicht, wie spät es wird. Mach dir keine Gedanken.«

Johannes schaut ihn an, sein Blick voll tiefsten Vertrauens. Er weiß, Felix ist unberechenbar. Er lebt damit.

Johannes hat heute Konferenz, sie beginnt um zehn. Eine angenehme Zeit. Er braucht nicht zu hetzen. Es ist die Abschlusskonferenz des Semesters. Es geht um formale Dinge. Gelder müssen verteilt und verabschiedet werden, Kürzungen sind Alltag, zwei neue Kollegen sind im Auswahlverfahren. Der einzige Punkt, der Johannes wirklich interessiert. Er wird sich umschauen, er wird Beobachtungen anstellen, vielleicht Köpfe und Gesichter skizzieren. Das könnte interessant sein.

Seine Gedanken laufen davon. Er hat heute Morgen ein Gefühl der Verlassenheit. Er hat es lange nicht gekannt. In die Fülle seiner Zufriedenheit schleicht sich der Zweifel ein.

Er denkt: »Dinge und Menschen sind vergänglich.«

Ist er fest und sicher in sich, um das auszuhalten? Bisher war das so. Er hatte einen unerschütterlichen Glauben an seine Person und seine Fähigkeiten. In der letzten Zeit ertappt er sich dabei, sich sehr mit den Augen von Felix zu sehen. Er will ihm alles Recht machen, er hat Verlustangst. Das tut ihm weh. Er kann dann nicht er selbst sein. Er weiß, dass das ein gefährlicher Weg ist. In seinem Leben hat es im Laufe der Jahre viele Veränderungen, neue Entwicklungen gegeben. Er selbst hat immer wieder unkonventionelle Entscheidungen gefällt. Er hat Dinge zu Ende gebracht. Er hat Neues angefangen, mit Menschen gebrochen, neue Beziehungen hinzugewonnen. Er ist nicht zimperlich gewesen. Er hat versucht, fair zu sein. Es ist ihm nicht immer gelungen. Er kennt Trennungen, solche, die er verantwortete, andere, die gegen ihn gerichtet waren.

Die Gedanken bleiben in seinem Kopf. Er steigt auf's Fahrrad und radelt gegen die Einbahnstraße. Es ist erlaubt. Er behauptet sich. Dicht vorbei an den schnell fahrenden Autos. Er ist das gewohnt.

Als er in der Akademie ankommt, hat er einen freien Kopf.

Max sitzt im Unterricht, er ist müde. Obwohl er gut geschlafen hat, ist er unausgeschlafen. Das Gespräch mit Johannes sitzt ihm im Kopf, sein Bauch ist daran beteiligt. Was wird er tun? Mittwoch wollen sie sich zum Essen treffen. Bis dahin braucht er einen Plan. Will er einen Plan? Er hätte Johannes gern als Vater. Einen schwulen Vater, was für eine absurde Vorstellung! Was würde er seinen Freunden sagen? Er muss lachen. Er nimmt es nach innen. Draußen läuft Chemieunterricht ab, nicht uninteressant. Es zischt auf dem Pult. Zwei Flüssigkeiten reagieren miteinander.

Max denkt: »Ich sollte mitnehmen, was ich geboten kriege. Ich brauche einen Plan.«

Die erste Stunde im Deutschunterricht haben sie ein Gedicht von Gryphius gelesen. Es hat ihm gefallen. Besonders der Satz ›Das Leben ist eine Rennebahn‹. Er denkt darüber nach. Was ist mein Leben? Was will ich? Was kann ich erreichen? Gefällt es mir, wie ich lebe? Was möchte ich werden? Wie schaffe ich das?

Felix ist früh im Verlag. Als er an den Türen der Kollegen vorbei geht, hat er das Gefühl, dass sie ihm dieses Treffen nicht gönnen. Er ist zu kurz da, er hat nicht den Status. Felix hat ein ›Trotzdem‹ im Blick. Er kann sich behaupten. Er ist ehrgeizig, wenn er etwas will. Das Ziel hat er vor Augen. Wer sollte ihn daran hindern? Verderben darf er es sich nicht, mit den Kollegen. Das hat er im Kopf. Er wird sie einbinden, in seinen Erfolg. Er schenkt ihnen freundliche Blicke, stolz. Das braucht er. Er weiß, der Verlag schaut heute auf ihn. Er genießt das. Ist er ein Machtmensch? Er hat sich das gefragt. Eine schlüssige Antwort hat er nicht. Er beobachtet Andere, manchmal sich selbst. Das fällt ihm schwer. Kritik erträgt er schwer. Selbstkritik kennt er nicht. Wie lange kann er der kleine süße, allseits Geliebte sein? Er hat hart für sein Image gekämpft. Es war nicht immer so.

Er denkt darüber nicht nach. ›Après nous le déluge‹. Er lebt im Hier und Jetzt. Pläne hat er.

Pierre sitzt im Flugzeug nach Deutschland. Er ist aufgeregt. Sein Leben nimmt eine Wende. Er war überrascht, dass der Text ankam, nach so vielen Misserfolgen. Sein Text scheint zu gefallen. Hat er Glück? Ist es der junge Lektor, der auf ihn setzt? Wie denken die Anderen? Er ist nicht selbstbewusst. Er kennt viele Niederlagen. Er weiß von der Einsamkeit, er kennt die Leere. Wie oft war Marseille der Höllenschlund für ihn? Setzt er auf diesen Verlag? Was gibt ihm das sichere Gefühl? Soll er mit anderen verhandeln? Hält er es aus, seine Geschichte zu verkaufen? Ist er stark genug? Im Moment hat er Fragen, Antworten sind weit weg, er sucht sie nicht. Es treibt ihn vorwärts.

Er schaut auf die Uhr. In einer halben Stunde wird er da sein. Er kennt diese Stadt nicht. Er war lange nicht weg, aus Marseille. Es überfällt ihn ein Angstgefühl. Er zittert. Er muss sich beruhigen. Er lehnt den Kopf nach hinten. Er schließt die Augen.

Er ist zurück auf dem Land. Er sitzt auf dem Pferd, ohne Sattel. Er reitet durch eine offene Landschaft. Er ist jung, er ist einsam. Er riecht den Stall. Er hatte oft bei den Pferden geschlafen. Er hatte ihre Nähe gesucht. Menschen hatte er nicht. Sie waren tot. Er erkennt ihre Gesichter nicht. Da ist ein Gesicht. Er kennt es irgendwoher. Er versucht es zu orten. Er sieht sich im Auto sitzen, das Gesicht ist in seiner Nähe. Er lächelt verstört. Es ist weg. Es verliert sich auf der Landstraße. Das Auto fährt die Straße entlang. Er sieht Häuser, er erkennt ein Haus. Hier hat er gelebt. Wohl gefühlt hatte er sich nie. Er war fremd gewesen. Sie waren gut zu ihm. Er hatte sie nicht gemocht. Er badet in einem See. Das Wasser ist kalt, tief. Er schwimmt und schwimmt. Er sieht kein Ufer. Er verliert sich in der Schwärze der Nacht.

Als er aufwacht, werden die Räder ausgefahren. Das Flugzeug ist im Landeanflug. Pierre ordnet seine Gedanken. Er will den Traum zurückholen. Er erinnert sich nicht mehr. Die Gegenwart fordert seine

Aufmerksamkeit. Um drei soll er im Verlag sein. Er hat noch Zeit durch die Stadt zu laufen.

Leila kommt schwer aus dem Bett. Sie hatte Albträume. Etwas lässt ihr keine Ruhe. Sie fühlt sich von unheimlichen Gestalten verfolgt, sie weiß nicht, was sie damit anfängt. Georg war lieb zu ihr. Vielleicht mag sie ihn mehr, als sie denkt. Muss es immer Liebe auf den ersten Blick sein? Verknallen kann sich jeder. Das ist schnell zu Ende. Es ist ein völlig blindes Gefühl. Es hat kein Fundament. Sie will Georg eine Chance geben. Gestern Abend hat Georg sie berührt, innerlich. Sie weiß nicht, wie sie damit umgeht. Sie lässt es auf sich zukommen. Sie muss sich beeilen. Sie muss die Bahn um halb acht bekommen. Um acht beginnt die Übung. Präpkurs.

Alles riecht nach Formalin. Sie hätte nie gedacht, dass die aufgeschnittenen Leichen Menschen nicht mehr ähnlich sind. Deshalb kann sie damit umgehen.

Sie liebt es in lebhafte Augen zu schauen, diese Augen sind leblos.

Leila denkt: »Auch lebendige Menschen haben solche Augen.«

Wie schrecklich. Wie kommt das? Leila beschließt, dem auf den Grund zu gehen. Sie möchte wissen, ob das ein organischer Schaden ist, oder vielleicht charakterabhängig.

Sie stehen in einer Fünfergruppe an einer Leiche. Leila ist am Schnitt. Sie seziert in der Brusthöhle. Wo sitzt die Seele? Leilas Gedanken suchen sie. Warum wird immer vom Herzen gesprochen? Es ist das Organ, das durch gleiche rhythmische Schläge am Leben erhält. Wieso sprechen wir von Herzschmerz, wenn wir trauern? Warum vom Herzen, wenn wir lieben? Ein schönes Bild, millionenfach abgebildet, bis hin zur Kitsch Postkarte oder zum Votivbild. Einer Logik folgt es nicht.

Leila denkt: »Seele ist für mich ein umfassender Begriff.«

Sie ist nirgends greifbar. Sie ist ein Bild für das, was sie will. Sie sucht seelische Verbundenheit. Sie will Seelenverwandtschaft. Wenn sie seelische Nähe empfindet, dann ist das Voraussetzung für Liebe. Liebe ist etwas Großes. Verliebt sein, verknallt sein, das kennt sie. Es geht vorbei. Liebe ist dauerhaft, sie bleibt. Sie ist da, wenn die Begierde zu Ende ist, wenn der Alltag schwierig wird, wenn nicht mehr alles ›Fun‹ und ›Gute

Laune‹ heißt. Das weiß sie mit ihren Anfang zwanzig. Sie ist die Tochter ihres Vaters.

Felix sitzt im Café um die Ecke, unweit vom Verlag. Hier isst er mittags eine Kleinigkeit, hier trinkt er regelmäßig ›Cafe Latte‹ in der Mittagspause, wenn er sie hat. Es ist kurz vor Zwei. Das Café ist gut besetzt. Viele, die er kennt, aus der Branche. Es gibt einen günstigen Mittagstisch. Felix isst Kohlroulade mit Kartoffelpüree. Heute will er vorsorgen, er braucht etwas Herzhaftes. Er ist aufgeregt. Wie wird das Gespräch laufen? Wie wird er sein, dieser Pierre? Ein Bild hat er sich gemacht. Er kennt ihn nicht. Felix schaut in die Zeitungen. Das Feuilleton berichtet über Herta Müller. Sie wird jetzt zu Lesungen kommen, in seine Stadt. Felix beschließt, mit Johannes hin zu gehen.

Pierre ist durch die Innenstadt gelaufen. Er kennt sich nicht aus. Niemand hat ihm gesagt, wo er hingehen soll. Er findet die Stadt hässlich. Sie macht ihm Angst. Die hohen Häuser erdrücken ihn. Er ist durch die Haupteinkaufsstraße gelaufen. Eine öde Fußgängerzone wie überall. Er vermisst eindeutige Merkmale. Er sucht das Besondere. Die Menschen erscheinen ihm hektisch und angepasst, uniform. Eine Geschäftigkeit, viel strenger als in seiner Stadt. Er vermisst die Briese vom Meer, den Fischgeruch, die Austern. Er hatte sich diese Stadt bunt und vielfältig vorgestellt. Er sucht den Fluss.

Als er am Fluss entlang läuft, versöhnt er sich mit der Stadt. Sie gefällt ihm besser. Menschen liegen auf der Wiese, am Ufer. Das schöne Wetter lässt viele freizügig sein. Ihm gefällt die nackte, gebräunte Haut auf dem Grün. Das ist lebendiges Leben. Er wundert sich über die jungen Leute aller Hautfarben, Nationalitäten. Auf den zweiten Blick ist die Stadt anders. Er revidiert sein Urteil.

In der Nähe müsste der Verlag sein. Er hat noch eine Viertelstunde Zeit. Er setzt sich auf eine schattige Parkbank in der Nähe des Ufers. Er ist entschlossen, die Siegerstraße nicht mehr zu verlassen. Er hat sein Leben lang gekämpft. Er war lange unten. Er will ans Licht. Er ist im letzten Teil seines Lebens angekommen. Wie viele Jahre hat er noch? Er will den Erfolg. Er hat darauf hingearbeitet. Er hat ihn sich verdient. Das sollen die Anderen sehen.

Felix hatte noch einen Anruf, von Dr. Kaiser.

»Vermeiden Sie so lange wie möglich über Geld zu reden. Stecken sie erst das Terrain ab. Machen Sie großzügige Arbeits- und Veröffentlichungsangebote. Machen Sie uns interessant, gewinnen Sie seine Achtung und sein Vertrauen. Sie können das. Wenn Sie meinen, ich sollte dazu kommen, geben Sie es kurz an meine Sekretärin durch. Ich halte mir die Zeit frei. Viel Glück, Felix Boulanger. Er gehört Ihnen.«

Felix hätte lieber nicht mit Dr. Kaiser gesprochen. Er empfindet es als eine Bevormundung. Er ist kein Anfänger. Wenn er ehrlich ist, ist er es. Er will es nicht sein. Er will nicht gegängelt werden, von niemandem.

»Diese Zeit liegt hinter mir«, denkt er.

Er ist erregt, nicht aufgeregt. Diese Geschichte und dieser Pierre haben für ihn erotischen Charakter. Wird sich dieses Gefühl verstärken oder vermindern, wenn er ihn sieht? Im Moment ist Felix neugierig.

Wer ist dieser Pierre?

Um kurz nach Vier klingelt das Telefon.

»Kommen Sie 'runter in das kleine Konferenzzimmer. Monsieur du Boulet wartet auf Sie.«

»Ich komme sofort. Machen Sie uns Kaffee?«

»Schon geschehen. Mögen Sie auch Gebäck dazu?«

»Sehr gern. Danke.«

Felix schaut in den Spiegel. Er hat im Schreibtisch einen kleinen Handspiegel für solche Anlässe. Er gefällt sich. Er rückt den Hemdkragen gerade. Ein bisschen Creme auf die trockene Gesichtshaut. Felix sieht ansprechend aus. Wer könnte da anderer Meinung sein?

»Der erste Eindruck entscheidet«, denkt Felix.

Als er die Tür zum kleinen Konferenzzimmer öffnet, sitzt dort ein alter, verhärmter Mann. Dieser hat die Beine übereinander geschlagen. Er hat einen altmodischen Anzug an. Die Krawatte ist korrekt gebunden. Sie ist dunkel, sie ist hässlich. Der gesenkte Blick hebt sich. Sein Körper strafft sich durch seine Willensanstrengung. Felix schaut in wache, entschlossene Augen.

Felix denkt: »Die Augen passen nicht zu dem Mann. Wo hat der Mann diese Augen her?«

Sie beeindrucken ihn. Der Rest ist eine Enttäuschung. Wie kann dieser Mann das schreiben? Die Augen verraten Intelligenz und Gefühl. Der Körper, die Haltung sprechen von Leidensdruck.

»Bonjour, Monsieur du Boulet.«

Felix geht auf ihn zu. Er reicht ihm freundlich die Hand. Er lächelt gekonnt. Pierre steht auf. Er steht linkisch im Raum. Felix übersieht es. Er konzentriert sich auf die Augen von Pierre.

Pierre sagt: »Guten Tag, Herr Boulanger.«

Sein Deutsch ist akzentfrei.

Felix wundert sich.

»Sprechen Sie Deutsch?«

Pierre sagt: »Ja. Ich habe es studiert und viel gelesen. In Deutschland war ich nie.«

»Meine Hochachtung«, sagt Felix.

Er ist erstaunt.

Er schiebt nach: »Dann wird die Übersetzung ein Vergnügen.«

Felix weiß nicht, ob er französisch oder deutsch reden soll. Die Vorgabe hat Pierre gemacht. Felix beschließt ihm zu folgen.

»Setzen wir uns. Gleich kommt Kaffee. Hatten Sie eine angenehme Reise?«

Pierre ist wieder in sich zusammengesackt. Er sitzt geknickt da. Die Augen schauen Felix an.

»Der Flug war angenehm. Ich habe geschlafen, geträumt.«

»Das ist die beste Weise, den Flug zu verkürzen. Ich kann immer schwer einschlafen, besonders auf Langstreckenflügen, wo ich es mir sehr wünsche.«

»Ich war gestern in Marseille lange wach. Mir ist viel durch den Kopf gegangen. Ich hatte gute Voraussetzungen. Ich bin frisch.«

Durch Felix' Gehirn laufen die verschiedenen Möglichkeiten eines Gesprächs. Er hatte im Verlag in den ersten Monaten Gelegenheit, Gespräche mit zu verfolgen. Er hatte konzentriert zugehört. Er hat viel gelernt über die Strategien im Gesprächsverlauf. Es gilt diese Erfahrungen umzusetzen.

»Ich habe Ihr Manuskript mit viel Interesse gelesen. Ich bin überwältigt von Ihrer Geschichte. Ich mag Ihren knappen Stil. Es lässt sich, denke ich, hervorragend in die deutsche Sprache umsetzen. Im Französischen klingt es authentisch. Es hat mich berührt, aufgewühlt. Sie gehen hervorragend mit der Beschreibung Ihrer Gefühle um. Es ist nie kitschig.«

»Danke. Darf ich Felix sagen? Ich bin Pierre. Es ist weniger förmlich.«

Felix zeigt lächelndes Einverständnis.

»Ich habe es selbst erlebt. Ich habe diese Gefühle durchlebt. Das Leben ist eine Odyssee. Mein Leben ist ein Roman.«

Felix hört zu. Er beobachtet die Bewegung der Augen von Pierre. Dieser zuckt nervös. Er hat sich im Griff. Felix fällt die Stärke auf. Die Kraft seiner Stimme. Sie passt nicht zum Körper.

»Wie stellen Sie sich das vor, Pierre? Wir sollten uns in Abständen treffen. Vieles können wir per Mail besprechen. Ich werde Ihnen Vorschläge machen. Sie können überlegen, ob Sie zustimmen. Wir können die strittigen Stellen diskutieren. Es geht um Unstimmigkeiten, um den Blick von außen. Wenn man im Text und wie in diesem Fall in der Geschichte drin steckt, fällt einem Manches nicht auf. Das ist völlig normal.«

Pierres Augen verfolgen Felix. Sie sind wachsam. Sie sind misstrauisch.

»Ich habe kein Geld, um zu reisen. Wie viel Zeit wird das kosten? Wie lange dauert das? Es ist mein erstes Buch. Ich bin unerfahren.«

Felix spürt die Hilflosigkeit des Mannes. Sie war vorher nicht da gewesen. Hatte er sie überspielt? Weiß er nicht, was ihn erwartet? Felix glaubt das nicht. Gibt sich Pierre hilfloser als er ist? Er hakt ein.

»Die Kosten für Ihre Fahrten und Ihren Aufenthalt übernimmt der Verlag. Wie lange es dauert, wird an unserer Fähigkeit liegen, zusammen zu arbeiten. Ich bin optimistisch. Veröffentlichen wollen wir zur Buchmesse, im nächsten Jahr, französisch und deutsch.«

Pierre schluckt vernehmlich. So lange hat er sich das nicht vorgestellt. Eine Enttäuschung liegt auf seinem Gesicht. Seine Haltung rutscht weg. Das ist mehr als ein Jahr. Wird er so lange durchhalten?

»Das ist lange. Ich dachte, dass es schneller geht.«

Felix hat das erwartet. Er hat die Argumente auf der Zunge. Sie springen heraus.

»Der Zeitpunkt der Veröffentlichung eines neuen Autors ist wichtig. Wir könnten es früher machen. Wir wollen, brauchen eine Bühne für die Erstveröffentlichung. Es gibt so viele Neuerscheinungen. Es darf nicht untergehen in der Flut. Das Thema ist brisant. Es ist etwas, was die Leute lesen wollen. Unsere Aufgabe als Verlag ist es, das alles richtig vorzubereiten, damit es ein Erfolg wird. Das wollen Sie, das wollen wir.«

Die Haltung von Pierre hat sich nicht verändert. Er denkt nach. Er weiß, dass es der richtige Weg ist. Er weiß nicht, ob er diese Zeit übersteht.

Er sagt: »Es ist nicht, dass ich Eile hätte. Ich habe lange gewartet. Ich habe viel Arbeit 'rein gesteckt. Ich konnte kein Geld mehr verdienen. Ich bin mittellos. Ich kann meine Miete nicht bezahlen.«

Felix ist erschrocken.

Er denkt: »Was ist mit dem Zwillingsbruder? Sie sollten zusammenleben.«

In Sekunden entscheidet sich Felix zu fragen.

»Was ist mit Ihrem Bruder?«

Felix sieht genau hin. Die Reaktion interessiert ihn. Pierres Augen fallen in sich zusammen. Die Lider sind schlaff. Die Entschlossenheit ist weg. Pierre schaut unter sich.

»Mein Bruder ist krank. Ich pflege ihn. Er hat Krebs.«

»Das tut mir sehr leid.«

»Danke für Ihre Anteilnahme. Ich kümmere mich seit einem Jahr um ihn. Wir hatten eine schöne Zeit. Er wurde krank.«

Felix will noch nicht Dr. Kaiser rufen. Er überlegt. Er bietet einen Vorschuss an, bis zur Veröffentlichung. Es drückt den Preis. Kann sich Pierre darauf einlassen? Muss er das? Hat er eine andere Chance? Pierre ist nicht dumm. Er weiß, der Verlag will ein Geschäft machen. Er muss überlegen. Was ist drin? Geht es ihm um die Anerkennung, geht es um das Geld? In seiner Vorstellung wollte er alles. Geht das zusammen? Ist er in einer Situation, in der er über sein Werk entscheiden kann?

»Es käme auf die Höhe des Vorschusses an. Wollen Sie sämtliche Rechte?«

Felix überschreitet seine Kompetenz.

Er denkt: »Zurückrudern kann man immer.«

Er sagt: »Wir wollen Ihr Buch auf die bestmögliche Weise an die Leser bringen. Das dürfte auch Ihr Interesse sein. Je stärker wir einsteigen, ich meine mit Werbung, umso mehr Erfolg könnte es geben. Wissen können wir es nicht, ob es funktioniert. Wir gehen ein Risiko ein. Die Rechte an Ihrem Buch brauchen wir, wenn wir groß einsteigen.«

Pierre kennt sich aus. Er weiß, welches Interesse der Verlag an den Rechten hat. Wird es ein Geschäft, ist der Verlag der Gewinner. Wenn nicht, hat er das Risiko vorher kalkuliert. Es geht um die Höhe. Felix ist ihm sympathisch. Wie offen kann er sein? Welche Forderung ist wirklich angemessen? Das weiß er nicht.

Felix denkt an den Weg.

»Können wir mit Ihrem Bruder rechnen, wenn wir Werbung machen?«

Im selben Moment überlegt Felix, ob er zu weit gegangen ist. Der Bruder ist krank. Wie kann er ihn verplanen?

Pierre reagiert schroff.

»Mein Bruder bleibt 'raus. Das ist definitiv.«

Pierre sagt es mit hoch gezogenen Lidern, wachen Augen und einem verletzten Stolz.

Felix zweifelt. Gibt es den Bruder?

»Es war eine Frage, keine Bedingung.«

»Schon gut«, sagt Pierre.

Felix braucht Kaiser. Er ruft die Sekretärin an. Pierre erklärt er, dass der Chef dazukäme. Pierre ist in Angriffsstellung versetzt. Er strafft jedes Glied seines Körpers. Er muss gewappnet sein. Er muss durchhalten. Es geht ihm nicht gut. Sein Kreislauf sackt ab. Er darf nicht schlapp machen. Er muss auf der Hut sein. Es dauert zehn Minuten bis Dr. Kaiser klopft. Felix hat Pierre über den Verlag informiert. Seine Struktur, seine Veröffentlichungspraxis, sein deutsch-französisches Konzept.

Da ist Dr. Kaiser. Elegant und jovial, nassforsch. Er erfüllt den Raum.

»Guten Tag, Monsieur.«

»Monsieur du Boulet spricht fließend deutsch.«

Felix möchte Dr. Kaiser nicht in Verlegenheit bringen.

»Das ist vorzüglich. Ich hoffe, Herr Boulanger hat Sie bereits über unseren Verlag in Kenntnis gesetzt. Wir versuchen die deutsch-französische Verständigung. Seit Jahren veröffentlichen wir namhafte französische und deutsche Autoren. Auch Newcomer, wie Sie, Sie verzeihen. Das sagt nichts über die Qualität aus. Herr Boulanger hat mir viel über Sie erzählt. Er schätzt Ihren Roman außerordentlich. Ich bin bisher nur teilweise damit beschäftigt gewesen. Wir betreuen viele Autoren. Da ist es schwer nachzukommen, mit dem Lesen.« Eine wahre Suada ergießt sich über Pierre. Der kleine Mann sinkt noch tiefer in sich zusammen. Seine Augen bleiben wachsam. Er hat nicht vergessen, warum er hier ist. Er weiß, was er will.

Felix informiert Dr. Kaiser kurz über den Stand des Gesprächs.

»Konkret über Geld haben wir noch nicht gesprochen.«

Pierre schweigt. Er denkt, er sollte zuhören und warten.

»Wir wollen einen Vertrag mit Ihnen machen, in dem Sie uns die Rechte an Ihrem Buch übertragen. Sie bekommen eine Vorschusssumme. Wir übernehmen sämtliche Werbungskosten und die Vermarktung. Schön wäre es, wenn Sie uns dabei mit Ihrer Person unterstützen würden. Lesungen sind wichtig, auch mit Ihrem Zwillingsbruder.«

Felix wirft ein: »Herrn du Boulets Bruder ist krank. Er will nicht, dass er eingebunden wird.«

»Ach, das tut mir leid. Das ist schade. Wir werden sehen. Sie bekommen eine Summe, die wir erst kalkulieren müssen. Eine Beteiligung an dem Buchverkauf. Über Lizenzen müssen wir reden.«

Pierre überlegt, ob er konkrete Forderungen stellen kann. Er entscheidet sich abzuwarten.

»Ich gebe Ihnen einen Vorschuss von 5.000 Euro und Spesen.«

Felix weiß: Das ist die unterste Grenze. Bei den Erwartungen, die der Verlag hat, müsste es mehr sein. ›Marseille‹ ist ein unbekannter Autor. Dafür ist es viel.

Pierre hat mehr erwartet. Soll er pokern? Der Betrag würde ihm für's Erste aus der gröbsten Not helfen. Kann Pierre handeln? Was ist mit seinen Träumen? Muss er sich gedulden? Was hat er erwartet?

Er sagt: »Für's Erste würde es reichen. Wenn das Buch sich verkauft, erwarte ich mehr.«

Hat er sich richtig verhalten? Pierre ist gewachsen und wieder in sich zusammen gesunken. Ein Wechsel der Gefühle und Haltungen. Kaiser beobachtet ihn scharf. Felix hat Mitleid. Seine erotischen Fantasien sind verflogen. Er will nicht zu schnell aufgeben, nach ihnen zu suchen. Was hat er neuerlich gelesen: ›Nicht Geiz ist geil, sondern Geist ist geil‹. Das denkt er jetzt. Er kennt das Buch. Es hat ihn über Tage erregt.

»Wir sind uns einig. Herr Boulanger, lassen Sie die Rechtsabteilung einen Vertrag herunterschicken. Es kann losgehen. Ich freue mich auf eine gute Zusammenarbeit mit Ihnen. Wir haben viel vor. Nach Boulangers Meinung könnte es klappen. Wir wissen es alle nicht. Der Markt ist schwankend. Die Leser werden eigenwillig. Das ist gut und macht es schwer.«

Johannes sitzt in der Konferenz. Sie zieht sich hin. Er hasst solche Konferenzen. Warum gescheite Menschen so viel Unsinn reden können, fragt er sich. Er hat gelernt, dass es ohne Formalitäten nicht geht. Er ist längst ein Anhänger der parlamentarischen Demokratie als der besten aller Möglichkeiten. Er vertraut dem Rechtsstaat. Seine gefühlsmäßige Abneigung ist geblieben.

Er denkt an Felix, der verhandelt. Er ist stolz auf Felix. Warum ist er nicht jünger, oder Felix älter? Sie hätten mehr gemeinsame Zeit. Beide wären nicht, wie sie sind. Es ist wie es ist. Johannes verwirft seine Zweifel.

Johannes freut sich über die Berufung eines Kollegen aus der Schweiz. Er mag dessen skurrile Bilder, fantastisch und voll ironischer Anspielungen auf die Zeit. Von den Motiven eine große Spannbreite zwischen den Schweizer Bergen und der Stadtkultur. Johannes hofft auf eine gute Zusammenarbeit mit ihm. Der ist mit vierzig noch jung. Er würde frischen Wind ins ehrwürdige Akademiehaus bringen, hofft Johannes.

Heute Abend wollen seine Studenten feiern. Er ist eingeladen. Er hatte es vergessen. Vielleicht geht er hin. Soll er es von Felix' Abendplänen abhängig machen? Soll er entscheiden, ob er es will? Er ist abhängig von Felix. Er will das ändern. Er muss es ändern.

Johannes trifft eine Entscheidung.

Dr. Kaiser verabschiedet sich förmlich. Er wirkt jovial. Er ist überheblich. Pierre hat sich überrumpeln lassen. Hätte Felix eingreifen sollen? Wer ist er, dass er das könnte? Dr. Kaiser ist weg. Felix versucht ins Gespräch zurückzufinden. Er wird Zeit brauchen. Er sieht es klar vor sich. Vor ihm sitzt ein kranker, alter Mann, der einen letzten Versuch unternommen hat, zu überleben. Dieser Treffer landete auf Felix‘ Schreibtisch. Ist er verantwortlich für das Überleben von Pierre? Es war Zufall. Felix lehnt jede Verantwortung ab. Jeder erwachsene Mensch ist für sich selbst verantwortlich. Das ist seine erklärte Position. Er lebt sie konsequent. Er will das Buch machen. Er braucht Pierre. Ohne Pierre wird es nicht gehen. Er muss ihn aufbauen. Dann haben alle Erfolg.

»Was mache ich mit dem Mann?«, denkt Felix.

Ist die Geschichte wahr? Der Eindruck und das Verhalten von Pierre lässt viele Zweifel zu. Fragen ohne schlüssige Antworten. Felix ist auf der Spur. Er ist misstrauisch geworden. Er muss handeln. Er muss Licht in das Dunkel bringen.

Pierre und Felix sitzen sich gegenüber. Sie schweigen. Jetzt öffnet sich die Tür. Dr. Bauer von der Rechtsabteilung.

»Hier ist der Vertrag. Kaiser hat mich angewiesen. Sie kennen sich aus.«

»Danke, ich bringe ihn runter.«

»Hab‘ Sie unterschätzt. Viel Erfolg.«

»Ich revanchiere mich.«.

Felix hat den Vertrag in der Hand.

»Was machen Sie heute Abend? Wann fahren Sie zurück? Wollen wir später zusammen essen gehen? Ich habe noch zu tun. Um sieben könnten wir uns treffen, wenn Sie mögen.«

Felix hält sich für anständig. Er müsste das Angebot nicht machen. Er ist weiter neugierig. Er könnte einen Arbeitsplan entwerfen, mit Pierre, beim Wein.

Wie fühlt sich Pierre? Er nimmt den Vertrag aus Felix‘ Händen. Pierre setzt sich. Er ist kleiner geworden. Er liest den Vertrag.

»Ja, wir können zusammen essen. Mein Flug geht morgen sehr früh. Ich würde mich freuen, mehr von Ihnen zu erfahren.« Pierre sagt das sehr liebevoll.

»Soll ich unterschreiben?«

Felix ist direkt angesprochen.

»Ich denke, Sie haben keine andere Wahl. In Ihrer Situation.«

Stimmt das? Ist das nur bequem? Felix hat ein Gewissen. Er will das Buch. Das Gewissen kann warten. Pierre unterschreibt. Er atmet schwer.

Felix denkt: »Der hat Asthma. Werden wir genug Zeit haben?«

Felix macht seinen Job. Er wird Lob ernten. Selbst Pierre scheint ihn zu mögen. Das lässt ihn optimistisch in die Zukunft blicken.

»Ich kenne ein kleines französisches Restaurant. Sie sind mein Gast. Ich beschreibe, wie Sie hinkommen. Sie können im Hotel ausruhen.«

Felix will Zeit für sich. Er weiß, dass er Johannes nicht überzeugen könnte mitzugehen. Er hat ein mulmiges Gefühl. Anrufen will er ihn.

Leila hat einen harten Tag hinter sich, von früh morgens bis nachmittags. Zwischendurch Suppe und Salat, in der Mensa. Der Montag ist ein Stresstag. Sie mag das nicht. Das Wochenende war eine Herausforderung. Es hat Leila ihrem Leben begegnen lassen. Eine Nabelschau und tiefer. Sie hatte sich entblößt gefühlt. Sie war gefordert gewesen. Sie hatte ihren Konflikten nicht ausweichen können. Sie hatten ihre Haut berührt und sich im ganzen Körper verbreitet. Sie hatte sich nicht entziehen können. Nicht bei Johannes, nicht bei Felix, nicht bei Georg. Sie hatte sich stellen müssen.

Sie will bei sich selbst anfangen. Ihre völlig irrationale Begierde Felix gegenüber will sie mit der Öffnung zu Georg begegnen. Kann sie das? Ist das durch einen Willensakt möglich? Sie ist unsicher. Sie muss auf Georg zugehen. Ihre Abwehr aufgeben, die keine Begründung kennt. Felix ist und bleibt schwul. Ihre Spielchen mit ihm muss sie schon aus Achtung vor ihrem Vater beenden. Überfordert sie sich damit? Sie hat viel Kraft gewonnen, im letzten Jahr. Der Auszug hatte sie gezwungen, sich selbst anzunehmen. Ihre Kräfte waren gewachsen. Sie kann einen Schritt weiter gehen.

Sie hat erneut Zugang zu dem Haus ihrer Jugend gefunden. Es gilt, ihre Beziehung zu den Bewohnern neu zu ordnen. Die Hassliebe zu Felix war entstanden aus Eifersucht und erhöhter Verlustangst. So war sie in den Strudel ihrer verwirrten Gefühle geraten. Sie steht auf eigenen Beinen. Sie hat die Füße sicher auf den Boden gesetzt. Ihr Vater ist da. Sie braucht ihn nicht mehr, nicht als Lebensgrund. Felix ist der Freund ihres Vaters. Sie kann ihm begegnen, ohne Angst, ihren Vater zu verlieren. Diese Freiheit hat sie gewonnen. Bleibt Georg, mit dem sie ernsthaft reden will. Er soll kein Spielzeug mehr sein für ihre Eitelkeit.

Johannes ist fest entschlossen, mit seinen Studenten den Abend zu verbringen. Er macht es nicht abhängig von Felix' Plänen. Das hat er sich vorgenommen. Er verlässt die Konferenz mit einem neuen Gefühl, für sich, für seine Unabhängigkeit. Er hat Schmerzen. Er hat diese Verlustangst. Er muss sie bekämpfen. Er muss einen Schritt machen, 'raus aus der Abhängigkeit.

Er läuft am Fluss spazieren. Er schaut in das üppige Grün. Er betrachtet die jungen Leute, die auch Pierre gesehen hat. Seine Reaktion ist direkter. Er schaut sich die Körper an. Sie gefallen ihm. Er gerät nicht in Versuchung. Er weiß, Felix ist anders. Wenn er über die Jahre mit Felix nachdenkt, hat er ein Gefühl der unbedingten Nähe. Er erkennt die Fallstricke, die sie in sich birgt. Er braucht Abstand. Er will die Nähe retten. Wird es ihm gelingen? Heute Abend beginnt er damit. Er setzt sich auf eine Bank, direkt am Wasser. Die Sonne spiegelt sich. Eine sanfte Bewegung trägt seine Gedanken. Er hält sich auf in seinen verzweigten Gehirnwindungen. Er sucht seine Geschichte. Er forscht nach den Gründen. Er will alles anders, besser machen. Viel Kraft wird er brauchen. Felix ist ihm überlegen. Er ist ehrlicher als Johannes. Vor allem zu sich selbst. Johannes liebt seine Arbeit. Er weiß, dass er gebraucht wird. Er weiß, dass er sie braucht, die Menschen, mit denen er umgeht. Warum hat er begonnen, sie zu vernachlässigen, seit er Felix kennt? Er kannte dieses Gefühl nicht. Ist es Felix' Art? Ist er, Johannes, es selbst? Er muss dahinter kommen, was passiert ist.

»Die harmonische Ruhe in unserer Beziehung ist trügerisch«, denkt Johannes.

Er schließt die Augen. Er läuft zurück. Er rennt in alle Richtungen, viele Jahre. Er hatte sich richtig verliebt, in einen jungen Mann. Der war jünger als er gewesen. Er war jung gewesen. Sie hatten sich auf eine sehr romantische Weise kennengelernt, an einem Abend. An diesem Flussufer. Johannes war fünfundzwanzig gewesen. Er hatte mit Freunden in einer kleinen Bar gesessen, über dem Fluss. Sie hatten getrunken. Johannes war nüchtern. Sie waren laut scherzend auf die Straße hinausgelaufen. Johannes hatte sich verabschiedet. Er hatte ans Wasser gewollt. Das Fließen betrachten. Das Licht im Wasser. Die Lichter aus den Wohnungen tanzten auf der Oberfläche. Ein warmer Wind berührte seine Haut, das Wasser, das Gras, die Sträucher, die Bäume. Es wehte sehr leicht, liebkosend. Da hatte einer am Geländer gestanden, als Johannes die Böschung hinaufgeschaut hatte, oben zur Straße hin. Der hatte sich mit den Füßen abgestützt, mit dem Luftzug gespielt, ihn von oben angeschaut. Er hatte blonde, lange Haare. Verwegen hatte er ausgeschaut. Was der wolle, hatte sich Johannes gefragt. Er fühlte etwas Unbestimmtes. Es streichelte ihn der Blick des Unbekannten. Johannes hatte eine Freundin gehabt. Er hatte gedacht, dass er gern mit ihr ginge. Er hatte nicht mehr wegschauen können. Er schaute hin. Er lächelte sein schönstes Lächeln. Er wollte verführen. Er hatte verführt werden wollen. So hatte es sich angefühlt. Der Junge hatte offen gelacht. Sein Lachen war schön. Schöner als Johannes das Lachen kannte. Der Junge machte sich auf den Weg. Er stieg die Böschung hinunter. Er kam ins Laufen. Gegen seinen Willen, schnell. Er hatte nicht mehr bremsen können.

»Bin ich es?", hatte Johannes gedacht, »warum der das tut?«

Der Mann stand vor ihm. Vor der Bank am Wasser. Seine Haltung fordernd. Das Gesicht jung, mit blauen Wasseraugen, Seeaugen, Meeraugen, verschattet durch Bäume. Er hatte die Sonne im Blick. Johannes war baff gewesen. Johannes Denken funktionierte nicht. Er fühlte nur. Er löste sich auf. Er hatte das nicht gekannt. Er war kein fester Körper mehr.

Der Mann sagte: »Hallo, kann ich mich neben dich setzen?«

Johannes hatte keine Worte. Er schaute nur. Er schaute in sanfte Augen hinein. Sie waren frech gewesen. »Ich bin Holger.«

Da hatte er schon neben ihm gesessen. Johannes wusste seinen eigenen Namen nicht mehr. Er suchte nach einer Antwort, die passte. Er wusste Antworten. Er war bekannt dafür, schlagfertig, direkt zu sein. Die Stimme war weg. Mühsam war sein Name aus seinem Mund geschlüpft .

»Ich bin Johannes.«

Holger hatte der Name gefallen. Holger hatte Johannes gefallen. Holger hatte gezeigt, dass ihm Johannes gefiel. Er war mit dem Gesicht nah an seinem. Johannes hatte Holgers Geruch gespürt. Eigenartig, seine Freundin riecht anders. Johannes hatte dieser neue Geruch gefallen. Er hatte darin eintauchen wollen. Er hatte Holger berühren wollen. Er hatte ihn küssen wollen. Holger war sicher gewesen. Johannes hatte er erobert. Holger nahm die Hand von Johannes. Er berührte sie. Er fasste sie fest an. Er hatte die Finger mit dieser großen Hand verschränkt. Seine lag klein und geborgen darin.

Johannes war außer sich gewesen. Er hatte so etwas nie gespürt. Er hatte Erfahrungen, mit Mädchen. Er hatte früh erobert. Er war mit vielen gegangen. So hatten sie das genannt. Ein Gefühl war in ihm. Er konnte es nicht beschreiben. Es durchfloss ihn ein Schauer. Ein nächster schloss sich an. Es war warm gewesen. Es war kalt gewesen. Er hatte gewollt, dass es nie aufhörte. So schön war es gewesen.

Johannes sitzt auf der Bank. Er öffnet die Augen. Holger vermischt sich mit Felix. Die erste Begegnung mit Felix hatte dem in nichts nachgestanden. Er war reifer gewesen. Er hatte sie stärker genießen können. Er hatte gewusst, wer er war. Er hatte gewusst, was er wollte. Es hat keine Zweifel gegeben: So fühlt sich die Liebe an.

Felix denkt nach. Das Gespräch hat ihn nicht befriedigt. Seine Zweifel sind stärker geworden. Was spielt Pierre für ein Spiel? Ein Geflecht von Handlungsverläufen, ein Puzzle aus Wahrheit und Dichtung. Ist das wichtig? Literatur lebt von der Fiktion, von der Glaubwürdigkeit des Autors. Der Wahrhaftigkeit beim Schreiben. Felix will heute Abend vorsichtig Klarheit schaffen. Er ist unsicher. Wie verhält er sich? Er greift nach dem Hörer. Er ruft Johannes an.

»Hallo, mein Schatzmann, ich wollte dir Bescheid sagen. Heute Abend gehe ich mit Pierre essen. Keine Angst, rein geschäftlich. Er gefällt mir nicht.«

»Gut, du lieber Schatz, ich bin auch unterwegs. Meine Klasse hat mich eingeladen. Sie feiern heute Abend Semesterabschluss.«

Johannes ist um die Entscheidung herum gekommen.

Er denkt: »Ich war entschieden, auch wenn Felix nicht verabredet wäre.«

Johannes sagt: »Das ist ja passend. Wir sehen uns heute Nacht, im Bett. Ich freu‘ mich auf dich. Ich habe Sehnsucht nach dir.«

Das war überflüssig, nicht passend zu seiner neuen Strategie. Johannes überlegt. Seine Gedanken sind in Aufruhr. Er hatte davon gehört, dass Frauen zu stark liebten. Von Männern kennt er es nicht. Er erinnert sich nicht, wann er so unzufrieden mit sich selbst gewesen ist. Es ist doch alles in Ordnung. In einer Beziehung ist er interessant, wenn er er selbst ist. Wenn der Andere stolz sein kann auf das, was der Partner vollbringt. Reicht es aus, dass er seine Arbeit gewissenhaft macht? Felix ist anspruchsvoll. Er fordert viel.

Er sitzt auf der Bank. Er will noch kurz nach Hause fahren, bevor er sich am Abend mit seiner Klasse trifft. Die Erinnerung an Holger hat ihn irritiert. Sie waren lange zusammen gewesen. Es war in einer anderen Zeit. Mit Felix war es unausweichlich gewesen. Er begehrt ihn, selbst wenn er nicht da ist. Wenn sie zusammen sind, löst er sich in ihm auf. Die Nähe ist ohne Distanz. Johannes weiß, es ist falsch.

Pierre ist zum Hotel gelaufen. Er liegt auf dem Bett. Er ist unzufrieden mit seinem Gesprächsauftritt. Er hat sich schnell zufrieden gegeben. Er hat sich über den Tisch ziehen lassen. Es ist ein ungutes Gefühl. Wieso war er naiv? Er hätte das wissen müssen. Sein Traum ist nicht verloren, wenn das Buch ein Erfolg wird. Ist er unvorsichtig gewesen? Felix ist ein Profi. Er muss auf der Hut sein. Was weiß Felix? Hat Pierre sich etwas vorzuwerfen. Er ist erschöpft. Er schläft ein. Das Hoteltelefon klingelt.

Felix ist am Apparat. »Wo bleiben Sie, Pierre?«

»Ich bin eingeschlafen. Entschuldigen Sie. Es tut mir sehr leid. Ich bin so schnell wie möglich bei Ihnen. Ich nehme ein Taxi.«

»Ist okay. Das kann passieren. Es war ein anstrengender Nachmittag. Ich warte.«

»Bis gleich.«

Johannes ist zu Hause. Er überlegt, was er anzieht. Er weiß, dass er aus dem Rahmen fällt. Er sucht ein schönes, rotes Hemd aus. Es wird auffallen. Will er beachtet werden? Statt der Jeans eine Stoffhose wählen will er nicht. Das findet er spießig.

Sie machen sich kleine Geschenke bei dieser Gelegenheit. Der Ausklang des Semesters ist wichtig. Wem soll er etwas schenken? Müsste er nicht allen etwas mitbringen? Er hat Skizzenblätter, kleine Zeichnungen, Situationen auf's Papier geworfen. Er will sie verschenken. Ist das angemessen, oder zu eitel? Johannes sortiert, er ordnet Namen zu. Es kostet ihn Überwindung. Er will es. Er denkt über sein Verhältnis zu den Studenten nach. Auch hier hat er ein Distanzproblem. Er will ihre ganze Aufmerksamkeit. Er will ihre volle Zuneigung. Er hat Angst vor Ablehnung. Dass man ihn nicht mag, kann er sich nicht vorstellen.

Pierre kommt nass geschwitzt ins Restaurant. Es ist vornehmer als er dachte. Er schämt sich. Er entschuldigt sich. Felix ist nachsichtig. Er hat nachgedacht. Er trinkt einen Aperitif, er hat Hunger. Pierre sieht die Preise. Er ist erstaunt. Felix beruhigt ihn: »Ich gehe hier auch nicht jeden Tag essen. Zur Feier des Anlasses. Wählen Sie, was Sie möchten. Ich lasse das als Spesenrechnung laufen. Der Verlag wird es bezahlen.«

Pierre könnte es nicht bezahlen.

Felix legt Pierre die Karte vor.

»Ich habe schon gewählt. Wir können bestellen. Mögen Sie einen Rot- oder Weißwein?«

Felix freut sich, dass Pierre auch Rotwein trinkt. Eine Gemeinsamkeit. Es redet sich besser. Es löst die Zunge. Warum tut sich Johannes so schwer damit? Der ist kein Asket. Beim Trinken sind sie sich nicht einig. Spielt es eine Rolle? Felix denkt, ›Ja‹. Es fehlt ihm, dass Johannes nie angetrunken ist. Dass er diese schöne Gewohnheit nicht mit ihm teilt.

Pierre nimmt Hasenrücken. Felix hatte sich für Filetsteak entschieden. Felix hat Hunger. Hoffentlich sind die Portionen nicht klein. Er achtet auf seine Figur, nicht heute Abend. Felix überlegt, er beginnt zu sprechen: »Erzählen Sie mir, wie Sie auf die Idee gekommen sind, diesen Roman zu schreiben. Wollten Sie einfach Ihre Geschichte erzählen, Ihre Liebe zu Ihrem Bruder? Wollten Sie mehr? Was war der Anlass?«

Pierre ist wachsam, er will keine Details. Er weiß, dass er Felix Antworten schuldig ist, um keine Verdachtsmomente zuzulassen. Pierre ist wieder ein paar Zentimeter geschrumpft. Er hängt mehr am Tisch, als dass er sitzt. Felix findet es keinen schönen Anblick, es widerspricht seinem Gefühl für Ästhetik.

Manieren kennt er, sie sind ihm wichtig. Pierre windet sich. Das merkt Felix. Felix geht in die Offensive: »Wir nehmen an, dass Ihre Geschichte auf Ihren erlebten Erfahrungen beruht. Nicht, dass das wichtig ist, aber es wäre einfach anders, wenn dem nicht so wäre.«

Pierre prostet Felix zu: »A votre santé.«

Felix erwidert. In Pierres Gehirn arbeitet es. Er kann alles verlieren, in einem kurzen Moment.

Er sagt: »Woher das Misstrauen? Ich dachte, das Buch gefällt Ihnen, oder ist es die Sensation der Geschichte, nicht der Text? Ich scheue die Öffentlichkeit nicht. Ich weiß, wenn das Buch ein Erfolg werden soll, muss ich selbst es gut verkaufen. Ich weiß, wie das läuft, mit den Lesereisen und der Verkaufsoffensive, die mit der Buchmesse startet. Heißt das, dass ich alles preisgeben muss? Ich habe das Buch geschrieben. Was dort steht, wollte ich erzählen, auf diese Weise, nicht mehr und nicht weniger. Ist das nicht die Rolle des Autors? Können Sie das akzeptieren?«

Felix hat still zugehört. Er hat vergessen zu atmen. Der einzige Tisch, an dem man die Luft zerschneiden kann. Die Äußerungen stehen starr. Was tut Felix? Er ist klug nicht ins Messer zu laufen. Er würde aufgespießt. In kleine Scheiben zerschnitten, wenn nicht ins Angesicht gestochen. Felix atmet wieder. Entspannung ist angesagt. Pierre ist ein harter Brocken. Es wird schwer werden.

Felix sagt: »Touché.«

Pierre lächelt ihn an. Er strafft seinen Körper. Man könnte es Haltung nennen, auch wenn sie verrutscht, nicht stimmig ist. Zum ersten Mal hat er gewonnen. Er genießt seinen kleinen Sieg. Es ist die erste Etappe. Felix hat seine Niederlage geschickt in einem einzigen Wort als Kontra pariert. Eindrucksvoll für sein Alter. Das hätte Dr. Kaiser gefallen. Das Essen hat seine möglichen Höhepunkte verlassen. Sie tauschen Nettigkeiten aus. Sie beginnen erste Fachverständigungen. Pierre ist zugänglich. Er stimmt oft zu. Er macht Einwände. Er ist nicht stur. Am Ende steht eine Verabredung, ein erster Arbeitsbesuch, in vierzehn Tagen, im Verlag. Pierre kann in einem der Gästezimmer übernachten.

Das Essen ist vorzüglich. Pierre ist es nicht gewohnt. Hat er jemals so gut gegessen? Felix merkt es Pierre nicht an.

»Er ist ein perfekter Spieler«, denkt Felix.

»L'addition, s'il vous plait«, ruft Felix gestikulierend dem Ober zu.

Er zahlt, elegant mit seinem guten Namen. Die Rechnung will er dem Verlag präsentieren. Felix weiß nicht, ob das frech oder professionell ist. Sie gehen zusammen hinaus. Die Luft ist warm. Es ist Sommer. Sie verabschieden sich verkrampft, um Herzlichkeit bemüht. Felix weiß, dass er forsch war. Er kann sich nicht vorwerfen, die Situation nicht gerettet zu haben. Sensibel war er nicht. Er war zu bohrend, penetrant. Sein Verdacht steht in der Luft. Er sollte sich nicht weiter darauf konzentrieren. Er beschließt, von der Hypothese auszugehen, dass der Roman biografisch ist. Was geht es ihn an, wer hier, warum, mit wem unredliche Geschäfte austrägt? Er ist der Lektor des Romans, er ist kein Privatdetektiv. Ist er ein Opfer seiner Genauigkeit. Er möchte alles richtig machen. Er verstrickt sich. Das fällt ihm auf. Er verliert den Roman aus dem Auge. Er hat Erwartungen auf Pierre projiziert, sicher nicht nur professionelle. Hat er einen Kick gesucht? Bei der Lektüre des Romans hat er Gefühle entdeckt, die er nicht kannte. Seine Fantasie hat ihn vor sich her getrieben. Das kommt selten vor. Felix ist ein rationaler Mensch, er hat ein feines Gespür. Wenn er seinem Instinkt Glauben schenkt, ist Pierre nicht der Autor des Buches. Er muss das vergessen, es ist Spekulation. Es ist nicht von Belang, wenn es um die Veröffentlichung geht. Im Moment gibt es das Buch, es gibt Pierre.

Johannes ist in Gedanken. Er radelt unvorsichtig. Fast hätte ihn ein Rechtsabbieger erwischt. Er hatte gerade noch bremsen können, im letzten Moment, er flucht. Er muss konzentriert auf den Verkehr achten. Seine Gedanken müssen warten. Die Temperatur am Abend ist angenehm. Er freut sich auf seine Klasse. Er will sich den Abend auf möglichst viele seiner Schüler einlassen, wie früher. Er will bei ihnen sein. Er will keinen Gedanken an Felix zulassen. Er denkt an ihn. Ist das mit einem Willensakt zu schaffen? Johannes hat einen starken Willen. Er weiß, es ist ein langer Weg. Er muss ihn gehen. Während er sich seine Willensanstrengung zu Herzen nimmt, erreicht er die Akademie.

Er geht die Gänge entlang. Überall hängen Bilder der Semesterausstellung. Er bleibt immer wieder stehen. Interessante Arbeiten. Er ist überrascht. Es sind kreative Menschen, die hier studieren, sehr eigenwillig. Starke Schläge in die Zeit. Gekonnte Versuche, einen eigenen Strich zu finden. Es gibt auch Anlehnungen, Kompromisse, halbherzige Ausbruchsversuche, aus den Schulen der Professoren.

Johannes denkt, dass es schwer ist heute etwas Neues, Eigenes zu finden, das Gültigkeit beanspruchen kann, das Form und Inhalt zeitgemäß in eine Verbindung bringt. Epigonen kennt er genug. Nostalgisch rückwärtsgewandte Arbeiten muss er nicht anschauen. Er geht vorbei.

Johannes denkt: »Ich bin ich, und Felix ist Felix.«

Liebe bedeutet nicht Anpassung aneinander. Sie bedeutet freie Auseinandersetzung über unterschiedliche Zugänge zur Welt. Liebe bedeutet, die Offenheit voneinander zu lernen. Sie setzt ein Einverständnis voraus. Sie gibt Raum zu einer angstfreien Entfaltung. Er hat sich Felix sehr angepasst. Er ist im Begriff gewesen, seine Freiheit für ihn aufzugeben. Er nimmt den Kampf auf, sie wieder zu erlangen. Es ist kein Kampf gegen Felix. Es ist ein Kampf gegen sich selbst. Er könnte es Gefallsucht nennen. Er ist in tiefen Gedanken.

Er steht vor dem Bild von Michael. Je öfter er es betrachtet, umso interessanter erscheint es ihm. Johannes ist umringt von seiner Klasse. Zurufe, Bemerkungen, Kontroversen. Sie reichen ihm ein Glas Sekt. Er steht an der Tür eines Ateliers. Er trinkt einen Willkommensschluck. Drinnen ist ein üppiges Buffet aufgebaut. Sie haben alles selbst gemacht. Sie haben sich Mühe gegeben. Auch Kochen und Zubereiten ist eine Kunst. Es gibt kein Plastikgeschirr. Johannes hatte vor Jahren darüber eine Übung gehalten. Sie war in die Annalen der Akademie eingegangen, sie trägt Früchte. Plastik wäre der Untergang jeder Ästhetik, hatte Johannes konstatiert. Johannes hatte nicht den Einsatz von Plastikmaterial in der Kunst gemeint. Er hatte sich auf die Bequemlichkeit der Wegwerfgesellschaft bezogen, die Plastikgeschirr in den Alltag integriert. Seine Klasse hatte Porzellan gesammelt, auf Flohmärkten, in Elternkellern, überall. Sie hatten eine erkleckliche Anzahl interessanten, anregenden, skurrilen Geschirrs zusammengetragen. Sie benutzen es bei solchen Anlässen.

Ferdinand steht neben ihm, er fasst ihm liebevoll über die Schulter. Er zieht ihn in eine Ecke. Er will reden, zu Zweit. Wie Johannes das genießt. Er hatte sich länger nicht auf solche Zwiegespräche eingelassen. Er hört zu. Ferdinand hat eine Freundin. Sie lebt in Paris. Sie sehen sich alle zwei bis drei Wochen. Sie studiert dort Schauspiel. Sie ist eine wunderbare, sehr eigenständige Person. Johannes kennt sie. Sie war auf einem Fest in seinem Haus.

»Michelle hat sich verliebt, in einen Kommilitonen von ihr. Vor zwei Tagen hat sie es mir am Telefon erzählt. Ich wollte nächstes Wochenende zu ihr fahren, für länger. Ich bin gestern verzweifelt durch die Gegend gelaufen, ich wollte es nicht glauben. Wir kennen uns zwei Jahre. Einfach so erzählt sie mir das.« Ferdinand kämpft mit den Tränen. Es fällt ihm schwer, weiter zu reden. Johannes umarmt ihn. Er drückt ihn fest. Er überlegt. Was für ein Elend mit diesen Beziehungen! Nähe ist schlecht, Abstand auch. Wo ist der richtige Weg?

Johannes schweigt eine Weile. Er will nicht schnelle, unüberlegte Ratschläge geben. Er will keine Psychologie betreiben. Er will für Ferdinand da sein. Sagen muss er etwas.

»Ich finde das sehr traurig. Ich kann verstehen, dass du verletzt bist. Trotzdem wissen wir beide, dass es passiert. Warum, ist erst einmal egal. Es hätte auch dir passieren können, dass du dich verliebst.«

Ferdinand weist das von sich.

»Mich haben im letzten Semester viele Frauen angemacht. Ich war unempfänglich. Ich gehe mit Michelle, habe ich denen gesagt. Manchmal, wenn ich Lust hatte auf sie, so wirklich angetörnt war, hab ich mir selbst gesagt, ich will das nicht. Warum gibt es das nicht, treu sein?«

Johannes ist in der schwierigen Situation, dass er Ferdinands Situation und seinen Wunsch versteht. Er weiß, dass es diese Treue nicht gibt. Er hat das selbst erlebt.

»Wir alle wollen das. Wir belügen uns selbst. Je stärker wir uns belügen, umso schneller passiert es. Wir sind treu, weil wir es wollen, sonst funktioniert es nicht. Meistens funktioniert es nicht. Jeder ist egoistisch, keiner möchte verzichten.«

Ferdinand sagt: »Ich habe verzichtet. Warum habe ich verzichtet und sie kann es nicht?«

Johannes übergeht das.

Er fragt: »Wie verhält sie sich?«

»Sie war einfühlsam am Telefon. Sie wolle mich nicht verletzen, sagte sie. Sie wolle mich sehen. Sie hätte sich nicht entschieden. Sie nimmt mich ernst. Sie wollte es mir sagen. Das findet sie ehrlich.«

»Hast du ihr Vorwürfe gemacht«, fragt Johannes.

»Klar, es war viel Wut in mir, ich war sauer. Jetzt überlege, ich, ob ich hinfahre.«

»Wenn du sie willst, musst du fahren. Du musst kämpfen, nicht um jeden Preis. Du musst bei dir bleiben, dann bist du interessant.«

Ferdinand schluckt, er ist ein selbstsicherer Mann. Diese Situation überfordert ihn. Es reißt ihn aus seiner emotionalen Sicherheit. Er hatte vieles ertragen können, weil es diese Beziehung gab. Wo sie zu entgleiten droht, ist er hilflos, ein Kind.

Johannes erzählt von seiner ersten Trennung:

»Wir waren sechs Jahre zusammen. Eine enge Beziehung, mit großen Momenten gemeinsamen Lebens, Verstehens, rauschhaft, wahnsinnig, solidarisch und respektvoll. Er fuhr in die USA. Wir telefonierten jeden Tag. Wir hielten die Ferne aus, dachten wir. Nach drei Monaten hat er sich verliebt. Er blieb. Ich war verzweifelt. Mein Leben entglitt mir. Ich konnte nichts tun. Nicht einmal er war da, um gegen ihn zu wüten. Wochen der Trauer. Ich rannte gegen die Wahrheit. Ich schlug meinen Kopf gegen die Wand. Ich wollte, dass es anders war. Ich brauchte Zeit, um die Wirklichkeit zu begreifen. Akzeptieren konnte ich sie nicht.

Nach sechs Monaten kam er nach Deutschland zurück. Seine Verliebtheit war zu Ende. Ich liebte ihn. Er liebte mich. Wir begannen neu. Nach kurzer Zeit merkte ich, dass es nicht ging. Die Situation verkehrte sich. Er litt. Nicht, dass ich es wollte, es ist passiert.«

Ferdinand hat still zugehört. Es hilft ihm nicht wirklich. Er spürt die Empathie. Das ist viel in dieser Situation. Es ist alles, was möglich ist.

Paula kommt dazu. Ferdinand steht auf:

»Es war gut mit dir zu reden. Ich weiß nicht, wie es weitergeht. Ich hol mir jetzt was zu trinken.«

Paula merkt, dass sie stört. Es ist zu spät. Sie entschuldigt sich. Ferdinand ist weg.

Johannes sagt: »Ferdinand hat ein Problem. Wir haben darüber gesprochen. Es ist gut so. Mehr konnte ich nicht tun für ihn, im Moment.«

Paula ist lustig. Sie verdreht ihre Augen. Sie attackiert Johannes:

»Was machst du in den Semesterferien?«

Johannes und Felix wollen verreisen, nach Amerika.

Johannes erzählt: »Wir wollen nach New York und nach Kalifornien, das Land kennen lernen. Eine Freundin lebt da. Ich war schon dort, Felix nicht.«

Seine Studenten kennen Felix, sie waren oft bei Johannes. Er führt ein offenes Leben. Es gibt keinen Grund, seine Beziehung zu verstecken. Paula reagiert euphorisch:

»Das ist schön. Das Licht in Kalifornien soll faszinierend sein. Ich würde gern dort malen, draußen in der Natur.«

»Vielleicht komme ich zum Malen«, ergänzt Johannes.

Er nimmt es sich vor. Es wäre eine Möglichkeit, seine Unabhängigkeit Felix gegenüber zu erproben. Er will die notwendigen Utensilien einpacken. Malen nach der Natur, ein Thema für Johannes. Er hat es früher gemacht. Er hat irgendwo in der Stadt gesessen, in der Landschaft. Er hatte seinen Notizbock, seinen Zeichenblock, Malutensilien im Rucksack. Er hatte sich hingesetzt, angefangen zu malen. Manchmal war er begeistert gewesen, zuweilen war es nicht gelungen. Er war häufig in Eile. Er war in seinen Gedanken bei Felix, zu oft. Seine Produktivität war eingeschränkt worden. Er muss das ändern. Paula hat einen wichtigen Punkt berührt. Er hat einen wichtigen Teil seines Selbst vernachlässigt. Felix hatte ihn darauf angesprochen. Er scheint unzufrieden mit Johannes zu sein. Er hat ihm vorgeworfen, bequem zu sein, nicht seine Gaben zu nutzen. Was er nicht erkennt, ist, dass er selbst die Ursache dafür abgibt. Ist es Felix‘ Schuld? Das hätte er jederzeit von sich gewiesen. Johannes ist selbst verantwortlich, das ist klar. Felix hat sich so verhalten, dass Johannes Verantwortlichkeiten für ihn übernommen hat. Er müsste das nicht. Er hat es getan. Erwartungshaltung und Erfüllung, aus tiefer Zuneigung, ergänzen sich nicht zur wirklichen Zufriedenheit beider. Das hat Johannes erkannt.

Paula ist Max und Mara gefolgt. Sie stehen zusammen. Sie sprechen über die Abschlussarbeiten, ihre Pläne für die Ferien. Wie immer gibt es

Gerüchte. Wer mit wem, wieso die mit dem und überhaupt. Das Institut ist eine Gerüchteküche. Künstlerisch ist der Anspruch groß, gesellschaftlich wollen alle dabei sein. Interessant ist das Leben außerhalb. Es tobt zuweilen durch die Gänge. Es wird gierig aufgenommen, verschwindet genauso schnell wieder auf die Straßen der Stadt. Der Mikrokosmos ist wichtig, für alle Beteiligten. Der Nabel der Welt ist er nicht. Alle wissen das, alle verhalten sich so. Es gibt Kämpfe um die knappen Ressourcen. Mit harten Bandagen. Gewinnen kann keiner. Es sind Scheingefechte. Die eingesetzten Mittel sind oft übertrieben, wenn nicht unangemessen.

Petra ist nach dem Essen mit einer Freundin verabredet. Sie kennen sich aus dem politischen Seminar, sie haben viel miteinander erlebt. Über Männer waren sie immer geteilter Meinung gewesen. Margarethe hatte Albert abgelehnt. Will Petra sich deshalb mit ihr treffen? Sie weiß es selbst nicht. Ihre eigene Ablehnung war später gewachsen. Albert ist ein Fremder. Sie hat die unklare Vorstellung, dass Albert längst ein Verhältnis unterhält. Lange Zeit hatte sie den Gedanken von sich gewiesen. Sie war ärgerlich über ihr Misstrauen gewesen. In den letzten Tagen ist es zur Gewissheit gereift. Sie ist sich sicher. Wenn es so ist, wäre es ein Grund, Albert zu verlassen. Sie will ihn bitten, das Haus zu räumen. Sie will ihr Leben neu ordnen. Sie kann neu beginnen. Wie, weiß sie nicht. Sie weiß, dass ihr Wunsch gewachsen ist. Mit Albert verbindet sie nichts mehr. Selbst ihr gemeinsamer Sohn Max ist ihr Sohn. Albert hat nichts mit ihm gemein. Er ist der jämmerliche Erzeuger. So denkt Petra. Albert ist nicht zu Hause, Max sitzt am Computer.

»Ich hau' ab. Ich treffe mich zum Wein mit Margarethe.«

»Sag' ihr einen Gruß von mir«, ruft Max.

»Geh nicht zu spät ins Bett. Morgen ist Schule.«

Petra kann sich diese Ermahnung nicht verkneifen. Sie weiß, dass es überflüssig ist. Sie weiß, dass sie das Gegenteil bewirken. Es ist ein innerer Mechanismus. Sie nimmt sich vor ihn abzustellen. Es zu tun, fällt schwerer, als zu wissen, dass sie es tun muss. Petra ist weg.

Max surft im Internet, er ist vertraut damit. Petra hat viel durch ihn gelernt. Gewaltspiele mag er nicht. Er klickt sich durch die unterschiedlichsten Angebote. Bei Ebay schaut er nach. Er lädt sich illegal angesagte Musik herunter. Bei Wikipedia versucht er Wissenslücken zu schließen. Über Facebook kommuniziert er mit seinen Freunden, es sind Hunderte. Er hat keinen Überblick mehr.

Er hat über Johannes' Aufgabenstellung nachgedacht. Er muss sich klar werden, was er will. Er fühlt sich in die Pflicht genommen. Johannes hat ihm Verantwortung auferlegt. Er versteht die Logik. Es ist ein Geben und Nehmen. Wenn er erwartet, dass die Eltern ihn respektierten, muss er zwangsläufig ihre Welt akzeptieren und respektieren. Schwierig ist das, weil Petra in einer anderen Welt lebt als sein Vater, und er wieder in einer dritten. Er kennt Scheidungskinder. Er hat sich mehrfach bei dem Gedanken ertappt, was wäre, wenn seine Mutter endlich konsequent handeln würde. Den Weggang seines Vaters hätte er nicht als Verlust empfunden. Er hatte als kleines Kind schöne Erlebnisse mit ihm. Er erinnert sich. In den letzten Jahren hatte es diese Art der Begegnung nicht mehr gegeben. Er überlegt sich, wie er sich sein Leben vorstellt, was er erwartet. Was ist er bereit aufzugeben? Was will er für garantierte Rechte und Freiheiten? Wenn es nur nach ihm geht, würde er die Informationspflicht im alltäglichen Zusammenleben abschaffen. Er weiß, dass sie es nie akzeptieren würden. In diesem Punkt ist er vor allem von Petra abhängig. Mit ihr konnte er eine Regelung finden. Sie würde gelegentliche Ausnahmen akzeptieren. Sein Zimmer will er ganz zum exterritorialen Gebiet erklären. Im Gegenzug ist er bereit, in den übrigen Wohnungsteilen kooperativ zu sein, auf Ordnung zu achten. Das wäre zu schaffen, denkt er. Bestimmte Hausaufgabenzeiten will er einhalten. Er weiß selbst, dass er sonst keine Chance hat, das Abitur zu bestehen. In der letzten Zeit ist es ihm immer lästiger gewesen, im hinteren Drittel der Bewertungsskala der Klasse zu landen. Er erwartet mehr von sich. Den Widerstand will er aufgeben. Dafür schweben ihm Freiheiten am Abend vor. Er würde später nach Hause kommen, an einigen Tagen. Das ist Verhandlungsmasse, denkt Max. Er muss genau überlegen, was er aufgeben will, was ihm wichtig ist zu gewinnen. Sein Ehrgeiz ist angesprochen, seine Geschicklichkeit im Verhandeln gefordert. Johannes hat es richtig erkannt, Max ist zu knacken. Es steht kurz vor der Verhandlung nicht schlecht. Es ist weit nach Mitternacht.

Johannes ist auf dem Weg nach Hause. Um diese Zeit ist die Stadt menschenleer, Alltag. Die Menschen schlafen längst. Manche sitzen noch vor den Fernsehern. Johannes nimmt hinter manchen Fenstern ein schwaches Flimmern wahr. Er denkt an Wohnungen, in denen Menschen allein oder zu zweit die Nacht verbringen. Auf welch‘ unterschiedliche Weise haben sie Sex, zanken sich, schreien sich an, sind zärtlich zueinander, sind eingeschlafen oder liegen wach. Sie starren an die Decke, schauen in die leere Dunkelheit, kuscheln sich liebevoll eng aneinander oder haben ihr eigenes Terrain in breiten Ehebetten unter zwei Bettdecken abgesteckt. Die Nacht nimmt sie alle in ihre Dunkelheit auf. Sie macht sie schlafend gleich. Ihre Träume sind verschieden. Ihre Hoffnungen und Wünsche tragen sie in entlegene Reiche. Sie holen sie am nächsten Morgen in eine Realität zurück, die ihnen viel abverlangte. Jeder hat seine Last zu tragen. Manche brechen darunter zusammen, bleiben liegen. Andere rappeln sich auf, machen weiter. Sie haben die Krise überstanden. Sie bäumen sich auf gegen ein Schicksal. Sie rennen davon. Sie stürzen übereinander. Andere haben Erfolg und gehen gestärkt aus ihren nächtlichen Träumen hervor.

Johannes freut sich, Felix im Bett anzutreffen. Er ist am Lesen und empfängt ihn mit freundlichen Augen. Johannes zieht sich schnell aus. Er drängt sich unter die Achsel von Felix. Er will nicht reden, er will nur spüren, fühlen, er will riechen, schmecken. Er wartet ungeduldig, bis Felix seine Seiten gelesen hat. Johannes macht sich unter der Decke zu schaffen. Sie umschlingen sich. Sie drücken sich fest. Sie empfinden. Vergessen sind die Vorsätze. Das, was sie trennt. Sie gehören sich. Sie spielen mit ihren Körpern. Sie lassen sich ein. Sex ohne Liebe, denkt Johannes, mochte er nie. Sie schlafen zufrieden ein.

Petra sitzt zusammen mit Margarethe. Sie haben Weißwein bestellt. Dazu mag Petra Oliven und Ziegenkäse.

»Zum Schnabulieren«, sagt sie.

Gegessen hatte sie mit Max. Da ist sie Mutter. Sie achtet darauf, dass Max seine festen Mahlzeiten hat. Max selbst hätte es sich manchmal anders gewünscht. Petra hält gemeinsame Mahlzeiten für wichtig. Wo schon

Albert nicht, oder selten teilnimmt, will sie einen Familienanspruch aufrechterhalten, mit Max.

Sie hatten Gäste gehabt, Freunde von Max.

Petra ist aufgeregt. Sie hat einen Entschluss gefasst. Sie will ihn umsetzen. Sie braucht Rat von Margarethe. Die Trennung von Albert steht im Raum. Sie hat sich aufgebaut, sie ist gewachsen. Es gibt kein Zurück mehr. Petra ist entschlossen.

»Weißt du, ich muss handeln. Ich halte das nicht aus. Diese Lügen sind unerträglich. Ich empfinde nichts mehr für Albert. Es ist eine grenzenlose Enttäuschung. Ich werde ihn morgen rausschmeißen.«

»Ich bin erstaunt, wie klar du die Dinge siehst.«

Margarethe macht keinen Hehl daraus, dass sie die Lösung für angemessen hält.

»Du hättest das längst tun sollen. Du hast gezögert wegen Max. Max ist kein Kind mehr. Max weiß, was er will. Albert will er nicht.«

»Ich hatte die Vorstellung, meine Familie zu retten. Die gibt es schon lange nicht mehr. Das ist mir im Gespräch mit Johannes klar geworden, da ging es um Max' Pubertät.«

»Ich hab dir das schon lange gesagt. Johannes hat offensichtlich mehr Überzeugungskraft.«

»Nein, Margarethe, er hat überhaupt nichts zu meiner Ehe gesagt. Es war das Ergebnis der Beschäftigung mit Max. Ich denke, dass Max sich besser entwickeln kann ohne einen Vater wie Albert. Johannes wird eine große Hilfe sein. Du weißt, sie verstehen sich gut. Ich finde es faszinierend, dass Max das Schwulsein von Johannes problemlos akzeptiert. So hab' ich mir das immer vorgestellt, Toleranz lernen, am lebenden Beispiel.«

»Du tust ja gerade so, als wäre schwul etwas Abseitiges. Wo lebst du? Das ist selbstverständlich. Da haben sich die jungen Leute geändert.«

»Was Max aus seiner Klasse berichtet hat, bin ich da nicht deiner Meinung. Das ist schon unterschiedlich.«

»Gut«, sagt Margarethe. »Es geht nicht um Max, sondern um dich. Wie hast du dir das vorgestellt? Wie willst du es ihm sagen?«

Petra verstummt. Direkt angesprochen muss sie schlucken. Sie hat es sich vorgespielt. Sie hat die Szene auswendig im Kopf. Ob sie so ablaufen wird, weiß sie nicht.

Sie sagt: »Ich bitte ihn, morgen Abend nicht spät zum Essen zu kommen, weil wir reden müssen. Max bitte ich, zu einem Freund zu gehen. Ich will ihn bei diesem Gespräch nicht dabei haben. Albert könnte ausfallend werden. Du kennst ihn. Das will ich nicht riskieren. Nachher schlagen sich die beiden Männer noch.«

Margarethe versucht sich das vorzustellen. Es gelingt ihr nicht. Albert schlägt sich nicht. Er ist zynisch. Er kann gemein sein. Er ist ein glatter, smarter Typ. Max kann aufbrausend sein. Seine Erziehung war vollkommen gewaltfrei. Er hätte Angst zuzuschlagen, denkt Margarethe. Sie hält es für richtig, dass Max bei der Auseinandersetzung nicht dabei ist. Das ist eine Angelegenheit zwischen Albert und Petra.

»Ich verstehe noch immer nicht, warum du ihn damals wolltest und geheiratet hast. Er ist ein Arschloch.«

Margarethe ist direkt. Sie sagt, was sie denkt. Sie war einmal bei Albert, dem Frauenarzt. Sie ist empört über sein Verhalten gewesen. Petra hat sie es nie erzählt. Wenn er keine Hemmungen vor der besten Freundin seiner Frau hat, wie musste er sich anderen Frauen gegenüber verhalten?

Margarethe nimmt Petra in den Arm. Sie zeigt ihr Solidarität. Sie gibt ihr das Gefühl von Freundschaft. Petra und Margarethe sind sich einander sicher. Beide sind ihre eigenen Wege gegangen. Sie hatten Träume. Nur ein Teil davon ist in Erfüllung gegangen. Sie sind anderer Meinung. Sie setzen sich auseinander. Es schadet ihrer Freundschaft nicht. Sich auf die andere verlassen, das kann jede von ihnen.

Margarethe hat ihre große Liebe zu Grabe getragen. Ihr Mann, mit dem sie nicht verheiratet gewesen ist und keine Kinder gehabt hat, war mit Vierzig an Darmkrebs gestorben. Sie hatte Jahre um ihn getrauert. Sie hat ihr Leben wieder gefunden. Sie hatte sich entschieden, alleine zu bleiben. Vielleicht wartete sie noch auf den Richtigen. Wer kann das sagen. Wenn sie gefragt wird, lehnt sie es ab, darüber zu reden. Zu Hause hat sie einen kleinen Tisch, auf dem viele Dinge von Pit versammelt sind. Da sitzt sie, berührt die Dinge, geht ihren Gedanken nach. Wer kann sagen, ob sie sich wohl dabei fühlt? Wer kann beurteilen, ob sie ihre Einsamkeit nur erträgt oder das Alleinsein gewählt hat, um Pit nah sein zu können, ihn nicht zu verraten.

Frauen sind da anders als Männer.

Waldemar, Max' Deutschlehrer, sitzt über Heften. Ihm fallen die Augen zu. Die Handschriften seiner Schüler sind schwer zu entziffern. Er hasst diese langen Nächte. Er hasst das Korrigieren. Er hat so viele Methoden probiert. Er ist schnell. Er ist der Meinung, dass er die Korrekturzeit deutlich reduzieren muss. Es gibt Wichtigeres in seinem Leben, im Leben seiner Schüler. Es ist ein Übel, ein notwendiges. Er hält diesen Teil seiner Tätigkeit für vergeudete Zeit. Die Bewertungen und Beurteilungen werden von den Schülern kaum wahrgenommen. Sie sind lästig für ihn, lästig für sie.

Wenn er sich ablenkt, denkt er an Frauen. Er ist schon lange auf der Suche. Er findet keine, die ihm gefällt. Ist es möglich, dass er einer gefallen würde? Die Kolleginnen, die sich zeitweise für ihn interessiert haben, hat er regelrecht abblitzen lassen. Er langweilt sich. Er hat Lust auf eine scharfe Frau.

Die Mutter von Max gefällt ihm. Beim letzten Elternabend hat sie ihn angeschaut. War das Zufall? Er erinnert sich. Er weiß durch Max, dass die Ehe kaputt ist. Max hat das nie direkt erzählt. Waldemar hat es trotzdem verstanden. Er weiß, dass Max' Vater Frauenarzt ist. Er denkt sich seinen Teil. Gesehen hat er ihn nie. Das sagt alles. Wie könnte er es anstellen, sie kennenzulernen? Er braucht einen glücklichen Zufall. Könnte er dem Zufall nachhelfen? Könnte er Max für seinen Plan gewinnen? Nein, nicht offen, im Verborgenen will er Netze auswerfen. Eine verrückte Vorstellung. Sie beschäftigt ihn. Einen Plan hat er nicht. Es sollte sich ergeben. Waldemar vertraut auf die schicksalhafte Fügung. Würde sie kommen? Wie lang muss er warten? Wie kann er Entwicklungen erkennen? Wie kann er Überlegungen nachhelfen? Er muss noch die drei letzten Deutscharbeiten zu Ende bringen. Morgen will er die Arbeit zurückgeben. Er hat keine andere Wahl. Er muss die letzten drei Hefte schaffen. Vorher kann er nicht schlafen gehen. Ein Dilemma seines Berufs, denkt er. Er hat Skrupel, wenn die Schüler lange auf die Arbeiten warten müssen. Er macht vorschnell

Versprechungen, er ist gefordert, sie einzuhalten. Diesen Druck macht er sich selbst. Er kommt in Zugzwang. Das hat Erfolg.

In seinem Kopf ist Petra. Eine schöne, couragierte Frau. Sie ist sinnlich. Er hält sie für stark. Was hat sie mit dem Arzt zu schaffen?

Die Arbeit von Max ist chaotisch. Viele interessante Gedanken, sehr spontan und intuitiv, Rechtschreibfehler ohne Ende. Er muss eine Note abziehen. In Gedanken setzt er die Inhaltsnote hoch. So kommt er zu seinem Ergebnis.

Kann er den Sohn enttäuschen, wenn er die Mutter begehrt?

Waldemar ist nicht objektiv, er hat das nie behauptet. Den Anschein muss er aufrecht erhalten. Die Bürokratie ist gnadenlos. Er muss sie unterlaufen, das ist seine einzige Chance.

Er sollte ein Gespräch über Max' Leistungen anzetteln. Er kann als Lehrer die Mutter zu sich bitten. Sie würde kommen, das weiß er. Sie ist eine Übermutter. Das gefällt ihm und auch wieder nicht. So billig will er kein Zusammentreffen mit ihr erzwingen. Er muss Max da raushalten. Kann er das? Max ist die einzige Verbindung zu Petra. Ihren Vornamen kennt er. Petra unterschreibt immer mit vollem Namen. Der Name gefällt ihm. Seinen eigenen Namen hasst er. Es ist erstaunlich, dass nicht mehr Spitznamen kursierten. Mit ›Waldi‹ könnte er leben, das ist schöner als ›Waldemar‹. Er hatte Freundinnen in der Schulzeit. Eine längere Beziehung in Heidelberg. Sie hatten sich in der Bibliothek kennengelernt. Es hatte nicht lange gehalten. Hat er zu hohe Ansprüche? Ist er eigenbrötlerisch? Will er zu viel von seiner Partnerin? Er ist kein ausgesprochen schöner Mann, liebenswert ist er. Seine Schüler mögen seine offene Art, sie vertrauen ihm. Sie vertrauen ihm ihre Sorgen an. Er lebt für sie.

Er liebt es, in fremde Wohnungen zu schauen. Er nimmt erstaunliche Szenen wahr. Seine Neugierde hat ihm Probleme bereitet. Seine Kollegen halten ihn für einen Kauz. Er kann mit ihrer Wohlanständigkeit wenig anfangen. Er hält sie für Spießer. Davor hat er Angst. Er merkt, dass er nicht mehr allein sein will. Er hatte erst kürzlich von einer häuslichen Familienszene geträumt. Er war mitten drin gewesen. Ein Gefühl hatte er beim Aufwachen gespürt. Er hatte sich gewundert. Er hatte es ernst genommen. Jeder kann sich verändern. Ist es sein Wunsch, eine Familie zu gründen? Wie soll er das anstellen. Da ist wieder Petra. Ist sie der

Schlüssel? Er ist in seinen Gedanken. Max wäre sein Stiefsohn. Damit könnte er leben. Er ertappt sich dabei, seine Gedanken weiter zu spinnen. Er sieht sich als Vater von Max, er sieht sich ›Ja‹ sagen auf dem Standesamt. Viele Kollegen würden kommen. Das ließen sie sich nicht entgehen.

Waldemar sitzt über der letzten Arbeit. Er kehrt zurück in seinen Alltag. Kann er jemandem seine Gedanken anvertrauen? Er will darüber sprechen. Morgen will er Rolf anrufen, einen alten Schulfreund, dem er vertraut. Er muss mit ihm darüber reden, sonst wird er verrückt. Diese Gedanken beschweren sein Gemüt. Sie machen ihn arbeitsunfähig. Das kann er nicht riskieren. Zum Unterricht braucht er Kraft, zum Korrigieren Durchhaltevermögen. Das droht ihm abhanden zu kommen. Er denkt einen letzten Gedanken:

»Petra ist die Frau, die ich will.«

Dann schreibt er einen kurzen Kommentar unter die letzte Arbeit. Er setzt die Note eins höher als erwartet. Er klappt das Heft zu. Er muss schlafen. Es ist tiefe Nacht. Der Wecker steht auf sieben Uhr.

Petra ist müde. Es ist spät. Sie ist froh, dass sie mit Margarethe geredet hat. Sie hat Angst nach Hause zu kommen. Sie hat Angst vor der kalten Nähe von Albert. Sie schlafen im Ehebett. Sie weiß, dass sie ihn nicht berühren kann. Albert erwartet das nicht. Sie will die Nacht in ihrem Zimmer schlafen. Morgen wird sie handeln. Sie denkt an Max. Er wird es verstehen. Er wird bei ihr sein. Sie hat Angst vor der Einsamkeit.

Petra sagt: »Ich muss nach Hause. Sonst komme ich morgen nicht aus dem Bett.«

»Ich drück‘ dir die Daumen für deinen Entschluss. Du tust das Richtige. Die Trennung ist überfällig.«

Die Frauen umarmen sich zärtlich. Sie drücken ihre Wangen aneinander. Margarethe streichelt Petra über den Kopf. Sie gehen in getrennte Richtungen. Die Sommernacht ist angenehm. Sie laufen beide nach Hause. Was ist ihr Zuhause? Was bedeutet nach Hause kommen, wenn keiner da ist, der einen empfängt?

Pierre liegt wach im Hotel. Was für ein Tag war das? Er lässt ihn an sich vorüberziehen. Er ist enttäuscht. Er ist nicht unzufrieden. Er hat eine

Hürde genommen. Er weiß nicht, ob er auf der Siegerstraße ist. Er ist nicht mehr der Verlierer, das ist sicher. Hat er es sich einfach vorgestellt? Hat er Verdacht erregt? Das Buch wird veröffentlicht. Ist das nicht das Wichtigste? Ist das nicht sein sehnlichster Wunsch? Felix ist nicht zu durchschauen. Pierre spürt Ablehnung und Anziehung. Er ist sich nicht sicher, wie ihre Zusammenarbeit laufen wird. Er muss immer einen Schritt weiter sein als Felix, denkt Pierre. Er hat Angst vor Felix' Klugheit. Er hat Angst, durchschaut zu werden. Zwischen Wachen und Schlafen kommen die Träume. Sie überfallen ihn. Sie suchen ihn heim. Er wehrt sich im Wachzustand. Wenn er schläft, hat er keine Chance.

Pierre schläft ein: Er war in Paris. Er irrte durch die Straßen. Er kannte sich nicht aus. Er suchte die Häuserzeilen ab. Er wusste nicht, welche Nummer es ist. Kannte er die Straße? Seine Erinnerung ist trüb. Er lief an der Seine entlang. Er hatte vergessen, wen er sucht. Er stand auf der Brücke. Es ist die ›Pont Neuf‹. Er war im Kino in Marseille. Daher kennt er die Brücke. Er sah das ungleiche Paar. ›Die Liebenden vom Pont Neuf‹. Der Film hatte ihm gefallen. Pierre ist Romantiker. Er war nach Paris gefahren, um seinen Bruder zu finden. Wo war er? Wie hatte er sich das vorgestellt? Wie sollte er ihn finden?

Dann steht er vor ihm. Er sieht so viel jünger aus als er selbst. Wie kann das sein? Der Mann spricht ihn an. Er sagt Onkel. Jetzt weiß er, es ist der Sohn. Wo ist sein Bruder? Der Sohn ist in Trauer.

»Wo ist mein Vater?«, schreit er.

Pierre war zurück in Marseille. Sein Bruder saß in seiner Wohnung.

Sie schreien sich an.

»Ich liebe dich«, sagt der Andere.

Pierre sagt: »Du hast mir verschwiegen, dass du einen Sohn hast.«

Wirre Nächte, wo er ziellos durch die Gegend gelaufen war, ziehen vorüber. Oft war er am Meer lang gelaufen. Manchmal durch die nächtliche Stadt. Getrieben von der Sehnsucht, die Angst im Nacken. Warum hatte er das getan?

Pierre wacht auf. Im Hotelzimmer ist es noch dunkel. Es ist früher Morgen. In zwei Stunden fliegt er zurück nach Marseille. Die Erinnerung hat ihn wieder ergriffen. Er hatte diese Träume nie ausgeträumt, denkt er. Er will in Ruhe schlafen. Geht das? Pierre nimmt sich vor, nicht mehr an das zu denken, was gewesen ist. Was zählt ist die Zukunft. Die Zukunft, die er gewollt hatte, hat er nicht bekommen. Jetzt ist er für sich selbst verantwortlich. Sein Bruder hat es nicht anders gewollt. In Pierre ist viel Hass, wenig Liebe.

Petra schließt die Tür auf. Die Wohnung ist dunkel. Sie macht Licht. Albert ist zu Hause.

»Seine Schuhe, sein Mantel, einen Tick zu schick«, denkt sie.

Sie ist leise. Sie vermeidet Geräusche. Auf Zehenspitzen schleicht sie ins Bad. Ihre Gedanken treiben verloren durch die Zimmer. Sie hat alles ausgesucht. Sie hat alles eingerichtet. Es ist ihre Wohnung.

Sie putzt sich gewissenhaft die Zähne. Mit vierzig sollte sie darauf achten. Früher ist sie nachlässig gewesen. Sie wäscht sich die Scham. Warum? Sie wird alleine schlafen. Niemand interessiert sich dafür. Sie geht in ihr Zimmer, auf Zehenspitzen. Sie muss das Bett machen. Sie verwandelt die Couch in ein Bett.

Sie denkt: »Bettzeug ist im Schlafzimmer«.

Sie nimmt sich die Decke. Sie will nicht ins Schlafzimmer gehen. Sie will keine Fragen. Sie will keine Diskussion. Sie braucht Schlaf, sie will Ruhe. Der Entschluss steht fest. Sie ist sich sicher, dass sie das Richtige tut. Früher hatte sie die Angewohnheit, in Max' Zimmer zu schauen. Sie hatte wissen wollen, ob er schlief. Er hatte das bemerkt. Er hatte onaniert. Sie war erschrocken gewesen. Sie hatte sich geschämt. Max war es peinlich. Gesprochen haben sie nicht darüber.

Sie unterlässt diese schweigsamen Überfälle. Sie klopft an, wenn sie zu Max geht. Sie ist froh, dass Max anders ist als sein Vater. Sie beschützt ihren Sohn vor seinem Vater. Albert ist ausfallend gegenüber Max. Dass er ihn schlägt, hat Petra nicht beobachtet. Sie würde dazwischen gehen.

Max hat eine Gelassenheit, die Petra aufregt. Sie hat es interpretiert als ›Leck mich am Arsch‹-Haltung. Mit der Zeit stellt sie fest, dass mehr dahinter steckt. Max ist nicht wirklich gleichgültig, er ist unaufgeregt. Das ist seine Form, sich gegen Ansprüche zur Wehr zu setzen. Petra möchte, dass er mehr kämpft, sie will, dass er sich äußert. Sie will, dass er sagt, was er denkt.

Max zeigt das auf unmissverständliche Weise. Er geht Konflikten aus dem Weg. Er hasst Schreiereien, er hasst das Verhalten von Albert. Er geht aus dem Zimmer, ohne Worte zu hinterlassen. Das macht Albert wütend. Seine Nähe zu Petra ist stimmungsabhängig, er mag seine Mutter. Mit der Liebe experimentiert er. Er sucht sie. Er hat sie bisher nicht entdeckt.

»Er möchte sie gern erleben«, denkt Petra.

Sie wünscht es ihm. Wenn er schwul wäre, fände sie es kein wirkliches Drama. Gut fände sie es nicht. Petra hat nichts gegen Schwule. Sie liebt und verehrt Johannes. Ihrem Sohn gönnt sie ein Mädchen, sich selbst einen Mann.

Petra schläft ein. Die Nacht liegt schwer über der Stadt. Wie viele Menschen können nicht schlafen? Wie viele Menschen träumen? Wer kuschelt sich an wen? Wer liegt wach und starrt auf den leeren Platz neben sich? Er ist doch vor kurzem noch besetzt gewesen. Wie schnell ändert sich die Liebe? Wie schnell ist das Leben eine Qual? Das Leben läuft in alle nie vorgestellten Richtungen. Es verzweigt sich. Es läuft auseinander. Manchmal findet es wieder zurück zu sich selbst, zu dem anderen, der wartet. Zu dem, der hofft, obwohl es keine Hoffnung mehr gibt. Es passiert das Unvorhergesehene, überraschend. Es nimmt gefangen in einer andauernden Bewegung. Die Nacht ist grausam. Sie ist zärtlich. Sie macht einsam. Sie verwischt die Spuren des Tages. Sie nimmt auf. Sie verhüllt. Sie lässt den Schlaf zu. Sie entlässt die Menschen in eine dunkle Leere.

Max schläft tief. In seinen Träumen tummeln sich Fantasiegestalten. Sie sind nackt. Sie rücken an ihn heran. Sie greifen nach ihm. Sie stürzen sich auf sein Geschlecht. Er hat Angst, er empfindet Lust. Als er aufwacht, ist das Bett nass und verschmiert.

»Was für ein Gefühl«, denkt er.

Eine verhaltene Peinlichkeit macht sich breit. Er ist kurz wach. Er schläft wieder. Morgen muss er als erstes das Bett säubern.

Waldemar hat Aufsicht vor der ersten Stunde. Er hat sich aus dem Bett gequält. Er ist froh, dass er die fertigen Arbeiten in der Tasche hat. Es ist ein Gefühl der Zufriedenheit. Wenn Arbeiten unter dem Strich sind, fühlt er sich unwohl. Er mag keine schlechten Noten. Er erinnert sich, er ist kein guter Schüler gewesen, ein schlechter zuweilen. Er hat gelitten, der Erwartungsdruck war groß. Er fühlt sich hinein in seine Schüler. Viele halten ihn für weich. Er hat ein eigenes Verständnis seiner Beurteilungen. Er weiß, dass seine Methoden umstritten sind. Würde er seine Kriterien offen auf den Tisch legen, wäre er morgen arbeitslos. Das will er nicht. Er schlüpft durch die Löcher der Bürokratie. Die Jahre haben ihn versiert gemacht. Es grenzt an einen Drahtseilakt. Er beherrscht sein Geschäft. Er ist Überzeugungstäter. Er kann skrupellos sein. Das gibt ihm Sicherheit. Es lässt ihm Freiheiten, die keiner zu haben glaubt. Er lügt gezielt, ohne Gewissensbisse. Er ist Profi.

Er sieht Max vorbei laufen. Von weitem sieht er aus wie der junge ›Törless‹. Er hat den jungen ›Carrière‹ aus dem Film im Gedächtnis.

»Max fühlt sich so«, denkt Waldi. Die Jungs in seiner Klasse stehen unter Strom. Die Mädchen sind darüber hinweg. Sie sind weiter. Frühreife Lolitas, berechnend und kokett. Die Jungs sind hilflos, sie spielen sich groß. Waldemar durchschaut sie. Sie öffnen sich ihm. Er kennt ihre Nöte. Er hat ihr Vertrauen. Er schenkt ihnen seine Aufmerksamkeit. Wenn er Max sieht, denkt er an Petra. Hat sie eine Ahnung von seinen Gedanken? Waldi spinnt das weiter, auf dem Schulhof, vor der ersten Stunde. Wenn wir die Gedanken der Anderen lesen könnten. Welche Vorstellung. Welche Dimensionen des Zusammenlebens eröffneten sich. Welche Peinlichkeiten und Nöte zöge das nach sich.

Waldemar denkt: »Es ist gut, dass die Gedanken frei sind, unerkannt.«

Das Geheimnis eines jeden, der schweigt. Er kann nicht schweigen.

Waldemar denkt: »Ich muss es ihr sagen.«

Was kann passieren? Dumm, dass Max sein Schüler ist. Würde er Petra sonst kennen?

Waldi verstrickt sich in Widersprüche, es lässt ihn nicht los. Es gongt. Gleich steht er Max gegenüber. Was sagt er? Was denkt er? Was fühlt er? Er verlässt den Hof.

Er geht ins Lehrerzimmer. Er nimmt die Hefte unter den Arm. Er steigt mit festen Schritten die Treppe hinauf. Er öffnet die Tür. Er steht vor der Klasse, seiner Klasse. Sie sind ruhig, sie sehen die Arbeiten. Sie haben Hoffnungen, sie haben Ängste. Sie wissen, unfair ist Waldi nicht.

Gerecht? Da gibt es geteilte Meinungen.

»Guten Morgen«, sagt Waldemar.

Die Klasse antwortet in verzögertem Gleichlaut. Ein Chor ist es nicht. Es sind Intervalle. Es ist Sommer. Es ist kurz vor den Ferien. Alle sind da. Die Spannung ist auszuhalten. Laut ist es nicht. Gespräche werden im Kammerton geführt. Waldemar stört das nicht. Er legt die Hefte bedeutungsvoll auf den Tisch. Es ist ein Ritual. Er liebt das. Die Klasse ist groß, sechsunddreißig Schüler und Schülerinnen. Der Stapel entsprechend dick. Max stößt Hans an:

»Kann der nicht schneller machen.«

»Du kennst ihn. Er hat die Nacht korrigiert. Er braucht seinen Auftritt.«

»Ich versteh' das. Die Noten könnte er 'raus lassen.«

»Dann ist die Spannung weg. Keiner hört mehr hin. Das weißt du. Nur so kann er die Spannung halten.«

»Jeder Einzelne wird durchgekaut. Gut, er macht es freundlich. Ich könnte darauf verzichten.«

Am Fenster sitzt Eveline. Sie schaut in die Gegend. Sie lächelt Max an. Max ist überrascht:

»Was will die von mir?«

Er findet sie hübsch. Nicht unbedingt anziehend.

Max überlegt: »Für's Image wäre es nicht schlecht.«

Er lächelt zurück. Warum tut er das? Hat er das nötig? Eveline schürzt ihren Kussmund, sie ist provokativ. Max mag das nicht. Es gefällt ihm, dass er ihr gefällt. Er nimmt es ernst. Es stärkt seine Männlichkeit. In seiner Mitte regt sich etwas. Obwohl es keiner sieht, schämt er sich. Er ist gut erzogen. Petra hat viel Wert darauf gelegt. Es ist ihr gelungen. Solche Reaktion zeigt nicht jeder Fünfzehnjährige.

Waldemar hat sich in Position gesetzt. Er fängt an zu labern. So nennen sie das. Es ist nicht böse gemeint. Es gehört dazu. Waldi geht auf die Aufgabenstellung ein. Er erläutert die verschiedenen Herangehensweisen an den Text, die er in den Arbeiten erkannt hat. Er macht das lustig und herzlich. Er hat Vertrauen. Er ist ihnen zugeneigt. Es nervt trotzdem.

Eveline langweilt sich. Sie wird frech. Ihr laszives Gesicht springt förmlich auf Max zu. Es ist ein Verführungsritual über Tische und Bänke hinweg. Sie ist Spitze in dieser Mimik.

Waldemar sieht mehr als seine Schüler denken. Er sagt es selten. Er denkt sich seinen Teil. Das von Eveline und Max bemerkt er. Im selben Moment denkt er an Petra.

Er sagt: »Das Ergebnis ist nicht schlecht. Es könnte besser sein. Ihr müsst klar schreiben. Ihr solltet auf die Rechtschreibung achten. Es gibt, laut Verordnung, Punktabzug. Daran muss ich mich halten.«

Er verschweigt, dass er trickst. Es gab Zeiten, da hatte er Schüler ihre Arbeiten verbessern lassen, wenn sie schlecht waren. Das war aufwändig. Das tat er nicht mehr.

Petra hat schlecht geschlafen, auf der Couch, mit einer unbezogenen Decke. Am Morgen ist sie eingeschlafen. Sie wollte nicht schlafend entdeckt werden, nicht von Max.

Max ist in der Schule. Albert ist spät dran. Er küsst sie auf die Stirn, sehr förmlich. Petra wendet sich ab, sie kann es nicht mehr verheimlichen.

»Wir müssen reden, heute Abend«, sagt Petra.

»Ich habe noch Termine, heute«, sagt Albert.

»Dann sag' sie ab. Es ist wichtig. Ich will, dass du ausziehst.«

Es ist 'raus, eine Ohrfeige in Alberts Gesicht. Das unübersehbare Grinsen ist weg. Was hat er erwartet? Denkt er, Petra sei blöd? Albert verzieht keine Miene.

»Wenn du meinst.«

»Ich bestehe darauf.«

Albert will keinen Streit.

Er sagt: »Ich versuche es möglich zu machen. Du weißt, dass das Erpressung ist.«

»Das ist mir egal.«

Petra ist offensiv.

»Aha.«

Albert ist auf dem Rückzug. Die Rollenverteilung verkehrt sich. Albert weiß, dass Petra von Gesine weiß. Er hat es übertrieben, er ist unvorsichtig gewesen. Gesine ist eine Entdeckung. Sie ist fünfundzwanzig. Sie ist heiß, sie betet Albert an. Sie essen in schönen Restaurants, danach poppt er sie. Er würde das so bezeichnen. Gesine ist keine Frau zum Heiraten, sie ist ein Verhältnis. Albert ist enttäuscht, dass die Ehe weg bricht. Er hat Petra als Heimathafen empfunden. Dass das nicht gutgehen konnte, hatte er befürchtet. Petra ist emanzipiert. Irgendwann würde sie es nicht ertragen. Er hatte den Bogen überspannt, schuldig fühlt er sich nicht. Albert hat das Recht sich das zu nehmen, was er will. Er leistet als Arzt einen hohen Beitrag, gesellschaftlich. Das ist seine feste Überzeugung. Er beruhigt sein Gewissen. Es meldet sich für kurze Zeit. Wie soll er seinen Stress kompensieren? Er hat täglich mit hysterischen Frauen zu tun. Er hat Leben zur Welt gebracht, gekonnt und professionell. So darf er auch profitieren, von seinem Beruf. Das ist sein Lohn. Der materielle, im wörtlichen Sinne. Neben dem Verdienst, der ist viel zu gering. Albert gehört zu den Menschen, die rücksichtslos sind. Es ist seine Lebensphilosophie. Nur so kann der Kapitalismus funktionieren. Alles andere ist Gefühlsduselei. Dass er ausgerechnet eine Linke zur Frau hat, betrachtet er als seine Tragik.

Er denkt daran, neu zu heiraten. Einen Hafen, eine Heimat braucht er. Er kalkuliert hart, berechnend. Um Max tut es ihm leid, aus verletztem Stolz, nicht aus Liebe, er ist sein Sohn. Er war stolzer Vater gewesen, in den ersten Jahren. Soll er um ihn kämpfen, wenn es darauf ankommt? Er ist klug genug zu wissen, dass er keine Chance hat. Max ist alt genug, selbst zu entscheiden. Albert kennt die Entscheidung. Das kränkt ihn. Dafür gibt es eine Erklärung. Wie hätte er sich bei seinem Beruf um seinen missratenen Sohn kümmern können? Daran ist die lasche Erziehung von Petra schuld. Albert löst Schuldfragen auf seine Weise.

Albert kommt in die Praxis. Seine Damen kuschen vor ihm. Was sie hinter seinem Rücken tuscheln, weiß er nicht. Zwei der Sprechstundenhilfen hat er beschlafen, dann hat er sie weggeworfen. Er gibt ihnen Arbeit, ist das nicht genug? Sandra hatte sehr gelitten. Er hatte sie abmahnen müssen. Sie hatte ihre Arbeit nicht gewissenhaft gemacht.

Das Sprechzimmer sitzt voll. In dieser Gegend sind es begüterte Frauen. Dafür sorgt sein Ruf. Die Praxis ist futuristisch eingerichtet, Musik beschallt die werdenden Mütter, die Nutten, die zu ihm kommen. Es sind keine Straßendirnen. Es sind Prostituierte der höheren Klasse, Callgirls.

Warum hat Petra sich selbst so bestraft? Was hat sie in diesem Mann gesehen? Sie kann es nicht sagen, er hatte sie betört. Er hatte sie 'rumgekriegt. Er hatte sie genagelt, dass sie abhängig von ihm geworden war.

Der Alptraum ist vorbei. Petra geht eigene Wege. Ihr Leben soll wieder Sinn bekommen, ihr Liebesleben kann nicht zu Ende sein. Sie hat Wünsche, sie hat Sehnsüchte, sie hat Pläne. Träume hat sie auch.

Waldemar hat die Rückgabe der Arbeit hinter sich, er atmet durch. Schlechte Noten tun ihm weh. Wenn er wüsste, was sich in diesem Moment in Petra abspielt, wäre er mutig. Er würde über seinen eigenen Schatten springen, er würde sie anrufen. Er weiß es nicht. Er tut es nicht. Er denkt an sie. Er überlegt, was er tun kann. Eine richtige Entscheidung gibt es nicht. Nur einen ersten Schritt, den sollte er gehen. Nur wie?

Er war zweimal verliebt gewesen in seinem Leben, einmal war Liebe daraus geworden. Mit Esther hatte er fünf Jahre zusammengelebt. Es war schön gewesen, sie hatten viel Spaß miteinander. Sie waren in die Ferien gereist, sie hatten diskutiert, sie hatten sich leidenschaftlich geliebt, sehr zärtlich. Sie gingen aus.

Es war zu Ende. Die Trennung hatte sich hingezogen. Sie hatten sich beide nicht verletzen wollen. Der konkrete Grund war ihm verborgen geblieben. Sie hatten es nicht verstanden, ihren Alltag zu teilen. Entweder es war zu dicht, oder zu weit weg. Sie hatten die Mitte nicht gefunden. Ihre Erwartungen hatten der Realität nicht standgehalten. Waldemar war in eine tiefe Traurigkeit gefallen. Seine Schüler hatten es geschafft, ihn wieder aufzurichten. Sie hatten ihn wieder zum Lachen gebracht, sie hatten zu ihm gehalten. Er hatte sie nie so schätzen gelernt. Ihre Aufrichtigkeit, ihre unkomplizierte Zuneigung hatten sein Herz erreicht.

Er liebt seinen Beruf. Manche Kollegen sprechen von Funktionalisierung der Schüler. Waldemar weiß, es ist anders. Es ist Solidarität, die aus Vertrauen wächst.

Das löst sein Problem nicht. Wie kann er Petra kennenlernen? Wäre es dreist Max anzusprechen? Er hat Petras Telefonnummer. Kann er Max vorschieben? Ist das erlaubt? Darum geht es nicht. Waldemar tut vieles, was nicht erlaubt ist, jahrelang. Ist es vertretbar? Das ist die Frage, die sich ihm mit einer Ausweglosigkeit stellt, die er nicht kennt. Er vermischt extrem private Interessen mit seinen dienstlichen Obliegenheiten. Er verführt keine minderjährige Schülerin, aber er will die Mutter. Sie ist eine erwachsene Frau, sie kann ›Ja‹ oder ›Nein‹ sagen. Andererseits ist Petra am Wohl ihres Sohnes interessiert. Dass ein Verhältnis mit seinem Klassenlehrer durchaus Möglichkeiten eröffnet, nicht auszudenken, wenn das herauskäme. Es muss völlig aus der Schule herausgehalten werden, die Sache ist heiß. Er ist nicht ängstlich, aber diese Überlegung hat es in sich. Er muss warten können, auf einen Zufall, auf eine günstige Gelegenheit. Ein Zusammentreffen wäre immer möglich, auf der Straße, auf einem Fest, in einem der Lokale der Stadt. Groß ist sie nicht, seine Stadt. Die Orte, an denen sich Menschen wie Petra und Waldemar begegnen könnten, sind auf zwei bis drei Stadtteile begrenzt.

Er braucht Geduld. Ein geduldiger Mensch ist Waldemar nicht. Der Vormittag verläuft normal. Die Schule hat eine unerbittliche Dominanz im Tagesablauf von Schülern und Lehrern. Über ihre Wichtigkeit und den Wert, den sie hat, sagt das nichts aus. Sie drängt sich ins Leben hinein. Im Nachhinein verklärt sie jeder auf seine Weise. Im Schulalltag sieht das anders aus. Sie ist eine Last, die selten Zufriedenheit auslöst, dazu sind ihre Bedingungen zu schlecht. Waldemar denkt, dass sich das nie ändern würde. Er hat sich darauf eingelassen. Er vollführt seine Kämpfe.

Es gibt einen Mikrokosmos, in dem es sich lohnt. Es gibt menschliche Gefühle, Sorge, Fürsorge im besten Sinne. Wann immer der Makrokosmos hineinragt, durch Verordnungen, Vorschriften, Erlasse, wird das zunichte gemacht, was entwicklungsfähig gewesen wäre. Waldemar kämpft vergeblich, er weiß das. Er tut es trotzdem, es ist seine Natur. Die schönen Momente von Vertrautheit im Umgang mit Schülern liebt er. Diese Zeit nimmt er sich, in der Hektik des Betriebs. Er erfüllt sich den Wunsch, mit ihnen zusammen zu sitzen, auf dem Schulhof, im Café, zu lästern, zu tratschen, Neuigkeiten und Geheimnisse auszutauschen, die keinen etwas angehen, außer die Beteiligten. Waldi genießt ihr uneingeschränktes

Vertrauen. Sie reden mit ihm über Zuhause, über andere Lehrer, mit denen sie Probleme haben, über ihre Freundschaften, Verliebtheiten.

Er hört zu, kommentiert. Er ist an ihrem Leben beteiligt.

Waldi ist 'raus aus der Schule. Er läuft die Allee entlang, die dieses Viertel mit der Innenstadt verbindet. Einer der Montage, die ihn froh machen, auch wenn er müde ist. Er hat die halbe Nacht korrigiert. Er will sich in ein Café setzen, in die Sonne. Er will Zeitung lesen, in die Gegend schauen, Leute betrachten. Er will auf Petra warten, dass sie endlich vorbei läuft. Dann würde er sie auf einen ›Latte‹ zu sich bitten. Ganz unverfänglich, ohne Absichten zu zeigen. Es würde sich ein Gespräch ergeben. Sie würde sich in ihn verlieben. Ein Lehrer als Ersatz für einen bekannten Frauenarzt. Waldemar ist nicht wohl bei diesem Gedanken. Selbstbewusstsein hat er.

Es ist früher Nachmittag. Erstaunlich viele Leute sind unterwegs. Liegt es an der hohen Arbeitslosigkeit, haben viele Urlaub oder Kurzarbeit? Tausend Gründe könnte es geben. Nicht alle können Lehrer sein, die den halben Tag zum Flanieren Zeit haben, wie es heißt.

Waldemar mag die Sommer in der Stadt. Die Menschen zeigen viel Haut. Ihre Gesichter sind gebräunt, entspannt. Man sitzt draußen, genießt die Wärme. Der Wind streichelt die Haut. Schöne Frauen betrachtet er, manche gefallen ihm. Petra kommt nicht vorbei. Wo ist sie an diesem Montagnachmittag? Waldemar weiß, dass sie berufstätig ist. Eröffnet sich da nicht eine Möglichkeit? Es müsste nicht schwer sein, herauszubekommen, wo sie arbeitet. Dann könnte er ihr auflauern. Sie zufällig treffen und sie ansprechen: »Sie sind die Mutter von Max?«

Albert verlässt die Praxis. Er muss zu Gesine. Er hat Druck. Er spürt Frust. Zwei Termine in der Praxis hat er abgesagt, wegen dringenden Notfalls. Ist Gesine ein dringender Notfall? Wer würde es so betrachten? Albert will sie genießen, auf seine Art. Petra hat einen Strich durch seine Rechnung gemacht, sie hat seine Terminplanung durchkreuzt. Seine Gier duldet keinen Aufschub. Wem könnte er das erklären? Albert ist ein Tatmensch. Wenn er etwas will, muss es schon geschehen sein.

Gesine wartet im Negligée. Er hat es ihr kürzlich geschenkt. Sie darf es für ihn tragen. Hat sie noch andere Liebhaber? Es interessiert Albert, dass sie Zeit hat, wenn er Druck hat. Albert ist in Eile. Der Abend mit Petra ist ein Zwangstermin. Er ist ihr Ehemann. Er ist verantwortlich für sie, denkt er.

Albert stürzt sich auf Gesine. Sie ist es gewohnt. Er ist zügellos. Er unterwirft Gesine auf brutale, besitzergreifende Weise. Er will mit ihr poppen. Er verzichtet auf sein Anstandsvorspiel. Das Essen ist gestrichen. Er zeigt heute nicht, dass er aus bürgerlichem Hause kommt. Wer könnte Albert verachten? Er ist einer, der sich nimmt, was ihm zusteht. Er ist ein nützliches Mitglied der Gesellschaft, er ist Arzt, er zahlt Steuern. Er ist Arbeitgeber. Er trägt Verantwortung. Er hat Familie.

Er hat einen wunderbaren Sohn gezeugt. Das sieht er nicht so. Andere in Max' Umfeld sind davon überzeugt.

Max ist in der großen Pause. Er ist aus dem Schulhof gelaufen, wie seine Clique. Eveline kommt mit. Sie hängt sich an Max. Max fühlt sich unwohl. Er ist verlegen. Nach außen wirkt er cool. Seine Worte sind Hülsen, Versatzstücke. Er weiß das, er hat sie sich antrainiert. Eveline steht neben ihm. Sie raucht mit aufgesetzten Fingern, sie hat ihre Nägel lackiert. Max gefällt das nicht. Sie schaut Max dreist ins Gesicht. Max lächelt verzerrt.

»Gehen wir nach der Schule was trinken?«

Eveline schmeißt sich ran. Max zögert.

»Warum nicht.«

Die Blicke seines Kumpels bestärken ihn. Eveline ist akzeptiert. Sie sieht geil aus.

»Gehen wir ins ›Ritchy‹? Da find ich es cool.«

Max war schon im ›Ritchy‹. Es ist eine angesagte Teenykneipe.

»Okay«, sagt Max.

Seine Stimme kippt. Den Frosch im Hals kann er nicht verbergen. Das macht ihn sympathisch. Ob für Eveline, ist noch nicht klar. Eveline hat Max an der Angel, denkt sie. Sie läuft zu ihrer Mädchenclique. Ein Blick sagt ›Ich hab ihn‹. Max weiß nicht, was er davon halten soll. Für Eveline spürt er nichts, geil ist sie. Seine Mitte hat reagiert, wieder. Wie verrückt ist die Welt der Heranwachsenden? Wer hat sich diese Unsitten ausgedacht? Gefühle erwachen. Gefühle sind schnell. Sie ändern sich in großer Geschwindigkeit. Die Sexualität fordert ihr Recht. Sie darf nicht zuschlagen. Sie muss sich kaschieren, hinter Gefühlen, die nicht da sind. Ein Karussell der Eitelkeiten. Fremdbestimmt durch eine Jugendindustrie, die alle zu Abhängigen macht.

Max hat das Bedürfnis mit Johannes darüber zu sprechen. Mit seinem Vater kann er das nicht.

Ihn beschäftigen die Regeln für Mittwoch. Er weiß nicht, dass sein Vater morgen das Haus verlassen muss.

Petra überlegt, wie sie ihre Entscheidung Max mitteilt. Wie weit kann sie mit ihm darüber sprechen? Sie hält ihn für alt genug. Max ist aus dieser Vater-Sohn-Beziehung herausgewachsen, wie Petra aus ihrer Ehe. Für das Kind war Albert ein stolzer Vorzeigevater. So lange Max noch wenig eigenen Willen hatte, hatte die Verbindung funktioniert. Zeit hatte Albert nie für Max. Es hatte Emotionen gegeben. Es hatte eine eitle Vaterliebe gegeben. Mit dem Ablöseprozess vom Vater, zu Beginn der Pubertät, war das Verhältnis extrem gekippt. Es gibt nur noch Wut auf Albert. Es gibt Hass auf seine Arroganz.

Petra ruft Max über Handy an.

»Hallo Petra.«

Manchmal sagt er Mama. Petra reißt ihn aus seinen Gedanken an Johannes, Eveline und die Regeln.

»Wo steckst du? Ich müsste heute Nachmittag noch dringend mit dir reden.«

»Ich wollte noch mit Kumpels ins ›Ritchy‹ gehen. Dann komme ich nach Hause.«

Max verschweigt Eveline. Petra verschweigt Albert. Eveline ist nicht das Mädchen, das seiner Mutter gefallen würde. Das mit Albert erfährt Max früh genug.

Petra überlegt: »Soll sie ihm sagen, sofort zu kommen?«

Sie hält es für übertrieben.

»Okay, dann komm bitte nicht spät.«

»Ich beeil mich.«

Max ist freundlich.

»Ciao Mama.«

Da ist es. Max wechselt zwischen den Anreden. Er macht es willkürlich, er ist mitten in der Pubertät.

Petra ist im Büro. Sie will spätestens um Fünf zu Hause sein. Das kann sie schaffen. Petra ist erleichtert, den entscheidenden Schritt gewagt zu haben. Sie weiß, dass sich das Zusammenleben mit Max verbessern kann. Sie muss raus aus dieser Selbstbeschränkung. Lange hat sie nichts von Albert bekommen. Die Beziehung mit ihm ist tot. Das Begehren ist da, nach Nähe zu einem Menschen, dem sie vertrauen kann, den sie lieben kann. Albert ist es nicht. Sie wünscht sich, diesem Mann zu begegnen. Es ist nicht geschehen. Sie hatte Begegnungen, sie hatte Affären. Es hat nicht geklappt. Verliebt ist sie nicht gewesen. Sie hatte sich nicht frei gefühlt. Sie hat nichts mehr für Albert empfunden. Sie ist an ihn gebunden, durch den Ehevertrag. Hätte sie sich das jemals vorstellen können, dass ein Vertrag im Weg steht? Ist das nicht die Verbürgerlichung, die sie nie gewollt hatte? Sie hat diesen Vertrag geschlossen. Er schließt sie ein. Gegen alle Ratschläge von Freunden. Sie war naiv gewesen, völlig kopflos war sie in diese Ehe hineingeraten. Sie ist eine intelligente, studierte Frau. Passt das zusammen? Bindungen sind irrational, sie sind nicht zu fassen. Die Kriterien der Vernunft versagen.

Empfindung ist das, was zählt. Sie schlägt zu. Sie lässt hinter sich, was Erfahrung raten würde. Sie lehnt sich auf gegen Verantwortungen, die bestehen.

Petra denkt: »Die momentane Lust, das augenblickliche Verlangen, machen uns blind. Sie verändern unser Bewusstsein. Die Bewusstheit dessen, was wir tun, sackt auf den Nullpunkt. Dann stecken wir drin. Es geht eine Weile gut. Das Ende naht unerbittlich. Wir machen denselben Fehler. Wir denken, wir wären gefeit. Wir beschwören, es anders zu machen. Dann überfällt es uns. Wir strecken die Waffen und ergeben uns. Es ist ein schönes Gefühl, sich neu zu verlieben. Wir vergessen, dass dieses Gefühl vergeht, dass die Liebe zu einem vertrauten Menschen wichtiger ist. Manchmal begreifen wir es. Wir kehren zurück. Es gelingt nicht immer. Wir betrügen uns. Wir betrügen uns immer wieder.«

Petra ist auf dem Weg nach Hause. Sie läuft über den großen Platz. Jeden Tag macht sie das. Es ist anders. Sie fühlt sich frei. Sie hat sich getrennt. Sie beendet etwas, was lange beendet war. Sie nimmt die Menschen anders wahr. Sie schaut hin. Sie schaut in die Gesichter. Sie sucht nach Sympathie. Sie sucht Blickkontakte. Sie möchte etwas spüren, was ihr Schauer über den Rücken jagt. Sie muss nicht mehr trauern. Sie muss keinen Abschied nehmen. Sie hat sich befreit.

Albert ist ein Schwein. Sie hat Jahre ihres Lebens vergeudet. Wieso hat sie das getan? Sie will nicht darüber nachdenken. Sie will ins Leben. Sie will sich verlieben. Sie ist offen für die Begegnung mit dem Mann ihrer Träume. Gibt es den? Wie sieht der aus? Wie müsste der sein?

Er müsste Max akzeptieren. Er müsste Max lieben. Geht das? Kann sie sich wegen Max auf Kompromisse einlassen? Er ist die feste Größe in ihrem Leben. Seit seiner Geburt ist er das. Sie denkt, dass er erwachsen ist. Bald wird er aus dem Haus sein. Wird sie das aushalten? Ein paar Jahre sind es noch. Sie wird sich ans Alleinsein gewöhnen. Oder sie wird sich verlieben. So offen wie heute war sie nie. Sie hätte noch Lust, sich in die Sonne zu setzen, auf diesen Platz. Einfach sitzen und schauen, Leute an sich vorbeiziehen lassen. Es ist ein Wunsch, den sie lange hatte. Sie hatte ihn verdrängt. Der Alltag war stärker gewesen. Wo sie ihm hätte nachgeben können, muss sie nach Hause, mit Max reden. Sie nimmt sich vor, es in den nächsten Tagen zu tun. Es gibt keine bessere Zeit. Der Sommer hält an, die Sonne verwöhnt das Gemüt.

»Was wird Johannes sagen?«, denkt Petra.

Er wird ihr gratulieren. Er wird sagen ›Endlich‹. Gut, dass Max Johannes hat, es macht sie unabhängiger. Sie weiß, dass Max nicht auf sie angewiesen ist. Sie braucht sich diese Sorge nicht zu machen.

Max sitzt im Café. Eveline sitzt neben ihm. Sie hat sich an ihn gedrängt, sie bedrängt ihn. Er ist neugierig. Die Initiative liegt bei ihr. Er verhält sich vorsichtig abwartend. Sie begrabscht ihn. Sie küsst ihn. Max lässt es geschehen. Sie schmeckt nach bonbonfarbenem Lippenstift. Ihr Körpergeruch ist nicht unangenehm. Max ist zu aufgeregt, als dass er es wirklich beurteilen könnte. Er findet es zunehmend interessanter. Sie sitzen da, an einem kleinen Mitteltisch. Jugendliche um sie herum. Cola Flaschen, Cocktails, Bier ... selten Kaffee. Sie knutschen. Das ist ihre Einstiegsdroge. Wichtig für Eveline ist, dass man es sieht. Max weiß nicht, was ihm daran gefällt. Kein schlechtes Gefühl, findet er. Es ist nicht das erste Mal. Mehr denkt er nicht darüber nach. Das berühmte Kribbeln im Bauch hat er nicht, keine Ameisen, keine Flugzeuge. Vielleicht ist es die Falsche. »Will sie mit mir gehen?«, denkt Max.

Das passiert, in der Klasse, in der Schule, für Tage, für Wochen. Es ist schnell vorbei. Max weiß nicht, was er will. Sein Schwanz ist hart. Eveline merkt es. Sie drückt sich dagegen. Mehr traut sie sich nicht. Max könnte sich vorstellen, dass sie ihn anfasst, auffordern dazu will er sie nicht. Die Musik spielt ›Ich und Ich - Du erinnerst mich an Liebe‹.

»Ist geil hier, gute Musik. Tanzt du gern?«

Eveline hat die sprachliche Initiative ergriffen.

Max fühlt sich wie ein Depp.

»Ja, schon. Ich mag Hardrock und Techno.«

Seit einem Jahr geht Max in die Disko. Er war in einer Schwulendisko gewesen, mit Felix und Johannes. Da gab es coole Musik.

»Supi, ich mag deutschen Rock«, sagt Eveline.

Sie rollt die Augen.

»Warum muss sie dauernd auf Lolita machen. Ich hab es doch kapiert«, denkt Max.

»Was hälst du von Waldi?«, sagt Eveline unvermittelt.

»Er ist echt cool. Der Einzige, der sich wirklich für uns interessiert. Ich mag ihn«

»Glaubst du, der ist schwul?«

»Wie kommst du darauf?«

Max ist überrascht. Er weiß, dass Waldemar sich für Frauen interessiert. Sie haben darüber gesprochen. Er ist kein Lügner.

»Er ist so nett und nicht streng. Ich find ihn süß.«

»Ich glaube, da liegst du falsch. Dass er kein Arschloch ist wie andere, heißt nicht, dass er schwul ist. Was denkst du von Schwulen?«

Max hat ein Thema.

»Schwule sind wie andere Menschen. Gut und schlecht, nett und unsympathisch. Der einzige Unterschied ist, dass sie sexuell Männer lieben und nicht, wie ich, Frauen.«

Max lächelt männlich dabei. Das ›Frauen‹ ist Petras Wort.

Eveline ist erschrocken. Die Entschiedenheit, mit der Max das sagt, gefällt ihr. Es flößt ihr Respekt ein. Sie denkt an Christoph, den Schwulen der Klasse. Max war für ihn in die Bresche gesprungen. Sie hatte das toll gefunden. Sie hat nichts gegen Schwule. Sie hatte vertraulich mit Max reden wollen. Jetzt hat sie ihm davon erzählt. Sie ist neugierig auf Max. Sie will ihn erobern. Sie kann sich vorstellen, mit ihm zu gehen. Nach ihren Wünschen geht sie schon mit ihm. Hat Max das schon gemerkt? Will er mit Eveline gehen? Ändert das sein Leben?

Johannes hat frei. Nicht wirklich. Er muss heute nicht in die Akademie. Er kuschelt lange mit Felix. Er genießt die so weiche, warme Berührung. Sein Körper lässt sich vollständig fallen in die Zartheit seiner Umarmung. Felix stöhnt lange zufrieden. Er steigert sein Wohlsein zunehmend. Er genießt Johannes in sich, bis zur Erschöpfung. Felix Herz schlägt bis zum Hals. Felix hat einen Engelsblick. Der Himmel berührt die Erde, immer wieder. Es gibt nichts Schöneres. Beide vergessen das Leben ringsum. Johannes weiß, dass es Liebe ist.

Felix fühlt es.

Er denkt: »Warum sollte ich das aufgeben?«

Felix denkt weiter. Er springt aus dem Bett. Ein Glas Wasser. Er ist im Bad.

Ist das eine Generationenfrage oder typabhängig?

Das fragt sich Johannes. Johannes macht Frühstück. Felix hilft. Sie sitzen vereint. Sie sind eine Familie. Leila fehlt. Felix ist morgens oft wortkarg. Johannes schweigt. Er erinnert seinen durchlebten Genuss. Will er viel? Felix liest ein neues Manuskript, er lacht.

»Was ist so komisch?«

»Dieser Typ formuliert grandios. Abartig skurril.«

Johannes fragt nicht weiter, er will Felix nicht stören. Wenn er will, wird er das Manuskript später lesen. Ihr Einverständnis ist erprobt. Ihr Zusammenleben funktioniert. Es gibt keine Peinlichkeit. Zwei Tassen Kaffee, leckeres Brot mit Käse, süß das zweite. Die unvermeidliche Sitzung, Störung unerwünscht, Packen des Rucksacks. Liebevolle Augen, Kussmund zum immer bleiben, nie verlassen werden wollen.

Johannes liebt diese kleinen Gewohnheiten im Alltag. Er kennt sich nicht wieder. Früher waren dies für ihn Gründe gewesen, sein Leben zu ändern, auszubrechen. Welchen Einfluss hat Felix auf sein Gemüt? Johannes fühlt sich wohl. Ist das nicht viel? Wann ist sein Liebesleben je ausgeglichener gewesen?

Johannes hatte geliebt. Er hatte schöne Augenblicke genossen, erregende Momente mit Menschen. Die Dauer war nie seine Stärkte gewesen. Das Leben ist bunt. Es bietet Neues. Johannes hatte ein bewegtes Leben. Bindungen hatte er bedingt geliebt. Menschen, vor allem Männer, hatten eine herausragende Rolle gespielt. Sie hatten dafür gesorgt, dass Johannes sich jung gefühlt hatte, Kraft hatte und durch viel Liebe, die er bekam, diese auch hatte weiter geben können. Seit er mit Felix zusammen lebt, ist diese Suche nach Neuem, nach Bestätigung, verschwunden. Felix verhält sich zugewandt. Am Beginn und im Verlauf ihrer Beziehung hat er wunderbare Worte geschrieben. Er hat Johannes das Gefühl von Liebe gegeben. Er hat nicht gespart mit großen Zeichen. Johannes gefällt das. Im Zusammenleben verlieren sich verbale Liebesbezeugungen. Ihr geistiger und körperlicher Kontakt, ihre Nähe jeden Tag und jede Nacht, versöhnen Johannes mit dem schwächer werden dieser Zeichen des Verliebtseins von Anbeginn. Es ist eine verlässliche Liebe. Sie gehören zusammen.

Leila ist auf dem Weg nach Hause. Sie hatte Schwierigkeiten gehabt, ihre Wohnung anzunehmen. Sie war das Gefühl nicht losgeworden, eine Vertriebene zu sein. Das hatte sich geändert. Sie akzeptiert, dass sie ihr Leben führt. Sie hatte ihre Einsamkeit gepflegt. Sie war nie allein gewesen. Sie hatte sich so gefühlt. Es hatte ihrer Haltung entsprochen. Sie hatte versucht festzuhalten. Sie hatte sich gegen Entwicklungen gestemmt, vor allem gegen ihre eigene. Später hat sie erkannt, dass sie notwendig waren. Sie hatten wehgetan. Sie hatten einen Einschnitt in ihr Leben bedeutet. Sie hatte mit ihrer Verlustangst zu kämpfen gehabt. Überwinden konnte nur sie selbst diese Angst. Die Hilfsangebote ihrer Freunde hatte sie gern in Anspruch genommen. Sie hatte sich in einen Taumel von Vergnügungen gestürzt. Sie hatte gemerkt, das half nichts. Die Leere war geblieben. Die Verletzung war stärker hervorgetreten. Sie erinnerte sich an Nächte, in denen sie abgestürzt war. Am Ende ein heulendes Elend, verlassen von allen, auf nächtlichen Straßen. Von Club zu Club, betrunken, bekifft, für alle verfügbar, bindungsfähig für keinen. Das war Vergangenheit.

Sie blieb in ihrem Gedächtnis. Sie nistet unter ihrer Haut. Leila ist empfindsam, sie erinnert sich an jede einzelne Station. Seit sie ihr Studium begonnen hat, hat sich ihr Leben verändert. Der Zwang, die Verpflichtung, tun ihr gut. Sie sind zu einer Struktur für ihr Leben geworden. Dass sie sich durchgekämpft hat, ist die wichtigste Erfahrung der letzten Jahre. Darauf ist sie stolz. Ihr Selbstbewusstsein hat sich verändert. Sie bestimmt sich mehr vom Kopf als vom Körper. Sie ist nicht mehr die schöne exotische Leila, die alle begehrenswert finden. Sie lässt sich nicht mehr als Szenemittelpunkt missbrauchen. Sie hat entdeckt, dass sie denken kann. Sie ist sich auf die Schliche gekommen. Sie war zu faul gewesen, sich für etwas zu interessieren. Es war ihr abhandengekommen, für sich selbst verantwortlich zu sein. Sie war lange sozialversorgt gewesen. Dann hatte sie es gemusst. Sie hatte es gelernt.

So hatte sie ihr Interesse für Medizin entdeckt. Es war die Einsicht gefolgt, dass sie lernen konnte, wenn sie es wollte. Sie hatte gemerkt, dass Klugheit nicht da war, Klugheit erarbeitete man sich. Sie ist ein Ergebnis, sie ist eine Haltung, mit Ausdauer und Konzentration. Die Anforderungen können nicht groß genug sein.

Sie erinnert sich an einen Spruch von Goethe an der Wand ihres Gymnasiums.

Er spricht von der Forderung des Tages als Pflicht. Undenkbar vor einem Jahr.

Sie schließt die Tür auf. Sie betritt ihre Wohnung. Sie will den Abend mit Georg verbringen. Hat er Zeit? Sie war den ganzen Tag in ihrem Kopf, die Vorstellung, Georg zu lieben. Sie hat ihren Widerstand gespürt. Sie hat Georg verachtet für seine Verehrung, für seine Hartnäckigkeit. Sie will Georg kennenlernen, anders als bisher. Sie will alles anders machen. Diese Verliebtheit auf den ersten Blick hält sie für vertane Zeit. Sie weiß, dass sie endet, nach kurzer Zeit. Woher nimmt sie die Kraft zur Veränderung? Leila spürt, dass sie einen entscheidenden Schritt weiter gehen muss. Sie fühlt sich bei sich. Jetzt kann sie Georg in ihr Leben lassen. Wie wird Georg auf ihre neue Nähe reagieren? Sie weiß nicht, wie sie ihm begegnen wird. Was kann sie zulassen? Der Weg vom Freund zum Geliebten, wird er begehbar sein? Leila ist neugierig. Sie wird nicht gleich mit ihm schlafen. Diesen Fehler macht sie nicht.

Leila räumt auf. Wenn sie morgens in die Uni muss, bleibt eine Unordnung zurück. Früher hatte sie ein Chaos in ihrer geräumigen Wohnung hinterlassen, in dem gemeinsamen Haus mit Johannes. Sie hatte es gepflegt. Ihre Sachen hatten überall verstreut gelegen. Selbst vor den Gemeinschaftsräumen hatte sie nicht Halt gemacht. Johannes hatte ihr die Sachen hinterher geräumt, verständnisvoll, ärgerlich. Seit Leila ausgezogen war, hatte sie ein Ordnungssystem entwickelt. Nicht gleich. Im Verlauf war ihr bewusst geworden, dass sie anders nicht im Stande war, ihr Leben zu bewältigen. Ihr Studium hatte viel von ihr gefordert. Sie hatte logistische Fähigkeiten entwickeln müssen. Finanziell war sie gut ausgestattet. Sie wollte auch hier ihrer Unabhängigkeit näher kommen. Sie hatte gerechnet und Sparsamkeit erlernt.

Sie kocht gern, für sich selbst, für Freunde. Johannes hat sie vieles abgeschaut. Es muss schnell gehen. Viel Zeit hat sie nicht, vollwertig soll es sein. Alleine zu essen gefällt ihr nicht. Manchmal ist es eine Notwendigkeit. Sie hat sich daran gewöhnt. Sie hatte den gemeinsamen Mahlzeiten mit Johannes und Freunden nachgetrauert. Oft waren ihre Freunde zum Essen geblieben. Johannes hatte ein offenes Haus, sie hatte es geliebt. Das war vorbei für sie. Als Felix eingezogen war, hatte sie oft das gemeinsame Abendessen verweigert. Sie hatte ihren stillen Protest gegen Felix‘ Einzug geübt. Ihr hatte diese Zeit gefehlt. Sie hatte gewütet. Später war die Trauer gekommen. Sie hatte gewusst, dass es kein Zurück mehr hatte geben können. Sie hat sich verändert. Sie ist älter geworden, sie hat ihr Leben im Griff. Es kommt ihr selbst erstaunlich vor, dass sie es für‘s Erste geschafft hat.

Johannes ist ihr Vater. Seine Bedeutung ist geblieben. Ihre Selbstständigkeit setzt sie seiner Stärke entgegen.

Sie räumt das Frühstücksgeschirr in die Spüle. Wenige Teile spült sie unter fließendem Wasser. Die Küche ordnet sie flink und geschickt. Erstmal setzen. Sie hat einen bequemen Sessel aus ihrem alten Haus. Sie lässt sich fallen. Sie zieht ihre Beine hoch. Ihren Kopf bettet sie auf ihren Knien. So gefällt es ihr. Sie sitzt eine Weile. Sie muss sich sortieren. Sie schläft ein.

Sie träumt. Sie läuft einen Waldweg entlang. Die Bäume stehen dicht. Sie weiß nicht, wo sie ist. Sie orientiert sich. Sie ist hier gewesen. Es ist lange her. Sie ist ein Kind. Sie hat einen Hirtenhund bei sich. Sie hat nicht auf ihn geachtet. Er läuft direkt neben ihr. Er weicht ihr nicht von der Seite. Sie streichelt ihn zärtlich. Georgs Gesicht schiebt sich dazwischen. Der Hund hat sein Gesicht. Leila wundert sich. Sie liegt im Gras. Da sind wieder die Gestalten aus Alice im Wunderland. Sie feiern ein Fest auf der Wiese. Sie tollen ausgelassen herum. Leila bewundert ihre Behändigkeit. Sie haben bekannte Gesichter. Am Rand der Wiese steht ein Elf. Der Elf hat das Gesicht von Felix. Leila geht auf ihn zu. Sie will ihn begrüßen. Sie will ihm sagen, dass sie sich freut, ihn zu sehen. Sie will ihn zum Mitfeiern einladen. Alle tanzen, Leila nicht. Sie möchte mit Felix tanzen. Als sie auf ihn zuläuft, hat der Elf eine Fratze. Sie ruft nach Felix. Keine Antwort. Das Treiben der Gestalten wird laut und wild. Leila sieht sich umringt. Sie wird bedrängt, von allen Seiten. Sie hält sich die Hände auf die Ohren. Sie hält sich die Hände vor‘s Gesicht. Sie hat Angst. Sie wird in die Enge getrieben. Sie wird von allen angefasst, überall. Sie schreit. Sie sucht den Hirtenhund, den Hund mit Georgs Gesicht. Er ist immer noch neben ihr. Er schaut sie an. Er hat nicht gebellt.

Sie wacht auf. Sie ist fast vom Sessel gerutscht. Es ist warm. Ihr ist kalt. Sie steht auf.

Sie denkt: »Was träume ich da?«

Sie stellt Verbindungen her. Sie ist verblüfft, wie ihr Unterbewusstsein funktioniert. Diese kurze Schlafpause hat ihr zugesetzt. Sie ist nicht ausgeruht. Müde ist sie nicht. Es ist Zeit, Georg anzurufen.

Georg ist nicht zu Hause. Leila ist ungeduldig. Wenn sie sich etwas in den Kopf gesetzt hat, will sie es gleich. So ist sie immer gewesen. Sie ist durchsetzungsfähig. Sie kann stur sein. Auf andere Rücksicht nehmen, hatte sie lernen müssen. Es fällt ihr immer noch schwer. Warum ist sie nervös? Ihre Erwartung an Georg ist verändert. Georg ist nicht mehr der geduldete, liebenswerte, naive Freund unter Freunden.

Georg ist herausgehoben. Leila macht sich Gedanken über Georg.

Georg geht seiner Lieblingsbeschäftigung nach: Er denkt an Leila. Er sitzt in der U-Bahn nach Hause. Am Abend will er zum Yoga. Das Studium nimmt er ernst. Er ist gewissenhaft. Er ist ein vorsichtiger Mensch. Als er sich für das Medizinstudium entschieden hat, wusste er, dass er an seine Grenzen stößt. Er wollte es. Er hatte gute Noten. Die Stadt, die er ausgewählt hatte, bekam er nicht. Seit vier Jahren ist er hier. Er hat sich an die Großstadt gewöhnt. Lieber wäre ihm eine Kleinstadt gewesen. Er hatte sich das Studentenleben intensiver vorgestellt.

Es liegt an der Großstadt. Alle laufen auseinander, streben in verschiedene Richtungen. Es liegt an ihm, er ist nicht der laute Partytyp. Er trifft Freunde. Am liebsten sind ihm Gespräche zu Zweit. Er kann sich besser auf sein Gegenüber konzentrieren. Leila ist das andere Wesen. Sie kann nicht genug Leute um sich versammeln. Sie liebt Partys. Sie will von vielen umringt sein, sie will bewundert werden.

Nur Johannes weiß, dass sie in ihrem Kern schüchtern ist.

Mit Beginn des Medizinstudiums veränderte sich Leila. Hatte sie genug gefeiert? Ist sie die dahinplätschernden Gesprächssituationen leid? Bei der Immatrikulation hatte Georg sie kennengelernt. Georg hatte sich im AStA der Universität engagiert. Er hatte sich in Studienberatung für Erstsemester geübt. Leila war seine Beratungseröffnung gewesen. Als sie zielsicher im Hörsaal V auf ihn zugesteuert war, hatte er seine Augen auf sie gerichtet. Sie hatte sich mit sicherem Körperschwung vor ihn auf den Stuhl gesetzt. Georg hatte sich überrannt gefühlt. Sie hatte ihn erwartungsfroh angeschaut.

Sie hatte gesagt: »Erzähl mir was. Ich heiße Leila und will das Studium schaffen. Wie mache ich das?« Georg hatte sich unwohl gefühlt, ihm hatte die Direktheit gefallen. Die Frau hatte ihm gefallen. Er war verunsichert gewesen.

»Du meinst, dass ich dir dabei helfen kann?«

»Ich dachte, dafür sitzt du hier«, hatte Leila mit gespielter Heftigkeit entgegnet.

Es hatte aufgesetzt geklungen. Georg war ihre verborgene Orientierungslosigkeit nicht entgangen:

»Du bist ein schwieriger Fall. Du willst das Ende vorwegnehmen. Ich schlage vor, wir treffen uns heute Abend zum Essen. Ich erzähl dir alles, was ich weiß.«

Leila hatte ›Ja‹ gesagt. Georg hatte die Adresse auf einen Zettel geschrieben. Hinter Leila hatte sich eine Schlange gebildet. Ungeduldig hatten sie gewartet.

»Kenn ich«, hatte Leila schnell gesagt.

»Also um acht.«

»Gut, das passt«, hatte Georg gesagt.

Leila war weg. Was war das gewesen? Glück? Was sonst?

Georg erinnert sich gern an diese erste Begegnung. Die erste Frau, nach sieben Semestern. Eine, die ihm gefallen hatte. Seitdem war ein Jahr vergangen. Georg hatte sich beim ersten Essen in Leila verliebt. Leila war mit sich selbst beschäftigt gewesen. Sie war um einen guten Studienbeginn bemüht, so dass sie Georgs Blicke nicht wahrgenommen hatte, zuerst. Später hat sie es nicht übersehen können. Sie ist ihm freundschaftlich begegnet. Sie selbst hatte nichts gespürt, kein Kribbeln im Bauch. Sie hatte ihn gemocht. Sie hatten sich gut unterhalten. Sie war gern mit ihm zusammen. Weiter hatte sie nicht gedacht.

Georg ist ihr seit einem Jahr treu geblieben, er hat nicht aufgegeben. Er ist nie aufdringlich gewesen. Mit der Zeit hat er ihr enges Freundschaftsgefühl akzeptiert. Er hat gewartet.

Georg schließt die Tür auf. Er wohnt in einer kleinen Zwei-Zimmer-Wohnung. Anfangs hatte noch ein Freund aus der Schule bei ihm gewohnt. Der hatte das Medizinstudium aufgegeben. Die Hürde des Physikums hatte er nicht nehmen können. Dreimal war er gescheitert.

Georg wohnt allein, über seine Verhältnisse. Der Mietpreis ist hoch. Er ist sparsam in den täglichen Ausgaben. Er will die Wohnung halten. Einen neuen Mitbewohner will er nicht. Auf dem Telefondisplay sieht er, dass Leila angerufen hat. Er freut sich. Er hat an sie gedacht. Er möchte sie treffen. Soll er zurückrufen? Soll er warten, dass sie wieder anruft? Besser wäre es zu warten. Kann er das? Georg ist sensibel. Nach außen strahlt er Ruhe aus, innerlich verbrennt er. Sein Herz ist empfindsam. Bei dem Gedanken an Leila spürt er seine Seele. Beschreiben kann er das nicht. Es ist ein Gefühl, es breitet sich im Körper aus. Es ist angenehm irritierend. Der Erregungszustand erschüttert sein Gemüt. Die Ungewissheit ihrer Gefühle ihm gegenüber hält er aus. Seit einem Jahr zeigt er ihr, dass er sie begehrt. Leila verhält sich abwartend.

»Aus ihrer Sympathie ist kein Begehren geworden«, denkt Georg.

Georg hält das aus. Er ist angespannt. Macht er sich etwas vor? Sollte er den Tatsachen ins Auge blicken? Was sind die Tatsachen? Verdrängt er die Wahrheit? Wie lässt sich die Wahrheit ermitteln? Gibt es nicht verschiedene Wahrheiten? Wichtig für Georg wäre es, seine Wahrheit zu finden. Kann er seine Wahrheit mit Leila verbinden? Es klingelt.

Georg nimmt den Hörer ab.

»Hallo Leila, ich bin gerade nach Hause gekommen.«

Seinen inneren Kampf vor dem Telefon verschweigt er.

»Wollen wir uns heute Abend treffen? Später. Ich muss noch ein paar Texte für morgen vorbereiten. Geht es bei dir, so um Neun? Willst du zu mir kommen?«

Georg ist erstaunt.

»Das passt gut. Ich will zum Yoga. Danach könnte ich zu dir kommen. Gegen zwanzig nach Neun. Bis Neun geht der Kurs.«

»Ich finde es toll, dass du dein Yoga durchziehst. Gut, machen wir es so. Ich freu' mich auf dich.«

Georg ist irritiert. Hat Leila jemals so zu ihm gesprochen?

»Ich komme. Soll ich etwas mitbringen?«

»Nein, ich hab' Wein zu Hause.«

»Bis später.«

Georg ist aufgeregt. Was ist passiert? Leila ist anders. Er hat ein gutes Gefühl. Er weiß nicht, was er mit dem guten Gefühl anfangen soll. Kann er sich auf sein Gefühl verlassen? Er legt ›Radiohead‹ auf. Er mag die Band. Georg räumt die Wohnung auf. Er packt seine Sachen zusammen. Er geht zum Yoga.

Max trinkt ein Bier, er braucht das. Fehlt ihm der Mut, mit Eveline zu kuscheln? Er muss es tun. Der Druck ist groß, in ihm, der Druck von außen. Er nimmt Evelines Kopf, heftig. Er drückt seinen Mund auf ihren Mund. Seine Zunge verschafft sich Zugang. Evelines Widerstand ist gespielt. Es reizt sie. Sie will die Begierde spüren. Sie drücken sich aneinander. Ihre Münder sind verschlungen. Max fummelt unbeholfen an ihren Brüsten, sie sind entwickelt. Max ist überrascht. So groß hatte er sie sich nicht vorgestellt. Evelines Mund ist breit. Max spielt den Eroberer. Er fühlt, dass sein Schwanz wächst. Er steht eng am Körper. Es ist anstrengend. Der Geschmack von Eveline ist nicht überwältigend. Max schmeckt Rauch und Lippenstift. Warum müssen Mädchen rauchen? Warum müssen sich Mädchen schminken? Max hält inne. Er verzieht sein Gesicht zu einem breiten Grinsen.

Eveline wirkt erschöpft, zufrieden. Sie hat erreicht, was sie wollte, eine neue Eroberung. Max ist geknackt.

Max hat gemischte Gefühle. Er gibt sich cool. Er probiert aus. Er vermisst ein klares, eindeutiges Gefühl. »Liebe ist das nicht«, denkt er.

Er weiß nicht, wie sich Liebe anfühlt. Er weiß, wie sie sich nicht anfühlt. Er ist mit seinen Gedanken woanders. Er hat nicht den Drang, die Knutscherei fortzusetzen. Er hat Petra versprochen, nicht zu spät zu kommen. Er löst sich aus der Umarmung.

Er sagt: »Ich muss los. Meine Mutter wartet. Wir sind verabredet.«

Eveline ist enttäuscht. Sie gibt sich cool, wie Max. Sie zahlen. Sie gehen. Vor der Tür verabschieden sie sich. Max bemüht sich. Eveline hätte mehr erwartet. Max ist weg.

Als Max zu Hause ankommt, wartet Petra. Sie ist ungeduldig. Sie will Zeit haben, mit ihrem Sohn. Was sie vorhat, ist keine Kleinigkeit. Es hat Folgen für Max.

»Hallo Petra, ich hab‘ es nicht früher geschafft, sorry.«

Petra denkt, dass Vorhaltungen falsch wären.

»Wir müssen reden. Ich habe gestern Nacht einen Entschluss gefasst.«

»Was denn?«

Max ist nervös. Petra klingt anders als sonst.

»Ich werde mich heute Abend von deinem Vater trennen.«

Es ist ‘raus. Sie sagt nicht ›meinem Mann‹. Das kommt ihr nicht über die Lippen. Max ist überrascht, er kennt die Situation. Ausgesprochen wirkt es massiv. Es klingt nach Veränderung. Max zeigt kein Gefühl.

Er fragt: »Was heißt das?«

»Dass dein Vater morgen auszieht. Ich kann ihn nicht ertragen. Wir werden zukünftig zu zweit wohnen. Wie findest du das?«

Max ist sprachlos. Er sucht nach einer Empfindung, für seinen Vater. Was ist ein Vater? Max erinnert sich an seinen siebten Geburtstag. Da war er ein glücklicher Sohn gewesen. Er hatte Freunde aus der ersten Klasse eingeladen. Sie hatten gespielt, den Nachmittag. Abends war sein Vater gekommen. Er hatte ihn gedrückt. Er hatte ihn geküsst. Er hatte ihn auf seine Schultern genommen. Er hatte ihn durch die Wohnung getragen. Er hatte ihn durch die Luft geschleudert. Max hatte sich seinem Vater nah gefühlt. Er war stolz gewesen. Einen Vater zu haben, war schön. Sein Vater hatte ihm seinen ersten Computer geschenkt. Das ist lange her. In der Nacht hatten Petra und Albert gemeinsam an seinem Bett gesessen. Das hatte er selten erlebt. Es hatte ihm gefallen.

Danach war das nie wieder passiert. Er würde seinen Vater nicht vermissen. Ihr Verhältnis hatte sich entfremdet.

Max geht auf Petra zu. Er kriecht ihr auf den Schoß. Es ist eine Eingebung. Petra umschlingt ihn mit ihren Armen, sie weint. Max beruhigt sie. Er ist ein Junge. Er will nicht, dass seine Mutter weint. Er will nicht, dass sie leidet.

Er sagt: »Wenn du es schaffst, ist es gut. Ich vermisse ihn nicht. Er ist nie für mich da. Er hat mich beschimpft und belogen. Ich weiß, dass er mit anderen Frauen schläft.«

Petra hatte nicht gewusst, dass Max das weiß.

»Woher weißt du das?«

»Ich habe ihn mit einer gesehen. Ich wollte nicht, dass du Schmerzen hast. Ich habe es dir nicht gesagt. Er hat mir versprochen, damit aufzuhören, wenn ich nichts verrate. Er hat sein Versprechen nicht gehalten, ich weiß es.«

Petra ist erschüttert. Sie ist eine Mutter. Sie hat Angst um ihren Sohn. Sie will nicht, dass er das erlebt, was sie gelitten hat. Sie kann es nicht verhindern. Sie empfindet Trauer. Max ist erwachsen.

Georg hat geschwitzt, beim Yoga. Er übt sich in einer besonderen Form, bei 40 Grad. Georg ist ein Profi. Seit er Medizin studiert, hat er damit begonnen. Er geht jeden Tag zum Training. Es ist für ihn ein notwendiger Ausgleich zu seinem Lernstress. Er kennt alle Übungen. Er hat seinen schnellen, drahtigen Körper unter Kontrolle. Diese Körperdisziplin erleichtert ihm das Leben. Er fühlt sich ausgeglichen, mit sich und der Welt.

Zufrieden ist er nicht, er ist unglücklich verliebt. Er weiß nicht, was Leila für ihn fühlt. Seine Gefühle kann er beim Yoga ausdrücken. Das ist gut. Immer wenn er versucht hatte, Leila näher zu kommen, war er gescheitert. Er hat die Grenze nicht übertreten dürfen. Georg ist gut erzogen. Er ist fair. Er akzeptiert Leila. Nie hätte er Grenzen überschritten, die sie gesetzt hat. Er hätte es tun sollen, um Klarheit zu schaffen. Er hätte Leila früher in Zugzwang bringen sollen. Es ist eine Freundschaft geblieben. Beide hatten sich darin eingerichtet. Sie schützt beide, gleichzeitig fordert sie heraus. Leila hatte weder Hoffnungen geweckt, noch sich zweideutig verhalten. Georg hat sich gezwungenermaßen auf die Freundschaft eingelassen. Dass er mehr von Leila will, spüren beide, wenn sie sich treffen.

Das Telefongespräch ist in Georgs Kopf.

Er denkt: »Sie ist anders.«

Etwas ist passiert. Georg rätselt. Er ist bescheiden, zurückhaltend. Er kommt nicht auf die Idee, dass es etwas mit ihm zu tun haben könnte. Er beschleunigt seine Schritte. Er hat ein springendes Herz. Das Yoga hat ihn erschöpft, es hat ihn geöffnet.

Leila hat mit Johannes telefoniert, sie hat ihm gesagt, dass sie seine Beziehung mit Felix in Ordnung findet. Sie will nichts mehr von Felix.

»Ich will keine Konkurrenz mehr zwischen uns. Ich will meinen Vater, wie er ist.«

Johannes ist überrascht. Diese neuerliche Bestätigung. Ist sie nötig? Er hat anderes im Kopf.

Er sagt: »Komm vorbei, wann du willst.«

Leila ist zufrieden.

Sie sagt: »Ich will dir Georg vorstellen.«

»Bring ihn mit.«

Johannes weiß nichts von Georg. Er ist neugierig. Er ist nicht in der Stimmung über ihn zu reden. Leila merkt es. Sie wartet auf Georg.

»Gut, wir sehen uns.« Sie legt auf.

Georg steht vor der Tür. Er ist aufgeregt. Er ist gespannt, was ihn erwartet. Er klingelt.

Max weint. Dass er das kann, freut Petra. Ihre Erziehung war nicht umsonst. Machos haben keine Tränen. Petra möchte ihn in den Arm nehmen. Sie lässt es. Es wäre übertrieben. Sie hält sich zurück. Sie redet mit Max. Über sich, über ihre Beziehung zu seinem Vater, über ihre Wünsche. Sie möchte allein bleiben, mit Max. »Natürlich wäre es schön, einen Mann kennenzulernen, der uns beiden gefällt«, sagt sie unvermittelt. »Das braucht Zeit, denke ich. Könntest du dir das vorstellen?«

Überfordert sie Max? Ist ihre Ehrlichkeit angemessen? Sie merkt, dass sie mit Albert fertig ist. Sie trauert ihm nicht nach. Sie hat die Jahre vergeudet, das weiß sie. Sie versteht sich selbst nicht. Sie fragt sich, wie das hatte geschehen können. Es gibt Dinge, die passieren. Sie entziehen sich den bewussten Handlungen. Sie laufen lange, bis sie unerträglich sind. Sie dringen ins Bewusstsein. Petra hat das Gefühl, sie sollte handeln. Sie versucht es Max zu erklären. Max hört zu.

»Willst du es ihm heute Abend sagen? Schmeißt du ihn gleich raus? Was ist mit seinen Sachen?«

Petra denkt nach. Sie hat sich das nicht überlegt.

Sie sagt: »Er soll möglichst heute Nacht verschwinden. Er kann sie in den nächsten Tagen abholen. Ich werde sie ihm nicht auf die Straße stellen.«

»Wo soll er denn hin?«, fragt Max.

Er nimmt Anteil. Albert ist sein Vater. Er kann sich die Situation nicht vorstellen.

»Das ist mir egal. Er kann in der Praxis schlafen, bei einer seiner Tussis.«

Petra ist hart. Sie vergreift sich. Der Hass kommt hoch. Sie sollte Max 'raushalten. Sie korrigiert sich.

»Er hat Geld. Er kann ins Hotel gehen. Er kann sich eine Wohnung mieten.«

»Kann er nicht sagen, wir sollen gehen?«

Max ist unsicher.

»Nein, das kann und wird er nicht. Er weiß, dass er schuld ist.«

Max versteht das.

Was ist Schuld? Petra gibt Albert die Schuld. Sie hat sich nichts zu Schulden kommen lassen. Stimmt das? Sie hat sich Albert schön geredet. Sie hat alle Ratschläge und Warnungen der Freunde ignoriert. Albert passte vom ersten Moment an nicht zu ihr. Albert war nie bindungsfähig. Wie konnte sich Petra einbilden, das durch ein Stück Papier und die Geburt ihres Sohnes zu ändern? Sie hatte es gewollt. Sie hatte es glauben wollen. Sie überlegt. Es gab eine schöne Zeit, am Anfang, als sie Geliebte gewesen war, als er sie begehrt hatte, als er sie eroberte. Er war charmant gewesen. Anfangs war er ein guter Liebhaber. Dieser Zustand hatte nicht lange gedauert. Es war Gewohnheit geworden. Die hatte nicht gut geschmeckt. Albert war bei einer Neuen. Sie hatte es gewusst. Sie hatte ihn trotzdem gewollt. Sie hatte gedacht, sie hätte ihn ändern können. Petra hatte sich überschätzt, ihn hatte sie unterschätzt. Er ist skrupellos, ein egoistisches Monster.

Max hat nicht den Mut, von Eveline zu erzählen. Er denkt, Petra hätte andere Sorgen. Er weiß nicht, was ein Vater ist, er hatte nie einen. Nicht den, den er sich vorgestellt hatte. Sein Vater war nicht zärtlich. Er war nicht für ihn da gewesen, wenn er ihn gebraucht hatte. Er war kein strenger Vater, er war nur genervt von seinem Sohn.

Morgen wird Max Johannes treffen. Er freut sich darauf. Die Situation hat sich verändert.

Petra ist alleinerziehende Mutter, Max Halbwaise.

Er wird Johannes von Eveline erzählen. Dass sein Vater auszieht, wird ihm Petra berichten.

Georg hat Herzklopfen, erschöpft ist er nicht. Leila wohnt hoch. Georg macht Yoga. Leila steht in der Tür. Sie hat ein offenes Gesicht. Sie strahlt Wärme aus. Sie begrüßt Georg mit einer festen Umarmung. Georg ist Wachs in ihren Armen. Sein Körper ist geschmeidig, er trainiert hart. Er schaut verlegen auf Leila. Er war selten hier gewesen. Meistens hatten sie sich draußen im Café getroffen. Spät abends war er noch nie hier. Er weiß nicht, ob es von Bedeutung ist. Sein Wunsch nimmt diese Richtung. Er schließt die Wohnungstür. Das letzte Mal war es unaufgeräumt. Er hatte sie abgeholt und war kurz nach oben gelaufen.

Heute gibt es eine geordnete Unordnung, das Zimmer sieht einladend aus. Funktional ästhetisch, modern, einfach der Geschmack, bewohnt, benutzt. Zeichen eines lebendigen Daseins. Bücher und Skripte liegen auf dem Boden. Persönliche Bilder an den Wänden. Gegenstände mit Erinnerungen. Frische Blumen sieht er bei Leila das erste Mal. Einzelne lassen die Köpfe hängen. Er hätte welche mitbringen können. Etwas hat sich verändert. Leila ist unverkrampft.

Georg entspannt sich langsam. Er fühlt sich wohl in Leilas Nähe. Seine Erwartungen sind da, ihre Erfüllung unbestimmt. Leila sitzt auf dem roten Kissen. Sie lädt Georg ein, es ihr auf einem zweiten gelben Kissen gleich zu tun. Georg gleitet geschickt zu Boden. Er ist weich in den Gelenken, den Muskeln. Der Blick aus Leilas tief liegenden, dunklen Augen fängt ihn auf. Er im Schneidersitz, mit geradem, durchgedrücktem Rücken. Georg hat spielerische Eleganz.

Leila öffnet eine Flasche Rotwein. Für sie ist es ein besonderer Tag. Sie hat diesen Abend nicht geplant. Sie hat ihn für sich inszeniert. Georg weiß nichts von Leilas Entschluss. Leila ist entschlossen. Sie weiß nicht, wie sie die Wendung schafft.

»Schön, dass du gekommen bist. Ich dachte, dass es dir zu spät ist.«

Leila sucht einen Anfang.

»Ich war überrascht, bei dir zu Hause, um diese Zeit.«

Georg will sich nicht zuerst aus dem Fenster lehnen.

Leila lacht. Durch ihren Kopf schießen Filmszenen. Wie teilt sie ihm mit, was in ihr vorgegangen ist? Kann sie ihm ihre Absicht mitteilen? Sie sucht nach Erklärungen.

»Was ist los?«, fragt Georg.

Er weiß nichts. Er wundert sich, dass Leila nicht flüssig redet. Sonst redet sie flüssig. Er bewundert sie dafür

»Ich habe über uns nachgedacht. Ich habe dich lange abgewehrt. Du weißt, wie ich das meine. Ich war in meinem Leid, mit meinem Vater und seinem Freund gefangen. Das ist anders geworden. Ich möchte gern, dass unser Verhältnis intensiver wird. Ich weiß, dass du mich magst. Du hast es mir oft gezeigt. Ich glaube, ich mag dich mehr, als ich zugeben konnte.«

Georg ist baff.

»Wenn ich nicht sitzen würde, könnte ich umkippen. So eine Nachricht ist das. Sie ist schöner als alles, was ich mit Leila erlebt habe. Was soll ich jetzt sagen? Soll ich sie in den Arm nehmen, sie küssen? Bin ich ein Draufgänger? Verspiele ich meine Chance?«

Georg hat keine Worte. Georg kippt aus der Sitzposition mit dem Kopf in Leilas Schoß. Er kuschelt sich ein, er ist ein Kind. Ist das gut so? Er fragt nicht.

Leila nimmt seinen Kopf in ihre Hände. Sie streichelt ihn sanft. Sie beugt sich herab. Sie küsst ihn. Das erste Mal hatte er sie geküsst. Ein Knäuel wälzt sich über den Fußboden. Arme, Beine, ineinander verschlungen. Die Köpfe verbunden durch Lippen und Zungen. Ist das der Beginn einer Liebe? Wer könnte das mit Gewissheit sagen?

Georg ist froh. Fasst er sein Glück? Leila ist aufgelöst. Hat sie sich gelöst? Loslassen ist leicht, wenn man gehalten wird. Leila ist weiter, einen Schritt weiter. Sie drückt Georg an ihren Busen. Georgs Gesicht rutscht hinunter und fühlt sich aufgehoben, dazwischen. Beide atmen tief. Georg hebt den Kopf. Er schaut Leila direkt in die Augen. Er lacht befreit. Ein Knoten hat sich gelöst. Gut, dass er warten konnte.

»Ich bin ein glücklicher Mensch«, sagt er.

Er hat nasse Augen. Seine Disziplin hat Grenzen. Sie liegen auf dem Rücken. Leilas Kopf schmiegt sich an Georgs Bauch. Sie sind nackt. Die Erregung ist einer Atemlosigkeit gewichen. Ist Georg am Ziel seiner Wünsche? Leila ist skeptisch, sie hat sich selbst übertroffen. Sie ist zufrieden, sie bereut nichts.

»Sind wir jetzt ein Paar?«, fragt Georg übertrieben ironisch.

Er lacht dabei. Er kann es nicht glauben. Er will, dass es so ist.

Leila streichelt sein Gesicht.

»Ich möchte, dass wir es werden.«

»Wieso ein Jahr, nachdem wir uns kennen?«

Leila weiß, dass sie reden muss, sie will nicht.

Sie sagt: »Ich erzähle es dir später. Ich will dich genießen, wie du bist. Mir gefällt deine Ratlosigkeit. Ich finde dich nackt erotisch und schön.«

Es durchzuckt Georg. Sein Körper zeigt seine unbändige Freude.

»Überrascht hast du mich. Es ist wie alle Feste an einem Tag.«

»Ich habe mich selbst überrascht.«

Leila legt sich auf Georg. Sie drücken sich fest ineinander. In welcher Zeit leben sie? Wohin sind ihre Seelen entschwunden? Es passieren Dinge, von denen wir nicht wissen, warum sie sich gegen alles Gewohnte stellen. Sie sind neu gewonnene Realität.

Max hat Verantwortung. Er wird seine Mutter beschützen. Er hat etwas gelesen über verlassene Mütter. Petra ist die treibende Kraft. Sein Vater ist das Problem. Max steht auf der Seite seiner Mutter. Er wird handeln. Beide sind sich nahe. Beide warten auf Albert. Soll Max bei dem Gespräch zugegen sein?

Petra überlegt. Es gibt für beides Gründe. Soll sie es entscheiden? Überlässt sie es Max? Max ist unentschieden, Petra entscheidet dagegen. Es ist ihr Ehekrieg, nicht der von Max. Max verabredet sich mit Steven, sie wollen ins Kino gehen.

Max fragt: »Ist das okay? Brauchst du mich?«

»Ich brauche dich nachher, nicht für das Gespräch. Das muss ich alleine schaffen.«

Johannes sitzt am Schreibtisch, er schreibt einen Artikel. Eine Kunstzeitschrift hat ihn gebeten. Daraus ist ein Auftrag geworden. Johannes hat angenommen. Er ist spät dran. Bis Freitag muss der Artikel fertig sein. Er war so beschäftigt, mit sich, der Welt.

Die große Welt ist aus dem Blickfeld geraten, das passiert ihm. Johannes liebt seinen Mikrokosmos. Er würde alles tun, um diesen zu verteidigen. Die Dinge darüber hinaus können warten. Er weiß, was wichtig ist. Er würde selbst eine künstlerische Niederlage in Kauf nehmen. Er hat sich vorgenommen, diesen Artikel zu schreiben. Gegenwartskunst und gesellschaftliche Realität.

»Warum habe ich mich darauf eingelassen?«

Johannes weiß, dass er das Thema eingrenzen muss. So viele Weltsichten kennt er, allein unter seinen Studenten. Die Künstler, die er kennt, übertreffen das um ein Vielfaches.

»Entweder ich schreibe über das Problem an sich. Die Welt verändert sich durch ihre Aneignung. Der bildende Künstler übersetzt seine Weltsicht in Formen und Farben, in Aktionen und Installationen. Es ist banal.

Ich wiederhole Gesagtes, das will ich nicht. Oder die zweite Möglichkeit ist, mich auf meine Weltsicht zu beschränken. Bin ich ein Künstler? Ich produziere wenig.«

Johannes sorgt sich um seine Glaubwürdigkeit. Johannes zweifelt. Soll er sagen, er hätte es nicht geschafft. Das wäre feige. Er würde sich der Anstrengung entziehen. Er gäbe seine Verantwortung ab. Er muss es tun. Er hat eine Idee. Warum setzt er sich nicht mit den Arbeiten seiner Studenten auseinander, anonymisiert, konkret? Mit ihnen hat er am meisten zu tun, ihre Arbeiten kennt er. Er hat sie beurteilt. Er kennt ihre Lebensentwürfe, er weiß um ihre Hoffnungen. Er begleitet ihre Sehnsüchte. Er hilft ihnen über ihre Ängste hinweg. Johannes will konkret sein. Die Abschlussarbeiten sollen die Grundlage bilden. Er überlegt. Er sucht einen Anfang. Er beginnt zu schreiben.

»Was bringt einen Mann oder eine Frau dazu, sich für das Kunststudium zu entscheiden? Was geht in den jungen Menschen vor, die ihre Mappen einreichen, die sich den schwierigen Auswahlverfahren unterwerfen? Was erwarten sie vom Leben, was wollen sie? Was sind das für Menschen? Eine besondere Spezies?«

Johannes denkt an die Versuche seiner Meisterschüler, sich selbst und die sie umgebende Wirklichkeit in die Bilder zu bannen. Haltungen entstehen, Auseinandersetzungen werden angezettelt. Manche von ihnen zeigen ihren direkten Blick, andere suchen Zeichensysteme, die schwer zu entschlüsseln sind. Er schreibt weiter.

»Haben sie einen anderen Blick als die Anderen, die vielen Zeitgenossen? Wollen sie erschaffen, malen, ordnen, verwirren? Was treibt sie an? Die bildhafte Auseinandersetzung mit der Wirklichkeit kennen wir durch alle Jahrhunderte. Was zeigen die jungen Kunststudenten heute? Lassen sich Gemeinsamkeiten finden? Haben sie einen Bezug zur Gesellschaft? Bewegen sie sich im Abseits einer selbstbezogenen Kunstwelt?«

Johannes liebt es, Fragen aufzuwerfen. Er weiß, es würde schwer sein, sie alle aufrichtig zu beantworten. Das hat er vor.

Petra ist allein in der Wohnung. Max ist ins Kino gegangen, mit Steven. Petra hat ihm das Geld gegeben, ein Ausnahmetag. Er muss das vom Taschengeld bestreiten. Petra wartet, dass Albert nach Hause kommt. Sie ertappt sich bei dem Gedanken, dass ihr Zuhause nicht stimmt. War es jemals ihr gemeinsames Zuhause gewesen? Am Anfang, lange hat es nicht gehalten. Sie haben Jahre mit einer Lüge gelebt. Wie hatte sie das zehn Jahre aushalten können? Sie fühlt sich schuldig, still gehalten zu haben, sich selbst und Max gegenüber. Sie hatte geglaubt, es für Max tun zu müssen. Sie weiß, dass es ein Fehler war. Die Zerrüttung ihres Verhältnisses hatte sich fortgesetzt. Sie hatte geschwiegen. Sie hatte ertragen. Sie war feige ausgewichen. Petra denkt an ihre Freundin Margarethe. Wieso hat sie nicht auf sie gehört? Petras Lebensentwurf hatte sich als Irrtum erwiesen. Das passierte. Tragisch war, dass sie an ihrem Irrtum festgehalten hatte, obwohl sie gewusst hatte, dass es so war. Die Beziehung mit Albert war nach kurzer Zeit gescheitert. Eine Trennung zu dieser Zeit hätte ihr Vieles erspart.

Sie war ins Leiden hineingelaufen, sie hatte es mit offenen Augen getan. Albert hatte sie und Max benutzt. Er hatte sich den Rücken frei gehalten für sein erbärmliches Luxusleben.

Wenn sie darüber nachdenkt, bemitleidet sie ihn, sich selbst, Opfer geworden zu sein. Ist sie nicht auch Täterin? Sie hatte mitgespielt, sie hatte ihre Rolle ausgefüllt. Die Fassade hatte gehalten, weil sie akzeptiert hatte, was passiert war. Was beschwert sie sich? Sie nimmt sich vor, keine Szene zu machen. Sie will Albert ihre Entscheidung mitteilen. Sie lehnt es ab darüber zu diskutieren. Auf diese Ebene der Auseinandersetzung will sie sich nicht begeben.

Es ist zu spät. Es geht nicht um Veränderung. Sie hat kein Interesse an Einsichten. Vorwürfe macht sie sich selbst. Sie bricht ab, was zerbrochen ist.

Albert kommt um Sieben. Er macht einen zerstreuten, fahrigen Eindruck. Er ist klug genug zu wissen, was ihn erwartet. Die Zeichen, die Petra gesetzt hat, sind deutlich erkennbar. Das Fass ist übergelaufen. Albert hat es herausgefordert. Er hat Petra unterschätzt. Ihr Beharrungsvermögen die Jahre hindurch war bequem gewesen. Liebe kennt Albert nur als Begierde, Befriedigung. Sein Egoismus ist sein Recht auf Leben.

»Guten Abend. Da bin ich. Sag mir, was du willst?«

Nervös ist Albert. Sein Tagesplan ist durcheinander geraten, sein Lebensplan. Das betrifft ihn.

»Ich will, dass du sofort ausziehst. Ich spiele nicht mehr mit. Du übertreibst. Ich will ein neues Leben.« Petra spielt die theatrale Karte. Sie will ‘raus aus der Umklammerung des Alltags. Albert verzieht keine Miene. Er weiß, dass es Petra ernst ist.

»Was heitß das? Heute Nacht noch?«

Albert scheut den Skandal. Er ist der smarte Typ. Brutalität im vulgären Sinn ist ihm fremd, er hat andere Methoden.

»Du solltest gleich gehen. Das andere können wir in den nächsten Tagen regeln. Ich ertrage dich nicht.« Petra ist erstaunt über ihre Klarheit. ›The point of no return‹.

»Es ist alles gesagt. Klären wir das Formale zu zweit? Brauchen wir Anwälte?«

Albert ist kalt und berechnend. Er ist bereit, die Konsequenzen zu tragen. Er wird sein Leben nicht ändern. Wird er es ändern müssen? Geringfügig? Der Heimathafen bricht weg.

»Was ist mit Max?« Es ist eine rhetorische Frage.

»Max bleibt bei mir. Er will es.«

Petra ist stolz auf Max. Sie hatte gedacht, dass ein Vater wichtig wäre. Sie weiß, nicht jeder Vater. Das war ihr Irrtum gewesen.

»Ich gehe davon aus, dass wir es zu zweit lösen können. Ich bin nicht mehr emotional beteiligt. Es geht, denke ich.«

Ist Albert schuldbewusst? Er vermittelt Einverständnis. Er will nicht reden. Er ist ausgepowert, sein Tag war anstrengend. Er wendet sich zum Gehen.

»Gut, ich packe meine Tasche. Mach‘ mir Vorschläge, wie du dich trennen willst. Willst du die Scheidung, gleich?«

»Ja, schnell.«

Petra sagt, dass eine Diskussion überflüssig ist.

»Gut. Wir brauchen einen Anwalt. Ich sage Fritz Bescheid, wenn es dir recht ist.«

Fritz ist ein gemeinsamer Freund, ein Studienfreund von Albert. Sehr höflich, sehr förmlich, sehr etabliert. Petra hat nichts dagegen. Das wird er können.

Albert ist im Schlafzimmer. Er geht ins Bad. Er packt seine Sachen, in eine kleine Tasche. Er ist abgebrüht. Szenen liegen ihm nicht.

Margarethe hatte Recht. Er geht ohne Reue. Er hat hier nichts verloren. Er hat keine Gefühle für Petra, er hat keine Gefühle für Max.

Geht das? Was ist Albert für ein Mensch? Petra fasst es nicht. Sie will es. Sie ist erstaunt über die Leichtigkeit. Sie überschätzt Gefühle. Warum müssen Menschen Gefühle haben? Solche, die wir vergleichen können? Gefühle entstehen, sie verschwinden. Es ist endgültig vorbei. Sie bedauert nichts. Es tut weh. Albert fragt nicht nach Max. Albert fragt überhaupt nichts. Albert nimmt seine Tasche und geht aus der Tür. Er sagt nicht ›Auf Wiedersehen‹. Er dreht sich nicht um. Er ist weg.

Petra ist erleichtert. Sie ist einsam. Sie setzt sich in die Küche.

»Nichts ist anders“, denkt sie.

Alles ist anders, weiß sie. Wer hilft ihr über die Einsamkeit hinweg. Sie ist einsam. Es steht fest. Wie lange hat sie sich belogen? Sie will ‘raus, sie hält es in der Wohnung nicht aus.

Max hat einen Schlüssel, er wird zurechtkommen. Petra denkt an sich, sie zieht sich an. Sie schließt die Tür hinter sich. Sie läuft die Treppe hinunter. Sie hat eine Freiheit gewonnen. Welche Freiheit, weiß sie noch nicht. Es ist nicht spät. Sie läuft in die Innenstadt. Sie will unter Menschen sein, auch wenn sie nichts mit ihnen zu tun hat. Sie will die Menschen betrachten, sie will ihre Einsamkeit spüren. Sie reiht sich ein in die Vielzahl von Singles, die es gibt. Sie hat einen Sohn, für den ist sie da.

»Meine Familie ist Max.«

Sie hat Angst, sich und ihn zu überfordern. Die Luft hat sich gefangen, in den Häuserschluchten. Die Fassaden strahlen die Tageswärme ab. Petra ist heiß. Sie ist eine geschiedene Frau. Wie sich das anfühlt. Sie hatte diese Situation bis vor kurzem entwürdigend gefunden. Sie weiß, ihre Ehe ist würdelos gewesen. Ihre Gedanken legen eine weite Strecke zurück. Wie war die Zeit gewesen, bevor Albert in ihrem Leben vorgekommen ist?

Als sie in der Oberstufe gewesen war, hatte sie ihren ersten Freund kennengelernt. Sie war drei Jahre mit ihm gegangen. Er war aus einer jüdischen Familie gewesen. Die Eltern hatten den Holocaust überlebt. Sie waren verbittert gewesen, verloren. Ein Hotel in der Bahnhofsgegend hatte ihren Wohlstand gesichert. Sie waren nach Israel ausgewandert. Nach wenigen Jahren waren sie nach Deutschland zurückgekehrt. Petra hatte Marek auf einer Schulparty kennengelernt. Sie hatte sich in seine Augen verliebt, Hals über Kopf. Sie hatten im Klassenzimmer getanzt, unter den Augen ihres Lehrers. Sie hatten geknutscht, in einer Ecke des Schulhauses. Seine Lippen hatten fremd geschmeckt, gut. Petra war schnell verliebt gewesen. Sie war ihm nachgelaufen. Ihm hatte das gefallen. Er war verliebt gewesen. Er war sinnlich.

Seine Eltern hatten Petra nicht akzeptiert. Sie hatten eine Jüdin für ihn gewollt. Sie war nie eingeladen worden, er hatte sie nie mitgenommen. Petras Eltern waren verstrickt, sie waren jung gewesen. Der Vater war in der SA gewesen, die Mutter beim BDM. Was hatte Petra damit zu tun? Ihre große Liebe hatte unter einem schlechten Stern gestanden. Die Vergangenheit hatte die Gegenwart überlappt. Sie hatte zwischen ihnen gestanden. Sie hatten sich geliebt, sie waren sich nahe gekommen. Die Eltern hatten dazwischen gestanden. Es hatte keinen Weg an ihnen vorbei gegeben. Das Schuldgefühl hatte im Raum gestanden. Es hatte sich Bahn gebrochen. Petra hatte dagegen gekämpft, Marek hatte sich nicht gewehrt. Es hatte keine Chance für sie gegeben. Sie hatten nichts damit zu tun gehabt, sie waren Nachgeborene. Die Vergangenheit hatte die Gegenwart eingeholt. Sie hatten sich getrennt. Petra hatte resigniert.

Albert war ihr über den Weg gelaufen. In einer Situation ihrer Hilflosigkeit. Albert hatte sie aufgefangen. Er hatte ihre Trauer ausgenutzt. Er hatte ihr schöne Augen gemacht, sie verführt. Sie hatte sich einsam gefühlt. Sie war leichte Beute für seine Wünsche gewesen. Max war zur Welt gekommen, die Familie schien unausweichlich zu sein, mit einem Mann, der sie immer betrogen hatte. Petra hatte lange gebraucht.

Der Entschluss befreit sie. Es liegt eine ungewisse Zukunft vor ihr. Es gibt sie wieder, eine Gegenwart der Erwartung, den Gedanken, dass es eine Zukunft geben könnte.

Petra geht am Fluss entlang. Sie geht an der Bank vorbei, auf der Johannes seine erste männliche Liebe gefunden hat. Groß ist die Stadt nicht, die schönen Orte sind nicht zahlreich. Sie läuft über die Brücke zurück. Sie fühlt sich ortlos. Ein Ziel hat sie nicht. Am Fluss ist es ruhig. Pärchen liegen im Gras. Eine Wehmut rührt sie an. Sie ist melancholisch. Sie trauert um ein Phantom. Sie müsste glücklich sein, sie ist es nicht. Das braucht Zeit. Das Bewusstsein, von etwas, das sie jahrelang gelebt hat, überfällt sie.

Sie hat keinen Mann, sie teilt mit keinem ihr Leben. Sie weiß nicht, wie es weitergeht.

Petra steht mitten im Leben. Sie hat Freunde, sie trägt Verantwortung. Ihre Kollegen mögen sie. Sie hat einen Sohn. Was nützt ihr das alles gegen die Leere? Die Leere in ihrem Körper? Die Liebe, die sie braucht, war ein Jahrzehnt lang eine Fiktion gewesen. Sie ist weg. Sie ist leer.

Spät nachts findet Petra den Weg nach Hause. Max ist bei Steven geblieben. Eine Nachricht auf dem AB teilt ihr das mit. Die Wohnung ist leer. Sie legt sich auf das Bett. Sie weint. Sie schläft ein.

Johannes sitzt über seinem Fragenkatalog. Er hat die Arbeiten seiner Meisterschüler vor Augen. Er kennt sie. Er hat lange über ihnen gebrütet. Er musste etwas sagen, zu jedem von ihnen. Er hatte die Aufgabe, sie zu bewerten. Die Diskussion in der Meisterklasse folgte. Johannes sucht nach Formulierungen dieser Vorgänge in seinem Artikel. Es geht schleppend voran, da er abwägen muss, wie weit das Leserinteresse geht, und wie weit Interna vereinfacht werden müssen. Es gehört nicht zu seinen Lieblingsbeschäftigungen, solche Artikel zu schreiben. Sein wissenschaftlicher Ruf erfordert es. So ergibt er sich in diese Notwendigkeit.

Er sitzt da, er formuliert, er denkt nach, er strukturiert, er formt um. Zufrieden ist er selten. Es geht voran.

Leila setzt sich aufrecht. Georg liegt noch bäuchlings auf dem Boden. Er grunzt zufrieden in sich hinein. Leila hat mit dem Rauchen aufgehört. Dieser Moment wäre so ein Moment, wo sie sich eine Zigarette hätte anstecken wollen. Sie tut es nicht. Sie gießt sich ein Glas Wein ein, sie nimmt einen Schluck. Sie gibt das Glas an Georg weiter. Er dreht sich um zu ihr, er schaut sie an.

»Was ist passiert?«

Georg drückt sein Erstaunen aus. Es ging alles so schnell. Er weiß nicht, wie er alles erklären soll.

Er ist nicht zum Denken gekommen. Die Dinge waren überstürzt. Leila hat den Schlüssel.

Sie hat ein offenes Lachen im Gesicht. Sie setzt zum Reden an:

»Ich habe nach dem Besuch bei meinem Vater nachgedacht. Ich war seit langer Zeit unglücklich verliebt, in den Freund meines Vaters. Ich musste ausziehen. Als ich sie besucht habe, dachte ich, es sei alles vorbei. Es war nicht vorbei, es kam wieder. Ich war konfrontiert mit meiner Vergangenheit. Ich wollte etwas ändern. Ich fing an über mein Liebesleben nachzudenken. Über mein Verhalten gegenüber Männern. Ich durchschaute plötzlich die Struktur meiner Liebschaften. Ich bin vor mir selbst erschreckt. In dieser Situation habe ich an dich gedacht. Ich habe überlegt, dass es zwischen uns anders gelaufen ist. Ich habe dich abgewehrt, weil ich in meiner Struktur gefangen war. Ich hab mir gedacht, das muss ich ändern. Ich wollte dich erleben. Dann hab ich dich angerufen und eingeladen. Ich finde es gut so.«

Georg zeigt Leila sein schönstes Lachen. Er schwimmt im Glück. Sein Yoga gibt ihm Ruhe, sonst würde er schreien. Sein größter Wunsch ist in Erfüllung gegangen. Er hat zugehört. Das kann er. Er hat verstanden, was Leila gesagt hat. Er will diese Beziehung. Er ist bereit alles dafür zu tun. Er steht nicht unter Druck. Er hat die Gelassenheit des heimlich stillen Siegers. Er ist kein Siegertyp. Ein Verlierer ist er nicht. Dazwischen liegen seine Stärken.

Gelassen kann er nicht sein, dazu ist er zu aufgeregt.

Er sagt aus vollem Herzen: »Ich habe ein Jahr auf diesen Moment gewartet. Ich hatte die Hoffnung aufgegeben und wieder nicht. Ich wusste oft nicht, was in dir vorging. Dass ich warten kann, ist eine Stärke von mir. Als Kind wurde es mir als Schwäche ausgelegt. Du machst mich froh. Ich möchte, dass du glücklich bist.«

Sie umarmen sich zärtlich am Boden. Die Worte verflüchtigen sich, sie werden nicht gebraucht.

Felix packt seine Sachen zusammen. Es ist spät geworden, im Verlag. Er hatte Telefonkonferenzen. Am Mittag war er durch den nahe gelegenen Park gelaufen. Er hatte eine zärtliche Nachricht an Johannes geschickt. Der war mit seinem Artikel beschäftigt, hatte aber liebevoll geantwortet. Felix hatte nachgedacht, über seinen Stand im Verlag. Er kann zufrieden sein. Er hat die Dinge nicht überstürzen wollen. Ihn hatte sein Ehrgeiz vor sich hergetrieben. Eine gewisse Bequemlichkeit hat ihn ausgebremst, glücklicherweise. Wichtig will er sein, ernst will er genommen werden. Eine Aura des ›Immerbeschäftigtseins‹ sollte ihn umgeben. Ein Workaholic ist er nicht. Er genießt seine Freiheiten. Er liebt seine zwanglosen Pausen, Kontrolle hasst er, manchmal unterwirft er sich ihr.

Der Verlag hatte vor Jahren Stechkarten eingeführt. Später waren sie abgeschafft worden. Sie hatten das Betriebsklima vergiftet. Eigene Verantwortung war ein höheres Gut. Die Verlagsleitung hatte dies sehr schnell erkannt. Dumm ist Dr. Kaiser nicht. Felix hat zwischendurch immer wieder an Pierre gedacht. Irgendetwas stimmt nicht mit ihm. Sein Verhalten ist auffällig. Felix kann es nicht benennen. Es ist eine Ahnung. Es gibt Verhaltensindizien. Wenn etwas faul ist an der Sache, hängt er mit drin.

Er sieht die Anderen sich hämisch über den naiven Glauben des jüngeren Lektors lustig machen. Felix ist alles andere als naiv. Hat er klug gehandelt? Jetzt ist es zu spät. Er muss die Veröffentlichung durchziehen. Er ist sich nicht klar darüber, wie er sich auf dem Treffen verhalten wird. Es wäre besser, er widmet sich dem Lektorat. Er bekräftigt sich zum zweiten Mal, seine detektivischen Ambitionen vergessen zu müssen.

Kann er das?

Er macht sich auf den Heimweg. Am Abend wollen sie Essen gehen. Zum Kochen werden beide zu müde sein. Felix will indisch essen.

Johannes beeilt sich aus dem Institut zu kommen. Er will Max nicht warten lassen. Er hat versprochen, ihn von der Schule abzuholen. Er tritt fest in die Pedale. Er überfährt Stoppschilder, Ampeln. Hat er sich nicht vorgenommen, vorsichtiger zu sein? Es gibt Ausnahmen. Johannes ist ein schwerer Fall.

Das Schulgebäude von Max ist altehrwürdig. Es steht unter Denkmalschutz. Ein Jugendstilbau der Jahrhundertwende. Ein schönes Gebäude. Johannes hatte es sich bei einem Theaterabend angeschaut. Er war beeindruckt von den liebevoll gekonnten Reproduktionen der Ornamente und Bemalungen gewesen. Seine eigene Schule war ein moderner, hässlicher Allzweckbau gewesen, wie sie in den Sechziger Jahren hochgezogen worden waren. Er war nach kurzer Zeit verwahrlost, beschmiert, bemalt.

Johannes erinnert sich, dass auch er sich mit einigen Graffitis an seiner alten Schule verewigt hatte. Das Schulgebäude von Max wird von den Schülern akzeptiert, respektiert. Alle Ängste, dass die kostspieligen Restaurierungen den Schülergenerationen zum Opfer fallen würden, haben sich nicht bewahrheitet. Für Johannes ein Beweis dafür, welche erzieherische Wirkung Schönheit und Ästhetik ausüben können. Johannes hat sein Ziel erreicht. Es klingelt. Er holt Atem. Er lehnt sein Fahrrad an die Mauer und stellte sich lässig dazu. Max ist sicher auch mit dem Rad da.

Würden seine Mitschüler ihn für den Vater halten? Was denken sie sonst? Hatte Max von ihm erzählt? Mit Onkeln ist das so eine Sache. Seit das Thema Pädophilie in der Öffentlichkeit breitgetreten wird, gibt es viele Missverständnisse. Anschuldigungen und Verdächtigungen nützen niemandem.

Johannes sieht das Problem in der mangelnden Stärke in Jugendlichen und Kindern. Dass sie sich nicht wehren, ist das Problem ihrer Erziehung. Ein Schulkind mit dem nötigen Selbstbewusstsein kann sich wehren. Dass die Kinder oft in Abhängigkeitsverhältnissen missbraucht werden, ist eine falsche Bewertung der Macht. Seiner Meinung nach ist ein frei und unabhängig erzogenes Kind in der Lage zwischen väterlicher Zuneigung, Verführungsabsicht und Vergewaltigung zu unterscheiden. Die vielen Übergriffe sind der Autoritätsgläubigkeit geschuldet, die von den Erziehern gefördert wird.. Seien es nun Eltern, Lehrer oder Erzieher. Johannes entschuldigt nicht die Pädophilen. Er weiß, dass eine Neigung schwer zu beherrschen ist. So müssen die potentiellen Opfer gestärkt werde. Es schützt nicht gegen brutale Gewalt. Es verhindert die vielen einvernehmlichen Übergriffe. Für Johannes ist es eine Frage der Persönlichkeitsentwicklung von Kindern und Jugendlichen. Sie findet nicht genügend statt. Eltern, Schüler und Erzieher fordern Unterordnung, ohne Regeln zu erklären oder zu begründen.

Max geht auf Johannes zu. Er umarmt ihn herzlich, stürmisch. Eveline geht kurz hinter ihm. Sie ist überrascht, sie rollt mit den Augen. Will sie Johannes verführen? Das ist die Kehrseite des durchdachten Problems. Max kommt ihr zuvor.

»Das ist Johannes, ein Freund von uns. Wir haben uns zum Mittagessen verabredet.«

Johannes freut sich darüber. Er ist nicht der Freund von Petra, sondern von ›uns‹. Das wertet Johannes und Max auf. Das nennt er Selbstbewusstsein.

Eveline schmeißt sich dazwischen. Sie ergreift Besitz von Max. Sie knutscht ihn ab. Es ist eine klare Ansage und Demonstration. Johannes lacht.

Max ist schön. Er wehrt sich nicht. Hilflos wirkt er. Langsam befreit sich Max.

»Johannes hat nicht viel Zeit. Wir haben etwas Wichtiges zu besprechen. Ich schick dir nachher eine SMS.«

Eveline ist beleidigt, sie schmollt, sie kokettiert, sie ist neugierig.

»Erzählst du mir, was?«

Max tut geheimnisvoll.

»Später«.

Er lacht verschmitzt. Er ist froh, Johannes als Freund zu haben.

Max holt sein Fahrrad aus dem Keller.

Eveline wartet mit Johannes.

»Wie war der Unterricht?«

Johannes macht Konversation. Eveline zeigt ihre Zähne, weiß, gesund. Sie bleckt auffällig. Das gefällt Johannes nicht.

»Es gibt gute Stimmung. Ich komme her wegen der Leute. Der Unterricht läuft mit.« Johannes ist das nicht unbekannt.

»Cool«, sagt Johannes unvermittelt.

Das kleine Wort hat seine Wirkung. Eveline rutscht der Schmollmund weg, für eine Sekunde.

Max kommt zurück. Eveline schmeißt sich wieder an ihn. Diesmal geschickt über die Querstange des Fahrrads. Sie ist nicht groß. Sie hängt an seinem Hals. Es ist unbequem für beide. Sie lösen sich schnell. Eveline geht.

Max und Johannes schwingen sich auf ihre Räder.

Wenn man auf dem Fahrrad sitzt, taucht man in eine andere Welt ein. Das Verhalten ist anders. Man sieht die Dinge anders. Leute, die nie Fahrrad fahren, kennen das nicht. Sie reagieren ungehalten auf Fahrräder. Sie begreifen nicht die Philosophie, die dahinter steckt. Sie haben das Gefühl nie erlebt, das der Fahrradfahrer erlebt. Er ist der Schwächste im Straßenverkehr. Er wird von Autofahrern und Fußgängern missachtet. Das macht ihn stark. Das lässt ihn sich als Opfer fühlen. Das lässt ihn zum Täter aus Überzeugung werden.

Johannes hat Verantwortung, er fährt gesittet. Er will in ein kleines Gartenlokal in der Nähe des Flusses. Die Entfernung ist zu bewältigen. Max fährt direkt hinter ihm.

Die Sache mit Eveline ist Max peinlich. Soll er mit Johannes darüber reden? Er will abwarten, was passiert. Lust hätte er schon, dessen Meinung zu erfahren. Er muss ihm von Alberts Auszug erzählen. Johannes weiß nichts davon. Max hat seine Vorschläge aufgeschrieben. Er möchte Johannes beeindrucken. Eine kleine Linkskurve, Johannes streckt den Arm übertrieben weit raus. Er vergisst das häufig. Max ist dabei.

Johannes weiß, wie schwer es ist, Vater zu sein. Man bleibt es. Man wird es nicht los. Es heftet sich an die Fersen und folgt einem ein Leben lang. Johannes ist Vater. Nur für sein Kind, Leila. Er weiß, was diese Verantwortung bedeutet. Max ist ihm lieb. Er ist nicht sein Sohn.

Felix ist der wichtigste Mann in seinem Leben, er ist sein Partner. Die Beziehungen zwischen Menschen sind definiert. Man definiert sie selbst. Man schafft sich ein Bezugsystem. Jeder bekommt seinen Platz. Jeder bekommt seine Rechte zugewiesen. Beziehungen sind vielfältig geworden. Sie gestalten sich komplex. Man muss sie und sich selbst zuordnen. Wenn einer querliegt, schafft das Probleme. Nur einen darf man lieben. Die anderen werden abgestuft. Sie ordnen sich in eine Rangfolge. Das System gerät aus den Fugen. Der Partner könnte Konkurrenz bekommen. Die Tochter kämpft um ihren Platz. Der einstige Geliebte wird notwendig herabgesetzt.

Johannes fand das immer absurd. Warum soll man nicht zwei Menschen gleichermaßen lieben? Seine Erfahrung mit Felix lässt ihn zweifeln. Er denkt, wenn Felix etwas zustoßen würde, was bliebe ihm? Er verwirft den Gedanken. Er sollte sein Leben auf die Reihe bekommen. Warum ist das so schwer, einen Menschen zu lieben und man selbst zu bleiben. Johannes weiß, das ist die wahre Kunst des Liebens.

Er arbeitet daran.

Sie haben die Räder aneinander geschlossen. Eine schöne Geste. Max folgt Johannes in den Garten. Ein schöner, einladender Park mit alten

Bäumen. Sie spenden Schatten. Eine angenehme Kühle. Die Tische und Stühle stehen locker auf Kies. Eine Eckbank lädt sie ein, für zwei. Sie ist leer. Es ist ein vertrautes Treffen. Zwei Freunde. Zwei unterschiedliche Generationen. Ein schönes Bild. Mancher würde es anrüchig finden. Warum? Jung gehört zu jung. Alt gehört zu alt. Die Familie ist die erlaubte Ausnahme. Wie beschränkt sind Menschen? Es muss alles seine Ordnung haben. Sonst sind es Außenseiter.

Großer Altersunterschied in Beziehungen wird belächelt. Die Denkkategorien sind klar. Man will Normalität. Diese Gedanken machen Johannes Angst. Er weiß, Felix ist konventionell. Da nützt die ganze Bildung nichts. Das liegt in den Genen. Johannes muss lachen bei diesem Gedanken.

Max bestellt eine Cola. Johannes nimmt Apfelsaft. Sie entscheiden sich für das Mittagsmenü. Das geht schnell, das ist preisgünstig.

»Wer war das? Ist es deine neue Freundin?«

Johannes ist direkt.

Max ist erleichtert, er kann antworten.

»Ob du es glaubst, oder nicht, die hat mich im Unterricht bei Waldi angemacht. Ich find es spannend. Sie will mit mir gehen. Ich weiß nicht, sie ist aufdringlich. Ich finde sie nicht wirklich gut. Sie ist ziemlich krass drauf. Das mag ich nicht so. Das Knutschen ist geil.«

»Klingt nicht verliebt.«

»Nein, verliebt bin ich nicht. Sie macht die Show. Ich mach‘ halt mit.«

Max ist ehrlich zu Johannes. Der schätzt das.

»Wie sieht es aus mit deinem Plan?«

»Ich habe viel überlegt und alles aufgeschrieben.«

Max packt den Zettel aus der Tasche und gibt ihn Johannes.

»Bei uns gibt es was Neues. Petra hat Albert ‘rausgeschmissen. Sie hat sich getrennt. Ich finde es besser. Mir fehlt er nicht. Ich weiß nicht, wie Mama damit zurechtkommt.«

Johannes ist verblüfft. Es war zu erwarten gewesen. Das verändert vieles.

»Dann seid ihr zu zweit. Die Regeln braucht ihr trotzdem.«

Johannes hat kommentierend gelesen. Die Punkte von Max sind durchdacht.

»Ich finde das eine gute Ausgangsbasis für euer neues Zusammenleben. Mit dem spät weggehen, wird es sicher Probleme geben. Ich finde es okay, wenn es nicht jeden Abend ist. Ich denke, du meinst das Wochenende! Mit deinen Vorsätzen für die Schule bin ich einverstanden. Dein Zimmer gehört dir. Das ist klar. Ich denke, mit Petra wird es weniger Probleme geben. Der Druck von Albert ist weg.«

Max sieht das genauso.

»Hat er über mich zu bestimmen?«

»Formal schon, er ist dein Vater. Das müssen Petra und er regeln.«

Sie essen und reden. Johannes erzählt von seinem Artikel, er erzählt von Felix. Max fragt viel über ihre Beziehung. Johannes versucht ehrlich zu antworten.

»Wie ist das, was du Liebe nennst?«

Johannes weiß nicht, wie er antworten soll. Die Liebe, die er für Felix empfindet, ist umfassend. Sie ist körperlich begehrlich. Er liebt jeden Millimeter Haut von Felix, besonders empfindliche Stellen. Die Liebe ist geistig aufregend. Er liebt, wie Felix spricht, was er sagt, seine Klugheit, seine Balance zwischen spießiger Normalität und Intellektualität. Er liebt sein Herz, seine Wärme, seine Nähe, seine Zärtlichkeit, seine Küsse und seine Umarmungen. Er liebt seine Seele. Leicht und leise schwebt sie im Raum, wenn er da ist. Sie macht Johannes froh. Der Alltag mit Felix ist das Schönste, was Johannes erlebt hat. Morgens aufwachen, abends einschlafen. Die Nächte der Zweisamkeit sind für Johannes ein Paradies. Er lebt manchmal mehr in den Nächten als am Tag. Er ist Felix‘ Haut nah. Johannes weiß, dass er verrückt nach Felix ist. Johannes weiß, dass das nicht gut ist. Johannes will es ändern. Er weiß nicht wie.

Er sagt: »Weißt du, ich liebe Felix, wie er ist. Ich mag seine Stärken, seine Schwächen. Ich vertraue ihm bedingungslos. Ich kann mich auf ihn verlassen. Er kann sich auf mich verlassen.«

Johannes weiß, dass er übertreibt. Es ist sein Wunschdenken. Es ist, wie es sein sollte. Ob es so ist und sein wird, weiß Johannes nicht.

Max sagt: »Das ist schön. So möchte ich lieben.«

Johannes sagt: »Ich übertreibe sicher. Es ist das erste Mal, dass es so ist. Ich habe viel geliebt. Es war anders.«

Georg ist über Nacht geblieben. Was hätte schöner sein können. Er weiß, es ist seine erste Liebe, die diesen Namen verdient. Es war nie so heftig gewesen. Die Gefühle haben getobt. Die Überraschung ist Leila gelungen. Er hätte niemals geahnt, dass Liebe so schnell geht, so unerbittlich ist. Er hat ein Jahr auf diesen Moment gewartet. Es hatte keine Anzeichen gegeben. Er ist hineingerissen worden, er hat getaumelt. Er ist gestrauchelt. Er ist über seine eigenen Füße gefallen. Er ist weich gefallen, in Leilas Schoß. Es war nicht romantisch, es war ein Überfall. Es hatte keine Zeit zum Träumen gegeben. Das war vorher, das hatte er nächtelang getan. Ins Leere war er gelaufen, verzehrt hatte er sich in Hoffnungen, in Erwartungen verloren. Es hatte Enttäuschungen gegeben. Das Blatt hatte sich gewendet.

Er begreift Leilas Rede. Verstanden hat er den Wandel nicht. Es schien rational, es schien konstruiert. Ist es der Anfang von Liebe? Es war Hingabe. Es dreht sich in seinem Kopf, hin und her.

Georg macht die Augen auf. Er liegt neben Leila. Sie ist schläfrig. Sie müssen aufstehen. Die Vorlesungen beginnen früh, in Medizin. Georg streichelt Leila vorsichtig. Er möchte sie nicht wecken. Er muss sie wecken. Er kuschelt sich an sie.

»Wir müssen aufstehen. Es ist Sieben.«

Leila hat verstanden. Sie ist diszipliniert. Seit sie studiert, kennt sie den Rhythmus. Es ist anders. Sie würde mit Georg den Morgen im Bett verschlafen. Es geht nicht. Sie ist benommen von Georgs Zärtlichkeit. Georg ist unsicher. Er ist aufgestanden. Er steht nackt in der fremden Wohnung, verloren. Nicht mal eine Zahnbürste hat er.

»Ich muss nach Hause, meine Sachen packen.«

Er zieht sich schnell an. Leila richtet sich auf, sie zieht ihn hinunter zu sich. Leila küsst Georg. Georg küsst Leila.

»Wir sehen uns in der Uni.«

Georg ist weg.

Leila denkt nach. Was ist passiert? Ihr Plan ist gelungen. Sie fand es schön. Ist sie in Georg verliebt? Sie konnte sich fallenlassen. Das hat ihr gefallen. Sie hat sich eingelassen. Das möchte sie weiter. Wohin es führt, weiß sie nicht. Es ist anders als ihre bisherigen Dates. Das weiß sie. Dass

Georg über Nacht geblieben ist, findet sie folgerichtig. Sie fühlt sich wohl, Georg riecht gut. Sie küsst ihn gern.

Vorgenommen hatte sie sich etwas anderes.

Petra ist bei der Arbeit, ihre Müdigkeit ist auffällig. Sie ist schlecht geschminkt. Als Max seine Sachen geholt hat, war sie im Bad. Ein kurzer Morgenkuss. Sie hatte sich gefreut. Max hatte bei Steven gefrühstückt. Sie musste sich beeilen. Sie war unorganisiert. Das ist neu. Sie ist froh, dass sie nicht spät gekommen ist. Dann hätte es Fragen gegeben. Sie ist als überpünktlich bekannt, obwohl es Gleitzeit gibt. Sie ist selbstständig in ihrer Arbeit. Soll sie es den Anderen sagen? Wie hört sich das an? ›*Ich bin getrennt*‹. ›*Ich habe mich getrennt*‹. ›*Wir sind getrennt*‹. ›*Albert ist ausgezogen*‹. Petra probiert es aus. Sie ist nicht abhängig von der Meinung der Anderen. Es ist frisch. Komisch, dass es seit Jahren ist, wie es ist.

Dass sie es ausgesprochen hat, ändert viel. Albert ist für ihre Kollegen ein Phantom. Er war nie da gewesen, wenn sie kamen. Er hatte sie nie abgeholt. Er war immer beschäftigt gewesen. Petra denkt, alle wussten es. Es war eine Scheinehe, nicht im juristischen Sinn, in der Wirklichkeit ihres Erlebens.

Petra will sich Zeit lassen. Sie möchte zu sich kommen. Später will sie sich ihrer Umgebung stellen.

Herbst

Der Sommer hatte lange angehalten. Über zwei Monate hatte die Hitze die Stadt im Griff. Die Menschen, die in der Stadt geblieben waren, hatten sich den südlichen Temperaturen angepasst. Die Freizügigkeit in der Kleiderordnung war von Woche zu Woche gewachsen. Sie hatte südliche Standards erreicht. Bis auf einzelne Gewitter hatte es wenig geregnet. Der Fluss war nur langsam wieder angestiegen. Der September war nicht trocken wie sonst gewesen, es hatte geregnet. Die Temperaturen waren mild geblieben. Langsam hatten sich die Stadtbewohner umgestellt. Es hatte nicht so bleiben können.

Hier ist die Mitte Europas. Das Klima kontinental.

Der Oktober hat stürmisch angefangen. Seit gestern kann man ihn golden nennen. Ein leichter, kühler Wind streicht um die Häuser des Viertels. Die Sonne strahlt von einem blass blauen Himmel, sie steht tiefer, warm ist es nicht. Dass der Sommer zurück kommt, ist eine Illusion. Es ist Herbst geworden. Alle wissen das. Der Wetterbericht kündigt stabiles Herbstwetter an.

Johannes bereitet das neue Semester vor. Felix ist wegen der Buchmesse im Dauerstress. Sie hatten einige Wochen in Amerika Urlaub gemacht. Ost- und Westküste hatten auf dem Programm gestanden. Felix hatte die Westküste besser gefallen. Johannes hatte die Neugier und Freude von Felix geliebt, das Land, die Städte kannte er. Er war gern dort gewesen, mit Felix war es eine doppelte Freude. Ein Fest, seine Freude zu erleben.

Johannes hatte Felix‘ Entdeckersinn genossen. Er hatte Felix die Führung überlassen.

Felix orientiert sich leicht, er hat eine große Fähigkeit, alles Neue in sich aufzunehmen, er fotografiert intensiv und gut. Felix kann genießen, was ihm gefällt, er hat es jeden Moment gezeigt. Er war erschöpft gewesen, von der Hitze. New York hatte nicht die Wirkung, die Johannes sich gewünscht hatte. Johannes bedauert das. Er selbst hatte Unabhängigkeit gewonnen. Er lebt für sich und für Felix. Sie sind ein unzertrennliches Paar. Glück ist relativ. Er braucht Felix. Er hatte das nie gewollt, es war geschehen.

Er hatte wieder zu malen begonnen. Er hat Skizzen gemacht. Felix‘ Bewunderung und sein Gefallen daran, sind ein wichtiger Grund. Seine Kreativität begeistert Felix. Das motiviert Johannes.

Er ist nie erschöpft, er will es Felix beweisen, er hält mit. Er hat teil an dessen Jugend. Kann er das auf Dauer? Er will es versuchen.

Johannes setzt sich in die Sonne, hinter‘s Haus. Er genießt die Ruhe des Mittags. Um die Hüften hat er eine Decke geschlungen. Er hatte die Zeit genossen, sie war unifrei. Allmählich hatte es ihn wieder zurückgetrieben. Es waren die Menschen, die er vermisst hatte. Ihre Ausdruckskraft beflügelt sein Denken. Ihre Energie füttert seine Lebensfreude. Er war erschöpft, das war normal. Er hatte Kräfte gesammelt. Er liebt sein Leben. Er hat es sich ausgesucht. Er hat das Glück, es sich nach seinem Geschmack einzurichten. Dass er Felix begegnet ist, gibt ihm das feste Bewusstsein, ein gutes Leben zu haben.

Nicht Macht sucht er, keinen Karrieresprung, keine materielle Bereicherung, diesen Mann will er nicht verlieren. Er hat Verlustängste. Es gibt keinen Grund dafür. Er nimmt sich vor, bei sich zu bleiben.

Felix hat zu tun. Johannes will betrachten, wie er sich entwickelt. Es macht Johannes Freude, Felix‘ Erfolge mitzuerleben. Er denkt sich schöne Dinge aus. Er will ihn verwöhnen. Es ist für ihn ein gutes Gefühl. Er sitzt über Francis Bacon. Dieses Semester steht sein Werk auf dem Programm.

Johannes erschreckt das Werk von Bacon. Es fasziniert ihn über die Maßen. Was muss ein Mensch erlebt haben, um so zu malen? Johannes ist nicht leidensfähig. Er gefällt sich in Auseinandersetzungen. Er diskutiert. Er kann austeilen und aushalten. Für sein privates Leben liebt er den harmonischen Ausgleich. Er stellt sich selbst in Frage. Er will sich immer wieder finden. Er kann mit Kritik umgehen. Er lässt sie zu. Wenn die Kritik ihn als Person in Frage stellt, tut ihm das weh.

Johannes ist geachtet. Weniger ist es die Hochachtung, die seinem formalen Status geschuldet ist. Es ist eine Form der menschlichen Achtung. Er ist bereit sie zu geben. Er fühlt sich bestätigt, wenn sie ihm entgegengebracht wird. Es ist mehr als eine Selbstverständlichkeit. Die tägliche Auseinandersetzung fordert sie heraus. Sein unverwechselbarer Stil erweckt Aufsehen. Ansehen ist ihm nicht fremd. Er braucht diese Zuneigung.

Er liest sich fest. Er überlegt, was er vermitteln will, von diesem Maler, von seinem Leben, von seinem Kampf. Johannes braucht Herausforderungen, er stellt sich ihnen.

Max geht lange nicht mehr mit Eveline. Er hatte schnell gemerkt, dass sie ihn nur für ihr Ansehen gebraucht hatte. Er selbst hatte es nicht anders gesehen. Das konnte nicht gut gehen.

Nach den Sommerferien war eine neue Schülerin in ihre Klasse gekommen. Sie hatte ihm auf Anhieb gefallen. Sie war sitzen geblieben. Sie war älter als die anderen. Sie hatte ihm den Kopf verdreht. Das kann man wörtlich nehmen. Er hatte sich immer umgedreht. Sie hatte in der hinteren Reihe gesessen. Max hatte sie angeschaut. Es war aufgefallen. Er hatte sich den Hals verrenkt. Es hatte ihm nicht leid getan. Es hatte geschmerzt. Es hatte ihre Aufmerksamkeit erregt. Sie hatten sich angesprochen. Max hatte sie angerempelt. War es Absicht gewesen? Sie hatte reagiert. Er hatte sich entschuldigen können. Das Gespräch war da, es hatte sich entwickelt. Vor einer Woche hatte er Susanne zum Kaffee eingeladen, zu sich nach Hause. Petra war überrascht, zum ersten Mal hatte Max ein Mädchen mitgebracht. Petra hatte irritiert reagiert. War sie eifersüchtig? Sie hatte zugestimmt. Am Nachmittag waren sie allein gewesen. Am frühen Abend hatte Petra sie kennenlernen wollen. Sie hatte nicht gewusst, ob das angemessen war. Max hatte nichts dagegen. Max war nervös. Sie hatten viel miteinander gesprochen. Es ist anders als mit Eveline. Sie hatten sich über wirkliche Themen gestritten. Es gibt ein intimes Füreinander. Vor ein paar Tagen hatte er sie geküsst, als sie allein waren. Max war sanft, nicht überfallartig. Er hatte sie lange angeschaut. Er hatte seinen Mund ihrem Gesicht genähert. Er kannte es aus Filmen. Dann war er zärtlich an der Oberfläche gestreift. Sie hatte stillgehalten. Die Lippen hatten sich leicht überlappt. Dann war die Zunge hinzugekommen. Nicht gierig, nicht leidenschaftlich, verhalten abwartend, genießend. Für Max war das schön gewesen. Anders als mit Eveline. Susanne hatte Gefallen gezeigt. Er hatte ihre Augen berührt. Susanne hatte lachende Augen. Das war alles. Max hatte gedacht: »Ich bin verliebt.«

Wie es für Susanne war, hatte er nicht gewusst. Er hatte sie als Partnerin für ein Referat gewonnen.

Er hatte sie eingeladen. Sie hatten zusammen arbeiten wollen.

Max hatte gesagt: »Ich kaufe Kuchen und mache Kaffee. Was magst du?«

Susanne hatte geantwortet: »Ich mag gefüllte Baisers, kennst du die?«

Max war erstaunt. Er hatte das nie gegessen.

»Ja klar, ich besorg' es.«

Sie hatte um Vier vorbeikommen wollen. Es war halb Vier gewesen. Max hatte Kuchen gekauft. Das mit dem Baiser war schwieriger, als er gedacht hatte. Erst in der dritten Bäckerei hatte er gefülltes Baiser bekommen, mit einer Sahnecreme. Hoffentlich schmeckt es ihr. Für sich hatte er gedeckten Apfel genommen. Kaffee kochen hat noch Zeit. Komisch ist es schon.

Die Minuten ziehen sich hin. Er hat viele Dinge zu tun. Er wartet. Fühlt sich so die Liebe an? Max hat keine Erfahrung.

Er denkt an die Erzählungen von Johannes. Er fühlt sich gut, stark. Durch seinen Kopf schwirren Gespräche mit Johannes. Er hatte mehr mit ihm darüber gesprochen als mit Petra. Sie war nach dem Auszug seines Vaters sehr mit sich selbst beschäftigt gewesen. Seinen Vater hatte er nur einmal vor Gericht gesehen. Es war um Petras alleiniges Sorgerecht gegangen. Sie hatte es bekommen.

Max geht es besser, nur mit seiner Mutter. Merkwürdig ist es. Jahrelang hatte er seinen Vater ein- und ausgehen sehen, einen lockeren Spruch auf den Lippen. Für Max hatte es Beleidigungen gegeben. Albert hatte Max beschimpft. Selten hatte er geschrien, wenn Max nicht tat, was er verlangte. Interessiert war Albert nicht an Max gewesen. Es war nur der Reflex auf Störungen im System.

Seit sein Vater weg ist, erlebt er Petra umgänglich. Sie braucht ihn als Verbündeten. Sie haben eine angenehme Vertrautheit. Petra ist im ersten Monat sehr nervös gewesen. Das hat sich gelegt.

Sie ist alleinerziehende Mutter. Sie kann es genießen, mit Max zu zweit zu sein. Albert steht nicht drohend im Hintergrund. Der Anspruch ist weg.

Max hat den Tisch gedeckt. Er hat das alte Geschirr aus dem Schrank genommen. Es ist das erste Date bei ihm zu Hause. Es bedeutet ihm viel, dass Susanne ihn besucht.

»Für eine Kerze ist es zu hell«, denkt Max.

Das sieht blöd aus. Kaffee will er kochen, wenn sie sich an den Tisch gesetzt haben. Soll er sie küssen, wenn sie 'rein kommt? Das wäre zu schnell. Er überlegt, dass er warten wird, bis nach dem Kaffee. Max ist unsicher. Es wird sich ergeben, denkt er. Sie kommt zum Lernen. Er hat sein Zimmer aufgeräumt. Zu viel Ordnung scheint ihm spießig. Susanne ist nicht schick. Sie ist anders als die Mädchen der Klasse. Sie hat einen geschmackvollen Gammel Look. Sie ist älter. Sie macht den Dauerwettbewerb nicht mit.

Sie fällt eigenwillige Entscheidungen. Das gefällt Max.

Das Baiser hat Max auf einen Teller balanciert. Er ist besorgt, dass es kippen könnte. Es sieht krass bunt aus. Sein gedeckter Apfel sieht langweilig aus. Schmecken würde er, das hatte Max erprobt. Servietten darf er nicht vergessen. Petra hat ihm gesagt, wo diese liegen. Er nimmt die roten. Wieso immer so kompliziert? Max hat ein Kribbeln im Bauch. Er weiß nicht, wohin mit den Händen. Es wird ihm immer wieder schwitzig.

Er kontrolliert sich vor dem Spiegel. Ist er verliebt? Jeder hätte es ihm bescheinigt. Es könnte spannend werden. Er ist froh, dass er nicht unter den Armen schwitzt. Das wäre ihm peinlich. Das Gesicht hat er mehrfach gewaschen.

In der letzten Zeit hatte er Samenerguss, in der Nacht. Seine Träume spielten mit Fantasien. Susanne war darin vorgekommen. Sie beschäftigt ihn. Johannes hat Recht.

»Wenn es soweit ist, merkst du es.«

So ist es.

Leila und Georg sind ein Paar. Sie sind nicht verheiratet. Sie lieben sich. Sie leben nicht zusammen. Sie sehen sich täglich, bei ihm oder bei ihr. Georg ist bemüht, dieser Liebe gerecht zu werden. Er hat einen ausgefüllten Tag. Das Studium fordert ihn. Sein Yoga macht er regelmäßig. Sie sehen sich spät nachts. Es gefällt ihm, mit Leila einzuschlafen. Leila hätte allein geschlafen. Da sie weiß, dass Georg nicht gern allein schläft, richtet sie es ein. Leila hat Ruhe gefunden, sie genießt die Nähe von Georg. Lange war sie nicht angstfrei gewesen. Georg gibt ihr ein Gefühl von Sicherheit.

Früher hatte sie das von Johannes empfangen. Sie lernen zusammen. Georg fragt Leila ab. Leila stellt Georg Fragen. Als Leila Georg das erste Mal zu Johannes und Felix mitgenommen hatte, war sie stolz gewesen. Johannes war begeistert von Georg, Felix war distanziert geblieben. Georg war offen auf Felix zugegangen, der war zurückgewichen. Johannes hatte Georg umarmt.

Sie treffen sich regelmäßig zu viert. Leila und Johannes sehen sich allein. Sie sind Vater und Tochter. Georg war neugierig. Er kannte kein schwules Paar, nicht aus der Nähe. Er war überrascht gewesen, wie normal sie waren. Seine Vorstellung war anders. Er hatte sich korrigiert. Er hatte Leila davon erzählt. Sie hatte herzhaft gelacht. Sie kennt das. Sie versteht es. Sie können zusammen reden, sie müssen nicht reden.

Ihre Anziehung war gewachsen. Ihre ersten Wochen hatte Georg im Rausch erlebt. Er hatte sich hingegeben. Leila hatte sich geöffnet. Sie waren übereinander hergefallen. Sie hatten sich bis in den Morgen geliebt. Sie waren zurück in der Normalität. Als Medizinstudenten sind sie bis an ihre Grenzen belastet. Sie haben alles gewollt. Sie haben sich begnügt, sie haben gelernt damit umzugehen, dass sie verzichten müssen. Sie haben gelernt, die Liebe zu teilen. Sie haben Rücksicht genommen. Sie haben sich aneinander gewöhnt.

Leila spürt Harmonie, sie kämpft nicht verbissen. Ein Etappenziel ist erreicht. Wie lange, weiß sie nicht. Es tut ihr gut. Georg ist unaufgeregt. Er ist einfühlsam.

»Erstaunlich«, hatte Johannes gedacht.

Für einen Mann in Georgs Alter. Dass er Leila liebte, hatte Johannes auf den ersten Blick gesehen. Da er Georg mochte, war es kein Problem für ihn.

Max schaut zur Tür. Er wartet, dass es klingelt. Sein Gefühl wird stärker. Es ist Vier. Max weiß, dass er verliebt ist. Sein Körper zeigt alle Symptome. Es klingelt.

Max hasst feuchte Hände, er hat welche, in diesem Moment. Schnell rennt er ins Bad. Er wäscht sich, er trocknet die Hände übertrieben ab. Hilft das? Parfüm mag er nicht. Das von Albert geschenkte steht ungenutzt. Soll er es probieren? Er widersteht. Er muss an die Tür. Susanne dürfte oben sein. Er will sie an der Tür empfangen.

Susanne steht an der Tür. Sie strahlt.

»Da bin ich.«

»Komm 'rein«, sagt Max mit belegter Stimme.

Er will männlich klingen. Es gelingt ihm nicht. Susanne merkt, dass Max nervös ist. Sie fasst Max an, sie umarmt ihn, sie hält ihn fest, nur Sekunden. Max fühlt sich gut. Was ist das für ein Mädchen?

Max findet Worte. »Ziehst du die Schuhe aus? Es ist gemütlicher. Wir machen das. Ich habe den Tisch gedeckt. Komm. Gefällt es dir?«

Max hat Fragen, er schluckt sie weg.

Susanne steht im Zimmer, sie mag die vielen Bücher. Sie mag die lockere Eleganz von Petras Einrichtung. Die Wohnung gefällt ihr. Bei ihr zu Hause sieht es anders aus.

»Schön hast du es gemacht. Das alte Geschirr.«

Susanne nimmt es wahr. Das gefällt Max.

»Was für ein geiles Baiser.«

Susanne lacht herzlich. Max lacht mit.

»Es war nicht so leicht.«

»Wie?«

»Dein Baiser zu kaufen«

»Ehrlich!«

»Ich war in drei Läden.«

»Toll, dass du es bekommen hast. Es sieht abgefahren aus. Das macht den Geschmack aus. Es schmeckt bestimmt schrill.«

»Ich weiß nicht. Ich mag Apfelkuchen.«

Sie lachen zusammen.

»Trinkst du Kaffee?«

»Wenn du welchen hast. Oder trinkst du Tee?«

»Nein, ich mach' ihn. Ich wollte ihn nur frisch kochen.«

»Gut.«

Max füllt den Kaffee ein. Er gießt Wasser auf. Die Planung ist perfekt. Es klappt.

»Setzen wir uns.«

Susanne deutet fragend auf die Stühle.

»Wo du magst.«

Susanne setzt sich.

Max fragt sich: »Ist sie verliebt wie ich? Ist sie cool? Wie schafft sie es, ihre Nervosität zu verbergen? Ist sie nicht nervös?«

Susanne mag Max. Sie ist im Zweifel gewesen, weil er jünger ist. Sie weiß, dass Mädchen in diesem Alter weiter sind. Es ist ihr egal. Max ist anders. Max ist süß. Sie ist verliebt. Sie will es nicht zeigen. Sie wartet.

Felix hat Stress. Die Buchmesse steht vor der Tür. Der Verlag ist in Aufruhr. Termine, Lizenzen, Verhandlungen. Felix ist unterwegs, er ist unentbehrlich.

Dr. Kaiser kennt die Stärken von Felix, der verhandelt charmant, offen, fair. Felix ist ein Geschäftsmensch, der seinen Vorteil kennt. Er ist klug, kann sich durchzusetzen. Er nimmt die Kunden für sich ein. Er schlägt zu, sanft, höflich, nett. Er hat für den Verlag in kurzer Zeit Gewinn erzielt. Seine Stellung ist beneidet. Die Kollegen mögen ihn. Jeder muss ihn mögen, das ist Teil seiner Strategie. Sie geht auf.

Das Buch von Pierre steht auf der Kippe. Das Lektorat ist schwierig. Das erste Treffen war in gegenseitigem Einverständnis verlaufen. Die Treffen, die gefolgt waren, hatten Felix' Nerven blank gelegt. Pierre kämpft um jede Formulierung. Jedes Wort behandelt er als unersetzbare ›Heilige Kuh‹, als wollte er eine Schuld abtragen.

Felix hatte es sich verboten, seine Verdächtigungen offen zu äußern. Er hatte sich auf kleine Bemerkungen beschränkt. Selbst das hatte bei Pierre Wutausbrüche ausgelöst. Felix hatte daran gedacht, das Lektorat niederzulegen. Seine Eitelkeit, sein Stolz hatten es ihm verboten.

An den Abenden nach den Treffen mit Pierre war Felix zu Hause ungenießbar gewesen.

Johannes hatte Worte und Gesten gefunden, ihn zu besänftigen. Sein Verständnis für Felix hatte schöne nächtliche Nähe entstehen lassen. Felix' Ummauerung war in sich zusammengebrochen, durch die Zärtlichkeit von Johannes. Der Ärger und Hass des Tages waren in der sanften Berührung von Johannes' Händen zerbröckelt, diese hatten Wunder bewirkt. Felix hatte das erfahren.

Felix mag seine eigenen Hände nicht. Kleine, älter wirkende Hände als der Körper, zu dem sie gehören. Hände, die Johannes auf seiner Haut spürt, auch wenn Felix nicht bei ihm ist. Johannes liebt Felix' Hände.

Pierre ist ein harter Brocken. Hatte er sich am Anfang kooperativ gezeigt, war er im Verlauf der Arbeit verbissen geworden. Er hatte eine Rechthaberei an den Tag gelegt, die Felix auf's Äußerste anstrengte. Die Gespräche waren nicht sachlich gewesen. Felix hatte versucht, neue Argumente zu finden. Pierre hatte sich versteift. Er war völlig unberechenbar geworden. Er wollte sich nach zwei Monaten schwieriger Auseinandersetzung immer weniger bewegen. Jegliche Kompromissbereitschaft war einem inneren Starrsinn gewichen.

Felix ist verzweifelt. Das passt nicht zu ihm. Was soll er tun? Er hat mit Johannes diskutiert. Der war überzeugt davon gewesen, dass Pierre extrem unter Schuldgefühlen litt. Es musste mit dem Bruder zusammen hängen. Wie die Verknüpfungen sind, bleibt Spekulation.

Felix sitzt über Manuskriptseiten, ihm fallen die Augen zu. Er hat nicht gedacht, dass sein Beruf so anstrengend sein kann. Zum ersten Mal hat er das Gefühl, überfordert zu sein, es nicht zu schaffen.

Johannes hilft ihm. Er ist überzeugt, dass Felix stark genug ist, mit den ihm gestellten Anforderungen fertig zu werden. Er unterstützt ihn durch konkrete Hilfestellungen. Er kümmert sich um den Haushalt.

In der letzten Zeit hat Johannes gekocht, oft waren sie außerhalb Essen gegangen. Felix verlässt sich ganz auf Johannes' unerschöpfliche Solidarität. Felix weiß, Johannes steht zu ihm, mit einer Hingabe, die unerschütterlich ist.

Das Buch von Pierre hatte Felix in Anlehnung an ›Die Geschwister von Neapel‹, ›Die Zwillinge von Marseille‹ nennen wollen. Pierre hatte dagegen gehalten. Er hatte bisher keinen besseren Vorschlag. Zur Buchmesse hatte er anreisen wollen. Er hatte sich erste Erfahrungen versprochen, was ihn im nächsten Jahr erwartet. Felix hatte seine zurückhaltende Höflichkeit abgelegt. Mit Pierre musste er Klartext reden. Er hatte seinen Vorteil freundlicher Kompetenz genutzt. Felix zweifelte immer mehr, dass Pierre der Autor war.

Wer konnte der Autor sein? Wo ist der Bruder?

Es erscheint Felix verkehrt, diesbezüglich Recherchen anzustellen. Er hatte überlegt, nach Marseille zu fahren. Johannes hatte es ihm ausgeredet. Er hatte es nicht allein tun wollten, er hält es für gefährlich. Pierre ist zu allem fähig. Wenn er nicht der Autor ist und das herauskommen sollte, würde er morden können. Johannes hat Angst um Felix. Felix kokettiert, Angst zeigt er nicht.

Die Arbeitssitzungen mit Pierre, die Felix ursprünglich herbeigewünscht hat, sind zu Alpträumen geworden. Er verbringt schlaflose Nächte. Johannes hält ihn im Arm, wenn er schwitzt. Felix hat Energie, er kämpft sich durch das Manuskript. Er setzt sich durch in den Formulierungen. Er kann Unklarheiten ausräumen. Er erkennt fehlerhafte Verknüpfungen und Bezüge.

Felix ist überzeugt, dass der Text gut ist. Ihn fasziniert die Geschichte. Er erkennt die Tragik. Er arbeitet an der verqueren Plausibilität der Geschichte. Es liest sich wie ein Tatsachenroman. Felix hält Teile für authentisch, anderes erscheint ihm konstruiert. Es klingt wie Wunschvorstellungen, zu glatt. Hier setzt sein Lektorat ein. Er will Stimmigkeit, er setzt auf Authentizität, für den gesamten Roman. Er weiß, dass das Erfolg verspricht. Den muss er haben. Er arbeitet für Dr. Kaiser.

Felix freut sich auf die Messe. Sie bedeutet Öffentlichkeit. Er hat Angst vor der Öffentlichkeit. Er wird nervös und aufgeregt sein. Er sucht die Öffentlichkeit. Er liebt es, sich darzustellen, geliebt zu werden. Er ist ein verkappter Machtmensch. Er weiß es selbst nicht, er will nach oben. Es waren ihm Zweifel gekommen. Er hatte eine rückwärtsgewandte Sehnsucht nach dem, was lange vorbei war. Es war vorübergehend gewesen. Sein Ziel ist gesteckt.

Die Buchmesse bedeutet Arbeit, es gibt Essen, Empfänge. Felix kann wichtige Leute treffen und er steht im Mittelpunkt.

In diesen Tagen ist die Kleiderfrage eine morgendliche Tortur. Hemden, Hosen werden mehrfach ausprobiert, verworfen, letztendlich gefällt er sich. Johannes trägt seinen Teil dazu bei. Er ist geduldig, wenn es sich um Felix handelt. Er lächelt in sich hinein. Er kann zulassen. Von sich kennt er das nicht.

Petra ist allein. Sie hat eine Zeitlang gesucht. Die Männer hatten ihr nicht gefallen. Sie hatte Verabredungen ausgemacht, manchmal war sie hingegangen. Sie war enttäuscht worden. Sie war krampfhaft um einen Neuanfang bemüht. Irgendetwas hatte nicht gestimmt. Nicht, dass die über Kontaktbörsen ausgesuchten Männer unattraktiv gewesen wären. Die Treffen waren ins Leere gelaufen. Bei ihr hatte sich Ernüchterung eingestellt. Einmal hatte sie sich ein drittes Mal getroffen. Der fünfzigjährige Arzt war charmant gewesen. Sie hatten sich zuerst zu einem Glas Wein in einer Eckkneipe verabredet. Hans war sehr bemüht gewesen um Petra, er hatte ihr Komplimente gemacht. Er hatte eine bemerkenswerte Ausstrahlung. An einem darauffolgenden Sonntag waren sie spazieren gegangen. Zärtlichkeiten wurden ausgetauscht. Petra war so bedürftig. Sie hatten ihr gut getan. Hans war einfühlsam. Sie hatte sich nicht verliebt. Beim dritten Treffen, zum Essen, hatte Petra gewusst: Sie hat Vorurteile, keinen Arzt. Ihre Alarmglocken hatten geläutet. Hans war anders als Albert. Hans war Oberarzt. Petra hatte Angst bekommen. Sie hatte es abgelehnt, ihn mit nach Hause zu nehmen. Sie hatte an Max gedacht, sie hatte an sich gedacht, es passte nicht. Warum wusste sie nicht. Hans war enttäuscht gewesen. Er hatte angerufen. Er hatte den Kontakt beendet.

Petra schläft schlecht. Warum setzt sie sich so unter Druck?

Margarethe ist eine ständige Begleiterin ›Du musst dir Zeit lassen‹.

Hat Petra Zeit? Sie braucht Geduld. Sie hat sie nicht. Sie betrachtet sich im Spiegel. Sie kennt ihr Alter. Das ist der Punkt. Wie könnte sie gelassen sein? Der Markt geht nicht gut mit vierzigjährigen Frauen um.

Es hatte einen Elternabend gegeben, nach den Sommerferien. Petra hatte Waldemar angesprochen. Waldi hatte Herzklopfen gehabt. Sie hatte ihm direkt in die Augen geschaut. Waldemar war kurz davor gewesen, sie um eine Verabredung zu bitten. Er hatte es nicht gekonnt. Max hatte seine Leistungen nach den Sommerferien verbessert. Waldemar sah Licht am Ende des Tunnels, nicht für sich, für Max. Petra hatte beglückt über diese Nachricht gelächelt. Sie mag Waldemar. Er ist ein guter Lehrer. Er ist der Lehrer ihres geliebten Sohnes. Sie wäre nie auf die Idee gekommen, dass er in sie verliebt ist. Das Leben gibt ihm keine Chance. Beide sind allein. Beide sehnen sich nach einem liebenden Menschen, nach Nähe und Vertrauen. Sie wissen nichts voneinander. Ihre Begegnungen sind zweckbestimmt. Der Zweck ist weit entfernt von ihren Bedürfnissen. Ein unlösbares Problem.

Susanne sitzt am Tisch. Sie hat schon vom Baiser genascht. Max brüht Kaffee auf. Er ist ungeübt. Petra macht das für gewöhnlich. Max ist kein Kaffeetrinker. Susanne möchte er das Gegenteil vermitteln. Diese kleinen Lügen sind erlaubt. Max hat gut abgemessen, der Kaffee ist stark. Sie trinken ihn beide mit Milch. »Das ist gesünder«, sagt Susanne.

Max sagt: »Ist der stark? Er haut 'rein.«

»Nicht, dass wir Herzflattern kriegen.«

Max würde jetzt am liebsten antworten ›Ich habe es bereits‹. Er tut es nicht. Er weiß, es ist zu früh.

Er sagt: »Fände ich gar nicht so schlecht.«

Er hat sich weit vorgewagt. Nimmt Susanne den Ball an?

Susanne vertieft sich ins Baiser.

»Das ist lecker. Es schmeckt richtig geil.«

Die Ausdrucksebene verspricht Hintergedanken. Max ist nicht dumm, er liebt Sprachspiele. Petra hat ihn an ihrem Intellekt teilhaben lassen. Waldemar ist sprachverliebt. Max ist lernfähig. Was ihn interessiert, schnappt er auf. Er vergisst es nicht. Er erinnert sich an Dinge, die Petra längst entfallen sind.

»Mein gedeckter Apfel ist traditional.«

Max lässt lässig sein Englisch einfließen. Es ist ihm so eingefallen. Was fangen die beiden an, wenn ihr Kuchengeschmack differiert?

Susanne betrachtet die Welt.

»Ich mag Traditionen, sie sind gut für neue Ideen.«

Sie schlägt die Brücke für beide. Max schlägt auf ihre Handfläche, die sie hinhält. ›Give me five‹.

Eine Gewohnheit seit dem Gymnasium. Sie kennen es.

Max erzählt von seinem Vater, der ausgezogen ist. Er erzählt von seinem guten Verhältnis zu seiner Mutter, die Susanne später kennen lernen wird.

»Sie haben sich nicht verstanden.«

Mehr sagt Max nicht.

Susanne sagt: »Meine Eltern leben nebeneinander her. Sie schaffen den Alltag. Sie lieben sich nicht, denke ich. Ich weiß nicht, ob sie sich geliebt haben. Ich habe es nicht erlebt. Ich habe das bessere Verhältnis zu meinem Vater.«

Max überlegt, ob das vom Geschlecht abhängig ist. Er entscheidet sich für ›Nein‹. Vielleicht hätte sein Vater eine Tochter anziehender gefunden. Max hat einen faden Nachgeschmack. Er liest. Er hört. Er macht sich Gedanken.

Max sagt: »Ich hätte gern einen guten Vater.«

Er hat überlegt, ob er ›Cool‹ sagt. Gut bedeutet ihm mehr.

›Das Leben hinterlässt Spuren‹. Den Satz hatte Waldemar gesagt, bezogen auf ein Gedicht. Das Gedicht hatte Max gefallen.

»Wie hast du ihn erlebt?«, fragt Susanne.

Sie weiß nichts. Sie möchte etwas wissen. Sie möchte vergleichen, sie möchte Parallelen ziehen. Sie spürt, dass Max sich Gedanken macht. Sonst würde sie ihn nicht mögen.

»Er war nie da, das heißt, übernachtet hat er schon bei uns. Für mich hatte er keine Zeit. Er mochte mich nicht.«

Max sagt es emotionslos. Susanne kann es nicht glauben. Sie nimmt Max ernst.

»Gab es Gründe dafür?«

»Ich war nicht der Junge, den er sich gewünscht hat, weich, eigensinnig.«

Das letzte Wort war von Petra. Sie hatte es positiv gegenüber Albert benutzt. Der hatte sich darüber aufgeregt, er hatte den Eigensinn von Max brechen wollen. Es ist ihm nicht gelungen. Petra hatte ihn unterstützt, in seinem Sinn.

»Hat es dich gekränkt?«

»Ich habe mich entzogen. Eine Auseinandersetzung gab es nur mit meiner Mutter, mit ihm nicht.«

»Bei mir ist es die Mutter, die keine Geduld hat. Sie schreit 'rum, sie rastet aus, sie ist völlig überfordert. Sie lässt sich nicht helfen. Sie ist immer leidend.«

Das Gespräch setzt sich fort. Max könnte lange so weiter reden. Susanne will nicht alles erzählen.

»Wir sollten mit dem Referat anfangen.«

Max wird rot, er stimmt zu. Er hat sie nicht geküsst. Er verschiebt es. Sie gehen ins Zimmer von Max. Susanne nimmt Einzelheiten wahr. Sie sagt nichts. Sie setzen sich an den Tisch, sie holen die Bücher raus. Das Internet wird geöffnet. Sie recherchieren zum Thema. Sie reden, sie lassen sich ein, sie formulieren Gedanken, sie konfrontieren Meinungen, sie bestätigen sich. Die Atmosphäre ist gut. Die Spannung zwischen ihnen ist nützlich. Sie schreiben auf.

Das Referat soll frei gehalten werden, Notizen dürfen sie machen. Max schaut Susanne an. Susanne nimmt den Blick auf. Max spürt Verlangen nach Berührung. Die Haut von Susanne fasst sich gut an, das weiß er. Susanne hat nichts dagegen. Max nimmt ihre Hand, er nimmt ihr den Stift aus der Hand, er streichelt den Handrücken. So, als hätte er das oft getan. Susanne schließt ihre Hand um seine, warm, fest. Sie haben Notizen gemacht. Sie haben gelernt. Sie dürfen sich nähern. Sie tauschen Zärtlichkeiten aus. Ihre Gesichter kommen sich nah. Susanne küsst Max. Max fühlt eine neue Welt. Susanne riecht nach Baiser, oder bildet er sich das ein? Sie schmeckt danach. Sie ist eine Süßigkeit. Sie ist besser als Schokolade. Max liebt Schokolade. Der Vergleich gefällt ihm. Was wird Petra zu Susanne sagen?

Susanne ist verliebt. Es ist passiert, denkt sie. Schon gestern, als Max sie an heute erinnert hat. Sie hat ihn angeschaut. Sie hat sich gefreut. Sie wusste, sie will mehr von ihm, nicht nur lernen. Draußen ist Herbst, drinnen ist Frühling. Sie knutschen verliebt.

»Ich bin mit Eveline gegangen, kurz, im Sommer, vor den Ferien. Es war anders. Ich wusste nicht, dass es dich gibt.«

»Ich hatte einen älteren Freund, einen Schauspieler. Er war klug. Er hat mich fasziniert. Dann war es mir zu anstrengend. Du bist anders. Ich weiß nicht wie. Es ist schön. Ich zittere, wenn du mich anfasst.«

»Ich bin froh, dass du in die Klasse gekommen bist.«

Susanne lacht: »Ich bin froh, dass ich sitzengeblieben bin. Zu Hause gab es viel Ärger deshalb. Ich spiele Theater, als Statistin, manchmal habe ich Text. Morgens hatte ich Proben. Die Schule fiel für mich aus, so ist es passiert. Es ist gut.«

Max ist interessiert, er geht ins Theater, mit Petra, mit Johannes und Felix.

»Habe ich dich gesehen? Wo hast du mitgespielt?«

Susanne nennt Stücke: »In Shakespeares ›Sommernachtstraum‹ zum Beispiel.«

Max hat die Aufführung gesehen. Er hatte sie nicht gekannt. Er hatte sie nicht erkennen können. Max nimmt sich vor, Susanne anzuschauen, im Theater. Petra wird das freuen. Sie ist bemüht um Max‘ Bildung. Es ist sieben Uhr.

Petra schließt die Tür. Susanne ist vorgewarnt. Petra geht in die Küche. Max und Susanne haben den Tisch abgeräumt. Sie haben die Spülmaschine gefüllt. Petra will Max nicht stören, neugierig ist sie.

Max ist aufgeregt.

Er fragt Susanne: »Hast du etwas dagegen, dass wir meine Mutter begrüßen?«

Susanne hat nichts dagegen. Sie ist neugierig auf Petra.

Max steht in der Küche. Susanne kommt von hinten dazu.

»Das ist Susanne, das ist meine Mutter.«

Max macht das gut. Petra ist offen, sie gibt Susanne die Hand. Sie fasst sich gut an. So eine Frau hat Petra ihrem Sohn nicht zugetraut. Sie hatte Eveline flüchtig gekannt.

»Hallo. Habt ihr fleißig gelernt?«

Petra will keinen Unterton, sie kann ihn nicht vermeiden. Max springt in die Bresche, er lacht offen.

»Wir haben das Referat im Kasten. Kaffee getrunken, mit Baiser und Apfelkuchen.«

Petra ärgert sich über ihren ironischen Ton. Max ist weiter. Er ist stolz auf Susanne.

Petra fragt: »Willst du mit uns zu Abend essen?«

Susanne würde gern.

Sie sagt: »Ich muss nach Hause. Meine Familie wartet.«

Petra sagt: »War nur eine Frage. Ich bereite jetzt etwas vor.«

Max schaut Susanne an.

»Es ist besser, ich gehe«, denkt Susanne.

Sie kennen sich kurz. Sie will nichts überstürzen. Familienanschluss findet sie gut. Petra gefällt ihr. Sie denkt an ihre Familie. Wird Max zu ihr kommen?

Susanne sagt: »Ich pack dann ‘mal meine Sachen. „

Max begleitet sie in sein Zimmer. Petra geht an den Küchenschrank. Sie überlegt, was sie kochen will. Sie freut sich, dass sie mit Max allein ist. Was wird Max ihr erzählen?

Max steht hinter Susanne. Er umarmt sie von hinten. Er küsst sie in den Nacken. Auch das hat er gesehen, es gefällt ihm, es gefällt ihr. Susanne genießt Max. Sie dreht sich um, sie küsst ihn auf den Mund, zum Abschied. Morgen sehen sie sich wieder, in der Schule. Es wird anders sein als am Tag zuvor.

Susanne zittert, sie ist Max‘ Freundin.

Max hat sich verliebt. Er ist sich sicher.

Er denkt: «Es gibt nichts Schöneres.«

Waldemar hat Ärger in der Schule. Er trifft sich heute mit Kolleginnen. Er will ihre Unterstützung. Er hat eine Deutschstunde im Schulgarten gehalten, es war schöne Oktobersonne. Die Schüler hatten konzentriert diskutiert. Einige hatten geschmust. Max hatte auf dem Schoß von Susanne gelegen. Eveline hatte Robert geküsst. In diesem Moment stand der Direktor am Fenster. Das war Pech gewesen. Es passierte. Waldemar hatte nicht damit gerechnet. Der Direktor hatte ihn zu sich zitiert und gemaßregelt. Nicht unfreundlich, entschieden hatte er geklungen:

»Wir sind eine öffentliche Schule. Dass Sie bei diesem Wetter Unterricht im Freien machen, mag hingehen, dass die Schüler während des Unterrichts kopulieren nicht.«

Waldemar hatte sich entschieden gegen den Begriff der Kopulation gewandt, er war ihm unangemessen erschienen. Das Schmusen hatte er zugestanden. Wie hätte er es leugnen können? Es hatte ihn gefreut. Er kennt seine Klasse. Dass er es verteidigt hatte als dem Alter angemessen, hatte eine Explosion hervorgerufen. Das war zu viel gewesen, für den Direktor. Das hatte der nicht zulassen können und wollen. Er hatte Angst um den Ruf der Schule. Gerede gibt es immer. Die Wände haben Ohren. Fast alles dringt nach außen.

Waldemar hätte besser geschwiegen. Er hätte es hinnehmen sollen. Das hatte Waldemar nicht gekonnt. Er opponiert innerlich. Waldi ist kein Philosoph. Er steht mitten im Leben. Sein Drang nach draußen ist stark. Er akzeptiert das Leben seiner Schüler, er nimmt Anteil daran. Die Zeiten sind nicht gut dafür.

Heute Abend will er sich mit zwei Kolleginnen treffen, um sein Verhalten und seine Begegnung mit Direktor Zelter zu diskutieren.

Waldemar ist spät dran. Sie wollen sich zu dritt im ›Spunt‹ treffen. Waldemar nimmt das Fahrrad. Er ist kein leidenschaftlicher Radfahrer wie Johannes. Es dient ihm zur schnellen Fortbewegung, lange Strecken vermeidet er. Den sportlichen Ehrgeiz hat er nicht. Mit der Bahn würde er zu spät kommen. Er schwingt sich umständlich auf's Rad. Es ist nicht sehr weit, morgen ist Schule.

Der Vorfall, um den es geht, liegt einige Tage zurück. Helga war in Lachen ausgebrochen, als Waldi ihr von der Szene bei Zelter erzählt hatte. Die hinzugekommene Dorothee war pikiert gewesen, als sie gehört hatte, worum es ging. Beide sind enge Freundinnen von Waldi. Sie kennen sich lange. Kritisch sind beide. Ihre Auffassungen von Schule decken sich prinzipiell. Im Umgang mit Schülern sind sie oft anderer Meinung als er.

Als Waldi, verschwitzt vom schnellen Fahren, ins Lokal kommt, sitzen die Frauen beim Bier. Waldi bestellt ›Bionade‹. Das Essen bestellen sie zusammen. Das übliche Hin und Her, von denen, die sich vertrauen. Von Kollegen, die gemeinsame Erfahrungen teilen, die gelitten haben, an der Schule, an sich selbst, manchmal aneinander. Sie mögen sich. Sie sind nicht meinungsabhängig.

Während sie essen, erklärt Waldi seinen Standpunkt:

»In diesem Alter, wo die Körper und die Seelen der pubertierenden Schüler in Wallung sind«, Waldi scheut sich nicht, theatrale Worte zu benutzen, »können wir als Lehrer doch nicht so tun, als ignorierten wir das. Es ist besser, es passiert offen und ohne Verklemmung, als verkrampft und verborgen. Das Lernen wird nicht besser, wenn ich so etwas unterbinde. Ich habe die gegenteilige Erfahrung gemacht.«

Dorothee nimmt das Wort: »Ich bin anderer Meinung. Auch wenn du Recht hast, dass wir den Zustand der Pubertät nicht abschaffen können, das sehe ich. Aber ...« Dorothee hat eine sehr akkurate Art zu formulieren »wir sind weder Eltern, noch Psychologen, noch Sozialarbeiter, sondern Lehrer einer Weiterführenden Schule. Die Schüler kommen zu uns, weil wir ihnen Wissen vermitteln sollen. Zugegeben, auch soziale Verhaltensweisen. Aber diese menschelnde, unterschwellige Sexualität, damit haben wir nichts zu tun. Wir müssen uns da 'raus halten, aus eigenem Interesse. Sonst haut man uns das irgendwann um die Ohren. Ich meine die Schulbürokratie. Das solltest du wissen, Waldemar.«

Sie sagt bewusst nicht Waldi. Waldemar lächelt, er weiß das. Es ist nicht das erste Treffen, weil es Probleme gibt.

Helga mischt sich ein, sie ist die älteste. Sie hat Erfahrungen aus den siebziger Jahren. Sie hat die Studentenbewegung mitgemacht. Sie ist pragmatisch geworden. Sie empfindet mit Waldi.

»Weißt du, dass du dich langsam schützen solltest, sonst bist du weg vom Fenster. Du, mit deinen großen Idealen. Das geht in die Hose. Irgendwann bekommst du die Kurve nicht mehr. Da hilft dir keine Gewerkschaft. Die Kollegen sowieso nicht. Da denkt jeder an sich. Du verschleißt dich, mit solchen Kinkerlitzchen. Du bist doch nicht der die Pubertät ermöglichende Papa, der personifizierte Antipapst. Das machen die Kids selbst. Du solltest deine Klasse mehr mit der Realität konfrontieren. Nimm keine Pufferfunktion wahr. Die müssen kämpfen, die müssen sich abarbeiten, an uns. Hör auf, der gute Onkel sein zu wollen.«

Helga ist ärgerlich. Sie mag Waldi. Sie hat versucht ihn zu beschützen. Sie hält ihn für naiv. Das mag sie. Gleichzeitig hasst sie es.

»Naivität können wir uns nicht mehr leisten.«

Helga ist eine Kämpferin. Sie überlegt, wie sie ihre Kräfte einsetzt. Waldi wirft sie vor, seine Kräfte zu verschleißen. Er wird nicht erwachsen. Sie sagt das nicht, sie denkt es.

Waldemar hat sein Fett weg. Er sitzt da, er staunt.

»Ich dachte, ihr unterstützt mich. Ihr haut mir die Brocken um die Ohren.«

Waldemar denkt nach.

»Realistisch gesehen habt ihr Recht. Es gibt etwas jenseits der Realität. Die Träume dürft ihr nicht vergessen, die Wünsche, die Bedürfnisse der Menschen.«

Waldi denkt zärtlich an Petra. Wie weit ist er weg von einer Realität mit ihr.

»Und was hat das bitte mit unserem Job zu tun?«

Helga formuliert es.

Die Frauen sind hart. Sie haben Recht. Waldemar hat sich ins Abseits katapultiert, er ist ein unverbesserlicher Idealist. Er weiß das. Waldemar fällt Brecht ein: ›Denn die Verhältnisse, die sind nicht so‹.

Er braucht eine Strategie. Darüber sollten sie diskutieren. Dorothee meint, er solle sich für den Vorgang entschuldigen, den Eklat verhindern. Helga meint, dass er einen Elternabend veranstalten sollte.

»Die Eltern sind progressiver als wir denken.«

Waldemar denkt an Petra. Ihre Unterstützung hat er. Er sieht sie wieder. Das ist eine gute Idee. Entschuldigen kann er sich trotzdem. Es wird ihm schwer fallen. Dorothee hat Recht, ein Aufbauschen des Vorfalls hilft in dieser angespannten Situation keinem.

Waldi sagt: »Ich werde einen Elternabend zu dem Thema machen. Das ist eine gute Idee. Die Eltern könnten ein Schutz sein. Ich komme mit der Klasse gut zurecht. Mich bei Zelter zu entschuldigen, fällt mir schwer, aber es geht wohl kein Weg daran vorbei. Ich will ja noch ein paar Tage bei euch bleiben.«

Waldi lacht verkrampft. Er wird sich überlegen müssen, was er dem Direktor sagt. Unterwerfen will er sich nicht, Recht haben um jeden Preis auch nicht. Er wird den berühmten Mittelweg gehen. Das ist nicht sein Ding. Die Verhältnisse erfordern es.

Sie diskutieren Einzelheiten. Sie erzählen sich Unterrichtsgeschichten. Waldemar erzählt von der Romanze zwischen Max und Susanne. Sie ist ihm nicht entgangen, er beobachtet. Er freut sich darüber. »Susanne ist das richtige Mädchen für Max«.

Helga hat einen neuen Lover. Dorothee spielt darauf an. Szenenwechsel ist angesagt. Dorothee hält ihn für viel zu jung. Helga findet, dass er gut rieche, ›Ein bisschen nach Baby‹ und er verwöhne sie. Sie kann das genießen.

»Wo nimmt sie diese Offenheit her?«, denkt Waldi.

Die Achtundsechziger haben etwas bewirkt, zumindest bei sich selbst. Der Abend endet um Elf.

Morgen müssen alle um acht Uhr in der Schule sein.

Johannes hat lange gearbeitet. Es ist spät geworden. Felix hatte ihn angerufen, dass es spät werden könnte, er würde mit Kollegen Essen gehen. Johannes hatte nicht kochen wollen, er hatte sich ein Käsebrot geschmiert. Lesen hatte er wollen, im Bett. Nicht für die Akademie, Caravaggio, leichte Kost, ein historischer Roman.

Zuweilen mag Johannes Ausflüge ins Irreale. Als junger Mann hatte er sich für Caravaggio begeistert. Dessen Bilder sind von einer Intensität. Beklemmend, die Gesichter der Heiligen. Es waren Menschen. Die starken Farben, sie beeindrucken ihn. Sein erster Italienbesuch, er war nicht mal siebzehn gewesen. Er war tagelang durch die Museen gestreift. Sein damaliger Schulfreund hatte ihn begleitet. Sie hatten in der Sonne gebraten. Diese Mischung hatte beiden gefallen. Braungebrannt, mit Kunst bis oben gefüllt, so waren sie nach Hause gekommen. Sie hatten mit Mädchen geflirtet, sie waren tanzen gegangen. Eine schöne Abwechslung. Ihr Interesse hatte der Sonne gegolten, dem Licht, der Kunst. Sie hatten sich als junge Intellektuelle gefühlt, sie hatten ihren Stil zelebriert.

Der Roman beschäftigt sich mit Caravaggios Herkunft, mit seinem Leben, seinem schwierigen Weg zur Anerkennung, seiner Gewalttätigkeit, seinen Verletzungen durch seine Neider und Gönner, seiner Liebe zu jungen Männern. Es ist literarisch nicht anspruchsvoll, die Geschichte fasziniert Johannes. Es gibt viele Varianten. Die Wirklichkeit liegt in der eigenen Deutung. Johannes bevorzugt den subjektiven Zugang. Er hat sich festgelesen. Die Augen sind ihm zugefallen. Er ist eingeschlafen.

Er spürt einen Körper neben sich. Felix kuschelt sich an ihn. Er genießt es im Halbschlaf. Felix küsst seinen Hals. Johannes kann ruhig schlafen. Felix schmiegt sich fest an seinen Rücken. Johannes riecht den Alkohol. Es stört ihn nicht. Felix grunzt.

Felix ist im Reich der Träume. Er steht vor einem großen Berg. Er kann den Gipfel nicht erkennen. Der Berg ragt aus einer flachen Ebene, ein umgedrehter Kegel. Er ist hoch. Es sind keine Wege zu erkennen. Felix will nach oben. Er ist ratlos. Er umkreist den Berg. Er sucht einen Weg, den Berg zu besteigen. Nach dreimaliger Umrundung entdeckt er kleine Vorsprünge, für die Füße, für die Hände. Felix ist mutig. Vorher hatte er sie übersehen. Felix krallt sich fest. Er sucht Halt mit den Füßen. Sein Körper sucht die Nähe zum Berg. Seine Hände greifen. Er verletzt sich. Er blutet. Stetig bewegt er sich vorwärts. Der Blick ist nach oben gerichtet. Er sieht die Spitze nicht, der endlose Anstieg liegt vor ihm. Felix ist erschöpft, er atmet schwer. Er will weiter, er muss weiter. An die Schwierigkeit des Abstiegs denkt er nicht.

Was will er da oben? Er träumt von einem großen Rundumblick. Wissen kann er es nicht. Er arbeitet sich voran. Er greift daneben. Die Füße rutschen ab. Er findet Halt. Er will es. Er schwindelt. Er droht zu stürzen. Er hält sich fest, mit einer Verbissenheit. Den Blick zurück kennt er nicht. Ihm ist schlecht. Er kennt kein Zurück. Er hat keine Höhenangst. Die Spitze reizt ihn. Er will immer weiter. Er kommt an. Es ist eine winzige Plattform, gerade um beide Füße abzusetzen. Felix schaut in den Himmel, das Unten liegt im Dunkeln. Er sieht nichts. Was macht er hier oben? Wie ist er hochgekommen? Felix erinnert sich an nichts. Er hat sein Gedächtnis verloren.

Johannes ist früh wach. Er spürt Felix in seinem Rücken. Er greift mit der Hand nach hinten. Er streichelt Felix' Rücken, lange und zärtlich. Felix dreht sich im Schlaf. Sie liegen Gesicht an Gesicht. Bauch an Bauch. Johannes empfängt Felix. Dieser krallt sich fest an Johannes, es ist weich und warm. Felix riecht nach Felix. Johannes ist zufrieden, mit sich und der Welt. In diesem Moment möchte er verweilen, nicht aufstehen. Das Gefühl ist nicht zu beschreiben. Er kann es nicht malen. Singen könnte er es, wenn er singen könnte. Tanzen könnte er es, wenn er tanzen könnte. Er erlebt es. Vor Felix hatte er dieses Gefühl nicht gekannt.

Johannes liegt lange in dieser Stellung. Er träumt bei Bewusstsein. Was geht in ihm vor? Er löst sich auf, er möchte nicht mehr er selbst sein. Er wünscht sich, mit Felix untrennbar zu sein. Er spürt diesen Gedanken nach. Er erschreckt über sich selbst.

Er löst sich aus der Umarmung, langsam. Er möchte Felix nicht wecken. Er atmet schwer.

»Ich bin ich. Ich darf mich nicht verlieren.«

Johannes steuert gegen sein Gefühl. Er aktiviert seine Ratio. Er hat gelesen. Er hat gesehen. Er hat erlebt. Er hat erfahren. Was in diesem Moment passiert, versteht er. Er will es. Gleichzeitig schreckt er zurück. Er hat Angst vor den Folgen. Das Gefühl von Ohnmacht bedrückt ihn. Er fühlt sich ausgeliefert, seinem eigenen Gefühl. Er muss eine Grenze ziehen, zwischen sich und dem Anderen.

Johannes dreht sich zur Seite. Er weint leise. Felix hört es nicht. Keiner soll es hören. Johannes fasst einen Entschluss.

Johannes weckt Felix. Er weiß, dass Felix aufstehen muss. Felix ist benommen. Johannes streichelt und küsst ihn.

Felix fühlt sich wohl. Aufstehen muss er. Der Verlag, die Buchmesse, der gestrige Abend sind im Kopf. Der Traum kehrt kurz zurück. Er will ihn Johannes erzählen. Er lässt es. Die Zeit drängt. Felix ist aus dem Bett. Er hat Kopfschmerzen, Alkohol. Eine Tablette in der Nacht war nicht genug, er braucht eine zweite. Er benötigt einen klaren Kopf. Er hat später einen Termin bei Dr. Kaiser. Das ist wichtig für Felix.

Johannes hat noch Schonfrist. Die Uni beginnt erst nächste Woche für ihn. Er hat noch viele Vorbereitungen. Er will zum Sport. Er möchte für Felix kochen. Johannes gießt Felix Kaffee ein.

»Das war lang gestern Nacht. Die Italiener sind trinkfest. Es ging um Lizenzen. Ich musste durchhalten. Ich wollte es. Es war amüsant.«

Johannes nickt verständnisvoll:

»Ich hab dich nicht mehr gehört, nur gespürt und gerochen, als du im Bett warst. Wie spät war es?«

Felix lacht:

»Hab ich nach Bier gestunken? Nach zwei. Ich hab ein Taxi genommen. Sie waren aus Rom. Wir haben auch über die Stadt geredet. Sie sind sehr stolz auf ihre Stadt. Meine Begeisterung dafür hat sie gefreut.« Johannes erinnert sich an Felix' Begeisterung auf ihrer Italienfahrt.

Johannes kennt wenige Menschen, die so begeisterungsfähig sind, die das so zeigen können wie Felix.

Petra brennt vor Neugier. Sie will es nicht zeigen. Max sieht es ihr an. Sie spielt die Ruhe vor. Sie hat die Lasagne geschnitten, sie schiebt sie in den Ofen. Sie schaut verschmitzt. Sie will nicht fragen. Sie platzt vor Fragen. Max stellt sie auf die Probe. Er kann gemein sein, er kennt seine Mutter. Sie hält es nicht aus:

»Erzähl schon. Wie ist es gelaufen?«

Petra gibt sich betont gelassen, innerlich bebt sie.

»Wir haben gelernt.«

Max möchte erzählen, er spielt mit Petra. Er spielt mit seinen Gedanken.

»Aha.«

Petra könnte platzen.

»Du lässt dich feiern.«

Petra will es wissen. Was will sie wissen? Sie ist überrascht über ihre Anteilnahme an der ersten Liebe ihres Sohnes. Hat es mit ihrem eigenen Zustand zu tun? Ist es eine Ersatzhandlung? Petra fragt sich das ernsthaft. Egal.

»War es schön?«

»Es war Klasse, Spitze, der absolute Hammer.«

»Habt ihr?«

Petra ist nervös.

»Das wäre Kuppelei«, denkt sie. »In meiner Wohnung, Beide minderjährig.«

Max gibt sich erwachsen.

»Was du denkst. So schnell machen wir das nicht. Wir haben geschmust. Das ist alles. Ich denke, sie ist verliebt in mich. Ich bin es.«

Stolz wird das Gefühl nachgereicht. In diesem Moment ist Max König im Reich der Liebe. Er vereinigt alles in sich, Glaube, Liebe, Hoffnung. Er ist der glücklichste Mensch der Welt. So einfach geht das. Max denkt an Johannes' Liebe zu Felix. So fühlt er sich. So hat es ihm Johannes erzählt. Max erzählt der Reihe nach. Petra sitzt ihm atemlos gegenüber. Fast vergisst sie, die Lasagne aus dem Ofen zu nehmen. Max deckt den Tisch. Es ist gut, etwas zu tun, bei so viel Glückseligkeit. Er umarmt seine Mutter, die drückt ihn fest, weinen wäre übertrieben. Sie könnte jetzt weinen. Sie lässt es. Felix ist an dem Punkt, wo er Susannes Hand nimmt...

Petra füllt Max Lasagne auf den Teller. Es ist spät. Essen wollen sie. Petra hat ein schlechtes Gewissen. Sie will, dass zwischen dem warmen Essen und dem Schlafengehen Zeit zum Verdauen bleibt. Sie hat ihre Grundsätze. Petra findet ihren Sohn sehr romantisch. Sie freut sich, dass er offen und bewegend erzählt. Johannes' Einfluss ist spürbar. Petra hat darin nie eine Gefährdung gesehen. Freundinnen von ihr hatten Befürchtungen geäußert. Sie ist froh, dass sie nicht auf die Freundinnen gehört hat. Klug von ihr. Klug hat sie nicht immer gehandelt. Sie denkt an Albert.

Max fängt früh an. Er ist anders, er zeigt seine Verliebtheit. Er wird lieben können. Wie lange es dauert, weiß keiner. Petra drängt vorwärts, sie will mehr über Susanne wissen.

»Soviel weiß ich nicht«, sagt Max. »Sie ist Statistin beim Theater.«

»Dann krieg ich dich ja ab jetzt leichter dahin. Sag' mir mal, worin sie spielt.«

Max hatte gewusst, dass Petra darauf abfahren würde. Sie essen Lasagne, einen Salat hat Petra dazu gemacht. Max lässt es sich schmecken. Max weiß nicht, wohin mit seinen Gefühlen, es hat ihn erwischt. Petra nimmt ihn in den Arm. Kann sie das? Er ist ein Mann. Max lässt es sich gefallen. Sie haben Vertrauen zueinander.

»Sie ist ein tolles Mädchen. Wir haben lange geredet. Ihre Ansichten würden dir gefallen. Sie ist lustig und sie küsst super.«

»Mir gefällt sie auf den ersten Blick. Ich kenne sie nicht.«

Das Essen ist zur Nebensache geworden. Max ist so voll von Susanne. Er läuft über.

»Wie schnell das geht, sich zu verlieben«, denkt Max. »Werde ich sie jetzt immer lieben?«

Max gefällt diese Vorstellung. Er will nicht weiterdenken. Nur eines weiß er: Er will nicht, dass es vorbei ist, nicht schnell, nicht wie mit Eveline. Er vermisst Susanne. Wie soll das gehen? Er sieht sie jeden Tag in der Schule. Max schwirren so viele Fragen durch den Kopf. Was soll er sagen?

Petra lacht:

»Ich wünsche mir das, mich richtig zu verlieben. Es ist ein großes Glück.«

»Das wirst du. Obwohl ich es schön finde, mit dir allein. Gefallen muss er mir, wie dir Susanne.«

Petra ist gerührt. Was hat sie für einen Sohn! Er nötigt ihr Respekt ab. Sie weiß gar nicht, ob das ihr Verdienst ist. Der Verdienst von Albert sicher nicht. Sind es die Gene, sein sonstiger Umgang? Johannes hat großen Anteil. Das stellt sie neidlos fest.

Max räumt den Tisch ab, er muss etwas tun. Er könnte die ganze Welt umarmen, nein, nur Susanne. Wie spreche ich sie morgen an? Wie begrüße ich sie? Dürfen es die anderen wissen? Wie wird Susanne morgen reagieren? Max ist orientierungslos, es hat ihm keiner erzählt, wie ein Mann das macht. Soll er Petra fragen? Ist das nicht zu doof? Max ist das egal.

Er fragt Petra. »Wie begrüße ich sie denn morgen?«

Petra überlegt.

»Mach langsam. Überrumple sie nicht. Frauen sind empfindsame Wesen. Zeig ihr, dass du sie magst.«

»Und wie mach ich das, bitte?«

Petra überlegt, wie es bei ihr war. Sie ist anders.

»Gib ihr einen zärtlichen Kuss, nicht besitzergreifend. Lächle ihr zu, wenn du sie siehst. Schenk ihr eine Kleinigkeit.«

»Was soll ich ihr denn schenken?«

Max überlegt. Was könnte sie mögen? Blumen gehen in der Schule nicht.

Max mag Blumen. Max mag Handschmeichler. Er hat einen rund geschliffenen Halbedelstein. Er mag ihn. Er liegt gut in der Hand. Er fasst sich gut an. Den will er ihr schenken.

Er läuft in sein Zimmer. Der Stein liegt auf dem Regal, vor den Büchern. Er hatte ihn in den Ferien in Spanien gekauft, spontan. Er hatte ihn lange in seiner Hosentasche. Er hatte ihn angefasst. Der ist richtig.

Er wird Susanne erzählen, was er ihm bedeutet. Sie kann ihn bei sich tragen, er ist ein verbindendes Zeichen. Nicht auffällig wie ein Ring. Nicht protzig, intensiver, verborgen in ihrer Tasche. Mädchen haben keine Hosentasche, wenn sie Kleider tragen. Sie wird eine Möglichkeit finden. Sie trägt Hosen. Max zeigt Petra den Stein.

»Von dem trennst du dich? Dann magst du sie sehr.«

Petra weiß, was der Stein Max bedeutet.

»Ich mag sie nicht, ich bin verliebt in sie.«

Max klingt herausgefordert. Er ist überzeugt. Max setzt sich auf's Sofa, im Wohnzimmer, barfuß zieht er die Knie ans Kinn. Er legt seinen Kopf darauf, er schaut. Er ist froh. Er fühlt sich wohl. Sein Leben gefällt ihm. Er hat Freunde. Tommy kann er das mit Susanne erzählen. So ein Gefühl wie heute kennt er nicht. Er wusste nicht, dass es das gibt. Es hat sich angeschlichen. Es hat gewartet. Es ist in ihn hineingeschlüpft. Es steckt in ihm. Es hat seine Blutbahnen erobert. Es zirkuliert von unten nach oben, von oben nach unten. Auf der Haut ist es. Es setzt sich fest. Eine zarte, andauernde Berührung, dazwischen kurze, heftige Schauer.

Max sitzt da. Petra in seiner Nähe. Im Fernsehen laufen Nachrichten. Er nimmt das Außen mechanisch wahr, das Innen tobt. Er versteht auf einmal Tony aus der ›Westside Story‹. Er hat das Musical vor kurzem gesehen. Er könnte Susanne vorsingen.

Susanne ist sechzehn. Max ist fünfzehn. Max hat nie mit einem Mädchen geschlafen. Er und seine Freunde haben sich Pornofilme angeschaut. Er weiß, wie es geht. Ob Susanne schon mit einem Jungen geschlafen hat? Max denkt nicht daran, mit Susanne zu schlafen. Die Gedanken kommen später. Erregt ist er, wenn er an sie denkt. Er will mit seinem Freund darüber reden. Mit Johannes, wenn er ihn das nächste Mal sieht.

»Das ist etwas unter Männern«, denkt Max.

Mit Albert, seinem Vater, hätte er nicht darüber reden können. Er war ihm nicht vertraut.

Max sagt Petra gute Nacht. Er will träumen, in seinem Zimmer, allein.

»Schlaf gut, ich bin müde.«

Seine Mutter weiß, warum er geht.

»Träum was Schönes, von Susanne«, sagt sie zum Abschied.

Max ist weg.

Petra ist einsam. Sie versteht Max. Sie weiß, dass er bald nicht mehr bei ihr sein wird. Die erste Liebe ist ein Signal. Er wird erwachsen sein, in Kürze. Was wird sie tun? Sie muss ihr Leben gestalten. Sie darf es nicht auf Max ausrichten. Das weiß sie. Wann wird sie es tun? Sie will mit Margarethe reden, mit Johannes.

»Das ist Frauensache«, denkt sie.

Sie will einen Mann kennenlernen.

»Ich will mich verlieben.«

Wie stellt sie das an? Ihre Gedanken suchen. Es gibt keinen Mann in ihrem Leben, keinen, der ihr gefällt. Johannes, der ist schwul. Sie nimmt die Männer nicht wahr. Sie muss 'rausgehen. Sie will an Wochenenden tanzen gehen. Um Max muss sie sich keine Sorgen machen, der kommt zurecht. Um sich will sie sich sorgen. Sie muss die Übermutter bekämpfen. Das wäre für beide gut. Schafft sie das? Die Umstände werden ihr helfen.

Max will seine Freiheit. Petra will eine Liebe.

Petra sitzt im Wohnzimmer. Sie lässt geheime Gedanken zu. Ihr Herz ist wund. Das ist ein Problem. Sie ist verletzt und beschädigt. Die Kränkung ist groß. Sie ist selbst schuld, sie hat still gehalten, sie hat spät gehandelt. Es ist nicht zu spät. Das Leben liegt vor ihr. Sie will es mit ihren Sinnen und Händen greifen. Sie hat Kraft.

Petra geht ins Schlafzimmer. Sie möchte es teilen. Hat sie es mit Albert geteilt? Eine kurze Zeit. Die Leere springt sie an. Es ist ihr bewusst. Sie muss kämpfen.

Pierre reist in wenigen Tagen nach Deutschland. Er trifft Vorbereitungen. Er ist nervös. In seiner Wohnung in Marseille ist es dunkel. Die Wohnung liegt im Parterre, sie ist eng, es gibt wenig Licht. Die Zimmer sind zugestellt mit abgenutzten Möbeln. Hier haben sie gelebt. Pierre hatte die Wohnung entrümpelt, vor Jahren, als sein Zwillingsbruder zu ihm gezogen war. Sie hatten es beide gewollt.

François hatte Möbel aus Paris mitgebracht. Sie waren nicht schöner gewesen als die von Pierre, es waren seine gewesen. Er hatte es gewollt. Die Wohnung war voll gewesen. Pierre hatte allein gelebt, mit dem Gerümpel.

Als sein Bruder weg war, hatte er überlegt auszuziehen. Er hatte es nicht getan. Die Anstrengung wäre zu groß gewesen. Er hätte es nicht geschafft, finanziell. Umzüge verursachen Kosten. Es wäre aufgefallen, dass sein Bruder nicht da ist. So lebt er mit der öffentlichen Lüge, dass sein Bruder krebskrank ist.

Pierre ärgert sich über sein Verhalten gegenüber Felix. Wieso stellt er sich selbst so unerbittlich dar? Wieso kämpfte Pierre um Formulierungen und Worte, von denen er wusste, dass Felix mit seinen Argumenten Recht hatte? Er ist rechthaberisch. Er legt die Verbitterung der letzten Jahre in diese Gefechte. Felix ist seine Projektionsfläche. Pierre hatte gelitten unter der Situation, er war zu kurz gekommen.

Er ist am Zug. Er will seine Macht spüren. Er endet in größerer Ohnmacht. Er hatte geglaubt, sich durchsetzen zu können. Er hatte gehofft, dass Felix nachgeben würde. Felix hatte ihn zum Besseren verführt. Er hatte ihm Einsichten abgetrotzt. Ein langwieriger Prozess, schmerzhaft, aufreibend.

Am Ende steht ein akzeptables Resultat. Pierre hatte viel Zeit vertan. Er hatte Felix in die Aggression getrieben. Er selbst war erschöpft gewesen, dann hatte er nachgegeben. Dieses Spiel hatte immer wieder von vorne begonnen. Felix war standhaft. Pierre hatte sich verschlissen. Er hatte das gewusst.

Seit dem letzten Treffen hat er seine Haltung geändert. In Felix hat er seinen Meister gefunden.

Felix hatte von Johannes erzählt. Pierre war neidisch. Er hatte wissen wollen, wer Johannes ist. Felix hatte den Namen genannt, immer wieder. Johannes war präsent. Pierre weiß, dass Felix mit Johannes ein gemeinsames Leben hat.

Nichts anderes hatte er sich mit seinem Bruder gewünscht. Er war gescheitert. Er war allein zurück geblieben. Das Buch ist ihre Geschichte.

»Ein Teil davon, der beste«, denkt Pierre.

Warum war er so eifersüchtig gewesen? Das hatte alles zerstört. Warum war sein Bruder so unehrlich? Warum hatte er ihm sein Doppelleben verheimlicht? Wie hatte Pierre ihm vertrauen können? War er so dumm gewesen? Wie hatte er so leichtgläubig sein können? Er hat nur den einen

Zwillingsbruder. Er hat ihn mehr geliebt als sich selbst. Das ist ein Fehler gewesen. Er hat es spät erkannt. Da war es vorbei.

Die Liebe hatte sich in Hass verkehrt.

Pierre will Felix als Verbündeten. Er weiß nicht, wie er das anstellt. Pierre will 'raus aus der Einsamkeit. Er hält das Alleinsein nicht mehr aus. Er weiß, er ist nicht unattraktiv. Er muss sich öffnen. Er braucht Freunde. Er muss die Chance nutzen.

Felix wird ihm helfen. Pierre wird in Deutschland sein, für eine Woche. Sie haben zwei Arbeitstermine. Der Verlag bezahlt Pierre den Aufenthalt, er soll sich einstimmen, auf den Markt. Seine eigene Veröffentlichung dauert noch ein Jahr.

Pierre denkt: »Warum dauert das so lang?«

Er hat das Gefühl: »Die haben mich betrogen.«

Diese Ansicht sitzt fest. Er wird sie nicht los. Er will gegen sie angehen. Er ist interessiert an einem positiven Verhältnis, zu Felix, zu seinem Verlag. Er weiß, anders wird es nicht klappen. Er rennt gegen die Zimmertür. Wie lange hält er das durch? Er weiß, er muss es tun, er muss sich ändern.

Die Wohnung ist eng. Pierre verlässt die Wohnung. Es ist Nacht. Er läuft durch die Straßen, am Hafen. Er erinnert sich, hier hat es angefangen. Er denkt an die erste Begegnung. Er geht in dieselbe Bar, derselbe Platz ist frei. Er erlebt es. Er steht neben sich. Er sieht sich zu. Die Bilder sind lebendig. Damals ist heute, heute ist damals. Die Realität verschiebt sich.

Pierre hat ein Bier in der Hand. Er trinkt hastig. Sein Blick ist gierig. Alle Männer, die die Bar betreten, nehmen ihn wahr. Er sucht den Körper unter den Kleidern. Er sucht nach Potenz, er will Sex. Es sind viele. Sie kommen, sie bleiben, sie schauen, sie gehen. Die, die kommen, um länger zu bleiben, verteilen sich im Raum. Jeder sucht einen Standort. Pierre hat sich selbst ins Gesicht gesehen.

Da steht ein Mann, gleich neben der Bar. Er hat ihn nicht hereinkommen sehen. Die Faszination ist das eigene Gesicht im Anderen. Er hat sich hingezogen gefühlt zu diesem Gesicht. Er ist nicht er, er ist ein Anderer. Pierre schaut in dessen Richtung.

Er konzentrierte sich auf das Gesicht. Er zeichnet die Züge nach, er tastet sie innerlich ab. Er berührt unwillkürlich sein Gesicht. Die Finger erkunden die Oberfläche des eigenen Gesichts. Es ist, als wäre er der Andere. Pierre hat den Blick nicht abgewendet, er bohrt seine Augen durch die Dunkelheit. Seine tastenden Sinne kommen gezielt an, in dem Lichtkegel, in dem der Andere steht. Der Andere ist im Gespräch. Er hat die Begierde in den Augen, die hat sich seinem Nebenmann zugewandt. Der junge Mann schaut lüstern. Das Gespräch läuft stockend. Die Musik ist laut.

Pierre sieht nur die Bewegung der Lippen. Er kann seinen Blick nicht abwenden. Wer ist dieser Mann? Ähnlichkeiten gibt es. Pierre nimmt es für Zufall. Das kommt vor. Die Stimmung ist laut. Es ist heiß. Es ist stickig, der Rauch steht im Raum, eine Dunstglocke, gespenstig. Der Rauch zeichnet die Konturen der Körper weich. Die Gesichter sind verschwommen. Es riecht nach Körperausdünstungen. Die Standorte wechseln rhythmisch zu der an- und abschwellenden Musik. Es ist Laufkundschaft. Es steht sich immer wieder besser an einem anderen Ort. Die Perspektive wechselt, sie gestattet Ausblicke, Einblicke sind es auch, nicht immer in die Seelen. Die Hosen bieten Freiheiten, für den Arsch, auf den verlängerten Rücken. Freie Oberkörper, gepiercte Brustwarzen, behaarte Trainingsbrüste, schweißnass. Träger Shirts betonen muskulöse Strukturen. Ausblicke der verführerischen Art. Pierre nimmt das alles wahr.

Er war lange nicht hier. Sein Blick kehrt wieder zurück, zu dem einen Gesicht. Das schaut zu ihm. Es hat sein entferntes Ziel entdeckt. Ist die Überraschung dieselbe? Pierre überlegt. Pierre fällt dasselbe Erstaunen auf, als wäre er der und der er. Hat der andere ihn erkannt?

Die Rauchschwaden im Raum sind löchrig. Das Bewusstsein tut sein Übriges. Es frisst sich durch den Raum. Es zerfrisst die Vorhänge der geschickten Lichtregie. Die Augen nähern die Bilder an, gesteuert von innen. Die Erkennungsintention ist groß. Pierre weiß nicht, was passiert.

Er ist sich nicht sicher, ob ihm seine Einsamkeit einen Streich spielt. Er weiß nicht, ob das Bild außen ist oder ob es sein Innerstes projiziert.

Er beschließt es für Realität zu nehmen. Nur so kann er planen, wie es weiter gehen soll. Die Blicke der Gesichter wechseln die Seiten. Pierre fühlt sich durchleuchtet. Der Andere nimmt die Fährte auf. Pierre spürt jede Augenberührung auf der Haut. Er ist angestrengt, er ist gespannt. Pierre legt die Spur. Der Andere nimmt die Verfolgung auf. Sein junger Nebenmann spricht ins Leere. Die Worte, Pierre hört sie nicht, verabschieden sich in die Leere des Raums.

Der Raum ist eng bestanden. Viele haben Körperkontakt. Der Raum lässt es zu, ohne übergriffig zu werden. Der Andere steht fest, seine Augen wandern hin und her. Der Moment lässt beide Augenpaare ineinander greifen. Sie sind starr auf sich gerichtet.

Auf den Anderen in sich. Auf den Anderen außer sich. Ein fortgeschrittenes Identitätsabenteuer. Pierre löst sich aus der Starre. Er drängt sich durch die Körper um ihn. Er muss sie anfassen, er muss sie berühren, sonst kommt er nicht durch.

Pierre wird beobachtet. Eine Kraft zieht ihn magnetisch an. Er ist stehen geblieben, direkt vor seinem Gesicht. Der Andere zuckt, er erschreckt sich. Pierre spielt ein Lächeln auf sein Gesicht. Innen ist er tot.

Seine letzten Jahre waren schlimm. Er hat zu lieben aufgehört. Er kennt durchbrechende Lust, er will sie bedienen.

Er steht vor dem Mann. Beide reden nicht. Das Erstaunen nimmt die Sprache weg. Pierre will reden. Er sucht nach Worten. Im Kopf sind welche. Pierre hat seine Seele verloren. Das Herz ist krank. Die Verbindung stellt sich nicht her. Pierre spricht Worte, ohne Seele. Worte, ohne Herz.

»Ich kenne dich.«

Der Andere antwortet schnell:» Ich kenne dich nicht. Ich habe dich nie gesehen.«

Pierre versteht, was der Andere sagen will. Er hätte denselben Satz so aussprechen können, warum weiß er nicht, dass sein Bruder längst tot ist. Er fasst dem Anderen ins Gesicht, vorsichtig tastend. Der Andere lässt es geschehen. »Du bist mir vertraut. Woher kommst du?«

»Aus Paris. Ich bin auf der Reise.«

Pierre hat die Erinnerung an Paris tief in sich begraben. Sie kommt nicht ans Licht.

»Lebst du hier?«

»Ja, ein langes Leben. Ich bin irgendwann zurückgekommen.«

»Wo warst du?«

»Überall und nirgends.«

Sie schweigen. Es ist nichts gesagt. Die Bedeutung ist abhanden gekommen. Der Andere fasst Pierre zwischen die Beine. Er wehrt sich nicht. Die Hand ist willkommen. Die Hand fasst zu. Sie sucht die Verhärtung. Sie bleibt aus. Die Hand wird zurückgezogen. Pierre tut es leid. Er hätte mehr Zeit gebraucht. Ist es schon vorbei, bevor es angefangen hat.

Pierre wollte diesen Mann mit nach Hause nehmen. Der andere ist enttäuscht. Pierre sucht Worte, zur Erklärung.

Er sagt: »Nackt funktioniert es. Kommst du mit?«

Der Andere schaut an Pierre hinunter:

»Kann ich dir glauben? Ich brauche das.«

»Ja.«

Mehr sagt Pierre nicht. Schweigend gehen sie raus.

Susanne hat Max im Kopf, er ist ein lustiger Vogel. Sie hat eine Sehnsucht in sich, das kennt sie nicht. Max hat sie berührt wie niemand zuvor.

»Er fühlt sich gut an«, denkt sie. »Jungfräulich«, fällt ihr ein. »Übertrieben«, denkt sie.

Es gefällt ihr. Max fällt aus dem Rahmen, deshalb ist er ihr aufgefallen. Sie sucht nach einem vergleichbaren Gefühl. Er ist angenehm, so als säße sie in der warmen Wanne, umgeben von Seerosen, die streicheln ihren Körper, die duften nach Blühen. Susanne gefällt der Vergleich. Ihre Fantasie ist stark.

Max riecht gut. Nach Pubertät. Sie hat es hinter sich. Max ist drin. Susanne mag das. Sie will das Abenteuer. Sie will die Unwegsamkeit. Sie will entdecken, was Liebe ist. Mit Max.

Ihren Kopf auf seinen Bauch legen. Seine Hand an ihrem Knie spüren, ungeübt, verlegen, daneben. Immer auf der Suche. Sie will, dass Max sie findet, wie sie ist, wie sie sein will. Gemeinsam werden sie suchen. Was, weiß sie nicht. Susanne ist verliebt, zum zweiten Mal. Diesmal ist es anders.

Das erste Mal war sie überrumpelt worden. Sie hatte mittendrin gesteckt. Sie hatte nicht gewusst wie ihr geschehen war. Christoph war über sie gekommen. Er war stark gewesen, er hatte sie gehalten. Er hatte gewusst, was er wollte. Das war anstrengend. Alles war so klar gewesen, so festgelegt. Sie hatte nichts gewusst. Das Ziel der Reise hatte Christoph im Kopf.

Er hatte Susanne verführt. Als das geschehen war, hatte Susanne genug.

Max hat kein Ziel. Susanne spürt das. Sie können sich Zeit lassen. Sie können genießen, ohne ein Ziel vor Augen. Susanne will Max nicht verführen. Sie will warten. Etwas wird passieren. Das, was sie beide wollen. Das, was entsteht, aus ihrem Zusammensein. Susanne freut sich Max gefunden zu haben.

Sie läuft durch ihr Zimmer, sie fühlt sich frei. Sie setzt ihre Füße auf den Boden, einen vor den anderen. Sie vollführt Reigen. Sie läßt Blätter durch die Luft segeln, weiße Druckblätter. Susanne ist glücklich.

Sie setzt sich auf den Boden. Sie greift ihre Querflöte. Sie entlockt ihr Töne. Sie erfüllt die Luft mit süßen Erwartungen. Die Töne tröpfeln heraus. Sie laufen über die Dielen. Sie erfüllen Susanne mit Leichtigkeit. Es ist kein Liebesschmerz, wie beim ersten Mal. Es ist eine Wolke, auf der sie selbst sitzt. Sie fliegt Max entgegen. Sie weiß nicht, wohin die Reise geht. Sie kennt die Strecke nicht. Die Dauer ist ungewiss. Die Zeit und der Raum sind bedeutungslos. Max ist einfach da. Es gibt keine Absicht. Es geschieht in den Momenten ihres Zusammenseins.

Sie weiß, Liebe kann wehtun. Das hat sie bei ihren Eltern gesehen. Ob es zwangsläufig zur Liebe gehört, weiß sie nicht. Sie will es anders machen. Als sie Max geküsst hat, war das ein Frühlingsstraum. Sie liebt den Frühling. Es ist Herbst, der Frühling im Herbst. Das gefällt ihr. Max' Haut ist hell und samten. Er hat kein Gehabe. Seine Zärtlichkeit fließt über ihren Körper bei der kleinsten Berührung. Als Max sie geküsst hat, war das keine Eroberungsgeste gewesen. Max' Mund ist zu ihr übergelaufen, selbstverständlich. Sie hatte keinerlei Scheu. Die roten Kinderlippen geben Vertrauen. Er ist ein Mann, in der Gestalt eines Kindes. Sie will das Leben anfassen. Max ist das Leben. Plötzlich war das geschehen. Es ist ein Wunder, ohne die Wucht eines Wunders. Ein wunderschönes Wunder, ohne Verwunderung.

Petra sitzt im Büro. Sie ist unkonzentriert. Ihre Arbeit macht sie routiniert. Ihre Augen sind nach innen gerichtet. Sie zweifelt an dem, was sie ist. Warum hat ihre Liebe nicht funktioniert? Warum hatte sie sich nicht lösen können? In welche Zwänge hatte sie sich verstrickt? Wo war ihre Fähigkeit zur Durchsicht? Sie hatte keine Einsicht gezeigt. Arbeit und Leben waren verschiedene Dinge.

Ihre Gedanken kreisen um ihr Versäumnis. Sie ist beschäftigt mit ihrer Hilflosigkeit. Sie ist eine starke Frau. Sie fühlt sich verletzt. Sie hat sich gequält. Sie ist Opfer und Täterin. Ihre Stärke ist ihre Schwäche. Sie muss die Schwäche zur Stärke machen.

Sie freut sich über Max. Der gestrige Abend hat sie zufrieden gemacht. Diese Susanne, was will sie von ihrem Max?

»Es ist, dass sie älter ist«, denkt Petra. »Ich habe keinen Grund eifersüchtig zu sein«

Sie ist es. Sie mag Susanne. Sie selbst hofft, eine neue Freundin zu finden. Ist das vermessen? Die Freundin ihres Sohnes will sie zu ihrer Freundin machen. Petra findet das normal. Sie will Anteil haben am Leben, am Leben ihres Sohnes. Sie ist eine Mutter. Sie muss eine Frau werden. Ist das ein Gegensatz? Sie will begehrt werden. Sie hat Sehnsucht nach der Liebe. Sie ertappt sich dabei, ihren Sohn zu beneiden.

Herr Winkler spricht sie an: »Geht es Ihnen gut? Sie wirken so abwesend.«

Petra erschreckt. Die anderen können es sehen. Sie hatte ihre Gefühle verbergen können, es gelingt ihr nicht mehr.

»Ich war in Gedanken. Wann ist die Sitzung heute Nachmittag?«

Petra nimmt sich in die Pflicht. Die Arbeit stützt sie. Sie kann sich festhalten. Es gibt nicht viele Haltepunkte.

»Ich bin besorgt. Wir wollten uns um drei treffen. Ist das okay?«

Petra dankt für die Sorge.

»Wir sprechen heute Nachmittag.«

Petra öffnet ihren PC. Viele Mails sind aufgelaufen. Sie beginnt zu lesen. Eine ist von Johannes.

Er erkundigt sich nach ihrem Befinden. Er fragt nach Max. Petra will sich mit Johannes treffen. Diesmal ginge es um sie, denkt sie.

Max ist auf der Gewinnerseite. Sie wühlt im Schlamm. Kann sie Johannes das zumuten?

Sie kann, sie wird es tun. Sie weiß, Schwule sind einfühlsam. Sie denkt, Johannes ist es im besonderen Maße, er ist ihr Freund. Warum soll sie ihn nicht in Anspruch nehmen? Sie hat keine andere Möglichkeit. Allein schafft sie es nicht, das weiß sie.

Das Telefon klingelt. Es ist Max. Petras Gesicht hellt sich auf. Sie hat einen Sohn.

»Mama wie geht's? Ich bin jetzt mit Susanne in der Stadt. Wann essen wir heute Abend?«

»Ich bin so gegen Sechs zu Hause.«

»Kochst du was?«

»Kann ich machen, wenn du willst. Hast du einen Wunsch?«

Max fühlt sich erwachsen. Petra nimmt ihn ernst. Sie braucht seine Unterstützung.

»Denk dir was aus. Ich lasse mich überraschen. Nur keine Fertigpizza, bitte.«

»Ich werde etwas finden.«

»Schönen Gruß von Susanne.«

»Von mir zurück an sie. Mach auch deine Hausaufgaben.«

»Wir haben heute nix auf, aber ich werde später für die Mathearbeit lernen, mit Susanne.«

»Ob das dann was wird? - Ihr werdet das schon hinkriegen.«

»Mach dir keinen Stress.«

Max wirkt souverän. Er ist verliebt. Es geht ihm gut. Petra muss die Sitzung vorbereiten. Es geht um Kündigungsfristen. Sie muss sich noch mit verschiedenen Anträgen befassen. Sie versucht zu vergessen, was sie bewegt. Sie stürzt sich in die Arbeit. Ob ihr das hilft? Es bedeutet Aufschub.

Ihre Gefühle sind da. Sie will sie nicht wegdrängen. Sie schiebt sie nach hinten. Sie ist eine Führungskraft. Sie hat diese Qualität. Persönliches muss zurückstehen. Das Leben fordert sie an der sozialen Front. Sie hat eine Aufgabe. Das hilft ihr sich nicht aufzugeben. Sie wird gebraucht, das braucht sie.

Felix ist früh im Verlag. Die Nacht mit Johannes war vertraut. Johannes gibt ihm Kraft. Sie schlafen eng. Felix schläft ruhig, wenn Johannes ihn im Arm hält. Er träumt. Er erzählt seine Träume.

Es ist eine Sicherheit, die er braucht. Erstaunlich, dass sie jede Nacht ihre Zweisamkeit genießen können. Johannes schmiegt seinen Körper dicht an Felix. Er könnte diese Haut immer fühlen. Felix ist zufrieden. Johannes liebt die Nacht mehr als den Tag, seit Felix neben ihm schläft.

Felix begrüßt den Morgen mit der Freude seines Tatendrangs. Er hat Großes vor. Er hat immer einen Plan. Er organisiert seine Tage. Er strukturiert sein Leben. Er muss etwas tun. Er liebt die Abwechslung. Im Inneren ist er beständig. Er geht nicht ohne Frühstück aus dem Haus. Diese Ordnung beansprucht er. Sein Körper ist daran gewöhnt. Er reagiert nach seinem Willen.

Johannes bewundert das. Bei ihm ist es anders. Er ist spontan, er ist chaotisch. Für Felix schickt sich Johannes in den Ablauf. Das hat er vorher nie getan. Er tut das selbstverständlich. Es ist die Achillesferse ihrer Beziehung. Johannes ist vernarrt in die Augen von Felix. Sie machen ihn schön. Sie drücken aus, was er ist. Diese Augen können kalt sein, dann hat Johannes Angst. Er hasst kalte Augen. Bei Felix sind selbst die kalten Augen schön. Johannes ist froh, dass das selten der Fall ist. Felix ist sich seiner Wirkung bewusst. Er redet nicht darüber. Er gehört zu den Menschen, die wissen und genießen. Er braucht keine ausdrückliche Bestätigung. Er ist jung. Er weiß, dass er alle und alles haben kann. Er hat Angst vor dem Alter. Davor, dass ihn das verändern könnte.

Felix fährt Rad. Sein Gesicht zeigt Zufriedenheit. Er versteht das Beste aus seinem Leben zu machen. Er schaut offen in die Welt. Die Welt öffnet sich ihm. Er nimmt die Herbstfarben wahr. Er malt Bilder aus dem Gedächtnis. Gibt es einen Menschen, der intensiver die Kleinigkeiten des Alltags in sich aufnimmt, der sich an ihnen erfreut? Johannes kennt keinen.

Wer Felix nicht kennt, könnte denken, dass seine Freundlichkeit vorgespielt sei. Wer ihn näher kennt, weiß, dass er so ist. Er spielt nichts vor. Er ist das Spiel. Das Leben nimmt er. Er nimmt, was es ihm gibt. Er hadert nicht. Für einen Moment ist er schlecht gelaunt. Das hält nicht lange an. Er will es nicht. Johannes hat ihn verletzt, ohne dass er es wollte. Felix nimmt es übel. Er verzeiht schnell.

Die Luft ist frisch. Felix hat die Strickjacke an, braun, bis zum Hals geschlossen ist sie. Heraus guckt der Kopf mit den eng stehenden leicht geschlitzten Augen. Groß genug, um sein Glück darin zu finden. Johannes hat es gefunden. Er will es festhalten.

Felix grüßt die Menschen, die er kennt. Er genießt es, Freunde zu haben. Er genießt es, dass ihn alle gern haben. Er ist selbst zu denen nett, die er nicht mag. Seitdem er in der Stadt ist, hat er sich eingelassen auf das Leben hier. Anfangs war es neu gewesen, gewöhnungsbedürftig. Er hatte es schnell geschafft, sich heimisch zu fühlen. Johannes hatte es beobachtet, er war beteiligt daran, gezeigt hatte er es selten.

Felix braucht die Vorstellung, alles alleine zu schaffen.

Felix schaut den Hunden nach. Er mag Hunde. Er hätte gern einen Hund. Es ist schwierig.

Beide arbeiten. Johannes will keinen Hund.

Im Verlag ist es ruhig. Viele Kollegen sind unterwegs. So kurz vor der Buchmesse gibt es viele Außentermine. Felix hat heute zwei Verabredungen mit zwei Autoren. Er wird angesetzt, auf Entdeckungen im Literatur-Dschungel. Dr. Kaiser traut ihm zu, die Perlen herauszulesen. Felix zeigt sich seiner Aufgabe gewachsen. Er wächst an jeder Einlassung auf einen neuen Text, auf einen neuen Autor.

Es gibt viele, die schreiben, wenige, die schreiben können, noch weniger, die ins Verlagskonzept passen. Sie müssen Felix gefallen. Er hat eine Schlüsselposition. Das macht ihm das Arbeiten angenehm.

Er muss mit Pierre telefonieren, übermorgen wird er in der Stadt sein. Felix stellt eine wachsende Annäherung fest. Er ist stolz, dass er es fast geschafft hat, Pierre das ständige Misstrauen zu nehmen. Felix ist überzeugt, dass etwas faul ist. Er verdrängt diesen Gedanken. Er hofft, dass es nicht herauskommt. Das wäre schlecht für ihn, für den Verlag, für seine Position im Verlag.

Felix liest den Text eines jungen Mannes. Das Bild gefällt ihm. Es ist auf das Manuskript geheftet. Sehr informell, schlampig. Ist es bewusst unkonventionell? Es zeigt den Autor. Er könnte fünfundzwanzig sein. Der Autor sitzt auf einer Wiese mit nacktem Oberkörper. Felix findet es gewagt. Es ist unüblich. Es geht um Literatur. Felix kämpft mit seiner kleinbürgerlichen Herkunft. Das Gesicht des Mannes mit dem nackten

Oberkörper zieht ihn an. Er will den Text lesen. Er ärgert sich, dass der Autor seine Absicht durchgesetzt hat, wenn es seine Absicht gewesen sein sollte. Felix ist sich sicher. Felix ist neugierig auf den Text. Wie schreibt einer, der sich so präsentiert?

Auffallen muss man, Felix weiß das. Er liest die erste Seite. Er kann sich nicht entziehen. Die Sprache verschlägt ihm die Sprache. Das passiert selten. Da beschreibt ein junger Mann seinen achtzigjährigen Großvater. Die Schilderung ist nicht dramatisch, sie ist nicht peinlich, sie ist lustig, sie klingt entspannt. Beide haben ihren Spaß. Beide kommen auf ihre Kosten. Felix möchte empört sein. Die Geschichte sprengt alle seine Vorstellungen. Sie läuft diametral gegen seine Moral. Seine Empfindung ist anders. Er stellt sich den Autor in der Rolle des jungen Mannes vor, Johannes in der Großvaterrolle. Felix ist komisch berührt. Er ist angerührt. Die Geschichte ist rührend, nicht kitschig. Dafür ist sie schräg. Da geht ein junger Mann so liebevoll mit dem Alter um. Felix kann das nicht glauben. Die Sprache verrät ihm, dass es glaubwürdig ist.

Felix denkt: »Der alte Mann hat Würde, der junge Mann auch. Es ist eine würdevolle Begegnung.«

Felix hat keine Zeit. Termine plagen ihn. Er wird diesen Text weiter lesen, später. Er wird sich in ein nächstes publizistisches Abenteuer stürzen, wenn der Text das hält, was die ersten Seiten versprechen. Er weiß, dass er diesen Autor kennen lernen will. Er spürt eine Obsession.

Sein Beruf ist interessant, er spürt, wie sich sein Leben in seine Arbeit hineindrängt. Er hat das immer trennen wollen, als Gegenentwurf zu Johannes. Der macht das bewusst, es ist sein Lebensinhalt.

Felix merkt, dass es in letzter Zeit eine Wendung genommen hat. Streng genommen, seit Pierre. Er weiß nicht, ob er sich freuen soll. Es kostet Kraft. Es bringt sein rationales System durcheinander. Darüber will er mit Johannes sprechen.

Felix beschließt, seinen Kollegen zu besuchen. Sven sitzt zwei Zimmer weiter. Er ist sein Mentor gewesen. Er hatte ihm die ersten Wochen geholfen, im Verlag zurecht zu kommen. Diese Erfahrung verbindet Felix mit Sven. In letzter Zeit haben sie wenig miteinander zu tun. Felix bedauert das. Er möchte das ändern. Er braucht einen engen Vertrauten im Verlag.

Felix wachsen die Ansprüche über den Kopf. Er will nicht kopflos handeln. Das könnte ihn den Kopf kosten. Er braucht einen, dem er vertrauen kann. Sven ist geeignet dafür. Sven ist alleinstehend. Er geht in seiner Arbeit auf. Er lebt für seine Arbeit. Privatleben kennt Sven nicht. Felix ist erstaunt. Wie schafft einer das? Welche Motivation hat er? Ist es ein verdrängtes Leben? Ist es Frust, der Sven mit seiner Arbeit verheiratet sein lässt? Felix hat sich das gefragt. Eine schlüssige Antwort hat er nicht gefunden. Er will Sven mehr anvertrauen, er will sein Vertrauen.

Svens Tür steht offen. Felix klopft zögernd an die offene Tür. Er steht in der Tür. Mit seinen lachenden Augen sucht er Sven am Schreibtisch. Der blickt vom Computer auf, Felix direkt ins Gesicht. Die Blicke treffen sich im Raum. Sie verweilen aufeinander, die Freude ist spürbar.

Felix sagt: »Darf ich stören?«

Sven rückt vom Computer weg. Er lädt Felix ein, sich zu ihm zu setzen. Das mag Felix an Sven. Er ist nie abweisend. Er öffnet sein Gesicht. Er schaut Felix offen an.

»Ich wollte mal vorbeischauen. Hast du Zeit? Es ist nichts Wichtiges. Ich kann wiederkommen.«

Felix ist Sven gegenüber vorsichtig.

Sven freut sich über den Besuch.

»Ich habe Zeit für dich, wenn ich keine Terminsachen habe. Du bist willkommen. Gibt es etwas Bestimmtes?«

»Nein, nichts, was Eile hätte. Ich habe gerade ein Manuskript vor mir, das ich bemerkenswert finde. Dabei ist es sehr ungewöhnlich.«

»Willst du erzählen?«

Sven ist zurückhaltend. Er drängt den Anderen nicht, er lädt ihn ein. Felix überlegt. Er entschließt sich. »Ich habe erst ein paar Seiten gelesen. Es geht zur Sache. Ein junger Mann beschreibt seine Beziehung zu seinem Großvater. Er macht es auf eine Weise, die ich so noch nicht gelesen habe. Alter und Jugend gehen eine zärtliche, aufregende Beziehung ein. Es ist schön. So beschreibt es der Protagonist. Ich muss zugeben, es hat mir gefallen. Ich habe erst durchgeblättert.«

Sven ist irritiert. Das dauert nicht lange. Seine Augen schauen neugierig.

»So etwas habe ich auch noch nicht gelesen. Du musst weiter lesen. Dann erzählst du mir mehr. Es klingt interessant.«

Sven ist überzeugt von Felix. Der hat ein Händchen für gute Literatur. Sven traut ihm. Er mag seine Art sich durchzusetzen. Sein Ehrgeiz ist ihm zu viel. Er rechnet es Felix' Jugend zu. Sven ist interessiert an einem Kontakt. Sven lebt allein. Er lebt mit seinen Büchern. Er hat Freunde. Von einer Freundin weiß Felix nichts.

»Ich muss weiter lesen, bevor ich urteilen kann. Der erste Eindruck macht Lust.«

»Wie geht's mit Marseille voran?«

Sven kennt die Sorgen von Felix. Er hat von der mühsamen Lektoratsarbeit gehört. Er hatte Felix Unterstützung angeboten. Felix hatte höflich abgelehnt:

»Das muss ich allein schaffen.«

»Im Moment geht es. Pierre wird einsichtiger. Er zeigt Kompromissbereitschaft. Er kommt zur Buchmesse. Ich werde ihn betreuen müssen.«

»Ich finde es gut, dass wir das Buch machen. Es hat trotz des Rummels, den es geben wird, literarische Qualität. Das hast du richtig erkannt.«

»Ich gehe da nach meinem subjektiven Empfinden. Das betrügt mich nicht.«

Sven sagt: »Die Großvatergeschichte könnte wieder ein Leckerbissen werden, literarisch, meine ich. Im Grunde ist es egal, um welche Liebe es sich handelt. Wir leben im 21. Jahrhundert.«

Sven möchte Felix unterstützen, wo es geht. Er fühlt sich als väterlicher Freund. Durch seine Art, mit seinem Partner aufzutreten, hat Felix sich Respekt verschafft, bei denen, die es ihm wert sind. Die Anderen gibt es auch.

Felix lässt seine sexuelle Orientierung nicht 'raushängen. Er lebt sie als eine Selbstverständlichkeit. Er hat keine Scheu, mit seinem älteren Freund im Verlag zu erscheinen. Johannes gehört zu ihm, er ist vorzeigbar.

»Egal ist es nicht, denke ich. Ich bin froh, dass offen ein ›Er‹ in einem Liebesgedicht stehen kann und nicht mehr ein ›sie‹, hinter dem sich ein ›Er‹ versteckt. Das war ja lange der Fall.«

Felix zeigt Flagge.

Sven schätzt das.

»Wie geht es Johannes?«

»Es geht uns gut. Wir haben unser gemeinsames Leben. Wir genießen die Welt um uns herum.«

»Schön, dass ihr zusammen seid.«

Sven ist ehrlich, er zeigt seine Sympathie. Früher hatte er die Vorstellung, dass Schwule keine Beziehung führen könnten. Er hatte nur solche gekannt, die immer auf der Suche waren, die nie ankamen. Er ist froh, dass er Felix kennengelernt hat. Svens Bild über die Schwulen hat sich verändert.

»Kommst du zum Essen, wenn Pierre da ist. Wenn Johannes Zeit hat, kommt er dazu.«

»Das ist eine gute Idee. Lass uns das versuchen.«

Felix ist spontan auf diese Idee gekommen, es würde ihn entlasten. Würde den Kreis für Pierre erweitern, wenn auch nicht auf seiner Suche nach Glück.

Pierre ist rastlos, er sucht, er will ein anderes Leben.

Leila sitzt in der Bibliothek. Kein schöner Ort. Sie kann hier gut lernen. Zwischen den Büchern, wo man Ruhe halten muss, kann sie sich konzentrieren. Es gibt die Verpflichtung zu schweigen. Das tut Leila gut. Leila genießt eine neue Beständigkeit in ihrem Leben. Es gibt neben Johannes eine andere Bezugsperson, einen, der selbstverständlich für sie da ist. Einen, der fragt, ohne gefragt werden zu müssen. Einen, der antwortet, wenn sie es nötig hat. Georg ist einfühlsam. Er ist der erste junge Mann, der sie versteht. Sie hat ihn nicht gesucht, er hat sie gefunden. Er ist hartnäckig gewesen, er hat nicht aufgegeben. Er hatte sie geliebt, als sie ihn abgewiesen hatte.

»Georg hat Charakter«, denkt Leila.

Sie muss keine Angst haben, dass er sie verlässt. Sie kann ihm vertrauen. Sie wird akzeptiert, wie sie ist.

Leila sitzt über Anatomie. Der menschliche Körper interessiert sie. Alle Einzelheiten sind schwer zu merken. Sie versucht es mit Sinnverständnis.

Ob es funktioniert, wird sie bei der Prüfung feststellen. ›Multiple Choice‹ bestimmt ihren Tagesablauf. Sie füllt ständig neue Bögen aus. Sie kreuzt Klausuren aus den letzten Jahren an. Wer nicht genügend gekreuzt hat, hat keine Chance. Mechanisch gelingt es ihr nicht, sie baut sich Brücken. Sie vertraut Assoziationsketten. Damit findet sie den Weg zu den endlosen Fragen. Sie fragt sich, warum sie das tut. Die Paukerei gefällt ihr nicht. Sie hat ein Ziel vor Augen, das möchte sie erreichen. Sie weiß, dass sie durchhalten muss, für sich, für Georg, für Johannes. Sie hat erkannt, dass sinnlose Lerneinheiten sie ihrem Ziel näher bringen. Die Einsicht in eine Notwendigkeit hat ihr viel Kraft abverlangt. Sie ist soweit, das zu akzeptieren. Sie hinterfragt, sie zweifelt. Sie hat gelernt, ihren Vorteil im Ergebnis zu suchen, deshalb lernt sie, deshalb sitzt sie in der Bibliothek, die ihr nicht gefällt. Die Sonne ist draußen. Das Leben ist anderswo. Sie wird nicht auf ihr Leben verzichten. Sie wird Aufschub leisten. Sie wird Einschränkungen machen. Sie will etwas erreichen. Sie will ihr Leben bestimmen können. Dazu braucht sie Wissen, dazu braucht sie diese Qualifikation. Das wird sie nicht verbiegen. Sie wird ihren Weg als Ärztin gehen. Sie hofft mit Georg. Er ist von seiner Aufgabe überzeugt. Leila ist auf dem Weg. Leila ist erwachsen geworden. Die Verbindung mit Georg hat ihr geholfen. Sie hätte sich das nicht vorstellen können.

Ihr Handy vibriert. Georg schreibt ihr. Er weiß, wann sie was braucht.

Leila geht 'raus, sie schnappt Luft, sie trinkt einen Kaffee, sie schreibt zurück. Dann sitzt sie wieder auf ihrem Platz, in der Bibliothek. Ihre Gedanken gehen einen Weg. Sie verliert ihre Kreuze und Fragen. Sie schaut über die Mauer:

Johannes hatte sie am Gepäckträger festgehalten. Er war gerannt. Sie war geradelt. Sie hatte den Halt gebraucht. Das Gleichgewicht hatte sie nicht halten können. Immer wieder hatte er losgelassen, dazwischen. Sie hatte es nicht gemerkt. Sie hatte sich sicher gefühlt. Sie hatte es allein gekonnt. Eine Stunde war Johannes dem Fahrrad hinterhergerannt, im Park. Dann war er erschöpft gewesen. Sie hatten auf der Bank gesessen. Leila hatte auf das Fahrrad geschaut, es war neu, es war schön. Johannes hatte schwer geatmet. Er hatte glückliche Augen. Er hatte Leila in den Arm genommen. Er war glücklich gewesen.

Er hatte gedacht: »Jetzt kann sie Fahrrad fahren. Sie hat eine neue Freiheit gewonnen.«

Leila hatte genossen, sie war stolz gewesen. Sie hatte Deutschland erobert.

Sie hatte gesagt: »Kann ich jetzt alleine fahren?«

Johannes hatte geschmunzelt:

»Nicht ganz, der Verkehr ist zu stark. Wir werden mit zwei Rädern unterwegs sein. Du vor mir, ich hinter dir. Bald schaffst du es allein.«

»Das ist gut, dann musst du nicht mehr so viel laufen.«

Johannes hatte in seine Erschöpfung hinein gelächelt. Er hatte sich aus vielen Gründen gefreut.

Leila kennt alle Gründe.

Langsam findet Leila zurück zum Stoff. Sie hat den Kopf in die Hände gestützt. Sie will weiter arbeiten. Sie ist froh hier zu sein. Sie hatte Zweifel, sie war verzweifelt gewesen. Seit sie ihre Entscheidung für Georg getroffen hat, ist sie zweifellos glücklich. Sie weiß, sie muss diesen Weg gehen, keiner kann ihr helfen. Sie hat es geschafft, sie hat einen Freund, sie hat einen Vater. Sie hat einen festen Platz in ihrem Land. Es war nicht ihr Land gewesen, es hatte gedauert. Es war schmerzhaft.

Jetzt gehört das Land ihr. Sie ist nicht durch Umstände hierher verschlagen. Sie ist hineingewachsen. Sie hat das Leben in ihre Hände genommen. Sie hat etwas aus ihrem fremden Leben gemacht. Sie gestaltet es. Es ist kein geschenktes Leben Anderer. Sie baut sich ihr Leben auf, zwischen den Seiten der Bücher, zwischen den Häusern, zwischen den Menschen. Sie ist mittendrin. Leila ist angekommen.

Georg denkt an Leila. Das kommt oft vor am Tag. Er sitzt mit Kollegen in der Cafeteria des Klinikums. Er macht ein Praktikum in der Pädiatrie. Es gefällt ihm. Es ist anstrengend. Er wird gefordert, bis an seine Grenzen. Die Schwestern mögen ihn, er ist ein umgänglicher Mensch. Er fasst schnell auf, er ist anstellig. Er hört zu. Der Oberarzt schätzt ihn. Vier Wochen ist er hier.

Wenn er mit den Kindern auf der Station scherzt, denkt er an eigene Kinder. Er hat Sehnsucht nach Leila. Die Kinder sind lange hier. Er empfindet mit ihnen. Er versucht Distanz zu halten. Wenn Esther weint, weint er innerlich mit. Er zeigt es nicht.

Die Eltern, die kommen, sind unvernünftig. Sie haben ein Besitzverhältnis zu den Kindern. Sie achten nicht ihre Einsamkeit. Sie erkennen nicht den Schmerz der Kinder. Sie leiden an ihrer eigenen Entbehrung. Sie sind mit sich selbst beschäftigt. Sie machen den Kindern den Abschied schwer.

Georg versteht es, er hält es für egoistisch. Er redet mit ihnen. Dass sie ihm zuhören, vertrauen, hält er für unwahrscheinlich. Er ist kein Arzt. Er ist Praktikant. Georg möchte Arzt sein. Er drängt sich nach Verantwortung. Georg muss warten.

Georg fragt Anselm: »Wie hältst du das Weinen der Kinder aus?«

Anselm ist älter, er ist zwei Jahre auf der Station.

Er sagt: »Du gewöhnst dich daran. Sie lachen auch. Beides gehört zum Leben. Am Anfang habe ich mich gefragt, warum müssen Kinder leiden. Jetzt nehme ich das Leiden an. Ich versuche es zu mildern. Es gelingt mir selten. Einen Sinn gibt es nicht.«

Piotr hat mitgehört, er sitzt gegenüber.

»Du kannst nicht mitfühlen, mit den Kindern. Wenn du das tust, gehst du zugrunde.«

Schwester Hildegard lacht dazwischen, sie ist lange hier.

»Wenn ich nach Hause komme, muss ich Musik hören, laut. Ich stehe oft im OP und höre das schreiende Weinen. Die Musik, die ich höre, nimmt das Schreien aus meinem Ohr. Ich weiß nicht, warum. Es wird ersetzt. Dann werde ich ruhiger. Ich kann den Abend genießen.«

Georg ist nachdenklich. Ob er Kinderarzt werden soll, weiß er nicht. Seine Gedanken schleichen sich davon. Sie kriechen ins Bett von Leila. Sie stecken unter der Decke und fühlen sich wohl. Georg hält es aus, weil er Leila liebt. Georg denkt, Leila lernt. Er hat es hinter sich. Viel liegt vor ihm. Er will vorwärts. Er will helfen. Ein weiterer hilfloser Helfer in der Armee dieser Zunft. Georg ist nicht naiv, er kennt seine Grenzen. Aufgeben würde er nie, für sich nicht, nicht für Andere. Er ist ein stiller Kämpfer. Es steckt viel Kraft in ihm. Der Oberarzt hat das erkannt, nach wenigen Tagen. Er nimmt ihn hart 'ran. Er schont ihn nicht. Er kritisiert ihn. Er weiß, dass Georg ein guter Arzt werden kann. Was ein guter Arzt ist, hat er sich oft gefragt. Eine schlüssige Antwort kennt er nicht. Er selbst schwankt ständig zwischen Professionalität und Anteilnahme. Er weiß nie, was obsiegt. Beides versucht er. Was mehr hilft, weiß er nicht. Georg denkt über die Worte von Käthe nach, sie ist OP-Schwester. Welche Lösungsmöglichkeiten gibt es? Erstaunlich, was Menschen tun, um zu überleben, in ihrem Alltag, mit ihren Problemen, mit der Anspannung.

Georg sagt: »Ich halte mir manchmal die Ohren zu, wenn ich das Schreien höre. Es hilft nichts. Ich höre es dann von innen.«

Anselm schaut Georg ins Gesicht. Georg fasziniert ihn. Er ist erstaunt, was dieser sagt.

Anselm sagt: »Woher nimmst du das?«

Georg fragt: »Was?«

Er weiß, was Anselm meint. Der will, dass er es ausdrückt. Georg mag Anselm.

»Deine Empathie.«

Georg sagt: »Ich liebe eine wunderbare Frau. Sie studiert Medizin. Sie macht bald Physikum.«

Anselm versteht. Er wünscht sich einen Mann wie Georg. Sagen kann er es nicht.

Georg muss zurück auf Station. Er muss Spritzen geben. Er hat sich viele Tricks ausgedacht, die Kinder abzulenken. Es ist die Angst, die er besiegen muss. Es gelingt ihm nicht immer.

Märchen, die er erzählt, wirken Wunder. Er schaut dem kleinen Freddi ins Gesicht. Freddi ist sieben, er hat Knochenkrebs. Wenn Georg Zeit hat, setzt er sich zu ihm. Er gibt ihm eine Spritze. Freddi ist das gewohnt, er hat keine Angst, die liegt hinter ihm. Seit einem Jahr ist er im Krankenhaus, manchmal kommt er nach Hause. Ob sie ihm wirklich helfen können, weiß niemand. Der Glaube in die heilende Kraft der Ärzte ist groß. Der Spielraum, selbst bei Spezialisten, ist gering. Georg lernt viel bei dem Praktikum.

Seiner Allmacht als Arzt zu misstrauen. Der Alltag der Klinik ist von erschreckender Banalität. Ein ›Trial-and-Error‹ Prinzip bestimmt viele Therapien. Erfolge kann man vorweisen. Die Versorgung ist gewährleistet. Der Betrieb läuft kostendeckend. Die Betriebswirtschaftler haben die Klinik übernommen. Die Ärzte füllen die Gänge in ihren weißen Kitteln, ausgedünnt. Die Machtstruktur funktioniert wie immer, hierarchisch. An der Spitze stehen keine Ärzte. Chefärzte spielen mit ihrer Macht auf den Stationen. Georg ist am untersten Ende der Skala. Er strampelt um Anerkennung auf diesem Platz. Sein Engagement wird bewundert und belächelt, Bezahlung gibt es nicht. Georg hat nur das, was die Kinder ihm geben. Das ist viel. Er gibt viel. Er bekommt es zurück.

»Freddi, hat es wehgetan?«

»Nö, war nur ein kleiner Pieks. Ich würde gern mal mit dir 'raus, spielen gehen.«

»Ich verspreche es dir, wenn du das nächste Mal 'rauskommst, spreche ich mit deinen Eltern. Dann machen wir was.«

»Toll«, sagt Freddi.

Georg weiß nicht, wann das sein wird. Er will es halten, sein Versprechen. Ob er es halten kann, weiß er nicht. Freddi hat kein klares Zeitgefühl. Die Tage im Krankenhaus sind gleich. Manchmal zählt er die Tage, bis zum nächsten Ausgang nach Hause.

Georg denkt: »Sollten sie ihn nicht draußen leben lassen, bis er stirbt? Dann hat er noch was vom Leben. So hat er nichts.«

Gibt es eine Heilung, oder nicht? Der Hauptteil seines bewussten Lebens ist ein langer Krankenhausaufenthalt. Georg will immer noch Arzt sein. Er weiß, dass er nicht unbefangen träumen kann. Wie wird er die Bilder los? Er wird mit Leila reden. Er braucht Distanz. Wenn er Arzt ist, wird er die Kinder nicht lieben dürfen, sonst stirbt er ständig mit. Er leidet, wo er einen kühlen, wachen Kopf braucht.

Georg ist im Nebenzimmer. Da liegen Suse und Mareile. Sie sind erst vier und fünf. Wechselnde Krankenhausaufenthalte seit ihrer Geburt. Sie werden beatmet. Georg macht notwendige Verrichtungen. Sie wurden ihm gezeigt. Er streichelt die beiden am Kopf. Darf er das? Er tut es, ohne Reue.

Ein Notfall kommt rein. Georg hört davon. Sofortige OP wird veranlasst. Er will dabei sein.

Der Oberarzt überlegt, er sagt ›Nein‹. Georg ist enttäuscht.

Georg macht das Bett von Florian sauber. Er hat eingenässt, es riecht. Georg stört der Geruch nicht. Von alten Leuten wäre es schlimmer, stellt er sich vor. Er hat keine Erfahrung in dieser Hinsicht.

Florian schämt sich. Aus seinen dunklen Augen kommen kleine Tropfen. Georg nimmt ein Tuch, er trocknet sie ihm ab. Er streichelt ihm über's Gesicht. Er muss es tun. Er weiß, er soll die Kinder nicht lieben. Warum haben wir diese starken Emotionen bei Kindern? Kinder nehmen wir als hilflos wahr.

»Sie sind das nicht«, denkt Georg.

Er hat gewalttätige Kinder gesehen, in seinem Stadtteil.

»Kranke Kinder sind für uns der Inbegriff von Rührung.«

Erwachsene leiden bewusst. Georg macht sich Gedanken. Er stellt seine Gefühle in Frage. Er hat sie, weg diskutieren kann er sie nicht. Um Fünf hätte er Schichtende, es ist Sieben. Georg denkt, dass er gehen will. Die Stationsschwester hat ihm schon mehrmals einen Fingerzeig gegeben. Georg ist beharrlich. Er nimmt seine Arbeit ernst. Sich selbst und die Anderen auch. Ein Gutmensch will er nicht sein. Er möchte für seine Interessen einstehen. Den Gewerkschaftsstandpunkt kennt er von Leila. Sie hat Freunde, die sind gewerkschaftlich aktiv. Er schätzt ihr Engagement. Sie haben darüber diskutiert.

Es ist eine Gratwanderung im Arztberuf.

»Selbstausbeutung hilft keinem«, sagt Leila.

Aufopferung ist der Beginn gesellschaftlicher Fehlentwicklung, weiß Johannes.

Georg ist sich bewusst, dass die Wahrheit dazwischen liegt. Er fragt sich, wessen Wahrheit. Georg denkt über die Relativität seines Selbstverständnisses nach. Wer hilft da wem? Wer ist der moralische Sieger? Kann es einen geben? Die Verhältnisse, die sind nicht so. Georg erinnert seine Brecht Lektüre in der Schule. Sie hatten endlose Diskussionen mit ihrem damaligen Deutschlehrer. Das Leben ist komplizierter als die Theorie. ›Theorien braucht man, um seine Wahrheit jenseits der Theorie zu entdecken.‹ Johannes hat das so gesagt. Georg hat das gefallen. Er hält Leilas Vater für einen reflektierten Zeitgenossen. Er schätzt ihn als Freund. Sie sind sich näher gekommen. Georg hat seine Ängste vor schwulen Männern bei ihm vergessen. Er kann ihn anfassen. Er hat ihn herzlich umarmt. Leila war erstaunt gewesen. Sie kennt Georg. Sie hat sich gefreut.

Felix gegenüber ist Georg reserviert. Er kennt Leilas Geschichte. Sie bedrückt ihn. Er weiß, Leila hat das hinter sich. Felix ist keine Bedrohung.

Georg verlässt das Krankenhaus. Die Luft ist kühl draußen. Er atmet durch. Er geht in den Abend hinein. Er weiß, dass Leila auf ihn wartet, oder sie kommt später. Wie hat sich das Leben verändert, seit sie zusammen sind. Er erlebt das zum ersten Mal. Früher hat er sich oft gefragt, warum Paare zusammenbleiben, wenn es nicht stimmt. Er denkt, es sei das Gefühl, dass einer warte. Das versteht er. Das schafft Verbindungen, weil einer das Alleinsein nicht aushält. Die Menschen kommen nicht zu sich selbst. Sie binden sich neu, bevor sie sich gelöst haben. Er weiß nicht, wie er handeln würde. Er kann sich nicht vorstellen, dass Leila ihn verlässt. Er hat Angst, dass es passieren könnte. Er behält die Angst für sich. Sie verliert sich in den Umarmungen, der Gegenwart von Leila. Er läuft schnell. Er will nach Hause. Sein Zuhause ist Leila. Wo immer sie zusammen sind, fühlt er sich zu Hause.

Johannes sitzt über Francis Bacon. Er hatte den Filter im Kopf, am Anfang. Ein schwuler, irischer Maler als Vorlesungsstoff eines schwulen Dozenten.

Das geht gar nicht. Felix hatte so argumentiert. Johannes hatte sich eindeutig für Bacon entschieden.

Er sitzt über den Vorbereitungen. Er hat sich intensiv auf Bacons Bilder und sein Leben eingelassen.

Ein Verführter in seiner Jugend, von Stallburschen wird berichtet. Nicht Lehrer und keine Priester, denkt Johannes. Bacon war ein Exzentriker, ein Leidender in und an der Zeit, getrieben von großen Gefühlen. Das Leben hatte er an beiden Enden gepackt, vergebens. Es war Last und Lust gewesen. Die Lust lastete auf seinem Leben, auf Körper und Geist. Die Grausamkeit seiner entstellten Körper ist lustvoll gemalt.

Johannes bewundert die Kraft von Bacons Figuren, in ihrem unerschöpflichen Elend. Die Studien des menschlichen Körpers von 1970 haben ihn aufgewühlt. Johannes will sie in den Mittelpunkt seiner Vorlesungen stellen. Er nimmt sich vor, sehr eng am Bildmaterial entlang zu führen. Bacons Leben will er mit einbeziehen. Es hat Bedeutung in Bezug zu den Bildern. Nur so will er auf Bacons Homosexualität eingehen. Er will weder voyeuristisch noch bekennend damit umgehen. Das wäre unangemessen für einen so großen, überzeugenden Maler. Dessen Anleihen in der Anatomie und bei Michelangelo will er als historisch bedeutsam herausstellen.

Besonders der Einfluss von Michelangelo fasziniert Johannes. Nichts menschlich Abgründiges war dem fremd. Seine Verzerrungen der realen Perspektive waren Ausdruck seiner Durchdringung der Wirklichkeit, wie er sie erlebt hatte, wie er sie sehen konnte. Sein Lebensglück war immer von sehr begrenzter Dauer gewesen. Er hatte es ausgekostet, bis es sich ihm entzogen hatte.

Die Gliedmaßen bohren sich in Johannes' Gedächtnis. Er lebt mit ihnen. So stark hat er sich mit Bacon auseinandergesetzt. Sie tauchen im Schlaf auf. Es entsetzt ihn.

Er drückt sich zärtlich an Felix. Er braucht Distanz zu Bacon. Der hat ihn einige Tage fest im Griff gehabt. Johannes muss Abstand gewinnen. Er ist mit der Ausarbeitung des Manuskriptes fertig. Er ist froh, dass er es hinter sich hat. Es war ein einsamer Kampf mit einer sperrigen Materie gewesen. Es war das Eintauchen in eine Person, einen Zeitgenossen, einen Maler gewesen, dem er hätte begegnet sein können.

Vor ein paar Jahren war er in Irland gewesen. Er hatte lange Spaziergänge am Meer gemacht, bei stürmischer See, hohen Wellen, Wind, Regen. Mit einem engen Freund hatte er auf den Klippen gestanden. Sie hatten sich aneinander gekrallt, um nicht weggeweht zu werden. Die Sprödigkeit der Landschaft hatte sich Zugang zu ihm verschafft. Bacon war dort aufgewachsen. Die Bilder waren nicht nur Zeitanklagen, sie waren dem Leben in diesem harten Land geschuldet.

Bacon war kein Surrealist, er war ein aufgerissenes Leben des Jahrhunderts, in dem Johannes eine Hälfte seines eigenen Lebens verbracht hat.

Johannes schreibt Anmerkungen zu den Bildern, die er zeigen will. Er ist bemüht um konkrete Beobachtungen. Er will Hinweise zur Deutung geben. Die Deutung selbst will er seinen Studenten überlassen. Er schweift ab, in Gedanken. Ihm fallen die Augen zu. Draußen ist trübes Herbstwetter.

Die schönen Tage sind vorbei. Gerade hat es noch den goldenen Herbst gegeben.

Johannes ist aus der Generation ohne Krieg. Bacon hat zwei Weltkriege überstanden. Wie kann ein Mensch das aushalten? Auch in Johannes' Welt gibt es Kriege. Die Nachrichten unterlaufen den Frieden.

Sein Leben findet in einer kriegsfreien Zone statt. Afghanistan ist beunruhigend. Verletzte, verwundete, tote deutsche Soldaten kamen nach Hause.

»Sie sind Einzelfälle«, denkt Johannes.

Wie war es, als täglich die Sorge bestand, dass der Geliebte, der Freund, der Bruder, der Sohn, der Mann nicht wiederkam? Johannes fehlt diese Vorstellungskraft. Filme können diese Realität nicht vermitteln.

Vor kurzem hatte er ›Die Wohlgesinnten‹ gelesen. Es ist ein Einblick in das organisierte Grauen. Es ist die Optik eines Intellektuellen. Es zeigt Johannes die Anfälligkeit der Intelligenz für die Rassentheorien. Für die Zeit, in der er es las, war er eingetaucht in diese Welt.

Er klappt das Buch zu. Er muss sich besinnen. Es ist keine Wirklichkeit.

Johannes lebt im gut eingerichteten Frieden. Er schaut aus dem Fenster seines Arbeitszimmers. Es geht ihm gut. Seine Alltagssorgen bewältigt er. Er ist unkündbar. Er liebt. Er wird geliebt. Er weiß, dass sich das Leben sehr schnell verändern kann. Er nimmt sich vor, seine Lebenschancen zu nutzen. Er will das Schicksal nicht herausfordern, indem er sein Glück übersteigert. Er weiß von der Vergänglichkeit des Glücks, aus der Kunst, aus der Literatur, aus seinem Leben.

Johannes steht auf. Er geht in den Garten. Er betrachtet das Verblühen. Er mag die Jahreszeiten. Er mag den Wechsel. Den Frühling mag er mehr als den Herbst. Bald wird er fünfundfünfzig. Ein einschneidendes Datum. Er sollte sich darauf vorbereiten. Wie tut er das? Was bedeutet es, fünfundfünfzig zu werden? Johannes ignoriert das Alter. Er ist umgeben von jungen Menschen, er teilt ihre Befindlichkeiten.

Seine Altersfreunde sind anders. Er mag sie. Er trifft sie. Die Distanz ist größer. Der Kontakt ist spärlich. Eine Ausnahme stellen einzelne Kollegen dar.

Bei den Frauen ist es anders. Es gibt intensive Alterskontakte mit seinen Busenfreundinnen. So nennt er sie. Sie stellen die Ausnahme dar. Wenn sie sich treffen, ist ›das Alter‹ Thema.

Johannes fällt auf, dass er etwas versäumt hat. Was heißt das, in Würde alt werden? Es macht ihm zu schaffen. Eine Jugendfreundin hat ein Buch über‘s Älterwerden geschrieben. Er hat es gelesen. Begeistert war er nicht, betroffen hat es ihn am Rande. Er verdrängt etwas. Es macht ihn nachdenklich. Er hat die Jahre einfach nicht daran gedacht.

Wollte er nicht daran denken? Er mag keinen Jugendwahn. Ist er ihm unbewusst erlegen?

›Das Bildnis des Dorian Gray‹ steht ihm vor Augen. Er hat es gelesen. Filmfassungen gesehen. Seine Situation ist anders. Die Zeit, die Umstände. Er muss sich dem Problem stellen. Wird er es tun? Gibt es eine Notwendigkeit? Johannes sucht nach Begriffen, er möchte sich erinnern, wann er dem Alter offen begegnet ist.

Wenn er Menschen auf der Straße begegnet, sieht er alte und junge. Er ordnet sich nicht den alten zu. Er redet von den Alten. Er redet von ihren Gebrechen. Er zählt sich nicht dazu. Eine eigenartige Neutralität umgibt ihn. Passiert das? Hat das Methode? Ist es sein ausgeklügeltes System? Er ist dem Alter nicht ausgesetzt. Es gibt keinen Anlass, ihm zu begegnen. Braucht er die Bestätigung durch junge Männer, die er zu seinen Anhängern zählt?

Ist er süchtig nach der Liebe von Felix, weil sie ihm als Jungbrunnen dient? Johannes ist erschüttert über seine Gedanken. Sie konfrontieren ihn mit einer versteckten, verdrängten Wirklichkeit. Dabei ist der Fünfundfünfzigste noch nicht da.

Albert kommt aus der Praxis. Er hat es eilig. Er will nach Hause, sich umziehen. Er muss duschen. Ein richtiges Zuhause ist es nicht. Er hat sich ein möbliertes Penthouse gemietet. Er kann es sich leisten. Er zahlt nur für Max. Petra verdient. Da ist er fein ‘raus. Er fühlt sich unwohl. Der Luxus gefällt ihm. Es wird geputzt. Der Kühlschrank ist voll. Jeden Tag gibt es frische Blumen. Die Wäsche ist weichgespült.

Zuhause fühlt er sich nicht. Es fällt ihn die Sterilität an. Er merkt, dass Max und Petra Wärme ausgestrahlt haben. Es fühlte sich anders an. Er hat sie ignoriert. Er hat sie missachtet.

Ihre Gegenwart war Leben, wie er es wollte. Warum ist er nicht fähig gewesen, sich das zu erhalten? Warum hatte er alles leichtfertig auf's Spiel gesetzt?

Er ist umringt von schönen Frauen. Alle wollen sein Geld. Alle wollen teilhaben am Luxus. Er ist uninteressant, das weiß er. Er mag die Frauen nicht, er verbringt Zeit mit ihnen. Er kann nicht allein sein. Es gehört zu seinem Beruf. Es ist der Stil, den er pflegt.

Das ist ihm aufgefallen, als er die Tür zu seiner Wohnung zugemacht hat. Die Wohnung mit Petra und Max. Sie hatten ihm eine Heimat gegeben. Selten hatte er sie genutzt. Sie war da gewesen. Er hatte sich darauf beziehen können.

Hier im zehnten Stock des Hochhauses springt ihn die Leere an. Die Kälte steckt in den sich spiegelnden Scheiben. Sie kriecht aus den blütenweißen Handtüchern. Diese sind akkurat gestapelt, im Bad, auf Stoß, wie von Geisterhand. Albert bekommt nie mit, wann hier einer Ordnung macht.

Albert hat begonnen, über sein Leben nachzudenken. Es gefällt ihm nicht. Er weiß nicht, wie er es ändern soll. Er wird es nicht ändern. Er kann nicht aus seiner Haut. Er unterläge Zwängen, denkt er. Die Frauen langweilen ihn. Petra ist eine schöne Frau. Warum hatte sie nicht bleiben können? Er hätte sich geändert, später. Er kann es nicht mit Sicherheit sagen. Er würde manches rückgängig machen wollen. Auch Max tut ihm leid. Konsequenzen zu ziehen, kommt ihm nicht in den Sinn. Albert steckt fest.

Petra trifft sich heute mit Margarethe. Sie hat ihre neue Situation angenommen. Ihr Alltag gestaltet sich nicht anders als sonst. Sie hat die eine Beklemmung gegen eine neue getauscht. Die Befreiung war richtig. Die Einsamkeit fühlt sich hart an. Sie hatte sich in die Arbeit gestürzt. Ihre Mutterinstinkte hält sie im Zaum.

Max ist mit Susanne beschäftigt, dass Petra an sich denken kann. Es ist besser, für sie beide. Am Abend sitzen sie zusammen. Max im Glück tröstet seine Mutter. Was sie braucht, ist eine Perspektive. Sie ist eine Frau voller Sehnsüchte, die hatte sie lange unterdrückt, die brechen sich Bahn, die fordern Taten von ihr. Petra fährt nicht nach Hause. Sie nimmt die

Bahn für vier Stationen. Laufen will sie nicht. Sie hat Hunger. Sie freut sich auf Margarethe. Sie wird reden. Sie wird weinen. Sie ist bedürftig nach Zuwendung. Ein Mann, der sie liebt, wäre besser. Margarethe ist keine Notlösung, sie ist ihre beste Freundin. Sie mag Margarethe. Sie vertraut ihr, sie schätzt ihren Rat. Margarethe ist anders als Petra.

»Was mache ich falsch?«, denkt Petra.

Warum brauche ich einen Mann, seine Nähe, seine Wärme, seine Liebe?

Sie hatte Pech in ihrem Leben. Nicht mit ihrem Sohn, nicht mit ihrer Arbeit, nicht mit ihren Freunden. Die Männer waren es gewesen. Ist sie selbst Schuld daran? Petra gibt sich die Schuld, sie hat Schuld. Sie hatte sich gegen alle Ratschläge durchsetzen wollen, sie hatte es tun müssen, sie hat Max geboren. Das ist ihre Rechtfertigung.

Ist der Kinderwunsch der Ersatz für eine Liebe? Ist das ›Kinderkriegen-um-jeden-Preis‹ zu teuer erkauft? Ist Albert nur gut für Max? Als sie Albert kennenlernte, hatte sie ihn begehrt. Die Anderen hatten gesehen, was sie nicht sah. Sie hatte Jahre gebraucht. Warum macht Liebe so blind?

Man stürzt sich den Abhang des Lebens hinunter. Warum denkt man nicht nach? Petra sieht alles klar. Sie hatte Albert gegen die Welt verteidigt. Er hatte ihr das Leben über Jahre geraubt. Sie war hineingeraten in eine Abhängigkeit. Sie hatte lange gehofft. Sie hatte Angst vor der Niederlage. Sie hatte geleugnet, dass Albert nicht zu ihr passte. Sie hatte sich versteift. Auf eine Weise, die alle Freunde vor den Kopf gestoßen hatte.

Petra umarmt Margarethe. Die sitzt bereits in der kleinen Ecke. Sie sind oft hier. Sie mögen die Atmosphäre und den Wirt.

»Was habe ich für einen Hunger!«

Petra hat sich auf Diät gesetzt, nicht richtig, sie isst die Hälfte. Sie muss sich dem Markt unterwerfen. Sie schielt nach dem Marktwert, den sie hat. Über vierzig ist das nicht einfach. Margarethe lacht.

»Du hast Probleme. Es ist eine schwierige Zeit für dich.«

»Ich bin zufrieden, dass Max nicht leidet. Im Gegenteil. Er ist über beide Ohren verliebt. Er hat ein tolles Mädchen gefunden.«

Margarethe legt den Kopf schief.

»Du sollst nicht über Max nachdenken. Der kommt zurecht. Du bist die Hauptperson. Du musst Fuß fassen in deinem Leben. Du bist aus dem Tritt geraten.«

Petra lacht verkrampft:

»Ich weiß nicht, wie ich das anstellen soll. Ich bin ungeübt.«

Petra weiß, dass sie ihre eigene Gefangene gewesen ist. Sie hätte sich vor langer Zeit befreien müssen. Wenn sie mit klarem Kopf darüber nachdenkt, packt sie die Verzweiflung, über ihre Starrsinnigkeit. Sie war uneinsichtig gewesen, bis zuletzt. Sie wünscht das keinem.

Margarethe gibt Petra die Karte. Sie hat gewählt. Petra sucht ein kleines Gericht.

»Du solltest dich nicht unter Druck setzen, schnell jemanden zu finden. Du musst deine Einsamkeit aushalten. Du kannst ihr positive Seiten abgewinnen. Du kannst nichts erzwingen. Lass dir Zeit.«

Margarethe spricht aus Erfahrung.

Petra möchte so handeln, sie spürt den Druck. Sie weiß nicht, wie sie ihn los wird.

»Ich bin in einer Torschlusspanik, das Alter, die Ängste, die Konkurrenz.«

Petra sprudelt ihr Innerstes nach außen. Margarethe gegenüber gibt es keine Vorbehalte. Sie hat keine Scheu. Langsam fasst sich Petra. Sie lässt die Tränen nicht laufen, besser wäre es. Sie schämt sich. Sie ist eine erwachsene Frau. Als solche möchte sie wahrgenommen werden. Sie beneidet Menschen, die sich gehen lassen. Sie kann es nicht, sie will es nicht. Es ist gegen ihre Natur.

Petra stochert in ihrem Putensalat. Margarethe schneidet genüsslich ihr Steak.

»Ich weiß, es gibt keine schnelle Lösung, geduldig war ich noch nie. Es wird mir nichts anderes übrig bleiben. Ich kann schwer allein sein. Ich werde es lernen müssen. Max ist bald aus dem Haus.«

»Das ist gut. Das wäre die schlechteste Lösung, sich auf ihn zu stürzen. Er braucht dich, zurückhaltend, eigenständig. Häng dich nicht an ihn.«

Petra ist beleidigt. Soviel weiß sie auch von Pädagogik. Schwer wird es. Wissen und Handeln sind zweierlei Dinge.

Margarethe fragt: »Gibt es keine Männer in deinem Umfeld? Das wäre das Beste. Es erleichtert das Kennenlernen. Du kennst Gott und die Welt.«

Petra denkt ehrlich nach.

»Du wirst es nicht glauben, aber der Klassenlehrer von Max hat mich zweimal regelrecht angestarrt. Wo du das ansprichst, erinnere ich mich. Er ist ein witziger Kerl. Max mag ihn.«

Margarethe lacht.

»Dass Max ihn mag, ist unerheblich. Magst du ihn?«

»Wie soll ich das wissen? Ich habe ihn immer nur kurz gesehen. Wir haben über Max gesprochen, das Übliche. Sympathisch ist er.«

Margarethe ist hellhörig.

»Weißt du, ob er liiert ist?«

»Woher soll ich das wissen? Er macht den Eindruck eines Junggesellen. Ist er schwul, wie Johannes?«

»Weil dein geliebter Johannes schwul ist, müssen nicht alle sympathischen Männer schwul sein.«

»Du hast Recht. Es kam mir so in den Sinn. Bei dem Glück, das ich habe.«

Margarethe macht eine abwehrende Geste.

»Das müsste mit verhexten Dingen zugehen, wenn es so wäre. Ich glaube nicht an eine schlechte Magie. Initiative ist gefragt.«

»Wie sollte die aussehen? Ich weiß es nicht. Ich kann ja schlecht den Lehrer von Max anmachen.«

»Du sagst, er hat dich angemacht. Du musst reagieren.«

Die beiden Frauen lachen. Sie steigern sich in Fantasien hinein. Petra wirkt fröhlich. Sie spielen das Unvermeidliche durch. Sie haben Spaß. Petra verwirft den Gedanken. Er ist in ihrem Kopf. Sie sitzen lange. Sie reden, sie schweigen, sie tauschen Gedanken aus. Petra fühlt sich wohl. Margarethe verfolgt einen Plan, unbewusst. Sie will Petra herausholen, aus ihrem Tief. Sie schweifen ab, sie kramen Erinnerungen aus ihren Gedächtnissen, die waren verschüttet. Sie tauchen auf. Sie machen die Gegenwart lebendig, durch die Vergangenheit. Spät nachts verlassen sie das Lokal. Sie sind angetrunken, sie sind gut gelaunt. Margarethe hofft, dass Petra zu Hause nicht die Leere anfällt. Sie umarmen sich zärtlich.

Petra geht zu Fuß, sie braucht Luft, sie muss durchatmen. Sie weiß, das Schwierigste steht ihr bevor. Sie muss die Einsamkeit aushalten. Sie muss ihr Alleinsein genießen. Erst dann gibt es eine Chance.

In ihrem Kopf fügt sie ›vielleicht‹ hinzu.

Margarethe nimmt ein Taxi, sie genießt ihre Freiheit. Sie hat es lange trainiert. Die Menschen gewöhnen sich langsam an neue Situationen. Haben sie den Punkt überschritten, wird es zum Alltag. Die Dauer ist verschieden. Wie schnell man die Liebe vergisst, bleibt ein Rätsel. Manche schaffen das in Tagen, andere brauchen Jahre. Ob das abhängig ist von der Intensität der Liebe, bezweifelt Margarethe.

Petra kommt zu Hause an. Max schläft. Sie ist froh, dass er da ist. Sie selbst wird Zeit brauchen, um einzuschlafen. Sie versucht sich zu erinnern. Sie sucht schöne Momente in ihrem Leben. Als Max geboren wurde, war sie glücklich. Er war keine leichte Geburt. Es hatte wehgetan. Sie hatte geschrien. Als er da war, hatte sie ihn im Arm gehalten. Er hatte auf ihrem Bauch gelegen.

Sie hat ihn seit diesem Moment begleitet. Max und Petra sind ein Gespann. Auch hier soll sie loslassen. Etwas muss sie festhalten. Wenn sie alles loslässt, was hat sie dann?

Margarethe sagt ›dich selbst‹.

Petra findet das wenig, sie will für Andere da sein, zumindest für einen. Sie will Nähe. Sie hat sie kurz erlebt. Sie träumt von der Unbedingtheit der Liebe. Sie muss aufhören zu wollen. Sie darf nicht fordern. Sie muss zulassen, sie muss abwarten. Geduldig sein ist eine Tugend, die sie lernen will. Sie will damit anfangen. Wie macht sie das? Strategien entwirft sie. Sie schläft ein.

Als sie aufwacht, ist es hell. Sie hört Geräusche. Max hantiert in der Küche. Er ist früher wach als sie. Das hätte sie nicht gedacht. Sie hat Schuldgefühle. Sie geht in die Küche. Max ist vergnügt. Er ist freundlich. Er gibt ihr einen Kuss. So handeln Verliebte. Er könnte die Welt umarmen. Petra freut sich. Warum gelingt ihr das nicht?

»Wie spät ist es?«

»Halb acht. Ich muss los.«

Früher war Max immer zu spät gewesen. Das Leben ändert sich. Petra war immer die Erste gewesen. Sie hatte eine Aufgabe in der Familie gehabt. Die Familie gibt es nicht mehr. Petra braucht eine Aufgabe. Sie nimmt sich eine Tasse Kaffee. Max hat ihn perfekt zubereitet. Sie ist stolz auf ihn. Sie ist traurig, dass er geht.

»Tschüß Mama, ich komme gegen Abend. Wir wollen ins Wellenbad.«

Petra versteht. »Mach nur. Melde dich. Soll ich kochen?«

»Ja, ich habe bestimmt Hunger. Ich sage dir Bescheid.«

Max ist weg.

Petra trinkt ihren Kaffee im Stehen, sie hat Gleitzeit, sie lässt sich Zeit. Die Eile war gestern. Sie weiß nicht, wie sie sich fühlt, es ist früh. Gedanken macht sie sich später.

Max küsst Susanne in einer Ecke des Schulhofs. Es ist kleine Zigarettenpause. Sie rauchen nicht, sie knutschen. Das ist schön. Max küsst sehr vorsichtig. Er möchte nicht zudringlich sein. Die nassen Küsse von Eveline haben ihm nicht gefallen. Sie schmeckte nach Lippenstift. Susanne küsst anders, nicht übertrieben leidenschaftlich. Petra würde es innig nennen.

Johannes hatte Max erzählt, welche Küsse es gibt. Er hatte gefragt. Johannes hatte ausführlich geantwortet. Max war überrascht, wie freimütig er erzählen konnte. Max hatte gedacht, Männerküsse untereinander wären nicht anders als Frauenküsse. Ob Männer anders schmecken, wusste Max nicht.

Er denkt: »Wenn Liebe im Spiel ist, sind es wirkliche Küsse«.

Max spielt mit den Lippen von Susanne. Das macht Spaß. Es gefällt Susanne. Sie lacht. Für Teenager sind sie sinnlich. Es ist schwer sich vorzustellen, dass Max in der Pubertät ist. Susanne findet ihn reif. Ist Max in wenigen Wochen reifer geworden, durch sie?

Petra hat Waldemar beobachtet. Er denkt das. Es gefällt ihm. Waldemar denkt an die Mutter von Max. Er sitzt am Pult, als die Klasse sich langsam füllt. Max und Susanne halten Händchen.

»Wie wunderbar«, denkt Waldi.

Die Anderen feixen. Max und Susanne macht das nichts aus. Waldemar beginnt den Unterricht. Er setzt die Lektüre fort. Sie lesen die ›Verwirrungen des Zöglings Törless‹ von Musil.

Susanne ist interessiert. Max hat den Text nicht zu Ende gelesen. Vielen in der Klasse geht es ähnlich. Waldemar merkt das. Er hat die Frist um zwei Tage verlängert. Es ist ein kurzer Text, es ist ein schwieriger Text. Waldemar will einen Einstieg probieren.

»Was wisst ihr über das Internat?«

Die Schüler nennen Zitate. Sie beschreiben ihre Eindrücke. Sie kennen Freunde aus Internaten. Zwei Mitschüler waren Internatsschüler gewesen, der eine zwei Jahre, der andere von der fünften bis zur achten Klasse. Sie steuern Erfahrungen bei, sie erzählen Geschichten. Waldi lässt es zu. Es geht ihm um eine Zuordnung. Er will die Atmosphäre einfangen. Er will, dass die Schüler genau im Text lesen. Das ist das Gerüst.

Waldemar ist Musil-Fan. Er hat alles von ihm gelesen. Er hat sich früh durch den ›Mann ohne Eigenschaften‹ gekämpft. Den ›Törless‹ liest er zum zweiten Mal mit einer neunten Klasse.

Er möchte Nähe zur Situation seiner Schüler herstellen. Er weiß, dass das in diesem Alter schwierig ist.

Er will die eigenen Ängste durchbrechen. Ob es ihm gelingt, weiß er nicht. Die Zusammensetzung in der Klasse ist günstig, es könnte gelingen, gewagt bleibt es. Er läuft Gefahr, Dinge loszutreten.

Was schlummert nicht alles unter der Oberfläche, besonders in diesem Alter?

Waldi ist furchtlos, er liebt das Wagnis. Er macht kein Geheimnis aus seiner Absicht. Viele der Kollegen halten seine Absichten für gefährlich.

Waldemar denkt an Kluges Filmtitel ›In der Gefahr und großer Not bringt der Mittelweg den Tod‹.

Susanne sagt: »Ich würde mich im Internat eingeengt fühlen.«

René sagt: »Ich fand es cool. Du hast jemanden zum Reden.«

»Die Kontrolle würde mich nerven«, sagt Peter.

»Ich hab mich nicht kontrolliert gefühlt. Das Einzige, du kannst nicht weg.«

Richy war lange im Internat gewesen.

Waldi will zum Text zurück.

»Wie beschreibt das Musil?«

»Was ich bisher verstanden habe, ist es isoliert da«, sagt Max.

»Statt mit Freundinnen gehen sie zu einer Nutte«, fügt Luise dazu.

»Das war damals so«, sagt Richard altklug.

Waldemar schaltet sich ein.

»Das ist in bestimmten Milieus noch so. Nicht alle jungen Männer gehen auf's Gymnasium wie ihr.«

»Wie?« fragt Klara.

»Hauptschüler, und ich denke viele junge Immigranten haben ihr erstes sexuelles Erlebnis, indem sie dafür bezahlen.«

In der Klasse rumort es. Ist Waldemar zu weit gegangen? Susanne schaltet sich ein:

»Was ist dabei? Es ist ein Beruf. Schlimm finde ich nur, wenn sie junge Ausländerinnen nach Deutschland schleppen und dazu zwingen.«

»Gut«, sagt Waldemar. »Das führt uns jetzt vom Thema weg, aber richtig ist es, was Susanne sagt.«

Max ist stolz auf Susanne. Er wird es ihr nach dem Unterricht sagen. Er wird sie dafür besonders lange küssen. Petra hat ihm das auch erzählt.

Waldemar ist unter Druck. Wie bündelt er diese Diskussion? Was macht er daraus? Er will nicht den Eindruck erwecken, dass er hier abwürgt.

»Wir stellen fest, dass Törless und seine Mitschüler zur Ortshure gehen, um ihre ersten Erfahrungen als Männer zu sammeln.«

Das ist ein Statement. Waldemar rettet sich. Es gongt. Die Klasse geht aufgewühlt in die Pause.

So muss Unterricht sein, würde Petra sagen, wenn sie davon wüsste. Max wird es ihr erzählen. Waldemar hofft, dass Max es Petra erzählt. Wenn er wüsste, dass Petra auch seine Blicke registriert und mit Margarethe darüber geredet hat, würde er Purzelbäume schlagen. Er geht schwitzend ins Lehrerzimmer.

Zufrieden ist er. Die Stunde war gut.

Leila hat den Nachmittag in der Bibliothek verbracht, ihr Lernort. Wenn sie konzentriert arbeitet, hat sie den Abend frei. Seit Georg in der Klinik arbeitet, bedeutet ihr das viel. Sie weiß, wenn er nach Hause kommt, braucht er sie. Die Realität der Kinderklinik hat Georg Leila geschildert. Sie hatte atemlos zugehört. Georg kann erzählen, nicht ungewöhnlich für einen Arzt.

Viele Ärzte sind und waren Dichter, Musiker, Maler. Leila erinnert sich. Johannes hat ihr das erzählt, als sie Kind gewesen ist.

Leila respektiert Georgs Ernsthaftigkeit, wenn er von den Kindern erzählt. Sie ist ganz leise. Sie unterbricht nicht. Sie könnte weinen. Sie unterdrückt es. Georg kämpft mit den Tränen. Leila merkt, wenn sie in ihm aufsteigen. Sie weinen nicht. Sie wollen Ärzte werden. Sie müssen aushalten, einstecken. Mitleid können sie sich nicht leisten. Die Professionalität würde leiden. Verrohen dürfen sie nicht.

Wer bereitet Medizinstudenten darauf vor? Die Praktika, die Zeit als Assistenzarzt? An der Uni gibt es keine Hilfe. Gut, dass Georg Leila alles erzählen kann. Er weiß nicht, wie er es aushalten könnte.

Leila ist zu Hause, als Georg ankommt. Georg freut sich. Er drückt sich an sie. Sie hält ihn lange fest. Als sie sich lösen, ist das Schlimmste vorbei. Sie haben es aneinander abgerieben, zerrieben in ihrer Nähe. Georg schabt Karotten, Leila wäscht Kartoffeln. Sie kochen zusammen, nicht jeden Abend. Wenn sie es einrichten können, zwanglos, kurzfristig verabredet. Es macht ihnen Spaß, es stellt Nähe her, im Umgang mit der Zubereitung. Was sie zubereiten, schmeckt gut. Wenn ihre Zeit knapp ist, geht es schnell.

Oft ist das Essen fertig, wenn Georg aus der Klinik kommt. Leila hat mehr Zeit, im Moment. Sie ist psychisch weniger belastet. Sie kommt Georg ein Stück entgegen. Sie möchte ihn verwöhnen. Georg genießt das. Es stört ihre Augenhöhe nicht. Leila fühlt sich nicht in der weiblichen Rolle gefangen. Georg liebt es, Pascha zu sein. Er spielt diese Rolle perfekt. Weil Leila eine starke Frau ist, macht es besonderen Spaß.

Das Essen steht auf dem Tisch. Georg hat müde Augen, Leila streichelt seine Hand, auf dem Tisch. Sie müssen nicht reden.

»Die Kartoffeln sind gut. Sie schmecken erdig.«

»Gibst du mir Kräutersalz?«

»Ich nehme Butter zu den Kartoffeln. Das ist lecker.«

»Das macht fett.«

»Musst du davor Angst haben?«

»Ich denke, wir beide nicht.«

»Wir sollten Johannes und Felix einladen. Sie waren lange nicht hier.«

Leila macht den Vorschlag.

»Eine gute Idee. Es ist zu kalt zum draußen sitzen. So zählt das Argument des Gartens nicht. Sie könnten wirklich zu uns kommen.«

Georg macht die Tagesthemen an. Er hat im Moment keine Zeit zum Zeitung lesen. Die Pausen im Krankenhaus sind selten und eng. Er sucht lieber das kurze Gespräch. Das Gesundheitssystem ist Thema. »Der neue Minister hat abstruse Ideen«, denkt Georg.

Er ist gegen die Zwei-Klassen-Medizin. Die Standesinteressen kennt er. Er kennt die Gespräche, von den Fluren. Das Pflegepersonal äußert sich direkt. Die Ärzte sind dünkelhaft, nicht alle.

Leila hat ein Gefühl der Zufriedenheit, im Bauch. Früher hat sie sich überfressen. Sie war richtig voll gewesen. Ein Ereignis hatte das andere gejagt. Sie war maßlos gewesen, sie hatte nicht genug bekommen können. So war es auch mit den Drogen gewesen. Sie hatte das Gefühl der Sättigung.

Sie hat durch Georg eine andere Sichtweise der Dinge kennengelernt. Georg ist ihr genug. Das Leben verläuft ruhig. Georg ist ein erregender Mann. Leila schätzt seine Fähigkeit, Ruhe zu bewahren. Mit dieser Gelassenheit hat er sie erobert. Früher hatte sie nicht warten können. Leila ist dabei, sich mit dieser Tugend zu befreunden.

Als sie nach Deutschland gekommen war, hatte alles schnell gehen müssen. Es hatte keine Zeit gegeben. Sie hatte lernen müssen. sie hatte begreifen müssen, sie hatte vorwärts kommen müssen. Die Menschen hatten sie herausgefordert. Das Leben als Tochter von Johannes hatte ihr viel abverlangt.

Warten ist verlorene Zeit. Sie darf keine Zeit verlieren. Sie will Zeit hinzugewinnen, das kostet Zeit. Das Erstaunliche, was sie erlebte, war, wenn sie sich Zeit nahm, hatte sie Zeit. Sie läuft der Zeit nicht hinterher. Sie hält die Zeit an, wenn sie es will. Sie beschleunigt sie nach ihrem Willen, sie ist Herrin über ihre Zeit. Ein berauschendes Gefühl. Sie hatte es nicht gekannt, Ausgeglichenheit. Das Ruhen in sich selbst, Selbstzufriedenheit. Sie weiß, dass es der Liebe geschuldet ist, die sie sich selbst entgegenbringt, indem sie die Liebe von Georg empfängt und erwidern kann. Das war früher anders gewesen. Es war eine grundsätzlich neue Erfahrung.

»Zugegeben«, denkt Leila, »es ist erst kurze Zeit.«

Sie hat die feste Absicht, den Weg fortzusetzen.

Georg kuschelt seinen Kopf in Leilas Hand. Sie liegt noch immer auf dem Tisch. Leila steckt ihren Finger in seinen Mund. Er lutscht genüsslich daran. Georg ist erregt. Die Müdigkeit ist weg. Sie umarmen und liebkosen sich. Sie ziehen sich gegenseitig die Sachen vom Körper. Sie liegen auf dem Teppich, unter dem Tisch, in einer Höhle. Ein Knäuel wälzt sich durch das Zimmer. Der Fernseher läuft, als sie beide befriedigt voneinander ablassen. Sie machen sich auf den Weg ins Bett. Dort angekommen, dreht sich Georg auf die Seite. Leila umfängt ihn von hinten. Georg schläft bereits, als Leila umständlich die kleine Nachtlampe löscht. Sie will Georg nicht wecken.

Waldemar wäre zufrieden, gäbe es manche Kollegen nicht. Wenn er ins Lehrerzimmer kommt, spürt er Fremdheit. Gerade die jungen Kollegen sind angepasst, denkt er. Er kennt ihren Unterricht nicht. Er hört hin, wenn die Schüler erzählen. Er weiß, er kann nicht alles glauben. Er weiß, die Schüler übertreiben. Es bleibt etwas hängen. Das genügt, ihn misstrauisch zu machen. Er vermisst ihre Lust am Beruf. Sie sind kaputt gemacht worden. Ihre Referendarzeit ist eine schlimme Zeit.

Der Druck ist gestiegen. Es werden Lehrer gebraucht. Sie müssen angepasst sein. Sie werden verbogen. Die Erwartung ist zielgerichtet, Abweichungen werden nicht geduldet. Die Maschinerie der Prüfungen ist unerbittlich. Die Lehrproben sind schematisiert. Fantasie ist nicht gefragt. Versorgungsängste bestimmen den Alltag, schlaflose Nächte, Nachtschwitzen vor den Prüfungen.

Ein Freund von Waldemar steckt in diesem Martyrium. Die Kritik an der Reformpädagogik verschlimmert die Situation. Nähe und Distanz wird nicht mehr als Polarität verstanden. Distanznahme ist die Überlebensformel, alles andere steht unter Generalverdacht. Hansjürgen steht vor einem Scherbenhaufen seiner Wünsche. Er hatte Träume. Er hatte Vorstellungen. Er hat den Beruf bewusst gewählt. Seine Augen schauen müde, wenn er Waldemar trifft. Seine Enttäuschung bricht aus ihm hervor, wenn sie reden. Waldemar bestärkt ihn. Er weiß, wenn er macht, was richtig ist, wird er nie Lehrer sein. Das ist das Dilemma. Der Aussiebeprozess setzt früh ein. Was kann Hansjürgen tun? Er passt sich an, um Lehrer zu werden. Wird er zurückfinden, zu sich, wenn er einmal gebrochen ist?

Er denkt es, er hat es vor. Waldemar ist skeptisch. Er erinnert sich, dass sie ihn kleinkriegen wollten. Er hatte noch die Chance zu widerstehen. Es war schwer gewesen, aber kein Harakiri. Das hat sich geändert, in wenigen Jahren.

Das Argument sind die Schüler, die absolut schwierige Bildungssituation, die Rankings. Die politische Gemengelage, die neu gesteckten Ziele, die Eliteförderung, die verlorenen Schlusslichter, die nicht gelungene Integration der Immigranten, die zerrütteten Familien, die hohe Arbeitslosigkeit.

Waldemar erschreckt vor den Gründen, die ihm spontan einfallen. Er ist ein Mensch voller Hoffnungen, er wird an die Wand gedrückt. Durch die Argumente der Verhältnisse. Er führt einen einsamen Kampf. Verbündete gibt es wenig. Er gibt die Hoffnung nicht auf. Er schöpft Kraft aus seinen Erfahrungen. Der Spielraum wird eng. Er weiß nicht, wie lange er durchhält. Ohne Unterstützung geht es nicht. Er braucht Unterstützung, privat, beruflich.

Lisa spricht ihn an: »Na Waldi, du schaust angestrengt. Wie war deine Stunde?«

»Törless in der Neunten. Du kannst dir vorstellen, dass das aufregend ist.«

»Das ist gewagt. Du bist mutig. Das würde ich mich nie trauen. Gut, du bist ein Mann.«

»So groß ist der Unterschied nicht. Da kommt was in Gang. Da brodelt was, dass mir heiß wird. Ich konnte es auffangen, in dieser Stunde. Es macht mich zufrieden, dass es geht.«

»Lisa ist eine Berufene«, denkt Waldi.

Sie ist Verbindungslehrerin. Die Schüler haben Respekt vor ihr. Sie ist direkt, sie geht ehrlich mit den Schülern um. Sie mag sie auf ihre Weise. Da sie alleinstehend ist, hat sie Zeit für die Schüler. Ist das der Preis? Waldi will nicht allein bleiben, er will private Unterstützung.

Lisa sagt: »Ich beneide dich. Manchmal wünsche ich mir Mut. Ich bin ängstlicher. Ich finde richtig, wie du es machst. Max hat neulich von dir im Unterricht geschwärmt. Wie machst du das, dass die Schüler dich feiern?«

Waldemar errötet. Es tut gut. Er mag Lisa, leider nicht als Frau. Warum ist das Leben so ungerecht?

»Ich werde rot. Ich bin so, wie ich bin. Ich verstelle mich nicht. Ich nehme die Schüler ernst. Ich bin für sie da, wenn sie mich brauchen. Mit Max, das freut mich besonders, er ist ein toller junger Mann, hat sich mit Susanne befreundet. Das hat ihn mit einem Schlag erwachsen gemacht. Die Frauen, die haben es drauf, manche zumindest.«

Lisa lacht. Sie nimmt das Kompliment an.

»Ich versuche es im Moment mit Gedichten, in Englisch. Shakespeare in der Zwölften. Liebesgedichte an einen Mann, wie man jetzt weiß. Die Verblüffung ist groß. Es macht Hoffnung. Die Vorurteile sind groß. Sie verändern sich. Die Skepsis bleibt. Es sind wunderbare Gedichte. Ich wünschte, ein Mann hätte sie mir geschrieben.«

»Was nicht ist, kann ja noch werden.«

Der Spruch rutscht Waldemar 'raus. Er ist nicht durchdacht. Er passt zu ihm. Die Hoffnung hat er nicht aufgegeben. Waldi denkt an die Mutter von Max. Lange kennt er sie. Lange ist er hinter ihr her. Er wundert sich über seine Formulierungen. Er muss initiativ werden. Er hält diesen Stillstand nicht aus. Er kann gewinnen oder verlieren. Alles ist besser als warten.

Pierre wacht auf, aus seinem Tagtraum. Der Mann ist nicht sein Bruder, sein Bruder ist tot. Der Mann hat harte, unerbittliche Züge, er hat tote Augen. Pierre findet ihn widerlich. Er entdeckt seinen Irrtum. Das Leben mit seinem Bruder ist vorbei. Er hat es selbst zunichte gemacht. Er hat sich um sein Glück gebracht. War es ein Glück? Was tut er hier, mit diesem Mann?

Er sagt: »Es ist ein Irrtum. Ich habe dich verwechselt.«

Pierre begreift die Absurdität seines Tuns. Er ist nass geschwitzt. Er will nach Hause.

»Zu Hause ist die Erinnerung stärker«, denkt er.

Er kann nicht nach Hause. Er will zum Meer. Er erhofft sich Abkühlung, durch den Meereswind. Er läuft los. Die Bilder überstürzen sich in seinem Kopf. Warum hatte ihm sein Bruder nicht von seiner Frau erzählt, nicht von seinem Sohn? Er hatte ihn betrogen, um seine herzliche Liebe, um alles, was ihm das Leben ermöglichte. Wie hatte er das geschafft, die Illusion aufrechtzuerhalten? Er war da und er war hier gewesen. Er hatte zwei Leben gehabt. Er hatte ihn und seine Frau geliebt. Welches war sein richtiges Leben gewesen? Pierre war darauf gekommen, durch Zufall. Eine liegengelassene Notiz. Er war misstrauisch geworden. Er war ihm nachgereist, nach Paris. Dort war sein Bruder geschäftlich unterwegs gewesen.

Pierre hatte sich auf die Lauer gelegt, er hatte ihm nachspioniert, über Tage. Dann hatte er ihn gesehen, eng umschlungen, mit seiner Frau. Es musste seine Frau gewesen sein. So vertraut wie sie waren. Es war eine brutale Einsicht gewesen. Pierre war durch die Bars von Paris gelaufen. Er hatte in sich hinein getrunken. Er hatte sich ausgekotzt. Seine Eingeweide hatten sich zusammengezogen, vor so viel Schmerz. Es war nicht auszuhalten. Er hatte es ausgehalten. Er hatte an der Seine gesessen. Tränen hatte er nicht. Wut und Hass hatten ihn überschäumt. Er hatte sich Verletzungen beigebracht. Er hatte den inneren Kampf verlagern wollen. Wie hatte sein eigener Zwilling so gemein sein können? Seine Niedertracht hatte Pierre fassungslos gemacht. Alles war aus den Fugen geraten. Er hatte die Kontrolle über sich verloren. Er hatte durch die Kleidung uriniert. Seine Selbstachtung war verloren gegangen. Er war im eigenen Dreck versunken. Mit großer Anstrengung hatte er den Weg zurück nach Marseille gefunden.

Max trifft Tommy. Er ist sein bester Freund. Seit Mädchen im Spiel sind, ist die Freundschaft zeitlich begrenzt. Seine Gefühle für Tommy sind da. Tommy ist vierzehn. Max fühlt Beschützerinstinkte. Tommy hält viel von Freundschaft. Max und Tommy kennen sich lange. Sie sind früh zusammen gewesen, im Schülerladen. Bis vor eineinhalb Jahren waren sie unzertrennlich, sie hatten zusammen abgehangen. Sie hatten stundenlang zusammen gesessen, sie hatten Musik gehört, auf Max' Zimmer.

Albert mochte Tommy nicht. Tommy ist verrückter als Max. Er trägt Rasta Haare, zum Ärger seiner Eltern. Deshalb trägt er sie. Sie diskutieren viel. Sie vertrauen sich Geheimnisse an. Sie trauen sich über den Weg. Tommy ist gern bei Max zu Hause. Petra war cool gewesen.

Jetzt gibt es Susanne. Das ist ein Problem. Tommy war mit Lina gegangen, den Sommer lang. Sie hatten im Schwimmbad 'rum gemacht, wie Max mit Eveline. Sie waren sich näher gekommen. Tommy war stolz auf Lina gewesen. Es hatte nicht gehalten. Max war da, als Lina ging. Der blieb ihm. So sah es Tommy.

Mit Susanne hat es sich anders verhalten. Max war mit ihr zusammen gewesen, jede freie Minute. Tommy hatte sich überflüssig gefühlt, er war beleidigt. Max hatte das nicht gewollt. Es war passiert. Es war nicht gegen Tommy gerichtet. Für Max war Susanne neu.

Warum mit solcher Ausschließlichkeit, hatte Tommy nicht verstanden. Vorher hatte es das nicht gegeben. Die Beziehung war eng.

Tommy kennt das nicht. Er will sich nicht binden. Er pocht auf seine Freiheit. Er will sich nicht richten müssen. Warum tut Max das, nach den Launen eines Mädchens? So sieht er es. Es hatte ihn von Max entfernt. Er hatte das nicht gewollt. Er hatte sich dagegen gewehrt.

Max hat das Bedürfnis mit Tommy zu reden. Er hat Susanne Bescheid gesagt. Sie findet das normal, sie will, dass Max seine Freunde behält. Sie will ihre Freiheit behalten. Sie hat Freundinnen aus der alten Klasse. In der neuen Klasse sind die Mädchen kindisch. So sieht es Susanne. Es gibt Max, es gibt keine Notwendigkeit. Sie ist freundlich, sie isoliert sich nicht. Treffen nach der Schule will sie sich mit Max, mit ihren Freundinnen. Die sind so alt wie sie.

Max wartet auf Tommy, im ›Harveys‹. Er will erzählen, von Susanne. Er will wissen, was Tommy denkt. Er will seine Freundschaft halten. Tommy soll Susanne mögen. Nicht so wie er, versteht sich.

Tommy hört Musik. Er mag es, sich beschallen zu lassen, wenn er Rad fährt. Seine Eltern finden es gefährlich. Er macht es. Er weiß, dass es gefährlich ist. Er schaut ins Café, da sitzt Max.

Tommys Mund öffnet sich, er lacht. Er mag Max.

»Hallo, Max!«,

Tommy nimmt die Knöpfe aus den Ohren.

»Hey, hey.«

Hier sitzt die Schülerszene, aus den umliegenden Gymnasien. Lässig, gelangweilt, wild diskutierend, überheblich. Sie lästern, sie trennen und verbinden sich. Ein Umschlagplatz der Gefühle, oberflächlich, für den

Moment heftig. Ein Ort für Eifersucht und Egoismus, kurze heftige Streits. Sie kennen sich flüchtig, sie kennen sich lang. Sie flirten versteckt, offen. Geknutscht wird offensiv. ›The show must go on‹.

»Wie läuft es mit Susanne?«

Tommy kommt gleich auf den Punkt. Er ist missmutig, er ist übellaunig.

»Es ist die erste Frau, die ich liebe«, Max haut 'rein. Er meint, was er sagt.

»Das ist geil, erzähl. Was ist anders als mit Eveline?«

Tommy ist enttäuscht. Er ist neugierig.

»Schwer zu sagen. Es ist anders.«

»Komm schon, es interessiert mich. Du bist anders, das betrifft mich.«

Max hat hingehört, er hört den Vorwurf. Er weiß, was Tommy meint. Tommy hat Recht, Susanne hat ihn verändert. Er findet das gut. Er will Tommy nicht verletzten. Er muss sich erklären.

»Weißt du, für mich ist es neu. Ich habe so ein Mädchen noch nicht getroffen, vorher. Susanne ist super. Sie küsst wahnsinnig gut. Ich habe noch nicht geschlafen mit ihr.«

»Willst du sie ficken?«

Tommy wählt bewusst diesen Jargon. Er will sie herabsetzen. Er ist eifersüchtig. Max merkt das.

»Ich bin dein Freund. Ich bleibe es. Ich will mit dir reden, über Susanne. Ich weiß nicht, ob ich mit ihr schlafen soll. Sie findet es zu früh.«

»Wenn sie mit dir geht, wenn sie dich liebt, wo ist das Problem?«

»Ich bin das Problem. Ich weiß es nicht. Ich habe es noch nie gemacht. Du?«

Tommy lacht verlegen.

»Ich nicht. Ich würde gern. Lisa wollte nicht. Sie hat mich stehen lassen. Ich glaube, sie hatte Angst.«

»Ich will warten, bis Susanne es will.«

»Die will, wenn du willst. Wenn du wartest, passiert es nicht.«

Tommy lacht. Er ist neugierig. Er will, dass Max es ausprobiert. Dann kann der ihm erzählen wie es war.

Max ist verlegen.

»Ich will sie nicht überrumpeln. Ich will nicht, dass sie denkt, ich will das.«

»Was willst du?«

Tommy ist gemein, er ist hilflos. Er will Max nicht verlieren. Er hat keine Freundin. Das wäre cool, wenn sie beide eine Freundin hätten. Dann könnten sie zu viert etwas unternehmen.

Max ist enttäuscht.

»Ich sag' dir doch, dass es mit Susanne anders ist. Sie ist nicht so albern wie Eveline. Es ist mehr. Das geht nicht schnell vorbei.«

Max drückt seine Nähe aus. Er zeigt Tommy seine Gefühle. Tommy will das. Er freut sich, dass Max ihm vertraut. Was soll er sagen? Er will das auch erleben. Wie macht er das? Er kennt keine Susanne.

»Wollen wir zusammen etwas machen?«, fragt Tommy freundlich.

»Das können wir, klar.«

Max weiß, dass Susanne das gut findet. Er hatte erst Angst, sie anderen zu zeigen, heute geht das.

»Dann erzähl mal, wie das ist mit Susanne. Was gefällt dir an ihr?«

Max will erzählen, er ist begeistert von Susanne, er läuft über. Er weiß nicht, wie er anfangen soll. »Susanne ist ein tolles Mädchen. Ich kann es dir nicht beschreiben. Es ist schön, wenn sie mich anfasst. Wenn ich sie küsse, ist das andere um mich herum weg. Ich denke an sie. Ich kann mir nicht vorstellen, ohne sie zu sein. Selbst wenn sie nicht da ist, ist sie da. Sie versteht mich, wenn ich ihr etwas sage. Ich finde ihre Ansichten gut, was sie macht.«

»Was macht sie denn?«

»Sie spielt Theater, im Schauspielhaus. Ich will sie bald anschauen.«

»Kann ich mitkommen?«

Tommy will sich dranhängen. Was bleibt ihm anderes übrig? Er will nicht abgedrängt werden. Er will seinen Freund Max behalten. Er merkt, wie viel ihm Max bedeutet. Max freut sich, dass Tommy versöhnt ist. »Klar kannst du mitkommen, meine Mutter kommt auch mit. Danach gehen wir in die Schauspielkantine. Susanne kann uns Steuerkarten besorgen. Ich frag' sie, ob sie für dich eine mit besorgen kann.«

»Mann, das find ich cool. Ich freu mich drauf.«

Max und Tommy umarmen sich, sie sind Freunde. Sie erleben, dass ein Mädchen eine Rolle spielt, in ihrer Freundschaft. Der eine von ihnen ist stärker betroffen. Der andere spürt die Veränderung. Sie sind beide froh, dass ihre Freundschaft nicht kaputt ist. Es ist nicht wie vorher, sie sind drei. Tommy wünscht sich, sie wären vier. Tommy will die Augen offen halten. Er muss sich morgen auf die Suche machen. Es wäre schön.

Johannes sitzt mit Felix im Garten. Sie haben die Decken um sich geschlungen, es ist kalt. Johannes hatte die Idee, draußen zu sitzen, er wollte mit Felix den Mond betrachten. Er ist ein Romantiker. Felix und er haben wenig Zeit füreinander. Sie genießen die spätabendliche Ruhe, mitten in der Stadt. Der Himmel ist sternenklar. Johannes beugt sich zu Felix. Er küsst ihn auf die Lippen. Felix streicht Johannes durch das lichte Haar. Seine eine Hand verschwindet unter der Decke von Johannes, sie liebkost ihn. Es fühlt sich warm an, in der Kühle des Abends.

»Hast du die Vorlesung fertig? Bist du zufrieden?«

Felix hatte sich langsam an Bacon heran gedacht. Er wollte Johannes das Gefühl der Verbundenheit geben. Ein Fan von Bacon wird er deshalb nicht. Johannes ist froh darüber. Er schätzt Felix‘ Loyalität in Dingen, in denen sie anderer Meinung sind.

»Du magst ihn immer noch nicht. Ich bin gespannt, wie meine Studenten mit Bacon zurechtkommen. Ich bin fertig mit dem Konzept. Ich bin offen für Diskussionen, die erhoffe ich mir.«

Sie trinken Rotwein. Johannes hat sich verführen lassen. Der Rotwein wärmt. Felix braucht das. Der Tag war anstrengend.

»Morgen kommt Pierre. Es wird stressig für mich. Ich freue mich. In der letzten Zeit rudert er zurück, das Arbeitsklima hat sich verbessert.«

»Meinst du, ich sollte ihn kennen lernen?«

Felix lacht:

»Bist du neugierig, auf alte Männer, seit wann? Pierre will dich kennenlernen. Ich denke, es ist an der Zeit.«

»Wollen wir ihn zu uns einladen, soll ich kochen? Willst du draußen essen?«

»Wenn es dir nichts ausmacht, könnte er zu uns kommen. Ich glaube, es gefiele ihm.«

Johannes küsst Felix auf den Kopf. Er riecht den Duft seiner Haare. Er mag diesen Geruch. Er antwortet schnell.

»Ich koche. Mittwoch kann ich nicht, da ist Semesterbeginn. Mach einen Termin aus. Ich bin sehr gespannt.«

Felix fasst zu, fest und zart, unter der Decke, ein Überraschungsangriff. Johannes zuckt wohlig.

»Ich bin gespannt, wie du ihn einschätzt.«

Felix genießt die Freude von Johannes.

»Gehen wir schlafen, es ist spät.«

»Schlafen nicht, ins Bett.«

Johannes will die Freude verlängern. Felix ist bereit, das weiß er. Unter Lachen und Küssen gehen sie hinein. Sie verlängern die sinnlichen Freuden, bis die Sterne im Zimmer sind. Johannes hat das Gefühl, sie einzeln vom Himmel zu holen. Wenn Felix ihn liebt, dann kann er das.

Er wird entspannt in die Akademie fahren, am nächsten Morgen. Die Nacht ist verzaubert. Felix schläft ein, vor Johannes. Der beobachtet ihn im Schlaf. Er hält ihn im Arm. Felix' Kopf liegt in seiner Armbeuge. Keiner liegt wie Felix. Keiner grunzt lieblich leise, erotisch verhalten.

Johannes könnte schon wieder. Er weckt Felix nicht. Johannes schläft ein.

Johannes ist als erster wach. Wie macht er das? Er braucht fünf Stunden Schlaf. Den Freunden erzählt er, der Schlaf mit Felix zähle doppelt:

»Ich bin so zufrieden.«

So hätte er zehn, das muss reichen. Er will nicht aufstehen. Felix liegt dicht an seinem nackten Bauch. Wie kann er da aufstehen wollen! Sie haben Zeit. Felix bewegt sich leicht.

»Die Liebe ist eine Himmelsmacht«, denkt Johannes.

Er glaubt nicht an Gott. Den Himmel gibt es. Er schaut viel in den Himmel, besonders morgens und abends. Der Blick aus dem Bett ist besonders schön. Mit Felix neben sich, der Himmel auf Erden. Der Himmel ist seine Unendlichkeit. Dort vermutet er keinen. Er mag es, wenn die Wolken ziehen, er mag Sonnenuntergänge, vor allem die kitschigen. Er erinnert sich, sie in verschiedenen Kontinenten mit Felix betrachtet zu haben. Deshalb liebt er sie noch mehr.

Heute tagt der Akademierat. Um zehn muss Johannes dort sein. Das Semester beginnt. Die selbstbestimmte Zeit ist eingeschränkt. Felix ist aufgewacht, er blinzelt in den Morgen. Johannes lächelt ihn an. So viele Nächte zusammen. Jeden Morgen ist Johannes froh, neben Felix aufzuwachen. Er ist erstaunt, dass es das gibt. Sie schauen sich an, sie drücken sich. Johannes will mehr. Felix drängt. Sie müssen aufstehen. Felix braucht Zeit am Morgen, hetzen mag er nicht.

Johannes nimmt seinen Weg. Es ist kühl auf dem Fahrrad. Der Alltag reißt ihn aus den Träumen des frühen Morgens. Es schwappt nach, es füllt seine Seele mit Melancholie. Er freut sich zurückzukehren, an seine Akademie. Als er die Freitreppe hinaufgeht, ist viel los. Studenten und Lehrkräfte gleichermaßen. Ein amorphes Gewimmel vieler Leiber und Stimmen. Johannes nimmt Einzelne wahr. Er freut sich, er begrüßt. Er gehört hierher, seit vielen Jahren. Es ist eine große Familie. Es gibt Streit, man verzeiht sich. Künstler sind eigenwillige Wesen. Wenn sie lehren, noch mehr.

»Wie geht es in Paris?«

»Wir sind wieder versöhnt.«

»Das finde ich gut.«

Johannes denkt: »Ein Lichtblick in dieser schwierigen Zeit.«

»Wir sehen uns Mittwoch. Ich freue mich auf Bacon.«

Johannes ist gut gelitten. Er hält es gut aus. Hier zu sein, ist für ihn ein Teil seines Lebens. Wenn er frei hat, sehnt er sich nicht. Das ist nie anders gewesen.

Er ist mit vollem Herzen in seinem Beruf. Er engagiert sich bis zu Erschöpfung. Er hat Freundschaften mit vielen. Wenn er Ferien hat, ist das seine Auszeit, er braucht sie, notwendig. Er kommt zurück, es beginnt von Neuem. Er genießt das Ende wie den Beginn.

Johannes ist im Sitzungssaal. Er begrüßt die Kollegen, förmlich, herzlich. Es ist ein bekanntes Ritual. Jeder lästert. Es gefällt allen. Wenn einer nicht da ist, fällt es auf. Eine Ansammlung schrecklicher Individualisten. Sie sind unerträgliche Exzentriker. Jeder hält sich für den besten Bildenden Künstler der Zeit. Sie verdienen gut. Sie fühlen sich berufen zu lehren. Sie sind berufen, ihren Ruf zu verteidigen. Sie sind verdammt zur Kreativität. Das wissen sie. Wirklich frei sind sie nicht. Sie verteidigen die Freiheit der Kunst, als Beamte des Staates. Der lässt sich die Kunst etwas kosten, auf Kosten einer wirklichen Freiheit, die es nicht gibt. Jeder vertritt sie. Alle treten für sie ein. Ernsthaft betrachtet wird sie mit Füßen getreten.

Das sagen die freien Künstler, sie verdienen schlecht.

Johannes mag diese Sitzungen nicht. Er geht hin. Er beobachtet. Er hat seinen Standpunkt. Selten drückt er ihn aus, in letzter Zeit.

Felix war kurz im Verlag, es brennt überall. Die Buchmesse löst eine derartige Hektik aus. Keiner will es gewesen sein, alle tragen Schuld daran. Es gehört dazu. Der jährliche Auftrieb ist eine Überlebensfrage. Wer mischt mit? Die Verlage fürchten das Internet. Das Leseverhalten ändert sich. Wer ist am Puls der Zeit? Wer schafft den Sprung? Bestseller sind kurzlebig, manchmal unerschöpflich. Planen lässt sich selten, zufällig ist es nicht. Wer erkennt das, was gerade zählt? Wer hat die Spürnase für neue Autoren?

Felix gehört zu den Schnüfflern. Wie macht er das?

Felix ist unterwegs zum Flughafen. Pierre kommt aus Marseille. Der Verlag hat bezahlt. Felix ist auf Überraschungen gefasst. Die Spannung ist da. Das Buch ist nicht fertig. Was ist mit dem Bruder? Felix mutmaßt, wissen tut er nichts. Es reizt ihn, nach Marseille zu fliegen. Johannes sollte mitkommen. Sie würden die Stadt kennenlernen, nebenbei könnte Felix Detektiv spielen. Darauf könnte sich Johannes einlassen. Felix ist begeistert von seiner Idee. Er hat Johannes immer überzeugt.

Felix weiß, was er will. Johannes tut, was Felix will.

Felix gefällt es, wenn es klappt. Johannes gefällt ein zufriedener Felix. So kann das Leben sein. Felix hat es gern, wenn die Dinge funktionieren. Er ist in Hochform. Seine Gedanken kreisen um den neuen Text. Er könnte eine neue Sektion eröffnen.

Dr. Kaiser ist durch und durch konservativ. Ist das mit ihm zu machen? Dr. Kaiser ist Geschäftsmann. Wenn er denkt, dass es einschlägt, könnte er weich werden. Kann sich Felix aufs Glatteis wagen? Was, wenn er sich in die Nesseln setzt? Felix ist im Zweifel. Auch der Text von Pierre ist neu für den Verlag.

Er muss den neuen Text lesen. Felix ist risikofreudig, begrenzt. Er will die Chancen abwägen. Ins offene Messer rennt er nicht. Kann er sich auf seine Gefühle verlassen? Felix wird den Gedanken nicht los. Er muss lesen. Er hat keine Zeit zu lesen. Johannes wird es nicht wollen, wenn er neben ihm liegt und liest. Er wird es tun. Johannes wird sich an ihn drücken, während er liest.

Felix ist am Flughafen. Er ist spät. Er rennt durch die Ankunftshalle. Es wäre peinlich, wenn Pierre schon weg wäre. Er würde es als Affront begreifen. Da steht Pierre, einen großen Koffer neben sich.

»Was will er damit?«, denkt Felix.

Er und Johannes reisen mit kleinem Rucksack, für gewöhnlich, seit Felix mit Johannes reist.

Felix geht auf Pierre zu. Soll er ihn umarmen? Er tut es nicht. Sie geben sich förmlich die Hand. Felix zeigt ein Lächeln. Er entschuldigt sich.

»Warten Sie schon lange, Pierre?«

Pierre war enttäuscht gewesen, als er Felix nicht gesehen hat.

Er sagt: »Nicht so lange. Gut, dass Sie da sind. Der Flug war turbulent.«

Den Koffer nimmt Felix nicht. Soll Pierre ihn alleine tragen. Viel Gepäck ist überflüssig. Der Koffer hat keine Rollen. Pierre stemmt ihn. Sie gehen zum Auto. Pierre stöhnt. Er wuchtet ihn in den Kofferraum. Ein Blick zu Felix bittet um Hilfe, Felix nimmt ihn nicht wahr. Seinen Rücken wird er nicht ruinieren, für den Verlag. Felix ist keiner, der sich opfert. Sein eigenes Wohl steht über allem.

Pierre lässt sich matt in den Sitz fallen. Felix spricht ihm freundlich zu.

»Ich werde Sie in Ihre Wohnung bringen. Sie können sich ausruhen. Zum Mittagessen treffen wir uns mit Dr. Kaiser.«

Pierre hat das nicht gewusst:

»Quelle surprise. Das hatte ich nicht erwartet, dass er Zeit für mich hat.«

»Ihr Buch soll groß 'rauskommen. Sie müssen das Jahr hart an der Vorbereitung mitarbeiten. Wir wollen die Werbekampagne nach der Buchmesse starten. Wie geht es Ihrem Bruder?«

Felix fragt es beiläufig. Er spürt das Zucken um die Augen bei Pierre.

Er denkt: »Lässt er ihn sterben?«

Pierre antwortet ernst: »Der Krebs fordert ihn hart.« Gelassener fügt er hinzu: »Er bekommt Morphium gegen die Schmerzen.«

»Das tut mir leid.«

Felix glaubt ihm nicht. Pierre ist zu erregt. Er lügt schlecht. Felix hat kein Mitleid.

Petra denkt an Waldemar. Der Name ist schrecklich. Wie kann ein Mann so einen Namen haben? Was bringt Eltern dazu? Er ist nicht alt. Dieser Name geht gar nicht. Witzig ist er. Warum eigentlich nicht? Er ist originell. Wer heißt Waldemar? Petra weiß, dass die Schüler ihn Waldi nennen. Sie weiß nicht, ob sie das gut finden soll. Ihr Sohn mag diesen Lehrer. Sie muss sich keine Sorgen machen, Max liebt Susanne.

Liebt Waldi Frauen? Margarethe hat sie auf die Spur gesetzt, unbeabsichtigt. Sie versucht den Gedanken zu vertreiben. Er kehrt zurück, notorisch. Sie will es.

Sie fragt sich: »Wie stelle ich es an? Ist er mein Typ?«

Die Antwort ist nicht eindeutig. Sie lehnt es nicht ab, sich Gedanken zu machen. Sie erinnert sich an Teile seines Gesichts. Sie puzzelt, sie bekommt es nicht zusammengesetzt. Sie hat es nie aus diesem Blickwinkel betrachtet, das war tabu gewesen. Was würde Max dazu sagen? Schwierig wäre es. Er müsste die Klasse wechseln, wenn es herauskäme. Sie denkt an Margarethe.

›Du sollst nicht an Max, du musst an dich denken‹.

Was geht Petra durch den Kopf? Sie ist betroffen von den Folgen. Mit Max kann sie darüber nicht reden. Margarethe hat ihre Meinung gesagt. Will sie es wagen? Soll sie abwarten, bis er das Fenster öffnet, bis er sich aus dem Fenster lehnt? Diesen Spruch mag sie. Sie denkt bildhaft.

Hat er das nicht getan, durch seine Blicke? Kann er mehr tun, als Lehrer von Max?

Petra sitzt in der Kantine. Heribert setzt sich zu ihr. Sie ist gedankenverloren.

»Schöne Frau, ich habe gehört, du bist wieder zu haben.«

Petra wird rot. Sie möchte das nicht. So ein Betrieb ist unbarmherzig. Es bleibt nichts verborgen. Sie hat es nicht erzählt. Es wissen alle. Sie hat keine Wahl. Sie braucht Standvermögen. Sie braucht Frechheit.

Sie sagt: »Für dich nicht, für Andere vielleicht.«

Heribert ist ein attraktiver Kerl. Sie muss sich schützen. Sie muss frech sein. Es ist ein Männerbetrieb. Sie kennt die Riege der Gockel. Heribert gehört dazu. Sie mag ihn. Versöhnlich fügt sie hinzu:

»Setz' dich zu mir. Essen will ich mit dir.«

Heribert lächelt aus der Reserve, er weiß, dass sein Spruch provoziert hat. Er ist ein Macho, ein bewusster Macho. Petra hat gut gekontert. Das kann sie.

»Wie geht es Max?«

Heribert weicht aus. Er will auf neutrales Terrain. Er weiß, Petra ist gern Mutter von Max.

»Der ist verliebt, über beide Ohren. Ich bin stolz. Sie ist ein tolles Mädchen.«

Es hat geklappt. Heribert kennt sich mit Frauen aus.

»Du bist als nächste dran.«

Heribert kann es sich nicht verkneifen.

Petra nimmt es gelassen. Sie schwankt zwischen Ehrlichkeit und Fatalismus. Sie denkt an Waldi, dessen Gesicht sie nicht puzzeln kann. Gibt es ein Gespräch über Bäume, in dieser Situation? Nicht für Petra, nicht für Heribert, nicht bei der Gewerkschaft.

Heribert ist neugierig:

»Gibt es schon Anwärter?«

Petra ist darüber hinweg, sie spielt mit. Sie kann es, sie nimmt den Ball an.

»Es gehen zur Zeit Bewerbungen ein. Schriftlich, mit Fotoserien, aus dem letzten Jahr. Ich bin am Sortieren.«

Heribert lacht:

»Deine Email bei der IG-Metall?«

»Was dachtest du? Ich habe nichts zu verbergen.«

Petra bleibt offensiv.

Heribert hat das nicht erwartet. Er zieht den Schwanz ein. Er hatte ihn ausgefahren.

»Ich überlege mir, ob das für mich nicht ein zu aufwändiges Verfahren ist. Riskant obendrein, wenn es nicht klappt, ich bin verheiratet.«

Jeder weiß das. Das hindert Heribert nicht, ein Mann zu sein. Er steht seinen Mann, wo er gebraucht und gefordert wird.

Petra denkt: »Wie anders ist Waldemar.«

Sie kennt ihn nicht. Sie stellt es sich vor. Sie will, dass es so ist. Sie sollte es herausbekommen.

»Grüße deine Frau herzlich von mir. Besser, du bleibst bei ihr. Da gehst du kein Risiko ein.«

Petra steht auf. Sie schreitet weiblich gekonnt durch den Saal. Heriberts Blicke folgen ihr, andere auch. Sie hat sich Respekt verschafft. Sie ist 'raus aus dem Tief, halbwegs. Sie sollte sich nicht überschätzen. Rückschläge werden kommen. Für's Erste war das ein verdienter Sieg, ein Etappensieg. Davon braucht sie mehr. Den Endsieg kann sie nicht wollen. Sie ist Pazifistin, durch und durch.

Was sie braucht, ist einen Mann, den sie liebt und er sie. Sie möchte auf Händen getragen werden, nicht über die Schwelle, das ist ihr zu banal. Im Alltag ihres vierzigjährigen Lebens würde es sich gut anfühlen. Ist Waldemar stark genug dazu? Sie will es herausbekommen.

Waldemar klingen die Ohren. Er weiß nicht, warum. Wer könnte so stark an ihn denken? Wenn Schafe auf der linken Seite der Autobahn grasen, beruhigt ihn das. Die auf der rechten Seite ignoriert er. Waldemar ist nicht abergläubisch. Wer hat ihm all diese Sprüche ins Hirn gepflanzt?

Waldi hat eine fürsorgende, starke Mutter. Er hat ein selbstverständliches Verhältnis zu ihr. Seine Freunde beneiden ihn darum. Er kennt es nicht anders. Eine Frau wäre ihm lieber. Es ist keine Frage der Wahl. Eine Gewissensfrage ist es auch nicht. Er muss Petra ansprechen, als Frau, nicht als Mutter. Die Ohren klingen weiter.

Waldemar ist auf dem Weg nach Hause. Er hat viele Gedanken im Kopf. Er ist bei Direktor Zelter gewesen. Die Entschuldigung ist ihm leichter gefallen, als er gedacht hatte. Beginnt er sich anzupassen? Er wollte sich nie nach der Decke strecken. Sinnlose Gefechte sind kraftraubend. Er braucht seine Kraft. Er denkt, dass er sich zu stark auf die Schule fixiert. Er hat sich selbst vernachlässigt. Er spürt, dass ihm etwas Entscheidendes fehlt. Er sehnt sich nach seinem privaten Glück.

Ist sein Engagement eine Verdrängung? Ist er nicht zufrieden? Spielt er den geliebten Lehrer vor? Ist er so, weil er allein ist, schrecklich allein und einsam? Die Krise fällt ihn an, überraschend von hinten. Sie hat ihn gepackt. Seine Gegenargumente haben sich aufgelöst. Er will kämpfen, für sich.

Was ist mit seinem unerschütterlichen Altruismus, der ihm bescheinigt wird? Was ist mit seinem sozialen Gewissen, das ihn beflügelt hat? Er will nicht allein sein, er möchte lieben, vor allem geliebt werden, von Petra. Er hat sich versteift.

Es hat zu regnen begonnen. Er ist nass. Ohne Schirm war das zu erwarten. Er wundert sich. Er schüttelt sich. Er geht die Treppen zu seiner Wohnung hinauf. Es sind viele, in den fünften Stock. Er nimmt nicht den Aufzug. Er fährt selten Rolltreppe. Er ist körperbewusst. Er weiß, dass die Bequemlichkeit ihm schadet. Er will fit sein. Er ist nicht am Ende. Er möchte einen Neuanfang. Er hat sich die Mutter von Max auserwählt. Als gäbe es keine andere Frauen in der Stadt. Ist das zu fassen?

Er ist fassungslos, über seine Gedanken. Er muss sich fassen.

Er setzt sich auf das rote Sofa, halbwegs gefasst. Er schaut aus dem Fenster in den Regen. Die tief hängenden Wolken drücken auf sein Gemüt. Er sucht helles Blau, er sucht die Sonne. Unfertige Korrekturen liegen auf seinem Tisch. Den Mut, sie liegen zu lassen und Petra anzurufen hat er nicht. Er macht sich einen Kaffee. Er findet Schokolade. Er setzt sich hin. Er beginnt die Arbeiten nachzuschauen. Der Zwölferkurs hat über Heinrich Heine geschrieben. Waldemar ist gespannt. Er schickt sich in das Unvermeidliche. Seine Wünsche behält er im Kopf. Er nimmt sich ernst, seine Schüler auch.

Pierre ist in der Verlagswohnung. Sie ist klein, sie ist funktional, sie hat Charme. Pierre fühlt sich besser als in Marseille. Er ist ein anderer, hier in Deutschland. Die Erinnerung bleibt, sie ist nicht an Orte gebunden. Felix ist gemein. Er weiß den Finger in die Wunde zu legen. Er bohrt darin. Er weiß, dass es Pierre weh tut. Er will Pierre in Verlegenheit bringen. Will er ein Geständnis? Welches Interesse verfolgt er? Pierre hat zwei Stunden, sich auszuruhen. Pierre hat nichts zu verlieren. Der Vertrag ist geschlossen. Die Konditionen sind schlecht für ihn. Felix und er sind mitten in der Arbeit. Pierre ist gespannt auf den Buchmessen Betrieb. Das kennt er nicht. In einem Jahr wird er im Mittelpunkt stehen. Das will er. Sein Plan hat funktioniert. Er wollte Rache. Der Hass ist geblieben. Die Verzweiflung ist gewachsen. Die Einsamkeit auch. Pierre legt sich aufs Bett, duschen will er später.

Felix ist in seinem Zimmer. Er muss sich zurückhalten, beim Treffen mit Dr. Kaiser. Der wird fragen, die Geschichte mit dem Bruder interessiert ihn. Dr. Kaiser hat keinen Verdacht, er kennt die Umstände nicht. Er will den Bruder für die Werbekampagne gewinnen. Der Bruder passt ins Konzept. Felix glaubt nicht an den Bruder. Er weiß, dass Pierre in Bedrängnis gerät. Felix wird ihm nicht helfen. Felix weiß, es ist riskant. Dr. Kaiser ist klug. Felix denkt, dass Pierre vorbereitet ist. Er wird sich keine Blöße geben wollen. Wird das Lügengebäude einstürzen? In Felix' Interesse kann das nicht sein. Er hat Dr. Kaiser Passagen der gemeinsamen Arbeit mit Pierre gemailt, rechtzeitig.

Dr. Kaiser bereitet sich vor, wenn es ihm wichtig erscheint. Die Absicht des Gesprächs kennt Felix nicht. Er hat versäumt nachzufragen. Er hat es bewusst nicht gewollt. Hat er etwas zu befürchten?

Felix geht Papiere durch. Manuskripte versperren ihm die Sicht auf die Tür. Nur einen Bruchteil kann und wird er lesen. Der Großvatertext ist dran. Heute Nacht, im Bett will er anfangen. Ist das verletzend für Johannes? Felix hat Zweifel. In letzter Zeit denkt Felix über das Alter nach. Er ist bald vierzig. Johannes überschreitet den Zenit. Wird Johannes den Fünfundfünzigsten feiern?

Felix ist unentschieden. Zwanzig Jahre sind viel. Er war nie glücklicher als mit Johannes. Felix ist ein Kopfmensch, Gefühle verdrängt er leicht. Er kann nicht leugnen, dass er nach Jüngeren schaut. Nicht bewusst, manchmal im Vorbeigehen. Betrügen würde er Johannes nicht. Das ließe seine Moral nicht zu. Bei Johannes war er sich nicht sicher. Das hat sich geändert. Er hat Johannes besser kennen gelernt. Er weiß, er tut es nicht, weil er ihn liebt, nicht wie er, aus moralischen Gründen.

Johannes freut sich, als ihn Rolf begrüßt. Er ist einer, den er schätzt. Er ist anders. Er hat ein Familienleben. Er ist korrekt. Er ist ein begabter Maler. An die Hochschule kam er vor wenigen Jahren. Er wollte seine Familie ernähren. Er scheute das freie Künstlerleben, das ist ungewiss. Die Lehre liegt ihm am Herzen. Er ist nicht überheblich, er kennt sich aus, er beurteilt besonnen. Rolf ist unauffällig. Das unterscheidet ihn hier von den Meisten. Die Studenten wissen, warum sie gerade in seine Klasse wollen. Es sind die, die nicht nach Berühmtheiten schielen. Es sind die Unscheinbaren, die Stillen, mehr Frauen als Männer. Solche, die ihre Begabung nicht vor sich hertragen, sie haben einen sicheren Grund. Sie ruhen in sich. Nicht alle, ein Trend lässt sich erkennen. Johannes beobachtet das. Es gefällt ihm. Rolf fällt aus dem Rahmen, durch seine Unauffälligkeit. Auffallen gehört zum Kunstbetrieb. Rolf braucht das nicht.

»Wie waren deine Ferien?«

Johannes umarmt ihn. Rolf lässt es zu.

»Wir waren in Amerika. Schön. Felix war begeistert. Das hat mich glücklich gemacht. Wir haben viel gesehen. Ich, viele Dinge neu, durch ihn. Was eine neue Begleitung ausmacht.«

»Ich war mit der Familie in Dänemark, auf einer kleinen Insel. Die Kinder haben das Meer entdeckt. Ursel und ich hatten Zeit füreinander. Wenn die Kinder größer sind, werden wir die Welt entdecken. Noch muss sie warten auf uns.«

»Ich habe gehört, du hast bald eine Ausstellung. Ich freu mich für dich. Wann ist die Vernissage?«

»Eine kleine Galerie am Graben. Donnerstag in einer Woche. Ich bin gespannt, ob ich was verkaufen kann. Ich trenne mich ungern. Ich muss wohl. Ursel besteht darauf. Sie hat Ansprüche, bescheidende. Die Kinder kosten.«

»Du malst neue Bilder. Ruhm nach dem Tod ist langweilig. Du hast nichts davon.«

»Auf den Durchbruch wartet jeder. Der Kunstmarkt hat eigene Gesetze. Ich bin kein guter Vermarkter von mir.«

»Ich mach dieses Semester Bacon. Hab mich total in ihn verguckt. Was hältst du von ihm?«

Rolf ist zurückhaltend. Es ist seine Art. Begeisterung zeigt er selten. Das mag Johannes, der Gegenentwurf zu ihm. Die Schöpfung ist vielfältig. Oder ist es nur das Leben?

Rolf antwortet: »Er hat mich aufgeregt, vor Jahren, beschäftigt habe ich mich noch wenig mit ihm.«

Die Zigarettenpause ist zu Ende. Johannes und Rolf sind Nichtraucher.

Johannes liebt seinen Mikrokosmos, um den Makrokosmos müssen sich andere kümmern. Er kommentiert. Er nimmt Anteil, in Maßen. Ist er bequem?

Viele seiner Freunde sind in die Politik gegangen. Er wollte das nie. Er mag es, gekannt zu werden. Er mag es, wenn die Studenten ihn auf der Straße grüßen. Dann fühlt er sich wohl. Dass ihn jeder kennt, will er nicht. Das würde seine Privatsphäre verletzen. Er braucht Intimität. Er will sich bewegen. Er will auf der Straße Händchen halten und knutschen.

Er macht es. Felix ist vorsichtig. Er schätzt erst die Situation ab. Dann lässt er es zu. Er lässt Johannes' Hand los, wenn sich undefinierbare Gestalten nähern. Er will keinen Ärger.

Johannes schickt sich in die Tagesordnung. Er macht Skizzen von Köpfen, von Gliedmaßen. Er ist ein Kind in der Gestalt eines älter werdenden Mannes, vernünftig ist er nie gewesen. Anpassung hat er gelernt, sie tut ihm nicht weh, sie ärgert ihn. Menschen wie Rolf, die eine natürliche Form der Anpassung gefunden haben, bewundert er. Er würde gern hinter ihr Geheimnis kommen. Es ist ihm nicht vergönnt gewesen.

Sie sitzen am kleinen Konferenztisch bei Dr. Kaiser im Zimmer. Es gibt Fingerfood. Draußen ist es kalt. Pierre und Felix sitzen nebeneinander, gegenüber sitzt Dr. Kaiser. Die Begrüßung war herzlich. Dr. Kaiser ist frankophil. Er kennt die Franzosen seit langen Jahren. Die französischen Autoren sind anders als die Deutschen, schneller zugänglich, nicht so ernst und verbissen. Bei Pierre könnte er sich getäuscht haben. Pierre ist höflich. Sie reden deutsch. Für Dr. Kaiser ist das selbstverständlich. Er zeigt keine Bewunderung.

»Hatten Sie einen guten Flug?«

Pierre klagt über das Fliegen. Felix findet das überflüssig.

»Wie fühlen Sie sich? Ich hoffe, Herr Boulanger zeigt Ihnen den Buchmessen Betrieb. Nächstes Jahr sind Sie dran. Man wird Sie jagen, wenn wir es richtig anstellen. Das brauchen wir. Dann werden Ihre Bücher verkauft.«

Pierre will es, da gibt es keinerlei Zweifel. Ob er dafür gejagt werden will, kann er nicht sagen. Er weiß nicht, wie das ist.

»Was ist mit Ihrem Bruder? Wird er es schaffen? Ich hörte, er sei krank.«

Pierre zeigt die Routine dessen, der seit Jahren mit der Krankheit des Zwillings befasst ist.

»Die Ärzte haben wenig Hoffnung. Er steht unter starkem Morphium. Noch kämpft er dagegen, wie lange weiß keiner.«

»Das tut mir leid. Sie beide wären besser. Es fehlt etwas. Verstehen sie mich nicht falsch.«

Dr. Kaiser ist taktlos. Er legt seine Stirn in Falten.

»Hoffen wir also. Es geschehen Wunder, auch in der Medizin.«

Felix nickt, er weiß, dass Pierre über den Bruder nicht die Wahrheit sagt. Seine Vermutungen behält er für sich. Pierre erzählt von Marseille. Er möchte nicht über den Bruder sprechen. Er spürt die Gefahr.

In Marseille ist es warm. Pierre erzählt von Sonne und Strandspaziergängen, von seiner Begegnung in der Bar erzählt er nicht. In seiner Erinnerung ist sie dominant. Er verschweigt sie.

»Ich überlasse Sie jetzt Felix Boulanger. Er wird sich um Sie kümmern. Fühlen Sie sich zu Hause. Wenn Ihnen etwas fehlt, sprechen Sie Herrn Boulanger an.«

Pierre verabschiedet sich. Die Begegnung ist kurz gewesen. Wirkliches Interesse existiert nicht. Felix kennt das. Was soll er mit Pierre anfangen? Dr. Kaiser macht es sich einfach. Anfangs hatte Felix andere Vorstellungen.

Er sagt: »Akklimatisieren Sie sich Pierre. Morgen früh haben wir einen Arbeitstermin. Abends kocht mein Freund. Sie sind bei uns zu Gast. Am Mittwoch geht es auf die Buchmesse.«

Felix hat zu tun. Pierre spürt, dass er abgeschoben wird. Er will es nicht. Er ist schuld daran, er ist kein angenehmer Gesellschafter. Es ist viel passiert. Sein Leben hat zweimal eine überraschende Wendung genommen, die dritte steht bevor. Er geht zurück auf sein Zimmer. Heute Abend will er in die Stadt. Schafft er das, allein? Mit Felix kann er nicht rechnen.

Tommy steht unter Druck. Er hat eine fixe Idee. Er will, dass sie vier sind. Das wäre geil. Er macht sich Gedanken. Wie stellt er das an? Er ist kein hässlicher Junge. Ein bisschen weicher als Max, äußerlich. Er geht die Mädchen der Klasse durch. Er weiß, Max hat Ansprüche, Susanne auch. Eine Eveline wäre unpassend, denkt Tommy. Er sollte die Mädchen der zehnten durchgehen. Will ihn da eine? Tommy hat Zweifel. Hat er eine Chance? Er will sich mit Max beraten, wenn sie allein sind, ein Gespräch unter Männern. Tommy hat keinen Johannes. Er ist eifersüchtig auf Susanne. Er kommt sich blöd vor. Max bleibt sein Freund, das hat er gezeigt. Besser er hätte eine Freundin, eine, die passt. Vielleicht eine Freundin von Susanne, die auf Tommy steht.

»Unmöglich ist das nicht«, denkt Tommy.

Er hat so etwas gelesen. Man muss dem Glück auf die Sprünge helfen. Tommy ist nervös .Als er nach Hause kommt, drehen sich seine Gedanken darum. Den Eltern gegenüber wirkt er abwesend. Seine Mutter ist besorgt, sie spürt eine Unruhe in ihrem Sohn. Er würde das niemals erzählen. Der Vater sitzt vor dem Fernseher. Tommy geht auf sein Zimmer. Er redet nicht.

Soll er Max anrufen? Sie haben sich alles erzählt. Wird Max verärgert sein? Max ist sein Freund. Er ruft ihn an. Am Telefon klingt Tommy cool. Max' Mutter ist am Apparat.

»Tommy, Max ist mit Susanne im Kino. Er wird bald zu Hause sein. Soll er dich anrufen?«

»Wenn er will. Würde ich gut finden.«

»Na klar. Das macht er bestimmt.«

Petra mag Tommy. Die Eltern kennt sie nicht. Das findet sie schade.

»Danke.«

Tommy legt auf. Tommy stellt sich vor, dass sie zu viert im Kino sitzen, nebeneinander. Sie knutschen, mit ihren Mädchen, dazwischen zwinkern sie sich zu, Freunde. Wie schön wäre das. Tommy hat kein Mädchen. Ist es Zufall, dass Max ein Mädchen hat? Ist Max cooler als er? Was hat Max, das er nicht hat? Tommy vergleicht sich. Das hat er nie getan. Tommy sucht nach Antworten. Es gibt keine. Früher waren sie eine Jungen Clique. Das war vor einem Jahr vorbei. Max ist geblieben, sein bester Freund. Es gibt Susanne. Warum sollte ein Mädchen ihre Freundschaft bedrohen? Mit den Mädchen, das ging vorbei, ihre Freundschaft hatte alles überstanden. Dass er mit keinem darüber reden konnte, hatte ihm nicht gefallen. Max würde anrufen. Tommy würde warten.

Um Neun ruft Max an.

»Hallo Tommy. Was gibt's? Ich war mit Susanne in Avatar, in 3D. Abgefahren.«

Tommy ist verlegen. Er hat die Spannung fast nicht ausgehalten. Er ist sprachlos.

»Den möchte ich auch anschauen. Du hast ihn schon gesehen, schade.«

»Wir schauen etwas anderes.«

Max ist sensibel. Er spürt, dass Tommy nicht zurechtkommt mit der Situation.

»Cool. Ich dachte, es wäre toll, wenn ich eine Freundin hätte.«

Max ist gerührt. Die Fähigkeit hat er. Er begreift schnell.

»Du findest eine, da bin ich sicher, dann sind wir zu viert. Bis dahin können wir auch zu dritt was machen. Susanne hat nichts dagegen.«

Tommy ist erleichtert, er könnte jetzt heulen, natürlich tut er das nicht. Wie würde er dastehen, vor seinem Freund? Tommy lacht.

»Ist das dein Ernst? Das ist gut. Ich habe nachgedacht. Ich musste dich anrufen.«

»Morgen reden wir. Wir haben Waldi die erste, Deutsch. Hast du den Text gelesen? Ich hab' mit Susanne darüber diskutiert.«

»Ich mache es noch, sonst ist Waldi enttäuscht.«

Waldemar arbeitet mit Liebesentzug, manchmal funktioniert das. Es ist nicht die schlechteste Methode, Max hat das durchschaut. Die Freunde haben darüber geredet. Waldemar ist sich nicht sicher, ob das richtig ist. Er empfindet so. Seine Gefühle überlagern das kritische Denken.

Tommy ist froh, dass es Max gibt. Er hat sich nicht getäuscht, Max ist sein Freund. Er hatte Angst, ihn zu verlieren. Er fragt sich, wie das wäre, wenn man verliebt ist, so richtig, in ein Mädchen. Er will morgen Max darauf ansprechen. Der soll es ihm erzählen, dann weiß er Bescheid, wenn es ihm passiert. Er wünscht sich, dass es bald geschieht.

Petra ist neugierig.

»Was wollte Tommy? Er war aufgeregt am Telefon. Seine Stimme klang bedrückt.«

Max ist in Gedanken bei Susanne. Er hat Tommy gern. Er muss einen Moment überlegen.

»Tommy macht sich Sorgen, wegen Susanne. Er hat Angst, dass ich nicht mehr sein Freund bin. Für mich ändert sich nichts. Ich habe weniger Zeit. Das ist normal.«

Petra empfindet mit Tommy. Sie kennt die Situation. Sie denkt an ihre Freundin Margarethe. Sie weiß, wie wichtig sie für Margarethe ist.

»Es gibt viele Formen der Liebe, eine ausschließliche gibt es nicht. Das wäre schlimm. Das würde uns abhängig machen von einer Person. Es passiert, dass man zu sehr liebt. Dann verliert man sich. Jede Liebe ist anders, weil jeder Mensch anders ist.«

Max erinnert sich an ein Gespräch mit Johannes. Der hat ihm erzählt, dass er Angst hat, Felix zu sehr zu lieben. Dass er viel darüber nachdenkt, wie er gegensteuern kann, für sich. Max weiß, Susanne hält den ersten Platz. Max findet das normal. Er vergisst, seit er Susanne kennt, die Anderen. Da sind Tommy, Petra, Johannes, Felix, auch Waldi fällt ihm ein. Das findet er bemerkenswert, er ist sein Lehrer.

Johannes und Leila haben sich in der Mittagspause verabredet. Leila hat das ›Museums Café‹ vorgeschlagen, das liegt für beide günstig.

Johannes ist froh, dass die Sitzung zu Ende ist. Die Verpflichtung zu mehr Kontrolle trägt der allgemeinen Zeitentwicklung Rechnung. Johannes hatte gedacht, sie hätten sich wehren können, sie wären eine Kunsthochschule. Die Realität ist anders ausgefallen. Kaum einer findet die verschärften Studienbedingungen wirklich einschränkend.

Johannes steht auf verlorenem Posten. Er fragt sich, warum ihm das immer wieder passiert. Er ist zu sensibel auf diesem Gebiet. Was ist so schlecht daran, dass Anwesenheitspflichten eingeführt werden? Sie stoppen den Schlendrian der Kunststudenten, so war die allgemeine Meinung. Johannes beruft sich auf die Freiheit. Welche Freiheit meint er? Die Freiheit, nichts zu tun. Die Freiheit, sich zu entziehen. Johannes hat eingesehen, dass seine Argumente aus einer anderen Zeit der Hochschulgeschichte stammen. Effektivität und volkswirtschaftlicher Nutzen sind auch an der Kunsthochschule angekommen. Verschafft es nicht Studienabgängern eine bessere wirtschaftliche Grundlage? Was soll eine Gesellschaft mit Künstlern, die kellnern, putzen und sonstige Hilfsarbeiten verrichten? Ist es nicht folgerichtig, auch an den Kunsthochschulen Voraussetzungen zu schaffen, dass die Studenten sich beruflich eingliedern können, in das große Ganze? Dazu bedarf es Disziplin, Unterordnung und Anpassung. Wieso regt er sich auf?

Er denkt an Leilas hartes Medizinstudium. Warum sollen die Kunststudenten größere Freiheiten haben? Wohl ist ihm nicht.

Sein Fahrrad parkt er seitlich der Eingangstür. Draußen könnten sie nicht sitzen. Es ist kalt geworden. Leila ist nicht da. Johannes ist überpünktlich. Für sich selbst hat er in Bezug auf Verlässlichkeit und Ordnung eine penible Strenge. Anderen gegenüber übt er sich gern in Großzügigkeit. Er setzt auf beispielgebende Handlung. Er kann nicht mit Sicherheit sagen, dass es funktioniert. Es ist unterschiedlich. Für ihn ist es eine Selbstverständlichkeit, nicht zu spät zu kommen. Er will es nicht als Tugend verstanden wissen. Er hat die negativen Vergangenheitsbilder im Kopf. Er mag den Geist nicht, der dahinter steckt. Er verabscheut jede Form des Zwangs.

Wie denkt Leila? Johannes setzt sich in die gemütlich kurze Ecke. Der Blick ist nach draußen gerichtet. Leila verspätet sich zehn Minuten. Sie entschuldigt sich. Johannes nimmt es ihr nicht übel. Er küsst sie auf die Stirn. So hat er es das erste Mal getan, da war sie ein Kind gewesen. Er muss sich nicht bücken, nicht mehr. Groß ist Leila nicht.

»Schön, dass du da bist.«

Er weiß wie gewissenhaft Leila in letzter Zeit ist.

»Wie war die Sitzung?«

»Du weißt, Sitzungen sind meine Sache nicht.«

Johannes flüchtet sich in die literarische Ironie.

»Hast du etwas für die Studenten erreicht?«

Leila grinst. Sie weiß, Johannes hat diesen Anspruch.

»Die Zeichen stehen auf Nachhaltigkeit. Wie kann ich dagegen sein?«

Leila drückt Unverständnis aus.

»Wir machen es wie bei den Medizinern. Testatpflicht.«

»Wirklich? Meinst du, dass das klappt?«

»Wenn der Druck von allen aufrecht erhalten wird, warum nicht?«

»Machst du das mit?«

»Kann ich mich gegen demokratisch getroffene Entscheidungen stellen?«

»Im Ernst, du bist zynisch.«

»Nein, nur einsichtig. Ich habe keine andere Wahl. Es ist nicht verkehrt. Ich lerne dazu.«

»Ist das der Einfluss von Felix?«

Leila muss eine Spitze setzen.

Johannes weiß, dass sie Recht hat. Warum sollte er ihr nicht Recht geben.

»Felix hat großen Einfluss auf mich, sicher. Warum soll ich nicht von ihm lernen? Erzähl von dir.«

»Ich bin am Lernen. Da hat sich nichts geändert. Georg steckt im Praktikum. Wir haben wenig Zeit füreinander. Ich bin verliebt.«

»Du hast Glück mit Georg, er ist ein Schatz.«

»Mach' ihn mir nicht streitig. Keine Neuauflage der Felix Geschichte, mit umgedrehten Vorzeichen.« Leila lacht, nicht befreit.

»Morgen koche ich für den Zwilling, dessen Buch Felix macht.«

»Hat Felix ein Auge auf ihn?«

»Na, hör mal, der ist über sechzig.«

»Hätte ja sein können.«

»Ich bin ihm schon zu alt, denke ich.«

»Du und alt, dass ich nicht lache.«

Johannes weiß, dass er bald fünfundfünfzig ist. Das ist alt, für ihn. Er kann es nicht ändern. Er würde es, wegen Felix.

»Kennst du Bacon, Francis Bacon? Ich halte eine Vorlesung über ihn.«

»Du hast das erzählt. Ich kenne einige Bilder, flüchtig. Du bist begeistert.«

»Er fasziniert mich und erschreckt mich. Ich habe das Gefühl, mit mir konfrontiert zu sein.

Nicht, weil wir uns ähnlich wären, im Gegenteil, aus der verstehenden Differenz.«

»Das kapier' ich nicht.«

»Ich erkenne in seinen Bildern, was ich verdränge. Ich bin mit dem Leid konfrontiert, dem brutalen, körperlichen, seelischen Elend.«

»Das sagt mir mehr. Georg ist auf andere Weise im Kampf. Die kranken Kinder verfolgen ihn.

Als Arzt muss er das aushalten, es fällt ihm schwer.«

»Ich merke, dass ich oft sorglos lebe. Ich will immer das Glück. Ich will das schöne Leben. Ich habe Angst vor dem Unglück. Ich bin nicht vorbereitet.«

Johannes zeigt seine Bestürzung. Ist das Alter der auslösende Punkt? Ist es eine intellektuelle Lebenskrise, Spannungen mit Felix?

Leila gehen ähnliche Gedanken durch den Kopf. Sie spricht sie nicht aus. Sie flüchtet sich ins Allgemeine. Sie haben nur eine kurze Mittagspause. Leila umarmt Johannes.

Sie sagt: »Sei froh, dass du ein schönes Leben hast. Du bist nicht unbeteiligt daran. Vergessen musst du das Leiden nicht. Das tust du nicht, das weiß ich.«

»Ich freue mich, wie du das sagst. Ich habe Angst vor dem Alter. Ich habe Angst vor dem Leiden. Ich habe Angst zu verlieren, was ich liebe.«

»Einfach so?«

»Es sind Gefühle in mir. Ich versuche damit umzugehen. Ich mache mir Gedanken.

Bacon ist der Katalysator. Ich bin froh, dass mein Beruf das zulässt. Ich nehme ihn persönlich ernst, er betrifft mich.«

Leila ist betroffen. Sie ist zufrieden, dass sie diesen Vater hat. Sorgen macht sie sich.

Petra hat Entbehrungen erlitten. Sie leidet lange. Sie möchte das Leiden nicht verlängern. Sie stellt sich langsam der Situation. Sie hat ein festes Bezugssystem, das hilft ihr. Sie fühlt mit Tommy, sie freut sich mit Max, sie mag Susanne. Sie denkt an den Lehrer von Max. Sie kennt ihn beim Namen. Für sie ist er Waldi. Sie findet den Name schrecklich. Was ist ein Name?

Sie will der Sache auf den Grund gehen. Wie macht sie das? Sie wendet sich an Max.

»Du hast Glück mit Tommy, er ist ein wirklicher Freund. Er ist eifersüchtig auf Susanne. Das ist normal. Er hat Angst dich zu verlieren.«

Max ist nicht irritiert. Er versteht Tommy. Er liebt Susanne und Tommy.

Er sagt: »Wir kriegen das hin. Susanne ist nicht zickig. Sie mag Tommy.

Hast du mir nicht von dem Film ›Außer Atem‹ erzählt? So kann ich mir das nicht vorstellen. Ich will Susanne nicht teilen, sie ist meine Freundin. Tommy ist mein Freund. Wir werden was zu dritt unternehmen. Es wäre nicht schlecht, wenn er eine Freundin hätte.«

»Das will er. Leicht ist das nicht, es muss passen, zwischen ihm und ihr, und mit euch Vieren.

Schau mich an, ich habe es mir leichter vorgestellt. Wir sollten uns alle Zeit nehmen und geben.«

Petra nimmt allen Mut zusammen.

»Wie geht es eigentlich mit deinem Klassenlehrer? Seid ihr von ihm überzeugt? Du hast länger nichts von ihm erzählt.«

Max lacht:

»Seit wann interessierst du dich für Waldi? Er ist okay. Ich glaube, einsam.«

»Lebt er allein?«

Petra findet sich wagemutig. Sie hat einen ersten Schritt getan. Sie will die Spur nicht verlieren.

»Ich glaube ja. Darüber redet er nicht. Wenn er eine Freundin hätte, würde er von ihr erzählen.«

»Ich finde ihn nett und sympathisch.«

Petra ist weitergegangen.

Max ist hellhörig geworden.

»Ihr seid im gleichen Alter. Hast du ein Auge auf ihn?«

Petra ist verlegen. Warum soll sie nicht ehrlich sein mit ihrem Sohn. Ist das zu heikel? Sie entscheidet sich für die Wahrheit.

»Er hat mich beim Elternabend direkt angeschaut. Das hat mich irritiert. Das hat mir gefallen.«

Max weiß nicht, was er sagen soll, das ist selten. Die Situation ist ungewöhnlich. Kann er sich vorstellen, dass Petra etwas mit Waldi hat? Waldi ist cool.

»Willst du ihn kennenlernen? Er ist mein Klassenlehrer. Ich weiß nicht, ob das geht. Ich meine, wenn ihr euch beide verlieben würdet, wegen der Objektivität.«

Max ist schnell, er bringt es auf den Punkt, er redet nicht um den heißen Brei.

Petra muss Farbe bekennen. Kann sie das? Will sie das? Soll sie zurückrudern nach dieser Vorlage? Sie wäre dumm. Es wäre gegen ihre Interessen. Petra geht in die Offensive.

»Dahin ist es ein weiter Weg. Kennenlernen könnte ich mir vorstellen.

Ich weiß nicht, wie das gehen soll, da geht es mir wie dir.«

Was passiert jetzt? Beide wissen nicht weiter. Beide sind für einen Moment sprachlos. Es ist eine Situation, die Sprachlosigkeit erzeugt. Gibt es einen Ausweg aus dem Dilemma? Es könnte das natürlichste von der Welt sein. Zwei erwachsene Menschen haben Gefallen aneinander. Sie könnten sich begegnen, sie könnten sich verlieben. Die Umstände sind gegen sie.

Für Waldi hat die Situation eine unerwartete Wendung genommen.

Nicht er muss handeln, Petra kommt ihm zuvor, wenn sie das Gespräch mit Max zu einem guten Ende führen kann.

Wie soll sie das machen? Max möchte seinen geliebten Klassenlehrer behalten. Er fühlt sich wohl in der Klasse. Er möchte seine Mutter glücklich sehen. Was könnte passieren, wenn sie ihn kennenlernt?

»Einen Versuch ist es wert«, denkt Petra.

Sie weiß nicht, wie sie ihn kennen lernen soll. Max ist ihr Sohn. Er liebt seine Mutter, er will, dass Petra glücklich ist.

»Es muss wie zufällig aussehen, wenn ihr euch trefft. Es darf nicht dem Zufall überlassen werden«, sagt Max.

Max und Petra kommen sich vor wie Verschwörer, sie sind Mutter und Sohn. Sie entwickeln einen Plan. Max ist auf vorgeschobenem Beobachterposten. Kann Petra das verantworten? Wo zieht sie ihn da hinein? Ist das egoistisch?

Wenn Waldemar das wüsste, wäre er hilfreich bei dem Komplott? Er ahnt nichts davon. Er wünscht es sich.

Max ist verliebt, das gibt ihm Kraft. Er hat Fantasie.

»Ich müsste herausbekommen, wo Waldi ein Lokal hat, in das er oft geht, oder ein Café. Dann könntest du dort aufkreuzen. Zufällig könntet ihr euch außerhalb der Schule begegnen.«

Petra hat ein schlechtes Gewissen. Was richtet sie an? Benutzt sie ihren Sohn für ihre Bedürfnisse? Sie hat ihn geboren, das hatte wehgetan. Sie hatte es getan. Er tut es für sie. Er will ihr helfen. Max umarmt Petra. »Kann ich Susanne einweihen?«

»Wenn du Vertrauen zu ihr hast. Ich denke, es ist wichtig für dich, eine Verbündete zu haben.«

Die Idee von Petra ist hilfreich. Max kann das Geheimnis teilen. Susanne wird dicht halten. Sie ist vertrauenswürdig.

Petra fühlt das.

Leila lädt Johannes ein.

»Wir wollen für euch kochen. Wann habt ihr Zeit?«

Johannes überlegt.

»Zur Zeit ist das schwierig. Morgen koche ich für Pierre. Felix ist eingespannt auf der Buchmesse. Wenn er keine Verpflichtungen mit Autoren hat, ist er abends tot.«

Leila ist einsichtig.

»Wir machen es die Woche nach der Buchmesse.«

»Ich denke, das passt uns besser. Der Semesterbeginn ist stressig. Felix kann nicht.«

Johannes ist gefährdet, seine Mitte zu verlieren.

Leila macht sich Gedanken. Eine große Liebe ist schön, eine zu große macht schwach. Sie will aufpassen. Sie will stark sein. Es darf ihr nicht passieren. Sie nimmt es sich vor, planbar ist das nicht. Sie erinnert sich, wie ihr Vater hineingeraten ist, in die Liebe.

Für Johannes war es Liebe auf den ersten Blick gewesen. Es war schnell gegangen. Er war nach der ersten Begegnung verloren.

So sieht es Leila. Als Felix im Haus aufgekreuzt ist, hatte sie das Gefühl, dass Johannes für ihn sein Leben änderte. Das hatte ihr nicht gepasst. Dazu war ihre eigene Hingabe an Felix gekommen. Sie war unerwidert geblieben. Leila ist parteiisch. Sie darf nicht urteilen. Nicht, wo sie Georg gefunden hat.

Die Verletzung bleibt. Nach über zwei Jahren ist Johannes auf Felix fixiert. Leila hat gemischte Gefühle. Sie will ihren Vater beobachten. Das ist sie ihm schuldig. Ist es lächerlich? Johannes ist ein erwachsener, beziehungserfahrener Mann. Er kann so kindisch sein. Woher hat er das? Was geht in ihm vor, wenn es um Felix geht?

Leila hat es eilig. Sie muss lernen. Sie verabschiedet sich herzlich. Leila ist weg.

Johannes zahlt. Er geht zurück in die Akademie. Es ist ein offenes Treffen gewesen. Johannes ist froh, dass es Leila gibt.

Pierre hat Albträume. Er liegt in der kleinen Verlagswohnung, seine Augen sind offen, wach ist er nicht. Er fühlt sich nicht wohl. Er denkt, er hätte es hinter sich gehabt. Er hatte gelitten. Er war kurz vor dem Selbstmord gewesen. Er denkt, wenn er den Roman verkauft hätte, könnte er leben. Ist das ein Irrtum? Ihm ist nichts nachzuweisen, sein Bruder war eines natürlichen Todes gestorben. Es hatte eine Untersuchung gegeben, alles war rechtens. Der Totenschein nannte einen Herztod.

Warum erzählt Pierre Lügen dem Verlag gegenüber? Er kann es nicht begründen. Der lebende Bruder gehört zu seiner Geschichte, auch wenn er mit unheilbarem Krebs dahinsiecht, angeblich. Pierre vermeidet es, sich an das letzte Jahr zu erinnern.

Er hatte alles gewusst. Er hatte seinen Bruder konfrontiert. Das gemeinsame Leben war zusammengebrochen. Sein Zwilling hatte sich in die Krankheit geflüchtet. Pierre hatte ihn täglich gequält. Der Kontakt zur Familie war abgebrochen. Seine Frau hatte ihn als vermisst gemeldet. Pierre hatte es zu verhindern gewusst, dass er hätte gefunden werden können. Unterdessen hatte er ihn gefangen gehalten. Er hatte sich erbarmungslos gerächt.

Er fühlt sich im Recht. Der Zwilling hatte sein Buch geschrieben. Er hatte seine Geschichte erzählen wollen. Pierre hat die Frau aus dem Buch eliminiert. Er hat es zu seinem Buch gemacht. Ist das nicht sein Recht? Er hat nicht gelogen und betrogen. Er hat der Gerechtigkeit zum Sieg verholfen. Pierre gefällt sich in dieser Rolle. Es schnürt ihm die Kehle zu. Es gibt keinen Menschen, der die Geschichte kennt. Nicht, wie sie sich abgespielt hat.

Pierre kann mit keinem Menschen sein Leiden teilen. Er ist ein Leidender in sich selbst, geteilte Erfahrung gibt es nicht. Der es hätte tun können, ist tot. Wie brutal hat Pierre das Leben mitgespielt. Er war glücklich gewesen, als er sein anderes ›Ich‹ gefunden hatte. Es war gewesen, als hätte er all die Jahre auf ihn gewartet.

Das Glück ist vergänglich. Er hatte es nicht festhalten können. Er weiß, er hat es nicht besessen. Von Anfang an hatte es diese Frau gegeben. Schon ihre erste hingebungsvolle Liebesnacht war ein einziger Betrug gewesen. Sein Zwilling hatte sich in sein Vertrauen geschlichen. Er hatte ihn dazu gebracht, schreckliche Dinge zu tun.

Pierre ist kein Mörder. Er war es geworden, weil er selbst gemordet worden war, jeden Tag. Was lag näher, als dem herannahenden Tod nachzuhelfen. Er hatte nicht gewollt, dass sein Bruder eines natürlichen Todes starb. Nicht die Krankheit sollte ihn haben, er hatte es vollziehen wollen. Er hatte sein Henker sein wollen.

Pierre muss raus. Er zieht sich an. Er rennt die Treppe hinunter. Auf der Straße ist es kühl. Er stürzt sich in die Herbstnacht. Wohin weiß er nicht. Er sucht den Fluss. Er steigt die Treppe an der Brücke hinab. Er will direkt am Wasser entlanglaufen. Er denkt an die Momente seines Glücks. Er hatte gedacht, dass eineiige Zwillinge sich gleichen, bis ins Verhalten hinein. Er hatte gedacht, sie hätten das Gleiche empfunden. Warum hat der Andere ihn nicht ganz gewollt? Warum hat er ihm nicht genügt? Was hat ihn mit der Frau verbunden. Nachdem er ihn gefunden hatte, hätte sein Bruder sich trennen müssen. Pierre hätte es getan, denkt er.

Menschliche Abgründe kennt er. Kann ein Mensch dem Leiden entrinnen? Er ist nie gläubig gewesen. Er fühlt die Angst jede Nacht. Am Wasser fühlt er sich frei. Das ist nur eine kurze Zeit, bis der Verdacht aufkeimt, dann ist es vorbei. Es gibt kein richtiges Leben im Falschen. Das Bewusstsein ist in sein Leben zurückgekehrt. Eine Zeitlang hatte er sich fallen gelassen. Er hatte nicht weitergedacht. Er hatte gelebt, an der Seite dessen, den er solange hatte entbehren müssen, zu dem es ihn immer hingezogen hatte.

Ein kurzes Glück.

Das Buch über diese Begegnung hält ihm am Leben. Wenn es unter seinem Namen erscheint, ist das die Genugtuung, die er empfinden kann.

Dort, wo Pierre die Schilderungen seines Zwillings mit dessen Frau aus dem Text eliminiert hat, sind Felix Zweifel gekommen. Er spürt als Kenner und Vielleser, dass etwas fehlt.

Der Text bleibt gut, die Löcher sind unübersehbar. Felix' Aufgabe ist es, durch sein Lektorat vergessen zu machen, dass etwas fehlt. Pierres Schuldgefühle setzen genau hier ein. Es war zu diesem mühsamen Arbeitskampf gekommen.

Felix hat Johannes angerufen.

»Lass uns beim Inder essen. Ich bin völlig k.o. Du kochst morgen. Ich will heute nicht kochen.«

Johannes ist unterwegs. Er hat in der Akademie Vorbereitungen getroffen. Mit der Technik hat er seine Probleme. Die erste Vorlesung am Mittwoch will er mit dem vollständigen Einsatz seiner PC und Beamer Technik präsentieren. Das kostet Zeit. Er ärgert sich, dass er sich schwer damit tut, jedes Mal. Es gibt wenig Lerneffekte. Er sträubt sich. Es ist unbewusste Abwehr. Es gehört zu ihm. Er kommt mit der Technik nicht zurecht. Das ist so, in seinem Leben.

Als Kind hatte er im Keller sein Fahrrad repariert, schweißgebadet. Er hatte es nie wirklich gekonnt. Später hatte er es nicht mehr versucht. Andere hatten es für ihn getan. Er ist unpraktisch. Er weiß, er ist ein technischer Ignorant. In der letzten Zeit hat es neue Versuche gegeben, erfolgreich war er nicht. Selbst einfache Vorgänge am PC muss er rekapitulieren. Selbst dann ist es nicht sicher, dass es klappt.

Es ist ihm Recht, dass sie Essen gehen. Der Inder hätte es nicht sein müssen. Felix will es. Johannes hat nichts dagegen.

»Ich fahre nicht nach Hause. Ich komme direkt dort hin.«

Felix ist einverstanden, es entspricht seinem Zeitplan. Spätes Essen gefällt ihm nicht. Manchmal lässt es sich nicht vermeiden.

Felix ist hungrig. Er sitzt an einem Tisch im Restaurant, Randlage. Es muss voll sein, sonst geht Felix nicht ins Restaurant. Er liebt es, wenn alle Tische besetzt sind. Er schaut. Wenn es leer ist, fühlt er sich nicht wohl. Sie haben Zeit damit verbracht, zu ungewohnten Essenszeiten in fremden Ländern ein bevölkertes Lokal zu finden. Streit darüber gibt es. Johannes lenkte ein. Es ist ihm nicht wichtig.

Leila findet Felix zickig, wenn sie davon hört. Sie ist nicht seine Freundin. Seit sie Georg liebt, kann sie umgehen mit ihm. Ihr Herzklopfen war verschwunden, darüber ist sie froh.

»Hast du schon was ausgesucht?«

Felix nimmt oft das gleiche Gericht.

»Ich nehme das Curry mit Tofu und Rotwein, den brauch‘ ich besonders. Trinkst du ein Glas mit?« Johannes bejaht. Ein Glas möchte er. Er weiß, dass sich Felix besser fühlt, wenn er mit trinkt.

Johannes wählt Hähnchen mit Erdnüssen und Gemüse.

»Wie war es bei Kaiser?«

»Er war taktlos, das Übliche.«

»Wieso?«

»Er hat die Krebserkrankung des Zwillings unter dem Aspekt der Buchveröffentlichung gesehen. Er bedauert, dass der Bruder nicht bei der Werbekampagne dabei sein kann. Knallhart hat er auf das Geschäft angespielt. Pierre ging gelassen damit um. Mit dem Bruder ist etwas faul. Ich weiß es.«

Felix überlegt, ob jetzt die beste Gelegenheit ist, die Idee mit Marseille anzusprechen. Er möchte Marseille kennenlernen. Er will das Geheimnis lüften.

»Was hältst du davon, wenn wir zusammen für ein Wochenende nach Marseille fahren? Wir können uns die Stadt anschauen. Wir können in die Bar gehen, in der es zum Wiedertreffen der Zwillinge gekommen ist.«

Felix lächelt sein bezauberndes Lächeln, vor dem Johannes auf die Knie geht.

»Ich könnte herausbekommen, was mit dem Zwilling los ist.«

Felix ist nicht müde. Er triumphiert. Er schaut Johannes in die Augen. Er erobert ihn neu. Diese kompromisslose Ausstrahlung hat kein anderer Mann in Johannes' Leben.

Johannes will nach Marseille. Johannes will mit Felix ans Meer. Ob er in die Bar der Zwillinge will, weiß er nicht, aus Neugier vielleicht.

Johannes sagt: »Zusammen können wir fliegen. Ich kann dich beschützen, wenn es Schwierigkeiten geben sollte.«

Felix lacht laut in den Abend hinein, das versteht er. Er kann Freude zeigen. Direkt und gerade heraus. Viele Gründe an einem Abend, warum Johannes Felix liebt. Felix kennt seine Wirkung. Er weiß, was er will. »Berechnend ist er nicht«, denkt Johannes.

»Dann müssen wir einen Termin finden, an dem es uns passt. Ich schau nachher und guck nach Flügen.« Das Essen ist ein Genuss, mit diesem Plan im Kopf. Mit der Aussicht, endlich zu wissen, was los ist. Felix will das, er weiß nicht wozu. Über die Konsequenzen macht er sich keine Gedanken. Soll er Pierre davon erzählen? Soll es überhaupt jemand wissen? Was, wenn sie Pierre in Marseille über den Weg laufen? Das ist unwahrscheinlich. Marseille ist eine große, unüberschaubare Stadt. Denkbar wäre es. Er möchte Pierre zu Hause besuchen. Er muss es wissen. Soll er ihn überrumpeln, ihn anrufen, wenn sie da sind, so ganz überraschend?

›Wir sind zufällig in Marseille. Wir wollten Sie besuchen‹.

Vorbeigehen und klingeln, das geht Felix durch den Kopf. Das Curry schmeckt gut. Johannes schaut ihm zu. Er hat so viel Freude an dessen Begeisterung. Eine Fähigkeit, die ihm nicht fremd ist.

Max und Susanne haben die erste Stunde offene Blicke getauscht, immer wieder. Die Zeit der heimlichen Berührungen ihrer Gesichter von Ferne ist vorbei. Sie tun es offen, bei jeder Gelegenheit. Sie verwöhnen sich, für alle sichtbar. Es ist der Stolz ihrer jungen Verliebtheit.

Manche Lehrer stört es. Sie machen Bemerkungen, sie reagieren verärgert, sie übersehen es, sie nehmen Anteil. Einzelne freuen sich zustimmend. Andere empfinden ihre eigene Einsamkeit.

»Junge Menschen, die sich begehren, sind eine Hoffnung«, denkt Waldi.

Das Leben hört nicht auf. Glück findet statt. Es gibt Vertrauen und Nähe.

Waldi mag den Begriff Unschuld nicht. Er würde es gern mit dem Blühen in der Natur vergleichen.

Die Entdeckung der Schönheit des Anderen, der Einmaligkeit eines menschlichen Gesichts, eines anderen Körpers. Die Fähigkeit, Freude zu teilen. Es gibt einen Aufbruch, ins Unbekannte, ins sinnlich erotische Gegenüber. Die Augen sprechen. Es ist eine Reise ins Offene, in die Welt des Anderen.

Die erste große Pause nutzt Max für seine zurückgehaltene Botschaft. Er ist aufgeregt. Er ist nervös. Susanne kann er es erzählen. Er muss es ihr erzählen. Mama ist einverstanden.

Susanne spürt, dass Max etwas loswerden will. Sie ist nicht neugierig, wissen will sie alles von Max. Sie hat seine Ungeduld gespürt, bei der ersten Begrüßung am Morgen. Es ist halb zehn. Max sprudelt es heraus: »Ich muss dir was Wichtiges erzählen. Du musst es für dich behalten. Versprichst du mir das?«

»Ich weiß nicht, was es ist. Klar, ich verspreche es dir. Denkst du, ich erzähle herum, was du mir anvertraust.«

Max hat kein Misstrauen. Nötig ist es nicht, das weiß er.

»Es ist sehr persönlich. Weißt du, meine Mutter denkt, Waldi hat Interesse an ihr.«

Max formuliert untertrieben. Der Subtext ist anders. Susanne ist erstaunt. Damit hätte sie nicht gerechnet. Ihre Gedanken gingen in eine ganz andere Richtung. Ihre Augen drücken das aus.

»Wieso? Und sie?«

Susanne überlegt. Sie möchte verstehen. Sie sucht Zusammenhänge.

»Er hat sie beim letzten Elternabend angestarrt.« Max übertreibt. »Sie findet ihn sympathisch. Sie will einen Freund. Sie sieht, wie glücklich wir sind. Das will sie auch sein.«

Susanne findet das logisch. Sie hat kapiert.

»Wir sollen …?«

Susanne spricht es nicht aus. Es ist ein beredtes Schweigen.

»Hast du eine Idee?«

»Sie müssten sich zufällig treffen.«

Es ist eine kleine Verschwörung. Susanne nimmt es ernst. Sie mag die Mutter von Max. Sie möchte hilfreich sein. Sie will, dass Petra sich wohl fühlt, wie sie mit Max.

»Weißt du, in welche Cafés er geht?«

»Ich hab' ihn noch nirgends getroffen. Wir müssen 'rauskriegen, wo er wohnt. Das macht es leichter.«

»Sollen wir ihn fragen?«

»Wir brauchen einen Grund.«

»Das Sekretariat gibt keine Adressen von Lehrern 'raus. Das weiß ich.« Susanne überlegt. »Er ist mit dem Fahrrad unterwegs. Wir könnten ihm unauffällig folgen.«

Max findet das gut. Er hat einen Einwand.

»Wenn er nicht nach Hause fährt?«

»Dann machen wir es nochmal.«

Die Spannung wächst. Die Pause ist zu Ende. Sie müssen 'rein. Max ist unkonzentriert. Das Schicksal seiner Mutter beschäftigt ihn. Susanne malt sich aus, wie es wäre, wenn es klappt. Sie denkt voraus. Sie weiß, dass es Konflikte geben kann. Sie will es, wegen Max.

Petra hat Zweifel. Hat sie sich zu weit vorgewagt? Max und Susanne sind sehr jung. Was haben die mit ihrer Sehnsucht zu tun? Warum legt sie ihr Verlangen in deren Hände? Das Bild der schlechten Mutter ist gegenwärtig. Sie muss Johannes anrufen. Er ist unkonventionell, er weiß Rat. Er ist der einzige Erwachsene, dem sie davon erzählen kann. Wird er sie lächerlich finden? Macht sie sich lächerlich? Petra hat keine Wahl. Johannes ist da, wenn sie ihn braucht. Seine Freundschaft ist wertvoll. Sie vertraut seinem Rat. Kann sie ihn damit belasten? Es ist Semesterbeginn. Sie wird es tun, das weiß sie. Ihre Gedanken verzweigen sich.

Sie hat nicht gelebt, die vielen Jahre. Sie hat Max, sie hat ihre Arbeit. Das hat ihr Kraft gegeben, das hat sie ihre Trauer überwinden lassen.

Sie kannte verzweifelte Nächte, sie kannte Nächte eines einsamen Verlangens. Sie hat sich nach Nähe gesehnt, sie hatte Zärtlichkeit gewollt. Sie hatte funktioniert, sie hatte Aufgaben erfüllt. Das Glück hatte sie vergeblich gesucht. Sie hatte für Max gelebt. Max war ein Kind. Sie war Gefahr gelaufen, ihn mit ihrer Liebe zu erdrücken. Wo hätte sie hin gesollt, mit ihrem unerfüllten Begehren?

Albert hatte ihr nie gegeben, was sie brauchte, er hatte sie ausbeuterisch benutzt. Die Stärke, sich zu lösen, hatte sie nicht, lange Zeit. Petra hat die Initiative ergriffen.

Was ist falsch daran, dass sie sich Verbündete sucht? Den, der ihr am nächsten ist. Sie dreht sich im Kreis. In ihrem Kopf ist Aufregung. Sie könnte den Kopf gegen das Fenster schlagen, es würde nichts nützen. Ihre Zweifel wird sie nicht los.

Sie ruft Johannes an. Er ist nicht zu Hause. Es ist früher Nachmittag. Wo mag er sein? Sie benutzt die Handy Nummer. Johannes ist nicht dran. Sie wartet. Das Handy bedient er immer. Sie hat Glück.

»Ja.«

»Petra hier. Wo erwisch' ich dich?«

»Ich bin gerade beim Einkaufen. Heute Abend kommt dieser Pierre. Ich koche, Felix zuliebe.«

»Ich wollte dich treffen, es ist wichtig.«

»Es tut mir leid, es geht erst Donnerstag. Morgen bin ich den ganzen Tag in der Akademie.«

Petra ist enttäuscht. Johannes hört es an ihrer Stimme. Er kann es nicht ändern. Früher hätte er es möglich gemacht. Felix ist ihm wichtiger. Wenn er den Mittwoch tagsüber in der Uni ist, braucht er den Abend für Felix. Er will ihn nicht verplanen. Es ist Buchmesse. Vielleicht ist Felix beschäftigt. Nein. Er riskiert es nicht. Schweigen.

Petra sagt. »Gut, dann Donnerstag. Wollen wir uns nach Dienstschluss treffen? So um halb sechs?«

Johannes überlegt. Das müsste gehen. Er hat keinen wichtigen Termin. Das wüsste er.

Er sagt: »Lass uns um halb Sechs in der Stadt treffen. Gehen wir ins ›Kiki‹?«

»Ich versuche pünktlich zu sein.«

Petra ist erleichtert. Es ist nicht gleich, es ist in zwei Tagen. Bis dahin wird nichts passieren. Nichts, was sie vor unlösbare Probleme stellt. Johannes spürt, dass Petra in Not ist. Sie hört sich nach dem an, was er vermutet. Es muss um Männer gehen, einen bestimmten. Johannes kennt Petra. Er deutet ihren Tonfall, er kennt ihre momentane Situation. Während er Schlimmes vermutet, sucht er Gemüse aus. Fisch muss es nicht sein. Das hieße Eulen nach Athen tragen. Fleisch will er machen, Geschnetzeltes. Das ist besser zu koordinieren. Rind muss es sein. Johannes lässt es klein schneiden. Er packt den Wagen voll. Hat er alles bedacht? Erst wollte er französischen Rotwein nehmen, er entscheidet sich für Italien. Es wird Ratatouille werden. Ein Hauch von Frankreich. Johannes mischt gern Gemüse. Er will den Wok benutzen.

Warum hat es Petra so schwer? Was macht sie falsch? Johannes denkt, dass sie viel falsch gemacht hat. Er blickt auf Erfahrungen zurück. Seine Gedanken wechseln die Seiten.

Heute lernt er Pierre kennen. Einen Schriftsteller im fortgeschrittenen Alter. Was Felix erzählt hat, ein schwieriger Mensch. Das Manuskript hat er gelesen, teilweise, manchmal überblätternd, oft innehaltend. Spannend ist es.

Johannes hatte erst kürzlich schwule Literatur entdeckt. Pierres Roman ist nicht eindeutig dieser Kategorie zuzurechnen. Um eine schwule Beziehung geht es. Es geht um eine verlorene Kindheit der Zwillinge, das Wiedertreffen nach langer Zeit. Die Schwierigkeiten, sich nach fünfzig Jahren wieder in das Gemeinsame zu finden, sich zu lieben, zu nähern, sich im Anderen wieder zu erkennen, sich abzugrenzen als eigene Person. Johannes hat das Gefühl, der Roman ist gut. Etwas fehlt, es gibt Leerstellen. Johannes ist gespannt, wie Felix' Lektorat aussehen wird. Felix muss diesen Eindruck beseitigen, das ist seine Profession. Johannes verlässt das Geschäft. Er denkt an Pierre. Wie wird er auf ihn reagieren? Das Buch ist ein Spiegel der Seele. Er kennt Felix' Meinung.

»Das Buch ist nicht von Pierre«, sagt Felix.

Johannes überlegt. Wird er derselben Meinung sein, nach dem Treffen? Er traut sich zu, danach seine Meinung zu äußern. Er kennt Autoren und deren Bücher. Er spürt eine Spannung. Felix hatte andere Erwartungen an Pierre. Er war begeistert gewesen, nachdem er das Buch gelesen hatte.

Als er Pierre kennengelernt hat, hat er seine Meinung geändert. Die Enttäuschung trägt er mit sich herum. Johannes denkt an die Reise nach Marseille. Er fürchtet, dass es in einer Katastrophe endet. Er kennt Felix. Er weiß, der würde seinen Verstand behalten. Das beruhigt ihn. Johannes war vor Jahrzehnten in Marseille gewesen. Er erinnert sich, dort seine erste Auster geschlürft zu haben, auf einem Fischmarkt am Hafen. Geschmeckt hatte sie ihm nicht. Danach hat er nie wieder Austern gegessen. Er war mit einem Schiff ins Meer gefahren. Der Blick zurück hatte ihm gefallen. Daran erinnert er sich.

Es war ein Sommerabend gewesen. Er war nicht allein. Der Andere hatte ihn von hinten umfasst. Sie hatten zurückgeschaut auf den Hafen, auf die Stadt. Johannes hatte lange an diese Tage gedacht. Luc war ein schöner Mann. Liebenswert und charmant, mit Katzenaugen, einem Katzengang. Seine Stimme war weich. Sehr friedfertig im Tonfall. Die Begegnung war flüchtig,

Johannes war auf Reise gewesen. Es war mehr als eine Reisebekanntschaft. Sie hatten sich geschrieben. Sie hatten telefoniert. Die Entfernung war groß. Es hatte nichts daraus entstehen können. Luc liebte das Meer, er hatte sich wohl gefühlt im Süden. Johannes hatte Marseille gemocht, leben hätte er nicht dort gewollt.

Es war eine ›Liaison Amoureuse‹ gewesen, eine Liebe war es nicht geworden.

Hat er nichts vergessen? Johannes geht im Kopf seine Kochkünste durch. Was braucht er wozu? Am Schluss wird er improvisieren wie immer. Er sollte es ausprobieren nach Kochbuch zu kochen, er sollte Neues kennenlernen. Es klappt nie. Er hatte diese Vorsätze. Er hatte ausprobiert, in der Situation, intuitiv. Die Kochbücher stehen sichtbar herum. Felix hat einen Blick dafür. Johannes benutzt sie nicht, Felix ja.

Pierre ist ein Gast, er kommt aus Frankreich. Übertreiben will Johannes die Gastfreundschaft nicht. Pierre umgibt etwas Unheimliches, etwas Unaufgeklärtes. Johannes kann sich nicht entziehen, Felix hat viel erzählt. Wenn Felix nach dem Treffen mit Pierre spät abends nach Hause kommt, erfüllt der die Gespräche, er schleicht sich ein. Johannes bleibt geduldig, er weiß, dass Felix reden muss. Jetzt soll Pierre ein Gesicht bekommen, er wird lebendig im Raum sein. Johannes hat gemischte Gefühle. Pierre ist ihr Gast. Er ist ein kommender Bestsellerautor. Er ist Felix‘ Entdeckung. Er bleibt ein undurchschaubarer Eindringling.

Johannes ist bereit, seine Vorurteile zu überprüfen. Ein Unbehagen bei der Vorbereitung beschleicht ihn. Eine leichte Unsicherheit des Verhaltens. Das kennt Johannes nicht. Sie haben oft Gäste, nahe und ferne, Fremde und Freunde.

Pierre kommt als Sonderling. Wird Johannes anders denken, wenn er wieder geht?

Felix ist am Stand auf der Messe. Die Gespräche sind zahlreich. Die Kollegen räumen Bücher. Unwichtig ist es für keinen, wo die Bücher stehen. Sie alle leben mit ihnen und von ihnen. Was verschieden ist, sind die Einschätzungen. Die Bedeutung der Autoren ist subjektiv. Jeder hat seine Vorurteile. Sie sind lange eingeübt, eingespielt sind sie. Jeder kennt jeden in seinem Buchgeschmack. Den Teil, den einer preisgibt. Bei der Bewertung von Comics erzielt man die größte Einmütigkeit. Die neue Literatur ist am stärksten umstritten. Pierre hat für Aufsehen gesorgt. Sein Text ist ungewöhnlich. Er rührt an Vorurteile. Er konfrontiert mit Verdrängungen. Jeder kann ihn anders lesen. Die Geister scheiden sich.

Nicht wenige erhoffen sich Spielraum für ungefragte Autoren, die Perlen im Literaturbetrieb.

Die, die kein öffentliches Aufsehen erregen. Der Verlag macht sie aus Prestigegründen. Die Lektoren sind Verliebte dieser Autoren. Sie verkaufen sich schlecht, sie erhalten Verrisse, sie werden gelobt.

Mit Kaiser müssen sie darum kämpfen. Er braucht diese Autoren. Er ist skeptisch, er hadert, er zaudert. Er hat seine Lektoren. Die haben das Kämpfen gelernt. Wer einige Jahre überlebt, hat es 'raus. Es ist ein Sport, er ist emotional. Er zeigt die unterschiedlichsten Formen der Liebe. So stehen sich Bestseller und Liebhaberstücke unversöhnlich gegenüber. Sie sind die Balance. Ein guter Verlag braucht beides.

Die Kunst liegt in der Verkaufsstrategie. Dass die einen keine Ladenhüter werden und die anderen nicht den Ruf schädigen. Leben muss jeder Verlag. Leben heißt verkaufen. Dieses Prinzip hat Felix schnell begriffen. Dr. Kaiser schätzt ihn hoch. Selten ist gute Literatur bestsellerverdächtig. Felix spürt, dass das Buch von Pierre ein solcher Glücksfall werden könnte. Deshalb hofiert Felix Pierre, deshalb hat er ihn zum Essen eingeladen, deshalb muss Johannes kochen. Ist Felix berechnend? Er weiß, was er will. Rücksicht nimmt er nicht. Für seinen Erfolg würde er Johannes opfern. Seine Pläne sind auf das Konstrukt seines Lebens bezogen. Andere haben eine Funktion. Wenn etwas nicht passt, wird es ersetzt.

Johannes weiß das. Er hat Angst davor. Er möchte, dass Felix sich verändert. Er arbeitet heimlich daran. Er kennt Felix' Schwächen. Sie brauchen sich gegenseitig. Wenn Felix diese Liebe nicht mehr brauchen sollte, wird er Johannes verlassen. Es klingt nicht glaubwürdig. Johannes hofft, dass dieser Fall nie eintritt.

Johannes ist Gefühl, das macht ihn angreifbar, das macht ihn schwach. Diese Schwäche könnte Felix ausnutzen. Johannes glaubt nicht daran. Er vertraut Felix. Aus welchem vernünftigen Grund, weiß er nicht.

Felix bekommt einen Anruf. Pierre ist am Apparat. Er fragt nach der Adresse. Wann soll er kommen? Felix sagt: »Wie geht es Ihnen? Haben Sie ›Frankfurt by night‹ erkundet? Wir erwarten Sie um acht.«

Felix nennt die Adresse. Pierre notiert sie. Der Verlag, wo er schläft, ist nicht weit entfernt.

»Ich war unterwegs, ich habe getrunken. Aufregend war es nicht. Ich freue mich, Ihren Freund kennenzulernen.«

»Johannes kocht für uns. Er wird Ihnen gefallen. Jung ist er nicht, dafür einnehmend. Wir freuen uns auf Sie. Bis später, Pierre.«

Pierre hat den Morgen verschlafen. Die Nacht ist lang gewesen. Er hatte nicht schlafen können. Er war spät in die Nacht gegangen, neugierig, von Bar zu Bar. Die Männer waren anders als in Marseille. Es war anonym. Er kannte niemanden. Er war nicht beachtet worden. Er hatte herumgestanden in den Bars. Er hatte sich an den Wänden entlang gedrückt. Er hatte das Bier in der Hand. Alle rauchten, alle glotzten sich an, nicht interessiert, abschätzend, ein gieriger Blick, abschätzig. Pierre hatte sich übergangen gefühlt. Die Blicke ließen ihn aus. Er hatte das Gefühl, in einer Blicklücke zu stehen. Die Blicke trafen nie ihn.

In Marseille kennt er viele, sie grüßen, sie nicken sich zu. Hier ist er neu. Zu alt, um Frischfleisch zu sein. Das Ergebnis war deprimierend gewesen. Ihm fehlt die Ausstrahlung, um sich anbieten zu können.

Er fällt durch das Raster. Er passt nicht ins Bild. Alle suchen nach Bilderbuch-Männern. Das Ergebnis war ernüchternd gewesen. Eine Wanderbewegung hatte es gegeben, nach unten, in den Darkroom. Sollte Pierre es dort versuchen? Er hatte nichts sehen können. Es war Nacht. Als sich die Augen daran gewöhnt hatten, gab es Schemen. Die Spannung hatte ihn ergriffen. Er atmete schwer. Er war rastlos. Der Geruch von Schweiß und Sperma hatte ihm ins Gesicht geschlagen. Er hielt es nicht aus. Als er wieder oben war, hatte er nichts mehr sehen können. Das Licht blendete ihn. Er wich aus, mit den Augen, er hatte Männern ins Gesicht geschaut, jungen Männern, zwischen zwanzig und dreißig. Sie hatten seine Blicke nicht erwidert. Er hatte sich ins Freie zurückgezogen. Die Orte ähnelten sich, die Rituale, die Männer.

In einem Lokal hatte er Frauen getroffen.

Er hatte gedacht: »Es sind keine Lesben.«

Eine ältere Frau, umringt von jungen Männern, hatte gute Laune verbreitet. Für Pierre war sie schrill. Er hatte auch hier Reißaus genommen. Als er die Tür von außen schloss, hatte er gedacht, hier hätte er bleiben sollen. Es war spät gewesen, er konnte nicht wieder hineingehen. Er hatte sich geschämt. Es war besser so. Die Frau hatte ihm gefallen, sie war mütterlich, sie strahlte Wärme aus, sie war frivol, frech. Das hatten die Jungen gemocht. Sie hatten sich um sie geschart.

Als Pierre zum Verlag zurückgelaufen war, hatte er gewusst, dass er allein bleiben würde. Die Hoffnung, mit dem Bruder ein gemeinsames Leben zu haben, war zerschlagen. Eine neue Hoffnung keimte nicht auf. Er war zur falschen Zeit am falschen Ort. Der falsche Mann in einer falschen Welt. Das Leben hatte sich grundlegend verändert.

Der Unterricht ist zäh. Warum ist Unterricht nicht lebendig? Susanne ist interessiert. Sie möchte Neues erfahren. Sie möchte wissen, was die Menschen umgetrieben hat, vor ihrer Zeit, weit zurückliegend. Sie erfährt es nicht. Sie kann es sich nicht vorstellen. Die Sätze, die sie liest, bleiben dürre Informationen. Die Worte, die sie hört, klingen allgemein, hölzern. Eine Vorstellung stellt sich nicht ein.

Da steht einer. Er kann nicht erzählen. Er ist jung. Er zählt Fakten auf. Erstellt Zusammenhänge. Es fallen Namen. Verlautbarungen werden gemacht. Im Buch stehen Reden. Bilder gibt es, heroische Posen, bekannte Gesichter. Von der Kraft und dem Veränderungswillen, von den Menschen in der Französischen Revolution erfährt Susanne nichts. Sie hatte Erwartungen. Diese Zeit beschäftigt sie seit langem.

Gutnan begeistert sie nicht. Sein Tonfall, seine Art zu reagieren, vermittelt Wissen ohne Begeisterung. Es ist nicht spannend.

»Die Zeit war spannend«, denkt Susanne.

Es ist nicht erschütternd. Die Zeit hat die Menschen erschüttern lassen. Susanne will das nachempfinden. Das Gegenüber versagt. Studienrat Gutnan dringt nicht zu ihr vor. Die Mitschüler von Susanne stieren Löcher in die Luft. Die Beschäftigungen der Mädchen reichen von Fingernägel-Kosmetik bis hin zu Haarkunst Überlegungen. Max denkt an Waldis Gewohnheiten.

Susanne hat den Faden verloren. Sie stellt sich Robespierre vor. Sie mag ihn nicht. Danton gefällt ihr besser. Der war kein Held gewesen. Präsent sind sie nicht. Susanne bemüht ihre Fantasie. Sie erinnert sich an Büchners Stück ›Dantons Tod‹. Sie hat es im Theater gesehen. Es hat ihr gefallen. Die Ideen und Charaktere des Stückes haben sie überzeugt.

Was hätte sie in der Zeit getan? Auf welcher Seite hätte sie gestanden? Susanne schaut ‘rüber zu Max. Wäre Max Anhänger Dantons gewesen? Sie weiß, Robespierre hätte er nicht gemocht.

Max hat ihren Blick erwidert. Er ist nie so zufrieden. Er ist Max im Glück. Er fragt sich, was das ist, das ihn froh macht. Dieses Bauchgefühl, diese Sehnsucht, diese seltsame Leichtigkeit.

Es gibt Gründe. Man kennt sie. Man kann es nicht sagen, es ist da, dieses Gefühl, diese Empfindung. Sie überwältigt. Sie ist nicht von dieser Welt, sie ist real.

Max hört zu. Er will Susanne beeindrucken. Sie mag intelligente Menschen. Max möchte dazugehören. Er will wissen. Er will die Chance nicht vertun. Es fällt schwer, bei diesen Gefühlen, bei dem, was sie planen.

Er gibt sich einen Ruck, er meldet sich.

»Was will Robespierre erreichen? Ist seine Brutalität nicht eine neue Alleinherrschaft?«

Gutnan lässt die Frage im Raum. Sie bewegt sich, sie schlägt sich nieder, sie erreicht Einzelne.

Betty meldet sich.

»Robespierre denkt, er kann die Gleichheit nur mit Gewalt durchsetzen. Sonst ändert sich nichts. Die Reichen verändern sich nicht freiwillig.«

Gutnan greift ein:

»Heiligt der Zweck die Mittel?«

Es entbrennt eine Diskussion. Max ist stolz, er hat sie in Gang gesetzt. Susanne beteiligt sich, sie mag die Offenheit von Max. Aus dem Chaos wird eine Stunde geboren.

Ein Stern für Max. Susanne möchte ihn Max anheften. Er ist ihr Held. Dabei hat sie Helden immer verabscheut. Wie schnell Geschichte etwas verändern kann.

Max und Susanne stehen auf dem Hof. Sie wollen heute Waldemar folgen, unauffällig, mit den Fahrrädern. Sie sind aufgeregt. Wird es klappen? Sie wissen, dass Waldi nach der sechsten Stunde frei hat. Er ist mit dem Rad gekommen. Das haben sie bereits gecheckt. Es gilt, sich nach der sechsten Stunde mit den Rädern in Position zu bringen, dann mit genügend Abstand hinterher zu fahren.

Max küsst Susanne. Er ist froh, dass er eine Diskussion in Gang gesetzt hat. Susanne hat ihm gratuliert, auf ihre Weise. Sie hat ihn umarmt und gedrückt. Max musste sie küssen. Die folgenden Stunden müssen überstanden werden. Es gibt ein Ziel. Susanne und Max sind Detektive. Sie wollen vorsichtig sein. Sie dürfen sich nicht verraten. Die Sache ist wichtig. Petras und Waldemars Begegnung steht auf dem Spiel. Es geht um nichts Geringeres als um die Möglichkeit der Liebe. Sie müssen Ruhe bewahren. Sie müssen die Nerven behalten. Das Wichtigste ist Geduld, warten, folgen.

Waldemar hat es nicht eilig. Er räumt seine Bücher ins Fach. Er führt ein Gespräch mit Jolande. Sie möchte ihn überzeugen. Eine Freundin von ihr spielt in einer freien Theatergruppe. Das sollen sich alle anschauen. Waldemar fühlt sich genötigt. Er hat kein Interesse. Er will nicht als Platzfüller missbraucht werden. Das Stück kennt er nicht. Er hält es für eine esoterische Extravaganz. Sagen kann er das nicht. Jolande wäre ihm ewig böse. Er schweigt.

Er sagt: »Versprechen kann ich es nicht. Du weißt, die Korrekturen fressen mich auf.«

Er weiß, er wird nicht hingehen. Die Wahrheit kann er nicht sagen.

»Ein Kollegium ist schwieriger als eine Beziehung«, denkt Waldi.

Er denkt an Petra. Wie lange? Seine unerfüllte Sehnsucht.

Er denkt: »Ich habe eine Sehnsucht. Es ist ein Anfang.«

Während er zu seinem Fahrrad läuft, liegen Max und Susanne auf der Lauer. Sie haben sich hinter den Mülltonnen versteckt. Sie beobachten jede Bewegung von Waldi. Der sitzt auf dem Fahrrad, nichtsahnend. Er radelt los. In großem Abstand folgen Max und Susanne. Waldemar nimmt den Weg nach Süden. Es ist nicht leicht, ihm auf den Fersen zu bleiben. Sie dürfen nicht gesehen werden. Waldemar fährt gelassen Fahrrad. Er schaut sich um. Er genießt die Freiheit vom Unterricht. Max hat das Gefühl, dass es endlos dauert. Er ist schnelles Fahren gewöhnt. Manchmal machen Susanne und Max eine Pause. Sie nützen die Langsamkeit Waldis. Sie küssen sich schnell, viel zu schnell. Sie müssen aufmerksam bleiben. Sie könnten ihn aus den Augen verlieren. Waldi hält bei einem Supermarkt. Umständlich sucht er einen geeigneten Platz für sein Rad. Er verschwindet im Laden.

Susanne und Max kommt die Zeit endlos vor. Sie lachen. Was macht der so lange? Kauft der den Laden auf?

Max streichelt Susanne. Er fährt ihr durchs Haar. Sie hat seidiges Haar, es fasst sich gut an. Als Susanne sein Haar gegen den Strich streichelt, prickelt es auf seiner Haut. Er liebt dieses Gefühl. Das könnte sie öfter tun. So macht das Warten Spaß. Endlich erscheint Waldemar. Die Einkaufstüte entspricht nicht der Länge der Wartezeit. Max rätselt. Susanne kann es nicht glauben. Auf die Uhr haben sie nicht geschaut.

Waldemar fährt über die Brücke, das südliche Ufer entlang. Die Tasche hängt am Lenker. Waldi schwankt auf dem Fahrrad. Schwer muss sie sein. Was hat er eingekauft? Er ist eine Person. Lebt er nicht allein?

Waldi bremst. Ein Café mit Außentischen. Da setzt er sich hin. Es ist kühl. Es ist sonnig. Susanne gefällt das Café. Sie beratschlagen, was sie tun sollen. Ist das Waldis Stammcafé? Gibt es hier die Möglichkeit eines zufälligen Treffens? Länger zu warten lohnt sich nicht.

Sie kennen das Viertel. Sie kennen sein Café. Es ist ein Anfang.

Waldemar hat nichts bemerkt. Er ist in Gedanken. Er kommt nicht weiter. Er findet sein Leben interessant. Er ist zufrieden mit seiner Arbeit. Es fehlt etwas. Es fehlt der Mensch, der auf ihn wartet, auf den er warten kann. Es fehlt Petra. Ist er feige? Ist er konventionell geworden. Warum erklärt er sich nicht? Er kann es nicht leugnen. Die Dinge laufen nicht wie er will. Es hängt von zu vielen Unbekannten ab. Die Wirklichkeit ist komplizierter als die Fantasie. Waldemar kennt sich aus, in tragischen Konstellationen, in der Literatur, bei den Griechen. Seine eigene Situation begreift er als absurd. Wüsste er, was er nicht weiß, wäre absurdes Theater eine Lächerlichkeit gegen die Realität.

Waldemar trinkt einen Eiskaffee. Die kalte Süße erfrischt ihn. Warum soll er kein kaltes Getränk probieren? Er ist nicht empfindlich gegen die Kälte. Er genießt die Ruhe. Er lässt sich fallen, in den korrekturfreien Nachmittag.

Max ist stolz. Ein erster Erfolg. Susanne ist eine gute Komplizin. Es war nicht langweilig, es hatte Spannung. Die durchgeküssten Pausen möchte er nicht missen, sie waren eine Köstlichkeit.

Susanne sagt »Wie schaffen wir Petra in dieses Café?«

Max überlegt.

»Sie arbeitet. Im Moment geht das nicht. Wir müssen 'rauskriegen, ob er oft dort ist. Für Petra wird das nicht einfach.«

»Waldemar braucht nur zu warten, der hat es einfach.«

Susanne stellt sich die Situation vor.

Max denkt weiter. Will er, dass es klappt? Er ist gespalten. Es würde schwierig werden.

So ist es schwierig, weil Petra frustriert ist. Einen Versuch ist es wert. Er fühlt sich stark. Er hat Susanne. Sie vertrauen sich. Der Wille vermag Berge zu versetzen. Die Frage heißt: wie bringt man Petra zu Waldemar, zur gleichen Zeit, an den gleichen Ort? In der Fantasie geht das leicht, in der Realität ist Logistik gefordert. Die Begegnung muss stattfinden, in diesem Café.

Johannes ist zu Hause. Er ordnet die Dinge, die er braucht. Er bereitet das Essen vor. Es ist ein komisches Gefühl, für jemanden zu kochen, den man nicht kennt, von dem man vermutet, dass er berühmt wird, der seit Wochen mit dem eigenen Freund zusammen arbeitet, der eine Aura des Mysteriösen um sich aufgebaut hat. Der verdächtigt wird, nicht der Autor zu sein, oder doch, der für Felix' Erfolg im Verlag ein Schlüssel ist. Ist das nicht zu viel verlangt? Johannes dramatisiert. Er ist sich der Schwere der Aufgabe bewusst. Er nimmt sie beherzt in Angriff. Er hat gelernt, sich Herausforderungen zu stellen.

Johannes macht das Radio an. Er liebt es Musik zu hören, als Hintergrund, beim Kochen. Er hat das Gefühl, nicht allein zu sein. Er bildet sich nicht ein, ein Kochkünstler zu sein. Die Ablenkung ist die Hauptsache. Das Kochen geht nebenbei. Kochshows im Fernsehen langweilen ihn. Er muss sich nicht selbst zuschauen, die Handgriffe kennt er.

Er erinnert sich an Beziehungen, in denen er bekocht wurde. Es hatte Männer gegeben, die ihn verwöhnten. Er hatte es geschätzt, es hatte sich gut angefühlt. Auf Dauer hält er es nicht aus. Er will den Part zu verwöhnen. Johannes weiß, dass er eine Rolle hat. Er spielt die Rolle. Er füllt sie aus.

Wenn er festgelegt wird auf eine Rolle, wehrt er sich.

An diesen Widerspruch stoßen viele. Johannes diskutiert darüber. Er hat Problembewusstsein. Veränderungen dauern. Schrittweise geht es voran. Nicht nur vorwärts, manchmal zurück. Das liegt in der Tücke des Objekts. ›Panta rei‹. Johannes erinnert sich an humanistische Weisheiten. Er zitiert sie. Eine Mischung aus Achtung und ironischer Distanz.

Im Radio laufen Hits der Achtziger. Diskutiert wird die Krise. Wer trägt die Schuld? Wer soll sie bezahlen? Mehr Staat oder mehr Freiheit? Wo endet die Freiheit des Profits, wo die Freiheit des Einzelnen? Wo und von wem wird Verantwortung getragen? Wie kann eine Zukunft aussehen? Johannes hat keine Ahnung von der Finanzwelt. Er hat sich nie darum gekümmert. Er ist ignorant dem Geld gegenüber, wie es arbeitet, wie es vermehrt wird. Er weigert sich, die Börsenkurse zu verfolgen.

Als Felix ihm aufzeigte, dass er hohe Verluste gemacht hatte, war es zu spät gewesen. Er war einen Moment bestürzt. Felix hatte ihn genötigt zu handeln. Er tat es. Mehr aus Loyalität Felix gegenüber als aus eigenem Antrieb. Dann vergaß er es wieder. Wichtig sind andere Dinge.

Johannes hat das Gemüse in kleine Würfel und Scheiben geschnitten. Das Ergebnis steht neben dem Herd, in kleinen Schälchen. Die Kartoffeln sind gewaschen. Er bereitet die Vorspeise und den Nachtisch vor. Stilvoll soll es sein, überladen nicht. Johannes hat sich immer am Rand bewegt, Mittelmäßigkeit hasst er. Übertriebenen Luxus braucht er nicht. Wohlleben mit einem Hauch Extravaganz und kleinen Verrücktheiten, das ist seine Passion. Bodenhaftung liebt er bei seinen Freunden. Er selbst verliert sie schnell, nicht immer freiwillig. Es ist die Folge seiner Begierde.

Das Kochen folgt den Grundsätzen der Fantasie. Johannes handelt spontan. Er entscheidet sich um, in wenigen Minuten. Das gab das Ganze. Es folgt einer Komposition. Es gibt die Teile. Sie können aus dem Ruder laufen. Er ist Stimmungen unterworfen. Wenn sie ihn erreichen, lässt er sich hineinfallen.

Er hat keine Scheu sich anzupassen. Dabei achtet er darauf, an wen.

Bei dem Essen heute Abend ist die Frage: Will er Felix beeindrucken? Welche Rolle wird Pierre bei der Vorstellung haben? Johannes stellt sich auf Überraschungen ein. Ist der Koch der Statist? Spielt er die Rolle des Freundes, des Partners? Er weiß, dass er Felix die Regie überlassen muss. Pierre ist Felix‘ Gast. Es ist dessen berufliches Risiko. Johannes kocht. Ob er einen weiteren Part zugesprochen bekommt, weiß er nicht. Er versteckt sich nicht, er muss nicht protzen.

Felix steht hinter ihm. Er bemerkt ihn im letzten Moment. Dieser umfasst ihn, als wolle er vor der Ankunft von Pierre noch vögeln. Versteht er das richtig? Johannes ist irritiert. Viel Zeit bleibt nicht. Ein kurzer Impuls. Sie küssen sich. Die Einsicht in die Notwendigkeit vereitelt, dass Johannes sich hingibt. Felix vertröstet ihn auf danach. Was soll diese Provokation von Sinnlichkeit? Es ist klar, dass Felix nicht den Kopf frei hat dafür. Johannes hätte es getan. Er ist ein Genussmensch. Er bereut nie, was er getan hat, wenn er es hatte tun wollen.

»Kommst du klar?«

Felix nimmt Anteil.

»Ich habe alles soweit vorbereitet. Wenn du willst, kannst du den Tisch decken. Ich weiß nicht, wie du es haben willst?«

»Ich will mich kurz duschen, dann decke ich.«

»Wie war es bei dir?«

»Ich bin kaum zum Durchatmen gekommen. Morgen geht es rund. Ich erzähle es später.«

Felix ist in der Dusche. Johannes hat Lust ihn zu verführen. Er verwirft den Gedanken. Er schickt sich in seine Rolle als Koch, endgültig.

Felix riecht frisch. Er hat sich schick gemacht. Er deckt den Tisch. Er nimmt das alte Geschirr aus dem Schrank. Er macht es geschmackvoll. Johannes hat die Kartoffeln auf den Herd gestellt. Es ist alles vorbereitet. Felix setzt sich zu Johannes auf die Couch. Er lehnt sich an Johannes' Schulter.

»Du glaubst nicht, was los ist. Es ist immer das Gleiche. Ich habe den Eindruck, dass Gelassenheit keine deutsche Tugend ist. Die Kollegen sind aggressiv und verkrampft. Sie spucken ihre Überlastung vor die Füße der Anderen, völlig unangemessen.«

»Ich denke, der Mensch braucht das. Von Zeit zu Zeit muss er gefordert werden, er muss seine Wichtigkeit unter Beweis stellen. Das tut er durch Überbelastung. Bei euch ist das die Buchmesse. Bei uns Semesteranfang und – ende. Es ist ein Spiel ohne Grenzen. Alle regen sich auf. Alle hassen es. In Wirklichkeit lieben sie es. Sie brauchen es, als Daseinsberechtigung, in ihrem Beruf.«

Johannes hat gut reden. Er hat einen krisenfesten Beruf. Felix ist überzeugt, dass die freie Wirtschaft gnadenlos ist. Beamte haben ein ruhiges Leben. Er erlebt Johannes unaufgeregt, zumindest, was seinen Beruf angeht. Felix will weiter reden.

»Ich werde morgen die Frühschicht auf der Messe haben.«

Es klingelt. Ein kurzes Erschrecken.

Felix sagt: »Ich bin gespannt, was du von ihm hältst.«

Felix geht zur Tür. Johannes denkt an den Ablauf der Konversation. Er stellt sich schnell auf neue Menschen ein. Er hasst Förmlichkeiten. Er hat gelernt sich zu beherrschen. Er überlegt, wie es sein wird heute Abend, mit dem Gast aus Frankreich. Mit der Person, die viele Gespräche bestimmt hat, zwischen ihm und Felix, die Missmut und Freude erzeugt hat, sich hineingeschlichen hat in ihre Intimität, als Störung unter der Bettdecke lag, hineingekrochen ist in Johannes' Gehirn, manchen Abend, ungewollt, angstvoll, Abscheu provozierte, Zuneigung für sich erzwungen hat. Befreiung hatte es nicht gegeben. Vielleicht, wenn diese Person jetzt vor ihm steht, er sie anschaut, ein Gespräch in Gang kommt.

Johannes hört die Stimme im Flur. Im Zimmer steht die unvermeidbare Gestalt. Hässlich ist er nicht. Alt und gebrechlich erscheint er. Die Gesichtszüge von Pierre straffen sich. Er wirkt angestrengt. Johannes schaut ihn an, von unten nach oben. Die Augen treffen sich. Das ist kein Nachteil. Ob es ein Vorteil wird, ist unklar. Fühlt sich Pierre unterlegen?

Johannes sagt: »Willkommen bei uns.«

Er betont das *›uns‹* stärker und länger als notwendig. Felix hat ein Buddha Gesicht, zu breit für seine Statur. Er ist bemüht. Er wechselt den Standort. Er steht nicht hinter Pierre. Ein Dreieck hat sich gebildet.

»Merci. Es ist schön hier. Me plaît.«

Pierre schickt seine Augen durch den Raum. Er genießt die Atmosphäre in der Stadt. Die unkompliziert lockere Art von Johannes erspart ihm die Verkrampfung durchzuhalten. Felix bietet ihm einen Sessel an. Pierre sackt in ihn hinein. Der Körper verrutscht erneut. Er gleicht sich dem Sessel an. Nur die Farben bieten einen Kontrast. Eine weißgraue Maus auf leuchtendem Rot. Pierre passt nicht in diesen Sessel. Er ist der Verlierer.

Trägt Johannes zur Schau, dass er und Felix glücklich sind? Ist Pierre ein Eindringling? Er ist eingeladen. Er ist wichtig. Felix verdankt ihm beruflichen Erfolg. Sieht Pierre das auch so?

Pierre schaut Johannes lange an. Er denkt an seine Beziehung mit seinem Zwilling. Auch sie hatten Gäste gehabt. Pierre hatte gekocht. Freunde hatten ihm Respekt gezollt. Das war vor dem Verdacht gewesen.

Sie hatten ein normales Leben geführt. Pierre erinnert sich gern an seinen Bruder. Der hatte die Angewohnheit, ihm die Hand auf das Knie zu legen, wenn Gäste da waren. Pierre hatte das schön gefunden.

»Felix wollte, dass ich Sie kennenlerne.«

»Ich wollte das.«

Johannes ist höflich. Es ist eine Begegnung der anderen Art. Welche es sein wird, weiß zu diesem Zeitpunkt keiner von ihnen.

»Ich habe Ihr Manuskript gelesen.«

Johannes weiß nicht, ob er das sagen darf. Er hat nicht mit Felix darüber gesprochen. Der Text ist unveröffentlicht. Johannes gehört nicht zum Verlag.

Felix zögert einen Moment. Seine Reaktion ist gekonnt.

»Ich konnte es meinem Freund nicht vorenthalten. Ich war zu begeistert.«

Pierre zeigt ein zufriedenes Lächeln. Er kann sich aus der Defensive befreien. Er ist der Romancier.

»Es ist normal für eine Beziehung, dass man Eindrücke teilt.«

Felix denkt an den Bruder. Haben sie Eindrücke geteilt, gelebt, geliebt?

Pierre schaut in sich hinein. Er lässt die Worte sickern, aus seinem Gesicht. Es fällt ihm sichtbar schwer zu sprechen.

»Wir haben unser Leben geteilt.«

Johannes erschrickt. Was für ein Wandel in der Stimme. Indem Pierre es ausspricht, fällt ihm die Lüge direkt auf die Füße. Sie breitet sich aus im Zimmer. Johannes spürt die Veränderung. Er beurteilt die Situation. Er kennt das. Er hat erlebt, dass Worte der Seele nicht folgen. Dass die Seele falsche Worte korrigiert. Durch eine Bewegung, durch einen Blick. Jeder konnte wissen, dass etwas nicht stimmt.

Pierre kann den Verlust nicht verschweigen. Er kämpft gegen die grausame Erinnerung. Warum hat er das schöne Leben nicht aushalten können? Warum hat er nicht genügsam sein können? Er hat die Liebe seines Bruders besessen. Die Hälfte seines Lebens hatte ihm gehört. Er hat ihn ganz gewollt. Das war nicht gegangen. Es gab seine Frau. Keiner hatte verzichten können.

»Sie haben einen interessanten Beruf. Darf ich Johannes sagen.«

Johannes stimmt zu.

»Künstler sein und angehende Künstler zu fördern macht Freude.«

Johannes liebt seinen Beruf. Felix will, dass Johannes mehr malt und zeichnet.

Pierre sagt: »Ich bin erschöpft, nachdem ich unsere Geschichte aufgeschrieben hatte. Sie hat meine Kraft beansprucht. Jetzt warte ich auf die Veröffentlichung. Es dauert lang.«

Johannes hat die Vorspeise auf die Teller getan. Felix schenkt den Prosecco ein.

Pierre ist ein seltsamer Gast. Freude zeigt er nicht. Er kann nicht genießen. Er hofft, dass der Genuss und die Freude wiederkehren, wenn das Buch erscheint. Pierre ist höflich. Es schmeckt ihm.

Er sagt: »Sie kochen gut.«

Johannes nimmt es als Geschenk, aus dem Mund eines Franzosen.

Felix gibt Johannes einen kurzen Kuss auf die Lippen. Er wendet sich an Pierre:

»Möchten Sie Wein?«

»Italienischen?«

Johannes sagt: »Ja. Kosten Sie ihn.«

Felix zeigt sich als Kenner. Er riecht und schmeckt. Johannes erhält ein Lächeln. Pierre schließt sich an. Felix schenkt nach. Ein Gespräch kommt in Gang. Pierre erzählt von dem Leben mit seinem Zwilling.

»Wir hatten uns wieder gefunden, nach vielen Jahren, durch einen Zufall. Ich spürte, wie lange ich ihn vermisst hatte. Ich fühlte seine Gegenwart. Ich war angekommen. Plötzlich wusste ich, wonach ich so lange gesucht hatte, warum ich allein geblieben war. Dann ist die Krankheit gekommen. Was hätte ich tun können? So schnell war alles vorbei, wovon ich geträumt habe.«

Pierre verschweigt beharrlich das wirkliche Elend.

Felix und Johannes denken, dass Pierre lügt. Das Ausmaß der Lüge bleibt ihnen verborgen. Verdächtigungen stehen im Raum. Niemand nimmt sie zurück. Niemand spricht sie aus.

Johannes sagt: »Es tut mir leid. Wie geht es Ihrem Bruder?«

Er kennt die Antwort. Felix hat ihm alles erzählt, immer wieder, zunehmend zweifelnd. Was verbirgt Pierre? Johannes fühlt sich unwohl. Er möchte Pierre ins Gesicht sagen, dass er lügt. Pierre weicht aus. Er hat es oft wiederholt. Er lebt mit der Lüge. Er will sie nicht wieder aussprechen müssen:

»Sie kennen meine Geschichte. Ersparen Sie mir Einzelheiten.«

»Wie schön wäre jetzt das Reden über Bäume«, denkt Johannes.

Felix drängt Johannes, über seine Arbeit zu reden. Es fühlt sich unverfänglich an. Johannes erzählt von seinem Semesterbeginn:

»Morgen halte ich meine Einführung zu Francis Bacon. Er ist einer von uns. Er hatte ein schwieriges Leben, zwei Kriege. Er hat das menschliche Leiden thematisiert. Es ging mir selten etwas so nah. Kennen Sie ihn?«

Pierre verneint.

Er sagt: »Flüchtig. Ich habe ein Buch über ihn nur zur Hälfte gelesen.«

Pierre denkt: »Du kennst kein Leiden. Hättest du mein Leben gelebt, es wäre dir nicht verborgen geblieben.«

Er flüchtet sich in Selbstmitleid.

Johannes serviert das Geschnetzelte. Er mag Pierre nicht. Felix hatte Recht. Das Buch hat er nicht geschrieben. Er schmückt sich mit etwas, das ihm nicht gehört. Johannes würde ihn rausschmeißen.

»Ich würde ihm die Wahrheit ins Gesicht schreien«, denkt er, »wenn Felix nicht wäre.«

Welche Wahrheit? Felix spürt Johannes' Wut. Er kann sie verstehen. Er teilt sie nicht. Er denkt an die Veröffentlichung. Er will keine Komplikationen. Nach Marseille will er.

Max und Susanne verlassen den Ort. Sie radeln zurück.

»Was machen wir?«

»Wir werden Petra berichten.«

»Sie muss entscheiden, was sie tut.«

»Wir haben die Vorlage geliefert.«

»Einfach wird das nicht.«

Max denkt an seine Mutter. Wird sie Zeit verbringen, zu warten, auf einen Mann, von dem sie nichts weiß? Von dem sie nicht weiß, wann er kommt, in dieses Café? Max weiß, sie ist neugierig. Zum Spielball wird sie nicht werden.

»Sie muss wissen, was sie will.«

Beide überqueren die Brücke. Sie schauen sich an, gegenseitig. Sie lachen aus vollem Halse.

»Privatdetektiv möchte ich nicht werden.«

Von Max fällt die Spannung ab. Er umarmt Susanne.

»Schön, dass wir es leicht hatten.«

Susanne überlegt.

»Ich musste sitzenbleiben. Das war nicht leicht für mich. Du kannst dir den Ärger nicht vorstellen, zu Hause, mit den Freundinnen. Es ist gut so.«

»Bist du wegen mir sitzengeblieben? Ich könnte das jetzt denken.«

»Ist es ist nicht romantisch, an Zufall zu glauben?«

»Mir ist das egal. Es ist geschehen. Ich kenne dich. Es ist schön.«

Susanne beugt sich über den Lenker, sie knutscht Max. Sie freut sich über seine Augen, wie sie schauen können. Ihr gefällt die Sanftheit darin. Max ist verlegen. Es tut ihm gut, gemocht zu werden.

»Liebe ist schön«, denkt Max, »fallen lassen, chillen, den restlichen Tag.«

»Wir müssen für die Arbeit lernen.«

Susanne stoppt das Verlangen.

»Das können wir später. Lass uns noch Zeit verbringen, miteinander.«

»Wo denn?«

»Wir könnten ins Kino gehen.«

Als Pierre gegangen ist, bleibt etwas zurück. Befangenheit, Zweifel.

»Er ist nicht fassbar«, denkt Johannes.

Er räumt ab.

Er sagt: »Pierre ist eine tragische Figur, oder ist er einfach nur berechnend und gerissen?«

Felix stockt. Er hatte diesen Gedanken, ausgesprochen hat er ihn nicht.

»Das Leben hat ihn dazu gemacht.«

»Jeder entscheidet frei, was er tut.«

Felix ist nicht überzeugt davon. Er ist verärgert. Pierre hat sich keinen Millimeter bewegt. Sein Starrsinn ist schrecklich. Er hat Felix erschreckt. Johannes hat nichts bewirkt. Hatte Felix das angenommen?

»Ich dachte, du bringst ihn zum Reden. Das ist deine Profession.«

Johannes lächelt. Er ist erschöpft. Die Begegnung hat traurig geendet. Er hat das Gefühl von Unzulänglichkeit. Das Gespräch war nicht in Gang gekommen. Auch Felix hat versagt. Was für eine Verpflichtung haben sie? Es ist ein absurdes Theater. Johannes lehnt Verantwortung ab.

Wo zieht ihn Felix hinein?

»Ich denke, du solltest dich auf das Lektorat beschränken. Du musst vergessen, dass dich sein Schicksal interessiert, du beißt dir die Zähne aus.«

»Ich versuche das seit Wochen. So richtig funktioniert es nicht. Es ist der Fall einer ausweglosen Situation. Zum ersten Mal kann ich nicht trennen, zwischen Beruf und Leben.«

»Das musst du nicht. Deinen Standpunkt solltest du finden. Deine Autoren sind unabhängige Wesen. Er ist über sechzig, er weiß, was er tut. Er kämpft mit dem, was er getan hat, was immer das ist. Er hat es getan, warum auch immer. Grenze dich ab.«

Johannes ist belehrend, er will es nicht. Felix fordert es heraus.

»Nach Marseille fahren wir. Jetzt erst recht.« Felix sagt das mit Hintergedanken.

»Ich habe zugestimmt. Richtig finde ich es nicht.«

Johannes ist auf dem Rückzug. Er weiß, dass sie fahren werden. Marseille ist eine schöne Stadt. Johannes will nach Marseille, mit Felix. Er nimmt in Kauf, dass Pierre dort lebt. Felix hilft Johannes. Er räumt die Spülmaschine ein.

Felix sagt: »Ich will jetzt nicht darüber nachdenken. Morgen muss ich fit sein.«

»Lass uns schlafen gehen. Den Rest mach ich morgen.« Johannes streichelt Felix. Er sucht den zärtlichen Abschluss. Der Abend ist schwierig gewesen. Verzögertes Leben. Warum hat Felix Pierre eingeladen? Warum tut Johannes sich das an? Als sie im Bett beieinander liegen, weiß Johannes warum.

Petra wartet auf Max. Nach der Arbeit ist sie einkaufen gegangen. Sie will unter Menschen sein. Das Alleinsein fällt ihr schwer. Sie ist es seit Jahren. Seit Albert nicht mehr im Haus ist, ändert sich ihre Wahrnehmung. Sie kann das nicht verstehen. Die Befreiung lässt auf sich warten. Sie befindet sich im freien Fall. Sie will ankommen. Wo und bei wem ist offen. Zur gleichen Zeit als Albert gegangen ist, hat Max eine Freundin gefunden. Beides Anlass zur Freude.

Warum freut sie sich nicht? Sie hätte nicht gedacht, dass ein Mensch einsam sein kann.

Sie ist es nicht, sie hat das Gefühl, sie identifiziert sich mit der Rolle einer geschiedenen Frau. Sie hat es gewollt. Die Rolle gefällt ihr nicht. Die Gewohnheiten geben ihr Halt. Sie hatte die Rituale gehasst, sie fehlen ihr.

Im Supermarkt ist es voll, zu dieser Zeit. Junge Männer nimmt sie wahr. Sie schaut sich um. Sie schaut sich Menschen an. Die jungen Männer erwidern ihre Blicke. Irritiert sind sie. Hat ihr Blick etwas Forderndes? Will sie sich als Eroberin gefallen? Sie sucht nach Dingen, die Max gefallen, sie überlegt, was er gern isst. In ihrer Einsamkeit überkommt sie die Spiellust. Sie kokettiert, sie probiert sich aus. Sie will Wirkung erzielen, gleichzeitig schämt sie sich. Sie hatte früher harte Worte für Frauen, die sich prostituierten. So empfindet sie es. Sie tut es selbst, sie spürt Freude daran, peinlich ist es. Der Erfolg versöhnt sie. Sie ist vierzig, sie ist eine schöne Frau. Wenn sie einen Schritt weiterginge? Sie könnte sich verabreden. Warum tut sie das nicht? Sie liebt Sex. Ihre Hemmschwelle liegt hoch. Sie ist eine bürgerliche Frau. Kann sie sich vorstellen, einfach Sex zu wollen? Warum lehnt sie es ab. Vielleicht ergibt sich daraus mehr. Das, was sie sucht, liegt nicht auf der Straße, es steht nicht an den Ecken herum, es sitzt nicht in der Eckkneipe.

Hätte sie von Max und Susannes Ausflug gewusst, sie wäre anderer Meinung gewesen.

Sie sucht nach Wasabi Erbsen. Max mag sie gern, sie sind salzig, herzhaft. Ein Zwanzigjähriger schaut sie an. Sie hat ihn nicht bemerkt. Er schaut direkt auf ihren Hintern, als sie sich nach den Erbsen bückt. Sie spürt den Blick durch die Hose. Petra genießt den jungen Blick. Sie fühlt sich nicht zugehörig, sie ist erregt. Der junge Mann ist keck. Ungeniert lässt er seine Augen schweifen. Sie streicheln ihren Körper. Das ist lange nicht geschehen. Sie lässt es zu. Sie zeigt sich offen, dass sie angesprochen wird.

»Hallo. Wohnst du im Viertel?«

Petra ist das nicht gewohnt, erschrocken ist sie nicht. Sie lacht in die Offenheit dieses jungen Gesichts hinein. Sie nimmt die Freude an. Sie wird beachtet, sie ist eine Frau.

»Ja, ich lebe hier seit Jahren. Es gefällt mir hier.«

Der junge Mann bucht das Gefallen für sich. Er kann einen Schritt weitergehen.

»Ich bin Philipp. Wie heißt du?«

Petra überlegt nicht.

» Petra.«

Sie weiß nicht, was sie sagen soll. Ihre Aufregung ist spürbar.

Philipp ist nicht verlegen.

»Hast du Zeit auf einen Kaffee?«

Petra schluckt die Erwähnung von Max weg, der auf sie wartet. Es liegt ihr auf der Zunge. Sie spricht es nicht aus. Hat Margarethe nicht gesagt, jetzt sei sie an der Reihe? Hat Max nicht eine Freundin? Sie selbst ist einsam, sie gönnt sich den Flirt. Seit langem ist sie offen dafür.

»Warum nicht.«

Niemand erwartet sie. Max lässt sicher noch auf sich warten. Er ist kein Kind.

Ist Philipp nicht zu jung? Könnte er ihr Sohn sein? Petra lässt die Zweifel nicht zu. Sie will das Rendezvous, hier und jetzt.

»Ich muss noch einige Sachen kaufen, treffen wir uns vor der Tür.«

Petra ist aktiv geworden, sie kennt sich nicht wieder. Sie zeigt Mut.

Philipp sagt: »Ich warte draußen auf dich.«

Petras Herz klopft rhythmisch, ein schneller Rhythmus. Es ist ein gutes Gefühl. Sie hat kein schlechtes Gewissen, sie freut sich, sie ist neugierig. Was will Philipp von ihr? Hält er sie für jünger, als sie ist?

»Das ist schmeichelhaft«, denkt Petra.

Sie legt den Einkauf auf das Kassenband. Sie schaut nach draußen.

Dort steht Philipp, ihre Eroberung. Er raucht, er wartete auf sie. Es ist passiert.

Als Petra die Supermarkttür öffnet empfängt sie kalte Luft, ihr ist heiß. Sie läuft auf Philipp zu, als hätte sie nie etwas anderes getan. Philipp ist höflich, er nimmt ihr den Einkauf ab. Petra läuft an seiner Seite. Ihre Gedanken vollführen Kapriolen. Ihr Selbstbewusstsein wächst über ihre Größe hinaus. Sie fühlt die Kraft, Berge zu versetzen. Zwei Ecken weiter ist ein kleines Café. Wenn Freundinnen sie sähen, wäre es nicht ungewöhnlich. Sie hat einen Sohn.

Petra überlegt: »Der junge Mann ist kein Kind.«

Es ist ihr egal, sollen alle sich die Mäuler zerreißen. Sie selbst will ihn genießen, seine Gegenwart, seinen Geruch, sein Gespräch, die Aufmerksamkeit, die er ihr schenkt.

Philipp sagt: »Ich würde gern mit dir schlafen. Kannst du dir das vorstellen?«

Petra schaut ihn an. Ihr Gesicht fällt aus der Rolle. Sie hält den Blick fest. Er droht heraus zu fallen, dem jungen Mann direkt vor die Füße. Sie ist diese Direktheit nicht gewohnt. Sie fängt ihn ab, ihren Blick. Sie konzentriert sich auf ihre Sprache, sprachlos ist sie nicht. Es ist ungewohnt.

Sie sagt: »Du überrascht mich. Du kennst mich nicht. Wie kommst du darauf, dass ich Lust dazu haben könnte?«

»Es ist eine Idee. Ich habe mir vorgenommen, meine Wünsche zu äußern. Bisher konnte ich das nie. Es hat dich getroffen. Ich finde dich sexy.«

Petra hat Lust. Petra gefällt der junge Mann. Petra kämpft mit der Moral. Petra liebt Ehrlichkeit. Warum soll Philipp herumreden, wenn er diese eine Absicht verfolgt? Soll sie sich erniedrigt fühlen, als Lustobjekt diskreditiert? Philipp ist höflich, nicht gerade romantisch. Die Bewunderung beeindruckt sie. Sie würde lügen, wenn sie das leugnete.

Petra sagt: »Du gefällst mir. Sex hatte ich lange nicht.«

Sie wagt sich heraus aus der Ummauerung. Sie sagt die Wahrheit. Sie könnte Philipp ihr Elend vor die Füße kotzen. Das Elend einer unbefriedigten Ehefrau, über Jahre. Sie weiß, dass sie dann verloren hat. Sie bremst ihre Ehrlichkeit aus. Mehr sagt sie nicht. Das ist ehrlich genug.

Philipp sagt: »Dann sollten wir nicht lange warten. Hast du Zeit? Wir könnten zu mir gehen. Ich wohne nicht weit.«

»Es wird ernst«, denkt Petra

Sie sagt: »Ich weiß nichts von dir. Meinst du nicht, dass wir uns erst kennenlernen sollten.«

Petra kennt die Antwort, sie lässt nicht auf sich warten.

»Ich würde dich gern beim Sex kennenlernen, dir im Bett von mir erzählen. Das ist ein schöner Ort.«

Hat Petra etwas einzuwenden? Wenn sie ehrlich sich selbst gegenüber ist, nicht. Philipp ist deutlich. Er kennt seine Bedürfnisse. Er will sie durchsetzen. Dass er sie auserwählt hat, könnte Zufall sein. Etwas muss an ihr dran sein. Das schmeichelt ihr. Philipp ist attraktiv, ein Mann, der

Petra anzieht. Was soll sie tun? Petra vergisst Max, Petra vergisst ihre Moral.

Petra sagt: »Ja, du hast recht, gehen wir zu dir.«

Philippe genießt seinen Erfolg. Er macht das zum ersten Mal. Er ist überrascht. Er zeigt das coole Gesicht des Könners. Das hat er gelernt. Philippe studiert Schauspiel. Er meint es ernst, die Methode ist neu. Die schnelle Nummer will er nicht, er ist gespannt, was passiert.

»Gehen wir. Ich bin sehr scharf auf dich.«

Wann hat ein Mann das zu Petra gesagt? Hat sie das überhaupt schon gehört? Sie sucht in ihrem Gedächtnis. Sie muss weit zurücklaufen, in ihrem Leben. Als sie sechzehn gewesen ist, hatte es solche Momente gegeben. Als sie begonnen hatte, sich für Jungs zu interessieren.

Jahrzehnte hatte sie es nicht gehört. Die Worte gefallen ihr, der Mann auch. Deshalb geht sie mit. Angst hat sie nicht. Dafür ist Philipp zu harmlos.

Sie sagt: »Wohnst du allein?«

»Ich wohne in einer WG, mit zwei anderen Freunden. Wir studieren Schauspiel. Sie sind nicht zu Hause. Ich habe mein Zimmer, da kommt niemand rein.«

Petra zögert. Sie will keine Zuschauer. Sie vertraut Philipp. Sie tut es, weil sie ihn will. Sie ist lange nicht begehrt worden. Sie spürt den Unterschied zu den umständlichen Verabredungen. Sie weiß, sie macht das Richtige. Sie muss es tun. Nachdenken kann sie später, wenn sie die Erfahrung gemacht hat. Sie muss nach vorn schauen. Alle haben ihr das gesagt. Haben sie das gemeint, was sie tut?

Die Wohnung liegt im vierten Stock, im Hinterhaus. Nicht weit, um die Ecke. Sie ist an dem Vorderhaus vorbeigelaufen, es ist ihr nie aufgefallen. Es ist ein altes Haus. Dass junge Leute darin wohnen, sieht sie an den Fenstern, keine Gardinen, keine Geranien. Sie steigen die Treppe hinauf. Das Treppenhaus ist heruntergekommen, nicht schmutzig.

»Es hat Charakter«, denkt Petra.

Wie charmant Philipp ist. Er öffnet die Tür, er führt sie in das Zimmer, am Ende des Ganges. Petra nimmt keine Geräusche wahr. Die Wohnung ist leer, das Zimmer ist klein. Ein Bett und ein Schreibtisch füllen den Raum. Fremd wirken die Blumen. Sie sind verwelkt, nicht lange, Astern. Petra mag Herbstblumen. Was macht sie hier? Sie steht in der Mitte des Zimmers. Viel Platz ist nicht. Philipp legt sich auf's Bett. Er lädt sie ein, sich dazu zu legen. Petra zögert. Etwas muss sie jetzt tun. Sie setzt sich auf den Bettrand. Philipp streichelt ihr Haar. Es gefällt ihr. Sie lässt sich langsam nach hinten gleiten. Philipp küsst Petra auf die Augen, auf den Mund. Petra genießt, mehr als sie es zugeben kann. Sie denkt an Max und Susanne. Sie denkt an Leila und Georg. Sie sieht Johannes und Felix vor sich. Sie möchte Philipp und Petra hinzufügen können. Sie zögert nicht. Sie lässt sich fallen, rücklings auf's Bett. Philipp spielt mit ihren Haaren. Er streichelt ihren Nacken. Er schaut sie an. Petra gefällt die Selbstverständlichkeit, mit der Philipp das macht. Die Zärtlichkeit seiner jungen, weichen Hände ist schön, ungeschickt sind sie nicht.

Langsam öffnet er ihr Kleid. Seine Hände tasten nach ihrem Busen. Er beugt sein Gesicht hinein in sie. Es fühlt sich wohl auf ihrer Haut. Er zieht ihr das Kleid vom Körper. Petra findet das filmreif. Sie ist erregt. Sie steht neben sich. Sie will alles festhalten, was sie erlebt, in diesem Moment. Philipp ist mit seinem Körper über ihr. Er bedeckt sie. Petra spürt seine Lust durch die Hose. Sie richtet sich auf, sie öffnet Philipp die Hose. Sie streift sie von seinem Körper. Sie liegen nackt aufeinander. Philipp hat die Strümpfe noch an. Aus dem Augenwinkel schaut Petra auf die verwelkten Astern, deren Blätter im Raum verstreut sind. Philipp zieht sie zurück in seine Lust. Petra lacht. Was passiert hier? Ihre Augen sind geschlossen. Philipp dringt in sie ein. Er hat den bunten Gummi in Sekunden übergestülpt. Petra gibt Laute von sich. Ihre Zufriedenheit breitet sich aus. Sie will die Augen aufmachen, sie will Philipp ansehen. Sie spürt, dass er lebendig ist. Wie hat ihr dieses Leben gefehlt, all die Jahre. Sie kehrt zurück zu sich. Sie will, dass diese Bewegung nie zu Ende geht. Sie gibt sich hin, als hätte sie es immer getan. Sie hat es nicht verlernt. Philipp führt sie. Er spielt mit ihrem Körper, frei, ungezwungen. Sie fühlt sich schön und begehrt. Das war lange nicht. Sie hat ihn nie vorher gesehen, er ist ihr vertraut. Sie lässt es geschehen. Manchmal greift sie ein, dann wird sie selbst aktiv. Sie zeigt Philipp, dass sie eine reife Frau ist.

Philipp ist überrascht. Was für ein Abenteuer! Philipp hat noch nie mit einer reifen Frau geschlafen. Er lässt alles zu, was Petra ihm zeigt. Erstaunt nimmt er wahr, dass Petra locker lassen kann. Sie ist nicht zickig, wie er es von seiner letzten Freundin kennt. Gedanken macht er sich keine, es geschieht. Eine unsichtbare Regie lenkt die Vorgänge und Abläufe. Philipp stellt sich den idealen Regisseur vor. Die Dinge geschehen von selbst. Eins greift ins Andere. Es ist die Inspiration der Situation, des einmaligen Augenblicks.

Er will dieses Erlebnis schriftlich festhalten. Er zweifelt, ob er das kann.

Beide Akteure gefallen sich in ihrer Virtuosität. Langeweile war gestern. Petra lernt, was es heißt, sich einzulassen. Sie hat keine Hintergedanken, sie denkt nicht voraus. Sie ist hier, nirgendwo anders. Glück. Augenblick. Petra ist angekommen. Philipp hat sie abgeholt, im Supermarkt. Petra denkt, ob sie gerade eine Filmszene spiele. Philipp hat seine Profession längst vergessen.

Petra ist spät zu Hause. Max ist nicht da. Sie erschrickt, er ist da gewesen. Sie sieht seine Sachen. Sie war nicht da. Er ist weggegangen. Ein Zettel liegt auf dem Tisch. ›Wir treffen uns bei Tommy. Komme später.‹

Petra denkt: »Wann ist später?«

Sie ist spät.

Der verrückte Nachmittag. Ein ungewöhnlicher Abend. Petra will Frau sein. Philipp hat ihr gefallen. Ist sie eine schlechte Mutter? Sie weiß es nicht. Sie will es nicht dem Zufall überlassen. Sie möchte Philipp wieder sehen. Geht das? Ist das ein Erlebnis, das sich wiederholen lässt? Sie will das Erlebnis für sich behalten. Schafft sie das? Nicht einmal Margarethe will sie davon erzählen. Warum nicht? Fühlt sie sich schuldig? Steht sie außerhalb der Vernunft? Sie verwirft den Gedanken. Sie wird es Margarethe erzählen. Sie will mehr von Philipp wissen. Sie weiß nicht, ob Philip das will. Sie hat ihm ihre Nummer gegeben. Philipp hat nicht danach gefragt. Für Petra ist es Neuland. Sie hat ein unbekanntes Land betreten. Warum ist das nicht früher passiert? Sie ist froh, dass es passiert ist. Petra ist mutig gewesen, sie weiß das. Hat sie sich die vorherige Zeit verleugnet? Es kommt ihr so vor. Hatte sie jemals so einen Orgasmus? Hätte sie sich das überhaupt vorstellen können? Es ist so schön gewesen, dass es ihr nicht peinlich ist. Sie erinnert alle Einstellungen. Sie ist sich vorgekommen wie im Film. Der Film war Realität. Sie möchte weiter in dem Film arbeiten. Halbe Sachen mag Petra nicht.

Wer ist Philipp? Sie hat nicht gewusst, dass sie junge Männer mag. Bisher hatte es nur ihren Sohn Max gegeben. Sie hatte keinen Kontakt zu jungen Männern. Manchmal waren ihr welche bei Johannes begegnet, sie hatte diese mit anderen Augen gesehen. Philipp hatte sie überrumpelt. Sie war freiwillig mitgegangen. Er hatte sie beim Abschied auf die Schulter geküsst:

»Ich könnte mehr von dir wollen. Kannst du dir das vorstellen?«

Petra hatte nicht geantwortet. Sie hatte es genossen.

Zu Hause denkt sie, sie könne es sich vorstellen. Wie das gehen soll, weiß sie nicht. Sie hat keine Nummer von Philipp. Er muss handeln, wenn er sie will. Sie fühlt sich in einer guten Position. Es kann auch Warten bedeuten. Warten und Leiden liegen dicht beieinander. Sie hat schöne Gedanken. Sie sitzt da. Sie sieht die Bilder vor sich. Sie sind im Raum. Sie will sie bewahren.

Max schließt die Tür auf. Er sieht müde aus.

»Wo warst du?«

Es ist eine normale Frage. Max hat keinen falschen Unterton. Petra hört, was sie hören muss. Ihr schlechtes Gewissen, das sie gerade beiseite geschoben hatte, reagiert. Sie sagt nicht die Wahrheit. Die wäre schockierend für ihren Sohn, denkt sie. Sie stellt sich vor, wie sie sagt:

›Ich war ficken mit einem jungen Studenten.‹

Sie lügt: »Ich war noch mit Kollegen aus, essen und trinken.«

Es gefällt ihr nicht, dass sie Max belügt. Sie will nicht belogen werden von ihm.

Max glaubt seiner Mutter. Er hat keinen Grund zu zweifeln.

Susanne und Max sind bei Tommy gewesen. Max war genervt. Sein Freund bleibt er. Tommy ist cool. Er ist empfindsam. Max mag diese Mischung. Er denkt an die Verfolgung von Waldi.

Er sagt: »Wir haben Waldi verfolgt. Wir kennen sein Café.«

Max schönt den ersten Erfolg. Wer könnte ihn dafür tadeln. Wenn er wüsste, wie Petra sich fühlt. Die Dinge im Leben verändern sich schnell.

Petra hat keinen Gedanken für Waldi. Waldemar ist eine Option gewesen. Philipp ist Wirklichkeit. Petra empfindet Max‘ Bemühen fürsorglich. Sie freut sich. Die Sache an sich ist Vergangenheit. Wie kann sie das Max vermitteln? Sie will ihn nicht kränken. Seit ihre Ehe zerbrochen ist, stellt sich das Leben schwierig dar. Interessant ist es, interessanter als vorher. Was sagt sie Max? Es sind Notlügen. Ihre Gefühle sind verwirrt. Sie muss sie ordnen.

Sie sagt: »Das ist ja toll. Wie habt ihr das angestellt?«

Max denkt an die Fahrradverfolgung, er kommt sich komisch vor. Er hat die feste Überzeugung, dass er seiner Mutter hilft.

»Nach dem Unterricht haben wir auf ihn gewartet. Wir sind ihm nachgefahren, über die Brücke. Dort ist er ins Café. Das Lokal liegt am Wasser. Es war spannend. Er hat uns nicht gesehen. Susanne war Spitze. Sie ist die geborene Detektivin.«

Petra schafft es nicht, ehrlich zu sein. Sie will Max nicht enttäuschen. Wie soll sie ihm sagen, dass Waldemar Schnee von gestern ist?

Sie sagt: »Was machen wir jetzt damit? Wenn euer Lehrer nach Hause fährt, sitze ich im Büro. Ein Anhaltspunkt ist es. Danke.«

Petras Gedanken liegen im Bett von Philipp, in der WG im vierten Stock, mit dem schäbigen Treppenhaus. Philipp ist ein guter Liebhaber, Petra spürt ihn. Es ist spät. Max hat Schule. Petra muss früh ins Büro.

»Gehen wir schlafen. Wir reden morgen weiter.«

Petra will mit ihren Gefühlen allein sein. Sie braucht Max‘ Verständnis. Wie soll er das wissen? Sie hat ihn belogen. Petra weiß keine Lösung. Die Situation ist gegenläufig. Petra weiß, dass sie Klartext reden muss. Sie weiß nicht wie.

Max hätte mehr Freude erwartet. Sein Freund Tommy macht ihm Kopfzerbrechen. Wie findet dieser eine Freundin?

Waldemar hat nichts von all dem gemerkt. Er weiß nicht, dass er verfolgt wurde. Es ist ein seltener Nachmittag, ohne Korrekturen. Waldemar genießt die Momente am Fluss. Er will nur da sitzen, nachdenken. In seinen Gedanken überlappen sich Wahrnehmungen. Er würde gern schreiben. Zeit hat er nicht. Er vertröstet sich auf später. Er will ein spannendes Leben. Es läuft vor ihm her. Ist es zu spät, um aufzuspringen? Die Langsamkeit des einsamen Nachtarbeiters, in Dingen des Gefühls. Korrigieren kann er schnell. Es hilft ihm, sein Leben zu verlängern. Diese Motivation kann Berge versetzen. Waldi versetzt gern Berge. Die Berge werden nicht von ihm bestiegen. Er betrachtet sie von unten. An Höhenangst leidet er nicht. Einen Höhenrausch kennt er nicht. Er weiß, was er will. Das Wissen allein nützt ihm nichts. Als Waldi das Lokal verlässt, ist es dunkel. Es wird früh dunkel, im Oktober, am Fluss. Das Wasser fließt langsam flussabwärts. Die Trägheit hat sich auf Waldi übertragen. Geistig ist er wach. Waldemar hat Angst vor zu Hause, er fühlt sich allein. Das geschieht in Momenten, in denen er zu sich kommt, wenn er zulässt, was die Arbeit verschüttet.

Johannes steht am Pult im Auditorium. Er hat seinen großen Auftritt, im großen Hörsaal. Er hat einen technischen Assistenten gebeten, die Apparate zu bedienen. Im letzten Moment hat er es sich nicht zugetraut. Er hat keine Lust zu improvisieren. Er ist vorsichtig geworden, Pannen vermeidet er. Bei technischen Obliegenheiten ist der Pannenfaktor hoch.

Ein erstes Bild aus dem Zyklus ist projiziert, es soll einstimmen. Johannes will nichts konkret mit diesem Bild erarbeiten. Das Bild ist der Einstieg in Bacons Leben. Der sollte kurz sein. So kurz ist es nicht geworden. Johannes begrüßt seine Studenten herzlich. In der Vorlesung ist er nicht persönlich. Andere Meisterschüler nehmen teil, Kollegen.

Ein vertrauter Kollege sitzt in der hintersten Bank. Er lächelt ihm zu. Johannes freut sich. Er begreift ihn als Unterstützung. Es gibt auch Spione und Missgünstler. Johannes hat zwei im Verdacht. Er streift sie beiläufig mit Blicken, es verunsichert ihn nicht.

Johannes doziert nicht, er erzählt. Jeder spürt, dass Johannes Bacon schätzt. Er entwickelt einen Zugang zu Bacons Leben, er geht auf die Zeit ein, er ordnet ein und zu.

Er sagt: »Bacon reagiert auf das, was er erlebt, was er lebt.«

Johannes macht das direkt, einfühlsam, er konfrontiert ihrer beider Leben. Das gelingt ihm. Er ist wahrhaftig, in seiner Betroffenheit. Er schafft keine Distanz. Jeder merkt, dass ihm an Bacon gelegen ist. Die Wahl von Bacon ist kein Stoff, Johannes fühlt sich berufen. Er ist das Zentrum, es geht um Bacon und ihn. Ihn in Bezug auf Bacon. Bacon in Bezug auf ihn.

Viele halten das für eitel. Die ihn schätzen, mögen gerade das. Johannes geht unter die Oberfläche, er geht unter den Inhalt. Er ist kein Analytiker. Er begreift, in einer Verbindung aus Wissen und Freude.

Leiden an Dingen und Menschen sind ihm nicht fremd. Die Nähe ist eine Kraft. Er steht nicht über den Dingen. Das Problem der Objektivität stellt sich nicht. Johannes sieht sich als Subjekt, das die Dinge begreift, wie sie sind. Er kann nur zeigen, wie er sie sieht.

Darüber gab es Debatten, in allen Lebensabschnitten. Johannes hat ein Alter erreicht, wo er das nicht mehr ändern will, vieles andere schon. Er hat einen ausgewiesenen Standpunkt, der ist sein Markenzeichen. Stolz ist er nicht darauf, er bekennt sich dazu. Er weiß, dass er sich nicht verstecken muss. Er hat seine Anhänger, das braucht er. Er ist überzeugt.

Die Worte fließen aus seinem Mund. Sie verbreiten sich im Saal. Die Reaktionen sind sichtbar. Bacon erreicht die Zuhörer im Raum. Die Technik klappt. Manchmal kommen die Bilder verzögert. Der Assistent ist bemüht. Johannes ist nicht ungeduldig, er nimmt Blicke wahr. Er hört diffuse Gespräche entstehen. Es stört ihn nicht, er nimmt es als Zustimmung. Die Haltungen und Gesten der Studenten treiben ihn vorwärts. Johannes hat längst sein Manuskript verlassen, er schwimmt auf den Wogen im Raum.

Im Theater nennt man das ›Rampensau‹. Er muss zum Ende kommen, er braucht die Zeit für Fragen. Er muss Raum für Gefühle geben. Die Studenten müssen sich artikulieren können. Johannes endet mit dem Satz: »Wir werden uns ein Semester lang mit diesem außergewöhnlichen Maler beschäftigen und subjektive Wege suchen, ihn zu verstehen. Ich hoffe, dass Bacon Ihre eigenen Arbeiten inspiriert.«

Johannes weiß, dass er theatral geworden ist. Er hat den Hang dazu, er muss nicht übertreiben. Es ist geschehen. Zu lang war es. Er ist nicht selbstgerecht, zufrieden ist er. Er hat deutlich gemacht, was ihn an Bacon berührt. Ein Ausgangspunkt für eine produktive Auseinandersetzung.

Die Studenten klopfen stürmisch auf ihre Tische. Warum sollte die Situation nicht ergreifend sein? Johannes denkt: »Warum haben wir Angst vor großen Gefühlen? Warum verleugnen wir kollektive Erlebnisse? Warum lassen wir nicht zu, dass uns etwas berührt? Übertreibungen bereiten den Absturz vor, wie bei einer Depression.«

Eine Pause ist das Gebot der Stunde. Mehr zu bieten hat er nicht. Im Augenblick liegt die Erkenntnis. Rauchend und redend stehen sie auf der Terrasse. Johannes mischt sich unter sie.

Er braucht den Gradmesser seiner Anstrengung. Es gefällt ihm, gefeiert zu werden.

Felix ist auf der Buchmesse. Pierre sitzt in der Ecke und schaut. Es ist die Probe, seine Buchmesse ist es nicht. Er stellt sich vor, dass er im Mittelpunkt steht, in einem Jahr. Kann er so lange warten? Felix ist herausgeputzt, flott sieht er aus, einen Tick zu korrekt. Es ist die Welt der Bücher. Extravaganter könnte es sein.

›Business as usual‹. Die Männer im Anzug, die Frauen tragen bedeckte Farben, immerhin Farben.

Die Schuhe sind hochhackig. Nur manchmal sticht einer hervor. Schein und Sein halten sich nicht immer die Waage. Das Treiben ist hektisch. Es geht um Zahlen, die Inhalte interessieren am Rande.

Felix hat die Welt der Bücher früher mit Ehrfurcht betrachtet. Er hatte sie sich erschlossen, aus eigener Kraft. Er hatte etwas gefunden, das ihn interessierte, nach vielen Fehlversuchen. Die harte Auseinandersetzung im Verlagsgeschäft hat ihn verändert. Spaß am Lesen hat er. Solange er Erfolg hat , geht es ihm gut.

Er begrüßt Pierre kurz. Der gestrige Abend steckt ihm im Hals, er war misslungen, entgegen allen Erwartungen. Es war eine Hoffnung gewesen. Felix tut es leid, für Johannes. Der hatte sich Mühe gegeben. Felix ist stolz, dass es seinetwegen geschehen ist. Pierre hat nicht mitgespielt, er war nicht unhöflich gewesen, er ist ein kaputter Mann. Das spürt Felix jeden Tag, an dem er sich mit ihm beschäftigt. Was muss er erlebt haben? Das Buch ist Leben, prall bis oben gefüllt, Pierre ist ein Wrack.

Felix geht auf Kollegen zu. Gespräche werden geführt. Wer führt hier wen?

Bedeutung gewinnt nur der, der es aushält, nichts und alles zu sagen. Es muss an der richtigen Stelle sein, der entsprechenden Person gegenüber, im angemessenen Ton, zum angesagten Zeitpunkt, offen ausgesprochen, mit Geheimnissen verknüpft, die Entdeckungen zulassend. Wer keine Aura hat, kann einpacken. Sie muss nicht echt sein, gut verkauft reicht aus.

Felix hat ein Auge auf Pierre. Er ist ihm zugeordnet. Pierre darf nichts Falsches sagen. Felix ist auf der Suche nach Wahrheit. Zur gleichen Zeit könnte sie schädlich für ihn sein.

Was ist die Wahrheit? Felix vermutet, die Wahrheit kennt er nicht.

Felix hat Freunde gesichtet, aus Lyon. Sie küssen sich. Sie strahlen um die Wette. Felix mag Mark aus Lyon, eine frühere Affäre. Mark ist Buchhändler, er kauft ein. Sein Freund schreibt Gedichte, er ist seine Begleitung. Was tun sie alle hier?

Die Geschäfte werden nicht hier getätigt, es geht um Kontakte. Das Zauberwort in der Kulturindustrie. Je mehr Menschen man kennt, umso größer ist die Chance. Einer könnte dabei sein, der wichtig ist. Kommunikation ist ein Lebensinhalt. Wer sie beherrscht, gehört dazu. Wer dazugehört, fühlt sich wohl.

Pierre sitzt da, er betrachtet das Geschehen, er kann nicht teilhaben, er ist niemand. Er hat einen Roman geschrieben, auf dem Markt ist er nicht, noch nicht. Pierre wütet mit sich. Das Geschehen läuft ab, ohne ihn. Felix' Blicke treffen seine. Pierre beneidet Felix, auch wegen Johannes. Pierre könnte schreien, in das Palaver hinein. Er könnte im Mittelpunkt stehen. Er hält sich zurück. Felix sieht, wie Pierre seine Haltung verliert. Soll er zu ihm, eingreifen? Hat Felix Mitleid? Pierre will kein Mitleid.

Felix kennt kein Mitleid. Er ist moralisch korrekt, das ist alles. Das andere dient seinen Interessen.

Auf der Bühne erscheint ein bekannter Autor. Er wird am Stand interviewt. Seine Eitelkeit verrät sein Genre. Er ist einer von denen, die nicht schreiben können, aus der Sicht der ernsten Literaturkritik. Er verkauft sich grandios, der Verlag lebt von ihm. Durch ihn können andere produktiv werden. Er stolziert auf der Woge der Popularität. Was ist sein Anteil daran? Felix denkt, dass er Spannungen herstellt. Er weiß, dass er gefällig schreibt. Er ist ein Zugpferd des Verlages. Das neue Buch erscheint in vierundzwanzig Sprachen. Die Lizenzen bringen das Geld. In der letzten Zeit häufen sich Bestseller.

Wessen Verdienst ist das? Wer verbindet Kunst und Kommerz? Felix ist eine Schnittstelle, darauf ist er stolz. Das ist die Kunst des Verlegens. Jährlich gibt es hunderttausende neuer Bücher. Welche gut sind, bestimmt der Markt, die Kritiker. Die Leser greifen zu. Ob es ihnen wirklich gefällt, sagen sie selten. Sie könnten sich eine Blöße geben. Bücher sind angesagt wie Kleider. Sie unterliegen modischen Trends. Ein Spiel der Giganten. Im Reich der Lobbyisten sind sie selten. Wie normal darf Literatur sein, bevor sie langweilig wird? Brauchen die Leser auch den Kick im Buch? Sind die Medien sich so ähnlich geworden? Ist alles ein Glücksfall, wie beim Elfmeterschießen im Fußball?

Felix redet mit dem bekannten Autor. Der ist Svens Produkt.

Sven stellt Felix vor. Felix lächelt gekonnt, er sagt Nettigkeiten, lobt Sven als den mit der feinen Nase.

Der bekannte Autor ist herablassend, er näselt blasiert. Ist Geld schädlich? Felix zweifelt.

Er denkt: »Was wird mit Pierre passieren, wenn er Erfolg hat, wenn er gefeiert wird?«

Felix will gleichziehen mit Sven. Er braucht den Bestseller.

Tommy hat es genossen, dass Susanne und Max bei ihm gewesen sind. Es war ein überraschender Besuch. Er galt der Verbindung von Freundschaft und Verliebtsein in ein Mädchen.

Tommy liegt wach, sein Problem ist nicht gelöst. Er macht sich Gedanken, was er tun kann. Er weiß es nicht. Er braucht keine Ideen, er braucht ein Mädchen. Wo nimmt er es her? Er setzt sich unter Druck. So wird das nicht funktionieren. Tommy grübelt, er fantasiert, er schläft ein, er träumt:

Tommy steht auf dem Fußballplatz. Er trippelt mit dem Ball. Er wird angegriffen. Er kennt den Angreifer nicht. Er spielt sich frei. Er bewegt sich elegant auf das andere Tor zu. Er hat freies Schussfeld, er schießt, direkt auf den Torwart. Der hält den Ball fest umschlungen. Tommy läuft auf ihn zu, er zögert. Der Torwart hat das Gesicht von Max. Der ist stolz, dass er den Ball gehalten hat. Mehr drückt er nicht aus. Der steht da, spricht nichts. Tommy schaut ihn an, er will an den Ball. Der Schiedsrichter pfeift ab. Es ist seine Chance gewesen. Tommy trottet vom Platz, er hat kein Tor geschossen, er ist kein Held. Seine Mannschaft hat verloren. Der

Torwart der gegnerischen Mannschaft umarmt ihn, er drückt ihn wie Fußballer das tun.

Tommy zieht sein T-Shirt aus, er wechselt es mit Max.

Als Tommy aufwacht, ist er allein. Es ist dunkel, es ist früh am Morgen, es ist kalt. Er steht auf und geht auf die Toilette. Er ist froh, dass er die Unterhose angelassen hat. Er wechselt sie.

Er denkt: »Soll ich Max meinen Traum erzählen?«

Es ist zu krass. Heute würden sie Fußball spielen, sie spielen im selben Verein.

Georg sitzt mit Anselm in der Cafeteria des Krankenhauses. Er ist dabei gewesen, bei einer OP, mit Anselm. Er stand hinter Anselm, der hat assistiert. Georg ist aufgeregt gewesen. Er hatte kurzfristig das Okay bekommen, vom Oberarzt. Die Vorbereitungen sind enorm. Gesehen hatte er es, persönlich erlebt, nie.

Alle waren bei der Sache, hatte Georg wahrgenommen. Die OP hat drei Stunden gedauert, höchste Konzentration war gefordert. Georg hatte nicht gewusst, wo er zuerst hinschauen sollte. Sein Blick wanderte hin und her. Die Handgriffe stimmten, geredet worden war wenig, ein automatisiertes Team. Jeder weiß, wann er was zu tun hat, selten gibt es Unsicherheiten. Die zwei Assistenten funktionieren nicht im gleichen Schnelligkeitstakt. Sie brauchen länger, sie haben dienende Aufgaben. Die Schnitte setzt der Chef.

Georg hatte manchmal Blicke mit Anselm getauscht. Der war auf der Hut gewesen, der hatte nichts falsch machen wollen. Georg hatte das Gefühl gehabt, dass es Anselm gut tat, dass er hinter ihm stand. Georg war Beobachter gewesen, er musste aufpassen.

Nachher muss er einen Bericht verfassen, zur eigenen Kontrolle. Er nimmt sein Praktikum ernst. Er ist froh, dass er nicht als kostenlose Hilfskraft missbraucht wird.

»Willst du Chirurg werden?« Georg fragt Anselm.

»Als Kinderarzt muss man das nicht können. Ich will operieren. Ich weiß noch nicht, worauf ich mich spezialisiere.«

Georg sieht Anselm die Erschöpfung an. Er selbst ist erschöpft vom Hinschauen. Georg hat sich viel vorgenommen mit dem Medizinstudium. Anselm berührt Georg leicht an der Hand.

»Ich hab mich gefreut, dass du hinter mir standest.«

Georg ist gerührt über die Zuneigung und Nähe von Anselm. Er mag ihn, erwidern kann er sein Gefühl nicht. Er spürt Anselms Verlangen. Er kennt Johannes, er reagiert nicht abweisend. Er setzt Grenzen, er liebt Leila.

Georg sagt: »Ich war froh, dir zuzuschauen. Ich bin bald in der Position. Ich habe es mir vorgestellt. Deine Handgriffe waren professionell.«

Georg übertreibt. Er weiß, dass es Anselm gut tut. Welchen Grund hat er, ihn zu kritisieren? Dass er gezittert hat, dass er einmal ein Skalpell fallen ließ? Anselm weiß das selbst.

»Es war blöd, dass ich das Skalpell fallen ließ. In dem Moment war ich aufgeregt. Ich dachte, lässt er mich schneiden? Werde ich das schaffen?«

Georg gefällt, dass Anselm Skrupel hat, dass er keiner ist, der angibt, mit dem, was er kann.

»Zum Glück musste ich nicht schneiden. Die Organe zurückhalten, finde ich schwierig. Bald muss ich schneiden. Ich habe die Vorstellung, es tut den Kindern weh. Es ist Quatsch, sie sind betäubt. Das Gefühl dafür habe ich nicht, noch nicht.«

Georg ist bemüht. Anselm hat eine offene Art. Er reflektiert das, was er tut. Er ist untypisch in diesem Beruf.

»Unter Chirurgen findet man wenige wie ihn«, denkt Georg.

Er kennt die Klischees über Frauenärzte und Chirurgen. Sind sie so falsch? Georg wird wachsam sein, er wird sich sein eigenes Bild machen. Georg kämpft mit der Müdigkeit. Beim Sitzen fallen ihm die Augen zu. Es ist ein anstrengender Tag gewesen. Neues hat er gesehen. Er braucht Leila, heute Nacht, an seiner Seite. Er will das Leid nicht heranlassen, an sich, nicht dicht. Seinen Verstand muss er behalten, sonst schafft er es nicht. Zwei Stunden muss er auf die Station, dann ist Schichtende. Routine hat er nicht, er ist wenige Wochen hier. Die Anspannung schüttelt er ab. Er versucht cool zu bleiben. Es gelingt nicht. Nachdenklich geht Georg zurück auf Station.

Anselm begleitet ihn. Anselm mag Georg. Georg weiß das. Er will ihn einladen, dass er Leila kennenlernt. Ob es eine gute Idee ist, wird sich herausstellen.

Leila hat heute keinen guten Tag, sie ist von einer seltsamen Traurigkeit befallen. Sie kennt das. Sie hatte gedacht, es wäre vorbei. Sie hat Verlustängste. Sie hatte Tage, an denen sie dachte, sie schaffe es nicht. Da hatte ihr keiner helfen können, auch Johannes nicht.

Er war immer da gewesen, er hatte sie behutsam im Arm gehalten. Er hatte ihr Sicherheit gegeben.

Auf der Straße ist sie allein. In der Schule wird alles von ihr gefordert. Sie fühlt sich nicht gewachsen, sie ist nicht erwachsen, sie ist verzweifelt. Ihr Wille, vorwärts zu gehen, reicht nicht aus. Dann liegt sie auf ihrem Bett, sie drückt sich in die Kissen. Eine Allergie befällt dann ihren Körper, überall rote Pusteln. Ihre Rettung liegt im Schlaf. Wenn sie nach zwei Stunden aufwacht, ist sie genesen. Der Ausschlag ist weg, ihre Haut ist weich.

Der Stoff für's Physikum ist viel, er hat sie stark in Anspruch genommen. Sie hätte nicht genug Zeit, hatte sie gedacht. Das hat sich festgesetzt. Es ist Zeit geblieben. Sie sitzt in der Bibliothek. Sie schaut mehr in die Gegend als in die Prüfungsblätter. Ihr Mut ist geschrumpft, er lässt sie schrumpfen. Sie fühlt sich klein, sie zweifelt. Reicht ihre Begabung aus? Sie braucht ein Gedächtnis. Ist ihres groß genug? Es geht nicht, sie kann nicht lernen. Sie verlässt die Bibliothek.

Auf der Straße ist sie verloren, sie braucht Georg. Sie stört ihn nicht gern. Georg ist in der Klinik. Soll sie Johannes anrufen? Sie vermutet ihn in der Akademie. Kann sie das tun? Will sie das tun? Würde sie nicht alleine zurechtkommen? Sie hält ihr Handy in der Hand. Sie steckt es ein. Sie muss nur wenige Stunden warten, dann ist Georg da. Sie sehnt sich nach seiner Nähe. Sie ist stark. Sie fährt nach Hause. Sie legt sich aufs Bett. Sie kuschelt sich ein, in die Kissen, wie früher. Als sie aufwacht, steht Georg vor ihr.

»Wie spät ist es?«

»Es ist acht Uhr. Ich bin gerade gekommen. Wie geht es dir?«

Leila weint, sie ist erleichtert. Georg ist da. Sie hat Stunden geschlafen, kein Ausschlag. Leila schaut ihre Haut an. Georg versteht nicht. Davon hat sie ihm nie erzählt. Sie hatte gedacht, sie hätte es hinter sich.

Leila erzählt. Georg hört zu. Georg hält sie fest. Er legt sich zu ihr. Er sagt nichts. Keine Ratschläge, kein Bedauern. Er drückt Leila lautlos an seinen Körper. Sie schlafen lange nicht.

Georg sagt leise: »Wir sind zwei.«

Leila nimmt diese Worte mit in ihren Schlaf. Sie träumt:

Leila sitzt in der ersten Bank. Sie wird von allen betrachtet, sie ist neu. Sie spricht die Sprache nicht. Einige Worte kennt sie. Um sie herum ein Gewirr von Stimmen. Alle reden durcheinander. Sie nimmt Laute wahr. Bedeutungen erschließen sich nicht. Alle stehen um sie herum, sie reden und reden. Eine Stimme erreicht sie. Sie kennt die Stimme. Sie lässt sich keinem zuordnen. Sie geht unter im Stimmengewirr. Leila hört sie.

Sie sagt: »Ich kenne dich.«

Leila antwortet nicht, ihr Kopf dröhnt. Sie hält sich die Hände an die Ohren. Die Stimmen werden schwächer. Die Klasse ist leer, Leila sitzt allein im Raum. Der Lehrer lehnt aus dem Fenster, er schaut sie nicht an. Sein Blick ist nach draußen gerichtet. Als Leila aufsteht, trifft sie sein Blick, er ist streng. Sie kann nicht aufstehen, gehen. Sie bleibt auf ihrer Bank. Was soll sie machen? Sie langweilt sich. Sie steht wieder auf. Sie geht durch die Bänke. Sie geht durch die Tür. Sie spürt die Augen des Lehrers auf sich. Sie schaut ihn nicht an, sie will nicht bleiben. Draußen ist es dunkel. Sie knipst einen Schalter an. Das grelle Licht schneidet ihr in die Augen.

Auf der Treppe steht Felix. Er umarmt Johannes. Er lacht. Lacht er sie aus? Er hat die Pose des Siegers. Leila rennt weg, die Straße hinunter. Sie verirrt sich im Gewirr der Straßen. Sie hat die Orientierung verloren. Wo gehört sie hin? Was tut sie hier?

Als sie aufwacht, liegt sie angeschmiegt an Georg. Der schläft unruhig. Er hat sich gerade gedreht. Seine Gliedmaßen sind in alle Richtungen gestreckt. Leila drückt sich in eine Lücke zwischen Hüfte und Armbeuge. Georg nimmt nicht wahr, dass Leila seinen Geruch in sich aufnimmt. Er gibt ihr Halt in diesen unruhigen Zeiten. Warum ist Felix in ihren Träumen? Sie ist fertig mit ihm. Sie liebt Georg.

Petra hat Frühstück gemacht. Sie ist früh aufgestanden, viel hat sie bewegt die Nacht über, am frühen Morgen, im Halbschlaf. Die Gesten werden lebendig. Max merkt, dass seine Mutter verändert ist. Warum, weiß er nicht. Es ist ein Gefühl. Er spricht es nicht aus. Er denkt, dass ihr die Sache mit Waldemar zu schaffen macht. Er drückt sie beim Abschied. Er gibt ihr einen Kuss in den Nacken. Er schenkt ihn ihr unbekümmert. Petra genießt. Sie hatte ihn nicht für sensibel gehalten, nicht in dieser schwierigen Zeit.

»Ich bin dann weg.«

»Pass auf dich auf.«

Die kurzen Floskeln des Morgens. Schön sind sie, vertraut. Sie zeigen Zugehörigkeit. Beide brauchen das. Petra braucht sie mehr, sie will mehr. Hat sie sich verguckt? Ist sie auf eine verrückte Masche hereingefallen? Sie weigert sich, es so zu sehen. Wieso kann sie nicht akzeptieren, dass der Sex schön war? Warum will sie mehr? Fühlt sie sich benutzt, ausgenutzt? Ist Sex, den beide genossen haben, nicht schön? Sex heißt nicht, auf Gefühle zu verzichten. In ihrem Kopf sind die Gefühle durcheinander. Heißt Gefühle haben, besitzen wollen. Petra hat gelernt, ganzheitlich zu denken. Ihr Bewusstsein stellt Verbindungen her, in die Vergangenheit, in die Zukunft.

Der Genuss der Gegenwart fällt ihr schwer. Beide haben den Sex ausgekostet. Sie hat sich eingelassen. Sie hat sich gut gefühlt. Sie hat keine Reue. Will sie mehr, weil es so schön war? Will sie mehr, weil es sonst nicht mehr schön ist, was sie erlebt hat? Ist sie eine Nutte, wenn sie sich keine Gedanken macht?

Die Vorurteile ihrer Umgebung haben sie fest im Griff. Sie selbst hat sich durch ihre Aktion befreit. Sie war reaktiv, sie hat es gewollt. Ihr Kopf kann es nicht zuordnen. Sie will es zuordnen können.

Sie hat romantische Gedanken an Philipp. Er wollte das Eine. Verkehrt sich das Vergnügen in Gewissensbisse? Ist ihre Leichtigkeit Opfer schwermütiger Reflexionen? Petra ist uneins mit sich. Wenn sie ehrlich ist, möchte sie Philipp wiedersehen. Sie möchte wiederholen, was ihr gefallen hat. Sie will nicht weiterdenken. Soll sie weiterdenken? Wer verlangt das von ihr? Sie ist nicht alt.

Wieso ist Sex-Vergnügen unwürdig? Ist das der Jugend vorbehalten? Sie merkt, dass sie die Fragen stellt. Es ist keiner, der sie bevormundet. Sie hat die Schere im Kopf.

Petra hatte kein abenteuerliches Leben. Sie würde das letzte Jahrzehnt als langweilig bezeichnen. Was den Sex und die erotische Liebe angeht. Sie hat ein Recht auf Erfahrungen, auf Abenteuer. Sie ist glücklich gewesen, für Stunden, mit Philipp. Petra lässt sich das Glück nicht nehmen, sie behauptet es.

Sie wird es Max erzählen, der wird sie verstehen. Wenn nicht, lernt er, dass die Welt bunter ist, als er glaubt.

Petra läuft ins Büro. Ihr Schritt ist beschwingt. Sie hat eine neue Freiheit gewonnen. Sie weiß nicht, ob sie ihr trauen kann. Sich selbst nimmt sie ernst. Philipp gefällt ihr. Sie will, dass er anruft. Warten will sie nicht. Sie verbietet sich die Sehnsuchtsnummer.

Pierre sitzt in einer kleinen Eckkneipe. Die, in der Stricher verkehren, sagt man. Es ist so. Pierre hat einen Tag Buchmesse hinter sich. Er ist müde, er sitzt da, vor seinem Bier. Er ist fehl am Platz. Er hat sich den Platz ausgesucht. Er schaut in die Gesichter der Männer, sie gefallen ihm nicht. Alte Gesichter an jungen Männern. Pierre fühlt sich unwohl.

Er bleibt sitzen. Wo soll er hin? Felix ist auf die Buchmesse gekommen, zwischendurch, Dr. Kaiser hat von weitem gelächelt. Wo ist der wichtige Autor?

Das hat Zeit. Er ist nicht dran. Pierre ist in Wartestellung.

Hält er durch? Kann sich das nächstes Jahr ändern? Das ist ein Leben auf Abruf. Ob es funktioniert, weiß er nicht.

Seine Augen suchen etwas, sie suchen jemanden. Was und wen kann er nicht sagen. Die Wünsche sind Pierre abhandengekommen. In welche Welt ist er hineingeraten? Ist er es, der nicht hineinpasst? Ist es die Welt, die nicht erkennt, um wen es sich handelt?

Alles ist eine einzige Lüge. Sein Glück hat sich als Unglück entlarvt. Ist er nicht fähig das Glück zu halten? Erneut droht es ihm zu entgleiten.

Seine Hoffnung liegt in diesem Buch. Das Buch, seine Rache, seine Versöhnung. Er möchte abreisen, morgen.

Er denkt, dass er nicht abreisen kann, er hat eine Aufgabe zu erfüllen, die hält ihn aufrecht. Er trinkt ein Bier nach dem anderen. Als er die Kneipe verlässt, ist ihm das Denken abhandengekommen. Er schwankt instinktiv in die richtige Richtung. Nach Mitternacht fällt er schwer auf's Bett. Das Elend hat sich an seine Füße geheftet. Es klebt an ihm, er wird es nicht los. Dabei hatte er gedacht, es wäre vorbei, wenn sein Zwilling tot sei.

Die Manipulation des Manuskripts ist nicht leicht für ihn gewesen. Sein Hass auf die Pariser Ehefrau ist groß.

Madam du Boulet führte ein Leben mit seinem François.

Mit beflissener Akribie und unausweichlichem Hass hat er alles getilgt, was über sie in dem Buch stand. Die Lücken hatte er in nächtlicher Kleinarbeit gefüllt. Seine Leistung für ihre gemeinsame Geschichte. Er hatte sich gewundert, wie euphorisch sein Bruder über ihn geschrieben hatte. Wie perfekt das Doppelleben funktionierte. Das war Pierre bei der Lektüre bewusst geworden. Sein Zwilling hatte keinerlei schlechtes Gewissen gezeigt. Als hätte François zwei Identitäten gehabt, lebte er in Paris mit seiner Frau, in Marseille mit ihm.

Die Entdeckung durch Pierre hatte er nicht vorausgesehen. Pierre hatte gewütet, er hatte ihn weiter in die Krankheit hineingetrieben, er hatte jeden Ausweg verhindern wollen. Am Ende hatte er ihn zu Tode gebracht, willentlich, wissentlich. Ein Mord ist nicht nachweisbar.

Pierre hatte sich in die Arbeit seines Bruders geflüchtet. Sie hatte ihn das Jahr nach dem Tod in ständiger Anspannung gehalten. Sie hatte seinem aussichtslosen Leben einen Sinn gegeben. Pierre hatte sich auf nie vorgestellte Weise den Wunsch eines Buches erfüllt.

Es ist sein Buch, er ist der Anlass, er hat es verantwortet. Er hat die endgültige Fassung erstellt. Er hat die Erinnerung an die Frau ausgelöscht. Es ist ihm gelungen. Wenn das Buch so erscheint, ist er der Sieger.

Felix hatte alles gierig gelesen. Er war Pierre erlegen. Seiner Faszination der Besonderheit. Pierre weiß, dass Felix misstrauisch ist. Er ist ihm auf der Spur, nachweisen kann er nichts. Im eigenen Interesse würde Felix sich hüten, der Wahrheit zu nahe zu kommen.

Das weiß Pierre. In den langen Sitzungen und Auseinandersetzungen mit ihm, hatte er Felix' Struktur durchschaut. Felix ist skrupellos wie er, wenn es um seine Interessen geht. Er ist ein liebenswerter, junger Mann, einfühlsam und ehrlich.

Pierre hatte bei dem Essen mit sicherem Instinkt gespürt, dass Johannes Felix abgöttisch liebt. Er kennt die Form der Abhängigkeit. Er hat Angst um Johannes. Es ist nicht sein Problem. Er hat seine Zuneigung zu Johannes entdeckt, der hatte ihn nur mit den Augen von Felix gesehen. Es stört Pierre, dass Johannes keinen eigenen Weg auf ihn zu gesucht hat. Die Verknüpfung seiner Person mit Felix hatte zu sehr im Vordergrund gestanden. Pierre weiß, dass der Abend für alle Beteiligten misslungen war. Er hatte das nicht gewollt. Er hatte es nicht verhindern können. Er hätte es sich anders gewünscht. Er bedauert es, da sich Johannes große Mühe gegeben hatte. Es war einer der Abende gewesen, wo alle um ein freies Wort verlegen waren. Ausgesprochen wurden die Worte der anderen. Gehört wurde, was man hatte hören wollen.

Die vorgefertigten Bilder lösen sich nicht auf, sie verfestigen sich.

Philipp hatte diese fixe Idee lange mit sich herumgetragen. Er ist ein junger Mann, eher schüchtern als forsch. In seinen Beziehungen klappt es nicht. Dreimal hintereinander hatte er Frauen kennengelernt, die er begehrte. Eine von ihnen hatte sich eingelassen auf ihn. Sie hatte ihn regelrecht hinein geführt in die Mitte des Lebens. Sie hatte ihn ausgesaugt, auf gezielt ausgesuchte Weisen.

Heide war ein Vampir gewesen und hatte sein Blut gewollt. Er hatte ihr sein Innerstes geöffnet, unfreiwillig, im Rausch. Sie hatte ihn erlegt, einen Hirsch, einen Hasen, etwas dazwischen. Philipp war in sie hineingeraten. Er hatte sich verguckt. Er war nicht wieder herausgekommen. Zwanghaft hatte er ihr zu Füßen gelegen. Lechzend, ein winselnder Hund. Heide hatte ihn nicht geliebt, sie hatte ihn besessen, er war ihr zuwider am Ende. Sie hatte die unverschämte Freiheit gehabt, sich zu trennen, als sie es wollte. Philipp hätte es nicht geschafft.

Heide ist Vergangenheit. Philipp will vorwärts, gehen lernen, erotische Ausflüge machen, keinen Schritt mehr zurückgehen. Er will alles anders machen.

Sie hatten zusammen beim Essen gesessen, nur Männer, aus der Schulzeit. Sie hatten Fantasien. Bei genügend Alkohol waren sie in Fahrt gekommen. Sie hatten sich gegenseitig überboten. Jeder hatte witzig sein wollen. Jeder hatte den anderen in den Schatten stellen wollen. Toppen mussten sie sich.

Philipp hatte gesagt: »Ich kriege eine reife Frau auf der Straße 'rum. Ich schlage ihr vor, mit ihr zu ficken, es zu genießen und es zu beenden, ohne Reue, ohne Wiedersehen.«

Petra ist das Opfer gewesen, das Versuchskaninchen, das, was zu beweisen war.

Alles ist anders gekommen. Petra hat ihn beeindruckt. Ihr Sex war sensationell für Philipp gewesen. In den Augen von Philipp hatte sie es gebracht. Er hatte sich nicht benutzt gefühlt wie bei Heide. Er selbst hatte sie auch nicht 'rumgekriegt, nicht nur gepoppt. So wäre es nach der Versuchsanordnung gewesen. Es war etwas passiert.

Er nennt es die Schönheit des Augenblicks. Er hätte verweilen können, weil es schön gewesen ist. Das war nicht vorgesehen. Hatte er die Möglichkeit in Betracht gezogen?

Philipp schaut die Nummer an. Dass er sie hat, ist ein Bruch der Regeln. Er hat sie aufgestellt. Soll er die Nummer zerreißen? Er will nicht leiden. Heide ist ihm in Erinnerung. Was geht in ihm vor? Was tut er? Er will keine Affäre. Er will keine Beziehung. Die Nummer steht auf dem Zettel, sie blinkt in seinem Gehirn.

Petra ist im Büro. Ihr Gesicht ist schön, das Erlebnis war schön. Es überträgt sich. Die Anderen können es sehen. Sie sollen es sehen. Petra trägt es herausfordernd. Sie denkt, dass jeder sehen müsse, sie habe guten Sex gehabt. Sie fühlt es. Was ist es, das sie fühlt? Sie ist befriedigt. Sie ist zufrieden. Sie hat ihren Frieden. Sie ist friedfertig.

Ausgeglichen sitzt sie da. Jeder könnte kommen, jeder könnte sie ansprechen, jeder könnte sie fragen.

Sie denkt nicht an Max, sie denkt nicht an Waldi, sie ist präsent. Ihre Gegenwart ist einladend. Sie ist offen für das, was passiert, an diesem Vormittag, danach. Es gibt einen Schönheitsfehler. Sie hat ihm die Nummer gegeben. Das Warten könnte ihr einen Strich durch die Rechnung machen. Warum hatte sie das tun müssen? Warum hatte sie nicht das Spiel akzeptieren können? Sie hatte es nicht gekannt. Intuitiv hätte sie die Grenzen vorausahnen können. Sie hat ihr Glück eingetrübt. Sie ist nicht Petra im Glück. Es gibt ihre Nummer, die Philipp hat, eine Trophäe. Sie weiß das. Im Moment ignoriert sie es. Wird ihr das in den folgenden Tagen gelingen? Was ist, wenn er anruft? Wird es schön, schwierig, geht es weiter?

Heribert kommt vorbei. Er ist der Gockel, unverwechselbar. Er ist der Seismograph ihrer Stimmungen.

»Hallöchen. Die schöne Frau sieht verliebt aus.«

Wie trifft er immer den Punkt, halbwegs? Verliebt ist sie nicht, genossen hat sie es.

»Mir geht es gut. Das ist alles.«

»Eine Ursache dafür muss es geben. Ich erinnere mich, dass es anders war.«

»Es gibt sie. Du erfährst sie als Letzter. Das weißt du.«

Das alte Spiel. Die alten Rivalen. Spaß macht es mit diesem Frauenversteher, dem selbst ernannten Frauenverführer.

»Das beruhigt mich. Das Leben ist zu kurz, um Trübsal zu blasen.«

Petra verkneift sich ein Lachen. Sie hatte ein Kontra auf den Lippen. Sie denkt, das ist frech. Sie arbeitet bei der Gewerkschaft. Moral ist Trumpf. Was dahinter vorgeht, interessiert alle, wissen darf es keiner.

Sie sagt: »Der Herbst wird trüb genug werden. Ich setzte Frühlingsfarben dagegen.«

Petra trägt ein rosa Kostüm. Es ist die falsche Jahreszeit, es ist die richtige Wahl für sie. Luftblasen erfüllen den Raum, keiner hat sie bestellt, keiner übersieht sie. Sie sind dünnhäutig, sie können leicht zerplatzen. Sie bewegen sich leicht durchs Büro. Heribert ist nicht sensibel. Er ist neugierig, er ist hinterhältig, sein Ego will siegen.

»Der Frühling steht dir gut. Der Sommer entspricht dir. Der Herbst kommt auf dich zu.«

Petra ist perplex, schlagfertig ist sie.

»Ich bin nicht abhängig von Jahreszeiten. Eine Frau weiß, sie zu überlisten.«

Sie kennt die Waffen einer Frau.

Heribert liebt das an Petra, er gibt sich nicht geschlagen.

»Hast du es nötig, List anzuwenden?«

»Es ist nicht eine Frage der Not. Ich lasse meine Launen zu. So stehle ich mich fort, aus den Launen der Natur.«

Petra hat Arbeit auf dem Tisch. Sie verabschiedet Heribert mit einer klaren Geste.

Heribert zieht sich zurück, er spürt vermintes Terrain.

»Petra ist eine klasse Frau«, denkt Heribert.

Eine Nummer zu groß. Es kümmert ihn nicht. Er ist nicht ihr Typ, er weiß das seit Jahren.

Geändert hat es sein Verhalten nicht.

Waldemar sitzt zu Hause. Er, der immer beschäftigt ist, fällt in ein Loch. Er hat es sich gegraben, er hat sich verrannt, seit langer Zeit. Er kann nicht loslassen, bevor er nicht den entscheidenden Schritt gemacht hat. Mit einer Zurückweisung könnte er leben, denkt er. Er könnte neu anfangen. Die Ungewissheit, ob er eine Chance hat, frisst ihn auf. Der Vorwurf, nichts zu tun für sein Verlangen, ist übermächtig.

Er grübelt und weiß nicht weiter. Er ist für Andere da gewesen, er hat sich gekümmert. Wer kümmert sich um ihn? Wieso kann er nicht rausgehen, tanzen? Wenn er draußen ist, mit seiner Clique, die ihn schätzt, ist er der gute, lustige August. Er hat das Gefühl, ein asexuelles Wesen zu sein, in ihrer Umgebung. Seine Selbstdarstellung ist ein falsches Produkt, es produziert Ansprüche an ihn, keine an die Anderen.

Er kann sich einreihen in die Schlange der hilflosen Helfer. Er zeigt sein Gesicht nicht, nicht das wahre, nicht seine Einsamkeit, Bedürftigkeit. Warum fällt ihm das so schwer? Er verbringt zu viel Zeit mit denen, die ihn brauchen. So sieht er es. Er zeigt nicht, dass er auch auf der Suche ist, nach einer Person, die er braucht. Er will etwas ändern. Soll er Petra vergessen? Soll er den entscheidenden Schritt tun, ohne Rücksicht auf sein Verhältnis zu Max? Morgen wird er Max nach der Nummer fragen, egal was Max denkt. Er wird ihm sagen, dass es persönlich ist. Max wird es verstehen. Die Geschehnisse spitzen sich zu.

Petra sitzt zwischen den Stühlen. Wer sitzt auf welchem Stuhl? Sind Waldemar und Philipp eine echte Alternative? Petra will leben, sie will alles Versäumte nachholen. Sie fühlt sich leicht. Sie mäandert durch die offenen Räume. So kennt sie keiner. Es ist ein Knoten geplatzt. Wo er saß, hat sie nicht im Blick. Sie merkt, dass er weg ist.

Sie möchte eine Frau ohne Gedächtnis sein. Sie möchte alle Melancholie abstreifen, die sie in Schach gehalten hat. Ist das ein Schub? Folgt danach der Absturz? Sie sieht es nicht so. Sie stürmt vorwärts, über ihr eigenes Ziel hinaus. Die Grenzen möchte sie niederreißen, sie weiß nicht wie. Wo sind ihre Gedanken an die Zukunft? Wo ist ihr Misstrauen? Leichtsinn ist bei ihr leichter Sinn. Sie kennt ihre Schwächen, die sie zu verbergen sucht. Das Erkennen ihrer Möglichkeiten macht sie kühn. Hängt ihr Übermut an der Erfüllung durch Philipp? Hat das geklappt, weil Petra ihm in den Schoß gefallen ist wie eine überreife Melone? Ist es wichtig, dass Philipp sie anruft? Gibt es andere, die Philipp heißen könnten? Sie weiß nicht, ob Philipp anruft. Sie ist gut im Bett, sie ist gut in der Liebe. Sie hat alles gezeigt. Wer kann ihr widerstehen? Mit wem kann sie ihr neues Dasein teilen?

Sie möchte hinaus in die Welt. Das Bauchgefühl wächst sich aus, in ihrem Körper, der reagiert auf den Wind. Der Herbstwind dringt ein durch das offene Fenster. Er ist zärtlich zu ihr. Ihr Blick nach draußen hat sich geändert, sie sieht es mit ihren Augen. Es sind geöffnete Augen, weit geöffnete Augen, in den Himmel hinein.

Sieht Philipp auch diesen Himmel? Sie denkt an ihn. Sie schickt ihm ihre Gedanken mit den Wolken. Weit ist es nicht. Sie werden sich nicht verflüchtigen.

Könnte Johannes sie so sehen, er würde Max beglückwünschen zu so einer Mutter. Wenn sie frei wäre, würde sie reisen, ins Blaue hinein. Sie würde sich hingeben, dem schönen Augenblick, wie sie es getan hat, vor kurzer Zeit.

So viel Verantwortung hat sie, sie wird Max nicht im Stich lassen. Sie braucht ihre Arbeit. Selbst wenn sie auf vieles verzichten könnte, Kollegen wie Heribert sind von großem Unterhaltungswert.

Sie kehrt zurück zu ihrem Platz. Sie sitzt am PC und schreibt.

Am Abend will sie Johannes anrufen. Hat Max gemerkt, dass er eine neue Mutter hat?

Philipp kann das Blinken nicht abstellen. Seine Mitte regt sich auf, wenn er an Petras Körper denkt. Er will sie anrufen und ihr sein Gedicht vorlesen, das er schreiben wird, über sie. Philipp verhält sich konträr zu seinem Versuch. Die Freunde müssten ihn Lügen strafen. Das ist ihm egal. Konnte er ahnen, auf so eine Frau zu stoßen?

Philipp lacht über seine gedankliche Wortwahl. Es ist ein erregtes Lachen, sexistisch ist es nicht, anstrengend könnte es werden. Philipp ist allein.

Er schreibt. Er will witzig sein. Seine Gefühle versteckt er hinter Reimzeilen. Petra begehrt er.

›*Hallo schöne Petra. Ich bin wieder da. Hattest du gedacht, dass das nichts macht, wenn du mir deine Nummer gibst und mir meine Frechheit vergibst? Wie ich dich an Land gezogen, indem ich mich verbogen. Dann lagen wir im Bett und es war schrecklich nett. Du hast mir den Kopf verdreht, wie es schlimmer nicht mehr geht. Jetzt sitze ich in der Küche und dresche nur noch dumme Sprüche. Ich gehe hoch die Wände, will raus ins offene Gelände. Möchte dich wiedersehen und mit dir Gassi gehen. Dort hab ich dich getroffen und bin von dir besoffen. Kannst du Essen besorgen bis morgen, dann mach ich mir nicht mehr Sorgen, dass wir uns küssen und lieben und vielleicht Kinder kriegen*‹.

Philipp ist nicht zufrieden mit seinem Text, benutzen will er ihn. Er denkt, gesprochen durchs Telefon wird er nicht hinterfragt werden. Er wird Wirkung erzielen, das will er. Das Gedicht bringt ihn in Zugzwang. Er hat es nicht für den Müll geschrieben. Auf der Arbeit will er sie nicht stören.

Er denkt, dass sie arbeitet, er weiß es nicht. Er sollte seinen Rollentext studieren. Geht das? Er probiert die Parallelsituation.

Er probt den Valerio. Wie passt das zu Petra? Soll er sich zu ihrem Narren machen? Das wäre eine Idee. Vernarrt ist er in sie. Kann er das? Hat er den Büchner'schen Wortwitz? Kann er Petra damit für sich gewinnen? Will er das? Kompliziert das nicht sein Leben? War er nicht mit sich selbst zufrieden? Warum braucht er jemanden? Muss er sich ergänzen?

War der Augenblick es nicht wert, ein Augenblick zu bleiben? Passt Valerio zu Petra?

Er stellt sich vor, wie es sein würde, wenn Valerio ein Verhältnis zu Petra hätte, wenn er sie erobern würde, aus einer zufälligen Begegnung eine dauerhafte machen wollte. Ein Spiel, Philipp ist Valerio. Er lotet aus. Er hat gelernt, ein anderer zu sein. Er überträgt den Valerio Text auf eine Begegnung mit Petra. Die zweite, die nicht stattgefunden hat. Von der er nicht weiß, ob sie stattfinden wird, und er nicht sicher ist, ob er will, dass sie stattfindet.

Welche Absicht könnte Valerio verfolgen, um sich zu erheitern, als Projektionsfläche seiner eigenen Wünsche? Ist ihm an Petra gelegen, als konkreter Person, die sie ist, unverstellt in ihrer Gegenwart? Hat er sie nicht gerade da herausgerissen und sie brutalstmöglich in seine Gegenwart gestellt, die nicht sein eigene ist? Eine erfundene, eine Laborsituation.

Philipp spürt die Komplexität. Valerio ist von einfacher Schlauheit.

›Spring hinein in die Situation‹, hatte sein Schauspiellehrer gesagt.

Er macht das, im richtigen Leben. Etwas ist schief gegangen, es wirkt nach, es hat sich nicht untergeordnet. Seine eigenhändige Regie ist nachhaltig. Es kostet Energie, es ist nicht vorbei. Valerio könnte es abhaken. Er würde sich auf die nächste Überraschung vorbereiten. Er ergreift Besitz von Situationen. Philipp hat das Gefühl, dass die Situation von ihm Besitz ergriffen hat.

Johannes kann zufrieden sein, er hat seine jungen Zuhörer erreicht. Wie tief sie berührt sind, wird das Semester zeigen. Johannes denkt, dass eine Beschäftigung mit einer Sache Spuren hinterlässt, deutlich sichtbare Spuren, in den eigenen Werken. Die Umsetzung kann konträr sein, sie kann vermittelt erfolgen. Berührt zu werden, von Bacon, das wünscht sich Johannes für seine Studenten. Aussehen kann das unterschiedlich, dafür sind sie Künstler, die verschiedene Zugangswege suchen, die sie finden, wenn sie gefordert sind, sich einzulassen. Es ist Johannes‘ Aufgabe, es zu schaffen. So sieht er sich. Das vermittelt er durch seine Person, seinen Zugang und seine Begeisterung für Bacon.

Johannes will Empathie. Er fordert sie mit äußerster Konsequenz. Er will Bilder zeigen, die aus dem Alltag reißen. Die Verarbeitung geschieht durch genaues Hinsehen. Johannes ist gespannt darauf. Diese Spannung will er in den Bildern entdecken.

So findet Aneignung statt, kein Plagiat. Das geschieht nicht sofort, es braucht Zeit. Johannes gibt diese Zeit in die eigene Verfügung seiner Studenten. Er selbst nimmt sich Zeit, seine Studenten dorthin zu führen, wo er weiß, dass Zeit geschieht. Das liebt er an Bacon, der gestaltet Zeit.

Johannes steht auf der Terrasse. Langsam leert sich die Plattform. Im Auditorium findet die Diskussion statt. Lebhaft geht es zu. Gedanken werden getauscht. Sie wechseln bargeldlos die Besitzer. Was könnte es Schöneres geben? Uneigennützig laufen die Meinungen zueinander und beziehen sich aufeinander. Sie verschränken sich, sie grenzen sich ab, sie werden mit Sinnen begriffen. Die, die auf der Strecke bleiben, sind nicht überflüssig. Sie bilden Brücken zu neuen Ideen. Johannes fühlt sich wohl unter kreativen Menschen. Hier liegen die Wurzeln seiner eigenen Freiheit, die er sucht, die er braucht.

Pierre hält seine Einsamkeit kaum aus. Er hatte gedacht, das lege sich. Er hatte andere Erwartungen gehabt. Sein Gehirn arbeitet angespannt. Er schwankt zwischen Selbstmitleid und Schuldgefühl. Er hatte sich bemüht, die einfachen Dinge anzuschauen. Er hatte Kleinigkeiten wahrnehmen wollen. Er hatte sich an den fremden, neuen Gesichtern freuen wollen.

Die Buchmesse ist voll davon. Alle haben mit Büchern zu tun. Das verhindert langweilige Gesichter.

Das Geschäftliche ist dominant. Pierre hat das erkannt. Sein Buch würde denselben Weg gehen. Kann er das wollen? Er hat keine andere Wahl, das hat ihm Felix klar gemacht. Sie sitzen in einem Boot. Wenn er stürzt, zieht er Felix mit. Felix muss sein Verbündeter sein. Dieses Wissen macht Pierre stark.

Es ist spät, als Felix nach Hause kommt. Johannes sitzt im Sessel und hört Musik. Er hat Tristan aufgelegt. Früher hatte er Wagner nicht gemocht. Das hat sich geändert. Er hat hervorragende Inszenierungen gesehen. Die Musik hat ihn erfasst. Sie zieht ihn hinein ins Geschehen. Er hat neue Deutungen erfahren. Er kann sich begeistern für das unaufgelöste Sehnsuchtsmotiv aus dem Tristan. Johannes sieht die Bilder vor sich.

Felix ist erschöpft, er schmiegt sich an Johannes. Felix will erzählen, die Müdigkeit ist stärker. Dafür sind Beziehungen da. Selbstverständlich schläft er ein. Johannes liebkost leicht seinen Bauch. Er schaut ihn lange an, das macht er gern.

»Warum liebe ich diesen Menschen? Ich habe ein Identitätsproblem. Ich suche die Auflösung im Anderen. Ich will die vollständige Symbiose. Ich projiziere alle Wünsche auf Felix. Er ist eine Sicherheit in mir, für mein unstetes Leben. Ich bin zutiefst gespalten. Meine Gier nach Nähe und Verschmelzung ist grenzenlos. In die Sehnsucht lasse ich mich fallen. Ich steigere sie, ich finde die Distanz nicht. Felix liebt diese Nähe, er braucht die Sicherheit. Er kann nicht allein sein. Er hat einen festen Lebensplan. Diesen Weg geht er. Wie lange ich darin eine feste Größe bin«, denkt Johannes, »ist ungewiss. Ich sollte mich schützen. Warum kann ich das nicht?«

Felix macht die Augen auf, er schaut irritiert. Er findet sich wieder zurecht. Hier ist er zu Hause. Er braucht ein zu Hause. Kommentarlos steht er auf, er geht ins Bad. Er ist schlafwandlerisch sicher auf seinem Weg. Er greift nach der Zahnseide. Felix ist Felix, in jedem Moment seines Lebens.

Johannes löscht die Lichter. Er stellt sich neben Felix. Er putzt seine Zähne. Seit er Felix kennt, vergisst er es nie.

Im nächsten Jahr

Johannes ist traurig. Der Zustand dauert an. Es hat sich ein Grauschleier über sein Leben gelegt. Er hatte nie gedacht, dass es das gibt. Schlechte Laune kennt er, Ärger gibt es in Abständen. Er hat Freunde, es gibt wenige Feinde.

Im Winter war er mit Felix in Südafrika gewesen. Das neue Jahr hatte freundlich begonnen. Sie hatten Felix' Geburtstag gefeiert. Die schwarzen Frauen aus dem Guesthouse hatten ihm ein Ständchen gebracht. Felix nahm neue Eindrücke wahr. Dieses Land war nach seinem Geschmack gewesen. Er liebte die Natur, die landschaftlichen Gegensätze, die Schönheiten, die exotischen Tiere hatten ihm gefallen. Welch' eine neue Welt für Felix.

Sie waren im Land unterwegs gewesen. Den Linksverkehr hatten sie gemeinsam bewältigt. Sie waren ein erprobtes Gespann. Es war nicht ihr erster gemeinsamer Urlaub. In kurzer Zeit hatten sie viele Erfahrungen gemacht, selten gestritten. Johannes hatte sich an Felix gewöhnt, er war nicht wegzudenken aus seinem Leben. Versuche, unabhängiger zu werden, hatten unterschiedliche Erfolge.

Ihr gemeinsames Leben war aufrichtig gewesen. Es gab Vertrauen, der Alltag trennte sie. Freie Zeit verbrachten sie zusammen. Sie hatten sich selbstverständlich geliebt.

Jede Nacht schliefen sie zusammen. Ihr Sexleben war lebendig. Sie probierten aus, sie kannten ihre Vorlieben.

Das Frühjahr war kalt gewesen. Der Winter hatte sich lange nicht verabschiedet. Es war schön im Haus, warm und gemütlich. Sie hatten Feste gefeiert, Freunde eingeladen, gesellige Abende verbracht.

Johannes hatte eine große Semesterabschlussfeier in ihrem Haus gegeben. Felix war betrunken gewesen. Johannes hatte ihn liebevoll versorgt.

Johannes hatte gemerkt, dass Felix ihn vorgeführt hatte, vor seinen Studenten. Er hatte Johannes' wunden Punkt, sein Alter, angesprochen. Die fünfundfünfzig stehen bevor. Johannes ist sich nicht sicher, ob er feiern will, das hat Zeit. Felix hatte Johannes verletzt. Johannes hatte es nicht gezeigt, er war darüber hinweg gegangen, er hatte seine Rolle übernommen.

Er kümmerte sich, als es Felix übel wurde. Felix hatte sich erbrochen. Selten war Felix hilflos gewesen. Wenn er krank war, zeigte er es.

Johannes war dumm gewesen, Felix nicht zur Rede zu stellen, für den Angriff auf sein Alter. Alle hatten das so empfunden. Felix war betrunken gewesen, Johannes sah es ihm nach. Es war die alte Verständnisseligkeit, wo Konfrontation und Konflikte angesagt gewesen wären. Diese Fähigkeit war ihm in der Zeit mit Felix abhandengekommen.

Felix reagierte empfindlich auf den kleinsten Konflikt, es störte sein Selbstbild, es brachte seine Harmonie durcheinander. Die forderte er von sich und seiner Umgebung. Er konnte austeilen, er konnte verletzend sein. Einstecken zu können, hatte er nie gelernt. Das wusste er zu verhindern, durch eine äußerliche Form der Höflichkeit, die ihn selten angreifbar machte.

In jenem Moment hatte Johannes gedacht, dass er mit Felix ein Problem hatte, er fühlte sich unterlegen. Dagegen wehrte er sich, das hielt er nicht aus. Felix wollte den Ton angeben und behütet sein.

Johannes dachte nicht daran. Er hatte es vergessen, verdrängt. Wichtig war es ihm nicht. Es hatte ihn irritiert, in diesem Moment. Johannes war nicht nachtragend. Sie hatten sich nicht darüber ausgesprochen. Einen Monat später, im März, war Johannes verreist, seit langem ohne Felix.

Er hatte ein akademisches Treffen, mit Kollegen anderer Hochschulen. Fünf Tage war er weg gewesen. Jeden Tag hatte er mit Felix telefoniert. Er freute sich jeden Tag neu auf diese Gespräche. Am vorletzten Tag hatte

Felix eine Andeutung gemacht, dass er ausgegangen sei und einen Mann getroffen hatte, von dem er angeregt sprach. Johannes war hellhörig geworden, er zweifelte nicht an Felix' Loyalität ihm gegenüber. Er fand es offen und ehrlich, dass Felix es angesprochen hatte, Angst hatte er keine. Eifersüchtig war er gewesen, damit hatte er umgehen können. So etwas passierte.

Johannes ist kein Heiliger, er hatte eine bewegte Vergangenheit. Felix hatte ausdrücklich gesagt, dass sie keinen Sex hatten. Johannes hatte Vertrauen. Er hatte sich gefragt, ob es so schlimm gewesen wäre, wenn Felix mit einem anderen Mann Sex gehabt hätte.

Er hatte sich keine Meinung bilden können. Schön wäre es nicht gewesen, kein Trennungsgrund für Johannes.

Als er nach Hause gekommen war, hatte ihn Felix herzlich empfangen. Johannes hatte kein Misstrauen, er freute sich über Felix. Er war ausgehungert und scharf auf ihn. Sie hatten ausgiebigen Sex miteinander. Johannes war nach Felix eingeschlafen, er hatte ihn zufrieden betrachtet. Die Welt war schön.

Am nächsten Morgen, nachdem sie gekuschelt haben, sagt Felix:

»Wir müssen reden.«

In diesem Moment ist Johannes klar, dass etwas passiert ist. Etwas, von dem er nie geglaubt hat, dass es passiert. Von dem er wusste, dass es geschehen könnte.

An diesem Morgen können sie nicht reden, die Zeit ist knapp. Felix muss zur Arbeit. Johannes hat einen schlechten Tag, er ahnt die Katastrophe. Er versucht sie nicht herbei zu denken. Sie steht im Raum.

Am Abend sitzen sie beim gemeinsamen Essen. Im Garten ist es kühl. Die Atmosphäre ist angespannt. Johannes hat Angst.

Felix ist ruhig. Er hat seine Entscheidung getroffen.

Er sagt: »Ich habe mich verknallt. Ich möchte eine gemeinsame Zukunft mit Steven. Du wirst fünfundfünfzig. Der Altersunterschied ist groß. Ich ziehe zu Steven. Er ist vierzig. Ich denke es passt. Wir bleiben Freunde.«

Johannes staunt, er ist sprachlos. Das erfahrene Gesicht bekommt mehr Falten. Es rutscht aus der Anordnung hinaus.

Johannes hatte Schwierigkeiten erwartet, auf Auseinandersetzungen war er vorbereitet. Er hatte sich vorgenommen, Felix ruhig anzuhören. Ihn zu verstehen, soweit es ihm möglich war. Das hatte er nicht erwartet.

Das ist zuviel. Johannes kämpft mit den Tränen. Er möchte Felix berühren, küssen, umarmen. Wie widersinnig. Er weiß, Felix lässt das nicht zu, nicht mehr. Johannes ist erschüttert.

Er möchte schreien, er möchte sich auf den Boden werfen und mit den Händen auf den Fußboden trommeln.

Er tut nichts von alledem. Er rutscht in den Sessel hinein. So hat er Pierre im Gedächtnis, den alten, verbitterten Mann. Johannes ist an seiner Stelle. Er ist zerstört. Er weiß nicht warum, er versteht es nicht.

Zwei Monate sind vergangen. Seinen fünfundfünfzigsten Geburtstag hat Johannes nicht gefeiert.

Sein Leben ist nicht zu Ende, er trauert. Er hatte sich die ersten Wochen vergraben, in seinem Haus. Felix war vorbei gekommen, um etwas zu holen. Johannes hatte versucht, ihn zurück zu gewinnen. Felix hatte jedes seiner aufrichtigen Gefühle zurückgewiesen. Er hatte eine Grenze gesetzt.

Er hält sich daran. Für ihn ist die Beziehung beendet.

Was hat er falsch gemacht? Johannes bewältigt seinen Alltag. Er ist froh, dass es seine Studenten gibt. Sie verhalten sich solidarisch, sie halten zu ihm.

Er kann die Sonne nicht sehen. Der Frühling blüht nicht für ihn. Er sitzt in seinem Garten, zwischen den Blumen. Er ist verloren. Er konzentriert sich auf seine Arbeit, mehr schafft er nicht.

Felix fühlt sich wohl in seiner neuen Liebe. Nicht immer entspricht Steven seinen Erwartungen. Felix ist sich selbst nicht klar, warum er sich wirklich getrennt hat. Seine Gefühle für Johannes waren tief, er hatte ihn geliebt. Johannes war gut zu ihm gewesen.

Das Bedürfnis nach Veränderung entstand. Es stand plötzlich vor ihm. Er hatte Angst, dass Johannes ihn betrügen könnte, bei seinem Aufenthalt. Gleichzeitig machte er sich Gedanken über sein eigenes Leben.

Er geht auf die vierzig zu, er wird selbst älter. Er hat Angst vor seinem eigenen Alter. Er wollte das Älterwerden nicht an Johannes erleben. Das stellt er sich schmerzlich vor. Er wollte nicht verzichten. Er war nicht bereit, für Johannes Verantwortung zu übernehmen. Eine Fortsetzung des Liebesverhältnisses hätte das von ihm verlangt. Felix weiß das. Er hatte sich vorgestellt, dass Johannes eine Last werden könnte.

Felix hat viel vor in seinem Leben. Wäre das mit Johannes gegangen, der fünfundfünfzig ist?

Steven ist plötzlich da gewesen. Er hatte seine Hand berührt. Felix hatte sich neu begehrt gefühlt, die Angst vor gleichaltrigen Männern war weg gewesen.

Steven ist nicht attraktiv, er stellt keine Konkurrenz zu ihm dar. Er würde nicht bedroht sein.

Steven ist ihm verfallen, er ist ihm sicher. Das gefällt Felix. Steven ist kein freier Geist wie Johannes. Er hat eine gut situierte Existenz, das passt. Felix weiß, dass Steven Johannes nicht gefallen hat. Er ist das genaue Gegenteil. Felix hat sein eigenes Machtbedürfnis in der Beziehung ausleben können.

Im Verlag hat er seinen Weg fortgesetzt. Er wird geschätzt. Das Buch mit der Großvater-Enkelbeziehung hat sich nicht als interessant erwiesen. Es ist zu persönlich gewesen. Allein die Alterssensation hätte keine Leserschaft anziehen können. Felix hat moralische Bedenken entwickelt.

Das Alter wird für Felix zum Problem. Er hat erste graue Haare bei sich entdeckt. Er will sich nicht länger damit befassen. Die Trennung von Johannes war Felix‘ Flucht vor dem eigenen Alter. Das ist banal.

Es war vernichtend für Johannes. Johannes leidet.

Die Zusammenarbeit mit Pierre hatte sich stabilisiert. Sie sind aufeinander angewiesen. Sie hatten das Manuskript beenden müssen. Der Vorlauf bis zu Veröffentlichung steht unmittelbar bevor.

Felix war an einem verlängerten Wochenende im Winter nach Marseille gereist. Johannes hatte ihn begleitet. Im Vorfeld waren Bedenken aufgetaucht. Johannes hatte Einwände. Sie waren an Felix‘ Entschlossenheit abgeprallt. Er setzte durch, was er wollte. Johannes war gegenüber Felix kein durchsetzungsfähiger, starker Mann. Er war in eine Abhängigkeit geraten, die ihn hilflos gemacht hatte. Seine Proteste waren halbherzig geblieben. Felix erreichte alles. Er verachtete Johannes für diese Schwäche.

Felix hatte niemandem von dieser Idee erzählt. Pierre hatte nicht gewusst, dass Johannes und er in der Stadt waren. Marseille hatte sich winterlich mild gezeigt. Hand in Hand waren Johannes und Felix am Strand entlang gelaufen, barfüßig. Kalt war es nicht gewesen.

Felix hatte sich vorgenommen, Pierre zu observieren, mit Hilfe von Johannes, versteht sich. Sie schlichen sich, getarnt mit Brillen und Mänteln, durch Pierres Viertel, lächerliche Agenten. Sie hatten sich in den umliegenden Läden erkundigt. Sie erfuhren viel. Das, was sie wissen wollten, war unklar geblieben. Sie beobachteten das Haus, das Licht in den Zimmern. Pierre ging wenig 'raus. Nach zwei Tagen war klar gewesen, dass es den Bruder nicht gab. Es hatte ihn gegeben, das wussten sie.

Die Zeit, seit der es ihn nicht mehr gab, war schwer zu bemessen. Die Aussagen waren widersprüchlich. Felix hatte die Friedhöfe abgesucht. Johannes mochte Friedhöfe. Es waren schöne Spaziergänge gewesen. Der Zweck hatte Johannes nicht gefallen. Fündig waren sie nicht geworden.

»Er kann anonym beerdigt worden sein«, hatte Johannes argumentiert. Das Bild, das sich ergeben hatte, war Folgendes:

Die letzten zwei Jahre war der Bruder nicht mehr gesehen worden. Vorher hatten die Leute die beiden zusammen gesehen. Pierre war als ›gentil homme‹ bezeichnet worden. Die Leute waren nicht misstrauisch. Sie plauderten.

Die Leuten erzählten Geschichten. Pierre lebte zurückgezogen. Das Wissen der Leute war selektiv. Dass die Brüder schwul waren, wurde gemunkelt.

In den vier Tagen hatte Felix Pierre selten gesehen, Besuch war nicht gekommen, soweit es Felix beurteilen konnte. Sie konnten nicht rund um die Uhr observieren. Johannes hatte es abgelehnt, alleine hinzugehen. Felix musste das akzeptieren. Diskussionen gab es. Johannes war standhaft geblieben, in diesem Punkt.

Im Nachhinein hatte Johannes den Aufwand als zu groß empfunden. Dass der Zwilling tot war, hatten sie vermutet. Felix hatte sich verteidigt:

»Wir haben Gewissheit, dass er nicht mehr lebt.«

Mit dem Ende des Buches war das nicht in Einklang zu bringen. Der Zweifel von Felix hatte ausreichend Nahrung bekommen. Die Urheberschaft rückte in den Vordergrund. Felix hatte gewusst, dass er sich selbst zur Verschwiegenheit verpflichten musste. Sein Ruf war gefährdet. Das Projekt war gefährdet.

Dr. Kaiser verstand keinen Spaß, wenn es um das Geschäft ging. Felix hatte schweigen müssen. Johannes hatte dieses Lügengebäude unerträglich gefunden.

Johannes ist raus aus Felix' Leben. Er zählt nicht. Felix geht locker damit um. Er hat einen neuen Abschnitt betreten. Er will nicht zurück. Heimlich wünscht er es. Es ist zu spät. Er erinnert sich an sein Lebensmotto ›Sorge dich nicht, lebe!‹ Es ist alles geklärt. Er schaut nach vorn.

Johannes hatte er dasselbe geraten, er hatte verbittert darüber gelacht.

Felix ist kein Unmensch. Warum ist Johannes so anhänglich gewesen?

Felix war zu beschäftigt gewesen mit seiner neuen Liebe, als dass er bemerkte, wie tief Johannes litt.

Er war sicher gewesen, er hätte nicht helfen können. Es war vorbei. Er machte Pläne.

Ein Gedächtnis hätte ihn nur gehindert. Er hatte es ausgeschaltet.

Die Vergangenheit lief ihm über den Weg. Die gleiche Stadt. Die vertrauten Wege. Er fiel über die Schatten. Er stolperte über Fußabdrücke. Felix hatte die Stadt durch Johannes erlebt. Der hatte sie ihm gezeigt. Er hatte ihm erklärt, was er hatte wissen müssen. Der hatte ihm die Stadt geschenkt.

Das war gestern gewesen.

Heute gibt es Steven. Jung ist angesagt, die Alten sollen sich zu den Alten gesellen. Felix ist derselbe.

Ein anderer Mensch, in den Augen von Johannes.

Leila hat nicht durchgehalten. Georg steht vor dem Examen. Es war schmerzlich gewesen. Sie hatte gekämpft, mit sich, gegen die sich auftürmenden Schwierigkeiten. Sie hatte Widerstand geleistet. Georg hatte lange mit ihr geredet, immer wieder. Er half, es funktionierte nicht. Innere Widerstände hatten sich aufgebaut, unüberwindlich.

Georg hatte Leila festgehalten, ihr Halt gegeben, durch seine Haltung. Er hatte zu ihr gehalten. Als alles verloren war, war er da. Die Belastung für die Vorbereitung zum Physikum war zu groß für Leila gewesen. Häufiger hatte sie ihre Attacken.

Die Pusteln überdeckten ihren Körper. Sie schlief, sie genas. Die Pusteln kehrten zurück.

Therapeutische Maßnahmen waren ins Leere gelaufen. Leila war so erschüttert gewesen, über sich selbst. Ihr Selbstvertrauen, das sie aufgebaut hatte, war in sich zusammen gebrochen. Sie war enttäuscht gewesen von sich. Sie würde keine Ärztin sein. Sie hatte sich das gewünscht.

Johannes war da gewesen, als Leila ihn brauchte. Er hatte Schwierigkeiten, mit der Situation umzugehen. Er war enttäuscht gewesen, wie sie.

Er hatte Erwartungen, er sprach sie nicht aus. Leila wusste, dass er sie hatte. Das hatte die Situation verschlimmert. Leila hatte viel gelernt. Sie hatte Stunden in der Bibliothek gesessen. Es half nicht. Sie kreuzte und verlor die Zusammenhänge aus den Augen. Was sie gelesen hatte, hatte sie nicht umsetzen können.

Sie wäre eine gute Ärztin geworden. Sie ist keine Multiple Choice Begnadete. Es ist ihr zuwider. Die Intensität im Auswendiglernen beherrscht sie nicht. Bei der Möglichkeit, sich dies anzutrainieren, ist sie an ihre Grenzen gestoßen. Sie hatte aufgegeben, bevor die Prüfung sie gefordert hatte.

Sie erlebte die Niederlage schmerzlich. Nach außen hatte sie Härte und Gleichgültigkeit demonstriert. Sie hatte sich mit Georg gestritten. Er war geduldig. Sie erschlug ihn mit ihrer Ungeduld. Georg hatte zu ihr gehalten.

Er lernte nachts. Er hatte Leila im Arm gehalten. Leila hatte sich gegen seine Freundlichkeit gewehrt. Ihre Beziehung hing an weit überzogenen Drähten. Sie drohten sich zu lösen, aus der Verankerung ihres gegenseitigen Vertrauens. Georg war verzweifelt gewesen.

Georg kam zurück. Johannes rief ihn.

Leila hatte die Uni verlassen. Sie meldete sich an, in einer Heilpraktiker Schule. Sie hatte ihre Überzeugung retten wollen, sie wollte nützlich sein. Georg hatte bis zuletzt versucht, sie davon abzuhalten. Er begriff spät, dass sie das Studium nicht schaffen konnte. Zuviel war passiert in ihrer Kindheit. Sie kam aus einer anderen Welt.

Georg hatte lange Gespräche mit Johannes geführt, so dass Felix falsche Schlüsse zog.

Georg ging den Weg zurück, den Leila gekommen war. Johannes half ihm dabei.

Felix hatte gestaunt über die Fähigkeit von Menschen, einander beizustehen, in der Not. Das kannte er nicht. Es fehlte ihm das Verständnis. Johannes hatte sich gewünscht, dass er es lernte.

Felix' Trennung von ihm hatte ihn belehrt, dass Felix sich selbst im Blick hatte. Seine Entscheidungen fällte er allein. Johannes war nicht im Fokus gewesen. Das hatte sehr wehgetan.

Petra hatte zwei Wochen gewartet. Sie war an dem Haus von Philipp vorbei geschlichen. Sie war versucht gewesen, die Treppe hinaufzustürmen. Sie hatte das Vergessen gesucht. Sie flirtete auf der Straße, sie war skrupellos. Sie war ungerecht zu Max gewesen. Sie hatte ihm die Liebe zu Susanne geneidet.

Max und Petra hatten Streit. Max verstand seine Mutter nicht. Sie hatte ihm nichts von ihrer Begegnung erzählt. Sie hatte die Verbindung mit Waldi als lächerlich abgetan.

Max hatte Susanne darüber erstaunt berichtet. Beide beratschlagten, was sie tun könnten. Sie verstanden Petras Veränderung nicht. Aus der kurzzeitig selbstbewussten Petra war eine nörgelnde Frau geworden. Nichts wäre ihr Recht zu machen, hatte Max gedacht. Beim morgendlichen Frühstück war Petra unausstehlich gewesen, zwei lange Wochen.

Das Telefon hatte geklingelt, laut und unüberhörbar, am vierzehnten Tag. Petra war gerade nach Hause gekommen. Sie verstaute den Einkauf im Kühlschrank. Es war nicht ungewöhnlich, Petra erhielt viele Anrufe. Sie hielt inne. Die Kühlschranktür stand offen.

»Hallo.«

»Hier ist Philipp. Ich wollte hören, wie es dir geht.«

Petra war überrascht gewesen. Was war in den zwei Wochen geschehen? Warum rief Philipp an?

Petra war freudig erregt. Welchen Grund hätte sie gehabt, enttäuscht zu sein?

Sie log: »Ich bin okay. Wie geht es dir?«

Petra hatte lügen müssen. Sie hatte nicht sagen können, dass die letzten zwei Wochen sie in Verwirrung gebracht hatten. Welchen Grund hätte sie gehabt? Es wäre nicht vernünftig gewesen. Es entsprach nicht dieser spontanen Begegnung.

Philipp freute sich. Er hatte ihr das Gedicht vorgelesen, Er spürte, dass Petra den Anruf erwartet hatte. »Ich will dich wiedersehen.«

Die Ansage war klar gewesen. Petra hatte gezögert. Hielte sie das aus? Tage hatte sie auf diesen Anruf gewartet. Sie hatte die Sache nicht auf sich beruhen lassen können. Sie hatte den Genuss nicht so nehmen können, wie er gemeint war. Sie wollte mehr, sie wollte begehrt werden. Sie wollte geliebt werden. Der Zufall ging sie nichts an. Aus der Bingo Begegnung war ihre Maßlosigkeit erwachsen, von der sie wusste, dass sie nicht erfüllbar war. Was hatte ihr dieses Wissen genutzt? Das Angebot hatte ihr Angst gemacht. Es war das, was sie wollte. Verstrickte sie sich nicht erneut? Verschlimmerte sie ihre Situation? Wollte sie fortsetzten, was sie in diesen Tagen erlebt hatte?

Petra hatte gesagt: »Ich möchte dich treffen.«

Petra hatte oft mit Johannes zusammen gesessen. Sie hatten schwindelerregende Abende verbracht. Thema war ihr Verhältnis zu Philipp gewesen. Wer hätte sie besser verstehen können?

Eine Beziehung war es nicht geworden. Sie sahen sich. Sie begegneten sich, auf den Stufen heimlicher Begierden. Sie lebten aus, was sie beide in ihrem Alltag vermissten. Sie klammerten sich aneinander. Sie saugten sich aus. Sie waren wild, ungestüm. Sie fielen übereinander her, ausgehungerte Leiber, süchtig nach Berührung und Zuwendung. Sie redeten über Dinge, die nur sie beide betrafen.

Ihre alltäglichen Leben bleiben draußen. Petra hat Philipp nie zu sich eingeladen. Sie geht in das Haus mit den dreckigen Fluren und den exotischen Pflanzen. Johannes weiß davon, Max hat keine Ahnung.

Waldemar hatte vor einer Entscheidung gestanden. Er hatte sich isoliert. Seine Klasse wollte er bis zum Wechsel bringen, das nächste Schuljahr stand bevor. Die Stimmung im Kollegium war gereizt gewesen. Neue Verordnungen machten den Lehrern das Leben schwer. Sie litten darunter. Sie wehrten sich nicht.

Waldemar hatte beim Direktor gesessen, wiederholte Male. Waldemar unterlief die Vorschriften, es war offensichtlich. Alles Geschick hatte ihm nichts genutzt. Gespräche mit seinen Freundinnen hatte es häufig gegeben. Sie konnten ihn nicht erreichen.

Waldemar wollte nicht mehr, nicht unter diesen Bedingungen. Er löste sich emotional. Die Schule war sein Mittelpunkt gewesen, die Schüler sind es noch. Seine persönliche Situation hatte er nicht zu lösen vermocht. Er hatte versucht, einen Kontakt zu Petra zu finden. Es war nicht gelungen. Er hatte sich im Weg gestanden. Die lange Wartezeit hatte ihn zermürbt. Petra hatte nichts mehr in seine Richtung unternommen. Sie war verloren für Waldi.

Von Philipp hatte Waldemar nichts gewusst. Er war davon ausgegangen, dass Petra alleine war, dass sie unglücklich war und auf der Suche.

Alle Situationen, die zu Treffen hätten führen können, hatten sich an Waldis Unentschlossenheit zerschlagen. Es war seine Feigheit vor einer Begegnung gewesen, die er herbeigesehnt und gefürchtet hatte. Es ist seine Unfähigkeit gewesen, im persönlichen Bereich notwendige Schritte zu gehen. Er konnte sich nicht einlassen, er kann sich nicht öffnen. Er kann nicht zugehen auf eine Person, die ihn interessiert. Er war auf Petra fixiert gewesen. Sie zu erobern, gelang ihm nicht.

Seit Jahren ist er der Verlierer, das hat sein Selbstwertgefühl geprägt. Seine Erfolge im Unterricht reichen nicht aus, um seine persönlichen Schwächen zu überdecken.

Er muss etwas ändern. Er hatte beschlossen, die Schule zu verlassen. Er hatte ins Ausland gehen wollen. Wohin, wusste er nicht. Er hatte sich nicht wohlgefühlt. Es tat ihm leid um seine Arbeit. Er hatte das Gefühl gehabt, seine Schüler im Stich zu lassen. Es waren intensive Bindungen entstanden. Er war der Vertraute. Seine Schüler kamen zu ihm mit Kleinigkeiten. Häuslicher Probleme hatte er sich angenommen. Die Entwicklung der Beziehung von Max und Susanne hatte ihm Spaß gemacht. Sie spornten sich gegenseitig an. Max wollte Susanne gefallen. Susanne wollte ihre Unabhängigkeit zeigen, sie gab ihm Kontra. So sind Diskussionen in Gang gekommen. Das Unterrichtsgeschehen war belebt worden.

Die meisten Schüler in der Klasse von Max kämpfen mit ihrer Pubertät. Je stärker die Eltern sich dagegen wehren, je intensiver und aussichtsloser wird der Kampf geführt. Es gibt keine Regeln. Die Eltern tauschen sich aus. Waldemar hat versucht, ein Anwalt zu sein. Es gibt keine Verhaltensrezepte, Fingerspitzengefühl ist gefragt. Nicht jede der Eltern verfügt darüber. Das geht nicht ohne Leiden, auf allen Seiten. Die Einsicht in diese Zusammenhänge setzt sich durch. Waldemar hat Pionierarbeit geleistet. Die Praxis ist schwer zu ertragen, in der Schule wie zu Hause.

Felix kommt vom Verlag nach Hause, nicht zu Johannes. Er wohnt bei Steven. Felix hat sich umgestellt, er ist ein Meister der Anpassung. Steven ist nicht zu Hause, er arbeitet. Felix hat eingekauft. Er beseitigt die Unordnung, die er nicht mag. Er wird Steven das beibringen müssen. So gefällt es ihm nicht. Er hat Gewohnheiten. Er vergleicht.

Er beginnt zu kochen. Er findet nicht das, was er sucht. Da er allein ist, kann er nicht meckern. Es gibt keinen, den er beschuldigen kann. Er weiß, er hat es sich ausgesucht. Steven und er sind kurz zusammen. Felix hat Vorstellungen, wie etwas sein muss. Johannes hatte sich nach ihm gerichtet, mit einem Augenzwinkern hatte er Felix hofiert.

Steven ist Felix verfallen, er ist schwerfällig in seinen Handlungen. Es ist Stevens Wohnung. Felix muss sich seinen Platz suchen. Es ist nicht leicht, er verdrängt es.

Es war richtig, was er getan hat. Johannes ist zu alt für ihn. Johannes trinkt nicht, Steven trinkt. Steven ist nicht fordernd.

»Ich habe leichtes Spiel«, denkt er.

Während er kocht, kommen die Gedanken. Wie schön waren die Abende im Garten. Er saß eng an Johannes gekuschelt. Felix verbietet sich seine Gedanken, nach rückwärts. Er strengt sich an, die Gegenwart zu begreifen. Es ist ein neues Leben. Es zählt das Leben mit Steven. Steven ist klug. Steven steht am Anfang einer Karriere. Steven ist ihm sicherer als Johannes. Steven hat ein geordnetes Leben. Johannes ist ein Schöngeist, ein Fantast.

Felix mochte das am Anfang, es hatte ihn magisch angezogen. Es wurde anstrengend, mit der Zeit. Felix will sich binden, er hat Angst vor seiner eigenen Freiheit. Steven kontrolliert ihn. Steven ist eifersüchtig. Bei Johannes hatte er das nie gewusst.

Felix hat den Tisch gedeckt, er wartet. Heute war große Sitzung im Verlag. Die Neuerscheinungen für die Buchmesse waren besprochen worden. Das Manuskript von Pierre ist fertig. Die Werbekampagne ist vorbereitet. Pierre wird eine Lesereise durch Deutschland und Frankreich machen. Beide Ausgaben erscheinen zur gleichen Zeit. Die Buchmesse ist der Paukenschlag.

Es hatte lange Diskussionen im Vorfeld gegeben. Wie sollte das Cover aussehen? Wie sollte der Titel sein? Dr. Kaiser schwankte zwischen Seriösität und Aufreißer.

Felix hatte mit Pierre endlose Kämpfe ausgetragen.

Pierre wollte einen neutralen Titel, beschreibend biografisch. Felix hatte an seinen Bestsellerwunsch gedacht. Das hatte ihn zu gewagten Vorschlägen verführt.

›Die Geschwister von Marseille‹ war zu nichtssagend. Am Anfang hatte es Felix gefallen.

›Wiedersehen in Marseille‹ hätte Pierres Zustimmung leicht finden können.

Das schien Dr. Kaiser zu schlicht. Auch Felix hatte mehr gewollt. Je näher der Termin rückte, umso stärker war das Argument der Verkaufszahlen geworden.

Pierre hatte an ›Das Leben mit meinem Zwilling‹ gedacht.

Das war alles zu harmlos, langweilig.

Kaiser hatte einen Aushang gemacht und um Vorschläge gebeten. Das hatte Felix nicht gefallen. Er fand das beliebig. Er wollte einen Bestseller, er wollte kein Jahrmarktsgeschrei. Kaiser hatte sich durchgesetzt, er war der Chef. Felix hatte keinen Widerstand geleistet. Das liegt ihm nicht.

Es gibt keinen Johannes mehr, der ihn gestützt hätte, der ihn sanft beraten hatte. Subversiv ist Felix nie gewesen. Er kommt aus einer kleinbürgerlichen Familie Frankreichs.

Durchgesetzt hatte sich der Titel ›Verschollen – vor fünfzig Jahren‹ im Untertitel ›Die wahre Geschichte einer Zwillingsliebe‹.

Es war bewusst darauf verzichtet worden, die Homosexualität anzusprechen. Dadurch wollte man mehr Leser erreichen. Die Cover Vorschläge reichten von abstrakter Farbgebung, mit den Grundfarben rot und schwarz, bis zur konkreten Fotomontage verfremdeter Körperlichkeit. Durchgesetzt hatte sich eine starke Farbgebung ins rotschwarze mit einer Andeutung von verschränkten Armen und Händen.

Die Grafiker hatten alle Hände voll zu tun gehabt. Felix war bis zum Schluss nicht zufrieden gewesen. Pierre hatte sich gefügt. Er schien gewusst zu haben, dass er mit seinen Vorstellungen keine Chance hatte, Gehör zu finden.

Steven kommt nach Hause, er hat schlechte Laune. Er küsst Felix flüchtig. »Gibt es Essen?«

Felix sagt: »Ich mache es warm.«

Steven hatte Ärger in der Firma, er will nicht reden. Felix möchte erzählen, er verstummt. Steven ist nicht interessiert, das zeigt er deutlich. Gefühle zu zeigen hat er nicht gelernt. Sie sitzen schweigend beim Essen. Felix beginnt ein Gespräch. Es fällt ihm schwer zu schweigen. Er läuft über vor Neuigkeiten.

»Das Buch ist fertig. Wir hatten heute die letzte Besprechung.«

Steven schaut auf beim Essen.

»Okay. Du wirst das schon schaffen. Ich bin müde.«

Er trinkt Bier, drei Flaschen hintereinander.

»Ich muss mich abreagieren.«

Felix fragt nach. Steven will nicht erzählen.

»Die Kollegen sind alle unfähig.«

Felix nickt. Was soll er tun? Der Fernseher läuft, Steven starrt auf den Bildschirm. Felix lenkt sich ab. Es ist anders. Felix entdeckt seinen Hang zur Spießigkeit.

Er denkt: »Mit Johannes habe ich nie ferngesehen.«

Felix entspannt sich. Er trinkt sein zweites Bier. Sie stoßen an. Feierabend. Das neue Leben von Felix.

Pierre hatte durchgehalten. Die festen Termine in Deutschland gaben ihm Halt. Er konnte reisen, er bekam Spesen, es ging ihm wirtschaftlich besser als vorher. Sein Leben in Marseille war eintönig gewesen. Er ging selten auf die Straße. Die notwendigsten Dinge erledigte er. Er führte eine Schattenexistenz. Er war in Wartestellung. Er lebte für die Veröffentlichung.

Die steht unmittelbar bevor.

Die abschließenden Treffen mit Felix waren mühsam gewesen. Pierre hatte den offenen Schluss behalten wollen. Felix drängte auf eine Veränderung. Sie redeten nicht über den Zwilling.

Felix weiß, dass es ihn nicht gibt.

Pierre fühlt sich sicher. Felix ist in diesem Punkt abhängig von ihm. Dieser Umstand gibt Pierre Kraft, sein Lügengebäude aufrecht zu erhalten. Von Zeit zu Zeit lässt er Informationen über den Bruder einfließen. Es gibt keine Besserung seines Gesundheitszustandes. Wenn das Buch herauskommt, will Pierre seinen Bruder sterben lassen. Dies wird nicht einfach sein.

Pierre macht sich Gedanken, um seine Zukunft. Was wird er mit dem Geld anfangen? Was bedeuten die Lesereisen durch Deutschland und Frankreich? Gibt es ein Risiko?

Es gibt die Frau des Zwillings. Der Sohn müsste erwachsen sein. Sie werden schlagartig von Pierres Existenz erfahren, wenn das Buch herauskommt. Pierre rechnet in dieser Beziehung mit Komplikationen. Er will sich nicht damit befassen. Erst, wenn er dazu gezwungen ist, will er darüber nachdenken müssen.

Im Moment verdrängt er diese Gedanken. Er ist beschäftigt mit sich und der Vorstellung, ein gefeierter Autor zu sein. Er will wichtig sein in seinem Leben. Die vorjährige Buchmesse war eine Kostprobe gewesen. Dieses Jahr wird er der Mittelpunkt sein, er wird gefeiert werden. Er will Autogramme geben. Diese Idee gefällt Pierre so gut, dass er fast seine Rache vergisst. Er schmückt sich mit dem Ruhm, der seinem Bruder zugestanden hätte. Die Kürzung des Textes um den Teil der Ehe ist allein seine

Leistung. Dass sie darin bestand, zu streichen und wegzulassen, mindert sie nicht, in seinen Augen.

Pierre ist spät aufgestanden. Er kommt nicht aus dem Bett. Er hätte sich gern darin vergraben. Der Druck aus Deutschland ist spürbar, jeden Tag. Sein Leben gehört nicht ihm. Die ersten Artikel gingen in Druck. Pierre hat Unterstützung zugesagt. Er sucht nach Material aus seiner Kindheit, auf dem Land, über seine einsame Existenz im Buchladen, in Marseille.

Was wird er bei den Interviews preisgeben müssen? Was in seinem eigenen Interesse preisgeben dürfen? Was muss er unbedingt verschweigen? Pierre macht sich viele Gedanken. Die Präsentation des zukünftigen Werkes soll lebensecht sein. Der Autor steht zur Verfügung. Würde er beliebt sein, die Leser für seine Person gewinnen können, nicht nur für das Buch?

Das wäre eine späte Genugtuung für Pierre. Er kramt alte Kartons durch. Sein Bruder hatte einen mit Bildern beklebten Schuhkarton nach Marseille mitgebracht. Bilder ihrer gemeinsamen Kindheit, sie waren eingerissen und vergilbt.

Ganz unten gibt es Fotos, Gemaltes, Geschriebenes, aus ihren Kindertagen. Pierre blättert die Papiere durch. Da ist ein Text seines fünfjährigen Bruders. Er konnte schreiben, nicht gut, nicht flüssig.

Pierre liest den Text: ›*Pierre bleib bei mir. Lass mich nicht beim Vater. Der berührt mich. Ich mag das nicht. Er tut mir weh. Ich will bei dir sein. Du sollst mich anfassen.*‹

Pierre stutzt, das wusste er nicht. Hatte ihr Vater seinen Bruder missbraucht? Das würde die Angst erklären, die sein Zwilling hatte, wenn er sich nachts an ihn schmiegte. Pierre hat ein schlechtes Gefühl. Was hatte er seinem Bruder angetan? Er hat ihn geliebt. Er liebt ihn. Pierre zerreißt das Papier in kleine Stücke, als wolle er alle Beweise vernichten. Er schämt sich, spät. Er weiß, es gibt kein Zurück mehr. Die Dinge sind geschehen. Pierre hat das Leben seines Zwillings beendet. Es ist passiert. Es war die bittere Konsequenz dessen Verhaltens.

Pierre denkt: »Ich hatte nur diese eine Möglichkeit. Ich bin nicht schuldig.«

Johannes sitzt in der Nachmittagssonne, auf einer Bank am Fluss. Die Sonne steht tief. Er liest in ›Literaturen‹. Er hat die Zeitschrift in der Akademie abonniert.

Ein Artikel fällt ihm ins Auge, es ist eine Vorschau. Hinweise auf das Herbstprogramm der Verlage. Bei näherem Hinsehen ist es eine Ankündigung des Verlags. Pierres Buch ist als Neuerscheinung annonciert. Ein Vorabdruck wird für das nächste Literaturheft in Aussicht gestellt. Johannes ist gespannt.

Er hat nicht aufgehört, Felix zu lieben. Er gönnt ihm den Erfolg. Er fühlt sich mit diesem Text verbunden. Er hatte nicht gedacht, dass Felix nicht mehr da sein würde, wenn Pierres Buch erscheint. Der Text und die Person von Pierre waren so eng mit ihrer Beziehung verbunden. Johannes erinnerte jede Beschäftigung damit, von den Anfängen bis zu den Besuchen Pierres.

Er denkt an ihre Reise nach Marseille. Sie hatten viele Gespräche über Pierre.

Gibt es Gründe für die Trennung, die er nicht kennt? Wie können Gefühle erkalten? Er kann es nicht begreifen. Er kennt alle Details. Er hat die Situation tausendmal durchdekliniert.

Ist es wichtig, alles zu begreifen? Muss er alles verstehen? Johannes ist einer, der verstehen will. Er stößt an seine Grenzen.

Er schaut auf den Fluss. Das ruhige Fließen lässt ihn dämmern. Über der Lektüre schläft er ein:

Johannes keucht, er besteigt einen steilen Berg. Es fällt ihm schwer, mit Felix' Tempo mitzuhalten, der ist immer voraus. Johannes will hinterher. Er ist erschöpft. Er steigt weiter hinauf. Es empfängt ihn am nächsten Abschnitt das Lächeln von Felix. Der ist immer schon da. Es geht weiter, der Weg hört nicht auf. Es ist kein Weg mehr da. Es sind Stufen im Berg, senkrecht. Johannes hat Höhenangst. Er steigt weiter. Johannes merkt, Felix würde schneller sein. Johannes strengt sich an. Er hat keine Luft mehr. Er will nicht zurückfallen. Sie überholen Leute. Felix ist kraftvoll, er strotzt vor jugendlichem Elan. Er will sich und Johannes beweisen, wie jung und dynamisch er ist. Johannes gefällt das.

Dass er nicht mithalten kann, bedrückt ihn. Der Weg verengt sich, nur noch steile Holzlatten, an einer glatten Felswand.

Johannes kann nicht weiter. Felix drängt ihn. Johannes verweigert sich. Felix stürmt vorwärts, hinein in die steile Wand. Er will den Berg bezwingen, er will zum Gipfel, mit unausweichlicher Konsequenz. Johannes spürt es. Er lässt ihn gehen. Welche Wahl hat er? Er will an der Stelle warten, bis Felix zurück ist. Das Warten ist lang. Das Warten fällt schwer. Gedanken, Gefühle, Ängste. Die Zeit schreitet fort. Es wird dunkel. Leute kommen vorbei, vom Abstieg. Die Spannung in Johannes steigt.

Was ist mit seiner Gelassenheit? Als Felix die Wand hinuntersteigt, ist es dunkel. Er hat es ausgereizt. Er ist weiter und weiter gestiegen, bis zum Gipfel. Die Zeit hat er nicht beachtet, an Johannes hat er nicht gedacht. Johannes ist froh, er schluckt seine Vorwürfe hinunter. Er drückt Felix an sich. Was macht dieser Mann mit ihm. Wie kann er das ändern?

Johannes wacht auf. Er sitzt auf der Bank. Das Heft ist heruntergefallen. Eine halbe Stunde muss er geschlafen haben. All seine Sachen sind da. Johannes ist die Situation peinlich. Er weiß nicht, wer ihn so gesehen hat. Es muss ein bemerkenswertes Bild gewesen sein. Johannes weiß nicht, ob komisch oder traurig. Johannes denkt an Felix. Wo wird er sein? Welche Erinnerungen teilt er mit ihm? Hat Johannes die Beziehung überschätzt? War es ein Irrtum, Felix zu lieben? War er wieder geliebt worden? Er möchte es glauben. Er ist sich sicher, Freunde zweifeln.

Leila war mit sich beschäftigt gewesen, sie hätte die Trennung von Johannes und Felix nicht für möglich gehalten. Sie war überzeugt gewesen, Felix würde zurückkommen Sie tröstete Johannes. Sie fühlte sich bestätigt in ihrem Wissen: Felix war ein Kopfmensch. Er kalkulierte hart, wenn es nötig war, kalt. Sie hatte Georg, der würde sie nicht im Stich lassen. Georg hatte sich als verlässlich erwiesen, er hatte zu ihr gehalten. Sein Wunsch, dass sie beide Ärzte werden würden, hatte sich nicht erfüllt. Vielleicht ergänzten sie sich. Wichtig war, dass Leila nicht aufgab. Ihre Trauer hatte Georg gemeinsam mit ihr getragen. Er hatte seine eigene Person nicht verleugnet. Sie hatten offen über die Defizite geredet. Georg war nicht verletzend gewesen. Er hatte mit Leila gesprochen, ohne sie bloß zu stellen. Er stärkte sie. Woher hatte er so viel Kraft? Leila war überzeugt, dass Felix Johannes gebraucht hatte, für seinen Start als Lektor im neuen Verlag. Sie hatte ihn nicht schlecht gemacht. Dazu hatte sie ihn selbst begehrt. Es war Johannes' Fehler gewesen, sich auf einen so jungen Mann einzulassen Der hätte das wissen müssen, bei seiner Erfahrung, bei seiner Weltläufigkeit.

Das denkt sie. Leila weiß, dass Johannes ein Gefühlsmensch ist. Sie wäre nicht in Deutschland, nicht seine Tochter, nicht dort, wo sie angekommen ist. Ihre Niederlage im Medizinstudium war schmerzlich, aufgeben will sie nicht. Die Homöopathie stellt eine Alternative dar. Ob sie gangbar und tragbar ist, muss sich herausstellen. Leila ruft Johannes an.

»Hallo Johannes, was treibst du? Ich würde dich gern treffen.«

»Leila, wie schön. Ich sitze am Fluss. Ich schaue auf's Wasser, zu lange. Zu Hause liegt Arbeit. Im Moment ist es nicht leicht für mich.«

»Ich weiß das. Das ist normal. Du brauchst Zeit. Du wirst es verkraften, früher oder später. Lass uns treffen. Was ist mit morgen? Am frühen Abend. Hast Du Zeit?«

Johannes überlegt. Seine Übung endet um Vier.

»Ich könnte so gegen halb Sechs. Magst du zu mir kommen? Das Haus ist einsam.«

»Gut, dann komm ich zu dir. Ich freu' mich auf morgen. Lass dich nicht unterkriegen. Felix war nicht der Anfang und ist nicht das Ende.«

»Das hoffe ich nicht. Er fehlt mir. Ich will nicht jammern. Wir sehen uns morgen.«

»Ciao. Ich bin um halb Sechs bei dir.«

Leila macht sich Sorgen um ihren Vater. So kennt sie ihn nicht. So hat sie ihn nie erlebt. Wie konnte er sich binden, in kurzer Zeit, an einen Mann wie Felix. Sie hatte es nie verstanden. Felix hat Johannes verändert. Leila war nicht unschuldig daran, das weiß sie. Noch nie hatte sie Johannes so entschlossen gesehen. Für Felix hatte er Andere brüskiert. Er hatte selbst sie vor den Kopf gestoßen, seine geliebte Leila.

Sein feines Gespür für die Nöte der Anderen hatte sich relativiert. Felix war zur zentralen Figur seines Lebens geworden. Johannes war abhängig von ihm gewesen. Leila ist froh, dass sich das ändert. Es ist in ihren Augen eine Möglichkeit, dass Johannes eigenständig wird. Das ist er früher gewesen. Leila erinnert sich daran. Seit sie da ist hat Johannes nie so unbedingt geliebt, nie, ohne Grenzen zwischen sich und dem Anderen zu ziehen. Leila ist nicht klar, was die Ursache dafür ist. Felix war als Person nicht charismatisch.

Ihre Vernarrtheit in ihn war Konkurrenzverhalten gewesen. Was war es, das Johannes so in die Abhängigkeit getrieben hat? Leila hatte darüber nachgedacht. War es Johannes' Projektion, sein Wunsch nach einem Sohn? Hatte er endlich ankommen wollen, nach vielen Jahren wechselnder Beziehungen? War Felix sein heimlicher Erbe, in vielfältiger Beziehung? Leila hatte das gekränkt. Sie hatte keinen Grund gehabt, an Johannes' Liebe zu zweifeln. Sie hatte all die Jahre mit Felix konkurriert. War Johannes nicht zufrieden mit ihr? Das hatte sie sich gefragt. Sie hatte sich verglichen. Sie hatte gewusst, dass das falsch war.

Georg hatte ihr die Augen geöffnet. Er hatte sie hingewiesen auf den Unterschied zwischen einer Tochter und einem Geliebten, mit dem Johannes alles teilte, auch sein Bett.

Das ist der Unterschied, Johannes ist kein neutrales Wesen, er ist ein schwuler Mann. Diese Gefühle hatte Felix in ihm geweckt. Johannes liebte Felix mit ausschließlicher Konsequenz, so war es Leila vorgekommen. Er hatte keine Rücksicht mehr auf seine Umgebung genommen. Er hatte keinen Grund mehr, sein Privatleben nach außen abzuschirmen. Er hatte sich nicht mehr verstecken wollen. Leila war kein Kind mehr. Er hatte sich nie in die schwule Gemeinde integriert. Er hatte nie sein Outing öffentlich gemacht. Wer es wissen wollte, konnte es wissen. Gesagt hatte Johannes es nie, nur im privaten Bereich.

Er hatte es gelebt, in rauschhaften Situationen und Momenten, unterwegs, in seinen Semesterferien, mit wechselnden Liebhabern, exzessiv, intensiv. Verbindlich war es nie gewesen, sehnsuchtsvoll oft. Mit Felix hatte er sich entschlossen zu leben. Er hatte keine Hintertüren offen gelassen. Es war eine normale alltägliche Beziehung geworden. Felix war prädestiniert dazu. Er hatte das Maß an Spießigkeit, das Johannes fehlte. Das gemeinsame Wohnen und Leben war Felix' Idee gewesen. Jeder sollte sie als Paar wahrnehmen. Felix hatte das gewollt. Es war neu gewesen für Johannes. Es hatte ihm gut getan. Jede Nacht vollzogen sie die schwule Ehe. Daran hatte Johannes nie gedacht. Für ihn war es ein Widerspruch. Er hatte das nicht gewollt. Er hatte sich Jahrzehnte seines Lebens dagegen gewehrt. Felix hatte ihn geknackt. Das war Felix' Bedingung gewesen. Er hatte sich durchgesetzt. Johannes hatte sich freiwillig in Gefangenschaft begeben.

Johannes ging es gut dabei. Es war angelegt auf ein Leben. Johannes' Charakter hatte das nicht entsprochen. In seinem Kopf war die Idee der Dauer entstanden. Das Herz war gefolgt. Johannes ertappte sich, dass er sich zusehends an diesen Zustand gewöhnte. Anfangs hatte es noch Lust auf Abwechslung gegeben. Er hatte sie unterdrückt, um die Beziehung nicht zu gefährden. Später war ihm seine Abenteuerlust abhanden gekommen. Er hatte sich eingerichtet. Die Liebe und die Gewohnheit der Liebe waren zusammengewachsen. Untrennbar lagen sie in den Nächten, Johannes und Felix. Es hatte das gemeinsame Frühstück gegeben. Die unzähligen Essen, die sie teilten. Felix war der Gegenentwurf zu Johannes. Es hatte gepasst, eine lange Weile. Langweilig war es nie gewesen. Johannes war an eine Grenze gestoßen, an den Punkt, an dem er sich sicher war, dass er sein Leben Jahre mit Felix verbringen würde.

Es war ein Faustschlag in Johannes' erstauntes Gesicht gewesen. So weh hatte nie etwas getan. Es gab keine Zeit zu begreifen. Die Begriffe stimmten nicht mehr. Johannes hatte sich in die Bedürfniswelt von Felix verirrt.

Er kommt nicht heraus. Der Akt der Anpassung war vollkommen gelungen. Es ist fatal in seiner Ausweglosigkeit.

Petra stürmt die Treppe hinauf. Die Tür ist offen. Philipp ist in seinem Zimmer. Er liegt nackt auf dem Bett. Petra ist atemlos. Sie lacht. Sie sagt nichts.

Ihr Kleid ist frühlingshaft. Durch das offene Fenster weht der Wind, leicht unter ihren Rock. Sie ist mädchenhaft. Philipp mag das an ihr. Er fasst sie an den Schenkeln. Er bringt sie zu Fall. Philipp verfängt sich in ihrem Stoff. Er berührt ihre Haut. Er hat weiche, zärtliche Hände. Mit festem Griff ist er zwischen den Schenkeln. Petra atmet in seine Brust. Verschlungen liegen sie. Das Kleid rutscht ihr über die Hüften. Es landet neben dem Bett. Petra gibt ihre Brüste frei. Philipp dreht sich. Er wühlt sich hinein in sie. Petra riecht gut. Frische Blumen hatte er kaufen wollen, er hat es vergessen. Petra riecht nach seinem Vergessen. Wie macht sie das? Sie riecht neu.

Philipp kennt ihren Körper. Bei ihren Treffen erfinden sie sich. Sie begegnen sich neu. Es ist keine Wiederholung. Er empfindet sie anders.

Die Erinnerung holt sie zurück. Petra ist in Bewegung. Sie fordert alles von ihm. Philipp will das. Es passiert in Minuten. Es dauert Stunden.

Wenn Petra beschreiben sollte, was es ist, das sie an Philipp bindet, sie kann es nicht. Ihre Empfindung ist eindeutig. Ihr Genuss, dass sie es wieder tut. Eine Beziehung ist es nicht, wird es nicht werden. Die Heimlichkeit gehört zu ihrer Begegnung. Die Unplanbarkeit, die Überraschung sind tragende Säulen.

Philipp und Petra passen nicht zueinander. Sie erleben die Freude ungetrübt. Sie sind fremde Freunde, befreundete Fremde.

Petra hatte Gewissensbisse, sie war sich unehrlich vorgekommen. Sie hatte etwas zu verbergen.

Max könnte darunter leiden, hatte sie gedacht. Das war vorbei, Philipp ist ihr offenes Geheimnis.

Sie ist offen, sie hält es geheim.

Philipp gehört nur ihr, sie will ihn nicht teilen. Sie will sich nicht rechtfertigen, sie will nichts erklären müssen. Johannes ist die Ausnahme, sie braucht einen Verbündeten. Ihr Verhältnis zu Max hat sich verändert. Sie liebt ihn, sie ist für ihn da, sie kümmert sich um ihn. Sie ist nicht mehr die Glucke, die ihr Junges beschützen muss. Sie hat eine neue Freiheit gewonnen, sie kann Max frei lassen. Johannes hatte ihr gesagt, dass Max diese Veränderung schätze. Sie ist froh darüber. Max kennt den Grund nicht, das Ergebnis überzeugt ihn. Petra weiß, dass Johannes dicht hält, auch Max gegenüber.

Als Petra sich das Kleid überstreift, trifft sie ein liebevoller Blick von Philipp. Sie wäscht sich nicht danach. Sie will den Geruch mitnehmen, eine Weile behalten, an sich. Es kann dauern, bis sie sich wieder sehen.

Sie spielen mit ihrer Sehnsucht. Die Sehnsucht spielt ihnen Geschichten vor, bis sie sich wieder sehen. Keiner von beiden weiß es, wann es sein wird. Es gibt keine Verabredungen, kein Date. Der Zufall wird sie zusammenführen. Wenn Petra es will, wird sie kommen. Wenn Philipp es will, wird er sie empfangen.

Es klappt.

Max kommt in die 10. Klasse, wenige Monate fehlen. Seine Beziehung mit Susanne ist stabil. Sie haben sich aneinander gewöhnt. Sie gehören zusammen. Susanne ist verlässlich. Sie hält zu Max. Seit einigen Monaten schlafen sie zusammen. Max' Mutter hat nichts dagegen. Susanne übernachtet bei Max. Er kündigt es vorher an. Petra hatte gefragt, ob Susannes Eltern das akzeptieren. Als sie das wusste, sagte sie ›Ja‹.

Max und Susanne wissen, dass sie verhüten. Susanne kennt es nicht anders. Es ist selbstverständlich. Susanne ist vernünftig. Petra hatte mit Max die Regeln besprochen. Johannes war überrascht gewesen, dass es so ablief. Bei Leila hatte es Probleme gegeben.

Die Zeit war fortgeschritten. Max hatte Johannes weinend erlebt. Der starke Johannes war zusammengebrochen. Max hätte das nie für möglich gehalten. Verstehen konnte er es. Er hatte viel mit Johannes gesprochen, über dessen Beziehung zu Felix . Er wusste, was er ihm bedeutete, trösten konnte er ihn nicht. Er hatte es nicht versucht, es wäre unangemessen gewesen. Max hatte verstanden, dass Johannes trauern wollte.

Max sitzt mit seinen Freunden auf dem Hof. Tommy hat letzte Woche Nina getroffen. Nina ist fünfzehn. Auf einer Party am Samstag, stand sie vor ihm. Er schaute sie an, sie gefiel ihm, sie tanzten.

Tommy hat einen roten Kopf, nicht vom Tanzen. Er glüht von innen. Ist das seine Chance.

Tommy tuschelt mit Max.

»Sie heißt Nina. Sie macht eine Lehre bei der Sparkasse.«

In Schülerkreisen ist das fremd, Tommy erzählt es. Er ist stolz auf Nina. Sie haben lange geknutscht.

Max freut sich.

»Seht ihr euch wieder?«

Tommy sagt: »Ich hab ihre Nummer. Wir wollen uns Ende der Woche treffen. Sie arbeitet viel. Die Berufsschule ist schwierig.«

»Wie sieht sie aus? Tommy, das ist super. Dann sind wir vier.«

»Das wäre klasse. Ich muss schauen, was passiert. Sie gefällt mir gut. Geküsst haben wir. Sie kann es.«

» Sieht sie gut aus? Sag schon ...«

»Ich finde sie schön. Sie hat große, dunkle Augen, rötliches Haar, Sommersprossen. Ich finde das süß. Sie ist nett. Wir haben uns gut unterhalten. Sie wohnt außerhalb.«

»Wir machen was, am Samstag, oder willst du mit ihr alleine sein?«

Max ist neugierig. Er merkt, dass Tommy aufgeregt ist. Der hat den Zipfel des Glücks in der Hand.

»Ich würde gern mit ihr und euch weggehen. Ich muss sie fragen. Soll ich sie am Wochenende anrufen, oder gleich?«

Max ist erstaunt über Tommys Frage.

»Gleich, heute Abend, wenn sie aus der Bank kommt.«

»Ich mach das. Ich rede mit ihr, wegen Samstag.«

Max hat ein gutes Gefühl.

Susanne war gestern auf einer Hochzeit im Norden. Sie hatte sich freigeben lassen. Sie kommt am Nachmittag zurück. Max und sie haben telefoniert. Max freut sich. Sie wollen am frühen Abend Eis essen gehen. Das Wochenende war Max mit Petra zusammen. Sie hat gekocht, sein Lieblingsgericht. Max findet Petra entspannter als sonst. Sie ist locker, sie spielt nicht die Übermutter. Max schätzt ihre Lässigkeit, die hatte sie früher nicht. Manchmal ist sie weg. Sie erklärt nicht alles. Sie fragt nicht ständig, wo er hingeht. Max fühlt sich erwachsen. Er schätzt, dass Petra zufrieden mit sich ist.

Am Wochenende beim Essen waren sie auf das Thema gekommen. Max hatte sie gefragt, ob sie nicht an Waldemar denke. Petra hatte abgewinkt:

»Ihr habt euch sehr bemüht, das weiß ich. Die Zeit hat es erledigt. Ich bin nicht mehr auf der Suche. Das passiert.«

Max ist froh darüber, es hätte schwierig werden können.

Max sagt: »Waldi wird die Schule verlassen, er hat das angedeutet. Wenn er uns abgibt, geht er.«

»Das verstehe ich nicht. Er ist gern Lehrer.«

»Ihm gefällt der Schulbetrieb nicht, er fühlt sich nicht frei. Ich glaube, er will reisen.«

»Das ist selten. Er hat einen festen Job. Wer gibt den heute auf? Gut finde ich es. Er stumpft nicht ab. Schade, dass ihr ihn nicht behaltet.«

»Als Klassenlehrer sowieso nicht. Schade ist, dass er nicht mehr auf der Schule ist. Er war ansprechbar. Susanne findet es richtig scheiße. Sie mochte ihn sehr.«

Petra ist einen Moment verlegen, sie denkt an den Blick von Waldi, es ist lange her. Beim letzten Elternabend hatte sie Besseres vor. Sie hat nicht mehr das Gefühl, hingehen zu müssen. Max kommt zurecht. Sie hat Philipp, wenn sie ihn braucht. Sie führt ihr eigenes Leben. Nicht, dass Max an Bedeutung verloren hätte. Sie weiß, dass er besser zurechtkommt ohne sie, ohne ihre dauernde Fürsorge. Mit Johannes redet sie viel über Max, über Philipp. In letzter Zeit geht es um Felix. Johannes ist ihn nicht los, sein Kopf beschäftigt sich mit ihm. Sie weiß, das braucht Zeit. Sie ist solidarisch. Sie kann zurückgeben, was sie bekommen hat. Sie ist froh, dass sie es kann. Dass Johannes sie braucht, gefällt ihr.

Georg steht im Examen. Er lernt konsequent, er ist engagiert. Er will seinen Traum wahr werden lassen. Die Sache mit Leila war schwierig gewesen, er hatte nicht gewusst, wie er sich verhalten sollte. Er kannte Leilas Vergangenheit nicht. Ihre Erzählungen waren ausführlich gewesen, eine genaue Vorstellung hatte er nicht. Es war eine fremde Welt.

Leila ist ein geheimnisvolles Wesen. Ihre Verletzbarkeit unterschätzt er, so sehr er sich bemüht. Langsam glichen sich ihre Erfahrungen an. Die Gegenwart fordert beide. Georg hatte verstanden, dass Leila das Physikum nicht schaffen konnte. Ihr fehlen die Techniken des Lernens. Sie konnte es nicht nachholen. Alle hätten sich das gewünscht. Johannes, Georg und Leila selbst, am stärksten. Es war keine Sache des Wollens gewesen, angestrengt hatte sie sich. An Hilfe hatte es nicht gefehlt. Es ging nicht.

Georg ist darüber hinweg. Sein eigenes Ziel hat er nicht aus den Augen verloren. Leila sucht einen neuen Weg. Einen, der angemessen ist, einen, der ihr entspricht. Der Druck musste weg, sie hatte ihn nicht ausgehalten, er hatte sie fertig gemacht. Georg hatte bis tief in die Nacht gelernt, verschiedene Gebiete, Zusammenhänge. Er hatte es als Herausforderung begriffen. Leila war geduldig gewesen, das war neu. Georg musste auch ihren Traum verwirklichen.

Ihr Leben hat sich geändert. Georg lernt für beide. Während Leila kocht, sitzt Georg bei ihr in der Wohnung, über seinen Büchern. In seinen Lernpausen entspannt er sich, in ihrer zärtlichen Nähe. Sie führen ein zugewandtes Leben. Georg ist jeden Abend bei Leila, zum Lernen, zum Lieben, zum Schlafen. Er schafft die Balance, besser bei ihr und mit ihr, als zu Hause, allein. Dass Leila ihre Rolle erträgt, ist erstaunlich. Sie ist keine kochende Ehefrau. Er hätte nie gedacht, dass sie das kann. Sie hat sich untergeordnet, ohne sich zu verleugnen. Johannes war verwundert gewesen.

Über welche magischen Kräfte verfügt Georg, dass er Leila diese Fähigkeiten entlocke, ohne Ansprüche zu stellen?

Pierre träumt oft. Es sind Träume, aus denen er nass geschwitzt aufwacht. Es sind Angstträume seiner moralischen Seele. Dass er die dem Teufel verschrieben hat, weiß er. Keiner kennt seine Geschichte. Der, der leiden musste, ist tot. In seinen Träumen ist sein Bruder lebendig. Er lacht über ihn, er provoziert ihn, er zeigt ihm das Leben mit seiner Frau. Er hält seinen Sohn im Arm, er wirft ihn durch die Luft. Pierre fängt ihn auf. Seine Frau liegt zwischen ihm und seinem Zwilling. Pierre will sie nicht berühren, sie weicht nicht. Pierre schlägt ihr ins Gesicht. Er beleidigt sie. Er will sie loswerden. Sie liegt da, sie rührt sich nicht. Sie behauptet ihren Platz. Pierre läuft durch die Straßen von Paris, es ist das Seine Viertel. Gehetzt, getrieben, auf der Suche nach Beweisen, auf der Suche nach seiner bescheidenen Wahrheit, der Wahrheit seines Zwillings. Das Gesicht des Sohnes wird er nicht los. Er schaut ihm ins Gesicht, an jeder Ecke. Er deutet mit dem Finger auf ihn. Er schaut Pierre in die Seele. Pierre fühlt sich durchschaut. Dem Sohn entkommt er nicht.

Wenn er aufwacht, beschwichtigt er sich. Es gibt keinen, der etwas weiß, keiner kennt die wahre Geschichte.

Johannes hat das letzte Semester mit Francis Bacon gelebt. Er hatte sein Leben begleitet. Seine Studenten hatte er mit dessen Bildern konfrontiert. Er konnte das Leiden empathisch erklären. Sie hatten praktische Übungen gemacht. Sie hatten gelesen, geschrieben, gezeichnet, gemalt.

Als Johannes abgestürzt war, in seinem eigenen Leben, war ihm das Leiden auf den Leib gerückt. Es war lächerlich im Vergleich zu Bacon. Es ging ihn direkt an, er konnte nicht ausweichen. Es war niedergestürzt über ihm, direkt auf ihn drauf. Sein Blickpunkt hatte sich erneut verändert. Das Leben hatte sich verändert. Sein offenes Gemüt war in eine Krise geraten. Die Zufriedenheit, die er ausgestrahlt hatte, war weg gewesen. Sie hatte sich aufgelöst. Er ist ein anderer, mit dem gleichen Gesicht, mit der gleichen Freundlichkeit. Er spricht anders, er antwortet anders, er träumt anders, er malt und zeichnet anders, er liest anders. Ob er in seinen Beurteilungen anders verfahren ist, ist ihm nicht klar. Es hatte ihm Angst gemacht. Seine Studenten hatten seine Veränderung gespürt. Sie wussten, was geschehen war. Ihr Verhältnis war so gewesen, dass sie Anteil nahmen. Das war gut für Johannes gewesen, leicht war es nicht.

Er war nirgends ohne das Wissen, dass es Felix nicht gab, nicht für ihn, nicht in seinem Leben.

In den Semesterferien hatte er Zeit gefunden zu trauern. Er musste sich nicht beweisen. Er konnte für sich sein. Er musste nicht funktionieren. Er hatte geträumt. Schlechte Träume hatten die Oberhand gewonnen. Er realisierte, dass das neue Semester unausweichlich kam. In den letzten vier Wochen hatte er sich vorbereitet. Es war ihm schwergefallen. Er hatte Zeit gehabt. Er hatte sich einsam gefühlt. Die Lust kam zurück, im Kriechgang.

Johannes hatte Zuflucht zu Caravaggio genommen. Er hatte das Buch gelesen, den historischen Roman. Die Bilder liebt er. Es ist das Richtige für seine Situation. Neue Erschütterungen hatte er nicht gewollt.

Es hatte Material gegeben. Mit der Sichtung und Auswertung hat er die letzten Wochen vor dem Semester verbracht. Der Einstieg gelang. Johannes' Augen leuchteten nicht. Er hatte sich bemüht, offen und freundlich zu sein. Das innere Leuchten fehlte, das hatte Felix bewirkt. Es ist ein Neuanfang gewesen. Die Intensität ist geblieben.

Caravaggio leuchtet. Johannes bringt ihn zum Leuchten. Er hat ihn vorgestellt, in seiner Vitalität. Es ist ein verrufenes Leben. Wieder ist es ein Maler, der Männer liebt, der sie wundervoll in Szene setzt, der das

Heilige ins alltäglich Profane herunterholt. Der das Ordinäre adelt, indem er Nutten zu Madonnen macht und Stricher zu Heiligen.

Johannes ist so, er kann sich nicht trennen von dem, was er lehrt. Es drückt sich aus. Es fordert Auseinandersetzung. Die Vergangenheit ist lebendige Gegenwart. Durch den, der sie vorträgt, wird sie ein Teil seiner Geschichte. Seine Meisterschüler kennen das. Sie teilen seine Bewunderung für diesen ungewöhnlichen Maler. Sie wünschen sich sein Genie. Sie lassen sich ein, in ihren eigenen Arbeiten.

Michael hat sich in Caravaggio gespiegelt. Er zitierte aus dessen Bildern. Er hat die Figuren in seine abstrakten und fotorealistischen Kulissen gesetzt. Johannes ist begeistert gewesen. So stellt er sich künstlerische Aneignung vor. So wird die gelehrte Vergangenheit lebendig.

Johannes sitzt in der Akademie, häufig arbeitet er dort. Sein Zuhause ist einsam. Er ist verloren in den Räumen seines Hauses. Er blieb allein zurück. Feste gibt es nicht. Johannes hatte nicht verdrängen wollen, er hatte nicht vergessen wollen. Er will den Verlust auskosten. Das tut weh. Er braucht den andauernden Schmerz. Er sucht nach Gründen. Er denkt darüber nach, was geschehen ist. Er will seine Liebe nicht vergessen. Felix hat deutliche Spuren hinterlassen. Sie zu beseitigen, fällt Johannes nicht ein. Er pflegt die Spuren, sie sind zurückgebliebene Kleinode. Er erinnert sich an alles, was sie gemeinsam gelebt und erlebt haben. Hätte es anders sein können? Johannes ist durch Felix nicht von Abenteuer zu Abenteuer gehetzt. Er war sesshaft geworden, im Haus, in seinem Gemüt.

Die Erste, die das bewirkt hatte, war Leila. Als sie erwachsen war, war Felix in Johannes‘ Leben getreten, überraschend, unerwartet. Dass das nach wenigen Jahren vorbei sein könnte, hätte Johannes nicht für möglich gehalten. Er will es nicht. Es dringt nicht in seine Vorstellungswelt ein. Es war ein Überfall am helllichten Tag gewesen. Ein Schuss in sein Herz. Er überlebte aus unverschuldetem Zufall.

Johannes recherchiert im Internet. Er sucht nach bestimmten französischen Titeln. Es geht noch immer um Caravaggio. Fragen sind aufgetaucht. Johannes hatte sie nicht beantworten können. Er hat versprochen, ihnen nachzugehen. Er ist auf der Seite von ›Gallimard‹. Ein Titel fällt ihm ins Auge. Er stolpert über ihn.

›François du Boulet, La surprise‹.

Johannes stutzt. Er liest die Verlagsankündigung. Ist das Pierres Buch? Es ist von einer Zwillingsliebe die Rede, von einer Frau. Johannes ist sprachlos. Er erinnert sich an Marseille, er denkt an Pierre. Der Vorname ist anders.

François ist der Name des Zwillings. Johannes möchte vergessen, was er gelesen hat. Er will nicht Überbringer der Hiobsbotschaft sein. Was hat das zu bedeuten? Weiß Felix das? Weiß es Pierre? Es ist der Bruder. Lebt er? Johannes ist nicht fähig, nach Antworten zu suchen. Er ahnt, dass etwas nicht stimmt. Er hat Angst um Felix. Was bedeutet das für Felix' Edition? Die Zusammenhänge sind Johannes unklar. Was soll er tun, mit seiner Information? Richtet er Schaden an, wenn er sie weitergibt, oder wenn er es nicht tut?

»Felix muss das wissen«, denkt Johannes.

Er verlässt die Akademie. Er läuft zum Fluss. Er sitzt auf seiner Bank. Er ruft Felix an. Felix muss im Verlag sein. Johannes orientiert sich am Rhythmus ihrer Beziehung. Es ist nicht lange her. Johannes ist aufgeregt. Weiß es Felix schon? Was bedeutet das? Johannes drückt die Taste, es dauert. Felix ist dran.

»Hallo Johannes. Wie geht es dir?«

Was soll Johannes darauf antworten? Gut geht es ihm nicht.

Er sagt: »Ich denke viel an dich. Ich rufe aus einem konkreten Grund an. Ich habe im Internet auf der Seite von ›Gallimard‹ geschaut. Dort ist ein Buch von François du Boulet annonciert, mit dem Titel ›La surprise‹. Weißt du davon?«

Johannes merkt, dass Felix bleich wird, durchs Handy kann er das sehen.

Felix verstummt. Felix schluckt.

Felix antwortet: »Nein. Bei ›Gallimard‹, sagst du? Ich schaue nach. Ich melde mich wieder bei dir. Danke für die Information.«

Johannes ist froh, dass er Felix' Stimme gehört hat. Der Anlass bereitet ihm Kopfzerbrechen. Er hat keine Rachegelüste, er ahnt die Katastrophe. Gibt es Pierres Buch und das des Bruders? Wie kommt das? Was unterscheidet die Bücher? Welches ist das Original?

Felix ist vor den Kopf gestoßen. Was steht ihm bevor? Alles lief gut bisher. Das Buch ist fertig. Es gibt eine letzte Korrektur, dann geht es in Druck. Der Vorlauf ist lang. Felix weiß, Johannes irrt sich nicht. Er kennt Johannes. Er vertraut Johannes. Er weiß, es ist ernst. Johannes würde nicht scherzen, mit derartigem Stoff. Das passt nicht zu ihm. Er weiß, dass Johannes ihm Gutes wünscht.

Diese Entdeckung wird ihn in Bedrängnis bringen, im Verlag.

›The worst case‹.

Felix war an seinem Schreibtisch gewesen, als Joannes anrief. Er hatte bald nach Hause gehen wollen, in sein neues Zuhause. Er ist zum Essen mit Steven verabredet.

Er geht auf die Seite von ›Gallimard‹. Er hat die Seite vor sich. Er überzeugt sich von Johannes' Aussage. Er hatte nicht daran gezweifelt. Er liest es schwarz auf weiß. Felix überlegt sein weiteres Vorgehen. Wie kann er Informationen bekommen? Das Datum der Veröffentlichung ist in einem Monat. Die Beschreibung ist zum Teil identisch. Die Erwähnung einer Frau in Paris ist irritierend. Felix kombiniert aus seinem Lektorat.

Die unklaren Übergänge. die leeren Stellen, sein Eindruck, dass etwas fehlt, erfährt Bestätigung. Felix ist ratlos. Er kennt die Wahrheit nicht. Er gerät in abseitige Fantasien. Er braucht Klarheit.

Der einzige, der Klarheit verschaffen kann, ist Pierre. Felix ist nervös. Fahrig sucht er die Nummer. Kurz vor der Veröffentlichung passiert etwas, das nicht vorhersehbar war, nicht planbar. Felix' Pläne hatten Eventualitäten einbezogen, diese Wendung war nicht vorgesehen. Sie schlägt zu, aus einer Ecke, an die Felix nie gedacht hätte. Er geht zurück an den Anfang. Er geht seine damaligen Vermutungen durch. Dieser Fall war ihm nicht eingefallen, er lag außerhalb seiner Verdächtigungen. Es musste zwei Fassungen desselben Manuskriptes geben. Hatte Pierre das eine selbst geschrieben, das andere der Bruder?

Felix findet die Nummer, er ruft Pierre an.

Johannes hat ein schlechtes Gefühl. Er wollte an diesem frühen Abend Leila treffen. Sie wollte vorbeikommen, im alten Haus. Johannes muss sich beeilen. Die Sache mit Felix hat Zeit gekostet. Johannes läuft zurück zur Akademie. Er schwingt sich aufs Fahrrad. Er radelt durch die Stadt. Er kauft Sachen ein. Er freut sich, dass er heute Abend nicht allein ist. Als er sichtlich gehetzt am Haus eintrifft, ist Leila da. Sie sitzt auf dem kleinen Mäuerchen.

»Du hast doch einen Schlüssel. Warum bist du nicht ins Haus gegangen?«

»Ich wusste, du kommst gleich. Ich wollte dich vor dem Haus erwarten.«

Johannes umarmt seine Tochter, lang und fest. Er ist bedürftig. Es gibt niemanden, den er täglich an sich drücken kann, der ihn an sich drückt. Er ist ein einsamer, älter werdender Mann. Er hatte es sich anders gewünscht.

Vor kurzem war er ›Johannes im Glück‹ gewesen.

Er dachte an dessen Wandelbarkeit. Er kennt es aus der Literatur der Griechen. Johannes dramatisiert. Er ist leidenschaftlich verliebt gewesen. Die Kränkung ist nicht weniger intensiv.

Am Himmel schieben sich Schönwetterwolken, leichtes Blau, der Himmel hellt auf. Der Sommer, der keiner ist, verblüht üppig im Garten. Wild stehen die Pflanzen. Sie vermissen die Pflege. Johannes war nicht in der Lange dazu. Er freut sich an dem Garten. Mühe hatte er nicht auf das Blühen verwenden können. Sein Leben ist in Unordnung geraten.

Leila ist nach ihm ins Haus getreten. Sie spürt, dass es anders ist. Die Einsamkeit hat sich ausgebreitet. Johannes überspielt es. Er vermag es nicht. Die Schmerzen sind gegenwärtig. Selbst die Freude über Leilas Gegenwart lässt Johannes nicht vergessen. Alles im Haus erinnert an Felix. Johannes hat nichts entfernt. Die Bilder hängen an den Wänden. Felix und Johannes, aus glücklichen Tagen.

Leila sieht es sofort, sie spricht es an.

»Warum belastest du dich mit diesen Erinnerungen? Pack es weg. Häng es ab. Es tut dir nicht gut.«

Johannes lacht verlegen.

»Ich weiß. Ich bin nicht soweit. Ich brauche das. Ich muss Abschied nehmen, von unserem gemeinsamen Leben. Du hast Recht. Ich arbeite daran.«

Johannes öffnet eine Flasche Rotwein.

Leila ist überrascht. Es ist eine Erinnerungsgeste. Sie trinken gemeinsam. Leila weiß, Johannes drückt so seine Trauer aus. Seine Verbundenheit zu Felix ist stark.

»Was macht Georg? Wie weit sind seine Examensvorbereitungen? Wie kommst du voran? Wann legst du die Prüfung vor dem Amtsarzt ab?«

Leila registriert die Fragen von Johannes.

»Georg ist fleißig, ich unterstütze ihn. Es ist eine schwere Prüfung. Georg will überall gute Noten. Ich selbst habe ja viele Vorkenntnisse aus dem Studium, die kann ich jetzt brauchen.

Ich bereite mich vor, mit Gustav, der die Prüfung vor kurzem gemacht hat. Ich habe noch Zeit. Georgs Staatsexamen geht vor. Du glaubst nicht, welche hausfraulichen Tugenden ich habe.«

Johannes lacht.

»Ich weiß das. Ich bin stolz. Liebe versetzt Berge. Ich nehme an, das ist die Erklärung.«

Leila weiß, dass sie die Glückliche ist. Sie will Johannes nicht kränken.

Sie sagt: »Du hast Recht. Das muss es sein.«

Johannes spürt das Ungleichgewicht.

»Ich bin nicht eifersüchtig. Ich bin froh, dass wenigstens einer von uns das Leben von seiner guten Seite erlebt. Du hattest Stress genug, mir ging es sehr gut.«

Sie reden bis in die Dämmerung. Leila versucht Johannes aufzubauen. Sie versucht die Beziehung zu Felix zu relativieren. Sie möchte, dass Johannes begreift, dass er für sich genügend Wert besitzt. Sie stößt nicht durch. Johannes hat eine Mauer um sich gezogen. Er lässt keine Kritik zu. Das tun die Anderen, sie können das. Johannes ist nicht dazu bereit. Er stößt seinen Freund nicht vom Sockel.

Leila will los, Georg wartet auf sie. Leila wird gebraucht, von Georg, ihrem Vater. Das tut ihr gut. Sie hatte das früher nicht erfahren. Sie war die, die Andere gebraucht hat. Diese Verkehrung der Rolle gefällt ihr. Sie küsst Johannes zum Abschied. Sie lässt ihn ungern allein. Sie freut sich auf Georg.

Pierre nimmt den Hörer ab. »Du Boulet.«

»Hier ist Felix.«

»Bonsoir Felix, ça va?«

»Pierre, ich will nicht herum reden. Ihr Manuskript ist in einer anderen Fassung unter dem Namen Ihres Bruders François bei ›Gallimard‹ zur Veröffentlichung annonciert, in einem Monat. Was spielen Sie für ein Spiel?«

Felix verbirgt nicht, dass er erregt und deprimiert ist. Es geht um seine Existenz. Es ist sein Projekt.

Pierre muss sich setzen. Es zerschlägt alle seine Träume. Er versteht nichts. Er kennt das Original. Gibt es eine Abschrift? Eine Kopie? Etwas, von dem er nichts weiß? Wie konnte sie an die Öffentlichkeit gelangen? Wie zur Veröffentlichung bei ›Gallimard‹? Wer hat das autorisiert? Die Fragen bäumen sich auf. Lange Zeit schweigt er.

»Ich habe Ihnen nicht die Wahrheit gesagt.«

Felix ist zerschlagen. Er weiß, dass Pierre ein Lügner ist. Wieso hat ihn sein Ehrgeiz in die Falle getrieben? Hätte es andere Lösungsmöglichkeiten gegeben?

»Ich weiß das. Dass es so schlimm kommen könnte, habe ich nicht vermutet. Erzählen Sie mir alles, sofort. Ich habe genug von ihren Spielchen.«

Es fällt etwas zu Boden, am anderen Ende der Leitung. Ist es Pierre?

»Ich hätte das auch nicht für möglich gehalten, was ich vermute.«

»Sprechen Sie. Es ist keine Zeit für weitere Lügen.«

Es entlädt sich ein Bekennerschwall am Telefon, in einer deutsch-französischen Wortmischung.

Felix ist fassungslos. Er setzt die Informationen zusammen.

Ein Bild entsteht, das seine schlimmsten Befürchtungen übertrifft.

Felix erfährt zum ersten Mal von François‘ Frau in Paris, von seinem Sohn. Er bekommt die Bestätigung für seine Kenntnisse, die er selbst herausgefunden hat. Die Struktur bewahrheitet sich. Felix erfährt, welche Teile Pierre eliminiert hat. Der ›Gallimard‹ Roman enthält das komplette Manuskript. François muss es seiner Frau oder an den Verlag geschickt haben, bevor er starb. Es ist sein Werk. Hatte er Misstrauen gegenüber seinem Zwilling? Hatte er die Wahrheit erzählen wollen? Hatte er Pierre nicht über den Weg getraut? Das ist die unverstellte Wahrheit. Was können sie tun?

Pierre weiß nicht weiter. Er weiß, er hat verloren. Der letzte Triumph war der seines Bruders. Er ist entlarvt. Er steht in der Öffentlichkeit als Lügner da, als Räuber an seinem Zwillingsbruder. Dass er ein Raubmörder geworden ist, weiß er. Es ist nicht Habgier gewesen, es war seine gekränkte Seele, der Stolz des Betrogenen.

François hatte zurückgeschlagen. Es erwischt Pierre, unerbittlich, kurz vor seinem Triumph, den er herbeisehnte. Er wird nie im Rampenlicht stehen. Er hat davon geträumt. Er ist nahe dran gewesen. Die Freude hat sich in das Gegenteil verkehrt. Ihn jagen Erynnien.

Pierre sitzt da, die Augen ins leere Chaos gerichtet. Die Einsamkeit zieht sich zusammen um ihn.

Was geht das Felix an?

Felix kämpft vergebens gegen seine Tränen. Er ist wütend über sein Versagen, über seinen Wahn, einen Bestseller zustande zu bringen, auf diesem Weg. Der erscheint jetzt bei ›Gallimard‹. Felix ist ein begossener Pudel. Der Aufsteiger im Verlag ist Vergangenheit. Nicht nur, dass er ein Verlierer ist, der Verlag wird über ihn lachen. Felix sieht sich bloßgestellt, mit Ausnahme von Sven. Er weiß, der wird ihn trösten. Ob er im Verlag bleiben kann, ist ungewiss. Felix will das Gespräch nicht fortsetzten. Er legt auf. Er lässt Pierre allein, mit seinem elendigen Leben.

Felix würde gern Johannes anrufen. Er ist zu stolz, es zu tun. Johannes würde ihn anrufen, in einer Situation, in der er ihn braucht. So verschieden sind sie. Mit Steven kann Felix nicht darüber reden, der kennt die Geschichte nicht. Der ist nicht vertraut mit Felix‘ Leben. Die Ebene, auf der sie sich begegnet sind, ist verschieden. Ihr Leben ist anders. Ihre Kommunikation hat Grenzen.

Felix weiß, er muss Dr. Kaiser informieren. Er überlegt sich, wie er das tut. Er überlegt, ob er ihm von seinen Zweifeln erzählt, ob er den Überraschten spielt. In beiden Fällen steht er schlecht da. Felix will es überschlafen. Die Information kann er am nächsten Tag weitergeben. Das ändert nichts.

Das Buch bei ›Gallimard‹ wird erscheinen. Die gestohlene Fassung wird nicht erscheinen. Eine Fehlinvestition ohne Gleichen. Felix denkt an Harakiri. Er ist nicht der Typ dafür. Er kommt wieder auf die Beine.

›Sorge dich nicht, lebe!‹.

Er muss nach vorn schauen. Soll er seine Kündigung anbieten, ist das geschickt? Er muss abwägen. Er muss seine Chancen ausloten. Hat er nicht den Verlag vor einer großen Niederlage bewahrt? Er verdankt es Johannes. Das gefällt ihm nicht. Er wird es Dr. Kaiser emotionslos schildern. Er wird die Reaktion abwarten. Aus der Situation heraus will er entscheiden. Er sitzt da und überlegt.

Gibt es eine andere Lösung? Er könnte Pierre veranlassen, das Buch neu zu schreiben. Aus seiner Sicht, aus der Sicht des Betrogenen. Als Antwort auf das Buch bei ›Gallimard‹. Es ist kein öffentlicher Betrug. Der Verlag kann zurückziehen. Öffentlich kommt er 'raus aus dem Dilemma, finanziell nicht.

Pierre steht in der Pflicht, Felix könnte alles von ihm fordern. Moralisch ist Pierre verpflichtet, alles zu tun. Die Betrugsanzeige könnte als Druckmittel dienen. Kann Pierre schreiben? Könnte Pierre erzählen, Felix aufschreiben?

So ist Felix, er formt die Niederlage in eine neue Möglichkeit um.

Johannes geht nicht nach Hause. Er ist aufgewühlt, in seinen Gedanken. Seine Gefühle sind auf Felix gerichtet. Er möchte ihm beistehen, er kann es nicht. Er möchte ihn schützen, er kann es nicht. Braucht Felix seinen Schutz? Johannes fühlt sich gefangen in seiner Rührseligkeit. Er kommt nicht 'raus. Er wünscht sich Klarheit. Er hat sie nicht. Johannes läuft zurück zum Institut. Er nimmt das Fahrrad. Ziellos fährt er durch die Straßen. Seine Gedanken suchen den Weg, den er gehen kann. Er mag Dinge, er liebt Menschen. Warum hat er sich das in der Zeit mit Felix nicht zugetraut, wieso war alles zweitrangig geworden? Es war in den Hintergrund getreten.

Er merkt, dass nicht Felix der Schuldige ist, er hat es falsch gemacht. Das Konstrukt war falsch. Der Anteil am Jungsein hatte in Felix die ideale Verkörperung. Felix hatte ihm seine Jugend zurückgegeben. Johannes hatte begierig danach gegriffen. Er war nicht behutsam damit umgegangen, nicht einsichtig, in die Verschiedenheit ihrer Leben. Er hatte seit Jahren das Alter für sich verdrängt. Er hatte seine alten Freunde vernachlässigt. Er hatte sich den Jungen an den Hals geworfen, mit einem Bündel an Illusionen. Mit der Aufgabe seiner eigenen Veränderung. Er muss sich neu entdecken, die Not wenden.

Felix kommt bei Steven an. Er ist spät. Steven hat gekocht. Steven ist schlecht gelaunt. Steven ist eifersüchtig. Er unterstellt Felix Dinge, die abwegig sind.

Felix will diese neue Beziehung. Er sieht über die Fehler hinweg. Er verdrängt seine Gefühle. Er hat Johannes bewusst verlassen. Er folgt einem Plan. Felix hat sich entschieden. Felix überlegt, ob er sein Problem anspricht. Er tut es nicht. Sie sitzen da. Steven schaltet den Fernseher an. Sie essen und trinken. Nebenbei läuft der ›Tatort‹. Felix lenkt sich ab. Er verdrängt die Sache mit Pierre. Steven ist einsilbig. Sie prosten sich zu, sie trinken.

Das ›Stößchen‹ kommt Felix über die Lippen. Dem er es sagt, ist ein Anderer. Johannes ist out. Steven ist in. So ist das für Felix. Er kennt nicht das Gefühl des Verlustes. Er hat einen neuen Anfang gewählt. Wohl fühlt er sich nicht. Er ist nicht allein. Steven ist jung.

Es ist ein Schritt vorwärts. Ärgerlich, dass die Sache mit Pierre passiert ist. Das war nicht vorgesehen. Es irritiert seinen Erfolgsdruck. Es zwingt ihn, sich mit Problemen zu konfrontieren. Das will er nicht. Felix hat keine Wahl. Das ist selten.

Während der Mord aufgeklärt wird und der Kommissar ein ernstes Gesicht macht, denkt Felix an die Folgen, für seine Karriere, für seinen Beruf, an Johannes denkt er am Rande. Der ist treu, der hat ihn informiert. Ein schlechtes Gewissen hat Felix nicht. Johannes ist da, wenn er ihn braucht. Das wird sich nicht ändern. Johannes ist so. Für einen nützlichen Idioten hält er ihn nicht, eine Achtung ist geblieben, eine Dankbarkeit auch. Beides ist ohne Folgen.

Pierre kann nicht fassen, was passiert ist. Seine Sicherheit, die brüchig war, ist auseinander gebrochen. Er kann seit Stunden nicht denken. Die

Lähmung hat sich vom Kopf in den Körper verbreitet. Der Körper gehorcht ihm nicht. Schlaff hängen seine Gliedmaßen an ihm. Felix hat ihn abgehängt, er hat ihn allein gelassen. Hat Pierre Felix' Leben zerstört?

Pierre ist ein moralischer Mensch. Er macht sich solche Gedanken. Er fühlt sich schuldig, Felix gegenüber, nicht François. Was macht er damit? Wie kann er handeln? Wer gibt ihm Handlungsanweisungen? In den letzten Monaten hatte Felix das getan.

Pierre tastet sich durch den Raum, es ist anders als vorher. Er hatte gedacht, diesen Ort zu verlassen, endgültig. Er ist lange hier. Er hatte wegziehen wollen. Nicht ans Meer, weit weg vom Meer, 'raus aus Frankreich, in einen kleinen Ort, in die Berge. Dort hatte er seinen Triumph über François genießen wollen. Pierre hat keine Perspektive. Der Verlag kann ihn wegen Betrugs verklagen.

»Das wird er nicht tun«, denkt Pierre.

Die Blamage wäre zu groß. Der Verlag wird still und klammheimlich Pierres Manuskript unter den Tisch fallen lassen. Kein Aufsehen, keine Presse. Hat Pierre einen Trumpf in der Hand? Kann und soll er seine Geschichte erzählen? Nicht die mit den Augen von François? Kann er seine Eifersucht beschreiben? Seine verzweifelten Streifzüge durch Paris? Seine Suche nach Beweisen? Seine Qualen, wenn François auf Geschäftsreise war. Was für ein Leben hatte er geführt? Wird Felix ihm dabei helfen? Ein lektorierender Ghostwriter seiner Geschichte?

Sein Körper gehorcht nicht. Er führt keine Wünsche aus, die sein Gehirn ihm erteilt. Pierre kann nicht laufen, er sackt in sich zusammen. Er bleibt auf dem Boden liegen. Er zittert, er robbt vorwärts zum Spiegel. Er ist ein bleiernes, willenloses Gespenst. Ein Schatten seiner selbst. Es kehrt alles zurück. Pierre verliert das Bewusstsein.

Leila macht sich ernsthafte Sorgen um Johannes. Sie umarmt Georg von hinten. Der sitzt am Schreibtisch vor dem PC. Die medizinischen Begriffe haben sich eingenistet. Sie haben andere Informationen ersetzt. Im Augenblick zählt nur die Prüfung. Leila ist die Einzige, die ihn ablenken darf.

»Wie war es bei Johannes?«

»Soll ich das wirklich erzählen?

Er ist in einer Krise. Felix ist der Auslöser. Johannes kämpft mit seinem Alter.«

»Das hätte ich nicht für möglich gehalten. Er wirkt souverän.«

»Johannes ist ein Schauspieler, ein Fantast. Wie es wirklich bei ihm aussieht, wissen wenige.«

»Hoffentlich schafft er es.«

Leila streichelt Georg.

»Er ist stark. Er fällt auf die Füße. Es dauert. Er braucht mich.«

Leila ist in Gedanken.

»Einen neuen Freund braucht er auch. Er muss geliebt werden, er fühlt sich unnütz. Ich mache uns was zu essen.«

Georg schaut Leila an. Ein Blick, der sie verwöhnt, der sie streichelt, innerlich, äußerlich, lange schon. Leila denkt, dass sie nie zufrieden ist. Sie hat ihre Niederlage im Studium nicht überwunden. Georg gelingt es, sie mit sich selbst zu versöhnen. Er ist fähig, sie zu nehmen, wie sie ist, nicht verbal. Er lebt es. Er zeigt es ihr.

Max sitzt bei Johannes. Es ist lange her, dass er auf seinem Schoß saß und Leila eifersüchtig war. Johannes ist der, der ihn braucht. Max fühlt sich erwachsen. Er erinnert sich an Johannes' Ratschläge. Dass Johannes sich einsam fühlt, ist eine neue Erfahrung, für Max. Er hatte Johannes als den eingeschätzt, der eine Lösung parat hat. Er erlebt ihn schwach. Max ist unsicher in seinem Verhalten. Die Rolle ist neu, die er hat. Er nimmt sie an. Johannes lässt sich nicht gehen. Max merkt, dass Johannes traurig ist. Max findet den Einstieg ins Gespräch.

»Hast du Felix gesehen?«

»Ich habe nur mit ihm am Telefon gesprochen. Es ist nicht gut, wenn ich ihn sehe. Ich vermisse ihn.

Ich würde ihm Vorwürfe machen.«

»Würde dir das nicht helfen?«

Max weiß, dass Johannes wütend ist.

»Ich habe das getan. Es ist genug. Ich möchte keinen Streit mit ihm. Felix will sich nicht auseinandersetzen. Es gäbe nichts zu sagen zu unserer Beziehung, sagt er.

Erzähl mir von dir und Susanne.«

Max ist verlegen. Er will nicht sein Hochgefühl gegen das Elend von Johannes setzen.

Er sagt: »Wir sind zusammen. Ich möchte sie nicht verlieren. Es würde mir wehtun, wie dir die Trennung von Felix.«

»Es gibt keinen Grund dafür. Ihr habt kein Altersproblem. Ihr versteht euch.«

Max betrachtet Johannes‘ Alter gelassen, er ist sein väterlicher Freund. Er führt keine Beziehung mit ihm. Der Blickpunkt ist anders. Max versteht Felix nicht. Er kann sich nicht vorstellen, eine zwanzig Jahre ältere Freundin zu haben. Er denkt, bei Männern ist das anders. Er weiß nicht, warum er das denkt. Er schützt Johannes. Er weiß, dass der verletzbar ist. Max erzählt von der neuen Liebe seines Freundes Tommy.

»Tommy hat ein Mädchen. Ich soll sie kennenlernen, Susanne auch. Er ist aufgeregt und freut sich. Ich finde das klasse. Wir können etwas zu viert unternehmen.«

Johannes denkt an seine Schulzeit. Wie unbekümmert war er mit Mädchen gegangen. Er hatte sie gewechselt. Er hatte seine Mutter vorgeschickt, wenn er sie verlassen wollte, Schluss machen gefiel ihm nicht. Er war feige gewesen. Seine Mutter hatte Mitleid mit seinen Freundinnen gehabt. Sie hatte sie angerufen. Johannes weiß, dass es verkehrt war. Er weiß, dass es schrecklich gewesen sein musste, für Renate. Das ist lange her. Johannes war kein Musterknabe gewesen.

Johannes sagt: »Das freut mich für Tommy. Hoffentlich passt sie zu euch.«

»Das müssen wir rauskriegen. Tommys Geschmack kenne ich. Ob sie dem entspricht, weiß ich nicht. Tommy war auf der Suche. Da könnten ihm Fehler unterlaufen sein.«

Johannes lacht über diese Rationalität. Max freut sich, dass Johannes seine Trauer vergisst. Max besitzt einen trockenen Humor. Soll er fortfahren? Max will nicht den Clown machen. Johannes würde das durchschauen. Er ist einfach da, wenn Johannes reden will. Johannes befindet sich in einem Zwiespalt. Er möchte Max erzählen, von Felix, von seinen Ängsten. Er weiß, dass Max das nicht versteht. Seine Nähe will er.

Der Tag beginnt regnerisch. Felix bekommt den Kaffee im Bett. Steven zelebriert Gesten. Felix mochte das nie. Felix spielt seine Aufregung herunter, er lässt sich nichts anmerken. Steven weiß nichts. Mit dem Fahrrad kann Felix nicht fahren, er nimmt die U-Bahn. Er hat schlecht geschlafen. Strategien gingen ihm durch den Kopf. Er muss seinen Kopf retten. Dr. Kaiser ist gnadenlos. Er hat ihn gepuscht, er hat ihm Freiheiten eingeräumt. Felix ist aus der Spur gelaufen, seine erste Niederlage. Wie kann er den Schaden begrenzen? Dr. Kaiser versteht keinen Spaß, wenn etwas nicht klappt. Er irrt sich ungern. Er wird es auf Felix abwälzen. Wie geht Felix damit um?

Felix mag die U-Bahn nicht. Er kennt das Gedränge am Morgen. Es stört seine Kontemplation. Am liebsten liest er dann. Er ist heute nicht konzentriert. Die Situation ist neu. Felix muss sich erklären. Ist die Nachricht neu für alle, ist es durchgesickert? Sie sind ein Verlag für deutsch-französische Literatur. Nicht nur Johannes surft im Internet. Gehört hat Felix nichts, er hat wache Antennen. Was er wissen muss, entgeht ihm nicht. Felix identifiziert sich mit seinem Verlag. Es ist mehr als ein Arbeitsverhältnis.

Er fragt sich: »Was habe ich mir zu Schulden kommen lassen?«

Kaiser weiß nichts von seinen Verdachtsmomenten. Er weiß nichts von den Gesprächen, zwischen Felix und Pierre. Die Reise nach Marseille hat Felix verschwiegen. Er wird die Entdeckung als schrecklichen Fund deklarieren. Felix rettet den Verlag vor der Lächerlichkeit.

Als Felix aus der U-Bahn steigt, hat er ein Schwindelgefühl. Die Tatsachen sind nicht angenehm. Felix grüßt die Kollegen auf dem Flur. Er ist kurz angebunden.

»Ist Dr. Kaiser schon im Haus?« Felix fragt Frau Schulz am Empfang.

Frau Schulz verneint.

»Können Sie mich verständigen, wenn er da ist. Es ist wichtig. Danke.«

Frau Schulz schaut Felix nach. So kennt sie ihn nicht. Etwas ist passiert. Sie hat einen Blick dafür.

Felix überlegt, ob er Sven informiert. Er ist nicht so weit. Er geht auf sein Zimmer. Er räumt Manuskripte vom Tisch. Felix hat Angst. Muss er den Verlag verlassen, gibt es einen justitiablen Grund dafür? Wäre es moralisch angemessen? Kann das jedem passieren? Es ist ihm passiert, ihm, dem Erfolgreichen. Sollte er ›Gallimard‹ anrufen? Sollte er sich erkundigen, woher das Manuskript stammt? Nein. Die Öffentlichkeit darf nicht erfahren, dass sie einer erlogenen Autorenschaft auf den Leim gegangen sind. In der Branche ist das tabu. Je weniger nach außen dringt, umso besser ist es. Dr. Kaiser wird jeden zum Schweigen verpflichten. Das weiß Felix.

Frau Schulz ist am Apparat. »Dr. Kaiser ist gerade ins Haus gekommen.«

»Danke.« Felix legt auf.

Frau Schulz weiß, dass etwas nicht stimmt. Sie ist verschwiegen. Sie ist loyal zum Verlag. Felix wählt die Nummer. War er jemals so aufgeregt.

»Dr. Kaiser.«

»Felix Boulanger. Ich muss Sie dringend sprechen. Kann ich runterkommen?«

»Guten Morgen, Herr Boulanger. Das muss ja dringend sein. Kommen Sie gleich. Ich habe später Termine.«

Felix atmet schwer.

»Ich bin gleich bei Ihnen.«

Dr. Kaiser ist neugierig. Dass es wichtig ist, spürt er. An etwas Bedrohliches denkt Kaiser nicht. Felix sitzt Kaiser gegenüber.

»Legen sie los. Was gibt es Wichtiges?«

Felix braucht eine Minute, eine lange Minute. Dann legt er los. Er erzählt alles, was Kaiser wissen muss. Er stellt sich als Entdecker dar. Er berichtet vom Gespräch mit Pierre. Felix ist der, der die schreckliche Wahrheit aus ihm herausgepresst hat. Das ist die neue Version. Johannes kann nichts dagegen haben.

Dr. Kaiser sitzt da. Sein Gesicht ist starr. Es sieht unbeteiligt aus. Es arbeitet fieberhaft, hinter der Fassade der Unbeweglichkeit. Das hat er nicht vermutet. Der Mann für‘s Gespür, der Bestseller riecht, wie steht er jetzt da?

»Da haben Sie uns etwas eingebrockt, Herr Boulanger. Ist Ihnen in der langen Lektoratsarbeit nichts aufgefallen? Wieso haben Sie keine Nachforschungen über den Bruder angestellt? Diese Geschichte war von Anfang an mysteriös.«

Felix lügt gekonnt.

»Ich habe das nicht so eingeschätzt. François du Boulet schien krank zu sein. Es war glaubwürdig.«

Felix lügt Dr. Kaiser ins Gesicht.

»Wo ist Ihr berühmter Spürsinn geblieben? Was machen wir jetzt? Wir müssen alles stoppen. Die Version, Pierre du Boulet hat im letzten Moment zurückgezogen, ist nicht glaubwürdig. Sie ist angebracht. Wir müssen uns die Frau vom Leib halten. Auch im Verlag stillschweigen. Das Haus hat Ohren und Stimmen. Je weniger davon wissen, umso besser. Ich knüpfe mir diesen du Boulet vor.«

Dr. Kaiser ist wütend. Er zeigt Haltung. Felix hat es richtig eingeschätzt. Dr. Kaiser will das Gesicht wahren, er will mit einem blauen Auge davonkommen. Der finanzielle Verlust ist verkraftbar, das kommt vor. »Zitieren Sie Pierre du Boulet nach Deutschland. Ich will ihn morgen sprechen. Er muss unterschreiben und sich verpflichten, Stillschweigen zu bewahren. Das ist unsere einzige Chance. Wir können ihn nicht verklagen. Das Aufsehen würde dem Verlag schaden.«

Felix ist dienstbeflissen.

»Ich erledige das.«

Er steht auf, er geht. Eine Niederlage ist eine Niederlage. Felix muss sie verkraften. Er hat gelernt, nach vorn zu schauen. Er denkt, den Verlust zum Gewinn zu machen. Wie, weiß er nicht. Dass er es tun muss, gibt ihm Kraft und Mut.

Er hat Johannes verlassen. Er hat Steven. Er wurde von Pierre betrogen.

Er braucht einen neuen Text, einen Ausgleich. Das wird nicht einfach sein. Er wird Stapel Manuskripte lesen müssen. Er muss die Nadel im Heuhaufen finden, die er sich anheften kann. Zeit hat er nicht.

Als Pierre zu sich kommt, liegt er am Boden, zwischen den Stuhlbeinen. Er fühlt sich hilflos, eingekeilt zwischen den Möbeln. Die Erinnerungen peinigen ihn. Sein Gehirn schlägt gegen die Stirn. Alle Glieder schmerzen. Mühsam steht er auf. Er hangelt sich vorwärts, von Möbel zu Möbel. Im Bad füllt er Wasser in beide Hände. Er erfrischt sein Gesicht. Kann er das Leben ertragen, mit dieser Nachricht? Wer hat die Verantwortung für sein neues Leid?

Pierre hasst die Frau, die er nicht kennt. Er neidet ihr, dass sie François vor ihm besessen hat. Die Kindheit ist weit weg. Da hatten sie eine unvergleichliche Nähe. Schuld sind die, die sie trennten, als sie Kinder waren. Das Verhängnis lief ihm hinterher.

»Ich bin das Opfer«, denkt Pierre.

Er hatte nicht gelebt, ohne seinen Zwilling. Das Leben war ihm genommen worden, als François nach Paris verschleppt worden war. So sieht es Pierre. Die Frau von François war Teil des Komplotts gewesen. Ihr gemeinsamer Sohn hatte verhindert, dass François sich trennte.

Wie war das Manuskript zu ihr gelangt? Pierre hat das Original, es ist handschriftlich. Er wusste nicht, dass es eine Abschrift gibt. Wann hat François eine Kopie erstellt? Wann hat er sie an seine Frau geschickt? Pierre glaubte, alle Spuren verwischt zu haben.

Er muss nach Paris. Er will es herausbekommen. Wie soll er das anstellen? Er darf sich nicht verraten. Geld hat er keins. Der Verlag wird alle Zahlungen einstellen. Wie soll er weiterleben?

Petra bereitet einen Kongress vor, sie hat alle Hände voll zu tun. Sie wächst an ihren Aufgaben. Sie ist professionell. Früher hat sie sich eingemischt. Das tut sie wenig. Sie macht ihre Arbeit. Sie will Anerkennung dafür. Sie bekommt sie. Abhängig ist sie nicht davon. Es gibt Philipp, den sie immer wieder trifft. So perfekt hat sie nie die körperliche Liebe erlebt. Sie möchte mehr. Sie weiß, dass das nicht geht. Dass sie sich mit ihrer Rolle begnügt, findet sie selbst schwierig. Es muss an Philipp liegen. Sie räumt ihm Freiheiten ein. Sie ist erstaunt. Es ist eine leichtfertige Abhängigkeit. Sie kommt damit zurecht.

Sie genießt es, wenn sie bei ihm ist. Sie trennt Philipp von ihrem Alltag, es funktioniert.

Sie trifft sich nach der Arbeit mit Johannes. Sie weiß, dass er ihre Gesellschaft braucht. Sie hält es für fair, dass sie für ihn da ist. Auf dem Weg zu Johannes denkt sie darüber nach, was sie an Philipp schätzt. Ist es ein Suchtverhalten, nach seinem Körper? Er ist jung, sexy. In ihrem Kopf ist das Wort. Liebt sie nur seinen Körper, die Art wie er sie fickt? Sie leugnet es nicht. Es verschafft ihr Befriedigung, wie selbstverständlich er mit ihrem Körper umgeht, wie klar zugreifend und behutsam er in sie eindringt, sie konzentriert penetriert. Er hat eine Intensität der Zuwendung, die sie vorher nicht erlebt hat. Er ist spontan. Er spielt ihr nichts vor. Er gibt ihr im selben Moment das, was sie will, erwartet, braucht. Sie kann sich hingeben, ohne dass sie darüber nachdenkt. Der Augenblick ist die Zeit.

Petra hat ihr Leben verändert. Ein Zufall kam ihr zu pass. Sie hat den Zufall angefasst. Sie hat sich befreit, von ihrer Vergangenheit. Es ging schneller, als sie dachte. An Albert denkt sie gelegentlich. Er hat keinen Platz in ihrem Leben. Sie kann ihn bedingungslos verachten. Sie bemitleidet sich nicht. Sie lebt ihre Begierde mit Philipp. Sie verzichtet auf den Mann an ihrer Seite.

Margarethe ist erstaunt über ihren Wandel. Sie hat es seit Monaten bemerkt. Petra schweigt über Philipp. Sie will ihn für sich. Sie will kein Gerede. Sie verzichtet auf Bewertung. Sie braucht keine Anerkennung, dass sie einen neuen Mann hat, noch dazu einen jungen, attraktiven. Margarethe ist klug und diskret. Selbst wenn sie etwas ahnte, würde sie es nicht sagen. Sie freut sich über die neue Freundin. Sie treffen sich regelmäßig. Sie reden über sich.

Philipp bleibt geheim. Dass sie in all den Monaten Max nichts erzählt hat, passt nicht zu Petra. Philipp passt nicht zu Petra. Das ist die Lösung. Petra ist nicht die Petra, die die Frau von Albert war.

Sie ist die Mutter von Max. Eine alleinerziehende Mutter ist anders. Petra ist anders. Ihre Mütterlichkeit hat sie nicht abgelegt. Sie übt sie anders aus. Max fragt nicht nach. Er profitiert davon. Petra wünscht sich für Johannes eine Begegnung. Wie öffnet sie ihn dafür? Passiert es zum richtigen Zeitpunkt? Petra hält den Zeitpunkt für gekommen. Sie will nicht, dass Johannes weiter trauert. Johannes ist kein Trauerkloß, das passt nicht zu ihm. Petra will es auf den Punkt bringen. Ihre Rollen sind vertauscht. Petra hätte das niemals für möglich gehalten.

Sicherheit gibt es nicht, das hat Petra gelernt. Das Leben springt unberechenbar über Zäune hinweg. Sie hat eine wilde Blume in ihren Händen. Johannes zerrt an einem gelösten Verhältnis. Er greift in die falsche Richtung. Das will sie ihm sagen.

Das Restaurant liegt auf dem Weg von ihrer Arbeit, eine Neueröffnung. Petra hat es Johannes vorgeschlagen. Es sind keine Erinnerungen damit verbunden. Petra braucht sie nicht, wenn sie sich mit Johannes trifft. Die Situation ist offen. Petra will sie weiter öffnen. Sie will Johannes der Vergangenheit entziehen. Sie will ihn konfrontieren, mit dem, was es Neues gibt. Wenn sie es schafft, ihm die Augen zu öffnen, hat sie gewonnen. Sie weiß, er ist neugierig. Wieso sollte sich das seit Felix geändert haben? Das unerschöpfliche Leben liegt vor ihm, nicht hinter ihm. Das will Petra ihm deutlich machen.

Johannes sitzt mitten im Restaurant. Petra hätte einen Ecktisch bevorzugt. Es war nichts anderes frei, bedeutet ihr Johannes.

»Hallo, wie geht es dir?«

»Ich komme zurecht.«

Johannes ist es leid, immer wieder seinen Zustand zu artikulieren. Alle kennen ihn. Er am besten. Gut kann er nicht sagen. Keiner würde ihm Glauben schenken. Er hat diese Floskel gefunden.

Petra grinst breit.

»So genau wollte ich es nicht wissen.«

Sie beide vertrauen sich. Petra umarmt Johannes. Sie drückt ihn fest. Er braucht das. Er spürt ihre Verbundenheit.

»Du brauchst jemanden wie Philipp. Er hat mich gerettet. Wenn ich ihn treffe, geht es mir gut. Wir erleben Stunden, die schön sind. Wir genießen uns, den Augenblick.«

Johannes zögert.

»Du hast Recht. Ich will raus aus der Trauer. Ich möchte Felix verzeihen. Es gibt einen Neuanfang.«

Petra ist irritiert.

»Warum musst du Felix verzeihen? Er hat sich unmöglich dir gegenüber verhalten.«

»Nein, solange ich das denke, bin ich nicht frei. Felix ist kein Arschloch. Er ist anders als ich.«

Petra versteht das nicht. Ihr hat es geholfen, Albert zu verachten, ihren Irrtum einzusehen.

»Gut, das musst du wissen. Ich will dir nicht reinreden. Felix ist sicher ein anderer Typ als Albert. Seine Trennung war fies.«

Johannes versucht es anders zu sehen. Er arbeitet an einer Lösung. Erst dann kann er sich lösen. Lösen muss er sich, das weiß er. Er will ein neues Gefühl erleben. Er will nicht allein sein. Er hat Sehnsucht nach neuer Nähe. Er will nicht leben ohne die Nähe eines Menschen, der ihn liebt.

»Hat Max nichts mitbekommen, von Philipp? Er ist klug. Er ist wach und aufmerksam.«

»Wie sollte er? Er bespitzelt mich nicht. Er lebt seine Freiheit. Die hat er viel mehr als vorher. Er weiß, dass etwas anders ist. Ich denke, er fragt bewusst nicht, warum. Das schätze ich an ihm. Es ist eine Form von Diskretion, die ich ihm nie zugetraut hätte.«

»Da sind die jungen Leute besser als wir.«

Johannes ist überzeugt, dass Max bewusst handelt. Er traut ihm zu, dass er mehr weiß als er sagt. Johannes ist froh, dass Petra Philipp getroffen hat. Diese Begegnung hat sie verändert. Sie vertraut sich selbst. Sie hat Vertrauen zu ihrem Leben. Sie steht zu dem, was sie tut. Sie ist sich bewusst, was sie tut. Sie tut es für sich. Petra hat ihre Außenorientierung verändert. Sie schaut nicht darauf, was die anderen denken, bei dem, was sie tut. Sie tut es aus innerer Überzeugung. Sie hat ein neues Lustprinzip erkannt. Sie lebt es.

Petra ist guter Laune, sie bestellt üppig. Johannes kämpft mit seinem Selbstmitleid. Er will es nicht, es hat ihn im Griff. Er liebt seine Trauer. Er will 'raus aus der Trauer, weil er sich liebt.

Er sagt: »Ich habe meine Unschuld verloren. Ich sehe die Dinge nicht so, wie sie sind. Ich deute sie mir. Ich irre mich häufig.«

Petra hat ein neues Selbstbewusstsein. Sie will es mitteilen. Sie möchte Johannes dafür gewinnen. Er hat es gezeigt, gelebt. Dass er am Boden liegt und winselt, kann sie schwer ertragen. Sie will ihren starken Johannes zurück.

»Du solltest verreisen, über's Wochenende. Du musst auf andere Gedanken kommen. Du drehst dich im Kreis. Vergiss Felix. Du hast nur diese Möglichkeit.«

»Wie soll das gehen? Wir haben zusammen gelebt. Er ist ein Teil von mir. Wie soll ich diesen Teil abstoßen? Es bedeutet, einen Teil meines Körpers zu verlieren.«

Petra ist wütend.

»Du bist unversehrt. Er ist nicht du. Er war kein Teil von dir. Begreife, dass du ohne ihn leben kannst. Du tust es. Du musst es. Alles andere ist eine verdammte Lüge. Du betrügst dich selbst, wenn du festhältst, was Felix längst losgelassen hat. Es gibt ihn nicht, für dich, er ist weg.«

Johannes kennt die Wahrheit, Petra spricht sie aus. Wenn sie es sagt, klingt es wie ein Todesurteil. Johannes spürt den Schmerz. Er fühlt sich amputiert, der Phantomschmerz plagt ihn. Es gibt kein richtiges Verhalten im falschen Leben.

Johannes muss sein Leben ändern. Es gab eine Zeit vor Felix. Johannes erinnert sich.

Petra sagt: »Du schaffst es, wenn du es willst.«

Johannes lacht. Er misstraut seinem Willen. Er hat Absichten. Strategien probiert er aus. Erfolge gibt es keine. Ruhiger ist er geworden. Seinen inneren Kern hat er nicht zurückerobert.

Petra erzählt Johannes von ihrem letzten Treffen, mit Philipp. Sie will ihm Lust machen auf eine neue Erfahrung.

»Es ist sensationell, wenn Philipp über mich herfällt. Er will mich unbedingt. Er will mich als Eroberer. Er zeigt Ausdauer. Ich habe das vorher nie erlebt.«

Johannes gelingt es nicht, sich das vorzustellen. Mit wem könnte diese Erfahrung gelingen?

Er sagt: »Schön für dich. Ich bin nicht so weit.«

»So jemanden auf der Straße zu treffen, macht Mut«, denkt Johannes.

Die Gespräche mit Petra sind von unbedingter Nähe. Petra beschönigt nichts. Sie weicht nicht aus. Sie legt sich fest. Sie hat eine Meinung. Sie schafft es, dass Johannes nicht verzweifelt. Sie zwingt ihn, Tatsachen anzuerkennen.

Seine Sentimentalität prallt gegen ihre nüchterne Einschätzung. Sie ist seine Freundin, eine bessere wird er nicht finden. Johannes ist stolz, dass Petra in seinem Leben eine Rolle spielt.

Spät am Abend trennen sie sich. Johannes begreift mehr von dem, was er lange weiß. Er nimmt es mit nach Hause. Ob es die Nacht überdauert, weiß er nicht. Petra wollte ihm helfen, ob es ihr gelungen ist, weiß sie nicht.

Pierre kommt auf die Beine zurück. Sein Hass treibt ihn vorwärts. Er rennt gegen die Zeit.

Wenn er nicht nach Paris fährt, wird er nie erfahren, wie die Dinge geschehen sind. Er hat ein Verlangen. Er, der die Wahrheit vernichtet hat. Sie ist in Paris zu finden. Wo, weiß Pierre nicht. Wie kommt Pierre nach Paris? Er hat kein Geld für ein Ticket. Er kann Felix nicht fragen, nicht in dieser Situation. Kann er Johannes fragen? Der ist verzweifelt, der weiß, wie sich das anfühlt, der versteht ihn. In der Situation, in der Pierre ist, fühlt er sich dem Ertrinkenden verbunden. So sieht es Pierre. Ob es Johannes auch so sieht? Pierre hat keine andere Möglichkeit. Er schaut auf die Uhr. Es ist tiefe Nacht.

Er will Johannes am nächsten Morgen anrufen. Er erwartet Hilfe von ihm. Mühsam kriecht er durch die Wohnung. Er findet das Bett. Er hat Angst. Er hat die Idee im Kopf. Er schläft erschöpft ein.

Johannes ist nicht gern im Haus. Er fühlt sich fremd, im eigenen Haus. Das Haus war schön durch Leila und Felix. Beide leben woanders. Der eine unerreichbar für ihn.

Johannes ist müde. Er hängt Erinnerungen nach. Er hat keinen Grund aufzugeben. Er steht im Leben. Es ist etwas geschehen. Es hat sich etwas verändert. Er hat sein Leben. Er ist nicht der Alte. Er ist verwundet, in seinem Gemüt. Er ist nicht geächtet, weil er allein ist.

Johannes besinnt sich, dass er ein Leben vor Felix geführt hat. Petra hat Recht. Er ist neugierig, auf die Zukunft. Es ist Johannes' Zukunft. Verantwortlich ist er dafür.

Johannes löscht die Lampe. Er schläft ein:

Johannes läuft am Strand entlang. Seine nackten Füße wühlen sich tief in den Sand. Er genießt, wenn das nachfließende Wasser seine Spuren auffüllt und verwischt. Er lässt die Wellen seine Knöchel umspülen. Die Sonne trifft ihn direkt auf den Rücken. Er liebt die starke Einstrahlung auf seinen Schultern. Nach einer Weile läuft er ins Wasser hinein. Er taucht unter in den Wellen. Er fühlt sich wohl, wie sie über ihm zusammenschlagen. Sein Körper dreht sich. Er spielt mit seinen Gliedern. Er taucht aus dem Wasser auf. Er schwimmt. Er lässt sich von einer Welle zurück an den Strand tragen. Die Welle dreht ihn kopfüber. Er läuft die Dünen hoch.

Oben, in einer geräumigen Kuhle, liegt einer, den er begehrt, abgeschirmt von außen, durch geschichtete Steine. Johannes hat lange gekämpft. Er ist zufrieden, dass Friedrich da ist. Johannes lässt sich in die Kuhle gleiten. Er legt seinen Kopf auf Friedrichs Bauch. Der Bauch gibt nach, durch seine Berührung. Hände greifen nach seinem Gesicht. Johannes spürt eine feste Zärtlichkeit, auf seiner Haut. So liegen sie, schweigend zusammen.

Friedrich steht auf. Er hebt Johannes auf seine Schultern, wortlos, lachend. Da sitzt er. Schwankend zuerst. Er findet festen Halt. Die Beine baumeln. Johannes Hände umfassen Friedrichs Gesicht. Das, was Johannes sich wünscht, passiert. Friedrich trägt ihn am Strand entlang. Selbstverständlich sitzt Johannes dort. Siegreich schaut er auf's Meer hinaus, einem Feldherrn gleich.

Ein Sklave ist Friedrich nicht. Er sagt, dass er Johannes liebt. Er hat es geschrieben. Johannes möchte es glauben. Die Zeit, die sie zusammen verbringen, ist kurz.

Johannes kennt es nicht anders. Friedrich läuft und läuft. Der Strand und der Weg nehmen kein Ende. Johannes ist schwer. Friedrich erträgt sein Gewicht, mit Leichtigkeit. Es ist das erste Mal in seinem Leben, dass Johannes getragen wird. Er hatte getragen.

Johannes jubelt laut. Er singt. Er verkündet allen, dass er immer auf den Schultern sitzen will. Friedrich soll nie aufhören zu laufen.

Als Johannes aufwacht, spielt sein Radiowecker das Lied ›Stranger in the Night‹. Johannes findet es unpassend. Er hört zu. Er kuschelt sich ins leere zweite Kissen. Aufstehen will er nicht. Zeit bleibt ihm nicht. Er sucht nach den Schultern, an die er sich lehnen kann. Er treibt dem Gesicht entgegen, das ihn gestreichelt hat.

Das Bett ist leer. Er ist allein. Er weiß, dass er aufstehen wird. Er wird seinen Tagesablauf erfüllen. Nicht wie sonst, aber er gibt nicht auf. Schwer ist es aufzustehen, nach diesem Traum. Es ist lange her.

Er hat Friedrich fast nicht wieder erkannt, als er ihn kürzlich traf. Er lief ihm über den Weg. Friedrichs Situation hat sich nicht geändert. Johannes weiß, es hätte nicht gepasst. Er ahnte es, er hatte es nicht wissen wollen. Zwei Jahre hatte er sich gequält, für einen Mann, mit dem er es unter normalen Bedingungen keine drei Monate ausgehalten hätte. Sie waren Königskinder gewesen, die nicht zusammen hatten kommen können. Das hatte sich groß, einmalig und einzigartig angefühlt. Es hatte eine lange Weile gedauert.

Johannes sitzt allein am Tisch. Gewöhnt hat er sich nicht an diese Morgende. Er liest. Es ist keiner da, dem er das Gelesene mitteilt. Es gibt niemanden, der ihn kritisiert. Keiner, der ihm einen Kuss gibt, wenn er geht. Er weiß, dass er sich daran gewöhnen wird. Seine Situation wird sich nicht ändern, geraume Zeit. Er wünscht sich eine Veränderung. Er sieht die Dinge skeptisch. Zeit wird vergehen, Zeit wird er brauchen.

Johannes wird Caravaggio zeigen. Er wird seine Techniken erklären. Er wird seinen Meisterschülern klarmachen, wer dieser Caravaggio war. Einer der größten Künstler, eine der tragischsten Gestalten unter den Malern. Einer, der sich nicht angepasst hat, einer, der besessen war, von seiner Malerei. Überzeugt von dem, was er tat. Menschen in seiner Umgebung litten unter ihm, er litt unter ihnen. Er hat sie geliebt. Er hat sie gehasst. Er hat sie benutzt.

Darf ein Künstler das? Steht ein Künstler über der Moral? Wenn es seiner künstlerischen Entfaltung nutzt, ist ein Künstler, im umgekehrten Sinne, vogelfrei.

Johannes fällt Fassbinder ein. Er kannte ihn. Er mochte ihn nicht. Fassbinder konnte ein Ekel sein. Seine Schauspieler arbeiteten unerschöpflich mit ihm. Seine Filme schätzt Johannes hoch. Das Urteil der Nachwelt , ist es gültig für das Leben, das einer gelebt hat?

Johannes kennt die Launen großer Künstler. Er hat ihnen über die Schultern geschaut. Wer hat das Recht, zu urteilen? Verbietet sich ein negatives Urteil, wenn einer ein Genie ist? Kommt ein Künstler ohne Moral aus? Wer hebt sie heraus, aus der Mittelmäßigkeit? Ist das Eitelkeit?

Johannes drängen sich die Fragen auf. Er weiß, dass er sie seinen Schülern schuldig ist. Ob er sie befriedigend beantworten kann, weiß er nicht. Zur Diskussion kann er sie stellen. Sich einbringen wird er. Er ist gespannt auf die Reaktionen, auf die Meinungen, auf die Empörungen, die aufeinander treffen.

Seine Freunde sagen, es lenke ihn ab. Johannes will sich nicht ablenken. Seine Arbeit gewissenhaft zu tun, hat er sich vorgenommen.

Pierre hat die Nacht über gegrübelt. Er hat Pläne gemacht. Er ist in Gedanken durch Paris gelaufen. Er hat nach Spuren gesucht, wie damals. Wie stellt er es an? Wer weiß von seinem Betrug, außer dem Verlag? Pierre kann sich nicht vorstellen, wie das alles passiert ist. Er war so akribisch zu Werke gegangen. Er hatte alles bedacht. Etwas war schief gelaufen, bei seinem Plan. Etwas Unvorhersehbares musste passiert sein. Pierre will es herausbekommen. Wenn er das weiß, wird er entscheiden, was er tut.

Für Pierre ist es notwendig, nach Paris zu fahren. Dort verbirgt sich die Person, die ihm das Leben zur Hölle gemacht hat. Wenn François' Frau das Manuskript hat, weiß sie alles über ihn. Davon war er bisher nicht ausgegangen. Er glaubte, sie sei ahnungslos. Was ist mit dem Sohn? Er ist erwachsen geworden. Pierre hat ihn nur einmal gesehen, im Traum. Da hatte sich das Gesicht des Sohnes über das von François gelegt.

Pierre will Johannes anrufen. Er rechnet mit seiner Hilfe. Warum ist ihm unklar. Er hat das Gefühl, diese Hilfestellung nicht umsonst zu erwarten. Pierre hat nur diese eine Möglichkeit. Über einen Kontakt zwischen Felix und Johannes ist er nicht informiert.

Im Internet sucht Pierre die Nummer von ›*Gallimard*‹. Kann er seine Identität erklären? Welche Geschichte kann er erzählen? Hatte François Diffamierendes mit der Abschrift geschickt? Warum hatte niemand Nachforschungen angestellt? Im Buch gibt es keine konkreten Hinweise, nicht auf die Stadt, nicht auf seinen Namen. Es ist fiktional gehalten.

François' Frau hatte ihren Mann als vermisst gemeldet. Später ließ sie ihn für tot erklären. Das steht in den Ankündigungen des Verlages von ›Gallimard‹. Wie ist sie an das Manuskript gekommen. Wann hatte François, ohne sein Wissen, eine Abschrift angefertigt? Woher hatte er die Kraft genommen? Pierre hatte alle Briefe, die François vom Bett aus schrieb, vernichtet. Keiner konnte an seine Frau gelangt sein.

Hatte François davon gewusst? François hatte ihre Beziehung bis zum Schluss verheimlicht. Davon war Pierre ausgegangen. Keiner hatte seinen

Zwilling besucht. Er war nach Hause entlassen worden, als er unheilbar krank war, zum Sterben, voll bepackt mit Morphium.

Hatte er vom Krankenhaus aus Kontakt zu seiner Frau? Pierre hatte es nicht mitbekommen. Wenn er telefoniert hätte, wäre sie sofort gekommen. Es hatte keine Kontakte gegeben. Der Tod war von Pierre nicht veröffentlicht worden. Er hatte seinen Bruder anonym beerdigen lassen. Es gab keine Zeugen. Es gab keine Hinweise. Nicht einmal ein öffentliches Begräbnis.

Wie es Pierre hin- und herwendet, es gibt keine plausible Erklärung. Die Nummer liegt vor ihm. Was sagt er? Er könnte sagen, dass er schon früher von François getrennt lebte. Sie würden das nicht nachprüfen. So war er der Bruder, der plötzlich seinen Bruder entdeckt, durch dieses Buch, durch die Ankündigung des Buches. Es würde Wirbel geben. Er würde durchlöchert werden mit Fragen.

Kann er etwas erfahren und geheim bleiben? Der deutsch-französische Verlag stellt keine Gefahr dar. Sie werden ihn so schnell fallen lassen, wie sie ihn aufgebaut haben. Er ist ein Betrüger. Warum kann er sich nicht damit zufrieden geben, seine Haut zu retten? Will er das? Anrufen kann er nicht, nicht direkt. Pierre sucht heimliche Mittel. Hat er die Kraft dazu? Er muss Johannes zu seinem Verbündeten machen, gegen Felix, gegen die Frau von François. Ist das der Gedanke? Bietet er Johannes die Hand?. Die Vorstellung ist abenteuerlich. Probieren will er es. Er hat nichts zu verlieren. Gewinnen kann er nicht. Wissen will er, was passiert ist. Wo lag sein verhängnisvoller Fehler?

Felix verlässt Dr. Kaisers Büro. Heute haben sie nicht im Garten gesessen. Die loyale Art Kaisers ist weg, verschwunden ist sein Interesse an Felix. Kaiser ist pragmatisch. Ein gesunder Menschenverstand verbindet ihn mit Felix. Felix weiß nicht, wie die Konsequenzen aussehen würden. Dass er die Vorgänge nicht ungeschehen machen kann, weiß er. Strittig ist seine Vorgehensweise. Er versucht abzuwägen, wo sein Vorteil liegt, wenn er handelt. Schnell muss es gehen. Ein Überraschungscoup sollte es sein.

Felix wählt die Nummer in Frankreich. Pierre ist erstaunt. Gewünscht hätte er sich Johannes am Apparat. So ändern sich die Bedingungen, in wenigen Monaten. Die Angelegenheit ist nicht abgeschlossen.

Pierre vermutet, dass er seine Schuld abtragen muss. In welcher Weise das nützlich ist, würde die Zeit unter Beweis stellen. Felix ist reserviert.

»Pierre, was machen Sie?«

Am anderen Ende vernimmt Felix ein zurückgehaltenes Schweigen.

»Ich werde nach Paris fahren. Ich muss herausbekommen, was passiert ist.«

Felix zögert.

»Der Chef will Sie morgen sehen, bei uns im Verlag. Sie müssen kommen. Kaiser braucht Sie als Punchingball. Sie müssen sich anbieten. Danach gibt es die Möglichkeit des Rückzugs. Dann können Sie nach Paris fahren.«

Pierre ist unsicher. Er hat Angst. Dr. Kaiser kann jähzornig werden. Das traut er ihm zu. Er hat einen Grund dafür. Pierre will kein Opfer sein.

Dr. Kaiser gehört der Verlag. Er kann es sich nicht leisten, ausfallend zu werden. Pierre muss den Weg über Deutschland wählen. Er könnte Johannes persönlich sprechen.

»Wer zahlt den Flug?«

Pierre sieht seine Chance.

Felix ist empört.

»Sie natürlich.«

»Ich habe keinen Cent mehr. Es geht nicht.«

Felix überlegt. Ob es stimmt? Er hält es für wahrscheinlich.

»Ich buche im Internet für Sie. Sie fliegen ticketlos. Vergessen Sie ihren Pass nicht. Informieren Sie mich, wenn Sie hier sind. Ich hole Sie ab.«

Felix legt auf. Er ist ärgerlich, dass er Pierre ausgeliefert ist. Sein Stolz ist gegen die Aktion, sein Überlebenswille rät ihm, so zu handeln. Der Deal mit der Wahrheit, hinter der Story, reizt Felix, zusehends.

Wenn er Pierre dazu bewegen könnte, seine Geschichte zu schreiben. Felix könnte als Ghostwriter wirken. Das würde ihm gefallen. Felix ist obenauf. Gedanklich ist er weiter als das Geschehen um ihn herum. Einen

Schritt voraus denken, das hat er gelernt. Er will sich nicht demütigen lassen. Diese Zeiten sind endgültig vorbei. Er geht seinen Weg. Er setzt Zeichen. Er bestimmt, wie es weitergeht. Warum sollte sich das geändert haben, durch diese vertrackte Geschichte? Verlieren muss man können, wenn das Ziel nicht aus den Augen verloren wird. Das Ziel steht Felix vor Augen. Er wird es beharrlich weiterverfolgen.

Steven wird ihm den Rücken freihalten, wie es Johannes getan hat.

Max und Susanne sitzen im Zimmer von Max. Susanne im Schneidersitz auf Max' Bett. Es ist ihr gemeinsames Bett. Susanne schläft bei Max. Die Zeiten haben sich geändert. Warum sollte sie es nicht tun? Petra ist sich bewusst, dass sie Kuppelei betreibt. Sie hatte lange überlegt, wie sie sich dazu verhalten soll. Sie wusste, sie konnte es nicht verhindern. Wenn sie im Büro war, konnten sie sich treffen, lieben. Das war normal. Petra hat abgewogen. Ist es zu früh? Macht sie es Max einfach? Sollte Max nicht lernen zu kämpfen? Sollte Petra nicht Widerstand entgegensetzen? Ist sie liberal? Petra kennt ihren Freud.

Sie hat sich für Max und Susanne entschieden. Petra hofft, dass beide davon profitieren. Sie ist sicher, dass Max und Susanne nicht passiert, was sie mit Albert erlebt hat. Sie hält beide für gesprächsoffen und zugänglich. Es gab gemeinsame Gespräche. Petra lernte. Sie hatte sich Zeit genommen, sie wollte es richtig machen. Sie hat eine kaputte Ehe hinter sich.

Später hatte die Situation sich eingespielt. Susanne gehört zur Familie. Ob das die Eltern von Susanne so sahen, weiß Petra nicht. Susanne löst das auf ihre Weise. Petra stellt es sich schmerzhaft vor, weil sie sich vergleicht. Was hätte sie getan, wenn Max bei Susanne geblieben wäre? Susannes Eltern hat sie nicht kennengelernt. Petra weiß, sie hat einfach Glück gehabt, mit Max, mit Susanne, mit der Entscheidung. Es war nicht ihr Verdienst. Sie hat es zugelassen. Nicht aus Bequemlichkeit, sie will es.

Sie genießt ihre Gegenwart. Sie verzichtet nicht auf Philipp. Sie empfängt ihn nicht bei sich zu Hause. Das ist der Kompromiss. Wenn Albert das mit Max und Susanne wüsste, hätte er Petra angezeigt. So ist Albert. Albert weiß nichts davon. Er wird es nicht erfahren. Der Kontakt ist abgebrochen. Albert hat kein Interesse an Max.

Max vermisst Albert nicht. Er hat festgestellt, dass ein Vater nur wichtig ist, wenn er sich wie ein Vater verhält. Einen verantwortungslosen Vater braucht er nicht.

Max und Susanne wissen, was sie tun. Sie haben ihre Körper entdeckt. Sie haben sich Zeit gelassen. Erstaunlich war ihr Prozess der Annäherung. Sie würden gern ohne. Sie machen es mit. Vor Krankheiten haben sie keine Angst. Sie vertrauen sich gegenseitig. Susanne möchte nicht schwanger werden. Max ist zu jung, um Vater zu sein. Sie sind ein Paar. Eine frühe, enge Erfahrung. Ihre gegenseitige Verbindlichkeit ist verblüffend.

Max sitzt am Computer, er surft auf Facebook. Tommy hat eine witzige Nachricht ins Netz gestellt. Tommy ist verliebt. Er ist stolz, dass er verliebt ist. Er lässt alle daran teilhaben. Max schaut zu Susanne.

Sie fragt: »Wie war es bei Johannes? Wie geht es ihm?«

Max überlegt nicht.

»Johannes leidet unter der Trennung. Felix ist seine Liebe. Warum, weiß nur er.«

»Ich fand ihn sehr attraktiv, lieb, zärtlich, mit Johannes.«

Susanne mochte Felix. Sie hat die Männerverbindung als emanzipiert empfunden. Susanne erlebt Neues durch Max.

Sie geht an den Schreibtisch von Max. Sie schaut ihm über die Schulter. Sie freut sich über Tommy. Sie lacht.

»Ich verstehe Felix und ich verstehe Johannes. Ich bin traurig, dass sie nicht zusammengeblieben sind. Sie waren ein schönes Paar, trotz des Altersunterschieds.«

»Ich bin sauer auf Felix.« Max zieht ein Gesicht. »Er hat Johannes aus dem Gleichgewicht gebracht.«

»Johannes wird es wieder finden. Du kannst ihm helfen, du bist ihm nah.«

»Ich weiß nicht, ob ich ihm helfen kann. Er wirkt verloren. Er ist sehr verändert. Er hat sein glückliches Lachen verloren, das mochte ich an ihm.«

Max überlegt, was er tun kann. Susanne will knutschen. Sie hat Max lieb. Sie beugt sich über seinen Kopf und küsst seinen Mund von oben, kopfüber. Max genießt die Lippen. Sie sind voll und rot. Susanne hat eine kleine, kurze Zunge. Max schnappt nach ihr. Er kennt ihren Geschmack.

Er liebt ihre Beweglichkeit. Max kann nicht sitzen bleiben. Susanne drückt ihn zu Boden, leicht und behände. Sie finden sich auf dem Bett wieder. Susanne kuschelt sich lautlos an Max. Der drückt ihren Körper fest an seinen. Sie gehören zusammen.

Susanne denkt: »Wie gut, dass Max nur ein Jahr jünger ist.«

Eine Kritik an Johannes verbindet sie damit nicht. Sie kannte die beiden zusammen, getrennt passen sie nicht in ihr Vorstellungsvermögen. Dass sich Menschen trennen, hat sie erlebt. Sie sieht, dass es Max nahe geht. Sie will Max nicht allein lassen. Sie kann es sich nicht vorstellen, dass das passiert.

Das Gefühl erstreckt sich über die Länge seines Körpers. Max spürt Susanne überall auf der Haut. Es fühlt sich gut an. Susanne riecht Max in sich hinein. Sie ist froh, dass Max keine Deodorants benutzt, anfangs war das so. Sie hat es ihm abgewöhnt. Susanne hat einen Duft, den Max mag, eine Empfehlung von Johannes. Der hatte diesen Duft vor Jahrzehnten an einer jungen Französin geschätzt. Er hatte ihn lange nicht ausfindig machen können, bis er ihn im Lafayette in Paris entdeckte. Den nimmt sie. Max freut sich darüber. Es steigert seine Leidenschaft, wenn sie zusammen liegen. Das tun sie.

Madame du Boulet verlässt das Haus in der Rue d'Orsel. Sie nimmt die Metro, sie geht am Ufer der Seine entlang, zielgerichtet schreitet sie aus. Sie ist eine zierliche Frau. Für eine Mittfünfzigerin würde man sie in Deutschland halten. Sie ist neunundvierzig. Ihre letzten Jahre waren ruhelos.

Nachdem François lange Zeit ein verlässlicher Ehemann gewesen war, hatte sich die Situation verändert, schlagartig. Seine Dienstreisen begannen ihr Leben zu bestimmen. Wenn er zu Hause bei ihr war, stellte sie keine Veränderung fest.

Er war wochenlang weg gewesen. Sie rätselte lange darüber. Sie hatte wenig gefragt. Ihr gemeinsamer Sohn war misstrauischer als seine Mutter. Er hatte seinen Vater angesprochen. Er hatte wissen wollen, wo dieser sich aufhielt. Er äußerte den Wunsch, mit dem Vater zu reisen. François lehnte das ab. Er hatte neue Aufgaben erfunden, die er zu erfüllen hatte. Er hatte sich neue Ziele ausgedacht. Er entzog sich.

Nachprüfen tat es keiner. Ihre gemeinsamen Freunde zeigten Verständnis. Wenn er in Paris gewesen war, hatte sich François zugewandt und angemessen verhalten. Er verfügte über genügend finanzielle Mittel. Seine Geschäfte konnte er am PC erledigen.

Dann war François verschwunden. Alle Nachforschungen, die Madame du Boulet veranlasst hatte, waren ins Leere gelaufen. Nachdem François eine Zeit lang als vermisst gemeldet war, hatte Madame ihn für tot erklären lassen. Sie brauchte die Unterschrift des Staates für ihren Unterhalt. Sie verfügt über ein mittleres Einkommen, der Sohn studiert an der Sorbonne.

Vor wenigen Monaten hatte sie einen dicken Umschlag erhalten. Er musste lange herumgeirrt sein. Ihre Adresse war falsch, ihr Name war falsch geschrieben. Dass er letztlich den Weg zu ihr gefunden hatte, war mehreren glücklichen Zufällen geschuldet. Es gab keinen Absender. Der Poststempel war aus Paris. Der Inhalt des Couverts war das handgeschriebene Manuskript von François gewesen.

Ein kleiner Zettel war angeheftet. In französischer Sprache stand da.

›Ich war ein Freund ihres Mannes. Er wollte, dass sie dies bekommen‹.

Keine Unterschrift. Keine Hinweise.

Eine Affäre von François aus Paris. Einer, der keinen Ärger wollte, einer, der in der Anonymität der Metropole lebte. Ihm hatte François eine Abschrift seines Manuskripts zukommen lassen.

Elsa du Boulet hatte das Manuskript gelesen, ungläubig, erschüttert. Sie konnte und wollte nicht verstehen. Schließlich verstand sie. Mit einer Konsequenz, die sie ratlos zurückgelassen hatte.

Ihr Sohn war fassungslos über das Doppelleben seines Vaters gewesen. Warum hatte er nicht den Mut gefunden, dazu zu stehen, was ihn bewegt hatte. Piero, sein Sohn, fühlte sich betrogen und hintergangen, mehr als seine Mutter.

Es hatte eine Krise ausgelöst, die ihn wochenlang arbeitsunfähig machte. Seine Mutter überlegte, was sie anfangen sollte, mit diesem Manuskript, das so ungeheuerlich war, so fantastisch, so gnadenlos ehrlich.

Das die Wahrheit enthielt, sein spätes Bekenntnis.

Sie hatte sich mit Freunden beraten. Ein befreundeter Literaturkenner hatte ihr geraten, es einem Verlag anzubieten. Er war begeistert gewesen. Das Buch hatte ihn aufgewühlt. Elsa hatte einen Verlag gefunden. ›Gallimard‹ wollte es machen.

Sie ist auf dem Weg dorthin. Sie wird das Buch für François vorstellen. Das hat sie zugesagt.

Sie ist hineingewachsen, in diese Rolle, in den letzten Wochen. Sie ist gefordert, sie muss Rede und Antwort stehen. Sie denkt an das Geld, das ihrem Sohn zu Gute kommt.

Aus der Werbekampagne hält sie ihn 'raus. Sie ist gefasst. Sie weiß, dass sie es tun muss, für François. Der hat sie betrogen, der ist verschwunden. Ob er noch lebt, weiß sie nicht.

Elsa denkt, dass ihr Mann verzweifelt gewesen sein muss. Sie hat Schwierigkeiten, sich sein Leben vorzustellen, in der Konsequenz des Wechsels. Wie hatte er seine Gefühle geteilt? Wie hatte er leben können mit dieser Schizophrenie im Denken, Fühlen, Handeln? Wer war er gewesen?

Das Manuskript las sich in allen Teilen überzeugend. Er lebte zwei Leben. Ob jedes für sich eine Erfüllung war? Wer hätte es sagen können? War François daran zerbrochen? Hatte er sich umgebracht?

Madam zieht alles in Betracht. Es gibt keine Leiche. Es gibt keine Spur.

Frau du Boulet bespricht mit dem Lektor ihre Lesereise. Frankreich ist vorgesehen. Die Lizenz für die Rechte dieser Geschichte ist in viele Nachbarstaaten verkauft. Die Buchmesse soll den Markt für den französischen Verleger sondieren.

Dr. Kaiser hat seine Kontakte nach Frankreich genutzt. Er weiß, dass die Ehefrau handelt. Von einem Sohn ist die Rede. Der Zwilling ist offiziell verschwunden. Dr. Kaiser weiß, dass er tot ist. Dr. Kaiser überlegt, ob er die deutschen Rechte erwerben soll. Ist das gefährlich? Es gibt drei weitere Verlage im Rennen. Wie konnte er so getäuscht werden? Warum hat Felix nichts gemerkt, sein bester junger Mann?

Als Felix in den Verlag kommt, wird er erwartet. Er geht kurz auf sein Zimmer. Er ist gefasst. Schuldbewusst ist er nicht. Eine Strategie hat er nicht. Er hofft auf seine intuitive Kraft.

Dr. Kaiser lässt ihn spüren, dass er geirrt hat. Er behandelt ihn von oben herab. Felix erträgt das schwer. Er muss es aushalten.

»Haben Sie Pierre meine Entscheidung mitgeteilt?«

Felix spürt den Ausdruck von Herrschaft.

»Er wird kommen, am Nachmittag.«

»Sollen wir uns die deutschen Rechte sichern? Was meinen Sie?«

Felix ist erstaunt. Geschäftssinn hat er. Dr. Kaiser denkt und handelt schnell.

Es ist ein Schlag ins Gesicht für Pierre. Im Interesse des Verlags würde Felix es tun.

»Ein Erfolg wird es, davon bin ich überzeugt. Wenn wir nicht auffliegen, ist es sinnvoll.«

Dr. Kaiser nickt. Pierre ist raus. Er ist ein entlarvter Betrüger.

»Wir müssen behaupten, dass der Kontakt von Pierre zu uns anonym war, wenn etwas durchsickert.« Pierre existiert nicht mehr.

»Ich werde ihm das klarmachen. Dann sollte er nicht in den Verlag kommen.«

»Wir treffen uns im Café. Kennen Sie ein kleines in ihrem Viertel?«

Felix nickt.

»Gut, dann treffen wir uns dort. Wann ist er da?«

Felix übernimmt die Logistik. Dr. Kaiser hat Termine.

»Wir sehen uns um Fünf im Café Kern.«

Felix verlässt das Zimmer. Er hat viele Gedanken im Kopf. Ideen sind es nicht. Die Situation ist vertrackt.

Johannes hat das nicht erwartet, dass Pierre ihn anruft. Er ist überrascht. Er fängt sich, bevor er verständnislos reagiert. Pierre weiß, dass Johannes andere Sorgen hat. Er kann darauf keine Rücksicht nehmen. Er steht mitten im Wasser, das Wasser steigt stetig an.

»Was verschafft mir das Vergnügen?«

Johannes reagiert ironisch.

»Ich bin kurz in Deutschland, wissen Sie Bescheid?«

Johannes ist erstaunt. Hat Felix ihn nicht erwähnt? Auch gut.

»Ich weiß mehr, als mir lieb ist.«

Pierre ist verlegen. Er ist kein geborener Verbrecher. Er ist ein Täter aus affektiver Leidenschaft. Er fühlt sich Johannes seelenverwandt. Verlassene, aller Länder vereinigt euch! Es könnte eine große Bewegung werden.

Was für ein Ziel sie verfolgen sollten, ist Pierre nicht gegenwärtig.

»Ich bin in einer ausweglosen Situation. Ich muss nach Paris, um herauszubekommen, wer mir mein Buch gestohlen hat.«

Johannes ist bestürzt über die Gewohnheit der Lüge.

»Ist es nicht umgekehrt?« fragt er.

»Das Buch hätte François niemals schreiben können, wenn ich ihn nicht getroffen hätte. Ich bin der Stoff. Seine Frau hat ihn und mich zerstört.«

Johannes denkt: »Pierre hat seine Wahrnehmungsfähigkeit verloren.«

Er weiß, wie schnell das geht. Dass Pierre die Dinge total verdreht, erscheint ihm bedauernswert.

Mitleid hat er nicht.

Pierre wagt sich vor. Er hat diesen einen Versuch.

«Johannes, ich brauche Geld für das Ticket nach Paris. Ich bin mittellos, ohne das Buch. Der Verlag hat mich fallen gelassen.«

Johannes ist nicht ohne Anteilnahme. Er kennt die Brutalität des Marktes. Die Dinge liegen anders. Der Vorgang selbst vernichtet Pierre.

Was geht es Johannes an? Er kennt ihn. Er war ihr Gast. Johannes erinnert sich an den Abend. Er war sich einig und nah mit Felix gewesen. Es war wie ein anderes Leben. Pierre war eine feste Größe seines Lebens gewesen, mit Felix. Johannes weiß, warum Pierre sich so sicher ist, dass Johannes ihm hilft. Pierre setzt auf dieses verlorene Leben. Pierre nistet sich ein, in Johannes' Melancholie.

Johannes verachtet Pierre. Er kennt sein Leiden. Pierre ist betrogen wie er selbst. Das hat sich Pierre zu Nutze gemacht. Johannes weiß, wie Pierres Leben aussieht. Er war mit Felix in Marseille. Er kennt die Trostlosigkeit seiner Behausung. Er hat ein Bild seiner Verlassenheit vor Augen. Er ahnt, wie schnell Pierres Traum zerplatzt ist.

Ist die Reise nach Paris seine letzte Chance? Johannes urteilt nicht. Er verurteilt nicht. Er denkt, dass er hilft.

»Wie viel brauchen Sie?«

Über Pierres Gesicht huscht unmerklich eine verlegende Dankbarkeit. Johannes sieht sie nicht.

»Hundert Euro würden mir reichen.«

Pierre ist bescheiden. Das hat er gelernt, in den Jahren.

Johannes sagt: »Es ist okay. Kommen Sie vorbei, wenn Sie da sind.«

Pierre sagt: »Danke.«

Mehr kann er nicht sagen. Er legt auf. Seine Stimme ist dünn. Sein Atem ist flach. Sein Überlebenswille wächst, mehr als ihm lieb ist.

Petra vögelt Philipp. Sie ist kurz vor dem Höhepunkt. Sie hat sich in die aktive Rolle hineingesteigert. Philipp ist in ihr. Sie fordert ihn aktiv heraus. Sie fühlt sich losgelassen. Sie hat viel Kraft. Sie ist überzeugt, dass sie es gut macht. Sie genießt, dass sie Philipp erobert, nachdem er sie erobert hatte. Sie gibt es ihm zurück. Sie ist fordernd, sie nimmt sich seine Lust. Das macht den Reiz aus, für sie und für Philipp. Sie hätte nie gedacht, dass sie das kann.

Sie verachtet Albert für die vielen Jahre ihres unbefriedigten Sexlebens.

Wenn sie mit Philipp fickt, erlebt sie Orgasmen, die sie frei machen, sie entspannen. Sie hat das Gefühl, nicht benutzt zu werden. Sie gibt und nimmt alles, in dem Moment, in dem sie kommt. Es ist das Ende der Bescheidenheit. Für Petra ist es Erotik pur. Es steht nicht für etwas anderes. Die Dinge geschehen, weil jeder sein Ding macht.

Es gibt sie. Es gibt ihn. Es gibt die Lust, die sie teilen. Wenn es vorbei ist, wirft es keine Schatten. Nicht hinter sich, nicht nach vorne. Es ist das, was es ist, für die Zeit, in der es geschieht.

Petra küsst Philipp zärtlich verspielt. Sie nimmt ihre Sachen. Sie zieht sich an. Sie verlässt das Haus.

Als sie auf der Straße ist, steht Max vor ihr. Wo kommt er her? Was weiß er? Petra lächelt. Sie ist entspannt. Sie hat kein schlechtes Gewissen.

Als Max vor ihr steht, ist es da. Sie hat es nicht bemerkt, vorher. Max schaut ihr ins Gesicht.

Warum ist er hier? Was will er? Muss sie sich rechtfertigen, für das, was sie tut?

Sie ist eine erwachsene Frau, sie ist seine Mutter. Seit Philipp hat sie Geheimnisse vor Max. Darf sie keine Geheimnisse haben? Schämt sie sich für das, was sie tut? Sie hat das hinter sich.

Als ihr Max ins Gesicht schaut, ist die Scham wieder da, der Rechtfertigungsdruck, der Anspruch der gesellschaftlichen Moral. Sie will nicht lügen. Sie will nichts verraten. Sie behauptet den Anspruch auf ihre Wahrheit. Sie will ihr Geheimnis bewahren.

»Wo warst du?«

Petra ist offensiv.

»Das ist mein Geheimnis. Ich möchte es dir nicht sagen.«

Max schaut sie verständnislos an. Er kennt die Worte nicht, aus dem Mund seiner Mutter. Sie redet anders, sie ist ihm fremd in dem, was sie sagt.

Max kombiniert. Sie muss einen Lover haben. Max lacht. Sein Lachen ist nicht sein Lachen. Es ist entlehnt aus den Filmen, wo Lachen Verlegenheit birgt, wo Lachen Verletztheit verbirgt.

»Aha. Wie sieht er aus? Ist es was Ernstes?«

Max flüchtet in den Humor.

Petra kennt keine Antwort. Sie würde sich verraten. Sie will ihr Geheimnis für sich. Für welchen Preis. Verletzt sie Max? Warum kann sie nicht offen zu ihm sein? Hat Max das verdient? Der, der so viel getan hat, für sie, der ihr Sohn ist, den sie über alles liebt? Welchen Konflikt beschwört sie herauf? Wie kann sie sich retten, vor Max? Wie rettet sie Max? Kann Max sie retten?

Petra steht vor einer Wand. Sie wünscht sich einen schmalen Gang. Sie möchte hindurch schlüpfen, sie möchte verschwinden. Sie möchte hinaus ins Offene.

Petra sagt: »Sei nicht so neugierig. Lass mir mein Geheimnis.«

Max ist verblüfft. Das ist neu. Petra, die alles wissen will. Seine Mutter, der er alles erzählt. Sie hat Geheimnisse, vor ihm. Max weiß nicht, wie er damit umgehen soll.

»Wenn du meinst, dann erzähl es mir später. Wo gehst du hin?«

Petra will nach Hause. Sie muss sich etwas einfallen lassen. Sie will nicht kapitulieren. Der Zufall hat ihr mitgespielt. Max ist nicht misstrauisch.

Sie sagt: »Ich will noch ein paar Sachen besorgen, dann gehe ich nach Hause. Kommst du mit?« Erleichtert fasst sie ihn unter den Arm.

Max lässt es geschehen. Neugierig ist er.

»Okay, lass uns gehen.«

Die Unbefangenheit ist weg. Da gehen zwei andere Menschen. Ihre Beziehung hat sich verändert. Interpretiert es Max als Vertrauensbruch? Petra weiß, sie hat kein Vertrauen gebrochen. Sie will ihr Geheimnis behalten. Sie will Philipp für sich. Geht das, wenn sie einen Sohn hat? Petra ist übertrieben freundlich. Sie kompensiert das, was sie nicht sagen will. Sie möchte Max zeigen, dass sich nichts zwischen ihnen verändert hat. Sie belügt sich. Philipp hat vieles verändert. Sie selbst, ihre Beziehung zu Max. Ihre Freundschaft zu Margarethe. Mit Johannes ist es anders, der weiß von Philipp.

Pierre hat nichts zu verlieren. Einen Ausweg gibt es immer. Er hängt nicht am Leben. Welches Leben? Er wäre berühmt geworden. Er hätte ein paar Jahre im Luxus gelebt. Das hatte er sich gewünscht, als er die Idee der Fälschung hatte. Das war hinfällig. Er hat Pech gehabt, es war aus Kübeln über ihn geflossen.

Das Atmen fällt ihm schwer. Alles tut ihm weh. Pierre hat Angst, als er ins Café Kern geht. Pierre kennt das Gefühl der Peinlichkeit. Macht es einen Sinn? Gibt es Sinn, in seinem Leben? Will er an Sinn glauben? Lohnt sich das?

Felix ist da. Dr. Kaiser will später dazukommen. Pierre sitzt Felix gegenüber. Felix macht ein enttäuschtes Gesicht. Er hat alle Verbindlichkeit verloren.

»Wie konnten Sie mein Vertrauen missbrauchen?«

Pierre schweigt. Was soll er sagen? Er hat keine Entschuldigung. Das Geschehene sprengt die Floskeln der Höflichkeit.

»Ich werde nach Paris fahren und herausbekommen, was passiert ist.«

Pierre muss etwas sagen. Das Schweigen hält er nicht aus.

»Was nützt das?«

Felix ist pragmatisch. Hier geht es nicht um Kränkungen.

Felix denkt: »Ich war von Anfang an persönlich engagiert. Ich habe Berufliches und Persönliches vermischt. Das ist unprofessionell. Meine Vorwürfe an Johannes. Ich habe mich verleiten lassen.«

Felix ist befremdet. Er überlegt, ob er Pierre ein Angebot machen will. Er ist gefühllos geworden. Einen Versuch ist es wert.

»Wie wäre es, wenn Sie ihre eigene Geschichte erzählen, aus Ihrem Leiden heraus, aus Ihrem Hass. Sie könnten es mir erzählen. Ich schreibe es auf.«

Felix ist hart im Ton, abgeklärt, verbindlich.

Pierre hat nicht damit gerechnet. Er hat nicht weiter gedacht. Sein Zielpunkt ist Paris. Weiter denkt er nicht. Felix' Vorschlag ist nicht in seinem Kopf. Pierre vergewissert sich, was Felix' Tonfall bedeutet.

Felix sagt: »Ich meine es, wie ich es gesagt habe.«

Pierre kann das nicht verstehen. Was ist dieser Felix für ein Mensch? Wie gnadenlos opportunistisch. Pierre hatte ihn für konsequent gehalten, er bemerkt den Irrtum. Sagen kann er nichts, nicht einmal denken kann er das. Die Niederlage verstellt ihm jeden Blick in eine andere Richtung.

In Paris ist die Welt zu Ende. Es ist eine fixe Idee. Er will die Frau finden. Was er macht, weiß er nicht. Eine Weile sitzt er da, schweigend hält er die Wartezeit aus. Felix wartet, er weiß, dass er keine Antwort bekommt. Felix wendet sich seiner Aufgabe zu. Er ignoriert Pierre. Als Felix' Handy klingelt, ist Pierre auf dem Stuhl kleiner geworden. Er schreckt auf.

Felix sagt: »Dr. Kaiser kommt dazu.«

Felix weiß, dass er skrupellos ist. Das ist Teil seiner Strategie. Er möchte seine Gefühle zurückdrängen. Er hat sie lange gelebt, mit Johannes. Er sieht, was die Gefühle mit einem Menschen machen. Er hat Johannes leiden sehen, das will er nicht. Seine neue Beziehung hat eine andere Richtung. Er will weg von dieser Gefühlsduselei.

Ein befreundeter Autor von Johannes hatte es ›Liebesblödigkeit‹ genannt. Das erscheint Felix angemessen. Er hat nicht vergessen, dass er nach oben will. Er will es angenehm, er will es mit Stil und Anstand.

Steven passt in sein Konzept. Felix will seinen Spaß. Er braucht geordnete Verhältnisse. Er will nicht allein sein. Was hat das alles mit Liebe zu tun?

Die Beziehung mit Johannes war ihm entglitten. Johannes ist ein hoffnungsloser Idealist. Der glaubt an die große Liebe, sie hat ihn zerstört. Felix will nicht, dass ihm das jemals passiert. Er sorgt vor. Er grenzt sich ab. Im Beruf hat er diese schmerzliche Erfahrung gemacht. Das ist Geschichte.

Felix lernt schnell. Er hat Grund, gründlich zu sein. Es ist sein Recht, einen Mann zu verlassen, der sich in seiner Liebe verloren hat. Felix will seine Zukunft aufbauen, da stört ein Mann wie Johannes. Das ist die einfache Wahrheit. Johannes passt nicht in das Bild, das Felix von sich entworfen hat.

Johannes ist wertvoll, für seine Erfahrungen. Er hat ihn geliebt. Felix will nicht mehr lieben, das Leben hat mehr zu bieten. Unter diesen Gedanken duckt Felix sich weg. Er ordnet sich. Er ist auf der Suche nach einem neuen Autor. Wenn er Pierre überzeugen kann, ist es gut. Es ist schwer für Felix zu akzeptieren, dass etwas nicht geklappt hat. Wenn es so ist, entwirft er neue Pläne.

Er lässt hinter sich. Eine Hinterlassenschaft, die ihn berührt, kennt er nicht.

Dr. Kaiser ist schlecht gelaunt. Die Blamage sitzt ihm gegenüber.

Pierre hatte sich vorgenommen, aufrecht zu sitzen. Er schafft es nicht. Die Überraschung der Worte von Felix trägt er mit sich herum.

»Was haben Sie sich dabei gedacht?«

Dr. Kaiser schießt den Satz aus seinem Mund, freundlich ist er nicht.

Pierre ist kein Autor des Hauses. Kaiser muss abwickeln. Das gefällt ihm nicht. Pierre hat seine Worte verloren. Auf dem Weg hierher sind sie endgültig abhanden gekommen. Er hat nur Paris im Kopf. Dr. Kaiser geht das nichts an. Pierre erwartet nichts. Die Angst ist verflogen. Wovor sollte er Angst haben?

Dr. Kaiser denkt, dass Vorhaltungen überflüssig sind, er hat sie auf der Zunge. Er spuckt sie nicht aus. Seine Entrüstung bekommen andere ab. Geschäfte sind keine zu machen. Den Schein der Korrektheit will Dr. Kaiser aufrechterhalten.

»Der Verlag hat Ihnen viel Geld gezahlt. Wie denken Sie, das zurückzuzahlen?«

Pierre ist das egal. Er weiß, dass er nicht angezeigt wird.

»Ich habe nichts. Das Geld habe ich verbraucht.«

Kaiser hat lange mit seinem Justiziar gesprochen. Sie waren übereingekommen, den Fall zu den Akten zu legen. Keine Schuldverschreibungen, keinen Papierkram. Die Verträge waren schon der Zerkleinerungsmaschine überantwortet worden.

»Sie haben den Verlag eine große Summe gekostet. Ist Ihnen das klar?«

Die Frage bleibt folgenlos. Es gibt keine Antwort. Jeder der Beteiligten weiß das.

»Ich gehe davon aus, dass wir alle Stillschweigen über die Sache bewahren. Eine Verpflichtungserklärung Ihrerseits erscheint mir überflüssig. Sollten Sie an die Öffentlichkeit gehen, sitzen Sie im Gefängnis.«

Dr. Kaiser ist fertig mit Pierre. Er steht auf. Er schaut Felix an. Er schaut auf die Tür. Er sagt nichts. Es gibt keinen Handschlag. Er geht zur Tür. Zurück bleiben Felix und Pierre.

Der Weg zu Johannes eröffnet die Reise nach Paris. Daran muss Pierre denken. Weiß Felix von dem Deal? Pierre steht auf. Er lässt Felix schweigend zurück. Es gibt nichts zu sagen. Er verlässt das Café. Er wird nicht wiederkommen. An Felix' Vorschlag denkt er nicht. Er hat zu tun. Paris leuchtet, es ist ein höllisches Feuer in seinem Kopf. Der Hass zerfrisst ihm die Seele.

Max denkt an das Verhalten seiner Mutter. Er ist enttäuscht, dass sie ihm jemanden vorenthält. Hält sie ihn nicht reif dafür? Vertraut sie ihm nicht? Ihre Beweggründe kennt und versteht er nicht. Er hat die Veränderung seiner Mutter bemerkt. Er profitiert davon. Er kann sich darauf einlassen. Verstehen kann er nicht, was passiert.

Max ist nicht erwachsen. Petra macht sich etwas vor. Max hält sich für erwachsen, das ist etwas anderes. Petra überfordert Max, wenn sie ihr Geheimnis bewahren will. Die Situation ist ausweglos. Entweder sie verletzt sich selbst, oder Max. Max ist verletzt. Er sucht einen Weg, damit umzugehen. Er hat Susanne.

Petra hat nur sich selbst. Philipp, das ist etwas anderes. Ist ihr Schuldgefühl stärker als ihre Selbstbehauptung? Petra weiß nicht, ob sie Max' Vorwurfshaltung aushält, und wie lange. Petra hat einen einsamen Joker. Der ist ansprechbar, wenn Petra das Handtuch werfen will. Sie steht im Ring. Ungleiche Gegner, sie sind Mutter und Sohn. Sie sind keine Gegner. In dieser Sache kämpft jeder für sich.

Max trifft Susanne. Sie sitzen in einer versteckten Ecke, in ihrem Café. Heute nicht, weil sie knutschen wollen. Max hat Sorgen. Er will sie mit Susanne teilen. Er will nicht abhängig von seiner Mutter erscheinen. Seine Gefühle sind schwierig. Er spürt einen Zwiespalt. Ein Riss ist entstanden. Max hat ihn vorher nicht wahrgenommen. Max will keinen Riss. Max will keine Spaltung. Er will kein Kind sein, das steht ihm im Weg. Selbstständigkeit und Abhängigkeit treffen sich.

Susanne kennt das nicht. Das Verhältnis zu ihren Eltern ist distanziert. Es war nie anders. Ihre Fähigkeit, Nähe zuzulassen, mit Max, ist ungewöhnlich. Susanne ist nicht gewöhnlich. Sie ist ausgebrochen, aus den Gewohnheiten. Ihre Beziehung zu Max ist außergewöhnlich. Max hatte Andeutungen gemacht, sie war nicht schlau daraus geworden. Er hatte sich unklar ausgedrückt. Susanne dachte, er hätte sich vor etwas gedrückt.

Max fühlt sich in die Ecke gedrückt. Die Ecke, in der sie sitzen, entspricht diesem Gefühl. Max hat Worte. Er hat den Mund voll. Sie wollen hinaus. Einzelne schluckt er hinunter. Er ist der frühreife Jugendliche, mit fester Freundin.

Susanne verantwortet die Reife, zu früh ist sie. Max ist Kind seiner Mutter. Weil es keinen Vater gibt, liebt er sie. Susanne weiß, dass ihm Petra wichtig ist. Sie setzt sich nicht in Konkurrenz zu ihr. Sie vermeidet Konflikte mit Petra. Ihr wäre sie nicht gewachsen. Sie will Max nicht in Entscheidungsnot bringen. Susanne handelt überlegt, wenn es um Petra geht. Sie weiß, was auf dem Spiel steht.

Max steigt unvermittelt ein.

»Meine Mutter hat einen Freund.«

Susanne ist erstaunt. Sie freut sich.

Sie sagt: »Das ist toll.«

Max findet das nicht solidarisch. Ihm ist klar, dass Susanne die Zusammenhänge nicht kennt.

Er sagt: »Sie verheimlicht ihn mir. Sie will nicht darüber reden. Ich habe sie gesehen, als sie aus seinem Haus kam. Es ist nicht weit von unserer Wohnung. Ich kenne ihn nicht.«

Susanne amüsiert sich, sie spürt Solidarität mit Petra. Warum soll Petra ihre Liebhaber nicht verstecken? Es ist ungewohnt. Mütter tun so etwas nicht. Petra ist anders, das weiß Susanne. Das hätte sie ihr nicht zugetraut. Susanne grimassiert.

»Das ist klasse.«

»Was findest du klasse? Meine Mutter hat Geheimnisse vor mir. Ich bin ihr Sohn. Hat sie das nötig?«

Susanne denkt nach.

»Das ist keine Frage der Not. Sie will das so.«

»Was, du verstehst das? Du könntest das akzeptieren?«

Susanne bejaht. Max versteht die Welt nicht. Er kennt fremde Welten. Seine eigene kennt er nicht.

»Sie weiß alles von uns«, sagt Max.

Susanne umarmt Max.

»Das ist etwas anderes. Dir gefällt es, von uns zu erzählen.« Susanne sucht das Gespräch. »Deine Mutter hatte lange eine Alptraumbeziehung zu deinem Vater. Sie probiert etwas aus. Sie will das für sich tun. Das ist neu in eurer Beziehung. Sie hat noch keine Worte dafür, für dich. Lass ihr Zeit. Du musst das nicht wissen.«

Max hört zu. Das kann er. Susanne hat ihn dazu gebracht. Petra hat Anteil daran. Max war wütend, jetzt ist er traurig.

»Ich hätte es gern, dass sie Worte findet, für mich.«

Susanne ist sentimental.

»Wir alle mögen es, wenn es Worte für uns gibt. Dann spüren wir das Leben des Anderen darin. Wir lesen unsere Zuneigung daraus. Ohne Worte vermissen wir die Nähe des Anderen.«

Max stellt sich den Mann seiner Mutter vor. Es gelingt ihm nicht. Wüsste er, dass es Philipp ist, er wäre wütend. Philipp ist wenige Jahre älter als er. Er könnte sein Bruder sein, sein Freund.

Max stellt sich einen Mann vor wie seinen Vater, der kein Vater war. Seine Fantasien reichen nicht aus. Er will keinen Vater. Er vermisst seinen Vater nicht. Wie ein Vater sein kann, weiß er nicht.

Susannes Vater wünscht er sich nicht.

Max sagt : »Ich bin sauer auf sie. Sie hält sich nicht an das, was sie mir beigebracht hat.«

Susanne weiß, dass Worte nicht weiterhelfen. Sie rückt Max auf den Leib. Sie benutzt die Ecke für das, wofür sie da ist. Max birgt seinen Kopf an ihrer Brust, er weint. Er will es nicht. Die Tränen finden den Weg. In seinem Gesicht liest Susanne den Verlust, den Max zu bewältigen sucht.

Max spürt, dass sich Petra und Susanne vertauschen. Susanne lässt es zu. Sie genießt Max in der Kindrolle. Sie will Kinder, mit Max. Sie drängt diese Sehnsucht heraus aus ihrem Kopf. Sie hat so viel vor. Sie hat Pläne. Kinder sind lästig, bei dem was sie vorhat. Sie möchte, dass der Vater ihrer Kinder Max heißt. Sie weiß, dass viel Zeit vergehen wird. Sie schaut Max ins Gesicht. Ist es naiv zu glauben, dass es hält? Sie möchte naiv bleiben, in diesem einen Punkt. Sie weiß, dass das nicht geht. Ganz oder gar nicht. Sie kennt Zwickmühlen vom Brettspiel. Sie ist listenreich. Der Ausgang ist offen. Max fängt sich. Susanne fängt ihn auf. Etwas Neues fängt an, bei Max, bei Susanne, in ihrer Beziehung.

Pierre sitzt im Zug nach Paris. Er hat den Nachtzug genommen. Die lange Nachtfahrt ist die billigste Möglichkeit. Schlafen kann er nicht, die Sitze sind unbequem. Vereinzelt sitzen Menschen in dem Abteil. Wenn er ein Schriftsteller wäre, würde er im Schlafwagen reisen. Pierre hat verloren, was er glaubte gewonnen zu haben.

Was hat er in Paris zu schaffen? Verschlimmert er seine Situation? Pierre kämpft mit seiner Erinnerung. Seine Gedanken kreisen um seine Schuld. Pierre hat verzweigte Schuldgefühle. Wohin hatte ihn seine Liebe zu François getrieben? Wieso hatten sich seine Maßstäbe verschoben? Er fühlt sich im Recht. Er selbst war betrogen worden. François hatte mit seinen Gefühlen gespielt. Die Hilflosigkeit von François hatte Pierre nicht wahrnehmen wollen. Er hatte sich nicht in seine Lage versetzt. Was daraus entstanden war, hat Pierre selbst zu verantworten. Er hatte sich verstrickt, in Neid und Geltungssucht. Es war geschehen. Der eine Schritt hatte den nächsten nach sich gezogen. Er war von einem Strudel in den nächsten geraten. Er hat Pech. Es hätte klappen können. Es bleibt ihm nichts anderes übrig als weiterzumachen. Alles hat seinen Sinn verloren.

Den einzigen Willen, den Pierre hat, ist, die Frau zu finden. Ob er sie zur Rede stellen wird, weiß er nicht. Bei vernünftiger Betrachtung ist sie eine Betrogene wie er. Sie war ahnungslos gewesen. Sie war verlassen zurückgeblieben. François war aus ihrem Leben verschwunden. Von der Krankheit hat sie nichts gewusst.

Hat sie nicht ein schlimmeres Schicksal als Pierre? Sie, die allein mit ihrem Sohn zurückblieb?

Die Frau von François hat gehandelt, als sie das Manuskript zur Veröffentlichung freigab. Das will ihr Pierre streitig machen. Dazu fährt er nach Paris, von einem Willen getrieben, der ihm selbst unheimlich ist. Pierre denkt dieselben Gedanken wieder von vorne. Er sieht Bilder seiner ersten Pariser Streifzüge. Die Wahrheit, die er gefunden hat, hat sein Leben zerstört. Bis auf den heutigen Tag hat Pierre nicht aus dem falschen Leben herausgefunden. Das war nicht vorgesehen.

Er trägt eine kleine Tasche mit persönlichen Dingen und ein paar Kleidungsstücken zum Wechseln mit sich. In Marseille hat er seine Zelte abgebrochen. Seine kleine, dunkle Wohnung hat er zurückgelassen. Er wird nicht zurückkehren. Den Schlüssel hat er vor der Fahrt nach Deutschland in die Mülltonne geworfen. Er will nicht zurück. Sein Wille ist definitiv.

Wo er hin will, weiß er nicht. Er hat kein Geld für eine Unterkunft. Er ist geschwächt. Sein Körper tut nicht, was er will. Seine Besessenheit lässt ihn funktionieren. Er ist einer, der sich vorwärts bewegt, ohne vorwärts zu kommen.

Am Morgen ist er aus dem Zug gestiegen. Er wäre gefallen, wenn er sich nicht am Geländer festgehalten hätte. Er hangelt sich weiter. Er schwankt mehr, als dass er geht. Instinktsicher findet er das Viertel.

Mehr weiß er nicht. Was soll er tun? Es ist Sommer. Er legt sich auf eine Bank. Er schläft ein. Er denkt nicht weiter. Später wird er entscheiden.

Madame du Boulet sitzt an einem Ecktisch des Restaurants. Gleich wird sie auf einem erhöhten Podest Platz nehmen. Es ist ein weiträumiges

Lokal, nicht weit vom Boulevard Saint Michel. Der Raum ist gut gefüllt. Die Altersgruppen sitzen gemischt. Paare, Gruppen, Bekannte von Frau du Boulet. Es ist ihre erste Lesung.

Sie weiß nicht, ob sie die halbe Stunde durchhält. Danach ist eine Diskussion angesetzt.

Die Pariser Presse ist anwesend. Der Verlag hat eine intensive Werbekampagne gestartet.

Felix hat im letzten Moment von Dr. Kaiser erfahren, dass sie liest. Er ist Hals über Kopf nach Paris geflogen. Der Verlag hat die Kosten übernommen. Mit dem Taxi ist er direkt zum Café gefahren.

Felix sitzt in der Mitte, allein an einem Tisch, eine Flasche Rotwein vor sich. Das braucht er. Niemand kennt ihn. Er fühlt sich sicher. Die Scheinwerfer sind aus.

Das Café liegt in einer gedämpften Abendbeleuchtung. Die Leute geben Bestellungen auf. In einer halben Stunde soll die Lesung beginnen. Felix ist neugierig. Er ist sich sicher, dass Madame Textstellen über ihre eigene Nähe zu François lesen wird. Die kennt Felix nicht.

Er wird die Bücher im Anschluss erwerben. Eins für sich, eins für den Verlag. Nein drei, Sven hat er ein Mitbringsel versprochen. Fair wäre es, für Johannes ein weiteres zu kaufen. So weit denkt Felix an Johannes. Er hätte Johannes Bescheid sagen sollen, der hätte es einrichten können. Felix hatte kurz daran gedacht.

Langsam haben alle Tische ihre Bestellungen aufgegeben. Die geschulten Servicekräfte haben die Mehrzahl der Tische versorgt. Die Scheinwerfer werden eingeschaltet. Sie erhitzten schnell den gesamten Raum. Es ist Sommer. Die Leute sind leicht gekleidet.

Von dem Autor haben sie zum ersten Mal gehört.

Felix ist auf alles gefasst. Seine Anspannung steigt in den wenigen verbleibenden Minuten bis zum Beginn. Ein fünfzigjähriger Mann hat sich erhoben. Er tritt auf das Podest. Er skizziert kurz die Situation des Autors.

»Obwohl wir nicht wissen, wo der Autor sich befindet, oder ob er noch lebt, hat sich seine Frau entschlossen, sein Manuskript zur Veröffentlichung frei zu geben. Die Umstände ließen sie das als den Willen ihres

Mannes erkennen. Madame du Boulet hat sich dankenswerter Weise bereit erklärt, einige Passagen aus dem Roman ihres Mannes zu lesen. Ich begrüße Sie recht herzlich.«

Felix sieht die Frau, deren Geschichte er nicht kennt. Sie ist die Lücke in den Leerstellen, an denen der Roman merkwürdig abgebrochen schien. Viel Zeit hatte Felix damit verbracht, diese Stellen im Text lesbar zu machen. Es passte bis zum Schluss nicht. Jetzt würde er wissen, was fehlt. Seine Nervosität verstärkt sich. Er trinkt ein Glas Rotwein. Er hört aufmerksam zu.

Madame beginnt zu lesen:

> *Robert nahm die Metro bis zur Rue Hausmann. Er war ein Mann mit einer Robustheit und Ausdauer, dass ihm niemand sein wirkliches Alter angesehen hätte. Er hatte eine nie geahnte Erfahrung gemacht, die ihn vollständig erfüllte. Er war einem Mann begegnet, der sich als sein Zwilling zu erkennen gab, den er vor fünfzig Jahren zurückgelassen hatte, in einem kleinen, abgelegenen Dorf, in den Pyrenäen. Er selbst war nach einem tragischen Unfall der Eltern zu Verwandten nach Paris geschickt worden. Sie hatten ihn zwar als Sohn angenommen, aber Robert brauchte lange, bis er seinen Bruder vergaß, mit dem er eine innige, fast symbiotische Beziehung in seiner Kindheit gepflegt hatte. Robert wurde sich bewusst, dass Herbert sein Leben verändern würde. Er hatte sich in den ersten Tagen seines Zusammenseins so bedingungslos auf ihn eingelassen, dass es kein Zurück mehr gab. Noch wusste er nicht, wie er sein Leben in Paris mit dem Leben im Süden verbinden sollte, aber dass er es tun musste und Herbert nie mehr verlieren würde, war ihm nach ihrer ersten gemeinsamen Nacht deutlich vor Augen. Zu Hause wartete Isabelle, seine Frau und sein Sohn Claude. Er wollte sie unter keinen Umständen verlassen. Dazu war er zu lange mit ihnen verbunden. Er teilte schöne Zeiten mit ihnen, dass seine Gedanken fürsorglich um sie kreisten, wo immer er sich auf der Welt befand. Auch als er mit Herbert zusammengezogen war, was er genoss und schätzte, und den er jetzt schon bis zur Selbstaufgabe zu lieben sich vorstellte, hatte*

er nie Isabelle und Claude vergessen oder in Frage gestellt. Sie waren und blieben fester Bestandteil seiner Existenz.

Er lief die Treppen hinauf, er umarmte seine Frau, liebevoll und zärtlich. Seinen Sohn drückte er an seine Brust. Es war eine Vertrautheit zwischen ihnen, die selbst Herbert nicht erschüttern konnte. Robert hatte sein Leben durch Herbert bereichert. Er kam dazu. Ersetzen konnte er sein Familienleben nicht. Aufgeben würde er seine Heimat Paris und sein geordnetes Leben nie.

Während Madame du Boulet weiter liest, entdeckt Felix Pierre. Er ist durch die Glastür gekommen. Er ist ein Schatten. Er ist abgerissen. Er ist verloren, zwischen den Menschen in schönen Kleidern.

Wie die Frau dort sitzt, hatte Pierre dort sitzen wollen, er hatte lesen wollen.

Er will sein Leben tauschen, mit dem seines Bruders. Auf die Frau kann er verzichten. Sie hat ihm Unglück gebracht, sie ist überflüssig. Warum sitzt sie da und liest seinen Roman. Sie hat sein Leben gestohlen. Pierre sieht die Welt mit seinen Augen.

Felix erschreckt. Er weiß nicht, was er tun soll. Pierre geht durch die sitzenden Menschen hindurch.

Madame spürt Unruhe im Saal. Sie schaut auf vom Manuskript.

Sie sieht Pierre. Sie denkt, François zu sehen. So ähnlich sind sie. Sie merkt, dass sie irrt.

Felix weiß, was passiert. Er will aufspringen, Pierre die Pistole entreißen.

Er ist nicht mutig. Die Dinge passieren in seiner Gegenwart.

Ein Schuss trifft Madame du Boulet zwischen die Augen. Aus nächster Nähe. Ein Schreien, ein Rufen. Männer stürzen über Pierre. Keiner hatte damit gerechnet.

Felix flieht. Er ist weg. Felix ruft Johannes nicht an. Wie konnte das passieren? Er nimmt den Flieger zurück. Er erzählt niemandem von dem, was er gesehen hat. Er verschließt es in sich.

Als er nach Hause kommt, schläft Steven fest.

Anders als Johannes, der aufgewacht wäre, grunzt Steven im Schlaf vor sich hin.

Ich danke herzlich meiner Schwester, Sabine Richter-Rauch,
die mir bei der Ausarbeitung und Korrektur meines Romans
hilfreich zur Seite gestanden hat.
Dietrich Rauch

BIOGRAPHISCHES

Dietrich Rauch

Dietrich Rauch

1945 in Königstein/Ts. geboren, studierte in den 1960er Jahren Germanistik, Philosophie, Theaterwissenschaft und Politik in Köln, München und Frankfurt, wo er im Kreis der 68er eine prägende Jugend verbrachte. Er kann auf eine langjährige Lehrtätigkeit in Frankfurt und Berlin zurückblicken.

Seit 2002 lebt er als freier Autor und Schauspieldozent in Berlin-Kreuzberg, eine erfüllende und kreative Zeit, in der eine Regierarbeit mit Yoshi Oida einer der Höhepunkte war.

Thomas Pregel
Der ertrunkene See
Roman
ISBN: 978-3-95771-059-8 / eISBN: 978-3-95771-060-4

Das Bucheichental ist eine idyllische, von einem gemächlich fließenden Fluss durchzogene Gegend, abgelegen und zutiefst rückständig. Es liegt inmitten grünbewaldeter Berge, wo die Natur ursprünglich ist und das Leben manchmal hart. Nur wenige Familien - Bauern und Hirten - leben dort als Selbstversorger seit Generationen. Doch jetzt kehren plötzlich die Fischerskinder, die bereits in der »zivilisierten«, hektischen Welt Wurzeln geschlagen haben, heim, und sie bringen schlechte Nachrichten: Den Bewohnern droht die Umsiedelung, das gesamte Tal soll in einem riesigen Stausee versenkt werden. Für die Bucheichentaler kommt das Aufgeben ihrer Heimat nicht infrage. Sie mobilisieren sich, protestieren, nehmen den Kampf auf gegen das Bauprojekt, finden unerwartete Verbündete und spielen auf Zeit, glauben an die Gerechtigkeit und appellieren an den Verstand der Mitmenschen. Doch auch die Baubefürworter sind auf den zähen Widerstand vorbereitet. So kommt es zum letzten Gefecht: ein Kampf Davids gegen Goliath.

Maria Skiadaresi
Das Herz nach Istanbul tragen
Roman, aus dem Griechischen von Brigitte Münch
ISBN: 978-3-942223-29-4 / ISBN: 978-3-942223-36-2

Orestis – verheiratet, eine Tochter – fliegt mit begründeter Angst geschäftlich nach Istanbul, denn zwischen Goldenem Horn und Bosporus wartet die unbewältigte Vergangenheit auf ihn: Kindheit in Athen, Studium in England und eine Studienreise in die Türkei, die ihm das Unerwartete brachte: Murad – die Liebe seines Lebens. Nichts ist jemals für ihn klar geworden, nicht einmal die sexuelle Orientierung. Dreißig Jahre danach trägt er ein vernachlässigtes Herz in die Stadt seiner Träume. Er hört es schlagen. Er hört es klagen. Er hört es fragen. Was ist aus Murad geworden? Maria Skiadaresi, eine der bekanntesten Schriftstellerinnen der griechischen Gegenwartsliteratur, beschreibt das faszinierende Psychogramm eines Mannes, der im Schatten seiner dominanten Frau lebt und erst im Herbst seines Lebens nach einem Ausgang aus dem Irrgarten der Gefühle sucht. Ihr Roman ist eine Liebeserklärung an Istanbul und eine Ode an die Liebe, die über Geschlecht und Nationalität steht, sich weder um sozialen Status noch um Ideologie schert und in jedem Körper ein Zuhause finden kann, weiblich oder männlich – die Liebe kennt keine Unterschiede.

Susanne Konrad
Die Akademikerin
Roman
ISBN: 978-3-95771-069-7 / eISBN: 978-3-95771-070-3

Nichts macht ihr mehr Freude, als über Büchern zu sitzen, zu lesen, zu lernen, zu schreiben. Melina ist eine ehrgeizige junge Frau, die all ihre Energie in die wissenschaftliche Arbeit legt. Professor Peter Grün ermöglicht ihr, bei ihm zu promovieren. Sie nimmt das Angebot an und stürzt sich in die Forschung – hier findet sie stets Halt und seelische Nahrung. Doch ihr Dissertationsthema »Susanne K. Langers Konzept von Emotion und Form« erweist sich schwieriger als gedacht: Die Doktorarbeit droht zu scheitern, die Terminabgabe wird zum Fluch und aus dem akademischen Tiefpunkt eine Lebenskrise. Ausgerechnet der viel ältere Johannes, dem Melina sich an gesellschaftlicher Stellung und geistiger Kapazität weit überlegen fühlt, gibt ihr neuen Lebensmut, Sicherheit und Geborgenheit. Melina findet unverhofft an seiner Seite ein neues Zuhause. Doch kann sie mit dem einfachen Lageristen wirklich glücklich werden?
Susanne Konrad erzählt die bewegende Geschichte einer Frau, die besessen ist von der wissenschaftlichen Arbeit und dem Drang nach Selbstverwirklichung durch die Philosophie. Ähnlich einer kolorierten Skizze zeichnet die Autorin das Innenleben akademisch gebildeter Menschen, die in der Theoriearbeit unschlagbar sind, bei der alltäglichen Lebensbewältigung jedoch zu scheitern drohen. Aus der »Liebe zur Weisheit« wird die Kunst, mit Gefühlen umzugehen.

Ines Schmidt
Granatapfelrot
Roman
ISBN: 978-3-95771-055-0 / eISBN: 978-3-95771-056-7

Sein ganzes Leben lang hat David sich für seine Schwester Jakobine verantwortlich gefühlt, sie geliebt, beschützt, gepflegt. Jakobine hatte eine körperliche Behinderung und war an einer Frühform der Alzheimerdemenz erkrankt. Auch Joshua, ihren amerikanischen Freund, hatte David ins Herzen geschlossen. Jetzt ist Jakobine tot, und ausgerechnet bei der Beerdigung passiert es: ein misslungener Versuch eines Kusses, eine plötzliche Intimität, eine festgehaltene Hand auf dem Friedhof. Zu dem tieftrauernden Freund seiner Schwester entwickelt David verbotene Gefühle. Damit nicht genug, wird David von Joshua auch noch zu einer Bike-Tour durch die Dolomiten überredet. Er willigt ein, ohne über die Konsequenzen seiner Leidenschaft nachzudenken. Ines Schmidt kartographiert das Innenleben zwei Männer und greift tief in deren Denkvermögen, das durch Moral und Trieb hin und her gerissen wird. Ein Plädoyer für die Jugend, die die Liebe für das einzig Wahre-Gute-Schöne hält. Eine Weisheit die mit dem Alter verloren geht. Wie die Leichtigkeit in den Kompromissen des Lebens.

Iosif Alygizakis
Das Blau der Hyazinthe
Roman, aus d. Griechischen von Hans-Bernhard Schlumm
ISBN: 978-3-942223-84-3 / eISBN: 978-3-942223-85-0

Auf der Suche nach dem ersten Job übernimmt ein angehender Lehrer den Privatunterricht für den 13-jährigen Aristarchos und er glaubt, die Augen des Jungen deuten zu können. Er selbst lebt in ständiger Furcht, sein Geheimnis könnte entdeckt werden – er steht auf Männer – und somit treiben ihn Scham- und Schuldgefühle dazu, bewusst männlich aufzutreten. Doch während des Unterrichts passiert es. Der Lehrer verliebt sich in seinen Schüler. Iosif Alygizakis, einer der ersten neugriechischen Autoren, der in seinen Romanen offen über homoerotische Themen schreibt, vermittelt in poetischer Sprache die Gefühlswelt eines Mannes, der gefangen ist in der moralischen Verurteilung der Gesellschaft. Die Hafenstadt Chania bildet die Hintergrundkulisse für den hilflos seinen Ängsten ausgelieferten Protagonisten, einen einsamen und träumerischen Lehrer, der zum Zentrum des sexuellen Erwachens seines jungen Schülers wird.

Brigitte Münch
Doch welcher Fluss fließt rückwärts
Kartografie der Liebe / Erzählungen
ISBN: 978-3-95771-041-3 / eISBN: 978-3-95771-042-0

Zwei Körper, zwei Seelen, die zusammengehören, Gefühle gleicher Intensität - Paare aller Spielarten: Mann und Frau, gleichgeschlechtliche, verheiratete, verliebte, verwitwete, vereinsamte – vergangene Lieben, lebendige, gescheiterte, zukünftige oder auch nur erträumte. Wir alle suchen die große Liebe, den »richtigen« Partner. Doch wenn man sie findet, die Liebe, ist es keine Garantie fürs Leben; Gefühle sind unstet, manchmal trügerisch, bedroht von Enttäuschungen. Und hinter allem lauert stets der Tod.
Nur selten gibt es das große Happy End wie im Märchen. Doch die Hoffnung lässt uns immer wieder nach Wegen suchen, um die Liebe festzuhalten. Wenn sie scheitert, kann es das Ende der Welt bedeuten. Oder die Chance auf einen Neuanfang? Dazwischen gibt es viele andere Möglichkeiten. Nur zurück führt kein Weg ...
Brigitte Münch kartographiert 12 Schicksale menschlichen Glücks in detailliert-bewegenden Aufzeichnungen. Eine Karte zur jeweiligen Geschichte lädt den Leser ein, auf Entdeckungskurs zu gehen und auf die Suche zur Erforschung der eigenen Gefühle.

Todora Radeva
Sieben Arten den Sari zu binden
aus dem Bulgarischen von Elvira Bormann-Nassonowa
ISBN: 978-3-95771-029-1 / eISBN: 978-3-95771-030-7

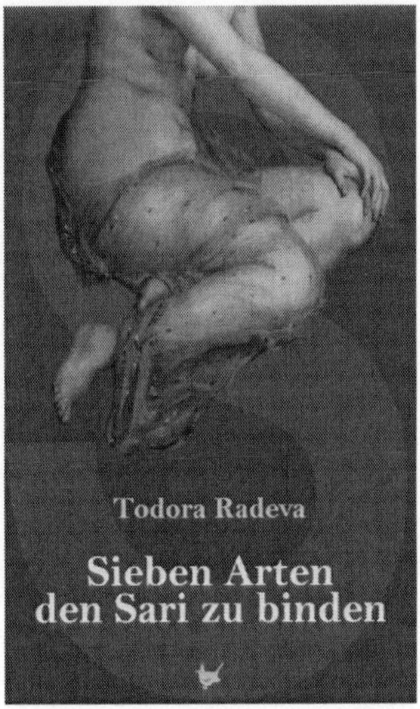

»Anhand der Dessous, die ich morgens anziehe, weiß ich, was es für ein Tag wird.«
»Bei jedem Mann ist mein Körper anders.«
»Meine linke Brust gehört ihm immer noch.«
»Der Sari ist jene dünne, wunderbare Trennwand, die eine Frau vor dem Mann aufbaut und nur aus freiem Willen entfernen kann.«
In der bulgarischen Stadt Plovdiv sind die Frauen geheimnisvoll, pflegen Illusionen, malen Fantasien, kämpfen mit Herz und Verstand für das Halten oder Löschen einer Beziehung und zeigen ihren Einfallsreichtum bei der angenehmen Gestaltung des Alltags. 19 Geschichten aus einem ehemals sozialistischen Ort, der von magischer Atmosphäre umhüllt ist und seine Bewohner im Sog des subtropischen Klimas hält.
»Das Buch ist eine Ontologie des weiblichen Körpers.«
Kamelia Spasova / Maria Kalinova
»Mit ihrem Erzählband zeigt Todora Radeva, wie die neue weibliche Prosa in der nächsten Dekade aussehen könnte.«
Plamen Dojnov

Marion Schneider
Alles in mir hast du aufgewühlt
Eine Sinfonie in 3 Sätzen
ISBN: 978-3-95771-037-6 / eISBN: 978-3-95771-038-3

Ehepaar mit Kind, der Mann verliebt sich in eine andere Frau. Für alle Beteiligten bekommt die Schönheit der Welt einen Riss. Eine Sinfonie in drei Sätzen erklingt: Sonja, die Ehefrau und Mutter des kleinen Ruben, spielt die Rolle einer Toccata wie ein kraftvolles Klavier mit solistischen Aufgaben. Nina, die Geliebte, tritt auf wie eine Harfe in linear geführtem Part. Max, Ehemann und Liebhaber, nutzt die beiden getrennten Komponenten als akkordisches Zwischenspiel. Den Schlusssatz bilden Harfe und Klavier in vollem Orchestersatz. Die Gedanken der drei Spieler werden zu einer dynamischen Kraft; die Gefühle schreiben ihre eigene Komposition. Musik liegt in der Luft. Brennende Herzen. Die Suche nach Harmonie wird zur Suche nach dem eigenen Selbst:
Und wenn sich da niemand findet
Gibt es dann vielleicht
Eine Aufgabe für mich?
Marion Schneider transformiert eine klassische Dreiecksbeziehung in eine Sinfonie der Gefühle. Während am Anfang der Geschichte Prosatexte dominieren, schleichen sich nach und nach lyrische Elemente hinein und verwandeln die Gedankenwelt der Protagonisten in reine Poesie. Diese Novelle ist eine Liebeserklärung an liebende Menschen.

GRÖSSEN
WAHN
VERLAG
www.groessenwahn-verlag.de